**Fiona McIntosh** a grandi au Royaume-Uni, mais elle a quitté Londres pour voyager. Elle s'est retrouvée en Australie où elle est tombée amoureuse du pays et d'une personne en particulier. Elle se consacre désormais à l'écriture à plein-temps, et rencontre un vif succès dans le paysage de la Fantasy depuis la publication de sa trilogie best-seller, *Le Dernier Souffle*. Avec son mari et ses fils adolescents, Fiona partage son temps entre la vie citadine en Australie du Sud et la nature en Tasmanie.

Du même auteur,
aux éditions Bragelonne,
en grand format :

Le Dernier Souffle :
1. *Le Don*
2. *Le Sang*
3. *L'Âme*

La trilogie Valisar :
1. *L'Exil*
2. *Le Tyran*
3. *La Colère*

Percheron :
1. *Odalisque*
2. *Émissaire*
3. *Déesse*

Chez Milady, en poche :

Le Dernier Souffle :
1. *Le Don*
2. *Le Sang*
3. *L'Âme*

Percheron :
1. *Odalisque*
2. *Émissaire*
3. *Déesse*

La trilogie Valisar :
1. *L'Exil*

Chez Castelmore :
*L'Appel du destin*

CE LIVRE EST ÉGALEMENT DISPONIBLE
AU FORMAT NUMÉRIQUE

www.milady.fr

Fiona McIntosh

# *L'Exil*

La trilogie Valisar – 1

Traduit de l'anglais (Australie) par Isabelle Pernot

Bragelonne

Milady est un label des éditions Bragelonne

Cet ouvrage a été originellement publié en France par Bragelonne

Titre original : *Royal Exile – Valisar : Book One*


Carte :
Alain Janolle d'après Matt Whitney

ISBN : 978-2-8112-1574-3

Bragelonne – Milady
60-62, rue d'Hauteville – 75010 Paris

E-mail : info@milady.fr
Site Internet : www.milady.fr

*Pour Will McIntosh, Jack McIntosh, Paige Klimentou*
*et Jack Caddy… suivez vos rêves dès aujourd'hui.*

*Peu importe le rêve, qu'il soit audacieux ou grandiose,*
*Quelqu'un finira par le réaliser.*
*Autant que ce soit vous.*

Bryce Courtenay

L'ENSEMBLE DENOVA

## Remerciements

Alors, d'où sort cette histoire ? L'idée de départ vient du *Don* : quand le roi Cailech menace de manger son ennemi, ça donne le frisson, mais le cannibalisme est précisément le genre d'activité à laquelle, j'imagine, un souverain barbare pourrait se livrer pour terroriser ses ennemis. Cette notion ne m'a jamais quittée ; elle a continué à pourrir en silence pendant des années avant de refaire surface dans mon esprit au moment le plus incongru. J'étais en Tasmanie pour Noël 2006, et je travaillais dur sur le dernier volume de *Percheron*. Or, une toute petite scène très étrange ne cessait de me revenir en tête, celle d'un homme qui regarde une femme en ricanant pendant qu'il mange quelqu'un qu'elle aime. Je ne suis pas arrivée à chasser cette scène de mon esprit, alors, plutôt que de la combattre, je l'ai suivie là où elle voulait bien m'emmener. De cette scénette minuscule, qui ne durait que cinq secondes sur l'écran de mon cinéma interne, est née l'histoire qui s'étale derrière cette page. Pour chacun de mes romans, j'ai peu de matériau au départ et aucune idée de la direction que cela va prendre, mais j'ai vraiment aimé écrire celui-là parce qu'il me ramène dans un décor familier, et son atmosphère rappelle celle du *Don*. Je remercie sincèrement tous mes fidèles lecteurs, ainsi que les nouveaux, rassemblés tout au long de cette dernière année, et ceux qui me découvriraient par le biais de cette histoire. Merci de lire *L'Exil* – j'espère vraiment que vous allez aimer ce premier volume de la trilogie *Valisar*.

Il y a toujours beaucoup de gens à remercier : les livres ne s'écrivent pas tout seuls et un auteur est souvent épaulé par une équipe d'amis, prêts à le lire et à le soutenir chaque fois qu'il en a besoin. J'aimerais remercier Ian McIntosh, mon premier lecteur et impitoyable critique, ainsi que Pip Klimentou, Sonya Caddy et Judy Downs en Australie et Phil Reed et Steve Hubbard aux États-Unis pour leurs suggestions et le temps qu'ils m'ont accordé.

J'adresse en particulier d'énormes remerciements à Sonya Caddy qui m'a encouragée à travailler pour la première fois avec un glossaire (c'était l'idée de Robin Hobb – merci RH !). Elle s'est ensuite appliquée à en faire un outil de travail fonctionnel qui est vite devenu inestimable à mes yeux. Elle en a également rédigé une version abrégée pour les lecteurs. Si vous repérez dans cette histoire des mots qu'il vous paraît nécessaire d'ajouter au glossaire, envoyez-moi un mail par l'intermédiaire de mon site et nous arrangerons cela. Il me faut également saluer le beau travail de Matt Whitney concernant le plan de l'Ensemble ; il l'a créé à partir des gribouillis très étranges que j'ai dessinés un jour devant un café. Merci, Matty. Le site Internet géré par Trent Hayes est toujours aussi brillant et vivant – félicitations, Trent ! –, et un grand bonjour à tous les membres du fabuleux forum français créé par Jessica Stonina et Marilia Pinheiro. Je suis vraiment gâtée.

Ces remerciements ne seraient pas complets sans mentionner mon merveilleux éditeur français, Bragelonne, et son excellente équipe, en particulier Stéphane Marsan (merci de m'avoir fait découvrir les succulents macarons au chocolat parisiens), Alain Névant, Claire Deslandes et Leslie Palant. Merci à Frédéric Perrin pour ses superbes illustrations. Et merci également à ma traductrice, la charmante Isabelle Pernot, avec laquelle j'ai pris l'habitude

de correspondre par mail, tard le soir, et qui a si bien su rendre mes mots en français, cette si belle langue. Merci à tous les libraires de France qui s'enthousiasment autant de vendre de la Fantasy à un public de plus en plus avide. J'apprécie votre soutien.
Tout mon amour et mes remerciements à Ian… et aussi à Will et à Jack, qui ont travaillé très dur au lycée durant l'écriture de ce roman. Plus que quelques mois et ce sera l'université ! Je vous souhaite tous les succès possibles, les garçons…

# Prologue

Le roi Ormond avait le teint blême, les traits tirés et l'expression résignée d'un homme qui sait qu'il n'a plus que quelques heures à vivre. Néanmoins, assis sur son cheval au sommet de la butte qui surplombait le champ de bataille, il sentit monter en lui la colère et il serra les dents en regardant la horde des plaines tailler ses soldats en pièces. Il avait les yeux rivés sur un homme, un seul, le chef de ses ennemis, qui était facile à repérer au sein de la mêlée, même à cette distance. Alors que ses guerriers portaient les couleurs distinctives de leur tribu, peintes sur tout le visage et le corps, cet homme avait la peau nue. Il n'était pas possible de distinguer ses traits ni de déterminer son âge, à cette distance, mais il se battait avec la rapidité et la force physique d'un homme dans la fleur de l'âge. Il menait lui-même ses hommes au combat, ce qui était un signe de bravoure et de courage.

— Regardez-moi cette arrogance ! s'exclama Ormond d'un ton incrédule. Sommes-nous si pathétiques qu'il ne prend même pas la précaution de porter une armure ? Ne ressent-il donc aucune peur ?

— Je crois que c'est un sentiment bien plus complexe que l'envie de gagner qui motive Loethar, Majesté, répondit l'un de ses compagnons avec lassitude.

— Quand on part à la guerre, qu'est-ce qui pourrait bien être plus enviable que la victoire, général Marth ? rétorqua le roi en regardant l'homme à côté de lui.

Le général parut momentanément pris au dépourvu. Il regarda en direction du carnage, puis de nouveau vers son roi.

— Votre Altesse, cet homme ne s'intéresse pas qu'à la victoire. Il ne cherche pas à recruter une nouvelle armée parmi la nôtre, dévastée, ni même à préserver la majeure partie du royaume pour ses propres besoins. J'ai l'impression qu'il ne cherche qu'à humilier ses ennemis. Il a montré à l'Ensemble qu'il avait l'intention de tuer quiconque brandirait une arme contre lui. Son cœur ne connaît pas la pitié.

Le roi secoua la tête. Le désespoir hantait ses traits, à présent.

— Je ne peux pas le laisser continuer. Cela a assez duré. Il se déchaîne depuis maintenant quatre lunes. Dregon et Vorgaven ont été conquis et Cremond a tout simplement capitulé. (Il laissa échapper une exclamation de dégoût.) Les autres royaumes de l'Ensemble qu'il a attaqués sont tombés en dépit des renforts qui ont pu leur être envoyés.

Le général inspira profondément, dans un effort visible pour garder son calme en dépit des clameurs de mort qui résonnaient à leurs pieds.

— Comme je vous l'ai déjà dit, Majesté, ce n'est pas parce qu'il dispose d'une réserve de combattants inépuisable, mais parce qu'il a utilisé ses hommes avec beaucoup de ruse et de perspicacité. Son attaque contre les royaumes de l'Ensemble n'a rien de désorganisé ; elle a même été très stratégique, et nous n'avons pas accordé à Loethar le respect qu'il mérite. Nous aurions dû le prendre au sérieux quand ses hommes ont commencé à se montrer. Nous aurions dû envoyer nos propres hommes à la rescousse des Dregons et des Vorgavais…

— Pour l'amour de Lo, général ! Si Penraven ne l'a pas fait, pourquoi aurions-nous procédé autrement ? De toute évidence, Brennus a cru que Ranuld saurait défendre Vorgaven.

—Nous sommes tous voisins, Altesse. Nous sommes l'Ensemble. Nous aurions dû combiner toutes nos ressources. Penraven a l'armée la plus grande et la mieux équipée, ainsi que le plus grand nombre d'armes…

—Oui, et pourtant, elle n'est pas intervenue ! Le roi Brennus a choisi de ne pas envoyer ses hommes. Pourquoi ? Parce qu'il faisait confiance à Ranuld, il le pensait capable de tenir bon face à ce parvenu, cette racaille !

De nouveau, le général Marth détourna les yeux. Comme son roi, il ne put s'empêcher de regarder l'impitoyable chef de la horde, au moment où ce dernier abattait son épée sur le cou d'un de leurs soldats. Ils virent jaillir un geyser de sang et regardèrent une autre vie s'éteindre sans gloire par la faute de l'insatiable souverain des tribus des plaines. Le général se tourna de nouveau vers son roi, la fureur inscrite sur le visage.

—Non, Majesté. Je ne crois pas que le roi Valisar fasse confiance à l'un d'entre nous. Pardonnez-moi, je sais que vous le considérez comme un ami, mais le roi Brennus n'est venu en aide à personne. Je le soupçonne d'avoir compris qu'il avait tort d'être aussi confiant et que la menace contre Penraven est bien réelle. Vu sous cet angle, nous ne sommes pour lui que quantité négligeable. Sa priorité a toujours été et restera toujours Penraven. Il réserve ses hommes pour la confrontation finale.

Le roi Ormond plissa les yeux.

—Il a envoyé des hommes à Dregon, il a même…

Marth secoua tristement la tête.

—Un geste symbolique, Altesse. Nous aurions dû réunir nos armées pour chasser ce barbare de notre sein. Au lieu de quoi, nous lui avons laissé l'occasion de remporter effrontément sa première victoire, si choquante, contre Dregon et Vorgaven. Quelle audace de se battre non seulement sur deux fronts et sur deux frontières, mais aussi de s'emparer des deux cités ! Ses hommes ne sont pas de la simple racaille, Altesse. Ce sont des guerriers… accomplis. Nous aurions dû l'écraser dès l'instant où il a posé le pied dans l'Ensemble.

— Nous étions tous d'accord pour attendre de connaître ses intentions.

— Non, pas tous, Altesse, répondit le général Marth d'une voix où la tristesse tempérait l'amertume. Nous n'avons pas réagi assez vite. Nous avons tous laissé l'initiative aux autres.

— Mais qui aurait cru que Cremond n'offrirait pas la moindre résistance ? Pourquoi ? Veulent-ils donc d'un brigand tribal comme souverain ?

Encore une fois, Marth secoua la tête, visiblement incapable d'offrir la moindre explication sur la capitulation de Cremond, même si l'on pensait depuis longtemps, dans le reste de l'Ensemble, que cette nation, qui se considérait rarement proche des autres royaumes, avait tendance à agir de manière contradictoire.

— Et puis, quel général sain d'esprit aurait fait traverser la région à ses troupes, en ignorant Barronel, afin de prendre Vorgaven en même temps que Dregon ? Tout cela n'a pas de sens.

— C'était bien là son intention. Loethar nous a constamment pris au dépourvu. Si nous avions réagi rapidement dès le départ, nous l'aurions sûrement arrêté avant même qu'il prenne position. Maintenant, il a eu quatre lunes pour nous mettre dos au mur et convaincre Penraven, dans sa propre arrogance, d'attendre de voir ce qui se passerait. Pensions-nous vraiment qu'il allait nous dire merci et rentrer chez lui ?

— Brennus et moi pensions qu'il demanderait à négocier. D'accord, nous avons tous deux été choqués par sa victoire, mais nous n'avons jamais envisagé qu'il voulait s'emparer de l'Ensemble tout entier.

— Je ne vois pas pourquoi, Majesté. Il n'a pas demandé la permission pour y entrer. Pourquoi nous donnerait-il l'occasion de nous asseoir avec lui autour d'une table pour des pourparlers ? Il ne sait sans doute même pas parler notre langue ! (Marth hésita un court instant. Mais qu'avait-il à perdre en livrant enfin le fond de sa pensée ? Veillant à s'exprimer sans porter la moindre accusation, il poursuivit :) Les Valisar se sont toujours crus invincibles, et je doute que Brennus fasse exception à la règle. Vous ne voyez donc pas, Votre Altesse, que Brennus nous a laissé aller à l'abattoir ? Les autres royaumes ont subi la férocité de Loethar, mais je crois que le barbare garde délibérément le plus gros, le meilleur, pour la fin. Je ne pense pas qu'il ait peur de Penraven. Au contraire. Il n'a cessé de jouer au chat et à la souris en réussissant à convaincre Brennus que les tribus finiraient par se désintéresser de cette guerre – une autre raison pour laquelle Brennus a hésité à envoyer toute la puissance de l'armée penravienne pour nous assister. J'ai l'impression que Loethar a délibérément fait croire qu'il n'était qu'une racaille, comme vous le disiez tout à l'heure, alors qu'en réalité il est loin d'être une brute sans cervelle. Il ne se lassera pas des prises de guerre ; il ne retournera pas, rassasié, dans les plaines. Il a prouvé qu'il était un adversaire rusé et le voilà prêt, mon roi, à renverser notre royaume. Je l'admire.

Ormond poussa un profond soupir en baissant la tête.

— Sonnez la retraite, général.

— Non, roi Ormond. Nos hommes vont mourir, de toute façon. Je pense qu'ils préféreraient le faire les armes à la main. Mieux vaut tomber au plus fort des combats, victime d'une noble blessure, qu'à genoux en suppliant pour avoir la vie sauve. C'est ce que le barbare a fait à Vorgaven : il a passé les gens au fil de l'épée longtemps après que les cris de guerre ont eu cessé de résonner. Je crois que nos soldats aimeraient mieux rejoindre Lo en hurlant de défi.

Le roi secoua la tête d'un air grave.

— Mais vous êtes un général et moi un monarque. C'est notre rôle de penser et de nous montrer courageux jusqu'au bout... de donner notre vie pour notre pays. Peut-être certains de ces hommes parviendront-ils à échapper à la mort et vivront-ils pour raconter comment Barronel résista jusqu'à la dernière seconde ? Au nom de ce seul espoir, nous devrions nous rendre.

— Je vous en prie, roi Ormond. S'il nous faut tous mourir, alors soit, mais laissez-nous combattre jusqu'au dernier homme.

Ormond serra les mâchoires d'un air sinistre.

— Non. Lors de mon couronnement, j'ai juré que je ne laisserai aucun de mes sujets se faire tuer si je pouvais l'éviter. Je dois croire qu'au milieu du chaos de la retraite une partie de mon peuple sera préservée, aussi petite soit-elle. Laissons nos hommes tenter de fuir pour avoir la vie sauve. Mais, que Lo me vienne en aide, Marth, je verrai couler le sang des Valisar pour cette trahison, déclara-t-il d'une voix qui n'était plus qu'un grondement. Sonnez la retraite !

Les dents de Loethar étaient visiblement la seule partie de son corps à ne pas être couverte du sang de ses ennemis. Mais il savait que cela changerait bientôt et, tandis que ses membres œuvraient sauvagement, sans relâche, pour ôter la vie à ses adversaires, il se concentra sur l'idée qu'il boirait bientôt le sang du roi Ormond de Barronel. Car Ormond était tout ce qui se dressait entre lui et son véritable but... Penraven.

Toute cette opération – dont les préparatifs avaient pris deux annis – avait été entreprise afin d'atteindre cet objectif, désormais si proche qu'il pouvait presque en imaginer le goût. Tout ce travail acharné en avait valu la peine – l'aguerrissement de ses hommes, l'élevage intensif des chevaux, l'accumulation de réserves de nourriture et d'eau près de la frontière principale avec l'Ensemble... Mais rien de tout cela ne pouvait se comparer à sa préparation mentale. Il avait accumulé la haine, la répugnance, l'amertume et la rage, puis il les avait canalisées dans le travail préparatoire qui avait débouché sur l'attaque surprise et concertée de deux royaumes en même temps.

À cause de leur présomption et de leur ego surdimensionné, les Valisar n'auraient jamais pu croire un seul instant qu'ils étaient sérieusement menacés – du moins, pas au début. Loethar avait donc agi comme s'il manquait de connaissances militaires ou stratégiques. Il avait traversé l'Ensemble en couvrant une distance inutile et presque illogique. Il avait fait passer ses hommes pour des canailles indisciplinées, en allant même jusqu'à renvoyer un quart d'entre eux à la frontière principale de l'Ensemble, comme s'ils se désintéressaient des combats et retournaient sans se presser sur leurs plaines.

Puis il leur avait fait rejoindre son avant-garde par petits groupes, le plus souvent sous couvert de l'obscurité, en courant aux côtés de chiens des plaines sauvages. Il entraînait ces bêtes depuis leur plus jeune âge, après avoir tué leurs parents, afin qu'elles ne reconnaissent et ne fassent confiance qu'à l'odeur de ses hommes. Ces chiens étaient les meilleurs éclaireurs, capables de parcourir de longues distances, de se déplacer en silence et de renifler l'odeur d'un ennemi, même aussi imperceptible soit-elle. À de nombreuses reprises, ils avaient averti les différents chefs tribaux de changer de direction et de rejoindre l'armée principale par une autre route. C'était en grande partie grâce à eux, par exemple, que Vorgaven avait cru affronter trois mille hommes alors qu'ils étaient en réalité près de cinq mille.

Au cours de ces quatre lunes, Loethar n'avait cessé de déconcerter son ennemi, un ennemi si gonflé de son importance et, pis encore, si méprisant envers la horde des plaines qu'il s'était essentiellement détruit tout seul.

Loethar grimaça lorsqu'un homme tomba près de ses pieds, car l'épée du soldat barronel lui entailla la jambe dans sa chute. Heureusement, la jument de Loethar, souple et intelligente, fit un écart. L'homme tomba sous les sabots des autres chevaux et les pieds des guerriers qui continuaient à avancer, et son corps fut rapidement piétiné au point d'être méconnaissable. Loethar prêta à peine attention à sa blessure. Elle lui faisait mal, mais il n'avait pas le temps de s'arrêter sur cette douleur. Avec son épée, il continuait à se tailler dans la chair et dans l'os un chemin qui le rapprochait de plus en plus du but convoité.

Il était persuadé qu'on avait rapidement transmis la consigne que le combattant torse nu, sans chemise ni armure, était l'homme à abattre. Mais Stracker était toujours à proximité, ainsi que ses Verts, plus sauvages que n'importe quelle autre tribu.

Loethar vit la tête d'un soldat se détacher de son corps à la suite d'un formidable coup de Stracker. Le revers de ce même coup trancha le bras tendu d'un autre soldat juste au-dessus du coude. L'homme contempla avec stupeur son moignon d'où jaillissait le sang, puis il rugit son désespoir en se penchant pour ramasser son épée de l'autre main.

— Il est courageux, il faut bien le reconnaître, concéda Loethar tandis que Stracker enfonçait son épée dans la peau tendre du ventre du soldat pour l'achever.

— Il faut se méfier de ces sournois qui se battent des deux mains, mon frère, cria Stracker en tranchant, d'un coup de taille précis, la gorge d'un autre adversaire.

— Ils vont bientôt sonner la retraite, répliqua Loethar en obligeant sa monture à décrire un cercle complet, ce qui lui permit de tuer deux soldats au passage.

— Aucune chance. Barronel a l'intention de se battre jusqu'au dernier homme, j'en suis sûr.

Loethar réussit à faire un clin d'œil.

— Je te parie mon extraordinaire Trilla, ici présente, contre ton étalon. Ils sonneront la retraite avant que tu réussisses à tuer encore six de nos ennemis.

Stracker sourit, et des rides d'amusement creusèrent son visage maculé de sang.

— D'accord ! J'ai toujours eu un faible pour ta petite jument ombrageuse.

— Elle n'est pas encore à toi, mon frère, lui rappela Loethar d'un ton sarcastique.

— Oh, mais elle le sera bientôt. Un ! s'écria-t-il avec suffisance tandis qu'un autre soldat barronel trouvait la mort. Deux ! ajouta-t-il en ouvrant le ventre d'un autre.

Stracker en était à quatre lorsque Loethar et lui entendirent résonner sur le champ de bataille le son inimitable de la retraite barronelle.

Alors que Stracker hurlait sa désapprobation, Loethar se mit à rire. Mais il se sentait secrètement soulagé. Fatigué, il savait que le sang qui recouvrait son corps n'appartenait pas qu'à ses ennemis. Lui aussi avait quelque peu souffert. Il avait durement combattu ce jour-là à l'avant-garde de son armée, et la vision des troupes barronelles battant en retraite, gravement diminuées, lui était douce.

— Rassemblez tout le monde, ordonna-t-il aux chefs de ses tribus en essayant de masquer la lassitude qui perçait dans sa voix. Les Verts viennent avec moi accepter la reddition du général Marth. Rouges et Bleus, laissez-les croire que nous ne faisons qu'évaluer leur nombre. Tous seront tués plus tard.

— Et le roi ? demanda Stracker, visiblement vexé d'avoir perdu son pari, en lui emboîtant le pas.

— Je boirai en compagnie du roi Ormond plus tard. Il ira, bien entendu, rejoindre son dieu avant la fin de cette nuit, mais d'abord, Stracker, tu me dois ce beau cheval.

# Chapitre 1

En serait-il capable ? se demanda-t-il tandis qu'un nouveau hurlement s'élevait. Mais il n'avait pas le choix s'il voulait que les Valisar survivent.

Deux grandes portes en chêne, sculptées aux armes de la famille, séparaient le roi Brennus des cris et des gémissements de sa femme adorée. Les terribles sons avaient beau lui parvenir étouffés, ils ne l'en blessaient pas moins. Mais sa belle Iselda n'aurait pas à lui pardonner ce qu'il avait l'intention de faire à sa propre chair et à son propre sang, puisqu'elle ne le saurait jamais. Il regarda son légat, en qui il avait toute confiance, puis il baissa les yeux en secouant la tête. Ils étaient tous des serviteurs de la Couronne, y compris le roi. Servir il devait, en présentant le cadavre du nourrisson afin de protéger le royaume.

— C'est toujours aussi difficile, De Vis, se lamenta-t-il.

L'intéressé hocha la tête d'un air compréhensif. Lui-même avait perdu son épouse peu après un accouchement.

— Je me souviens des hurlements d'Eril comme si c'était hier. (Il s'empressa d'ajouter :) Bien sûr, dès que la reine tiendra son enfant dans ses bras, sa douleur disparaîtra, Majesté.

Ils évitèrent tous deux d'aborder les vrais problèmes : le meurtre d'un nouveau-né et la menace qui pesait sur leur royaume.

Le visage de Brennus s'assombrit plus encore.

— Sur ce point, vous avez raison, De Vis, même si j'ai peur pour tous nos enfants. Ma femme est en train de mettre au monde un nouveau fils qui ne fêtera peut-être jamais sa première anni.

— C'est pourquoi votre plan est bien inspiré, Altesse. Nous ne pouvons courir le risque que Loethar ait accès au pouvoir.

— Encore faut-il que celui-ci se soit transmis à cette génération. Leo n'en montre encore aucune trace… et Piven…

Le roi s'interrompit lorsqu'un autre cri vint couvrir leurs murmures.

De Vis tint sa langue mais, quand le silence revint et s'éternisa entre eux, il reprit doucement :

— On ne peut pas en être sûr. Leo est encore jeune, le pouvoir peut toujours se manifester en lui. Et le nouveau prince pourrait tout à fait en être imprégné. On ne peut courir le risque que ces deux enfants tombent entre de mauvaises mains. Quant à Piven, Votre Altesse, il n'est pas de votre sang. Nous savons qu'il ne possède pas toutes ses facultés, Majesté, et encore moins le moindre pouvoir.

L'expression grave du roi apprit à son légat que Brennus approuvait et qu'il avait pris sa décision. Néanmoins, il le confirma à haute voix, comme s'il éprouvait le besoin de justifier son plan terrifiant :

— Il est de mon devoir de protéger l'héritage des Valisar. Il ne saurait être terni par ceux qui ne sont pas de notre sang. J'espère que l'Histoire ne se souviendra pas de moi comme d'un assassin, car c'est le surnom qu'on me donnera si la vérité éclate un jour. Tout est-il prêt ?

— Exactement comme vous l'avez demandé, répondit De Vis.

Brennus vit trembler la mâchoire du légat. De Vis redoutait autant que lui le geste désespéré qu'ils s'apprêtaient à commettre.

— Vos fils…, marmonna le roi avant de s'interrompre brusquement.

De Vis ne broncha pas.

— … vous sont entièrement dévoués et accompliront leur devoir. Vous le savez.

— Évidemment, De Vis. Je pourrais aussi bien être leur père, je les connais si bien. Mais ils sont trop jeunes pour leur confier des missions aussi sinistres. Je me pose la question : pourriez-vous le faire ? Le pourrais-je ? Le pourront-ils ?

De Vis garda un air stoïque.

— Il le faut. Vous l'avez dit vous-même. Mes fils ne laisseront pas tomber Penraven.

Brennus se rembrunit.

— Leur avez-vous dit quoi que ce soit ?

De Vis secoua la tête.

— En attendant le moment venu, moins il y aura de personnes au courant et mieux ça sera. De toute façon, il vaut mieux que les consignes viennent de vous, Majesté.

Brennus frémit en entendant un autre hurlement s'élever derrière la porte, suivi d'un gémissement sourd qui résonna jusque dans le corridor baigné de soleil où De Vis et lui discutaient. Il s'écarta de la balustrade en pierre contre laquelle il s'appuyait et se retourna pour contempler l'atrium qui agrémentait les appartements privés de la famille royale. Il inspira à pleins poumons le parfum des daphnés que la reine avait elle-même plantés dans des bacs suspendus aux voûtes et il regarda longuement, avec tristesse, les jardins en contrebas, inondés de lumière, dont elle avait pris soin et qu'elle avait rendus si jolis. Leurs efforts pour avoir un héritier leur avaient fait emprunter un chemin douloureux, semé de fausses couches et de déceptions. Puis Leo était arrivé. Miraculeusement, il avait survécu et prospéré. Mais Brennus et Iselda savaient tous deux qu'un seul héritier ne suffirait pas, alors ils avaient enduré trois autres morts déchirantes au sein du ventre maternel.

On aurait dit que Regor De Vis pouvait lire dans les pensées de Brennus.

— Ne vous tourmentez pas au sujet de Piven, Votre Altesse. Si le barbare brise nos défenses, je doute qu'il accordera un seul regard à votre fils adoptif.

Brennus espérait que son légat avait raison. Piven était venu au monde sans faire de bruit et, depuis, il était resté silencieux la plupart du temps. Ces temps-ci, des sons étranges, des sourires à vous briser le cœur et une affection sans limites montraient à chacun que Piven entendait parfaitement, même s'il restait incapable de communiquer de manière traditionnelle.

Et voilà qu'un nouvel enfant avait réussi à s'accrocher à la vie, avec des battements de cœur aussi forts et farouches que le lion ailé qui figurait sur les armoiries de sa famille. À peine six lunes auparavant, il y avait eu tant d'excitation, tant de choses à envisager. Mais, maintenant, tout avait changé.

Un vent néfaste s'était levé à l'est, où un seigneur de guerre créatif et ambitieux avait uni les tribus qui menaient une existence pénible sur les plaines infertiles. Cela en avait presque été risible lorsque Dregon avait averti ses voisins de l'attaque des barbares. Cela avait paru encore moins plausible lorsque Vorgaven avait envoyé une missive similaire.

De Vis pouvait vraiment lire dans l'esprit de son souverain.

— Comment quelque chose que nous considérions comme une simple escarmouche a-t-elle pu en arriver à ça? Cela me dépasse.

— Je croyais chacun capable de défendre son pays face à un simple seigneur de guerre tribal !

— Ce fut une erreur, Majesté… tout comme notre confiance en la force de l'Ensemble. Nous n'aurions jamais dû en arriver là. Pis encore, nous n'avons pas préparé notre peuple. C'est uniquement grâce aux nouvelles de leurs proches ou des marchands des autres royaumes qu'ils savent que Vorgaven est tombée, que Dregon a été écrasée et que Cremond la lâche a cédé le pouvoir sans même un cri. Je suis sûr que très peu de vos sujets savent à quel point la situation est critique en Barronel.

Brennus fit la grimace.

— Ormond pourrait tenir.

— Seulement si nous nous étions portés à son secours voilà des jours, Majesté. Il va tomber à son tour et notre peuple apprendra la vérité tandis que nous nous préparerons à combattre.

Le roi parut brisé.

— Ils n'ont jamais pensé un seul instant que Penraven pourrait tomber ; la nourriture est abondante, notre armée bien entraînée et bien équipée. Que Lo me frappe, il ne s'agit que d'un brigand tribal à la tête de racailles tribales !

Mais le roi avait beau vouloir croire le contraire, il savait la situation critique. Il n'avait plus le choix.

— Convoquez Gavriel et Corb, ordonna-t-il tristement.

De Vis acquiesça et tourna les talons en laissant le roi en proie à de noires pensées. Quelques minutes après son départ, Brennus entendit le cri vigoureux caractéristique d'un nouveau-né. Son fils était arrivé. Rapidement, la sage-femme en chef sortit en silence de la chambre. Elle fit une profonde révérence, en dépit du ballot vagissant, emmailloté dans des langes, qu'elle portait dans les bras. Mais lorsqu'elle regarda le roi, ce dernier lut de la terreur sur son visage, plutôt que du ravissement.

— J'ai entendu son cri de guerre, déclara le roi en essayant désespérément d'alléger l'atmosphère tendue – en vain. (Il fronça les sourcils en la voyant s'avancer vers lui sur la pointe des pieds, presque à contrecœur, avec son précieux fardeau.) Serait-il arrivé à quelque chose à mon épouse ? demanda-t-il, traversé par une peur nouvelle.

— Non, pas du tout, Votre Altesse. La reine est fatiguée, bien sûr, mais elle va bien.

— Tant mieux. Faites-moi donc voir mon nouveau fils, demanda Brennus en essayant de prendre un ton bourru.

Son cœur fondit en découvrant les traits minuscules du bébé aux paupières closes. Le nourrisson bâilla, et Brennus sentit aussitôt une vague d'amour le submerger.

— Il n'est pas très charpenté, mais il n'en est pas moins beau, commenta-t-il en souriant en dépit de son humeur noire. Il a les cheveux noirs des Valisar, ajouta-t-il sans pouvoir masquer sa fierté.

La sage-femme reprit la parole d'une voix à peine plus forte qu'un murmure.

— Sire, ce… ce n'est pas un garçon. Notre dieu vous a donné une fille. (Brennus regarda la femme comme si elle s'était soudain mise à parler une autre langue. Elle s'empressa alors d'ajouter avec anxiété :) Elle est belle, mais je préfère vous avertir, elle est fragile, du fait de sa naissance prématurée. Une fille, Majesté, marmonna-t-elle, sous le choc. Depuis combien de temps cela n'était plus arrivé ?

— Montrez-moi, ordonna Brennus en serrant les mâchoires pour repousser ses propres peurs.

La sage-femme obéit, ce qui ne laissa au roi plus le moindre doute : il avait bel et bien engendré une fille. En enveloppant de nouveau la petite dans ses langes, il regarda d'un air douloureux la vieille sage-femme – suffisamment âgée pour l'avoir aidé à venir au monde, presque cinq décennies plus tôt. Elle connaissait la lignée Valisar et savait ce que signifiait cette naissance. *Jusqu'à quel point notre situation peut-elle empirer ?* se demanda-t-il, l'esprit en proie au chaos.

— J'ai peur qu'elle ne survive pas, Majesté.

— Je l'emmène à la chapelle, dit-il en ignorant les inquiétudes de la sage-femme.

Ils furent momentanément distraits par Piven qui arriva en trottinant, sa tignasse noire et bouclée en bataille, comme d'habitude, et ses yeux tout aussi noirs brillant de joie à la vue de son père. Mais Piven réservait le même accueil à tout le monde. De toute évidence, il ne faisait pas de différence entre un homme et une femme, un roi et un courtisan. Pour lui, chacun était un ami, digne d'un salut rayonnant mais absent. Brennus caressa affectueusement les cheveux de son fils infirme.

La sage-femme tenta de protester.

— Mais la reine a à peine eu le temps de la voir. Elle a dit…

— Peu importent les instructions de la reine, répliqua Brennus en tendant les bras pour prendre le bébé. Donnez-la-moi. Je veux tenir la première princesse Valisar depuis des siècles. Elle va tout de suite aller à la chapelle pour y recevoir sa bénédiction, au cas où elle viendrait à s'éteindre. Mon épouse comprendra. Dites-lui que je serai bientôt de retour avec notre fille.

Brennus n'attendit pas la réponse de la sage-femme. En tenant sa fille comme s'il s'agissait d'une flamme vacillante susceptible de s'éteindre au moindre courant d'air, il l'abrita sous sa cape et s'en alla – en courant presque – vers la chapelle royale de Penraven, poursuivi par son fils de cinq annis qui riait en tapant des mains. Une fois à l'intérieur, il verrouilla la porte. Il respirait péniblement, le souffle court. La peur, qui ne lui avait procuré au début qu'une sensation de picotements, traversait à présent tout son corps comme une rivière de feu.

Le prêtre arriva et fut promptement congédié. Très vite, on frappa à la porte. Le roi fit entrer De Vis et ses jumeaux, qui écarquillaient les yeux mais paraissaient résolus. Suffisamment grands désormais pour se tenir épaule contre épaule à côté de leur père comme des sentinelles, étrangement identiques et différents à la fois, ils s'inclinèrent très bas devant leur souverain, tandis que Piven les imitait. Même si Gavriel et Corbel ignoraient ce qui les attendait, ils savaient, de par leur père, que chacun allait avoir un rôle spécial à jouer.

— Verrouillez la porte, ordonna Brennus dès que la famille De Vis se retrouva à l'intérieur de la chapelle.

D'un regard à l'un de ses fils, De Vis s'assura que cela serait fait.

— Sommes-nous seuls ? demanda-t-il au roi tandis que Corbel tirait le lourd verrou.

— Oui, nous sommes à l'abri des regards.

De Vis regarda le roi s'en aller chercher un ballot vagissant derrière l'un des bancs. Il vit alors le front de ses fils se plisser d'un air quelque peu confus, même s'ils ne soufflèrent mot. Il retint son souffle, comme pour chasser sa réticence à l'idée de mettre le plan à exécution. Il avait du mal à croire qu'il était réellement en train de vivre cette scène et que le roi et lui s'étaient mis d'accord pour impliquer les garçons. Et pourtant, il n'y avait pas d'autre solution, personne d'autre à qui faire confiance.

— Voici mon enfant nouveau-né, déclara doucement Brennus, incapable de masquer l'émotion dans sa voix.

Le légat eut un sourire crispé, même si l'intention était sincère.

— Félicitations, Majesté.

Le fait que le bébé se trouvait parmi eux lui fit comprendre que le plan était déjà en action. Il mesura toute l'étendue de sa peur face à la responsabilité que le roi et lui étaient sur le point de transférer. On aurait dit qu'une pierre venait de tomber dans sa gorge pour se loger inconfortablement, douloureusement, au fond de son estomac. Ces jeunes hommes étaient encore à un âge où leurs tentatives de se laisser pousser la barbe et la moustache étaient une source d'amusement. Pouvaient-ils vraiment mener à bien le plan extraordinaire que le roi et lui avaient élaboré au cours de la dernière lune, au moment où il était devenu évident que l'Ensemble ne saurait résister à la puissance de l'armée en maraude de Loethar ?

Il le fallait. Il devait croire que ses fils réussiraient à rassembler leur courage et à comprendre l'importance de la mission qu'on allait leur confier.

De Vis prit conscience du silence gêné qui s'était installé entre eux ; on n'entendait que les battements d'ailes d'un perroquet qui s'était laissé enfermer dans la chapelle. Il volait au plafond et se heurtait aux poutres et aux murs en pierre en cherchant en vain une sortie. Non loin de là, Piven battait des bras lui aussi, l'air absent et le regard vague.

De Vis songea que Brennus était sans doute dans le même état d'esprit que le perroquet en cet instant – pris au piège, mais espérant contre toute attente qu'il existait un moyen d'éviter la mort du bébé. Or, il n'y en avait aucun. Il rassembla son courage, car il était convaincu que l'expression mélancolique du roi signifiait que sa détermination flanchait.

— Gavriel, Corbel, le roi Brennus souhaite vous dire quelque chose de si grande importance que nous ne pouvons risquer que quelqu'un, en dehors de nous quatre, ait connaissance de ce plan. Personne… vous m'entendez ?

Les garçons regardèrent tous deux leur père en hochant la tête. Piven entra dans le cercle qu'ils formaient et regarda chacun d'eux en souriant d'un air béat.

— Avez-vous choisi qui assumera quelle responsabilité ? demanda Brennus après s'être éclairci la voix.

— Gavriel emmènera Leo, sire. Corbel… (Il hésita, car il craignait que sa voix se brise. Il se racla la gorge à son tour.) Il…

Brennus vint à son secours.

— Prends-la dans tes bras, Corbel. Penraven a une nouvelle princesse, et cette naissance est plus dangereuse que je ne saurais l'imaginer. Je déteste te donner cette terrible responsabilité, mais ton père pense que tu sauras être à la hauteur.

— Pourquoi est-elle dangereuse, Votre Majesté ? s'enquit Corbel.

— Elle est la première fille Valisar depuis des siècles, la seule qui soit peut-être bien assez forte pour vivre. Celles qui l'ont précédée autrefois ont rarement survécu à leur première heure. (Brennus haussa les épaules d'un air douloureux.) Nous ne pouvons laisser le tyran Loethar s'emparer d'elle.

De Vis compatit pour son fils. Il voyait bien que le discours du roi commençait à avoir un effet glaçant sur Corbel – c'était nécessaire –, mais il voyait aussi que Brennus tournait autour de la vérité.

En fait, il s'aperçut même que le roi s'en distanciait car, déjà, il s'adressait à Gavriel :

— … dois veiller sur Leo. Je ne peux laisser Penraven sans héritier. J'ai bien peur qu'en tant qu'aîné et prince de la Couronne il soit obligé de faire face à l'avenir, quel qu'il puisse être. Je ne peux pas lui épargner cette épreuve, bien qu'il soit encore si jeune.

Gavriel hocha la tête, et son père devina qu'il avait compris.

— Votre fille n'a pas besoin d'affronter le tyran – est-ce là où vous voulez en venir, Votre Altesse ? Nous pouvons épargner cette épreuve à la princesse, mais pas au prince ?

De Vis sentit quelque chose se rompre dans son cœur. Il comprit que les garçons se montreraient dignes de la fierté qu'il éprouvait à leur égard. Il regretta, pour la énième fois, que son épouse n'ait pas pu les voir grandir. Elle ne saurait jamais que Gavriel était le dominant et que Corbel paraissait plus faible par comparaison, alors qu'en réalité il était loin de l'être. Au contraire, c'était lui qui acceptait de prendre les plus gros risques, même s'il partageait rarement ses pensées avec quiconque. Gavriel avait l'habitude de parler pour tous les deux. Une fois encore, il venait de dire à voix haute ce que le roi avait tant de mal à formuler et que Corbel refusait de demander.

— Oui, répondit Brennus à l'aîné des jumeaux. Nous pouvons épargner cela à la princesse. Il est inutile qu'elle affronte Loethar. J'ai trahi le royaume en croyant aveuglément à notre invincibilité. Mais nul n'est invincible, les garçons. Pas même Loethar. En ce moment, il est fort, porté par son succès – qu'il doit à mes erreurs de jugement. Mais lui aussi deviendra un jour trop sûr de sa propre importance, de son invincibilité. Je dois hélas laisser à la prochaine génération le soin de déterminer quand il sera possible de l'abattre.

— Allons-nous perdre face à Loethar, sire ? demanda Gavriel.

— Cela se pourrait bien, répondit Brennus sans trop s'avancer. Mais nous pouvons au moins accorder cela à la princesse, la protéger du courroux du tyran.

Sa voix se brisa presque sur ce dernier mot, et il tendit la main pour caresser la chevelure noire de sa fille, si différente de celles de Leo et d'Iselda.

— Et Piven ? s'enquit Gavriel.

Tous les quatre jetèrent un coup d'œil au petit garçon.

— J'essaie de ne pas m'inquiéter pour cet enfant, répondit Brennus. Il est inoffensif, n'importe qui peut s'en rendre compte. De plus, il n'est pas de notre sang, ajouta-t-il en baissant les yeux d'un air gêné. S'il lui arrive quoi que ce soit, il ne s'en rendra pas vraiment compte et, s'il survit, rien ne changera dans son étrange monde intérieur. C'est comme s'il n'était pas parmi nous, de toute façon. Je suis prêt à parier que le barbare ne fera même pas attention à lui.

La famille De Vis acquiesça à l'unisson, mais il était difficile de dire s'ils croyaient ou non leur souverain.

— La reine, euh…

Gavriel regarda le roi, puis son père.

— Elle n'en saura rien, répondit ce dernier avec fermeté. La plupart d'entre nous vont mourir, de toute façon, et c'est déjà bien suffisant. Nous pouvons au moins lui épargner ça.

— Mourir ? répéta Gavriel, horrifié. Mais nous pouvons emmener le roi et la reine en exil avec Leo et le bébé, traverser l'océan…

— Non, Gav, l'interrompit son père. On ne peut pas. Le roi n'abandonnera pas son peuple – c'est impensable – et je ne l'abandonnerai pas non plus. Nous combattrons jusqu'au bout et, si nous devons tomber, nous tomberons tous ensemble, y compris la reine. Mais les enfants royaux ne doivent pas subir le même sort.

Brennus reprit la conversation en main, au grand soulagement de son légat.

— Piven n'est pas considéré comme un héritier et il ne représente aucune menace. Et même si, malheureusement, je suis obligé de courir le risque qu'on retrouve Leo, qu'on le torture et qu'au bout du compte le tyran l'exploite à ses fins, je lui donne une bonne chance de survie en te le confiant,

Gavriel. Cela dit, je ne permettrai pas que ma fille tombe aux mains de Loethar.

Cette dernière déclaration provoqua un silence horrifié, qui fut finalement rompu par Corbel. Non sans un certain malaise, il s'arracha à la contemplation des yeux noirs du bébé, qui le dévisageait au creux de son bras.

— Dites-moi ce que je dois faire, demanda-t-il.

Le roi soupira, hésita. La main encourageante que De Vis posa sur son bras l'aida à prononcer enfin la sentence.

— Aujourd'hui, ma fille doit mourir.

Seul avec le minuscule nourrisson, Corbel osait à peine respirer. Il n'était pas certain qu'elle-même respirait encore, à vrai dire, et, pendant un instant, il espéra qu'elle avait arrêté toute seule. Mais ses petits doigts remuèrent, et il comprit qu'elle s'accrochait de toutes ses forces à la vie.

Il ne jugeait pas le roi. Il se disait que si lui-même avait mal à ce point à l'idée d'accomplir un acte aussi traumatisant, alors le roi devait sûrement souffrir deux fois plus en l'exigeant de lui. Quant à son père, il le croyait sans doute plus à même que Gavriel d'obéir à cette sinistre requête, et Corbel comprenait pourquoi. Son père s'était sûrement dit qu'il parviendrait à repousser la culpabilité au fond de son esprit, peut-être même à la chasser pour de bon, pour ne plus y penser et encore moins en parler. Corbel savait qu'il donnait cette impression de détachement, de recul et de dureté, mais il n'était rien de tout cela.

La petite fille, emmaillotée dans les doux langes royaux, bougea gentiment dans ses bras. Il était temps. Aucun examen de conscience n'allait l'aider à finir ce travail, dont la responsabilité reposait sur ses seules épaules.

*Fais-le, c'est tout*, se dit-il. *Remets les récriminations à plus tard.* Sa mission était de remettre l'enfant morte au père

Briar, qui la ramènerait au roi, afin que ce dernier permette à la reine de lui dire adieu. Dans le même temps, son père l'attendait dans le cellier pour lui expliquer où il devait fuir. Personne ne devait faire le lien entre lui et ce bébé. Il aurait aimé faire ses adieux à Gavriel, mais le souverain et même leur père ne leur en avaient pas laissé le temps.

Il prit la couverture et y enfouit son visage pendant quelques instants, le temps de réciter une prière silencieuse. Les larmes ne venaient pas facilement à Corbel. Mais ce n'était pas parce que son corps ne trahissait pas physiquement son chagrin que ce dernier n'en était pas moins réel. Il plaça la couverture sur le visage de l'enfant endormie et supplia Lo de faire en sorte que ce soit rapide. Il essaya de se vider l'esprit en appuyant sur le tissu, mais il se mit à penser à Gavriel. Comment son frère allait-il réussir à protéger Leo ? Survivraient-ils à ce conflit imminent ? Il ne le saurait peut-être jamais, car on l'envoyait au loin… et il ne savait pas s'il reviendrait un jour. Cela paraissait impossible à accepter, et la colère se mêla au chagrin tandis qu'il envoyait la petite fille à la mort.

Gavriel De Vis avait vu son père s'en aller avec son frère. Il n'avait pas eu le temps d'échanger avec son jumeau plus qu'un regard, mais ce dernier en disait long sur la chose terrible qui était sur le point de se produire. Dès que Corbel et lui avaient pris connaissance du plan du roi, Gavriel en avait voulu à Brennus de les mettre ainsi au pied du mur. Peut-être le souverain l'avait-il senti car il le retint après le départ du légat et de Corbel.

— Gavriel, puis-je te dire un mot ?

— Bien sûr, Altesse, répondit-il d'un ton brusque.

— Je t'ai demandé beaucoup aujourd'hui.

— Vous m'avez simplement demandé de veiller sur Leo, ce qui n'est pas difficile, Majesté. Ce que vous avez demandé à mon frère est complètement différent. Cela suffirait à briser l'âme de n'importe qui, Votre Altesse, si vous voulez bien excuser ma franchise.

Il se sentit fier d'en avoir dit autant.

— Tu comprends que je ne pouvais pas le faire moi-même.

— Je ne suis pas sûr de comprendre quoi que ce soit, Votre Altesse. Mais je prendrai soin de Leo comme mon roi me l'a demandé, et parce que mon père l'exige.

— Je sais que tu le protégeras au prix de ta propre vie.

— Bien sûr. Il s'agit du prince héritier.

— Il me reste encore une chose à te dire absolument. C'est délicat, mais je ne peux partager cette information avec personne d'autre.

La colère de Gavriel laissa la place à de la perplexité.

— Votre Majesté, tout ce que vous me direz restera entre nous.

— J'ai bien dit personne, Gavriel. Cette information n'est destinée qu'à toi. Elle ne doit pas revenir aux oreilles de ton père ou de ton frère, ni même de Leo. Personne ne doit rien savoir. C'est à toi seul que je vais confier ce grand secret, que tu dois jurer de garder.

Gavriel fronça les sourcils.

— Très bien, Altesse. Je jure de garder le silence. Ce que vous me confierez restera entre nous.

— Pas ici, dit le roi. J'enverrai quelqu'un te chercher. Nous nous reverrons dans mon salon. Pour le moment, je dois aller retrouver ma tendre épouse. Attends mon message.

Gavriel s'inclina, déconcerté.

Dans la chambre de convalescence de la reine se trouvaient divers domestiques et personnages officiels. Le roi avait insisté sur leur présence. Il régnait une atmosphère glaciale et un silence tendu, ponctué par des bruissements et des toussotements embarrassés qui couvraient la sonnerie lugubre d'une unique cloche. La pièce était plongée dans la pénombre et il n'y avait d'autre activité que celle de Piven, qui caressait gentiment les cheveux de sa mère en fredonnant un air discordant.

— Redis-moi encore une fois, Hana, pourquoi je n'ai pas mon nouveau-né au sein et pourquoi tu n'arrives pas à trouver mon époux ? demanda Iselda, le visage blême de fatigue et d'inquiétude.

Hana rajusta le couvre-lit de sa reine avant de fourrer dans les mains de sa maîtresse une tasse de lait chaud mélangé à du miel et à du vin au gingembre.

— J'ai appris que le roi était en route, Votre Altesse. Maintenant, je vous en prie, buvez ceci sans faire d'histoire. Vous avez besoin de reprendre des forces.

Dans un accès de colère dont elle était peu coutumière, Iselda lança la tasse à travers la pièce, en répandant le contenu dans toutes les directions. Piven se redressa d'un air visiblement amusé, tandis qu'Hana reculait, stupéfaite. La tasse se brisa contre le mur en pierre et le liquide disparut entre les lattes du plancher, sous les herbes qui recouvraient le sol. Sa chaleur libéra aussitôt le doux arôme de la lavande mélangée à celui de la menthe et du romarin.

— Je n'avalerai rien du tout et ne dirai plus un mot jusqu'à ce qu'on me rapporte ma fille. Trouvez-la ! Vous m'entendez ? hurla la reine.

Puis elle se mit à tousser et fondit en larmes. Piven recommença à caresser les cheveux de sa mère comme si rien ne s'était passé.

— Oui, comme tout le reste du palais, mon amour, déclara Brennus en arrivant enfin.

Hana se détendit visiblement à la vue du grand roi sombre dont la barbe s'ornait depuis quelque temps de nouveaux fils d'argent et dont les épaules autrefois larges paraissaient s'affaisser. Quant à son rire, qui avait longtemps retenti entre les murs de Brighthelm, il n'en restait plus que l'écho.

— Brennus !

Iselda lui prit les mains lorsqu'il vint s'asseoir à côté d'elle. Piven sauta sur les genoux de son père. Consciente qu'ils se trouvaient en public, la reine accepta le léger baiser que Brennus planta sur sa joue, puis elle se recula pour le dévisager. Elle trouva la réponse à sa question en voyant le pli de sa bouche et le chagrin dans ses yeux. Malgré tout, elle ne put s'empêcher de demander :

— Où est notre fille ? Pourquoi sonne-t-on le glas ?

— Iselda, commença gentiment Brennus.

La douleur dans sa voix était si intense qu'elle fit physiquement mal à la reine. Ses yeux se remplirent de larmes, qui coulèrent sur ses joues et se frayèrent un chemin à travers les doigts qu'elle plaqua sur sa bouche pour s'empêcher de hurler son propre chagrin.

— Notre fille est morte peu de temps après sa naissance, acheva Brennus. Dans mes bras.

Iselda secoua lentement la tête en répétant sans cesse le mot « non » à voix basse.

Brennus essuya ses propres larmes et reprit, en dépit des dénégations de son épouse :

— Aucune fille n'a jamais survécu. La lignée des Valisar semble posséder son propre système de défense en ce qui concerne les enfants de sexe féminin – mais ça, tu le sais déjà, mon amour. (Il lui prit les mains, les serra dans les siennes, puis les embrassa doucement.) Elle n'a pas souffert, ma chérie, je te le promets. Elle s'est simplement endormie pendant que le père Briar l'oignait d'huile sacrée. Elle nous a entendus prononcer son nom, et je suis sûr qu'elle m'a entendu dire que nous l'aimions de tout notre cœur.

Iselda remua les lèvres, mais aucun son n'en sortit. Le glas continuait à sonner de façon lugubre dans le silence tendu.

— Je savais que cela pouvait se produire, poursuivit Brennus, c'est pourquoi je te l'ai prise, mon amour. Je voulais qu'elle soit bénie avant… avant…

Sa voix se brisa, et il fut incapable de terminer sa phrase.

— Avant que le diable vole son âme ? demanda Iselda, les joues humides et la voix dure tout à coup. Crois-tu vraiment que Lo aurait pu ignorer et rejeter quelque chose d'aussi petit, d'aussi beau et d'aussi pur ? Est-il donc si cruel, ce dieu que nous prions et en qui nous mettons toute notre foi, pour non seulement assassiner mon bébé mais en plus refuser à son âme l'accès au paradis ?

Sa voix sifflante monta dans les aigus face à l'apparente insensibilité de son mari. Elle savait parfaitement qu'il était inconvenant de se laisser aller à sa douleur devant les serviteurs du palais, mais elle s'en moquait à présent. Trois enfants, voilà tout ce que Lo lui avait donné à aimer ; l'un était infirme, sa seule fille venait de mourir quelques heures après sa naissance et son précieux Leonel, son espoir, ne risquait pas de survivre très longtemps lui non plus.

— Peut-être que notre petite fille a eu de la chance, en fin de compte, d'être paisiblement reprise par Lo. Où est Leo ? Est-il au courant ? demanda-t-elle d'une voix plus douce.

Le roi ferma brièvement ses yeux rougis.

— De Vis est avec lui en ce moment et lui laissera Gavriel pour lui tenir compagnie.

— C'est bien, approuva-t-elle, soulagée, en offrant un sourire larmoyant à Piven. Leo aime cette famille comme si c'était la sienne, ajouta-t-elle distraitement avant de fondre de nouveau en larmes, sans bruit.

Le roi s'éclaircit la voix et regarda l'aide de la reine, qui rôdait à proximité, toujours très protecteur. À peine plus vieux que lui-même, Freath était quelqu'un de bien. Il n'était pas beau, au sens traditionnel du terme, mais son attitude sèche et réservée avait quelque chose d'énigmatique qui le rendait attirant.

— Je crois que ça va aller maintenant, Freath. Veillez à ce qu'on nous laisse seuls.

— Bien, Majesté. Hum, le père Briar vous attend.

Le roi acquiesça et attendit que les domestiques sortent sur la pointe des pieds, suivant les ordres murmurés par Freath.

— Pourquoi a-t-on fait entrer ces gens dans ma chambre ? Pour le docte Maser, je peux comprendre, mais les autres ? protesta Iselda à travers ses larmes en voyant Freath raccompagner pas moins de huit personnes.

— Je vais être honnête avec toi, mon amour. Je ne savais pas comment tu allais réagir. J'avais besoin de la présence de ces gens pour parer à divers imprévus. Mais, comme toujours, tu m'as surpris par ton courage.

Elle le regarda serrer sur son cœur leur petit garçon absent et respirer le parfum de ses cheveux fraîchement lavés. Elle se réjouit que Piven ne possède pas les facultés mentales nécessaires pour comprendre ce qui se passait.

— Je ne me sens pas très courageuse, Brennus, et je suis sûre que la vraie souffrance ne m'a pas encore atteinte. Je me sens comme engourdie, pour l'instant.

Brennus hocha la tête, car il partageait cette impression.

— Il n'y a pas de honte à refuser de la voir, mais j'ai demandé qu'on nous apporte notre fille. Le père Briar attend dehors.

— Il est avec elle ? demanda Iselda tandis que les larmes jaillissaient de nouveau.

— Je me suis dit que tu aimerais la tenir et passer un moment avec elle, dans l'intimité, expliqua Brennus d'une voix étranglée. Je suis tellement désolé, mon amour. Je suis désolée de ne pas être fort pour toi.

— J'ai toujours dit qu'une des raisons de mon amour pour toi, Brennus, huitième des Valisar, vient du fait que tu sois capable d'une telle émotion et que tu n'en aies pas honte. Je suis surprise que tu l'aies laissé transparaître devant d'autres, à l'instant. Mais tu n'as pas besoin d'être fort extérieurement pour moi, mon roi. (Iselda lui caressa la barbe.) Sois fort pour notre peuple. Ce qui nous attend est… impensable, souffla-t-elle en secouant la tête. (Puis un soupçon de son propre courage fit surface sur son visage pâle lorsqu'elle prit sa décision.) J'aimerais la tenir et l'embrasser de nouveau. Je t'en prie, fais entrer le père Briar.

Le roi hocha la tête, lui caressa la main et se leva.

— J'y vais.

Le cœur d'Iselda éprouva aussitôt une douleur impérieuse pour la sœur que Leo n'aurait jamais, la petite fille avec laquelle elle ne s'extasierait jamais sur des robes, cette même petite fille dont Brennus n'aurait jamais la joie d'être le père. Elle souffrit aussi pour le royaume, qui ne connaîtrait jamais l'éclat et l'excitation qu'aurait pu apporter la première princesse depuis des siècles… Mais, surtout, elle souffrit en pensant à l'avenir. Parce qu'il n'y en avait pas. Sans lignée royale – car Loethar passerait sûrement Leo au fil de l'épée s'il le trouvait –, Penraven et l'ère prospère des Valisar seraient à jamais détruites.

Elle vit son époux faire entrer le prêtre et trembla en le voyant porter sans peine un ballot drapé dans des soieries couleur crème. S'abandonnant entièrement à son chagrin, la reine Iselda prit le minuscule cadavre de sa fille nouveau-née et la serra étroitement contre son sein en priant de tout son cœur pour que s'ouvrent ses longs cils noirs. Mais sa prière resta lettre morte. Les yeux de l'enfant restèrent désespérément clos, ses lèvres teintées de bleu. Des touffes de cheveux s'échappaient du bonnet en soie, et leur noirceur faisait paraître le teint cireux de sa fille plus pâle. Pourtant, à peine deux heures auparavant, elle était d'un beau rose foncé dû à ses efforts pour venir au monde. Iselda aurait voulu caresser de nouveau les doigts et les orteils de fée qui lui avaient paru si petits et si parfaits un peu plus tôt. Elle ne se rendit pas compte qu'elle formulait ses pensées à voix haute.

— Nous l'avons enveloppée dans les soieries que tu as faites, expliqua Brennus avant de hausser les épaules d'un air gêné. Ça paraissait la chose à faire.

Le cœur brisé, Iselda regarda Piven enrouler gentiment les cheveux noirs de la petite fille autour de ses petits doigts, avant de sourire à sa mère et de déposer sur le front du cadavre un baiser mouillé qui claqua bruyamment. Son père le reprit sur ses genoux pour laisser à la reine une chance de dire adieu à sa fille.

Iselda caressa la cape en soie qu'elle avait cousue, puis minutieusement brodée au cours des trois derniers mois de sa grossesse, qu'elle avait passés confinée dans ses appartements.

— J'ai défait ce bouton de rose tant de fois, reconnut-elle tristement. Je n'arrivais pas à le faire bien droit.

Le père Briar s'avança et s'inclina de nouveau. Puis il lança un coup d'œil à Brennus, qui hocha la tête pour l'autoriser à s'exprimer.

— Elle a été bénie, Majesté. Elle est morte en douceur dans les bras de notre roi – un dernier petit soupir, très doux, et puis elle a cessé de respirer. Lo l'a emmenée, il a accepté son âme avec amour.

La reine fit la grimace.

— J'aurais préféré qu'il s'en abstienne, mon père. J'aurais aimé qu'il me laisse passer ne serait-ce que quelques heures de plus en compagnie de ma fille. J'ai eu à peine quelques instants pour faire connaissance avec elle avant qu'on me l'enlève, et maintenant elle est morte. J'ai du mal à me rappeler ce que cela m'a fait de la tenir dans mes bras quand elle respirait encore, ou à graver dans mon esprit l'image de ce à quoi elle ressemblait de son vivant.

Le père Briar se tortilla d'un air embarrassé.

— Pardonnez-moi, Altesse. Peut-être est-ce la volonté de Lo.

— Vous voulez dire que notre dieu a délibérément volé son souvenir dans mon esprit, afin de me faciliter la tâche maintenant qu'il me vole son âme ? demanda Iselda, dont l'expression se durcit et la bouche se crispa.

Le regard du prêtre passa du roi à la reine.

— Oui, c'est une bonne façon de formuler les choses, Votre Majesté, répondit le religieux, gêné. Si vous m'y autorisez, j'aimerais l'utiliser un jour dans un sermon.

Brennus battit des paupières. Iselda comprit qu'il manifestait ainsi la frustration que lui inspirait la maladresse du prêtre.

— Merci, mon père, déclara-t-il. (Il se tourna vers elle.) Est-ce que cela suffit ?

Elle secoua la tête sans même se rendre compte qu'elle pleurait.

— Non, cela ne suffira jamais.

— Essaie juste de te rappeler que nous devons penser à Leo. Il doit être inquiet et perdu. Je ne crois pas qu'il ait besoin de la voir, mais il voudra te voir toi et savoir que tu vas bien.

Elle renifla, incapable de détacher son regard de l'enfant.

— Tu as raison. Je ne peux qu'imaginer à quoi il peut bien penser en ce moment. Amène-le-moi, Brennus. Laisse-moi humer les cheveux et embrasser la peau rose des vivants.

Elle semblait résolue, et Brennus la remercia en lui serrant la main.

— Puis-je l'emmener ?

Iselda hocha la tête, trop effrayée pour parler. Elle craignait que les larmes et une nouvelle vague d'émotion incontrôlable viennent menacer sa détermination fragile. Elle se pencha et embrassa le front du bébé. On aurait dit du marbre. Ses larmes tombèrent sur la peau du nourrisson qu'elles dévalèrent en laissant à peine une trace. Non, il n'y avait pas la moindre chaleur, pas la moindre présence de la porosité de la vie. Elle en était convaincue, à présent, et l'irrationnelle étincelle d'espoir vacilla en son sein avant de mourir à son tour. Elle serra une dernière fois sa fille contre elle et détesta la raideur de ce corps minuscule. Brusquement, elle fut reconnaissante à Brennus d'avoir fait emmailloter l'enfant aussi étroitement. Elle comprenait à présent la raison de ce geste – comme ça, elle n'avait pas eu à sentir la rigidité cadavérique s'emparer de sa fille.

Alors, elle finit par rendre à son père le nourrisson, si semblable à une poupée.

— Pendant tout ce temps, je ne te l'ai pas demandé et tu ne me l'as pas dit, fit-elle remarquer tristement.

— Quoi donc, mon amour ? demanda-t-il d'un air confus, sans doute parce qu'il n'avait vraiment aucune idée de ce dont elle parlait.

— Partage avec moi le nom que tu as donné à notre fille.

Il eut un sourire triste et lui chuchota le nom à l'oreille, pour que personne d'autre ne l'entende.

— C'est très beau, reconnut Iselda. Voilà un choix que j'approuve de tout mon cœur. Mais je voudrais à présent te demander une faveur, Brennus.

— Tout ce que tu voudras, mon amour.

— Promulgue un décret interdisant à tout enfant de Penraven de porter ce nom à compter de ce jour. Il n'appartient qu'à elle.

Il hocha la tête.

— Cela sera fait, je te le promets.

— Tu ferais bien de demander aux pompes funèbres de préparer nos tombes, y compris celle de Leo. À mon avis, nous n'avons plus beaucoup de temps à passer sur cette terre.

— Allons, Iselda. Ressaisis-toi, ma reine, pour l'amour de notre fils. Tout n'est pas perdu. Loethar ne tardera pas à s'apercevoir qu'il est difficile de percer nos murs.

— Comment est-ce censé me réjouir ? Loethar n'a qu'à nous assiéger et attendre. Nos réserves s'épuiseront bien assez tôt.

— Je te promets ceci : quoi qu'il arrive, Leo échappera à l'emprise du tyran.

— Comment peux-tu en être aussi sûr ? Rappelle-toi, tu disais que le barbare ne réussirait jamais à s'emparer de l'Ensemble !

C'était un coup bas, mais il le méritait. Il n'aurait pas dû se montrer aussi arrogant vis-à-vis de Loethar. Le seigneur de guerre l'avait battu à son propre jeu. Mais Iselda n'en avait pas encore fini avec lui.

— Et ton autre fils ?

— Le barbare ne lui accordera même pas un regard.

Brennus prit la main de sa femme, qui le repoussa en haussant les épaules.

— Si tu parviens à tenir ta promesse, je mourrai en paix. Mais comment peux-tu être aussi sûr de toi ?

Brennus hésita. Sans doute se demandait-il s'il devait lui dire la vérité ou quelque chose qui ferait battre son cœur avec plus de légèreté.

— J'ai déjà pris des mesures en vue de l'évasion de Leo. Il ne le sait pas encore, bien sûr, mais si Loethar entre dans ce palais, peu importe la tournure que prendront les événements, Leo sera protégé. Le moment venu, il brandira la torche des Valisar contre le tyran. Nous, mon amour, nous pouvons être sacrifiés, tout comme Piven. Et j'ai bien l'intention que Loethar brûle toute son énergie pour savourer ma défaite, pendant que notre fils en bonne santé échappera aux mailles de son filet.

Rien de tout cela n'apaisa Iselda, en particulier la trahison vis-à-vis de Piven. Il avait beau être infirme, il n'en ressentait pas moins la douleur et la peur. Elle était lasse de tout ce chagrin.

— Peut-être valait-il mieux que notre fille meure, en fin de compte, remarqua-t-elle au moment où il ouvrait la porte pour s'en aller.

— Pourquoi dis-tu cela ? demanda-t-il en contemplant le bébé mort dans ses bras.

— Parce qu'elle serait venue compliquer ton plan. Si elle n'était pas morte, tu aurais peut-être été obligé de la faire mourir… pour t'assurer que Loethar ne puisse pas se servir d'elle. J'offrirais la même issue de secours à Piven, si seulement j'en avais le courage.

Brennus blêmit et la contempla d'un regard douloureux, comme s'il lui demandait de l'excuser, avant de s'en aller sans un mot. En cet instant, le cœur d'Iselda s'arrêta presque de battre. Elle pensa avoir découvert la véritable cause du trépas de sa fille. Tandis que la porte se refermait sur cette éventualité glaçante, la reine de Penraven s'aperçut qu'elle n'avait plus envie de vivre. Tout à coup, le nom des Valisar et son sinistre secret n'avaient plus d'importance.

# Chapitre 2

— Ma sœur est morte, commenta Leo avec la franchise brutale de n'importe quel enfant de douze annis.
Gavriel acquiesça.

— Je suis désolé pour votre famille… pour vous, Majesté.

— J'espérais un frère – mais pas comme Piven, plutôt comme le tien.

— Les filles, c'est amusant aussi, répliqua Gavriel tout en sachant que le jeune garçon ne comprendrait sans doute pas pleinement le sous-entendu.

Leo plissa le nez.

— Elles ne sont pas très douées pour la pêche, l'archerie, l'équitation, les bagarres…

— Ah ! Ne croyez surtout pas cela, Majesté, protesta Gavriel. Elles sont très douées dans la plupart des domaines et vraiment douées dans d'autres.

— Lesquels, par exemple ?

— Eh bien, euh, se faire belle et sentir bon…

Visiblement, le garçon réfléchit à tout cela tandis que Gavriel l'aidait à grimper en équilibre précaire sur ses épaules.

— Attrapez celle-là, Majesté. (Le jeune homme désigna une poire particulièrement grosse et mûre, qui ne tarda pas à atterrir dans sa main tendue.) Il y en a une autre par là-bas.

Tout en tendant le bras pour l'atteindre, Leo reprit le fil de leur discussion :

— Oui, mais, dans une bataille, ça ne sert pas à grand-chose de sentir bon, tu ne crois pas ?

Gavriel aimait la façon dont fonctionnait l'esprit de Leo. Le prince héritier possédait encore les manières directes et légèrement énervantes propres à tous les enfants, mais c'était un penseur qui amusait souvent Gavriel et Corbel avec ses idées bien arrêtées. Il gagnait rapidement en maturité. Gavriel était encore assez jeune pour se rappeler à quelle vitesse un enfant qui ne s'intéresse qu'à des choses de garçon se transforme en un jeune homme qui ne pense qu'à aimer les femmes.

Gavriel lui enviait presque cette insouciance que lui-même possédait encore à peine cinq annis plus tôt, mais qu'il avait perdue, et pas seulement à cause du temps qui passe. Loethar était en train de voler l'avenir de l'Ensemble et risquait bien de voler leurs vies aussi, si Gavriel interprétait correctement l'humeur de son père et du roi. Le palais se préparait à un siège. La nouvelle de la chute inévitable de Barronel, aussi improbable que cela puisse paraître, se répandait déjà. Le peuple de Penraven devait fuir, de préférence par la mer, puisque Loethar n'avait pas de navires et aucune connaissance en matière de navigation. Le littoral de Penraven était si vaste que quiconque pouvait quitter le royaume s'il en avait envie, pour se réfugier dans les îles Taramanian, à l'ouest, ou au royaume de Galinsée, à l'est.

Mais il n'y avait pas de fuite possible pour les frères De Vis. Le souverain comptait sur eux pour agir en hommes, désormais. L'innocence de l'enfance était un luxe qu'ils avaient laissé derrière eux depuis longtemps.

Leo sauta à bas des épaules de Gavriel en ignorant la main que lui tendait ce dernier.

— Mangez votre poire, lui dit le jeune homme en mordant dans la sienne.

Il se demanda comment être à la hauteur de la mission que lui avait confiée son roi. Puis il se rappela le fardeau qu'on avait imposé à Corbel et il frémit. La tâche de son frère était bien plus intimidante.

— Que veux-tu dire ? demanda Leo.

— Quoi ?

— Tu as dit que tu te demandais comment il allait pouvoir tuer quelque chose de si petit.

Gavriel comprit qu'il avait dû formuler cette dernière pensée à voix haute.

— Rien. Je ne m'en souviens pas.

— Tu te souviens de tout, Gav. Tu te souviens des dates, des dettes, de plein de trucs.

— C'est vrai. D'ailleurs, en parlant de dettes, vous me devez deux trents.

— Je n'ai pas oublié. Où est Corbel ?

— Parti faire une course pour notre père, répondit Gavriel.

Brusquement incapable d'avaler son morceau de fruit, il le recracha.

— Il y avait un ver ?

— Non ; tout à coup, je lui ai trouvé un goût acide.

— La mienne est sucrée comme le derrière de Sarah Flarty, répliqua Leo, avant d'éclater de rire en voyant la mine surprise de Gavriel. Eh, c'est toi qui me l'as dit.

Gavriel inspira brusquement à l'idée qu'il ne pincerait sans doute plus jamais le derrière audacieux de Sarah. Elle lui avait promis que, un jour, ils feraient l'amour dans le grenier à foin, mais ça ne risquait plus d'arriver, puisqu'il se retrouvait désormais nourrice à plein-temps du prince héritier. *« Protège-le à chaque instant, ne le quitte pas des yeux,* avait recommandé son père après que le roi lui avait expliqué ce qu'il attendait de lui. *Il ne doit jamais s'éloigner de toi. Le moment venu, tu devras disparaître avec lui – sans faire vos bagages ou vos adieux, sans laisser de mot derrière vous. Il est tout ce qui compte. Protège Leo au prix de ta vie. Élève-le.* »

L'élever ? Il n'était pas prêt à jouer les figures paternelles. Il n'était même pas sûr de savoir comment répondre aux besoins du garçon pour une journée entière. Souvent, il se sentait encore comme un enfant et il avait l'habitude de s'en remettre à la roublardise de Corb. Mais, maintenant, son frère n'était plus là.

— Avez-vous vu votre sœur ? demanda Gavriel.

Il n'avait pas eu l'intention de poser la question aussi brutalement, mais il avait besoin de garder l'image de son frère à l'esprit – comment allaient-ils s'en sortir l'un sans l'autre ?

— Mère ne le sait pas, mais père m'a autorisé à la voir, parce que j'en avais envie. Elle ne me ressemble pas. Tu l'as vue ? (Gavriel secoua la tête, incapable de formuler ce mensonge à voix haute.) Eh bien, elle avait les cheveux noirs. Père m'a dit de l'embrasser, mais… (il laissa échapper une petite exclamation de dégoût) j'ai refusé. Elle était raide et froide.

Gavriel loua en silence l'armure émotionnelle de l'enfance qui protégeait encore Leo.

— Ils vont l'enterrer dans la crypte familiale. On est en train de lui sculpter sa propre pierre tombale. Peut-être que je l'embrasserai, qu'en dis-tu ?

— Bonne idée, répondit Gavriel. J'ai vu Piven, tout à l'heure. Je parie qu'il ne comprend pas grand-chose à ce qui se passe.

Leo haussa les épaules, mais avec une certaine tristesse.

— Piven ne comprend pas grand-chose, de façon générale. Puis-je te demander quelque chose, Gav ?

— Tout ce que vous voudrez. Vous êtes l'héritier du trône, après tout.

Leo sourit d'un air malicieux. C'était une vieille plaisanterie, que les jumeaux utilisaient contre lui sans la moindre pitié.

— Est-ce que le tyran va tous nous tuer ?

Gavriel soupira.

— Non, pas vous.

— Pourquoi ça ?

— Parce que je suis là.

— Je sais que tu es le meilleur bretteur que nous ayons, mais…

— Le meilleur de la cohorte uniquement, rétorqua Gavriel.

Néanmoins, il se rappela avec fierté comment son père, la plus fine lame du royaume, s'était émerveillé des résultats après qu'il eut proposé à Gavriel d'entraîner un petit groupe de jeunes gens pour former un corps d'élite. Les talents grandissants de son fils aîné étaient les plus impressionnants de tous.

— C'est ce que je voulais dire.

— Dans ce cas, je suis le meilleur bretteur, le meilleur archer, le meilleur cavalier.

— Oui, mais pas le meilleur grimpeur.

— Non, mais c'est parce que vous êtes encore relativement chétif… Votre Majesté.

De nouveau, Leo sourit.

— Ah, mais quand j'aurai ton âge, je deviendrai un meilleur bretteur que toi, et je tirerai des flèches plus loin et plus droit.

— J'en suis sûr, approuva Gavriel en entrant dans son jeu – il se réjouissait d'avoir chassé de l'esprit du prince la menace de mort qui planait sur tous.

— Mais tu penses que d'autres vont mourir… que le tyran va gagner ? insista Leo.

Visiblement, Gavriel s'était félicité trop tôt.

— Je ne crois pas que nous sortirons de cette situation sans quelques décès, en effet.

— Alors, mes parents et mon frère seront sûrement assassinés. (Gavriel ne répondit pas.) Et sans doute ton père aussi, parce que c'est le légat.

— Je…

— Et peut-être tous les habitants de Penraven, parce qu'ils sont fidèles à la Couronne.

— Leo…

— Le fait que moi je survive ne paraît pas très juste, tu ne trouves pas ?

Gavriel aurait voulu lui dire qu'absolument rien ne garantissait sa survie, de toute façon. En fait, il était même probable que Leo trouve la mort également. Mais ça ne correspondait pas vraiment à l'attitude encourageante que son père attendait de lui. De Vis lui avait demandé d'aider le garçon à conserver un moral fort, loin des pensées de siège ou de mort. Alors, Gavriel préféra calmer Leo en soulignant l'évidence.

— Vous êtes l'héritier. Vous êtes encore plus important que le roi parce que vous représentez l'avenir du royaume. S'il mourait sans héritier, ce serait désastreux, irresponsable et impardonnable. Mais si son héritier survit, il restera un espoir.

— Et l'espoir est une bonne chose, conclut Leo, comme s'il finissait la phrase de Gavriel.

— C'est énorme pour un royaume face à une telle menace.

— Parle-moi de Loethar. Tout le monde m'ignore en disant que ça ne sert à rien de m'inquiéter.

— Non, pas ton père, et encore moins le mien, protesta Gavriel, surpris.

— Tu as raison, ils sont pires. Ils me disent qu'on peut vaincre Loethar, et pourtant leur mine me dit le contraire. Je sais qu'ils font semblant pour me protéger de la vérité. Mais je la veux, cette vérité, Gav. Je ne suis pas qu'un enfant, je suis le prince héritier. Il faut que je sache ce qui nous attend. J'ai douze annis, maintenant, presque treize. Je suis vieux !

Le prince avait raison ; il avait le droit de connaître la vérité. Mais Gavriel n'était pas certain d'être le mieux placé pour la lui fournir. Il déglutit péniblement. L'écrasante responsabilité qu'on venait de lui confier lui apparut soudain dans toute son ampleur, et la peur lui donna le vertige. Il allait fournir à Leo la vérité telle qu'il la comprenait. Le jeune garçon avait besoin de savoir exactement quel voyage les attendait.

— Je vais te dire ce que je sais, ce que mon père m'a dit.

Leo s'installa de nouveau le dos contre un arbre.

— Commence par le début de la vie de Loethar.

Gavriel s'adossa également à un arbre, étendit ses longues jambes, les croisa devant lui et mit les mains derrière la tête. Il ne se sentait pas détendu, mais c'était l'impression qu'il voulait donner à Leo.

— Le passé de Loethar est obscur. Personne ne sait vraiment qui il est, à part qu'il vient des Steppes likuriennes.

— Un chef de guerre tribal, murmura Leo, impressionné.

— Si vous voulez lui donner un titre, celui-là lui convient, c'est vrai, même si je préfère le définir comme un « brigand de bas étage ».

— Un puissant brigand, rectifia Leo avant d'ajouter, en voyant l'expression dédaigneuse de Gavriel : C'est vrai, il a réussi à bluffer l'Ensemble. Nous aurions dû le tuer et renvoyer sa meute sur ses terres arides il y a des lunes ! Pourquoi est-ce que nous n'en avons rien fait ?

— Je ne sais pas.

— Si, tu le sais. Par stupidité. De toute évidence, chacun des royaumes s'est cru invincible, uniquement parce qu'on avait affaire à des barbares. Et Penraven est certainement le plus à blâmer dans l'affaire ! Nous n'avons pas respecté leur détermination.

Ce n'était que trop vrai. Gavriel salua d'un soupir silencieux l'appréciation que Leo avait de la situation.

— Nous ne lui connaissons aucune famille, poursuivit-il. Si je ne m'abuse, nous ne savons même pas pourquoi ou comment cette campagne de conquête a débuté. Nous pensons qu'il rêve de bâtir un empire. Il a l'intention d'affaiblir le pouvoir de l'ensemble Denova et de faire de Penraven le joyau de sa couronne.

— Parce que, politiquement et financièrement, nous sommes le plus puissant de tous les royaumes.

— Exact.

— Oui, mais pourquoi ?

— Que Lo me vienne en aide – mais que fait donc votre professeur d'histoire avec vous, Majesté ?

— Il est si ennuyeux que je ne l'écoute pas. Ici, avec toi, c'est plus amusant.

— D'accord, voyons voir, dit Gavriel. Penraven, Barronel, Dregon, Gormand, Vorgaven, Cremond et Medhaven forment l'ensemble Denova, également appelé l'Ensemble tout court.

Leo fit semblant d'être exaspéré.

— Je sais tout ça.

Gavriel ignora sa remarque.

— Sur les sept, Penraven est le plus grand, le plus puissant et le plus riche. Ce fut aussi le premier, alors les autres ont tendance à faire preuve d'une certaine déférence vis-à-vis de la couronne Valisar. Malgré tout, ce sont tous des États indépendants qui se gouvernent eux-mêmes. Vous avez vu les sept rois se réunir pour l'assemblée de Denova tous les trois annis, n'est-ce pas ?

— Oui, mais on ne m'a jamais laissé y assister.

— Non, c'est vrai, vous étiez malade la dernière fois, et vous aviez à peine six annis lors de la précédente. Si je peux me permettre, vous suciez encore votre pouce ! Le roi de Gormand désapprouvait cette manie.

Leo pouffa de rire.

— Il devrait donc y en avoir une autre.

— Oui, elle aurait dû avoir lieu à la dernière lune, mais les actes de Loethar ont tout changé.

— Je n'arrive toujours pas à croire qu'on n'a pas réagi. Maintenant, il contrôle les autres royaumes.

— Medhaven n'est pas vraiment un bastion, ni un prix convoité, mais mon père a appris par courrier ce matin que Barronel était sur le point de tomber, probablement aujourd'hui même. Nous devons espérer que des renégats quelque part fomentent un soulèvement. Il nous faudra, si possible, trouver et rassembler ces rebelles.

Gavriel réfléchissait à haute voix. Personne ne lui avait donné cette consigne, mais il était convaincu qu'il existait des survivants qui n'étaient pas prêts à se soumettre au règne du tyran.

— Maintenant, Loethar veut donc s'emparer de Penraven.

— Oui, mais…

Gavriel s'interrompit, trop tard.

— Mais quoi ?

— Que savez-vous de votre famille, Majesté ?

Leo tourna brusquement la tête vers Gavriel.

— C'est une question bizarre.

— Connaissez-vous son histoire ?

Leo commença à réciter la liste des rois.

— Mon père est le huitième. Avant lui, mon grand-père, le roi Darros, et…

Gavriel l'interrompit.

— Je veux dire, savez-vous pourquoi les rois Valisar sont si révérés… et craints ?

Le garçon secoua la tête et baissa les yeux.

— C'est un secret, sans doute.

Gavriel acquiesça.

— C'est votre père qui devrait avoir cette conversation avec vous, pas moi.

— Mais tu peux au moins me donner un indice.

L'aîné des fils De Vis – de trois minutes seulement – éprouva une impression bizarre, comme une prémonition, peut-être.

— On l'appelle l'enchantement Valisar. Pour être franc, je n'en ai jamais beaucoup entendu parler, mais mon père m'a dit que les rumeurs vont bon train au sein du peuple.

— Qu'est-ce que c'est ? demanda Leo, les sourcils froncés.

— On m'a dit qu'il s'agissait d'une puissante magie qui n'appartient qu'à la lignée des Valisar.

— Alors, père possède cette magie, s'écria Leo, les yeux brillant de curiosité. Qu'est-ce que c'est ?

Gavriel haussa les épaules.

— Le pouvoir de coercition.

Le jeune garçon plissa le front et le regarda d'un air interrogateur.

— Qu'est-ce que ça veut dire ?

— Eh bien, ça veut dire qu'avec ce pouvoir, en théorie, vous êtes capable de soumettre les gens à votre volonté.

— Et les obliger à faire ce qu'on veut ?

— On peut formuler ça comme ça.

Leo siffla.

— Tu imagines ?

L'esprit de Gavriel dériva un court instant. Tandis que Leo suggérait comment l'enchantement pourrait servir leurs projets, il s'imagina ce qui arriverait si un tel pouvoir tombait entre de mauvaises mains.

— … et Sarah Flarty ne pourrait pas te le refuser, conclut Leo, hors d'haleine, en souriant d'un air malicieux.

— Quoi donc ? fit Gavriel, qui revint à la réalité juste à temps pour entendre ces dernières paroles effrontées.

— Eh bien, ce baiser ! Tu veux l'embrasser, pas vrai ?

— Je ne crois pas que ce soient vos affaires, Votre Majesté. Je n'aurais jamais dû vous parler d'elle, répliqua Gavriel.

— Elle est jolie. Je l'aime bien. Tu devrais l'embrasser et puis m'apprendre comment on fait, parce que j'aimerais bien embrasser la fille du duc Grendel, mais elle trouve que je suis sale.

— Sale ?

— Oui, elle dit que je sens toujours le cheval et la boue.

— Les très jeunes filles sont parfois un peu prétentieuses, Leo. Elles deviennent plus amusantes quand elles sont un peu plus vieilles, comme cette délicieuse nouvelle servante, Genrie, ajouta Gavriel avec un clin d'œil.

Leo plissa le nez.

— Elle est horrible !

— Pas du tout.

— Elle est vielle !

Gavriel haussa les épaules.

— À vos yeux, peut-être.

— Et tu voudrais… beurk !

— Les femmes plus âgées ont de l'expérience, Leo. C'est quelque chose que vous ne pouvez pas encore apprécier à sa juste valeur.

— Elle me déteste.

— Ah, voilà pourquoi. Elle ne vous déteste pas, elle est brusque avec tout le monde, très efficace, très… désirable. Ça ne me dérangerait pas qu'elle me donne des ordres pendant… (Il s'interrompit juste à temps.) Euh, on en était où ?

Leo parut ne pas se formaliser de cette interruption brutale, car il n'avait pas oublié où le sujet précédent en était resté.

— Mais si les rois Valisar ont ce… ce pouvoir de…

— Coercition, intervint Gavriel.

Leo acquiesça.

— Pourquoi mon père ne s'en est-il pas servi pour arrêter le tyran ?

Gavriel se leva, épousseta son pantalon et remit le prince héritier debout, même si ce dernier n'avait pas très envie de le suivre.

— Parce que votre père ne possède pas ce pouvoir.

— Mais tu viens juste de dire que…

— Je vous ai raconté la légende des Valisar. La réalité, c'est qu'on ne sait pas ce que c'est, qui le possède, comment ça fonctionne, ni comment on l'arrête. Votre père a confié au mien qu'il ne possédait à sa connaissance aucune magie et qu'il ne maniait rien de plus dangereux qu'une épée.

— C'est un mensonge, alors.

— Pas nécessairement.

— Gav, je n'y comprends plus rien.

— C'est un sujet complexe. Venez, Majesté, il est tard. J'ai promis à Morkom que je vous ramènerais à temps pour dîner avec la reine. (Il donna au prince héritier une bourrade amicale.) Nous pouvons continuer à discuter en chemin, mais parlez à voix basse – ce sujet est secret.

Leo emboîta le pas à son protecteur, bien plus grand que lui.

— Alors, si ce n'est pas un mensonge, qu'est-ce que c'est ?

— Personne ne le sait. Votre père pense qu'il s'agit d'un phénomène contradictoire, euh… j'entends par là qu'il s'agit d'un phénomène qui apparaît à sa guise. Personne n'est sûr de rien, mais on m'a dit qu'il peut sauter des générations et rester en dormance pendant des siècles s'il le veut.

— Comment faire pour savoir si on l'a ?

— J'imagine, Majesté, qu'il faut le tester, en essayant d'obliger les gens à faire ses quatre volontés.

— Et mon père n'y arrive pas.

— Il nie posséder cette faculté, et je crois que, s'il l'avait, il l'aurait utilisée, vous ne croyez pas ?

— Que le diable m'emporte ! Moi, je ne la possède pas, c'est sûr. Mais d'où vient le pouvoir ?

Gavriel haussa les épaules.

— Ça, je l'ignore. On naît avec, je suppose. J'ai appris aujourd'hui que le premier roi Valisar, Cormoron – qui, paraît-il, irradiait littéralement cette magie – a fait couler son sang sur la Pierre de Vérité, à Lackmarin, en jurant que ni lui ni aucun autre roi Valisar ne serait un jour capable d'utiliser ce pouvoir contre les leurs.

— Il voulait parler de sa famille ?

— Je crois qu'il pensait également à son peuple.

Leo sauta par-dessus un muret.

— Continue, ça m'intéresse, dit-il, les sourcils froncés tant il était attentif.

— Quand son sang coula sur la pierre, on prétend qu'un serpent apparut pour le boire. Il dit à Cormoron que son serment de sang était accepté, que la magie demeurerait dans la lignée des Valisar et que ses héritiers seraient insensibles aux effets de ce pouvoir.

Ils avaient atteint l'escalier qui menait aux appartements royaux. Leo caressa le blason sculpté dans la pierre, un emblème familier à travers tout Brighthelm.

— C'est pour ça que nos armoiries s'ornent d'un serpent à côté du lion ailé ?

— Précisément. Cormoron a décrété que, désormais, le serpent viendrait rejoindre le lion ailé sur le blason familial.

— Est-ce que le serpent a dit autre chose au premier roi ?

Gavriel sourit.

— Je ne sais pas, Majesté. Je n'y étais pas, dit-il en mettant ainsi fin à leur conversation.

Il remarqua comment Leo, sur le chemin de ses appartements privés, ne manqua pas de saluer les divers domestiques qu'ils croisèrent. L'une portait du linge, l'autre avait les bras pleins de chandelles de suif et un autre encore transportait une bassine d'eau. Le prince héritier ne prononça pas un mot, mais il sourit ou hocha la tête pour faire savoir à ces personnes qu'il les avait vues. C'était un petit geste, mais avec des conséquences insoupçonnées. Leo avait déjà la présence d'esprit de regarder au-delà de son propre monde et de ses propres besoins. Il était capable de reconnaître que cette vie facile, c'était à d'autres qu'il la devait. Cela laissait présager qu'il ferait un bon roi… si Gavriel parvenait à le garder en vie assez longtemps.

— Personne ne semble redouter Loethar, fit remarquer Leo en écho aux pensées de Gavriel.

— C'est parce que nous ne leur avons donné aucune raison de le faire… jusqu'à maintenant. Croyez-moi, Majesté, la panique surviendra bien assez tôt. Je pense que nous avons eu tort d'ignorer la menace, mais mon opinion n'a guère d'importance.

— Pas pour moi, assura Leo.

Il se figea en voyant apparaître une servante qui marchait d'un pas si vif qu'elle apportait avec elle un courant d'air.

— Prince Leo, dit-elle en hochant la tête. Morkom vous cherche partout.

Elle avait un ton accusateur. Gavriel vit Leo plisser les yeux.

— Et il peut continuer à le faire, Genrie, répliqua froidement le prince. Il n'est, après tout, qu'un domestique. Une personne que j'apprécie et que j'aime beaucoup, mais un domestique tout de même… comme vous.

Genrie se hérissa, et Gavriel la trouva plus attirante encore avec sa bouche entrouverte et son attitude glaciale. De fait, Genrie était efficace, appliquée, et appréciée de tous ses supérieurs au palais pour sa discrétion et son pragmatisme. Mais elle se donnait parfois des airs qui, ajoutés à sa brusquerie, irritaient le jeune prince, ce que Gavriel pouvait comprendre.

— Euh, Sa Majesté est en retard à cause de moi, Genrie, intervint-il. Pardonnez-moi. Mais il est là, maintenant, et tout à fait conscient qu'il doit bientôt dîner avec sa mère. Avec qui dînez-vous ce soir, Genrie ? Peut-être pourrais-je…

— Maître De Vis, commença-t-elle d'un ton glacial, la reine m'a expressément envoyé à la recherche de Sa Majesté et je…

— Et vous l'avez trouvé, l'interrompit Leo avec un sourire sardonique. Merci.

Face à ce ton sans réplique, elle n'eut pas d'autre choix que de faire une révérence et de passer son chemin, non sans lancer un regard noir à Gavriel.

Ce dernier soupira en entrant dans les appartements de son jeune protégé.

— Maintenant, elle ne me laissera jamais caresser son audacieux…

— Ah, les cuisines ont fait monter un peu de liqueur de baie, se réjouit le prince en ignorant les gémissements de son ami. Tu en veux ?

— Non, Majesté, mais ne vous gênez pas pour moi.

Leo lui lança un regard dédaigneux.

— Gav, je commence à avoir l'impression qu'on va passer un bout de temps ensemble.

— Je me dois d'être honnête avec vous : mon père et le vôtre m'ont ordonné de ne pas vous quitter d'une semelle. On est pratiquement collés l'un à l'autre à partir de maintenant.

Cette réflexion laissa le prince bouche bée.

— C'est une plaisanterie ?

Gavriel secoua la tête.

— Nouveau règlement. Vous disposez désormais d'un champion à plein-temps.

— Et Piven, alors ?

— Il a ses nourrices. Vous avez besoin d'un homme ! s'exclama Gavriel d'une voix forte en faisant saillir ses biceps.

Il essayait d'être drôle, mais la situation ne l'amusait pas. De son côté, le jeune garçon siffla doucement entre ses dents.

— Dans ce cas, est-ce qu'on peut oublier le « vous » et le « Votre Majesté » ? Ça me met mal à l'aise. Corb et toi, vous ne m'aviez encore jamais traité comme ça. Quand je t'entends, j'ai l'impression que tu t'adresses à mon père.

Il versa de l'eau par-dessus la petite quantité de liquide noir et sirupeux qu'il venait de mettre dans un verre.

— Devant les autres, je dois vous témoigner le respect, vous le savez.

Leo vida son verre et salua la dernière gorgée d'une exclamation de plaisir.

— D'accord, mais, dans l'intimité, je veux que tu me tutoies et que tu continues à m'appeler « Leo » ou « Tête de nœud », comme tu l'as toujours fait. (Il repoussa sa frange couleur de sable et revint à la charge :) Alors, c'est tout ce que tu sais de la magie Valisar ?

Gavriel songea qu'il n'arriverait pas facilement à sortir de cette conversation.

— Je sais qu'à voix basse on appelle ça l'enchantement Valisar. Ton père m'a expliqué aujourd'hui même que, en fait, c'est la magie qui tue les filles de sa lignée. Qu'elles meurent dans le ventre de leur mère ou à la naissance, dans tous les cas, aucune n'a survécu plus de une heure.

— Pourquoi ? La magie est trop puissante pour elles ?

— On dirait.

— Ou peut-être qu'elle ne laisse vivre que les garçons.

— Oui, c'est plus probable.

— Ma pauvre sœur, murmura Leo d'un air songeur. J'aurais bien aimé lui apprendre à faire fonctionner une catapulte. Piven n'y comprend vraiment rien.

— Même si elle avait vécu, Leo, je me demande si ton père aurait pris le risque de la laisser tomber entre les mains de Loethar.

Le jeune garçon leva les yeux, surpris.

— Tu veux dire qu'il est content qu'elle soit morte ?

— Non, s'empressa de protester Gavriel. Mais je crois qu'il est soulagé que le barbare ne puisse pas lui faire de mal.

— Mais pourquoi mon père n'aurait-il pas pu nous protéger tous si elle avait vécu ?

Gavriel haussa les épaules. Lui-même n'était pas très sûr de la réponse.

— Parce qu'avec un bébé le danger est plus grand, j'imagine. Si tu te caches, il peut te trahir avec ses pleurs ; il a besoin de sa mère et de soins que tu ne peux pas lui donner si tu dois prendre la fuite. Je pense que la mort de ta sœur a libéré ton père du fait d'avoir à prendre cette décision, ajouta-t-il en haïssant ce mensonge. Je vais appeler Morkom pour ton bain.

— Mais comment mon père compte-t-il protéger mon petit frère ?

— Je n'en sais rien. On ne me l'a pas dit, répondit Gavriel.

Mais il était convaincu à présent que l'on allait ignorer Piven et le laisser à la merci de Loethar. Personne ne voulait avoir le sang d'un autre enfant sur les mains, personne ne tuerait Piven pour le sauver du barbare.

— Je parlerai au roi mon père à propos de Piven. Où est-il, tu le sais ?

— J'imagine qu'il se trouve avec la garnison. Notre armée va bientôt devoir affronter les barbares. Il est sûrement en train de remonter le moral des troupes et de renforcer leur courage.

— Et nous alors ?

— Nous allons devoir nous soutenir l'un l'autre. (Ces paroles lui parurent prophétiques.) Et je crois qu'il va falloir s'y habituer.

Loethar lécha la lame en savourant le goût piquant et métallique du sang sur sa langue – du sang bleu, du sang royal, propre à l'ivresse. Puis il regarda Stracker.

— Fais-le empaler avec toute sa famille sur la Grand-Place. Ça montrera à tout le monde qui contrôle Barronel désormais. Les langues se délieront plus facilement pour nous dire où trouver des Investis.

— J'imagine que tu veux qu'on fasse un exemple avec le reste de la famille ?

— Crucifie-les. Ça impressionne toujours les foules. Et inutile de précipiter leur mort. Pas de pitié pour eux.

Stracker hocha la tête en jetant un coup d'œil à l'énorme raven perché sur le dossier de la chaise de Loethar.

— Je veux des sorciers, des sorcières, des magiciens, appelle-les comme tu voudras, pour moi, c'est du pareil au même, poursuivit Loethar. Mais je veux qu'on me dise qui sont les Investis et où on peut en trouver. Offre des récompenses, sème la peur, utilise tous les moyens que tu voudras, mais j'ai soif de connaissance. Je dois m'abreuver.

Il sourit, et la vision de ses dents tachées de sang accrut la malveillance de ses paroles. Il passa sa langue dessus et se lécha les lèvres pour ne rien perdre du goût.

— J'y veillerai, promit Stracker.

— J'ai l'intention de rester seul ce soir, ajouta Loethar avant de changer d'avis. Non, envoie-moi plutôt cette petite princesse qui tremblait comme une feuille tout à l'heure. Et demande qu'on m'apporte un tonnelet de vin. Ça m'aidera peut-être à noyer le son de ses cris.

Les deux hommes se mirent à rire. Mais, dès le départ de son bras droit, le sourire artificiel de Loethar se figea. Il touchait au but, désormais. Il espérait que les images du chaos qu'il allait bientôt déchaîner parmi eux empoisonnaient déjà les rêves des Penraviens. Il espérait qu'ils avaient entendu raconter comment il avait semé la terreur dans le reste de l'Ensemble et infligé d'horribles souffrances à chaque royaume. Les mauvaises nouvelles le précédaient, et il espérait que les habitants de Penraven les écoutaient avec attention, car il voulait leur roi… Mais, par-dessus tout, il convoitait ce que possédait la famille Valisar. Il caressa la tête du raven, qui battit des paupières en le regardant de ses yeux pâles.

— On y est presque, Vyk, roucoula-t-il.

Un coup frappé à la porte le tira de ses pensées.

— Qui est là ? cria-t-il, convaincu qu'il ne pouvait déjà s'agir de son divertissement pour la soirée.

— Valya, lui fut-il répondu.

— Entre !

Vyk s'envola pour se poser à côté du cadavre. Au même moment, la porte s'ouvrit et une femme franchit le seuil.

— J'espère que je ne t'interromps pas, Loethar ? Ah, je vois que tu as terminé.

— Est-ce que cela aurait changé quelque chose si tu m'avais interrompu ?

Elle esquissa un sourire lent et complice en traversant la pièce. Elle ne semblait pas du tout impressionnée par le gros oiseau ou par le croassement menaçant qu'il émit à son approche.

— Je me suis dit que c'était trop important pour attendre. Si près de Penraven, les nouvelles vont vite.

— Et ?

— L'un de mes espions en ville me fait dire que le glas sonne depuis des heures. Tu parles d'un double choc pour le peuple – toi d'un côté des remparts, et une mort royale de l'autre.

Elle se mit à rire. Loethar plissa les yeux.

— Qui ? Pas Brennus, tout de même ?

— Personne n'a jamais qualifié cet homme de lâche. Je doute qu'il se suiciderait pour te priver du plaisir de le tuer. (Elle contempla le roi mort aux pieds de son amant, sans manifester la moindre émotion face à ce cadavre décapité.) Mais je continue à me demander pourquoi il n'a pas essayé de te dissuader.

— Parce qu'il porte la toute-puissante couronne Valisar depuis trop longtemps. Il croit en son invincibilité. Il commence tout juste à comprendre que j'ai l'intention de lui prouver que même les Valisar peuvent être destitués.

Elle lui lança un regard désabusé.

— Tu sais que les Penraviens prendront la fuite par bateau.

— Oui, je le sais, parce que tu me l'as déjà dit. Ce n'est pas le peuple qui m'importe, Valya, ce sont les Valisar.

— Ainsi, toutes ces morts et cette destruction, c'est parce que tu veux la tête de Brennus, lui dit-elle de façon abrupte.

— Je ne m'en suis jamais caché. Je veux sa tête, celles de sa descendance et celles de leurs partisans.

— Je te demande juste de laisser Cremond en paix, dit-elle d'un air toujours aussi désabusé.

— Je l'ai fait. Je ne romps pas mes promesses. Sait-on qui est mort en Penraven ? demanda-t-il de nouveau.

Elle secoua la tête.

— Il pourrait s'agir de n'importe lequel d'entre eux, mais je dirais que c'est la reine.

La jeune femme se retourna et cracha sur le cadavre, ce qui surprit Loethar. Il ne savait pas très bien si c'était la reine de Penraven ou le roi de Barronel qui la dégoûtait, ou si elle avait eu en réalité l'intention d'atteindre Vyk. Quoi qu'il en soit, c'était là un geste d'une réelle méchanceté.

— Pourquoi la reine ? Aurait-elle eu trop peur de ce que je pourrais lui faire ?

Elle ignora sa question.

— S'ils ont le moindre sou de bon sens, ils sont déjà partis à bord d'une de leurs somptueuses goélettes royales.

— Brennus est trop fier pour prendre la fuite, rétorqua Loethar.

— Je suis d'accord. Les Valisar sont des gens stoïques, et ça vaut également pour leurs conjoints. Iselda ne perdrait pas la face en s'ôtant la vie. Tu ne vois donc pas ? (Elle haussa les épaules d'un air contrit.) Je crains que le courage des Valisar face à une défaite certaine inspire leur peuple.

— Nous verrons combien de temps cette inspiration durera quand j'aurai en ma possession ce que je convoite. Dis-moi pourquoi tu penses que la reine est morte.

— Les accouchements font de nombreuses victimes, répondit la jeune femme d'un ton neutre et désintéressé.

— Les accou… (Il s'interrompit en mesurant pleinement les implications de cette nouvelle.) Pourquoi ne m'as-tu rien dit ? s'énerva-t-il, menaçant.

— Désolée, aurais-je oublié de mentionner que la putain de Penraven devait pondre un nouveau rejeton ? Elle est la mère du prince héritier et d'un orphelin débile qu'elle a pris en pitié. Maintenant, il y a un autre marmot qui n'a probablement pas survécu à sa naissance. En ce qui te concerne, seul l'aîné est inquiétant. J'ai dû me dire que ce n'était pas important.

— Tu me surprends, Valya. Je t'autorise à espionner pour mon compte parce que tu es douée dans ce domaine, mais j'attends de toi que tu me révèles tout ce tu apprends. Sinon, en dépit de ton intelligence, tes talents ne me servent à rien. Je devrais vraiment te punir, ajouta Loethar, l'esprit en ébullition.

— Ça ne change rien, répliqua-t-elle d'une voix toujours confiante.

— Cette nouvelle a des ramifications.

— Pas vraiment. J'imagine que, de toute façon, tu as l'intention de tous les tuer.

— Je n'ai aucune intention précise à ce stade, la réprimanda-t-il, à part regarder mes hommes percer la célèbre muraille de Penraven. Après, j'aviserai.

— Alors, est-ce que ce palais va devenir notre nouvelle maison ? (Elle passa la main sur la surface en marbre hautement polie qui recouvrait l'élégante table de la salle à manger privée du roi.) J'aime vraiment beaucoup ce meuble – quelle couleur stupéfiante.

Loethar s'obligea à ravaler sa colère. Ce n'était pas le moment de perdre son calme.

— C'est le célèbre marbre de Barronel, qui vient des profondes carrières des collines Vegero.

— Superbe, dit-elle distraitement en allant jeter un coup d'œil aux livres de la petite bibliothèque que le défunt roi avait fait installer dans ses appartements.

Vyk la suivit en sautillant.

— Oui, pour l'instant, Barronel va nous servir de base. Installe-toi confortablement, Valya, mais pas ici, la prévint-il.

— Pourquoi ? demanda-t-elle en cessant d'inspecter les rayonnages.

— Tu n'es pas roi.

— Toi non plus, répondit-elle d'un ton langoureux. Tu es un empereur en devenir, ajouta-t-elle avant qu'il puisse protester. Tu ferais bien de t'habituer à un tel environnement et d'y apposer ta marque. Plus de grottes et de tentes pour toi, Loethar.

— Bien que tu sois habituée aux plus belles choses que la vie peut offrir, puis-je te suggérer d'aller les découvrir dans une autre partie du palais ?

— Où seras-tu ? Je pourrais peut-être...

Il l'interrompit.

— Je ne sais pas. Je pourrais bien me rendre en Penraven pour jeter un premier coup d'œil à la forteresse Valisar. (Un coup frappé à la porte mit un terme à cette discussion.) Entrez, dit Loethar d'un ton las.

Un guerrier trapu, au visage scarifié et tatoué à l'encre colorée, entra en traînant derrière lui une enfant terrifiée. Âgée d'à peine plus de douze annis, elle était vêtue d'atours royaux, mais Loethar remarqua que sa robe était déchirée et son visage baigné de larmes.

— Stracker dit que vous avez demandé à la voir, seigneur, dit le guerrier d'un ton bourru, dans la langue des steppes.

— J'ai changé d'avis. Rends-la à sa mère.

— Déjà morte.

Loethar soupira, agacé.

— Alors envoie la fille rejoindre son dieu, elle aussi. Fais-le immédiatement, sans douleur, il faut que ce soit rapide.

— Ici ? demanda le guerrier, surpris.

L'adolescente commença à hurler en apercevant le cadavre sans tête de son père.

— Non, non, pas ici, répondit lentement Loethar entre ses dents serrées. Emmène-la et envoie quelqu'un récupérer le cadavre, tant que tu y es. (Le guerrier acquiesça.) Et, Vash, à partir de maintenant, tu ne dois plus parler que la langue de la région.

— Très bien, seigneur, répondit-il dans un ensemble parfait.

Il sortit de la pièce en tirant derrière lui la princesse, qui hurlait toujours.

— Oh, Loethar, avais-tu vraiment l'intention de t'amuser avec une petite fille ? protesta Valya d'un air dégoûté. N'as-tu donc aucune conscience ?

— À peu près autant que toi, répliqua-t-il.

Elle rit, mais il remarqua que ce rire sonnait faux, en dépit de ses efforts.

— Tu n'en as donc aucune.

— Précisément. Ce que je veux faire croire à mes hommes et ce que je fais en réalité sont deux choses entièrement différentes.

— Parce que si c'est de sensualité dont tu as besoin…, reprit Valya d'un ton taquin.

Il battit des paupières, irrité.

— Ce dont j'ai besoin, c'est de dormir, répondit-il en l'interrompant de nouveau. Ferme la porte en sortant et veille à ce que personne ne me dérange, sauf si c'est pour m'annoncer qui est mort au sein de la famille Valisar. Je ne veux voir personne, toi y compris, pendant les six prochaines heures.

Sans attendre sa réponse, Loethar fit demi-tour et s'en alla dans la chambre de l'ancien roi, avec Vyk voletant derrière lui.

# Chapitre 3

Corbel était lancé dans une folle chevauchée. Sa survie et celle de nombreuses autres personnes en dépendaient. Il se rendait dans un endroit inconnu, en suivant les indications que son père lui avait fait répéter plusieurs fois jusqu'à ce que le légat soit sûr que son fils saurait retrouver le lieu de rendez-vous.

— Va, mon fils, ta vie en dépend, lui avait dit Regor De Vis d'un ton bourru.

Corbel n'avait jamais vu son père pleurer. Visiblement, le légat n'avait aucune intention de lui laisser entrevoir la profondeur du chagrin que lui causait son départ. Tous deux savaient qu'ils ne se reverraient jamais.

— Cela sauvera la vie de Gavriel autant que la tienne, avait ajouté De Vis.

Dans les yeux de son père, Corbel avait vu briller l'espoir. Rien que pour ça, il voulait bien se rendre dans ce curieux endroit sur la côte, pour y retrouver un certain Sergius.

— Mais comment le reconnaîtrais-je ? avait-il demandé.

— Lui te reconnaîtra, avait répondu le roi.

— Et nous pouvons lui faire confiance ?

— Implicitement, avait acquiescé son père.

Il avait attendu. Les deux hommes n'avaient rien ajouté.

— Vous savez que c'est de la folie, n'est-ce pas ? avait protesté Corbel d'une voix calme.

Il n'était pas sujet aux accès de colère. Il aurait aimé que Gavriel soit là pour parler à sa place.

— Oui, mais tu dois nous faire confiance, avait ajouté son père d'un ton si raisonnable que la moindre objection que Corbel aurait voulu faire était restée coincée dans sa gorge.

— De la magie ?

Brennus l'avait regardé d'un air triste.

— Je t'envie, Corbel.

— Vraiment ?

Dans sa fureur – que personne d'autre que Gavriel n'aurait pu remarquer – Corbel avait voulu demander au roi s'il lui enviait vraiment le souvenir du meurtre d'un nouveau-né. Mais son père avait dû deviner ses pensées, car il lui avait lancé un regard furieux.

— Pourquoi ne l'utilisez-vous pas pour fuir, Votre Altesse ? avait alors demandé Corbel.

— Ce serait une sacrée surprise pour ce salopard de seigneur de guerre, avait soupiré Brennus. Va, Corbel. Rien ne compte davantage que ta sécurité maintenant. Que Lo te garde.

— Père…

— Va, mon fils. Comme toi, nous n'avons aucune idée de ce que l'avenir te réserve. Mais nous sommes convaincus que tu seras en sécurité et que tu n'oublieras pas ta mission. Ça vaut la peine d'y consacrer ta vie. Un jour, ça permettra peut-être de sauver Penraven.

Corbel avait voulu parler, mais son père avait levé la main.

— Il suffit, Corbel. J'ai toujours été fier de toi et de Gavriel. Donne-moi encore des raisons de l'être. Fais ce que ton roi et ton père te demandent.

Se voyant refuser toute possibilité de protester, Corbel De Vis s'était incliné. Puis Brennus et Regor De Vis lui avaient donné l'accolade.

À présent, Corbel avait l'impression que son esprit s'était liquéfié et que cette eau se répandait dans toutes les directions, sans rien d'autre pour la retenir que son crâne douloureux et la détermination de mener à bien sa mission. La réalité de ce fardeau le terrifiait et pesait lourdement sur son cœur.

Il suivit au grand galop la direction du nord-ouest et changea de cheval à Tomlyn, où un maître d'écurie l'attendait. Celui-ci donna à Corbel un petit sac de provisions que le jeune homme mangea en plusieurs fois, sans s'arrêter. Il changea de nouveau de monture, à Fairley cette fois, comme on le lui avait ordonné. L'expérience fut la même.

Laissant le village de Fairley derrière lui, Corbel se retrouva aussitôt le long du littoral. Il continua à galoper en fouillant des yeux le bord du chemin, à la recherche de la borne en pierre où serait indiquée sa destination. Le jour déclinait rapidement. Il se demanda s'il arriverait à temps. Quelques minutes plus tard, il aperçut un homme, au loin. Il fit ralentir la jument et finit par s'arrêter devant l'inconnu.

— Bienvenue, Corbel. On m'a dit que tu étais porteur d'une bien lourde responsabilité.

Hors d'haleine, Corbel acquiesça sans dire un mot.

— Ah, ma vue est si basse que je n'y vois pas grand-chose, mais c'est bien assez. Viens, aide-moi à descendre le chemin.

— Le chemin ? répéta Corbel.

L'inconnu pouffa de rire.

— Tu le verras quand tu mettras pied à terre. Il conduit à mon humble demeure. Il n'est dangereux que pour moi. J'imagine qu'avec ta jeunesse et ta force tu trouveras la descente relativement facile.

Corbel sauta à bas de sa monture et découvrit des marches astucieusement taillées dans la falaise. Il aperçut également une hutte et espéra qu'ils arriveraient là-bas avant que le vent se renforce encore davantage. Le soleil se couchait dans un farouche incendie de rose, annonciateur d'une nuit agitée.

Comme s'il lisait dans ses pensées, Sergius hurla par-dessus les rugissements du vent :

— Va y avoir de l'orage, ce soir. C'est un bon présage pour ce qu'on a à faire.

— C'est une bonne chose ?

— La perfection ! Cette sorte de magie fonctionne mieux quand les éléments se soulèvent et hurlent leur puissance.

Corbel se demanda si quelqu'un avait prévenu Gavriel à son sujet. Surtout, il se demanda s'il reverrait son frère un jour.

— Et ma jument ?

L'homme tendit le doigt.

— Le temps va se gâter, trop pour laisser cette bête dehors. Mais ton père a pris la précaution de laisser du foin et de l'eau dans cette petite grange – tu la vois ? (Corbel acquiesça.) Tant mieux, parce que moi pas. C'est flou, à cette distance. Enfin, bref, attache ton cheval là-dedans. Tout est arrangé, quelqu'un viendra le rechercher.

— Donnez-moi quelques instants, dit Corbel tandis que le vent lui sifflait aux oreilles.

Il guida la jument jusqu'à la grange et l'attacha à l'intérieur avec un sac de grains et un seau d'eau fraîche. Il espérait qu'on viendrait bientôt la chercher. Il aurait aimé pouvoir la bouchonner, mais il y avait de la paille fraîche à disposition, dans laquelle elle ne manquerait sans doute pas de se rouler avec bonheur. De plus, ce n'était pas le moment de s'inquiéter pour un cheval. Il ferma la porte et retourna à petites foulées auprès de son hôte.

— C'est fait, annonça-t-il.

— Allons-y, répondit Sergius. Comme c'est agréable d'avoir quelqu'un pour m'aider à descendre ce maudit chemin !

Ils se turent, concentrés sur la descente.

— Quand ? demanda Corbel en arrivant enfin devant la porte de la hutte.

L'homme sourit.

— Maintenant. Entre, il faut que tu boives quelque chose.

— Quoi donc ? demanda Corbel en suivant Sergius à l'intérieur.

— Pas de questions, on n'a pas le temps. (Il prit une tasse sur la table, très propre et ornée de quelques jolies fleurs jaunes dans un vase.) Cela servira à chasser ta résistance.

Corbel fronça les sourcils en examinant le contenu de la tasse. Le liquide paraissait inoffensif et inodore.

— Tu dois tout boire, recommanda Sergius.

— Et vous ?

L'homme hocha la tête.

— Je contrôle la magie, mais il ne faut pas que tu la repousses. Or, tu m'as justement l'air assez costaud pour me résister.

— Je ne comprends pas.

— Cette potion annule la résistance en te rendant docile. Sans elle, ton corps combattrait instinctivement la magie. Nous avons besoin que tu y ailles calmement.

— Où ça ?

— Dans la mer.

— Vous êtes fou ?

— La plupart des gens le pensent, répondit l'homme en souriant gentiment. Mais ça me va.

— Je vais me noyer, énonça brutalement Corbel.

— Fais-moi confiance.

— Faire confiance à la magie, vous voulez dire ?

Sergius hocha la tête, la compassion gravée sur le visage.

— Ça aussi.

— Où est-ce que je vais ? insista Corbel.

— D'une certaine manière, c'est toi qui choisiras, mais, quel que soit le point de vue, c'est loin d'ici.

— Sergius ?

— Oui ?

— J'ai peur.

Le vieil homme sourit et posa une main sèche et chaleureuse sur le bras de Corbel.

— N'aie pas peur, fiston. C'est héroïque, ce que tu fais. Et ce que je te soupçonne d'avoir déjà fait était extrêmement courageux. Ton père ou le roi n'y seraient pas arrivés, et pourtant, ce sont tous deux des hommes valeureux. Tu fais ça pour Penraven… pour la couronne Valisar. Bois, Corbel.

Hypnotisé par le vieil homme, étrangement réconforté par sa voix lyrique et ses paroles bouleversantes, Corbel vida la tasse.

Puis, tandis qu'un éclair vif et violent illuminait le ciel nocturne, Corbel De Vis entra dans la mer en portant toujours le poids de son fardeau et de son chagrin.

Brennus venait juste de terminer un discours vibrant devant ses capitaines. Les hommes l'avaient bruyamment applaudi tandis qu'il descendait de l'estrade de fortune. Il entendait encore leurs sifflets et leurs vivats. Cependant, même eux savaient que leur cause était sans espoir, en dépit de ce qu'il leur avait dit et du courage qu'il leur avait insufflé. Le roi s'éloigna de la caserne d'un air lugubre. Il avait menti à ses hommes. La seule personne qui savait ce qui les attendait vraiment marchait à ses côtés dans un silence furieux.

Brennus s'efforça d'apaiser l'atmosphère tendue qui régnait entre eux.

— Il ne sert à rien que tout le monde meure, De Vis.

— Pourquoi seriez-vous le seul à vous montrer incroyablement courageux, Votre Altesse ? répliqua son légat sans pouvoir dissimuler son sarcasme.

Brennus savait que son ami souffrait profondément d'avoir envoyé Corbel au loin, de cette façon, avec si peu d'explications et sans savoir ce qui allait en découler.

— Ce n'est pas une question de courage…, commença-t-il.

— Si, c'en est une, sire. Nous sommes tous des hommes de Penraven et nous éprouvons la même chose que vous. Pourquoi croyez-vous que vos hommes vous ont fièrement applaudi ? Ils admirent votre courage, qui renforce le leur. Nous ne tremblons devant aucun ennemi, et surtout pas le barbare des Steppes.

— Il tuera quiconque tentera de lui résister.

— Ainsi, nous sommes déjà sûrs d'échouer ? demanda De Vis d'un ton toujours aussi sarcastique. Où est passé le puissant esprit de Penraven ? Et, cela mit à part, ne nous leurrons pas, Altesse. De toute façon, il tuera tout le monde ! Alors autant mourir en héros, en se battant pour une cause en laquelle nous croyons. Pour être honnête, ma femme repose six pieds sous terre et mes fils…

Il fut incapable de terminer sa phrase.

— Et qu'en est-il de la belle jeune fille dont on vous a offert la main ? Allez-vous l'ignorer ?

De Vis fit un geste vague, comme si le commentaire du roi n'avait pas la moindre importance.

— Disons simplement que je n'ai plus rien qui vaille la peine de vivre pour ça, à part servir les Valisar. Je suis prêt à mourir en défendant la couronne.

— Vous l'avez toujours été, Regor. (Brennus secoua la tête avec colère.) Non, Loethar ne tuera pas mon peuple. Je me refuse à autoriser pareille sauvagerie inutile.

— Mais c'est un sauvage ! cracha De Vis, qui s'oubliait.

Brennus ignora l'offense.

— Écoutez-moi, Regor. Nous savons ce qu'il veut, et nous allons le lui donner sans combattre. Mais, la condition, c'est qu'il doit épargner mon peuple.

— Il ne l'acceptera jamais.

— Vous pourriez être surpris.

— Comment pouvez-vous en être aussi sûr, Votre Altesse ?

— Faites-moi confiance. Il ne veut qu'une seule chose. Et nous savons qu'il est intelligent. À quoi bon raser une cité et tuer tous ses habitants quand on veut devenir empereur ? Il a besoin de sujets pour gouverner. Je préfère que les Penraviens lui obéissent jusqu'à ce que Leo soit en âge de comprendre quel est son devoir, d'agir et de venger ma mort. Au moins, de cette façon, il existe un espoir que la dynastie Valisar ressuscite.

— Vous pensez vraiment que Leo viendra reprendre le royaume ?

— De Vis, ne me posez pas cette question comme si vous-même vous en doutiez ! Il me faut espérer. C'est tout ce qu'il me reste. (Il secoua la tête, encore incrédule.) J'ai tué un bébé !

Il refusa d'admettre qu'il avait demandé à quelqu'un d'autre de le faire. De Vis s'abstint de lui rappeler qui allait devoir vivre avec le poids de ce meurtre sur la conscience.

— Mon épouse…, reprit le roi d'une voix lourde de chagrin.

— Elle ne le sait pas, Altesse. Elle ne le saura jamais. Gavriel gardera le secret.

— Et Corbel… l'assassin ? comment réussira-t-il à vivre avec le sang d'un innocent sur les mains ? comment le puis-je ? Corbel est aussi innocent que l'enfant. C'est moi le coupable.

De Vis serra les dents. Ils n'avaient pas le temps de se livrer à de telles réflexions, surtout qu'une des personnes impliquées était son fils. En vérité, lui-même ne savait pas s'il se pardonnerait un jour d'avoir laissé le roi confier cette mission à son fils, puis d'avoir envoyé le jeune homme apeuré et écœuré loin de tout ce qui lui était familier.

— Corbel est parti, Votre Altesse. Il est assez grand maintenant pour faire face à ses propres démons. Il cherchera le pardon de Lo à sa manière.

— J'ai trop demandé à votre famille, De Vis.

— Nous avons toujours plus à donner, Votre Altesse.

Brennus s'arrêta, prit la main de son ami et la posa sur son cœur.

— Laissez-moi faire ça tout seul, Regor, supplia-t-il d'une voix chargée d'émotion.

De Vis secoua tristement la tête.

— Impossible, Altesse. J'ai prêté serment devant votre père, sur son lit de mort. J'ai l'intention de respecter ce serment et de ne pas laisser tomber mon royaume. Peut-être avez-vous raison. Peut-être est-il temps de placer tous nos espoirs en nos enfants. Mais nous devons faire un sacrifice final pour leur permettre de gagner du temps et leur donner une chance de nous venger.

Le roi finit par acquiescer.

— Dans ce cas, organisez des pourparlers. Faites à Loethar une offre qui lui paraîtra irrésistible. Même les barbares doivent bien finir par se lasser des combats.

— Je vais envoyer un messager.

— Ce ne sera pas nécessaire, répondit Brennus en souriant tristement à la lueur des torches. Il sera déjà là, à nous observer.

— Qu'est-ce qui vous fait dire ça ?

— Il s'est emparé de Barronel. Je ne le vois pas se rapprocher à ce point de sa proie sans venir la débusquer au plus tôt.

— Dans ce cas, pourquoi ne s'est-il pas montré, pourquoi n'a-t-il pas encore fait de demande ?

— Parce qu'il savoure ce moment, j'imagine. Je le sens, là dehors. Il nous regarde, il attend, il se repaît de notre peur.

— Que voulez-vous que je fasse, Altesse ?

— Sortez de la ville à cheval. Il viendra à votre rencontre. Je vous expliquerai quoi dire.

De Vis choqua le roi en mettant brusquement un genou en terre.

— Votre Majesté, je vous en supplie. Ceux qui ont choisi de fuir sont déjà partis. Ils ont eu suffisamment de temps pour rejoindre la côte. Quant aux autres… (Il haussa les épaules.) Ils ont décidé de rester pour tenter leur chance et ils savent déjà qu'ils ne doivent pas lever les armes contre lui. Ainsi, il ne les massacrera pas. Mais il ne peut s'emparer de Brighthelm avec une telle facilité. Si elle doit tomber, que ce soit avec honneur, après un noble combat. J'irai à la rencontre du barbare, s'il se trouve effectivement à l'extérieur de notre ville forteresse, mais, plutôt que de lui faire une offre, écoutons d'abord ce qu'il demande.

Brennus sembla peiné.

— Nous savons déjà ce qu'il veut, l'ami ! Nous pouvons le lui donner sans plus attendre et éviter de faire couler davantage de sang.

— Votre Altesse, accédez à cette dernière requête. Laissez-moi regarder notre agresseur dans les yeux. Laissez-moi comprendre pleinement ce qui le motive avant de lui faire la moindre proposition. Si nous devons mourir, que ce soit en pleine connaissance de sa manière de raisonner.

Brennus hésita. Il savait le plan de De Vis imparfait, car cela ne ferait que prolonger une épreuve déjà douloureuse. Mais ce fut la vision d'Iselda serrant son bébé contre elle qui le poussa à accepter. Se rendre un tout petit plus tard lui donnerait quelques jours de plus en compagnie de la femme qu'il aimait, quelques jours de plus pour apaiser son âme profondément troublée… quelques jours de plus pour faire la paix avec Lo.

— Comme vous le souhaitez, dit-il en soupirant doucement.

De Vis embrassa la chevalière de son roi.

— Merci, Votre Majesté.

# Chapitre 4

Del Faren était amoureux. L'objet de cet amour était la fille du sculpteur Sesaro, à qui l'on avait commandé pas moins de trois statues en pierre du roi Brennus. Sesaro n'avait pas encore atteint la soixantaine, c'est dire s'il était encore jeune pour quelqu'un jouissant d'une telle renommée. Mais la carrière en plein essor de cet artiste, l'un des plus populaires du royaume, tournait déjà court à cause de la menace de guerre. Il travaillait jusqu'alors sur une nouvelle fontaine, une immense pièce qui devait décorer l'une des nouvelles places dont la construction avait été ordonnée par la Couronne. La cité s'était agrandie bien au-delà de ses remparts originels, et l'ancienne Grand-Place n'était plus aussi facile d'accès pour les gens. Le roi Brennus, qui se passionnait d'architecture, avait pris l'audacieuse décision de remodeler la cité. Il avait transcrit ses idées sous forme de dessins, et un architecte urbain avait été nommé pour superviser le projet qui devait donner naissance à trois grandes places. L'actuelle Grand-Place ne servirait plus que de lieu de rencontre pour les Penraviens, tandis que l'une des nouvelles deviendrait le cœur politique de la ville, où les dignitaires du royaume, les conseillers et les seigneurs se rencontreraient pour discuter et où auraient lieu les cérémonies officielles organisées par la Couronne. La dernière serait expressément construite avec pour but d'accueillir le nouveau marché couvert. Le récent séjour de Brennus dans la cité de Percheron, en tant qu'invité du Zar Azal, lui avait ouvert les yeux sur la beauté d'un bazar. Certes, l'arôme des mystérieuses épices de Percheron ne remplirait pas le marché de Penraven, mais Brennus voulait importer le concept que les gens pouvaient faire leur marché à l'abri et que des boutiques permanentes pouvaient être érigées pour les marchands les plus riches. Il avait été intrigué par l'astucieux usage de lamelles en bois propulsées par le vent, qui diffusaient de l'air frais dans les allées couvertes et chassaient l'air vicié au-dehors. La fraîcheur de son marbre l'avait impressionné mais, par-dessus tout, c'était la beauté du bazar qui l'avait époustouflé, ainsi que l'idée que quelque chose d'aussi fonctionnel pouvait malgré tout être une œuvre d'art. Il voulait laisser un héritage similaire à celui que Joreb, l'arrière-grand-père d'Azal, avait entrepris en faisant de Percheron un endroit d'une beauté singulière, autant pour ses habitants que pour ses visiteurs. Brennus espérait qu'on parlerait de Penraven et de sa capitale, Brighthelm, comme d'un pays et d'une ville à la beauté audacieuse. Certes, sa cité ne brillerait pas dans des tons pâles et pastel comme Percheron, mais il espérait qu'elle n'en serait pas moins éblouissante grâce à la pierre multicolore du coin.

Mais l'arrivée de la guerre avait brusquement rendu hors de propos tous ces plans, y compris celui de la fontaine chérie de Sesaro, où devait figurer le célèbre serpent des Valisar. En revanche, cette menace ne freinait pas l'amour du soldat Faren pour Tashi, et il avait toujours l'intention de la demander en mariage, en dépit des protestations de l'intéressée.

— Del, tu es très gentil et très mignon. Mais mon père voudra donner ma main à quelqu'un qui saura m'offrir le genre de vie qu'il souhaite pour sa fille unique, avait-elle expliqué gentiment, une fois de plus, la veille au soir. Et maintenant, avec cette guerre qui nous menace…

— Ne parle pas de ça, mon amour, l'avait suppliée Faren. Pensons uniquement à l'amour que nous avons l'un pour l'autre.

— Je ne peux nier que j'ai des sentiments pour toi, mais tu dois te montrer raisonnable. Tu es un fantassin.

— Un futur archer, l'avait-il corrigée.

Elle avait hoché la tête, tout en poursuivant :

— Néanmoins, si je dois épouser un militaire, mon père n'y consentira pas en dessous du grade de commandant. J'ai entendu dire que le légat cherchait une nouvelle épouse, avait-elle reconnu en riant coquettement.

Faren avait compris, au fond de lui, qu'un simple archer n'impressionnerait pas Sesaro. Mais ça ne l'avait pas découragé, déterminé qu'il était à conquérir Tashi, quoi qu'il advienne. Il l'avait attrapée par la taille et embrassée dans le cou alors même qu'elle se tortillait pour lui échapper.

— Bah, ton père préférerait sûrement te voir épouser quelqu'un de dix-neuf annis plutôt qu'un homme de trente annis plus âgé ? Je te donnerai des fils costauds qui auront la veine artistique de ton père ou qui poursuivront ma carrière militaire, et des filles aussi belles que leur mère pour prendre soin de leur grand-père dans son grand âge. (Ces paroles avaient fait sourire la jeune fille. Il avait continué :) J'ai des perspectives, Tashi. Je peux devenir major en quelques années. Tu verras, je grimperai les échelons grâce à mon courage et à mon astuce, avait-il dit en haussant les sourcils et en prenant un ton de conspirateur, pour l'amuser. Nous pourrons avoir notre propre ferme. Je veillerai à ce que je sois basé ici, à Brighthelm, on pourra…

— Del, tu rêves. Le barbare est à nos portes. Ce n'est pas le moment de parler de mariage, d'enfants, de ferme ou même d'avenir. Demandons-nous déjà si on va survivre à demain. Je t'en prie, arrête.

— Je vais parler à ton père.

— Non !

— Pourquoi ?

— Je t'ai dit pourquoi. Maintenant, tu dois partir, s'il te plaît. J'ai des courses à faire, et je suis sûre que tu dois te rendre à ton poste, sachant la menace qui pèse sur notre royaume.

Elle s'était libérée de son étreinte, visiblement lassée des baisers ardents dont il n'avait cessé d'inonder son cou au parfum si doux.

— Tashi, je t'aime ! lui avait-il crié en la regardant s'éloigner.

Elle s'était retournée.

— Je sais, mais c'est sans espoir. Tu n'es qu'un gamin. Mon père veut que j'épouse un homme. Je ne peux pas te revoir.

Ce que Tashi n'avait pas expliqué à son jeune amant, si épris d'elle, c'était que Sesaro l'avait déjà promise à un autre. Ce fut par hasard que Faren découvrit la vérité, au lendemain de cette soirée. Son commandant l'avait relevé de ses fonctions habituelles pour aider une autre unité qui travaillait sur les remparts.

— Tes talents d'archer seront bien plus utiles là-haut, Faren, avait dit son officier. Dis au commandant Jobe que c'est moi qui t'envoie. Nous avons besoin d'yeux acérés et de mains qui ne tremblent pas, là-haut.

Faren avait sauté sur l'occasion. S'il s'acquittait bien de sa mission, il pourrait peut-être même passer directement au grade de capitaine, ce qui suffirait à prouver à la famille de Tashi qu'il était digne de son attention. En arrivant sur les remparts, il s'était présenté à Jobe, qui avait hoché la tête, heureux qu'on mette un nouvel archer talentueux à sa disposition. On lui avait ordonné de faire connaissance avec les autres et de choisir une arme qui lui convenait, en termes de poids et de tension de la corde.

Faren était justement en train de faire ce choix lorsqu'il entendit plusieurs archers rire ensemble.

— … c'est une beauté, prête et mûre à point, dit l'un d'eux.

Un autre laissa échapper un sifflement tout bas.

— Je me sens tout drôle chaque fois que je la vois faire ses courses au marché. Son vieux a déjà donné sa permission, il a même fourni la bague. Elle appartenait à sa mère, apparemment, alors l'heureux salopard a de la chance, il n'aura même pas besoin de lui en acheter une. De toute façon, regardons les choses en face, il peut se payer tout ce qu'il veut, vu ses amitiés haut placées.

Le premier acquiesça.

— Je donnerais ma couille gauche pour une nuit avec elle.

Cela fit rire ses trois camarades et provoqua un déluge de commentaires salaces.

— Chut, voilà le capitaine.

Faren vit entrer un homme de haute taille.

— Qu'est-ce que vous fabriquez, vous quatre ?

— On vérifie juste la tension de nos arcs, capitaine.

Faren vit le visage de l'officier s'adoucir.

— Écoutez, je sais que la situation est difficile pour tout le monde, alors je n'ai pas l'intention de vous gâcher le peu de vie normale qui vous reste. Tout ça va changer du tout au tout, et je le regrette, mais le légat a l'intention d'organiser des pourparlers. Ce soir, nous devrions savoir exactement ce qui nous attend.

— Alors, capitaine, est-ce qu'il va l'épouser avant les pourparlers ? demanda le premier soldat avec effronterie.

— Ce ne sont pas vos oignons, Brek. Ce que le légat fait, ça ne regarde que lui. (Puis les coins de sa bouche frémirent.) Mais je pense que oui, guerre ou pas !

Ce commentaire parut donner aux hommes la permission de se détendre, car ils commencèrent à plaisanter entre eux sur le fait que le « vieil homme » allait devoir prendre des pilules pour chevaux s'il voulait satisfaire sa jeune épouse dans le lit conjugal. Les plaisanteries devinrent ensuite plus noires, car l'un ajouta qu'il ferait bien de se dépêcher pour profiter des appas de la jeune femme, parce que Loethar ne l'épargnerait vraisemblablement pas.

Faren écouta cette conversation d'une oreille distraite, jusqu'à ce qu'il entende l'un des archers marmonner le nom de Sesaro. Puis il entendit le capitaine murmurer « Tashi ». Cela fit plus qu'attirer son attention – il ne pouvait plus bouger à présent, les yeux rivés sur ses compagnons. Plus il écoutait, et plus son humeur changeait. L'intrigue du départ laissa la place à l'inquiétude, puis à la consternation et enfin à la rage. C'était de sa future femme qu'ils parlaient ainsi, c'était au sujet de Tashi qu'ils faisaient tous ces commentaires grossiers ! Et, s'il fallait en croire leur bavardage, Sesaro avait promis Tashi au légat De Vis. Ça ne pouvait pas être vrai !

— Eh, vous, Faren ! Qu'est-ce que vous regardez comme ça ? s'écria le capitaine en remarquant le jeune homme.

— Euh, désolé, capitaine, j'étais dans mes pensées.

— Que Lo me protège, soldat, comment comptez-vous tirer droit si vous n'arrivez même pas à vous concentrer sur votre arc ?

— Désolé, capitaine.

Ce dernier soupira.

— Ce n'est rien, Faren. Je crois qu'on est tous un peu sur les nerfs.

— Je n'ai pas pu m'empêcher d'entendre, capitaine.

L'expression de son supérieur s'assombrit.

— C'est vrai, nous ne devrions pas discuter de la vie privée du légat De Vis.

— Malgré tout, si ça ne vous gêne pas, capitaine, je voudrais savoir si vous parliez bien de Tashi, la fille de Sesaro. Je la connais, mais elle ne m'a parlé d'aucunes fiançailles.

— Ce n'est pas mon rôle de faire circuler des informations d'ordre privé, archer Faren. Vous le savez.

— Je le sais, désolé, capitaine, mais Tashi est une amie, et ça pourrait expliquer pourquoi elle m'a paru distante et inquiète, mentit Faren. J'ai cru qu'elle angoissait au sujet de la guerre…

— Qui ne le fait pas ? l'interrompit le capitaine.

— C'est vrai, capitaine, mais d'après ce que disaient les autres, je pense qu'elle est peut-être bouleversée au sujet du légat.

— Et vous croyez pouvoir l'aider, Faren ?

Il haussa les épaules, même si, intérieurement, il brûlait de rage.

— Je peux essayer. On a grandi ensemble, vous voyez, alors elle me fait confiance.

— Il n'y a vraiment rien que vous puissiez faire, Faren. Vous vous méprenez. La réticence ne vient pas de la fille de Sesaro. Sa main est déjà donnée. D'après ce que j'ai compris, c'est elle, la partenaire enthousiaste dans ce possible mariage. C'est le légat De Vis qui hésite. Alors, à moins que vous ayez la confiance du légat et que vous puissiez le conseiller sur sa vie amoureuse, je vous suggère de continuer à tendre la corde de cet arc. Pensez donc à planter des flèches dans les cœurs de nos ennemis, plutôt que dans ceux des amants.

C'était donc vrai. Le capitaine le laissa après lui avoir serré amicalement le bras. Faren se mit à trembler de colère. Voilà pourquoi Tashi s'était montrée froide avec lui ces dernières semaines. Elle n'avait fait que jouer avec lui, parce qu'elle appréciait l'intérêt qu'il lui portait, ainsi que ses cadeaux et sa jeunesse. Elle le lui avait laissé entendre la veille. Mais il devait absolument la revoir, entendre cela de sa bouche et la regarder s'expliquer en baissant la tête d'un air honteux.

— Capitaine ?

— Encore vous, Faren ?

— La cire est un peu sèche. Je crois qu'il faut que j'aille en chercher un nouveau pot à l'armurerie.

— Vous n'avez pas besoin de ma permission, répondit le capitaine d'un ton brusque et légèrement agacé.

— Merci, capitaine, dit Faren en courant vers l'escalier.

— Je ne sais vraiment pas pourquoi on nous envoie les gamins du donjon, marmonna le capitaine dans sa barbe. Je crois que ça les impressionne de tirer leurs flèches de cette hauteur.

— Ils nous tuent, hein, capitaine ? plaisanta quelqu'un.

Tous ceux qui l'entendirent sourirent, y compris Faren. Mais son sourire ressemblait à la grimace sinistre d'un bourreau.

Pour Gavriel, la journée avait défilé dans une étrange succession d'activités comprenant un entraînement aux armes, une brève promenade à cheval dans le parc du château et une partie de ballon – cette chose en cuir tendu sur une structure en asprey séché, très souple, qui contenait une vessie de mouton gonflée et cirée. Cette frénésie avait été entrecoupée de divers repas et d'une visite à la chapelle pour dire une prière et allumer une autre chandelle à la mémoire de la défunte princesse. Ils avaient également eu une réunion avec les précepteurs royaux, qui avaient présenté leurs excuses en annonçant la suspension des études jusqu'à nouvel ordre. Évidemment, tout cela était hautement inhabituel pour Gavriel. Mais, pour le prince, cela ressemblait à une journée normale, sans les cours de lettres, de mathématiques et de langues, qu'il avait en horreur. Après le principal repas de la journée, qu'ils avaient partagé seuls dans les appartements de

Leo, pendant que le crépuscule faisait place à la nuit, Gavriel avait veillé à ce que le prince se nettoie, enfile de nouveaux habits et se présente propre comme un sou neuf devant la reine. Cela faisait une heure, probablement plus, qu'il avait remis le jeune garçon entre les mains du personnage effacé et omniscient qu'on connaissait simplement sous le nom de Freath. C'était lui qui les avait accueillis à l'entrée des appartements de la reine Iselda.

— Bonsoir, Majesté, avait-il dit de sa voix de baryton.

En dépit de sa jeunesse, Leo était un enfant perspicace qui comprenait tout ce qui se passait autour de lui.

— Bonjour, Freath. J'ai désormais un gardien à plein-temps. Voici Gavriel De Vis – je pense que vous connaissez son père.

— En effet, avait répondu l'homme sans même tendre la main. Vous pouvez attendre le prince Leonel à l'extérieur, avait-il ajouté à l'intention de Gavriel, qui avait vu le prince faire la grimace en s'entendant appeler de manière aussi formelle.

Pour autant que Gavriel le sache, tout le monde détestait Freath, à commencer par le légat, qui était sans conteste la personne la plus généreuse qu'il connaisse. Semblable à un fantôme, l'aide travaillait au palais depuis longtemps et avait apparemment toujours eu cette attitude intimidante. Pourquoi la reine le tolérait, ça, ça restait un mystère, mais il était son bras droit depuis qu'elle s'était mariée avec Brennus, quinze annis plus tôt.

Leo avait disparu dans les appartements dont Freath bloquait l'entrée à présent, si bien que Gavriel ne faisait qu'entrapercevoir l'intérieur. Mais il sentait des effluves de parfum et avait dans son champ de vision des couleurs douces et des compositions florales. Puis Genrie sortit du logis royal et referma la porte derrière elle.

— Encore vous, dit-elle.

Gavriel ne vit pas de sourire moqueur sur son visage, pas plus qu'il n'entendit de dédain dans sa voix. Malgré tout, on ne pouvait guère qualifier cet accueil d'amical.

— Oui. Considérez-moi désormais comme l'ombre du prince Leo.

Elle le regarda sans mot dire, et Gavriel sentit sa gorge s'assécher, car elle était vraiment très jolie.

— Est-ce donc ce que vous avez toujours voulu devenir, maître De Vis ? la nourrice du prince Leonel ?

Gavriel adopta l'une des célèbres expressions de Corbel – son regard neutre – et refusa de mordre à l'hameçon.

— Premièrement, il a presque treize annis et il a besoin de mûrir vite, compte tenu de la situation dans laquelle nous nous trouvons. Deuxièmement, si Lo le veut, il deviendra notre prochain roi ; plus les gens le traiteront non comme un enfant mais comme un souverain en devenir, et mieux ce sera.

— Et vous pensez que le prince héritier parviendra à monter sur le trône ?

De nouveau, elle s'était exprimée d'une voix neutre, sans la moindre dérision. Pourtant, bizarrement, sa phrase résonna comme une question de pure rhétorique, à laquelle Gavriel répondit quand même.

— Oui, je le pense. Un jour.

Elle le dévisagea avec intérêt, une main sur la hanche.

— Et le maraudeur qu'on appelle Loethar peut...

— Aller se faire voir, répondit Gavriel à sa place.

Il sourit et fut ravi de lui arracher un sourire à elle aussi.

— J'espère que votre humour vous protégera, lui dit-elle en hochant la tête.

— Épousez-moi, Genrie, plaisanta-t-il en s'approchant rapidement d'elle et en allant même jusqu'à passer un bras autour de sa taille. Nous pourrions nous enfuir et...

— Et élever le prince héritier ensemble, j'imagine ? (Gavriel se mit à rire.) Vous n'êtes pas beaucoup plus vieux que lui, ajouta-t-elle avec un soupçon de condescendance.

— J'ai dix-sept annis, protesta-t-il en feignant l'indignation. C'est plus que suffisant.

— Pas pour moi, maître De Vis, répliqua-t-elle, non sans une certaine gentillesse. (Elle se libéra de son étreinte et fit mine de s'en aller.) Il en faut plus qu'un adolescent bravache pour m'impressionner.

— Que faut-il alors ? Oh, allez, Genrie. Est-ce que je peux vous embrasser – pas ici, bien sûr, sauf si vous insistez…

Elle l'interrompit.

— Je préfère les hommes plus âgés, maître De Vis.

Il fit une grimace de dégoût.

— Comme maître Freath, peut-être. Une peau comme du parchemin, des dents gâtées, un dos bossu.

L'amusement de la servante disparut.

— Il n'est rien de tout cela. Je parierais qu'il n'a que quelques années de plus que notre roi.

— Je plaisantais, Genrie. Mais ne vous faites pas avoir par Freath. Il me paraît insaisissable, et je ne lui fais pas confiance. Soyez prudente.

Genrie plissa les yeux.

— Je n'ai aucune raison de ne pas faire confiance à l'aide de la reine, maître De Vis.

— Je préférais vous prévenir. Maintenant, au sujet de ce baiser…

Genrie esquissa un petit sourire, qui disparut en un éclair. L'instant d'après, elle redevint aussi brusque et efficace qu'à son habitude.

— Bonne soirée, maître De Vis. Au cas où vous vous poseriez la question, il n'existe pas d'autre issue permettant d'entrer ou de sortir des appartements de la reine. Le prince Leonel est en sécurité.

Gavriel hocha la tête.

— Pour le moment, en tout cas, répondit-il tristement en s'installant pour attendre.

Leo finit par ressortir des appartements de sa mère. Ses cheveux, qu'il avait presque blancs quand il était bébé, avaient viré au blond cendré, et les taches de rousseur qui parsemaient ses joues ne se voyaient plus sous son bronzage. Gavriel regretta que le jeune prince, pour survivre, ait besoin de grandir plus vite qu'il ne l'aurait dû.

Leo avait le visage empreint de gravité. Son humour et son attitude bravache s'étaient envolés.

— Comment va-t-elle ? demanda Gavriel en s'écartant du mur contre lequel il s'était adossé.

— Elle est malheureuse. Perdue, aussi, je crois.

— Assistera-t-elle aux funérailles de ta sœur ?

Leo secoua la tête.

— Mère a dit qu'elle était morte sans son aide et que la petite n'a plus besoin d'elle, maintenant. Tu trouves que c'est cruel ?

— Non, Leo, c'est le chagrin. Tu comprendras tout ça dans les années à venir, expliqua Gavriel en se sentant tout à coup bien plus vieux que son âge.

Mais il avait tout appris du chagrin à travers son père, qui n'avait jamais cessé de pleurer Eril, leur mère. Il pouvait témoigner de la façon dont le chagrin endurcissait une personne, car il avait endurci Regor De Vis.

— Viens, je t'emmène sur le toit. On ne pourra peut-être pas refaire ça de sitôt. Ensuite, tu pourras souper.

— Gav, quand viendra le moment dont tu n'arrêtes pas de parler, qu'est-ce qu'on va faire ?

Gavriel regarda autour d'eux pour s'assurer que personne ne pouvait les entendre.

— On s'enfuira en passant par les cuisines et par les caves. Mon père m'a montré la route à prendre. On n'emportera rien, Leo, souviens-t'en. Juste le petit sac que tu as déjà préparé.

— C'est juste que, quand le moment viendra, ça voudra sûrement dire que mon père sera mort. (L'enfant énonça cela de façon si crue que Gavriel prit une brusque inspiration. Leo continua, sans se soucier de la gêne de son gardien :) Et si père est mort, alors ça ne voudra dire qu'une seule chose.

— Laquelle ?

— Je serai roi, répondit-il en dévisageant intensément Gavriel de ses grands yeux bleus.

— Oui, mais…

— Et un roi ne s'enfuit pas de son propre palais.

— Leo, tu sais qu'on ne peut pas prendre de risques te concernant, protesta Gavriel, le cœur battant. (Il passa la main dans ses longs cheveux.) Je ne sais pas s'il y a un bon moment pour parler de ce qui se passera si ton père meurt, mais tu as soulevé la question, alors autant en discuter tout de suite.

— Si mon père meurt, je deviendrai le roi de Penraven, répéta le prince. Cela signifie que tu devras m'obéir, et non l'inverse, ajouta-t-il.

Il n'y avait rien d'impérieux dans la manière dont il prononça ces mots hautains, et pourtant Gavriel sentit un frisson d'inquiétude le traverser.

— Mais tant que ton père est en vie, nous devons lui obéir, et il m'a ordonné de t'emmener loin d'ici dès le début des combats, en dépit de tout ce que tu pourras dire ou faire.

— Mais, écoute, Gav…

— Leo, si nous fuyons trop tard, alors ils te tueront toi aussi. Est-ce que tu comprends ça ?

Le prince hocha solennellement la tête.

—Nous ne pouvons courir le risque que la lignée des Valisar s'éteigne. Tu dois l'accepter. Je sais que c'est dur et que tu veux rester pour être courageux comme ton père. Je sais aussi que tu ne veux pas quitter ta mère, mais toi, tu es mobile, presque invisible. Eux ne le sont pas. Je te porterai sur mon dos s'il le faut, mais je ne peux faire sortir que toi et personne d'autre. C'est tout ce qui compte : te sauver et protéger la lignée.

—Et tu sacrifierais ta vie pour ça ?

—S'il le faut, oui. C'est une question d'honneur et de loyauté ; c'est ma responsabilité, en tant que noble du roi…

Il vit qu'il commençait à perdre l'attention du jeune garçon avec toute cette rhétorique, mais il réfléchissait désormais à voix haute, pour lui-même. Il ne voulait pas mourir. Il ne voulait pas non plus que son père renonce aussi facilement à la vie. Et il ne se sentait pas aussi courageux que Corbel avait l'air de le croire. En vérité, Gavriel était triste. Voilà. Cette émotion le frappa durement, et il prit une profonde inspiration. Ce ne fut que quelques minutes après qu'il s'aperçut que le prince le secouait.

—Désolé, Altesse.

—Leo, le corrigea le prince. Qu'est-ce qui ne va pas ?

—Je réfléchissais, c'est tout. Rien d'important, mentit Gavriel d'un air lugubre.

# Chapitre 5

Ce soir-là, Gavriel passa un bref moment sur les remparts en compagnie de son père tandis que Leo restait bien à l'abri pour admirer les armes et parler à quelques soldats. Le jeune homme eut un mauvais pressentiment en voyant un cavalier s'approcher de la porte principale. Il portait le blason de Barronel, mais il n'était pas armé. Il cria aux soldats qui gardaient la porte qu'il était capitaine dans la garde barronelle. Mais son apparence était si déplorable que Gavriel ne s'étonna pas d'entendre les gardes lui répondre par des quolibets. Cependant, l'homme insista, jusqu'à ce que Gavriel entende son père dire à l'un de ses capitaines que quelqu'un devrait aller voir ce qu'il voulait. L'un des archers à proximité prit la parole avec une certaine hésitation.

—Euh, monsieur ?

—Oui, répondit brusquement le légat, agacé de cette interruption.

—Je crois que je connais cet homme.

—Vraiment ?

L'archer acquiesça.

—Je crois que c'est mon beau-frère.

—Quoi ?

—Monsieur, je, euh, je crois que c'est le mari de ma sœur aîné. Elle est partie vivre en Barronel il y a dix annis. Je ne l'ai vu que deux fois, mais je crois que c'est lui.

—Il fait nuit, soldat. Comment pouvez-vous en être sûr ?

— Son cheval, monsieur. C'est une brute acariâtre. Je le reconnais à ces taches blanches sur son chanfrein et sur son antérieur droit. Cette bête a toujours eu une apparence bizarre.

— Vous en êtes vraiment sûr ?

L'archer haussa les épaules.

— Je crois que c'est lui.

— Capitaine, envoyez cet homme voir ce que nous veut le cavalier. S'ils sont parents, il se confiera plus facilement qu'à un inconnu. Bien joué, soldat. Votre nom ?

— Del Faren, légat De Vis.

Ce dernier hocha la tête.

— Je n'oublierai pas ce nom. Faites attention. De toute évidence, nos ennemis utilisent votre parent comme messager ; ils doivent redouter qu'on s'en prenne à l'un des leurs. Allez donc voir ce que veut le barbare.

— Bien, monsieur, dit l'archer. Au fait, puis-je lui donner un mot pour ma sœur ?

— Vous savez écrire ?

L'archer acquiesça.

— Un peu, monsieur.

— Vous avez une minute pour écrire votre message. Ensuite, je veux vous voir dehors avec cet homme. Je veux savoir ce qu'il a à dire.

Le soldat hocha de nouveau la tête et s'inclina. Gavriel crut le voir lancer un regard noir à son père en passant, mais il se dit qu'il avait dû rêver.

Le silence tendu qui s'était abattu sur la cité ces derniers jours avait également contaminé le palais. Gavriel était sûr que, en tendant l'oreille, il entendrait probablement craquer le cuir de la selle du cavalier, même à cette hauteur. Beaucoup de gens avaient fui la ville, mais la majorité de la population était restée, confiante en la force de son armée, la solidité de l'inexpugnable Brighthelm et la capacité de son roi à conclure un accord. Beaucoup croyaient sans doute que Brennus avait masqué son pouvoir magique de coercition, mais qu'il allait à présent le libérer pour négocier un retrait pacifique des barbares. La famille De Vis savait qu'il n'en était rien.

— Il en met du temps, marmonna le légat à l'intention de son capitaine.

— C'est probablement à cause du mot, monsieur, répondit l'intéressé avec candeur. Ou alors il a peur.

— Il ne m'a pas paru effrayé quand il s'est porté volontaire.

— Il est sorti, père, intervint Gavriel.

La conversation fut aussitôt oubliée. Tout le monde se pencha pour regarder Del Faren aller à la rencontre du cavalier. Les soldats sur les remparts se figèrent et observèrent un tel silence qu'on réussit à entendre les murmures des deux hommes.

— Ils ne paraissent pas très amicaux l'un envers l'autre, pour des gens de la même famille, commenta De Vis.

Le capitaine haussa les épaules.

— Peut-être que sa sœur a été tuée dans les combats.

De Vis ignora cette réponse, trop occupé à regarder le cavalier tendre en retour à Faren un mot que l'archer mit dans sa poche.

Pensant que le spectacle était terminé, Gavriel leva la main pour saluer le cavalier qui les regardait d'un air désespéré. Soudain, un projectile sortit en sifflant du sous-bois voisin. En un clin d'œil, une flèche traversa le cœur du cavalier et ressortit au milieu de la cage thoracique. Le malheureux s'effondra, dévoilant la hampe de la flèche qui dépassait de son dos. Au même moment, un sifflet se fit entendre. Obéissant, le cheval fit demi-tour et retourna au petit galop dans l'ombre des arbres.

— Salopards ! gronda De Vis. Je veux voir cet archer tout de suite ! ordonna-t-il. Amenez-le-moi dans le grenier. (Il se tourna vers son fils.) Va chercher le prince et suis-moi. Et que quelqu'un aille chercher le roi !

Des estafettes partirent dans toutes les directions.

Dans le calme du grenier, De Vis s'adressa à son fils et au prince tant qu'ils étaient seuls.

— Votre Altesse, Gavriel. Je crois que le moment de votre départ se rapproche. Vous comprenez, tous les deux ?

Gavriel jeta un coup d'œil à Leo.

— Oui, père. Leo, euh, le prince et moi en avons discuté. Je sais ce qu'on attend de moi.

— Ne te retourne pas, mon fils, ajouta De Vis d'une voix soudain empreinte de tendresse. Tous nos espoirs reposent sur tes épaules et sur le courage du prince Leo.

Un homme apparut sur le seuil.

— Dites-lui d'attendre l'arrivée du roi, ordonna De Vis avant de se tourner de nouveau vers les deux jeunes gens. Très bien. Mon prince, votre père va arriver ; je regrette, mais c'est le moment de lui dire adieu avant que je demande à Gavriel de vous emmener loin d'ici. Le secret de votre fuite ne sera connu que de moi et du roi. Quant à votre destination, je l'emporterai avec moi dans la tombe.

— Père, ne..., commença Gavriel, mais un regard farouche de son géniteur le fit taire.

— Assez de mensonges. Nous savons ce qui nous attend. Chacun de nous doit faire son devoir. Faisons en sorte que notre mort ne soit pas inutile.

Il s'éclaircit la voix pour reprendre le contrôle de son émotion. Au même moment, le roi arriva.

— J'ai entendu dire qu'un cavalier est venu, dit Brennus, qui apporta avec lui l'odeur du parfum de la reine en entrant dans le grenier.

Gavriel l'inhala comme s'il s'agissait de l'essence de la vie. Quand sentirait-il de nouveau quelque chose d'aussi bon ? Il regarda Leo. Ce dernier devait se demander la même chose et peut-être aussi se tourmenter en silence au sujet de sa mère.

— Votre Majesté, un cavalier nous a apporté un message, annonça De Vis.

Gavriel vit Brennus s'assombrir.

— Ses conditions, vous croyez ?

De Vis secoua la tête.

— Où est Faren ?

L'archer fut brutalement amené en présence du souverain.

— Eh bien, donnez-le-nous ! ordonna le roi, d'un ton peut-être plus féroce qu'il n'en avait l'intention.

Faren frémit. Ce fut De Vis qui lui arracha le mot et qui le lut.

— Eh bien, on dirait que Loethar maîtrise parfaitement notre langue et notre écriture. Ou alors il a demandé à quelqu'un de l'écrire à sa place – peut-être le pauvre diable qui vient de se faire tuer. Quoi qu'il en soit, Majesté, il demande à vous rencontrer pour parlementer.

Le roi parut surpris.

— Mais c'est ce que nous voulons !

— Je ne peux vous laisser accepter cette offre, Votre Altesse. J'irai à votre place. J'admets que cette rencontre est d'importance, mais nous ne pouvons vous mettre en danger.

Brennus acquiesça.

— A-t-il précisé où et quand ? (De Vis lui tendit le message.) Quelle audace ! Il accepte de me rencontrer devant Brighthelm, en présence de tout Penraven mais, évidemment, hors de portée des archers. Il ne nous fait donc pas confiance ? s'étonna Brennus d'un ton sarcastique.

De Vis esquissa un sourire sinistre.

— Apparemment pas.

— Il est écrit ici que la rencontre débutera après une sonnerie de cloche. La sienne, je suppose ?

De Vis haussa les épaules.

— Je serai prêt. (Il se tourna vers Faren.) Vous pouvez disposer.

De nouveau, Gavriel vit le soldat défier son père du regard, même si le légat ne s'en rendit pas compte.

— Merci, monsieur.

— Une chose encore.

— Oui, légat ?

— Comment va votre sœur ?

Faren haussa les épaules, légèrement embarrassé.

— Ce n'était pas mon beau-frère, monsieur. De près, je me suis rendu compte que le cheval n'était pas celui auquel je pensais.

— Bien entendu. Je ne crois pas que votre beau-frère possède un cheval qui réponde au sifflet de nos ennemis.

— Non, monsieur.

— Mais, s'il n'était pas votre parent, pourquoi lui avez-vous donné votre message ?

— Il a dit qu'il essaierait de retrouver ma sœur.

— Je vois. Vous avez vu que cet homme a été abattu d'une flèche dans le dos par notre ennemi, qui n'est pas si courageux que ça ?

— Oui, monsieur. C'est choquant.

De Vis dévisagea l'archer.

— J'espère que votre message ne contenait rien de compromettant ni de dangereux, Faren ?

L'archer parut profondément offensé.

— Pourquoi aurais-je fait une chose pareille ? demanda-t-il, ajoutant « monsieur » après un instant de réflexion. Il s'est fait tuer après que je le lui ai donné, monsieur. Il était trop tard pour récupérer le billet.

Gavriel ne pouvait s'empêcher de se méfier de cet homme. Il y avait quelque chose de sournois derrière cet air innocent, quelque chose qui était dirigé contre son père mais qu'il n'arrivait pas à interpréter.

— Très bien, Faren. Retournez à votre poste.

Le soldat s'inclina devant son roi, se frappa le cœur avec le poing fermé devant le légat et s'en alla.

— Il y a quelque chose qui cloche, père, dit Gavriel, incapable de se retenir.

— Oui, je m'en suis aperçu. Raison de plus pour que vous partiez tous les deux. Votre Majesté, j'ai ordonné à Gavriel de mettre notre plan en action. Le prince et lui devraient s'en aller immédiatement.

— Oui, oui, bien sûr, approuva Brennus. (Le roi Valisar se tourna vers son fils.) Viens ici, Leo, mon garçon. Nous devons à présent nous dire adieu, toi et moi.

Gavriel était aussi malheureux que Leo en dévalant les marches de pierre pour s'éloigner du lieu de l'action principale. Les adieux entre les deux pères et leur fils avaient été empreints de raideur, car chacun avait fait de son mieux pour masquer son émotion. Gavriel avait l'impression que cette séparation lui faisait comme une douleur au fond de la gorge, comme si le chagrin s'était matérialisé sous forme d'une grosseur maligne… d'un cancer.

— Gav, nous devons observer la rencontre, déclara brusquement Leo en s'arrêtant. Si nous partons maintenant, nous n'aurons pas la moindre idée de ce qui se sera passé et nous ne saurons pas quelles décisions prendre.

Le prince avait raison. Gavriel réfléchit en se mordant la lèvre.

— Je voulais te donner un peu de temps pour parler à ta mère.

— Quand je l'ai serrée dans mes bras, ce soir, j'avais déjà l'impression de lui dire adieu. Elle était si triste. Je ne veux pas la revoir pleurer comme ça... sauf si on peut l'emmener avec...

— C'est impossible, l'interrompit Gavriel. Je suis désolé, Leo.

Le prince le regarda, les lèvres pincées.

— Mais tu admets qu'il faut qu'on sache ce qui se passe, n'est-ce pas ?

— Oui. Je crois qu'on pourra observer la scène depuis la tour de guet de réserve.

— Tu veux parler de celle dont la porte a un gond cassé ?

Gavriel acquiesça.

— Personne ne l'utilise, mais on aura probablement un bon aperçu de ce qui va se passer. En plus, nous serons à l'écart de tout le monde.

— Viens ! dit Leo en escaladant quatre à quatre le reste des marches.

Ils ne rencontrèrent aucune personne importante en chemin. Ils croisèrent bien quelques domestiques qui s'en allaient vaquer à leurs occupations d'un pas pressé, mais ces derniers leur accordèrent à peine un regard – jusqu'à ce que, bien évidemment, ils tombent sur Genrie.

— Majesté, maître De Vis, les salua la servante.

Comme à son habitude, elle marchait d'un pas vif, les bras chargés d'un lourd fardeau de linge. Elle s'arrêta pour faire une petite révérence à l'intention du prince.

— Bonsoir, Genrie, dit Gavriel en arrivant à sa hauteur. Besoin d'aide ?

À côté de lui, Leo ne souffla mot, mais son jeune gardien pouvait pratiquement voir de la fumée sortir de ses oreilles. Ce retard le faisait fulminer.

— Je m'en sors toute seule, merci bien. Où courez-vous comme ça ? ajouta-t-elle en lançant un regard sévère au prince, mais en s'adressant à Gavriel, qui aurait préféré qu'elle n'en fasse rien.

— Ce ne sont pas vos affaires, répliqua Leo.

— Eh bien, puis-je faire savoir à quelqu'un que vous vous trouvez dans cette partie du palais, Votre Majesté ?

C'était une question sincère, prononcée d'une voix dépourvue de la moindre curiosité. Gavriel comprit qu'elle essayait vraiment de se montrer polie.

— Pourquoi ? rétorqua Leo.

La jeune femme ne se laissa pas décourager par ses manières brusques.

— Cette partie du palais est principalement réservée au rangement. Je me disais juste…

— Ne pensez pas, je vous en prie, Genrie, pas à ma place, en tout cas, déclara Leo.

Gavriel fronça les sourcils en voyant le prince repartir. Il lança un regard d'excuse à Genrie, mais celle-ci ne parut pas plus impressionnée par sa politesse que par la grossièreté du prince. Déjà, elle lui tournait le dos.

Une fois à l'intérieur, Gavriel referma la porte en silence.

— Pourquoi tiens-tu tellement à être désagréable avec Genrie ?

— Je te l'ai dit. Elle ne m'aime pas, c'est évident. Et ça m'est égal, je m'en moque. Mais je n'apprécie pas cette façon qu'elle a de fourrer son nez partout. Elle s'intéresse bien trop à ma vie et elle me regarde toujours d'un air réprobateur.

Gavriel soupira, puis secoua la tête lorsque Leo désigna une chandelle.

— Non, pas de bougie. La lumière se verrait du dehors et je sais que mon père comprendrait aussitôt que c'est nous.

— Le mien aussi, reconnut Leo d'un ton de conspirateur. Est-ce qu'on a raté quelque chose ?

— Pas que je le sache. Tiens, en grimpant sur cette vielle caisse, là, tu verras mieux, dit Gavriel en tendant le doigt. Tu auras un meilleur point de vue depuis cette fenêtre.

Leo fit ce qu'on lui suggérait. Le silence s'installa lorsqu'ils virent le légat De Vis guider lentement son cheval sous les grandes portes de Brighthelm. Il se tenait fièrement sur sa selle, et Gavriel remarqua que son père avait choisi de faire confiance au chef des barbares en ne prenant aucune arme.

Leo parut lire dans ses pensées.

— Ton père ne porte ni son épée ni son armure, murmura-t-il, impressionné.

— C'est une discussion pacifique, répondit Gavriel, même si la mort du cavalier barronel suggérait le contraire.

— Une discussion pacifique ? (Le prince se rembrunit.) Oui, enfin, avant qu'on essaie tous de s'entre-tuer.

— Voilà Loethar, dit Gavriel qui se pencha, les yeux plissés, en voyant une ombre sortir de l'orée du bois.

— Tu crois vraiment qu'il est hors de portée de nos archers ?

— Non. Il sait qu'il ne l'est pas. C'est pour ça qu'il ne prendra aucun risque. Ils vont parler, c'est tout.

— Si seulement je pouvais entendre leur conversation.

Gavriel hocha silencieusement la tête dans l'obscurité de leur tour. La torche que portait son père projetait une lueur vive tout autour du lieu de rendez-vous, qui se trouvait bien au-delà de la borne érigée à mi-chemin entre le château et les bois. Une fois de plus, il ressentit un élan d'amour envers ce père si courageux. Loethar fit avancer son cheval dans ce cercle lumineux, et Gavriel retint son souffle, convaincu que tous ceux qui assistaient à la scène – et en particulier le roi – faisaient de même.

Au début, les deux hommes apparurent détendus sur leurs selles et se penchèrent légèrement l'un vers l'autre.

Mais leur langage corporel se modifia rapidement lorsque le barbare se raidit. L'inquiétude monta en Gavriel lorsqu'il vit son père ouvrir les bras, un geste étrange qui semblait exprimer l'innocence. Alors, brusquement, le barbare passa la main derrière son dos. D'un geste fluide, qu'il avait de toute évidence accompli maintes fois, il sortit une lame acérée d'un fourreau invisible. Sans ralentir ni changer de trajectoire, Loethar abattit cette lame sur la tête du légat, de toutes ses forces, en se taillant un macabre chemin qui s'arrêta au milieu du cou du malheureux.

Gavriel laissa échapper une exclamation d'effroi. Puis son estomac se souleva en voyant tomber l'un des pans de la tête de son père, juste avant que son corps s'effondre de côté, de manière peu naturelle. Ce mouvement inattendu fit sursauter le cheval du légat, qui décrivit un cercle paniqué avant de partir au galop vers les arbres. Gavriel ne vit pas grand-chose d'autre que ce que la lune et la torche – qui rougeoyait à présent dans l'herbe – voulaient bien éclairer. Mais de vagues ombres lui apprirent que son père était tombé à terre. Le légat avait le pied coincé dans l'étrier et, bien que tordu à un angle peu naturel, ce dernier refusait de se libérer. Le cheval, terrorisé, continua à traîner le corps de son cavalier derrière lui.

Quelque part dans l'obscurité, Loethar se mit à crier. Gavriel ne distinguait plus sa silhouette, mais sa voix résonna dans la nuit tout à coup figée et anormalement silencieuse.

— C'est toi que je voulais voir, Brennus, et non ton valet ! Maintenant que tu m'as insulté sans m'accorder le respect qui me revient, je tuerai tous les membres de ta famille et un membre de chaque famille qui vit en Penraven. Qu'il ne soit pas dit que l'empereur de l'Ensemble n'est pas un homme magnanime, car je les laisserai choisir qui devra mourir. Mais je n'aurai aucune pitié pour les Valisar.

Il cracha, fit faire demi-tour à son cheval et galopa vers les arbres, bien avant que le premier archer ait suffisamment repris ses esprits pour tirer une seule flèche dans le noir.

Gavriel s'écarta du mur en titubant et ravala l'envie de vomir, de hurler, de blesser Loethar. Le souffle court, il haleta :

— Leo, on s'en va, maintenant.

— Gavriel…, commença le prince, tout aussi choqué.

— Maintenant ! hurla Gavriel au visage de Leo, qui s'enfuit vers la porte.

Ensemble, ils se mirent à courir.

Loethar se tenait sous la protection des arbres en compagnie de Stracker et des deux unités auxquelles il avait donné l'ordre de le suivre en Penraven. Il n'avait pas eu l'intention de prendre Brighthelm cette nuit même, mais les occasions en or signalaient rarement leur arrivée à l'avance. Celle-ci s'était présentée sous la forme d'un curieux message remis au prisonnier barronel. Ce dernier avait été abattu de sang-froid devant tous les Penraviens, mais le cheval avait ramené son corps ainsi que le billet d'un soldat mécontent, un certain Del Faren. Bizarrement, Faren proposait d'ouvrir la poterne à l'est de la cité. En retour, il demandait qu'ils massacrent le légat De Vis publiquement.

— Tu crois que c'est une ruse ? demanda Stracker en regardant les lumières disparaître dans tout Brighthelm, dont le roi avait ordonné la fermeture totale.

Loethar ne répondit pas de suite. Il se mit à caresser la tête de Vyk en réfléchissant à la situation. Lui aussi regarda les bougies et les torches s'éteindre dans l'imposant château, si brillamment éclairé à leur arrivée – une démonstration de force, sans aucun doute. Loethar sourit dans le noir. Visiblement, Brennus l'attendait. Mais, si les informations de Valya étaient correctes, Brennus et De Vis étaient frères de sang. Le roi ne devait pas s'attendre à la mort de son légat et ami.

— Non, finit-il par répondre. Je soupçonne ce Faren d'être un traître.

— Faire massacrer le chef de l'armée est effectivement un geste audacieux. Il doit te croire homme de parole.

Loethar haussa les épaules.

— De Vis ne m'intéressait pas. Ce n'était pas difficile pour moi.

— Tu penses donc qu'on peut faire confiance à ce Faren ?

— Je ne fais confiance à personne. Mais je crois qu'il a été choqué de voir que nous l'avons pris au mot en tuant De Vis. Il n'a plus d'autre choix maintenant que d'ouvrir la poterne, car il sait que je peux dire au roi qui l'a trahi. Je suppose que cet homme en voulait au légat et que nous avons répondu à son désir de vengeance. Un homme faible – ce qu'il est, de toute évidence – va se sentir obligé de tenir parole, par manque de courage et d'imagination.

— Alors on y va ?

Loethar acquiesça.

— Cette occasion ne se présentera qu'une fois. Si on envoie quelques hommes en éclaireurs, ils réussiront peut-être à entrer, mais ils ne suffiront pas pour prendre le château. (Il se gratta la barbe, ce qui fit tinter les babioles en argent qui lui perçaient la peau.) On y va tous.

Ils n'avaient pas le temps de prendre quoi que ce soit. Gavriel se réjouit de porter sur lui son épée et sa dague. En arrivant près des cuisines, il s'aperçut qu'il courait si vite qu'il avait presque distancé le prince. Ils entrèrent en trombe dans la partie où l'on faisait cuire les repas et éparpillèrent bruyamment des casseroles et des marmites sur leur passage.

Mais à la place du chef Faisal et de son équipe, Gavriel se retrouva face à la dernière personne qu'il s'attendait à voir en ces lieux.

— Maître Freath ! s'exclama-t-il, stupéfait.

Le domestique salua d'abord le prince, avant d'incliner très brièvement la tête à l'intention de Gavriel.

— Votre Altesse, maître De Vis.

— Que faites-vous là ? voulut savoir Gavriel.

L'homme au nez aquilin le toisa.

— Je ne savais pas que j'avais besoin de votre permission pour descendre en cuisine.

Gavriel ignora cette impertinence en regardant tout autour de lui avec incertitude. S'agissait-il d'un piège, là aussi ?

— Où sont passés tous les autres ? répliqua-t-il.

— Je suis sûr que vous pouvez le deviner par vous-même, maître De Vis. Il semblerait qu'un sacré spectacle se déroule là-dehors.

— Comment osez-vous, espèce de salopard !

— Gavriel !

Le prince se glissa devant son champion et s'interposa entre les deux hommes.

— Restez calmes, leur ordonna-t-il d'un ton autoritaire qui rappelait celui de son père. Maître Freath, où est le chef Faisal ?

Freath hocha poliment la tête pour saluer l'attitude du jeune garçon.

— J'ai renvoyé la plupart des membres du personnel de cuisine chez eux sur ordre de la reine. En fait, de nombreux domestiques sont congédiés, eux aussi. Je pense que vous m'avez mal compris, tout à l'heure, maître De Vis. Loethar et ses hommes ont déjà percé les défenses de Brighthelm. L'un des nôtres nous a trahis, la nouvelle est venue des remparts, c'est le roi Brennus en personne qui nous l'a apportée.

Quelqu'un a ouvert une poterne, et les barbares sont entrés en trop grand nombre, j'imagine, avant qu'on s'aperçoive qu'on avait un traître dans nos rangs.

— Faren, murmura Gavriel.

— Ça, je l'ignore. En dehors des membres clés du personnel, tout le monde a reçu l'ordre de retourner auprès de sa famille. Nous n'avons plus de forteresse. Nos soldats tentent désormais de sauver leur vie.

Gavriel sentit la peur lui nouer les entrailles. Brighthelm envahie ! Il avait cru qu'il faudrait des semaines, voire des mois, de siège avant que le bastion des Valisar commence à donner des signes de faiblesse. Il s'était accroché à l'espoir que Loethar se lasserait de l'interminable attente et qu'ils pourraient alors négocier un accord de paix. Mais la vision du corps de son père traîné par son cheval, avec la tête coupée en deux, ne le quittait pas.

— Et vous, maître Freath, pourquoi êtes-vous resté ? demanda Gavriel brusquement.

Il savait que la famille Valisar aimait beaucoup Freath, mais l'aide travaillait en premier lieu pour la reine, et la famille De Vis n'avait jamais eu beaucoup de contacts avec lui. Gavriel n'appréciait pas vraiment la froideur et les grands airs que Freath se donnait la plupart du temps. En vérité, chaque fois qu'il avait affaire au domestique, il trouvait son extrême intelligence déconcertante.

— Je n'ai pas de famille, maître De Vis. Ce palais est ma maison et les membres de la famille royale sont les gens les plus proches que j'aie au monde.

— Je vois. Le roi vous a-t-il dit autre chose ?

— Il m'a dit que je devais vous attendre et vous donner un message.

Leo s'avança.

— Quel est-il, maître Freath ? Mon père souhaite-t-il me voir rejoindre ma mère ?

— Non, Votre Altesse. Son message est plutôt énigmatique. Il souhaite que vous suiviez le plan, mais que vous ne partiez pas, contrairement à ce que vous aviez prévu à l'origine. Il croit que le barbare est bien plus sournois que nous le pensions. En outre, nous savons déjà, après le meurtre du légat, qu'il n'a pas d'honneur. (Gavriel se hérissa.) Maître De Vis, pardonnez-moi si je vous parais insensible. Le fait est que votre père est mort et que rien ne peut changer cette réalité. Ajoutez cela au fait que le temps joue contre nous, et nous voilà dans une situation où mes paroles vous semblent dures… cruelles, même.

Peu ému par ces excuses qui sonnaient creux, Gavriel serra les dents.

— Quelles sont les instructions du roi concernant notre prince héritier, Freath ?

L'aide de la reine se redressa.

— Il pense que nous sommes déjà encerclés. On ne peut les entendre d'ici, mais les combats font rage. Ne sortez pas de Brighthelm.

— Vous a-t-il dit ce que nous sommes censés faire ? s'écria Leo, horrifié.

Freath secoua la tête d'un air sinistre.

— Je suis désolé, Votre Altesse, dit-il en regardant uniquement Leo. Votre père avait l'air de croire que vous seul sauriez quoi faire.

Leo se tourna vers Gavriel.

— Allons-y.

— Où ça ? demanda le jeune homme avec un sentiment d'impuissance. (Il se passa la main dans les cheveux et lança un regard noir en direction de Freath.) Vous feriez mieux de retourner auprès de Sa Majesté la reine.

— Oh, mais j'en ai bien l'intention, maître De Vis, maintenant que j'ai rempli ma mission. (Il s'inclina très bas.) Votre Altesse, puisse Lo éclairer votre chemin et vous protéger.

Il adressa un simple hochement de tête à Gavriel en passant à côté de lui. Le jeune homme marmonna une insulte dans sa barbe tandis que le domestique, grand et sec, s'éloignait.

— Viens ! lui dit Leo. On doit retourner dans le château.

— Mais tu sais qu'en faisant ça nous allons être pris au piège ! Il n'existe aucun endroit où on peut se cacher indéfiniment.

Leo fronça les sourcils.

— Il existe une sortie. C'est risqué, un peu dangereux, aussi, mais on n'a pas le choix.

Tout cela ne semblait pas très encourageant, mais Gavriel n'avait rien de mieux à proposer. Il s'élança pour rattraper le jeune garçon. Derrière lui, il entendit la porte de la cuisine voler en éclats.

Gavriel sentit un élan de panique repousser la torpeur dans laquelle il commençait à dériver.

— Cours ! gronda-t-il.

# Chapitre 6

Loethar sentait un courant électrique lui parcourir le corps, un courant qu'il ne pouvait comparer qu'aux éclairs qui traversent de temps en temps le ciel pendant un orage. Il n'en laissait rien paraître, mais il exultait de se retrouver face au trophée qu'il convoitait tant : le roi de Penraven, le huitième de l'arrogante et puissante lignée des Valisar qui gouvernait le pays et qui, dans les faits, contrôlait l'Ensemble depuis des siècles. Il sourit à Vyk, qui sautillait sans grâce autour du roi.

— Dépêche-toi, Loethar, dit Brennus.

Il paraissait agacé, comme si tout ceci n'était qu'un jeu qui l'ennuyait. Il ignora le raven, qui alla se percher sur l'épaule du barbare.

Loethar admirait le sang-froid de cet homme. Brennus avait raison, il prolongeait les choses pour mieux savourer ce moment dont il rêvait depuis l'enfance. Le petit garçon en colère était devenu un homme amer qui tenait sa revanche.

— Pardonne mon amusement. Je m'attendais à rencontrer quelqu'un de grand et d'imposant. Au lieu de quoi, te voilà, pas beaucoup plus vieux que moi, j'imagine, et de taille moyenne, avec des traits banals.

Brennus lança au barbare un regard de défi, mais aussi quelque peu empreint de perplexité.

— Finissons-en, veux-tu ?

— Es-tu donc si las de vivre, Brennus ?

— Je suis las de toi, répondit le roi d'un ton caustique.

— Oui, j'avais remarqué. Mais c'est un autre secret, n'est-ce pas ?

Brennus soupira, encore une fois, comme s'il mourait d'ennui.

— Tu rêves de bâtir un empire, et pourtant tu n'es pas digne de diriger autre chose que ta meute de rats. Nous les considérons comme de la vermine. Ne te mets pas trop à l'aise, barbare. Un jour, quelqu'un, quelque part, te réglera ton compte.

— L'un des tiens, peut-être ? demanda Loethar, que cette conversation amusait.

— Qui sait ? J'aime à le croire. J'aimerais rejoindre mon dieu en rêvant qu'une lame Valisar te fendra la tête de la même manière que tu as brutalisé un homme bien il y a tout juste une heure. Cet homme ne méritait pas une fin aussi ignoble.

— C'est toi qui as le sang de ton frère d'âme sur les mains, Brennus, pas moi. Si tu ne m'avais pas insulté, il ne serait pas mort de la manière que tu décris. C'est ton manque de courage qui l'a tué.

Il s'amusa en voyant le roi rougir de colère. De toute évidence, Brennus ne manquait pas de courage, mais ça n'en était pas moins drôle de le taquiner.

— La décapitation, c'est encore trop bon pour toi, barbare. L'Ensemble produira quelqu'un qui trouvera un moyen de te donner la mort que tu mérites.

— Continue à me menacer, Brennus. Malgré tout, je te promets que je ne tremblerai pas dans mes bottes en regardant par-dessus mon épaule.

— À tes risques et périls, barbare.

Loethar éclata de rire.

— Tu sais pour quoi je suis venu, Brennus.

— Tu perds ton temps. Je ne possède pas ce à quoi je présume que tu fais référence.

— L'Enchantement, voilà ce que je veux. Grâce à lui, je contrôlerai l'Ensemble sans entendre ne serait-ce qu'un couinement de la part de ses peuples. Quand j'en aurai fini avec eux, ils ne sauront même plus qu'ils ont eu un jour des rois ou des royaumes distincts. Je serai leur souverain, leur juge, leur juré et leur bourreau.

— Tu te trompes, barbare. Je n'ai pas ce que tu cherches. Même si je l'avais, je mourrais plutôt que de te permettre de l'utiliser. D'ailleurs, si j'avais le moindre pouvoir, je m'en serais déjà servi contre toi.

— Peut-être qu'il n'a aucun effet sur moi ? suggéra Loethar. (Comme Brennus ricanait, il ajouta :) Eh bien, au moins, tu reconnais qu'un tel pouvoir existe.

— Si c'est le cas, je n'en ai pas connaissance, répliqua le roi. Tu poursuis un rêve inaccessible. Aucun peuple de l'Ensemble ne te sera jamais loyal. Pour le moment, ils s'inclinent devant ta suprématie, j'en suis sûr, mais ils fomenteront des plans dès que tu auras le dos tourné. Tu es déjà un homme mort. Ce n'est qu'une question de temps.

Cette menace avait un goût de vérité. Loethar plissa les yeux.

— Qu'on aille me chercher la reine.

La lueur de défi qui brillait dans les yeux de Brennus et qui sous-tendait son discours pugnace se dissipa aussitôt. Le roi ne dit mot, mais son visage le trahit lorsqu'il regarda prudemment en direction de la porte du salon où on l'avait amené.

De son côté, Loethar continua la conversation d'un ton badin.

— Cette pièce est magnifique, Brennus. J'applaudis les dons artistiques de ton royaume. (Le roi l'ignora, les yeux fixés sur le seuil.) Je trouve que Barronel possède un style enviable, mais je me hasarderai à dire que Penraven a tout ce dont un tyran barbare pourrait bien rêver. Je vais aimer en faire le siège de mon pouvoir.

Il regarda Brennus lutter pour trouver quelque chose à dire, en vain. Les épaules du monarque s'affaissèrent lorsqu'un soldat barbare escorta Iselda à l'intérieur de la pièce. Elle tenait Piven par la main, et l'enfant sautillait à ses côtés, sans se soucier de l'atmosphère tendue.

— Iselda, dit Loethar en renonçant délibérément à toute formalité. Les descriptions de votre beauté ne vous rendent pas justice.

La reine n'avait d'yeux que pour Brennus. Elle ne répondit pas à Loethar. De son côté, Vyk s'intéressa à Piven ; il alla se poser sur la tête de l'enfant, puis descendit en sautillant sur son bras tendu. Le petit garçon parut captivé par le grand oiseau.

— Et voici, j'imagine, le monstre que vous avez adopté, poursuivit Loethar.

— Rappelez votre sale vermine ! s'exclama-t-elle, les mâchoires crispées, en chassant Vyk qui s'envola pour se poser un peu plus loin, mais toujours à côté de l'enfant. Il s'appelle Piven. Oui, il est simple d'esprit. Mais il est surtout inoffensif et ne mérite nullement que vous vous y intéressiez.

Comme en réponse à un signal quelconque, Piven échappa à son étreinte et courut vers Loethar pour s'accrocher à ses jambes. Le barbare, pris au dépourvu, fut surpris de réussir à rattraper l'enfant. Il rit en le soulevant dans ses bras.

— Ah, tu vois, Brennus, si seulement ton peuple était aussi crétin que ton fils, nous pourrions tous être amis. (Il reposa Piven par terre, mais le petit garçon continua à lui tenir la main en souriant aux anges.) Je vais adorer te tuer devant lui.

Loethar se dit par la suite que c'était certainement la présence de l'enfant innocent qui avait fini par briser la volonté du roi. Sans prévenir, Brennus se jeta sur l'un des guerriers barbares et s'empara d'une dague. Il se la plongea dans le cou et se trancha lui-même la gorge en accompagnant ce dernier geste d'un bruit guttural destiné à sa reine.

Loethar se précipita aussitôt en ignorant les cris de la reine. Piven aussi se rendit au chevet du roi. Il plongea les doigts dans le sang de son père, qui giclait de façon impressionnante. Le petit garçon sourit d'un air absent à sa mère, puis de nouveau à Loethar. Ce dernier contemplait le roi à l'agonie. Il était furieux de n'avoir pas soupçonné Brennus capable de faire une chose pareille.

— Tes jours sont comptés, gémit le roi dans un dernier défi.

Puis la mort s'empara de lui, et ses yeux se fermèrent. Loethar rugit sa colère et fit jaillir son épée hors du fourreau. Avec un hurlement féroce, il abattit sa lame pour trancher la tête du roi. La reine se pâma, mais, visiblement bien déterminée à rester debout et courageuse face à une telle barbarie, elle se raccrocha à l'un de ses geôliers. Cependant, elle ne put s'empêcher de fermer les yeux en voyant Loethar tendre la main vers la tête de Brennus.

Il la souleva par ses cheveux ondulés et à peine grisonnants, puis il la donna à Piven. Celui-ci ne réussit pas à la prendre, mais la traîna pour rejoindre sa mère d'un air interrogateur. Le sang de son royal époux inonda le bas de la robe pâle d'Iselda lorsque Piven essaya fièrement, mais en vain, de soulever la tête.

Loethar se tourna vers Stracker.

— Tu sais ce qu'il faut faire, murmura-t-il.

Stracker acquiesça et sortit de la pièce.

Loethar se tourna de nouveau vers la reine bouleversée. Pâle et tremblante, elle paraissait trop choquée pour pleurer, mais Loethar n'en fut pas moins impressionné par sa dignité.

— Vous aurez l'occasion de dire adieu à votre époux, Votre Altesse, lui dit Loethar. Je vous verrai dans quelques heures. Prenez le temps de vous ressaisir et peut-être aussi de changer votre robe.

Il la regarda prendre une profonde inspiration, les yeux toujours clos. Il avait cru qu'elle pousserait des hurlements hystériques lorsqu'il tuerait son époux devant elle. Mais, apparemment, la reine avait enfermé sa douleur à l'intérieur tout en poussant son courage au premier plan. Il l'admira pour ça. En plus, elle était bien plus belle qu'il ne l'avait imaginé. Valya allait être encore plus jalouse de la reine Valisar.

— Conduisez la reine à ses appartements, ordonna-t-il. Qu'elle y reste jusqu'à ce que je la convoque.

Au même moment, on emporta le cadavre sans tête du roi, en le traînant irrespectueusement par les pieds, sans doute sur l'ordre de Stracker.

— Viens, Piven, dit doucement la reine en ouvrant enfin les yeux.

Elle ne regarda que son enfant, ignorant la chose à laquelle il s'accrochait.

— Je vais avoir besoin de cette tête, Majesté, prévint Loethar.

— Laisse ça par terre, Piven, dit-elle à son fils d'une voix aussi douce qu'une brise estivale.

Sa gentillesse rappela brièvement à Loethar combien il avait souvent regretté que sa mère ne le traite pas ainsi. Pendant un instant, il envia le sort du petit demeuré.

— Laissez également le petit, Votre Altesse. (Il leva la main lorsqu'elle fit brusquement volte-face, alarmée.) Je ne lui ferai aucun mal. Il sera un bon compagnon de jeu pour mon raven. Ils ont l'air de bien s'entendre, vous ne trouvez pas ?

— Qu'est-ce que vous lui voulez ? demanda-t-elle en jetant un coup d'œil à Piven, qui tenait toujours les cheveux de son père.

Loethar remarqua qu'elle dut retenir un haut-le-cœur lorsqu'elle posa enfin les yeux sur les restes de son époux. Il éprouva presque de la pitié pour elle.

— Je l'aime bien. Je vais en faire mon nouvel animal de compagnie, en plus de Vyk.

— Un animal de compagnie ? répéta-t-elle, horrifiée, tandis que son visage se transformait en un masque de désespoir. Vous devriez plutôt le tuer, barbare. En vérité, il n'a même pas conscience de sa propre vie. Peut-être vaudrait-il mieux qu'il meure.

— Une mère a-t-elle idée de dire une chose pareille ? répliqua Loethar sur le ton de la dérision. Tss… tss… Même les mères adoptives devraient offrir un peu d'amour.

— Il porte le nom des Valisar. Pour cela, vous devriez lui accorder un peu de ce respect que vous avez refusé à son père ou à sa mère.

— J'enverrai bientôt quelqu'un vous chercher, Votre Majesté. Je pensais qu'en gardant votre fils auprès de moi cela vous pousserait à rester docile. Mais maintenant que je sais que vous avez un cœur de pierre et que vous souhaitez la mort de votre propre enfant, je me dis que vous pourriez bien suivre l'exemple théâtral de votre époux en vous donnant la mort. Ce serait une grande déception pour moi. Gardes ! Le gamin reste ici, enchaîné comme la petite bête qu'il est désormais à mes yeux. Escortez la reine jusqu'à ses appartements. Traitez-la avec égard et surveillez-la en permanence. Elle ne doit pas rester seule, même l'espace d'une seconde, peu importent ses prières. Emmenez-la. Piven ?

Le petit garçon se retourna. Loethar, content qu'il reconnaisse au moins son nom, fut incroyablement amusé de le voir courir vers lui en ouvrant grands les bras.

— Leo, attention ! siffla Gavriel en tendant la main pour retenir le prince.

— Mon père, chuchota Leo, dont le jeune visage éperdu paraissait spectral à la lueur de l'unique bougie qu'ils s'étaient risqués à allumer.

Gavriel serra l'épaule du jeune garçon.

— Tu n'aurais jamais dû voir ça.

— Maintenant, nous avons tous les deux vu nos pères mourir, fit remarquer Leo dans un murmure, sans pouvoir dissimuler son chagrin.

Il n'était rien que Gavriel puisse dire pour soulager la douleur de l'enfant. Lui-même essayait encore d'accepter l'image récurrente du meurtre brutal de son père. Il voulut dire qu'au moins le roi Brennus s'était ôté la vie d'une manière qu'il avait lui-même choisie, mais il avait peur que ces mots sonnent creux.

— Et Piven ? gémit Leo.

Gavriel jeta un coup d'œil dans les trous percés au sein de la pierre.

— Il a l'air heureux.

— Il a toujours cet air-là.

— Je sais bien, mais il est en sécurité, pour le moment. Je pense que si Loethar avait voulu tuer ta mère ou ton frère, il l'aurait déjà fait. (Il vit Leo hocher la tête et éprouva un tout petit peu de soulagement.) Examinons un peu notre propre situation, ajouta-t-il dans l'espoir de distraire son protégé.

— Que penses-tu de ma cachette ? répondit Leo en mordant à l'hameçon.

Gavriel était convaincu qu'ils allaient continuer à chuchoter comme ça pendant bien des jours.

— Très inspiré. Qui connaît son existence ?

— Uniquement mon père.

— Et toi, maintenant.

— C'est un secret qui n'est connu que du roi et de son héritier et que l'on se transmet de génération en génération.

— C'est pour ça que le message de Freath m'a paru aussi énigmatique.

Leo acquiesça.

— Mon père m'a montré cet endroit quand les troubles ont commencé dans l'Ensemble, il y a plusieurs lunes. Il l'a appelé « le Passage ». Il a été construit au sein des murs du château par le roi Cormoron, il y a des siècles.

Gavriel parcourut du regard l'étroit corridor dans lequel ils se trouvaient. Leo avait eu la présence d'esprit d'attraper une lanterne juste avant d'y entrer, par une issue si bien dissimulée que quelqu'un ne risquait guère de la remarquer, même en soulevant la tapisserie. Grâce à la flamme de cette lanterne, il avait allumé quelques minuscules bougies qui projetaient une lueur fantomatique, évitant ainsi d'attirer l'attention sur les judas à travers lesquels ils espionnaient la scène. Il n'y avait pas assez de place pour que tous deux puissent se tenir debout côte à côte. Heureusement, Gavriel ne souffrait pas de claustrophobie, contrairement à Corbel. Il toucha la pierre froide. Ce couloir secret avait délibérément été construit pour espionner, comme ils le faisaient en ce moment, le salon du roi, où trônait actuellement Loethar.

— De toute évidence, Cormoron était un homme qui ne faisait confiance à personne.

— Père avait l'habitude de venir jouer dans ces étroits espaces quand il était petit. Son père lui en avait parlé quand il était bien plus jeune que moi, et je regrette de ne l'avoir pas su plus tôt. J'aurais pu espionner tellement de conversations.

— C'est peut-être pour ça qu'il ne t'en a pas parlé avant, chuchota Gavriel sans lâcher Loethar des yeux. (Le barbare était tranquillement assis dans un fauteuil à haut dossier et regardait Piven dessiner sur le carrelage avec le sang de son père.) Est-ce que ce « Passage » se limite simplement au salon de ton père ?

Un sourire malicieux se dessina sur les lèvres du prince.

— Non. Il existe plusieurs points d'accès, et toutes les salles publiques ont une pièce secrète comme celle-ci au sein de leurs murs. C'est également le cas pour certaines parties privées du château – le salon de mon père, les appartements de ma mère… (Gavriel en conclut aussitôt que Cormoron ne faisait pas confiance à sa reine)… les cuisines. Je ne les ai pas tous visités. Mais ils sont tous aussi étroits et inconfortables.

Gavriel fit de nouveau attention à ce que disait Leo.

— Ne t'en plains pas, le réprimanda-t-il dans un murmure. Non seulement ça te sauve la vie, mais, en plus, ça sauve la lignée des Valisar. Il y a suffisamment de place pour nous allonger, donc on peut dormir. Si on continue à faire brûler les bougies comme ça, tout doucement, et uniquement pendant la journée, nous devrions pouvoir tenir comme ça indéfiniment, sans nous faire remarquer.

— Et la nourriture ?

— Il va falloir que j'y réfléchisse, admit Gavriel.

— Je sais comment entrer et sortir des cuisines. Il m'est déjà arrivé de chiper des gâteaux quand le chef avait les yeux tournés, mais là, bien sûr, ce sera plus risqué.

— On trouvera bien une solution, répondit Gavriel sans trop se mouiller.

— Gavriel, reprit le prince d'un ton solennel, je n'oublierai jamais cette image de mon père s'ôtant la vie.

— Je sais, Leo. Écoute…

— Non, attends. Ce que je m'apprêtais à dire, c'est que je vais délibérément cultiver ce souvenir. Même si peu de gens me prennent au sérieux pour l'instant, je suis un Valisar. On me l'a dit et répété depuis que je suis en âge de l'entendre. Quoi qu'il faille que je fasse pour rester en vie et faire payer au barbare ses crimes de lâche, je le ferai. Ça veut dire que je nous trouverai à manger et que je nous ferai sortir d'ici le moment venu. Mais, d'abord, nous allons devoir observer les faits et gestes de leurs gardes.

Gavriel aurait voulu applaudir le prince, mais les paroles émouvantes de Leo lui serraient la gorge. Il hocha la tête, puis dit :

— On va devoir étouffer tous les bruits, Leo, et se déplacer en silence au sein de ces étroits couloirs. Si tu sens que tu vas éternuer ou tousser, retiens-toi. Il va falloir se déplacer sur la pointe des pieds et ne parler qu'à voix basse.

— Heureusement, on a nos capes sur le dos, ajouta Leo.

Ce qui leur rappela à tous les deux leur soirée sur les remparts, et tout ce qui s'était passé depuis.

Gavriel choisit de nouveau de distraire le jeune garçon de ses pensées – ce qui valait également pour lui-même.

— Il va falloir choisir un endroit pour nos déjections. Ça ne va pas sentir très bon, mais…

Leo secoua la tête.

— Mon arrière-grand-père y a pensé, chuchota-t-il. Son fils et lui ont ouvert un trou où l'on peut pisser. Il est relié à une gouttière.

— Ingénieux, marmonna Gavriel.

— Plus tard, je te conduirai à un endroit où on peut même s'asseoir pour chi…

— Non, quand même pas ? dit Gavriel, réellement impressionné.

Leo sourit.

— Si, si. Les rois qui nous ont précédés ont pensé à tout.

— En tout cas, ils aimaient bien espionner les gens, visiblement.

Gavriel repéra du mouvement sur le côté de la pièce. Le dénommé Stracker était de retour. Le corbeau, qui se tenait tranquille jusque-là, se redressa brusquement sur son perchoir – le dossier d'un fauteuil. Gavriel hocha la tête à l'intention de Leo en portant un doigt à ses lèvres.

— Déjà de retour ? demanda Loethar.

— Le cuisinier prévoit un festin pour toi ce soir… s'il arrive à retenir ses haut-le-cœur. Il prend très mal la mort du roi, ajouta Stracker en riant.

— Tant mieux, répondit Loethar. J'ai encore du mal à croire que je l'ai laissé se suicider. J'aurais dû faire attention.

— Il y a quelqu'un qui attend dehors. Je crois que tu devrais le recevoir.

— Qui est-ce ?

— Un certain Freath. Il prétend savoir où trouver le fils aîné.

Gavriel se raidit derrière le mur.

— Je vais tuer ce salopard, siffla-t-il.

— Que Lo nous sauve ! murmura Leo. (Il regarda Stracker amener Freath devant Loethar. L'aide ne paraissait pas du tout effrayé.) Mais il ne sait pas où nous sommes !

— Tu en es sûr ?

Leo acquiesça.

— Je te l'ai dit, personne ne connaît l'existence du Passage à part nous deux – et Piven. Il est venu explorer les lieux avec moi une ou deux fois.

— Mais lui, il ne compte pas.

Ils entendirent la voix de Loethar et regardèrent de nouveau à l'intérieur du salon du roi.

— Et vous êtes ?

— L'aide de la reine. Euh, comment suis-je censé m'adresser à vous, maître Loethar ? Pardonnez-moi, je ne sais pas très bien quelle est l'étiquette concernant les personnes qui destituent les rois.

Gavriel vit Loethar relever brusquement la tête et oublier les papiers sur le bureau de Brennus pour se concentrer sur l'homme qui se tenait devant lui. Il ne pouvait voir son visage, mais, tandis que le silence s'éternisait, il imagina le barbare plissant les yeux pour mieux dévisager le domestique. Pendant ce temps, Vyk survola le nouveau venu, puis vint se poser sur le carrelage pour sautiller autour de lui.

— Si seulement il pouvait lui picorer les yeux, murmura Gavriel à Leo.

— Vous pouvez m'appeler empereur, finit par répondre Loethar, comme s'il savourait le goût qu'avait ce mot dans sa bouche. Oui, empereur, ça sonne bien, vous ne trouvez pas ?

— Effectivement, bien que « sire » soit peut-être plus facile à digérer pour les gens… si tôt après la conquête. Je présume que tous les royaumes sont désormais à vous.

— Cette présomption est correcte.

— Alors, en tant que nouveau chef de l'Ensemble, vous pourriez peut-être rappeler votre intimidant corbeau afin que nous puissions discuter de la façon dont nous pouvons nous aider l'un l'autre.

Loethar éclata de rire. Gavriel, horrifié par l'aplomb de Freath, espérait presque que le barbare allait sortir sa dague pour trancher la gorge du traître sur-le-champ.

— Appelez-moi sire, alors. Et Vyk préfère le terme de « raven ». Qu'est-ce qui vous fait croire que vous pouvez m'aider ?

— Eh bien, sire, commença Freath en repoussant l'oiseau du pied avant de l'ignorer, je vis parmi les puissants depuis plus de deux décennies. Je suis le domestique du roi et de la reine les plus influents de tous les royaumes de l'Ensemble. Je vous en conjure, ne gaspillez pas de telles ressources. J'ai des connaissances et des informations que vous n'imaginez même pas.

— Telles que ?

— Telles que les personnes qui se soumettront facilement à votre volonté.

— Et celles qui s'y refuseront, c'est bien ça ?

Freath sourit.

— Il semblerait qu'on se comprenne, tous les deux. Il y aura toujours des rebelles. Je peux vous aider en ce qui les concerne. Pour commencer, les fils De Vis trouveront certainement un moyen de s'élever contre vous.

— Espèce de sale fils de pute, gronda Gavriel.

Il indiqua à Leo quelle partie du corps de Freath il allait couper en premier et où il avait l'intention de la mettre. Leo lui lança un regard inquiet.

Stracker éclata de rire.

— C'est une plaisanterie, évidemment, dit-il à Freath d'un ton menaçant.

Mais Freath ne parut guère impressionné. Il garda un air neutre tandis que Loethar restait assis sans bouger.

— Je n'ai jamais joué la comédie, sire, demandez-le autour de vous. La famille De Vis est farouchement loyale envers les Valisar. Et l'assassinat quelque peu théâtral de leur père n'est pas quelque chose que les fils oublieront facilement, j'imagine.

— Parlez-moi d'eux.

— Les garçons ?

Loethar acquiesça.

— Ce sont des jumeaux. Ils se ressemblent, mais pas à l'identique, et ils ont des personnalités tout à fait différentes. Corbel est le plus sérieux et le plus jeune, je crois, de quelques minutes à peine. Mais il faut se méfier de l'eau qui dort, en particulier avec ce garçon. Je dis « garçon » mais, en vérité, c'est un homme, qui saura, à mon avis, se montrer résolu et impitoyable.

Gavriel s'aperçut que Leo lui agrippait le bras. Alors, il se rendit compte qu'il poussait de toutes ses forces sur le mur, les poings serrés, les jointures blanches. Il fit un effort pour se détendre et perçut le soulagement de Leo à ses côtés.

— L'autre garçon, Gavriel, est franc, il n'hésite pas à exprimer ses opinions, continua Freath. Il est plus prétentieux que son frère. Ils sont beaux tous les deux, mais Gavriel attire davantage l'attention. C'est un excellent bretteur et je crois bien qu'il est doué avec la plupart des armes, en fait.

— Quel âge ont-ils ?

Freath réfléchit, les sourcils froncés.

— Une simple estimation fera l'affaire, intervint Stracker.

— En réalité, je peux vous dire exactement leur âge. Ils auront dix-huit annis à la saison des feuilles.

— Et vous croyez que ces De Vis sont inquiétants ? Seriez-vous en train de me suggérer d'avoir peur de simples oisillons ?

— Non, mais je pense que vous devriez leur prêter attention. Ils ne vous présenteront pas leurs hommages, sire. Ils adoraient leur père, respectaient leur roi et sont très dévoués l'un envers l'autre. Tuez-en un, et je parie que ce sera comme si vous tuiez le deuxième en même temps. Je ne pense pas, compte tenu de leur éducation et de la personne qui les a élevés, qu'ils auront peur de mourir pour ce qu'ils considèrent comme leur honneur.

— Et qu'est-ce qu'ils considèrent comme leur honneur ?

— Mais, défendre le roi Valisar, bien entendu.

— Le roi ? Vous n'avez pas vu le corps de Brennus, Freath ? demanda Stracker d'un ton acide. Il n'y a plus de roi Valisar.

Freath l'ignora. Gavriel ne put s'empêcher d'admirer le sang-froid de l'aide, même si sa traîtrise lui donnait envie de vomir.

— Sire, je ne faisais pas référence au roi Brennus mais à son fils, le roi Leonel.

Cette remarque fit naître un silence tendu, au cours duquel Gavriel sentit les cheveux se dresser sur sa nuque. Jusqu'à présent, toutes les personnes détenant l'autorité avaient considéré Leo comme le jeune prince – « Il faut le protéger, il est l'avenir, peut-être qu'un jour… » Mais, pour la première fois depuis que l'attaque contre Penraven était devenue une réalité, Gavriel sentit tout le poids écrasant de la responsabilité qu'il avait accepté d'endosser seul. Leo n'était plus l'enfant prince, le rejeton qu'il fallait protéger simplement parce qu'il était un Valisar. Désormais, il était le souverain et, tant qu'il vivrait, Penraven aurait son roi Valisar.

— Ça fait peur à entendre, chuchota Leo dans le noir.

Gavriel sentit son accès de rage se cristalliser en quelque chose de dur et d'inflexible. Ils allaient devoir lui passer sur le corps avant de pouvoir s'attaquer à Leo.

La voix de Loethar rompit le silence.

— Vous l'appelez le roi Leonel ?

— Pas moi, sire. Mais c'est ce que tout le monde, à part moi, fera dans votre dos. Aussi longtemps qu'il vivra, il restera le souverain de ce royaume et la figure de proue de l'Ensemble. Tant que les gens continueront à avoir foi en lui, ils entretiendront l'espoir de voir l'Ensemble se relever de ses cendres et de vous voir vaincu.

Loethar tapa du poing sur la table.

— Je pourrais vous faire éventrer sur-le-champ et jeter vos entrailles au feu avant que vous poussiez votre dernier soupir.

— Je le sais, sire. Mais j'imagine que vous ne le ferez pas, parce que, comme je l'ai dit plus tôt, je connais tous les personnages importants de ce royaume. Je suis également bien informé sur la plupart des nobles et des dignitaires du reste de l'Ensemble, sans parler des souverains et de leur famille, si certains ont survécu. Ce serait dommage de gaspiller tout cela pour le plaisir éphémère de me trancher la gorge… sire.

— Quelle impudence. Vous m'impressionnez, serviteur.

— Merci, sire. Mes anciens employeurs n'étaient pas aussi conscients de ma valeur… ou du mal que j'aurais pu leur faire si j'avais voulu.

— Je vais le tuer, siffla Gavriel.

— Il faudra attendre ton tour, parce que je compte bien le tuer, moi aussi, chuchota Leo avec colère.

En dépit de sa colère, Gavriel éprouva une pointe de satisfaction en entendant la menace du jeune garçon.

— Je te laisserai lui porter le premier coup, mais seulement parce que tu es le roi, ajouta-t-il avant de reporter son attention sur les hommes qu'ils espionnaient.

Loethar s'adressa de nouveau au domestique.

— Et vous voulez que je vous garantisse la vie sauve à condition de… voyons, comment avez-vous dit cela… de m'expliquer quel mal vous pouvez faire aux derniers Valisar ?

— Oh, avoir la vie sauve, c'est le minimum, sire. Je suggère que vous me preniez comme votre propre aide.

Stracker éclata de rire, mais il n'y avait pas de joie dans ce son-là, juste de la menace. Piven choisit cet instant pour cesser de s'amuser par terre et essuyer ses mains, poisseuses du sang de son père, sur sa chemise blanche. Puis il attrapa le bas de la longue tunique de Freath et se hissa sur ses pieds.

— Ah, Piven, je vois qu'on t'a épargné, commenta Freath en dévisageant l'enfant comme s'il s'agissait d'un insecte. Je me demande bien pourquoi.

— Il m'amuse, répondit Loethar. J'aime l'idée que, une fois que je me serai occupé du prince héritier, le dernier Valisar encore en vie – même s'il n'est pas de leur sang – sera une âme perdue. Il sera le symbole de l'ancien Penraven, tout aussi perdu.

— Très bonne idée, sire, dit Freath en esquissant un bref sourire pincé. Puis-je me rendre utile et faire nettoyer cet enfant pour vous ?

Loethar s'étira. Gavriel sentit l'écœurement le gagner. Visiblement, un marché avait été conclu au cours de cette conversation. Il se rendit compte que Leo avait besoin d'une explication, mais il ne pouvait pas parler.

— Vous pouvez l'emmener et le baigner, mais remettez-lui cette chemise. Je veux que tout le monde puisse voir le sang de son père.

— Très macabre, sire. Une humiliation appropriée pour tous ceux qui poseront les yeux sur l'enfant.

— Mais d'abord, il faut s'occuper de la petite fille défunte.

Loethar marqua une pause, que Freath salua d'un hochement de tête, avant de demander :

— Maintenant que vous avez vu son cadavre, puis-je la faire installer dans le tombeau familial ?

— Non, brûlez-la. Puis dispersez ses cendres depuis les remparts. Ou plutôt, non, je m'en chargerai. Nous obligerons également sa mère à y assister.

— L'ultime humiliation ?

— Pas tout à fait. Il m'en reste une en réserve.

— Allez-vous tuer la reine Iselda, sire ? demanda Freath sur le ton de la conversation.

— Je n'en suis pas sûr. Je ne me suis pas encore décidé.

Gavriel ferma les yeux. Il aurait aimé que Leo n'ait pas à entendre cela.

— Puis-je vous suggérer, puisque vous gardez Piven comme symbole de la chute des Valisar…

— Il sera mon animal de compagnie.

— Très bien, sire. J'allais ajouter que, peut-être, vous devriez garder la reine comme votre domestique. Ce serait pour elle un rôle des plus dégradants.

Gavriel regarda Loethar faire le tour du bureau. Il put enfin voir le visage du barbare, qui exprimait l'amusement que lui inspirait l'idée particulièrement détestable de Freath. Le corbeau était de retour sur son épaule. Si la scène n'avait pas été aussi sinistre, cet étrange duo aurait eu l'air comique.

— Tu pourrais en faire ta concubine, intervint Stracker.

Freath ne répondit pas à cette remarque, il se contenta de battre des paupières d'un air agacé.

— C'était juste une idée, ajouta-t-il plutôt à l'intention de Loethar.

— J'y réfléchirai. Mais, avant de vous laisser partir, reprit-il alors que Freath se baissait pour prendre Piven par la main, je veux tout savoir du fils aîné.

— Bien sûr, pardonnez-moi, répondit Freath, tout en politesse.

Gavriel se pencha vers Leo.

— Au moins, ta mère va vivre un jour de plus.

— C'est quoi, une concubine ?

— Un autre mot pour servante. Elle prend le service de nuit et s'occupe des besoins de son maître quand les domestiques de la journée dorment, expliqua prudemment Gavriel.

Il se réjouit que l'obscurité ne permette pas à Leo de chercher sur son visage la vérité qu'il venait de contourner si allègrement.

— … douze annis, fragile et encore très enfantin, disait Freath. Il ne pense qu'aux chevaux et aux parties de ballon-vessie, qu'il joue mal. Il ne sait pas se servir d'une arme.

À l'intérieur du Passage, Gavriel s'étonna de cette description et devina que Leo ressentait la même chose.

— Mais Brennus a bien dû l'éduquer en vue de son futur rôle ?

— Oh, certes, mais seulement en douceur, sire. Leo n'est encore qu'un petit garçon. Il sait à peine différencier sa tête de son cul, si vous voulez bien me pardonner cet écart de langage.

— Vous n'avez pas à vous inquiéter de ma susceptibilité, Freath, le rassura Loethar.

L'aide acquiesça.

— Je veux dire par là qu'il est extrêmement immature. C'est encore un peu le garçon à sa maman. Nous parlons ici d'un marmot trop gâté qui n'hésite pas à piquer une crise parce qu'il n'arrive pas à monter à cheval ou à manier une arme avec dextérité.

Furieux, Leo se tourna vers Gavriel.

— Il ment, ce salopard ! siffla-t-il.

— On dirait que Freath a l'intention d'impressionner le barbare. Ne t'inquiète pas, Leo. Nous le tuerons à mains nues s'il le faut, dès que nous en aurons l'occasion.

Gavriel savait qu'il lançait là des paroles en l'air, mais il se sentit mieux malgré tout.

— Donc, alors que les jumeaux De Vis représentent une menace, vous êtes en train de me dire que ce n'est pas le cas de l'héritier.

— Non, sire, ce n'est pas ce que je dis. La famille De Vis est votre ennemie, et elle l'aurait été même si vous n'aviez pas fendu la tête du légat en deux, prévint Freath. L'héritier, lui, ne représente pas une menace physique pour vous. Il est incapable de savoir comment attaquer ou comment rassembler une armée. Quant à planifier quelque chose, ça ne va pas plus loin que le choix de l'endroit où il va jouer le lendemain. Il est encore dans cet état d'esprit enfantin qui veut que le monde tourne autour de lui et de ses besoins égoïstes, en particulier ceux de son ventre.

Loethar parut s'en amuser, mais Gavriel bouillait intérieurement. Freath connaissait bien Leo, et ses paroles lui ressemblaient si peu qu'il aurait aussi bien pu décrire un étranger.

— Il a du mal à apprendre ses conjugaisons, alors vous imaginez s'il est prêt à soulever un royaume en son nom, poursuivit Freath avec le plus grand mépris. Brennus ne s'attendait pas à perdre son trône. La menace que représentaient les Steppes se bornait juste à ça – une menace. Il ne se doutait absolument pas que votre rêve de bâtir un empire deviendrait réalité et que le prince aurait besoin d'être parfaitement préparé à tous les aspects d'un règne.

De nouveau, Gavriel surprit une expression abasourdie sur le visage de son nouveau roi.

— Venez-en au fait, demanda sèchement Loethar.

— Là où je veux en venir, sire, c'est que vous n'avez rien à craindre de Leonel en personne. C'est ce qu'il représente qui peut vous poser problème. Tout le monde va se raccrocher au fait que l'héritier est encore en vie, parce que ça signifie que la dynastie des Valisar est toujours vivante elle aussi.

— Je veux savoir où il est.

— Et je crois que je peux vous aider. Mais il est vrai que j'exige des garanties, sire.

— Nous y voilà. Posez vos conditions.

— J'ai entendu dire que vous rassemblez, dans les nations que vous avez conquises, tous les gens doués de pouvoirs magiques.

Pour la première fois depuis l'arrivée de Freath, Gavriel vit le barbare perdre sa nonchalance. Loethar se raidit.

— Qu'est-ce que ça peut bien vous faire ?

Freath haussa discrètement les épaules.

— Eh bien, j'imagine que si vous vous êtes donné tant de peine, c'est pour vous servir de tous ces pouvoirs.

— Et ?

— J'en veux une partie.

Stracker attrapa Freath par le devant de sa chemise et le rapprocha de son visage marqué par les cicatrices de la petite vérole.

— Vous ne voulez rien du tout. Vous avez déjà de la chance d'avoir vécu aussi longtemps.

Freath ne se laissa pas intimider.

— Pouah ! Ici, nous mâchons des feuilles de cherrel pour nous rafraîchir l'haleine, Stracker.

Loethar ignora leurs piques respectives.

— Expliquez-moi ce que vous entendez par là, Freath, avant que je laisse Stracker vous éventrer, comme il en brûle d'envie.

Freath rajusta ses vêtements, une audace qui stupéfia Gavriel. Le jeune homme regarda l'aide prendre une profonde inspiration et plaquer un nouveau sourire sournois sur son visage.

— Je veux deux sorciers ou magiciens, peu importe comment vous les appelez, homme ou femme, de mon choix et qui n'obéiront qu'à moi.

Gavriel vit trembler la bouche de Loethar.

— Qu'est-ce qui vous fait croire qu'ils existent vraiment ?

— Oh, ils existent bel et bien, mais ils sont malins. Ils font tout ce qu'ils peuvent pour masquer leurs talents, mais ils sont bien réels… (Il sourit et marqua une pause.) Ça ne fait aucun doute.

Loethar plissa les yeux.

— Vous savez qui sont ces gens ?

— J'ai bien quelques soupçons, sire, mais, non, je ne connais personne en particulier qui pratique ouvertement la magie. Bien sûr, il y a toujours les herboristes, les illusionnistes et les prestidigitateurs. Mais je parle ici des thaumaturges, des vrais faiseurs de miracles, de phénomènes qu'on ne peut expliquer. Je suis certain que vous en avez déjà découvert quelques-uns. J'en veux deux.

— Et que comptez-vous en faire ? demanda Loethar en s'asseyant sur le rebord du bureau du roi, les bras croisés.

Il paraissait de nouveau nonchalant, mais Gavriel était persuadé que le barbare était tout sauf détendu.

— Ils me protégeront.

— De moi, je présume.

— Exactement, sire. Ainsi que de votre valet qui sent mauvais et de votre horrible corbeau.

Stracker se renfrogna, mais Loethar sourit, un sourire crispé et incisif.

— Je vois. En échange, vous me donnez le garçon.

— Je vous promets que je vais essayer, en tout cas.

— Essayer ? répéta Loethar d'un ton dédaigneux.

— Il a disparu, sire. J'ai croisé vos hommes en train de fouiller le palais. J'imagine qu'ils font également des recherches aux environs du château et dans les bois voisins. Il n'a pas pu aller bien loin parce que je l'ai vu très récemment.

Loethar se leva d'un bond.

— Vous l'avez... (Il s'interrompit pour demander avec colère :) Où ça ?

— Dans les cuisines.

Les mâchoires crispées, Gavriel se rapprocha de Leo et lui passa un bras autour des épaules. C'était un maigre réconfort, mais un tel geste avait plus de valeur que des paroles, en cet instant. Il avait l'esprit en ébullition. Devaient-ils tenter de s'enfuir maintenant ou ronger leur frein encore un peu ? Freath ne pouvait pas savoir où ils se trouvaient... n'est-ce pas ?

— Il ne sait rien, assura Leo, comme en réponse aux pensées du jeune homme.

— Ils ont pris peur en entendant vos hommes et ils se sont enfuis. J'ai essayé de les suivre, mais je suis un vieil homme, comparé à eux. Ils m'ont distancé.

— « Ils » ?

— Pardon, sire ?

Le visage de Loethar s'assombrit.

— Vous avez dit « ils ». Qui sont les autres qui l'accompagnent ?

— Une seule autre personne. Gavriel De Vis.

— Êtes-vous en train de me dire qu'ils sont retournés dans le palais ?

Freath eut un léger haussement d'épaules.

— C'est ce qu'ils ont fait, mais nous disposons de nombreuses portes qui donnent sur d'autres cours, sire. Ils peuvent être n'importe où. Mais ils n'ont pas eu le temps d'aller bien loin.

— Avez-vous une idée de l'endroit où ils ont bien pu se rendre ?

— J'en ai plusieurs. Mais j'ai besoin d'une preuve de bonne volonté, sire.

— Je vois. Quelque chose par écrit ? Vous voulez peut-être que nous mélangions notre sang, paume contre paume ?

— Cet homme ne sait rien que je ne pourrais lui arracher avec une paire de tenailles chauffées à blanc, lança Stracker à l'adresse de Loethar.

Gavriel eut un sourire sans joie. Momentanément, il se retrouvait dans le même camp que le valet du barbare.

Freath sourit d'un air crispé.

— Pas besoin de me torturer ni de faire couler le sang. Ma demande est très simple, et il vous sera facile d'y accéder. Quand vous en aurez fini avec elle, je veux la reine.

— Quoi ? rugit Loethar, dont la surprise se transforma en éclats de rire tumultueux. Iselda ?

Freath garda une expression impassible.

— Pourquoi pas ? Elle est très belle.

Loethar dévisagea l'aide attentivement.

— Non, Freath, ça ne colle pas. Vous n'avez pas un physique désagréable, je vous l'accorde, mais je ne vois aucune passion brûler au fond de vos yeux – en dehors de celle que vous vouez à votre propre existence. Je ne crois pas votre corps capable du moindre élan romantique ou même sexuel. Vous mentez.

Ce portrait n'émut pas Freath, qui resta très calme.

— Ce sont là des conclusions hâtives, sire. Je n'ai pas parlé de romance ni de désir. Simplement, je la veux.

— Pourquoi faire ?

— Par pure satisfaction. Je sers la reine Iselda depuis son arrivée au palais, sire, et je servais déjà le roi Brennus avant elle. Ils étaient tout à fait représentatifs de ces aristocrates consanguins et arrogants qui finissent toujours par se retrouver sur le trône… (Leo laissa échapper un hoquet de stupeur, et Gavriel fut obligé de plaquer sa main sur la bouche du jeune garçon, une main qui tremblait de colère.)… services ont toujours été considérés comme un dû. Même s'il est trop tard pour le dire à Brennus, le moment est venu pour moi de montrer à la reine toute l'étendue de ma rage. Je viens d'une lignée distinguée, sire. Je méritais mieux.

— Alors, vous faites tout ça parce qu'ils ne vous ont jamais remercié ? résuma Loethar, incrédule.

Freath battit lentement des paupières.

— On pourrait dire ça, sire. Je vois là une occasion de les punir pour ce qu'ils ont fait. Je ne suis pas un homme avec lequel on peut jouer. Je méritais mieux que ce que j'ai reçu au cours de mes années de service. Je n'ai cessé d'espérer qu'on finirait par me récompenser pour ma prévenance, ma loyauté et, par-dessus tout, ma discrétion. Mais les années ont passé sans qu'on me lance ne serait-ce qu'un regard appréciateur.

— Vous êtes un serviteur, pour l'amour de Lo ! s'exclama Stracker. Qu'est-ce que vous espériez, un manoir à la campagne ?

— Et pourquoi pas ? répliqua Freath en lui lançant un regard furieux. Le légat aussi était un serviteur. Non seulement il gagnait bien sa vie, mais on le récompensait aussi avec des chevaux, des terres et des serviteurs rien que pour lui. Il possédait une richesse bien supérieure à ses besoins – et sa famille n'était pas meilleure que la mienne. Il n'était qu'un soldat. Moi, je suis un linguiste, un homme de lettres… Vraiment, sire, j'étais le plus capable des deux, comparé à De Vis. Pourtant, il est mort en héros, et riche, par-dessus le marché. Si vous me tuez maintenant, sire, je mourrai sans un sou. Pathétique, n'est-ce pas ?

— Pourriez-vous tuer un homme, Freath ?

— Bien sûr, s'il le fallait, s'indigna l'aide. Mais le fait de tuer ne vous donne sûrement pas la supériorité ?

— Et avez-vous déjà tué, Freath ?

— Non, sire.

— Ça paraît bien plus facile que ça ne l'est, croyez-moi… non pas que je souffre de la délicatesse excessive de la plupart des gens.

Freath ignora l'explication de Loethar.

— Si vous n'avez pas besoin d'elle, sire, j'aimerais vraiment avoir la reine.

— Pour l'humilier ?

— Pour en faire ce qu'il me plaira. Elle deviendra mon esclave, obéira à mes ordres, satisfera mes désirs… aussi stériles puissent-ils paraître aux yeux de certains.

— Donc, en échange de la reine, deux Investis et ma parole, vous allez m'aider à traquer Leonel ?

— Oui, sire. Je peux aussi vous aider dans bien d'autres domaines… soyez-en assuré. Il ne vous en coûtera rien d'autre que ce que j'ai déjà demandé.

— Vous m'intriguez, Freath.

— Alors nous sommes d'accord. Iselda est une preuve de bonne volonté de votre part.

— Baisez-la jusqu'à l'inconscience, pour ce que j'en ai à faire, Freath. Mais, ce soir, je la veux pour moi.

— Bien entendu, sire, répondit Freath comme s'ils discutaient l'usage partagé d'un cheval ou d'une charrue. En fait, je ne poserai pas le petit doigt sur elle tant que vous n'en aurez pas fini avec elle. Ça vous convient ?

Loethar acquiesça.

— Oui. (Il regarda Stracker.) Combien d'Investis avons-nous rassemblés ?

— Au total, environ trente-quatre dont les pouvoirs ont l'air authentiques.

— Fais-les amener ici. Je te laisse choisir les meilleurs d'entre eux, pour les montrer à Freath. Il pourra choisir dans ta sélection. Donne cet ordre immédiatement. (Stracker acquiesça et sortit de la pièce. Loethar regarda de nouveau l'aide royal, puis sourit méchamment.) J'ai besoin d'hommes à l'esprit agile comme le vôtre, Freath. Je suis persuadé que je devrais vous trancher la gorge sur-le-champ, mais il y a quelque chose chez vous qui retient ma main.

— Ça m'arrange, sire.

Ces paroles amusèrent encore plus Loethar.

— Ça nous arrange tous les deux, j'espère. Stracker peut parfois se montrer…

Il chercha le mot juste.

— Impulsif ? suggéra Freath.

Cette fois, Loethar sourit pour de bon.

— Précisément. Mais il m'arrive aussi d'avoir besoin de quelqu'un qui prenne le temps de réfléchir avant d'agir.

— Un instrument moins tranchant. Je comprends. Mais ça ne me donne pas nécessairement l'impression d'être en sécurité.

Le sourire de Loethar s'élargit. Gavriel se rendit compte que la sournoiserie de Freath faisait de lui un partenaire idéal. En quelques minutes seulement, le barbare était passé du statut de possible bourreau à celui de nouvel employeur. Il appela certains de ses sbires.

— Cet homme a accès à la reine Iselda. Lui seul, et personne d'autre.

Visiblement, il avait changé d'avis, il n'exigeait plus la première nuit avec Iselda. Il se tourna de nouveau vers l'aide.

— Vous m'amusez, Freath. J'aime bien votre esprit, sinon votre personne. (Freath inclina la tête, prenant de toute évidence les paroles du barbare pour un compliment.) Tant que vous continuerez à m'amuser et à me tenir informé de tout ce qui se passe dans ce palais et dans ce royaume – car je suis sûr que vous disposez d'un très bon réseau d'espions –, vous n'aurez rien à craindre de mon épée.

— Dans ce cas, sire, je vais moi aussi respecter la parole donnée. Pour ce qui est du jeune prince, je vous suggère de commencer par fouiller le corridor secret.

Sous l'effet de la terreur, Gavriel sentit la bouche de Leo s'ouvrir sous sa main.

— Montrez-leur ! ordonna Loethar à Freath en désignant ses hommes.

# Chapitre 7

Adossé au mur en pierre, Clovis se tenait assis de façon rigide, les poings serrés sur ses genoux. Avant, beaucoup de personnes auraient qualifié sa vie de parfaite. Il n'était pas riche, pas encore en tout cas, mais il était plus heureux que la plupart des hommes fortunés à qui il offrait ses services. Il n'était pas pauvre non plus, loin de là. Le travail se présentait de façon régulière et n'exigeait pas de lui qu'il se casse le dos en labourant les champs, à la merci des humeurs de Lo. Il n'était pas vieux, mais on ne pouvait pas non plus le qualifier de jeune homme. D'âge moyen, voilà sans doute quelle était la façon la plus honnête de le formuler. Il n'en restait pas moins vigoureux et n'avait pas encore de fils gris dans sa barbe ni de douleurs dans les genoux. Il n'avait pas à se plaindre.

Et pourtant, en l'espace d'un battement de cœur, tout avait basculé. Le monde auquel il était habitué avait disparu, balayant son existence confortable et routinière. Il n'avait jamais aimé Leah, pas de la façon dont certaines personnes décrivent l'amour : chaque fois qu'il la voyait, aucun chœur angélique ne résonnait à son oreille, son pouls ne s'accélérait pas et il n'éprouvait pas non plus d'élan de passion. Mais Leah était gentille et tendre. Elle l'aimait et il avait de l'affection pour elle. Il appréciait son babillage apaisant. Elle n'était pas belle, même pas jolie. Mais elle était radieuse. Elle riait beaucoup, surtout des plaisanteries de Clovis, et son grand sourire rayonnant pouvait illuminer une petite pièce.

Heureusement, Leah avait suffisamment d'amour et d'éclats de rire pour deux. Mais le plus beau cadeau de Leah à Clovis, l'objet de tout son amour, c'était leur fille, Corin. Alors que Leah et lui se seraient décrits comme ordinaires, Corin était agréable à regarder. Cette petite fille avait le caractère d'un ange ; de par sa personnalité irrésistiblement drôle, elle avait créé entre Clovis et Leah un lien qui palliait les insuffisances de leur couple. Elle avait volé le cœur de son père, si bien que celui-ci ne pouvait plus partir, même s'il l'avait voulu. Or, en vérité, du jour de la naissance de Corin, il n'avait plus jamais eu envie de partir. Pendant cinq années paisibles et bien remplies, Clovis avait oublié le manque d'éclat de son mariage hâtif – il avait épousé Leah quand elle avait découvert sa grossesse. Il s'était considéré comme un homme béni des dieux.

Ses talents de devin étaient de plus en plus demandés. Il ne faisait payer aux gens du peuple que quelques trents pour une rapide « impression », comme il disait. Mais les riches habitants de Vorgaven – et Lo savait qu'ils étaient nombreux – donnaient de grandes fêtes auxquelles ils invitaient les devins pour prédire l'avenir, en échange de sommes beaucoup plus importantes. Les plus fortunés de tous – les familles d'armateurs – l'invitaient carrément dans leurs magnifiques demeures pour des « consultations » privées.

C'était devenu très à la mode d'avoir son propre devin, quelqu'un qui vous conseillait sur tout, des meilleurs moments pour prendre la mer jusqu'au choix de l'équipage. Il s'agissait d'une façon très lucrative de gagner sa vie. Ainsi, récemment, Clovis avait pu construire sa propre maison pour sa petite famille, sur une minuscule parcelle de terrain achetée à l'un de ses clients. Elle avait vue sur la mer et sur l'île de Medhaven. Leah avait commencé à parler de ne plus travailler à l'auberge. Cela avait plu à Clovis. Il aimait l'idée que Leah resterait tout le temps à la maison avec Corin, plutôt que de la laisser pour quelques heures chez Delly jusqu'à ce que son père passe la récupérer.

Corin était un accident, bien entendu, le fruit d'une copulation hâtive et dépourvue d'affection, un soir, dans la cave du *Gros Blaireau*, où Leah travaillait comme serveuse. Clovis était si ivre, ce soir-là, qu'il louchait et avait sincèrement cru coucher avec Alys Kenric, qui avait un peu le même teint que Leah, sauf qu'elle était beaucoup plus jolie. Il était venu célébrer sa bonne fortune, car un riche marchand avait fait exprès le voyage depuis Cremond pour lui donner une bourse bien remplie, en remerciement de ses conseils qui lui avaient permis d'acheter de la tourmaline noire issue d'une mine en Medhaven. Sur le moment, le marchand l'avait cru fou, mais Clovis avait découvert qu'il l'avait quand même écouté en achetant une importante quantité de pierres de qualité. Qui aurait pu savoir – à part peut-être Clovis – que le fils cadet des monarques de Vorgaven, Danre, choisirait pour épouse la fille d'un noble très puissant de Cremond ? Qui aurait pu se douter que cette jeune fille éprouverait une fascination pour les soieries et les bijoux noirs ? Le marchand avait réalisé de jolis bénéfices avec ses tourmalines et n'avait eu de cesse de remercier le devin de Vorgaven. Par la suite, Clovis en était venu à maudire en silence le jour où il avait reçu cette bourse, car il n'avait pas du tout envie de se marier, ni même de tomber amoureux. Mais Leah était tombée enceinte, et sa famille avait fait pression sur Clovis pour qu'il l'épouse. Corin avait été la récompense de son sacrifice.

Mais, maintenant, Corin était morte.

Sa jolie petite tête avait été séparée de ses épaules tremblantes par la lame d'une épée lorsque les barbares étaient venus chercher son père. Leah avait hurlé son incrédulité et son horreur en voyant la tête de sa fille rouler sous une chaise dans leur nouvelle maison. Le barbare l'avait alors vicieusement poignardée, avant tout pour la faire taire, avait-il expliqué.

— De toute façon, elle était moche. Mais qu'est-ce qui t'a pris de l'épouser ? avait ajouté l'assassin.

Clovis avait appris depuis qu'il s'appelait Stracker. Sans même avoir le temps de réconforter son épouse à l'agonie ou de serrer dans ses bras son enfant morte, Clovis avait été emmené, en état de choc, sans même savoir ce que ces hommes lui voulaient.

Il le savait, maintenant, car d'autres hommes, des femmes et même des enfants étaient venus le rejoindre. Tous affichaient la même expression choquée et méfiante, tous avaient perdu des êtres chers dans la débâcle. Le chef des barbares, un certain Loethar, cherchait à réunir tous ceux qui avaient des pouvoirs.

Clovis était donc assis en compagnie d'une foule de gens divers, consternés et perturbés. Certains pleuraient, mais la plupart regardaient dans le vide. Pour l'heure, ils étaient logés – pour autant que le terme puisse s'appliquer à leur cas – dans une grange à la frontière entre Barronel et Penraven. Clovis était l'un des derniers prisonniers à avoir rejoint le groupe ; il n'avait fait que six jours de marche jusqu'en Barronel depuis sa capture. D'autres étaient emprisonnés depuis des semaines, certains même depuis des lunes. Kirin, un jeune homme qui avait la moitié de son âge, était l'un des tout premiers prisonniers de Loethar. Il avait été capturé à Cremond et il était une véritable mine de renseignements quant à ce qu'il avait vu au cours de ses longues marches.

Kirin se laissa tomber à côté de Clovis. Comme d'habitude, il essaya de remonter le moral de son ami.

— Ils vont encore nous déplacer.

— Où on va maintenant ? demanda Clovis sans grande conviction.

— En Penraven, apparemment.

— Alors, les puissants Valisar ont été vaincus par le barbare, eux aussi.

— Ce n'est pas une surprise. Penraven n'aurait jamais dû attendre avant d'envoyer ses troupes. Mais nous avons déjà eu cette discussion. J'imagine que, contrairement à nous, les Penraviens ont été avertis suffisamment à l'avance pour fuir vers des terres plus sûres.

— Nous avons eu si peu d'avertissements en Vorgaven.

— En Cremond, nos monarques étaient visiblement impatients d'abandonner leur trône. Quelle humiliation pour leur peuple !

— Oui, enfin, on peut voir ça autrement. Au moins, leur peuple n'a pas souffert. Si j'avais vécu en Cremond, ma Corin serait encore en vie.

Kirin eut le bon sens de ne pas répondre à cette remarque.

— Loethar a juré de ne tuer que ceux qui lèveraient les armes contre lui. Dommage que son acolyte et ses guerriers verts n'aient pas bien entendu ses ordres. S'il n'en tenait qu'à eux, il ne resterait plus de peuple à gouverner.

— C'est vrai que, visiblement, ça lui a plu de faire souffrir ma famille, répondit Clovis d'une voix étranglée. (Il se reprit et s'éclaircit la voix.) Loethar a demandé qu'on nous emmène en Penraven ?

— On dirait. Dans une heure, ils vont nous envoyer à marche forcée jusqu'à Brighthelm, leur château-forteresse. Ça ne prendra peut-être qu'une demi-journée de marche.

— Je crois que je m'en fiche, répliqua Clovis en posant la tête sur ses genoux – la vision de Corin tendant les bras vers lui juste avant sa mort menaçait de le faire craquer une fois de plus.

— Ressaisis-toi, Clovis, le supplia Kirin.

— Pourquoi ? Plus rien ne me donne envie de vivre.

— Mais il n'y a rien ici qui vaille la peine de mourir. Attends de trouver quelque chose qui aura suffisamment de valeur à tes yeux pour que tu donnes ta vie pour ça. Lui ne vaut pas la peine que tu meures, ajouta Kirin en désignant leur gardien. Ni lui non plus, ajouta-t-il en en montrant un autre.

— Ils veulent juste se servir de nous. Alors pourquoi ne pas nous entre-tuer ici et maintenant ?

— Je refuse de donner au barbare quoi que ce soit de moi, Clovis, et encore moins mon sang. Je vais le défier en continuant à vivre, ne serait-ce qu'en hommage à la mémoire de mes parents assassinés.

— Facile à dire, répliqua Clovis, peu charitable.

Kirin fit claquer sa langue.

— Alors, tu laisserais la personne qui a massacré Corin de sang-froid t'ôter également la vie… avant même de penser à la venger ?

— C'est plus facile comme ça.

— Mais ce n'est pas courageux. C'est lui faire injure que de refuser de se battre en son nom.

— Mes talents ne vont pas jusqu'à assassiner les gens.

— Il y a bien des manières de parvenir à un résultat. La vengeance n'implique pas forcément de faire couler le sang.

— Alors, c'est quoi, ton plan ? demanda Clovis en relevant enfin la tête.

— Je vais mentir, et tu devrais faire pareil.

Clovis fronça les sourcils en regardant son jeune ami.

— Super, c'est très audacieux. Je suis persuadé que ça va faire s'effondrer la nation barbare tout entière.

Kirin sourit sans se laisser perturber par le sarcasme.

— Écoute-moi. Faisons le pacte de mentir tous les deux au sujet de nos pouvoirs. Je sais que tu maîtrises l'art de la divination parce que tu me l'as dit. Est-ce qu'ils le savent ?

Clovis secoua la tête.

— Ils ne me l'ont pas demandé.

— Mais alors, comment ont-ils découvert ton pouvoir ?

Il haussa les épaules.

— Le bouche à oreille, je suppose.

— Donc, c'est quelqu'un qui l'a dit à quelqu'un, qui l'a répété à un soldat barbare, qui l'a dit à son chef, et ils sont venus te chercher.

— C'est possible.

— Non, c'est plus que probable, étant donné la guerre qu'ils ont livrée à nos royaumes. À ma connaissance, personne ne possédait une liste d'Investis.

— Et alors ?

— Alors, ils te croient doués de pouvoirs, mais ils n'en connaissent ni la nature ni l'étendue. Si tu leur disais qu'il te pousse des oreilles d'âne à chaque pleine lune, ils te croiraient sûrement, à condition que tu sois convaincant.

— Et ils me tueraient parce que je ne leur servirais à rien.

— Eh bien, au moins, tu serais mort en les défiant. (Kirin sourit tristement et Clovis sentit son humeur s'améliorer un tout petit peu.) Écoute, tout ce qu'on a à faire, c'est sous-évaluer nos pouvoirs. S'ils l'ignorent, ne leur dis pas de quoi tu es vraiment capable.

— On dirait que tu parles d'expérience ! Mais qu'est-ce qu'on fait s'ils sont au courant ?

Ce fut au tour de Kirin de hausser les épaules.

— Alors, essaie de noyer le poisson. N'utilise pas ton pouvoir à sa pleine capacité. Déguise la vérité chaque fois que c'est possible.

— Tu sais que j'ignore encore quel est ton pouvoir ? (Kirin hésita.) Je veux la vérité, insista Clovis. Nous devons au moins nous faire confiance.

Le jeune homme acquiesça.

— C'est difficile à expliquer. Je peux voir à l'intérieur des gens.

— À l'intérieur ?

— S'ils sont malades, je sens ce qui ne va pas, expliqua Kirin avec prudence.

— J'imagine que ça ne s'arrête pas là ? l'encouragea Clovis.

Son ami soupira.

— Eh bien… je peux entrer dans l'esprit des gens, quelquefois. C'est difficile, parce que certaines personnes ont la capacité de verrouiller complètement leurs pensées. C'est plus facile si je peux les toucher. Au minimum, j'ai besoin de les regarder. Ça s'appelle fouiner.

Clovis observa un silence stupéfait.

— Avant aujourd'hui, je n'avais entendu ce terme qu'une seule fois. On m'avait dit que c'était impossible, avoua-t-il enfin. (Kirin haussa les épaules.) Je ne te crois pas, décréta Clovis.

— Moi non plus, je ne me croirais pas.

— On peut lire dans l'esprit des gens, on peut espionner leurs pensées ? insista Clovis. Moi, je dis que c'est impossible.

— Dans ce cas, pourquoi avoir donné un nom à ce phénomène ? En réalité, tu en fais une description erronée. Les pensées sont comme des explosions dans l'esprit. Je les vois se déclencher et devenir de toutes les couleurs. Tout le monde est différent, évidemment.

— Tu dis la vérité ?

— Je n'ai aucune raison de te mentir. Fouiner, ça existe, mais c'est très rare. Je n'ai jamais rencontré une autre personne qui possède ce pouvoir, mais je suis sûr qu'il en existe et qu'elles le cachent, comme moi. Je suis originaire de Cremond. Un jour, mes parents m'emmenèrent voir une sage. Cette femme vivait sur l'extrême pointe de la côte, un endroit sauvage et impitoyable. (Il vit Clovis froncer les sourcils d'un air consterné.) Quoi qu'il en soit, elle confirma que j'avais le pouvoir de fouiner. Je n'avais que dix annis à l'époque, mais elle a lancé à mes parents un avertissement glaçant : mon pouvoir causerait ma mort si je ne le dissimulais pas. Elle me recommanda de le garder secret et de ne jamais l'utiliser. Je suivis son conseil à la lettre. Mes parents et moi, nous recommençâmes une nouvelle vie en Dregon, de sorte que mon secret était en sécurité. Personne n'a jamais su la vérité, à part mes parents, la sage, qui doit être morte maintenant – et toi aujourd'hui. La sage a dit que je pouvais faire bien davantage avec ce don, mais elle ne m'a jamais expliqué quoi exactement. (Kirin haussa les épaules.) Je n'ai pas eu la curiosité de le lui demander.

— Vraiment ?

— Oui, je le jure. Elle m'a dit que je le découvrirais un jour.

Clovis était réellement décontenancé. Il s'était souvent glorifié malgré lui de sa capacité à voir l'avenir et à prédire des événements. Il ne s'agissait pas d'une science exacte ou précise, et il courait toujours le risque de donner de mauvais conseils, mais il procédait toujours avec prudence. En toute honnêteté, il n'avait jamais mal conseillé quelqu'un au point que ça lui revienne en pleine figure. En fait, c'étaient le caractère judicieux et le succès de cette approche prudente qui lui avaient valu une solide réputation de vrai devin. Il avait entendu parler du pouvoir de fouiner, bien entendu, mais il pensait que c'était un don similaire à l'enchantement Valisar – quelque chose dont les gens parlaient sans avoir jamais eu de preuves de son existence. Il était convaincu qu'il s'agissait d'un mythe de l'Ensemble ! Des charlatans se prétendaient sans doute capables de fouiner mais, encore maintenant, en dépit de la sincérité de Kirin, il doutait que ce pouvoir existe vraiment. Regarder à l'intérieur des gens, ça paraissait tellement invraisemblable. Et puis, franchement, cela portait un coup à son sentiment de supériorité. S'il disait vrai, le jeune homme possédait un don propre à faire passer les prédictions de Clovis pour un numéro de cirque !

Kirin prit son silence pour de l'appréhension.

— Je n'aime pas ce pouvoir, mais c'est Lo qui me l'a donné. Malheureusement, ce n'est pas tout.

— Vraiment ?

Kirin fit la grimace et choisit d'ignorer ce commentaire désabusé.

— Est-ce que tu paies le prix de ton pouvoir ?

Clovis le regarda d'un air interrogateur.

— Non, c'est l'inverse, ricana-t-il. Ce sont les gens qui me paient.

— Je ne parlais pas de ça. Tu vois, si j'utilise ma magie pour faire des tours de passe-passe, l'effort est minime. Mais si je puise dans mon véritable pouvoir – celui de fouiner –, je crois que je perds un peu de moi-même.

— Quoi ? fit Clovis, perplexe.

— Je ne peux pas l'expliquer. Parfois, je perds la notion du temps même après un simple « ruissellement ». Une fois, quand j'étais plus jeune et plus impétueux, j'ai utilisé mon pouvoir sans la moindre précaution et je suis tombé très malade.

— Alors, comme ça, tu peux entrer dans l'esprit de quelqu'un et savoir ce qu'il pense ?

— Aujourd'hui, je n'en ai plus la moindre idée. Vraiment, je ne m'en sers pas. Je n'ai pas… (Kirin esquissa un geste d'impuissance) je n'ai pas utilisé pleinement mon pouvoir depuis plus de quinze annis. Comme je te l'ai dit, ça me faisait peur, et c'est toujours le cas. La dernière fois que je m'en suis servi sans précaution, je ne me rappelais même plus mon nom, après coup. Ce genre de répercussion a un grand pouvoir de dissuasion.

Clovis le regarda de nouveau d'un air incrédule.

— C'est vrai, insista Kirin. J'ai dû réapprendre mon propre nom, je ne reconnaissais plus mes amis. J'étais jeune, et je crois que c'est parce que j'étais en pleine croissance que mon corps a pu se guérir tout seul. Mais la sage m'a prévenu qu'il ne pourrait pas se réparer comme ça indéfiniment.

— Alors tu n'as plus utilisé ton pouvoir depuis l'âge de dix annis ?

Kirin acquiesça.

— Je n'en utilise qu'une partie. J'ai fait une promesse à la sage et à mes parents et je me la suis faite à moi-même également. Je n'ai pas besoin de m'en servir pleinement. Tu vas peut-être trouver ça bizarre, mais je ne suis pas curieux de nature. Maintenant que je suis plus vieux et que je me rends compte à quel point ce don est sinistre, je n'ai plus envie de l'exploiter. Ça fait si longtemps que je ne me rappelle sans doute plus comment l'utiliser. (Il émit un petit gloussement d'autodérision, puis il se rembrunit.) Non, ce n'est pas vrai. Je n'oublierai jamais comment l'utiliser. Mais je n'en ai pas besoin. Je sais lui résister. Il ne m'attire pas, et il m'arrive parfois d'oublier que c'est là, en moi.

— Alors, quoi, ce que tu fais par ailleurs, c'est une autre forme de magie ?

— Non, j'ai simplement appris à emprunter cette magie à la source. C'est comme si j'avais établi un circuit secondaire – bien moins dangereux – qui me permet d'utiliser une partie du pouvoir. De cette façon-là, ça ne me fait pas trop de mal. Quand j'étais plus jeune, j'ai gagné ma vie parmi les gitans, tu sais, en disant aux gens combien ils montraient de doigts quand j'avais le dos tourné, ou quelle carte ils avaient touché sur la table. (Il se mit à rire sans joie.) Ce n'était pas une carrière, mais ça m'a permis d'en vivre. Récemment, je me suis installé à Cremond, à l'académie du Savoir.

Clovis fut impressionné. L'académie de Cremond était un lieu d'apprentissage pour tous les peuples. Tous les jeunes élèves doués finissaient par passer les portes de l'académie pour devenir doctes, astronomes, poètes, artistes, mathématiciens.

— Tu es professeur ?

Kirin secoua la tête.

— Non, mais j'ai aidé des étudiants à découvrir dans quelle matière ils excelleraient. Certains arrivaient en pensant être très bons en arithmétique et j'arrivais à dire, après quelques minutes passées en leur compagnie, qu'ils seraient meilleurs en astronomie, par exemple. Une fois, il y en a un qui voulait faire de la littérature. Pourtant, très vite, j'ai compris qu'il avait les mains et l'esprit pour devenir un grand médecin. Souvent, il suffit de leur parler pour découvrir une bonne partie de ces informations, mais ça aide toujours si je les effleure avec ma magie. (Kirin soupira.) J'aimais mon travail. Il était sûr et bien payé. J'adorais le calme de l'académie et la joie d'être entouré de personnes cultivées. Je n'utilisais qu'une infime partie de mon pouvoir, mais ça a suffi pour que les barbares me mettent la main dessus.

— Quelque chose m'intrigue. D'après toi, tout le monde est différent ?

— Oui, bien sûr.

— Alors, certaines personnes sont très réceptives à ton pouvoir.

— Hum, oui, d'après mes souvenirs, certaines sont transparentes, d'autres plus opaques... silencieuses, comme je l'ai expliqué.

— Ces gens-là ne pensent pas ? demanda Clovis en s'étirant.

Kirin pencha la tête de côté en réfléchissant à cette question.

— Si, ils pensent, mais leurs pensées sont enfouies plus profondément dans leur esprit. Aujourd'hui, en tant qu'adulte, je comprends que certains souhaitent se cacher des choses à eux-mêmes. D'autres sont passés maîtres dans l'art de dissimuler leurs pensées.

— Mais pourquoi dissimuler ses pensées quand personne à part toi ne peut les entendre ?

De nouveau, Kirin haussa les épaules.

— Certaines personnes sont très secrètes. Elles ne veulent pas que leur visage reflète ce qu'elles ont à l'esprit, alors elles apprennent à séparer les deux. Bien sûr, tout cela ne m'empêcherait pas de découvrir quelques petites choses sur elles. En questionnant soigneusement quelqu'un qui ne se doute de rien, j'arriverais sûrement à déterminer ce qui prédomine dans son esprit. Mais il existe aussi une catégorie de gens dont l'esprit est vraiment vide, que ce soit à cause de l'âge ou de la maladie. Mais ça, je le découvrirais tout de suite.

— Est-ce que ton travail à l'académie t'a déjà valu des ennuis ?

— Je fais très attention. Mes employeurs me prennent simplement pour un chasseur de têtes éclairé. De plus, Clovis, comme je te l'ai dit, très peu de gens savent quel est mon pouvoir. Tu as sûrement compris que je n'en suis pas particulièrement fier – personne n'aime les fouineurs et les espions.

— Sauf quand on les utilise pour écouter quelque chose qu'on a besoin d'entendre, évidemment, rectifia Clovis.

— Exact, mais c'est à ce moment-là que ça devient vraiment négatif – et honteux, en quelque sorte. Mais, avec tout ce qui se passe en ce moment, peut-être que je vais enfin pouvoir l'utiliser à bon escient.

Clovis secoua la tête.

— Alors, tu crois que tu vas renverser le barbare à toi tout seul avec ton pouvoir secret, hein ?

— Je ne me berce pas d'illusions, rétorqua Kirin, qui commençait visiblement à se lasser de l'attitude dédaigneuse de son compagnon. Mais je n'ai pas non plus l'intention de l'aider à détruire l'Ensemble. Je ne veux pas mourir. Toi non plus, tu ne devrais pas en avoir envie. Il y a plus à gagner en choisissant la vengeance. Je vais être malin, voilà tout.

Clovis se retourna pour faire vraiment face à son nouvel ami. Il se gratta la barbe.

— Explique-moi.

Un sourire rusé apparut sur les lèvres de Kirin, qui l'effaça au bout de quelques instants en jetant de rapides coups d'œil à la ronde.

— Ce n'est pas par charité qu'ils nous gardent en vie, répondit-il à voix basse. À mon avis, les barbares veulent nous utiliser, comme tu le penses. Sinon, pourquoi rassembler tous les Investis ? Si Loethar avait peur de la magie, il nous tuerait. Alors pourquoi nous garder en vie ? pourquoi nous faire traverser l'Ensemble à marche forcée ? Notre nombre ne cesse de grandir à mesure qu'on parcourt les royaumes conquis. Il a un plan nous concernant. On peut lutter contre, de l'intérieur.

— Espionner, tu veux dire ?

Kirin se leva et essuya ses mains poussiéreuses sur son pantalon.

— Si on veut.

Clovis l'imita pour se dégourdir les jambes.

— Mais pour le compte de qui ? Qui reste-t-il qui vaudrait la peine qu'on se batte pour lui ?

— On trouvera bien quelqu'un. Nous-mêmes, s'il le faut. Mais on ne doit pas capituler, surtout ceux d'entre nous qui possèdent de la magie. Le fait est que nous partons pour Penraven, le siège du pouvoir dans tout l'Ensemble. C'est le bon endroit pour un soulèvement.

— Un soulèvement ? siffla Clovis entre ses dents. Tu dois vraiment avoir l'esprit abîmé. Tu es sûr que tu ne t'es pas amusé à fouiner, dernièrement ?

Kirin lui lança un regard noir.

— Est-ce que tu veux être mon ami, oui ou non ?

Clovis se sentit embarrassé et honteux. Il se comportait de façon bien peu charitable envers quelqu'un qui avait tant fait ces derniers jours pour lui remonter le moral et l'obliger à se nourrir.

— Pardonne-moi.

Kirin soupira.

— En ce qui concerne nos ennemis, tu devrais leur dire que tu vois l'avenir… mais que tes prédictions ne se réalisent pas souvent ; ça te paraît correct ? (Clovis acquiesça.) Et moi, eh bien, je fais uniquement des tours de passe-passe qui sont basés sur dix pour cent de magie mineure et quatre-vingt-dix pour cent d'illusion. D'accord ?

De nouveau, Clovis hocha la tête. Pour la première fois depuis la mort de sa famille, il avait l'impression qu'il avait une raison pour continuer à respirer. Kirin avait raison – cela faisait du bien de se révolter, même si ce n'était qu'en paroles pour le moment. Il cracha dans la paume de sa main et la tendit à son ami.

— Au soulèvement.

Kirin l'imita et serra la main de Clovis tout en attrapant sa chaîne de l'autre main pour l'empêcher de faire du bruit.

— Aux secrets, murmura-t-il. Viens, allons voir s'il reste un peu de nourriture pour remplir nos ventres vides mais courageux.

Clovis lui emboîta le pas, ce qui fit cliqueter les chaînes à leurs pieds, dont les fers leur écorchaient douloureusement les chevilles.

# Chapitre 8

Il n'y avait nulle part où s'enfuir. Gavriel réfléchit à toute vitesse. Il ne savait pas se diriger dans ces sombres et étroits couloirs secrets, et il redouta de se retrouver pris au piège de leur propre ingéniosité. Cependant, quelque chose en lui, comme un instinct primitif, remonta brusquement à la surface et transforma la peur brûlante en une colère froide. *Viens me chercher, Loethar*, disait sa voix intérieure. *Ce n'est pas moi qui vais me jeter dans tes bras.*

Nerveux et vigilants, ils attendirent donc, en guettant les premiers bruits annonciateurs de l'arrivée des intrus. Gavriel tenait fermement Leo à ses côtés et il retenait son souffle sans jamais perdre le barbare de vue grâce aux judas astucieusement disposés. Loethar faisait les cent pas dans la pièce, tandis que le raven l'observait en silence, perché sur le manteau de la cheminée en pierre. Un faible espoir commença à renaître dans le cœur de Gavriel. Ils auraient déjà dû être là, non ? Mais personne ne venait, on n'entendait pas de bruit de course à l'intérieur des passages secrets.

Brusquement, la porte du salon royal s'ouvrit et Stracker entra, la mine triomphante, en traînant Freath par le devant de sa longue tunique.

— On n'a rien trouvé ! cracha-t-il. Je savais bien que c'étaient des promesses en l'air !

Gavriel n'en croyait pas ses oreilles. Il vit le regard de Loethar se poser sur Freath.

— Eh bien ?

Le domestique se libéra de la poigne du guerrier et, de nouveau, remit de l'ordre dans sa tenue avec une nonchalance délibérée.

— Ils ne sont pas là où je pensais, répondit-il, apparemment imperturbable.

— Et où pensiez-vous qu'ils étaient, très exactement, Freath ?

— Il existe un petit corridor très bien dissimulé qui part des caves et qui conduit à une pièce secrète. Vos hommes risquaient de mettre du temps à découvrir cet endroit, voire de ne pas le trouver du tout. Mais le fils De Vis en connaissait sûrement l'existence. (Une fois de plus, il haussa les épaules.) Ça valait la peine d'essayer.

— Est-ce que je peux le tuer, maintenant ? demanda Stracker.

Loethar étudia Freath, qui ne broncha pas sous le poids de ce regard noir – ce qui était tout à son honneur, reconnut Gavriel malgré lui.

— Non, finit-il par dire. Sans lui, nous n'aurions pas appris l'existence du corridor secret. De plus, je suis d'accord avec lui, il aurait été logique que les fugitifs choisissent de s'y réfugier.

Gavriel vit la déception se peindre un instant sur le visage de Stracker. De son côté, Freath tenta de ne rien laisser paraître, mais Gavriel vit le traître déglutir en silence, soulagé.

Loethar se tourna une fois de plus vers l'aide royal.

— Connaissez-vous d'autres pièces secrètes au sein du palais ?

Freath secoua la tête.

— Non, il n'y a pas d'autres endroits dérobés. En revanche, je connais plein de cachettes, et je serais ravi d'en faire le tour avec deux de vos gardes, si vous le désirez, sire.

Gavriel sentit le corps de Leo se détendre sous sa main. Malgré la faible luminosité, il vit les yeux du jeune prince étinceler de triomphe.

— Je savais qu'il se trompait. Il ne sait rien du tout, chuchota-t-il d'un ton venimeux. Maintenant, j'ai un nouvel ennemi.

Gavriel hocha la tête, pris au dépourvu par la férocité de son jeune protégé. De nouveau, il regarda à l'intérieur du salon du roi.

— Tu vas vraiment lui accorder ta confiance ? était en train de demander Stracker, surpris.

Loethar acquiesça.

— Pourquoi pas ? C'est un lèche-bottes et un parasite sans la moindre loyauté. Tant qu'il m'est utile, il ne me dérange pas. (Le chef barbare pencha la tête sur le côté en regardant Freath.) Qui sait quelles informations il pourra encore partager avec nous ? (Freath hocha poliment la tête, mais ne souffla mot.) Au matin, quand les prisonniers arriveront, laisse-le faire son choix, comme convenu. (Gavriel vit que Stracker avait du mal à contenir sa colère.) Est-ce que mon dîner est prêt ? reprit Loethar, toujours avec cette attitude étrangement nonchalante et néanmoins intense.

— Il le sera bientôt, je pense, répondit Stracker.

— Si c'est le cas, demande qu'on m'amène la reine. Bonsoir, Freath. Dormez bien. Je crains que Stracker veuille vous imposer un garde, mais vous êtes libre d'aller et venir dans le palais, si ça ne vous dérange pas d'avoir une ombre sur les talons pour l'instant.

— Comme vous voulez, sire. Merci.

D'un pas lourd, Stracker escorta Freath hors de la pièce.

Alors, Gavriel relâcha enfin Leo. Pour la première fois depuis leur arrivée dans le Passage, il se sentait relativement en sécurité, presque calme. De toute évidence, personne ne savait où ils se cachaient et ils ne risquaient pas d'être découverts, à moins de faire quelque chose de stupide. S'ils restaient vigilants et malins dans les jours à venir, ils allaient peut-être réussir à s'enfuir.

Loethar se réjouit du départ de Stracker, dont le penchant pour la violence couvait sous la surface et menaçait de jaillir à tout moment. Jusque-là, ça n'avait pas eu d'importance. Stracker avait été une bénédiction, car sa sauvagerie débridée impressionnait la horde barbare et l'inspirait parfois. Seulement, maintenant que les royaumes se trouvaient en leur possession, venait le temps de la consolidation. L'Ensemble avait besoin de constater sa faiblesse et de se rendre compte qu'il n'y avait plus de rois pour gouverner les différents royaumes, qu'il n'y avait plus qu'un seul souverain… lui, Loethar. Il n'avait pas envie de tout détruire, mais les peuples de l'ensemble Denova devaient comprendre que leur vie et leur sécurité dépendaient uniquement de leur soumission.

Il caressa la tête de Vyk en formulant ces pensées à voix haute. Il n'y avait qu'avec le raven qu'il pouvait se montrer entièrement honnête et être pleinement lui-même.

—Au début, ils seront effrayés, méfiants, en colère. Je ne doute pas qu'il y ait des envies de rébellion par endroits, mais nous débusquerons ces foyers et nous les piétinerons dès leur apparition.

Le raven battit des paupières et tourna légèrement la tête comme s'il écoutait avec attention.

—En fin de compte, ils apprendront à faire les choses à ma façon – comme ça aurait toujours dû être, hein, Vyk? (L'oiseau frémit légèrement, ce qui fit briller ses plumes d'un noir bleuté, presque métallique.) Je n'avais pas d'autre moyen que de faire couler le sang. Il fallait leur donner l'ultime leçon… leur montrer la vérité derrière les mensonges.

Gavriel se mit à bâiller. Il n'écoutait plus Loethar que d'une oreille distraite. Il jeta un coup d'œil à Leo et remarqua que ce dernier avait les paupières lourdes. Le jeune garçon allait sûrement s'endormir, ce dont Gavriel se réjouit. En une seule journée, ils avaient vu suffisamment de sang et de chaos, assisté à assez de violence et récolté assez de souffrance pour toute une vie. Pourvu que Lo épargne les mauvais rêves à Leo cette nuit-là et qu'il lui permette simplement de se reposer. D'ailleurs, lui aussi avait besoin de se vider l'esprit de ces images brutales et de son désespoir grandissant. Il lui fallait retrouver les idées claires, échafauder un plan…

Plongé dans ses pensées, Gavriel ignora le barbare pendant quelques minutes, mais le dernier commentaire de Loethar à l'adresse du raven retint son attention. Comme c'était étrange de voir cet homme aussi proche d'un stupide oiseau… Même un chien trouvait un moyen de communiquer avec son maître, alors qu'un raven ne partagerait jamais de lien émotionnel ni ne donnerait jamais rien en retour. Peut-être était-ce justement ce qui expliquait cet attachement, songea Gavriel. Loethar n'était entouré que de gens avides de lui plaire. Le raven aurait tout aussi bien pu être un mur en pierre, vu ce qu'il communiquait en retour, mais il s'agissait quand même d'une créature vivante… Peut-être était-ce toute la compagnie dont le barbare avait besoin : un compagnon silencieux qui ne demandait rien.

Gavriel fronça les sourcils en voyant Loethar conduire l'oiseau à la fenêtre et le laisser s'envoler. Il entendit le barbare lui dire en gloussant de ne pas se perdre.

Qu'avait-il voulu dire en parlant de montrer la vérité derrière les mensonges ? Gavriel bâilla de nouveau en silence. Il regarda le maigre tyran se verser un verre de vin et soupirer après la première gorgée. C'était la première fois qu'il se concentrait sur l'apparence de Loethar plutôt que sur ses agissements. Pour un chef barbare, il n'en imposait pas beaucoup. Certes, il était grand, mais il ne semblait pas mettre sa haute taille en valeur en attirant l'attention sur lui. Là où Stracker exhibait ses muscles saillants, Loethar faisait de son mieux pour les cacher – s'ils existaient – au sein d'une carrure étroite, presque hâve. Gavriel se demanda ce qui, chez Loethar, pouvait bien impressionner son peuple au point que ces derniers s'en aillent en guerre contre l'Ensemble. Loethar ne possédait pas le charme instantanément séducteur de Brennus. Il ne portait aucun des tatuas distinctifs propres à la horde barbare, d'après ce qu'avait entendu dire Gavriel. Ses cheveux noirs, raides et ternes, tombaient librement autour de son visage et sa barbe longue, dont il négligeait l'entretien, lui couvrait la majeure partie du visage. Il cliquetait à chaque mouvement, à cause des anneaux et des bijoux en argent qui ornaient ses oreilles, ses lèvres et son nez. Il ne parlait pas d'une voix retentissante ; en fait, il ne disait pas grand-chose et il semblait en révéler le moins possible… sauf peut-être à son maudit raven.

Mais Gavriel devait reconnaître qu'il y avait quand même une certaine intensité chez cet homme, quelque chose de réellement charismatique quand il s'exprimait, d'une manière qui n'appartenait qu'à lui, avec retenue. Ajouté à son regard intransigeant, cela le rendait irrésistible. De toute évidence, il avait Stracker sous contrôle – mais pourquoi ? Stracker faisait presque deux fois la carrure de Loethar. Gavriel était persuadé qu'il aurait pu réduire le tyran en bouillie avec ses poings nus. Quelle influence Loethar exerçait-il donc sur ces êtres primitifs ?

De nouveau, le jeune homme jeta un coup d'œil à l'usurpateur, désormais affalé dans un fauteuil à haut dossier. Son verre vide renversé sur ses genoux, il se grattait cette horrible barbe. Un coup frappé à la porte vint perturber le calme de cette scène. Stracker entra en compagnie de la reine.

Gavriel vit les deux hommes échanger un regard.

— Où est le petit ? demanda Loethar en se levant.

— Il va descendre, répondit Stracker. On l'a lavé… et, oui, on lui a remis la chemise tachée de sang.

Iselda frémit.

— Que me voulez-vous ?

— J'ai pensé que vous aimeriez dîner avec moi. Vous devez avoir faim.

Elle le regarda d'un air stupéfait.

— Non, je crois que manger est bien la dernière chose qui me viendrait à l'esprit. (Elle laissa échapper une exclamation en voyant Piven arriver dans les bras de Freath.) Pourquoi est-il…

Elle ne termina pas sa question, mais Freath devina la fin. Après avoir jeté un coup d'œil au chef barbare, il s'adressa à son ancienne reine :

— Iselda, votre fils appartient désormais à Loethar. On l'appellera Animal Piven. Il devra porter en permanence la chemise maculée du sang de son père, en guise de souvenir.

— En souvenir de quoi ? chuchota Iselda, l'horreur peinte sur son beau visage blême.

Freath se tourna vers Loethar.

— De ce que le sang peut bien lui rappeler dans son esprit verrouillé, madame, répondit ce dernier. Mais, pour moi, ce sera le rappel constant que cet enfant demeuré est tout ce qui reste de la lignée des Valisar.

Les lèvres d'Iselda se mirent à trembler, mais elle redressa la tête en refusant de laisser couler ses larmes, ce qui lui valut l'admiration sans bornes de Gavriel.

— Votre nom vous va bien, le saviez-vous ? J'ignore ce qu'il signifie dans votre culture primitive mais, dans notre civilisation raffinée, le nom Loethar, quoique si ancien qu'on n'en trouve presque plus, signifie traître ou maléfique.

— Ah, fit Loethar en laissant apparaître l'éclat d'un sourire fugace. Me voici obligé de vous corriger, Iselda. Cela ne veut pas du tout dire ça. Votre société corrompue a terni ce qui était autrefois un nom porté fièrement par votre peuple. Sous sa forme originale, Lowther veut en réalité dire « vrai ». Mais ce nom s'est perdu et modifié au fil des siècles, au point de devenir Loethar. À cause du vieux mot « loe », les gens croient que ça signifie trahir. Mais c'est faux, Iselda. Même sous cette forme plus moderne, cela…

— Je ne suis pas venue ici pour une leçon d'histoire, barbare, riposta la reine. Dans n'importe quelle langue, ce nom aurait toujours la pire des significations pour moi. (Elle fit exprès de lui tourner le dos pour regarder son aide.) Freath, de toute évidence, c'est vous qui vous êtes occupé de mon fils ?

— Je lui ai donné un bain, répondit Freath.

Gavriel remarqua qu'il n'employait plus le titre de la reine, désormais.

— Et vous n'avez pas noyé mon pauvre fils sans défense ? Vous ne l'avez pas sauvé des griffes de… de cet animal ? lui lança-t-elle au visage.

— Non, répondit l'aide, visiblement peu ému par cette tirade. Pourquoi l'aurais-je fait ?

— Freath ! protesta-t-elle, suffoquée. Mais, par amitié pour moi, bien sûr ! Et pour lui épargner la douleur ou l'humiliation que pourrait lui infliger ce barbare.

Son aide se contenta de ricaner en lâchant la main de l'enfant. Piven regarda sa mère d'un air serein, puis traversa la pièce pour rejoindre Loethar en souriant.

— Vous voyez, il m'aime bien. C'est peut-être parce que je ne pleure pas ou que je ne crie pas, contrairement à vous, madame, déclara doucement Loethar. Ou peut-être parce qu'il sait qu'avec moi il a une chance de rester en vie, alors que, si je le laissais aux bons soins de *son unique parente, elle* l'étranglerait sur-le-champ.

— Quel genre de bête vit en vous ? demanda Iselda à Loethar d'une voix rauque, qui rappelait presque le grondement d'un animal.

— Une bête en colère, Iselda. Maintenant, veuillez vous calmer. Je déteste le bruit, surtout venant d'une femme. Si vous continuez comme ça, je m'en prendrai à mon nouvel animal de compagnie ici présent, répliqua Loethar en tapant sur l'épaule de Piven.

— Je vous crois, dit la reine en le regardant avec tant de haine que Gavriel retint son souffle en la suppliant de ne pas commettre d'imprudence.

— Tant mieux. Vous êtes très belle quand vous êtes calme. (Elle détourna les yeux, visiblement bien décidée à ne lui donner aucune raison de blesser son enfant.) J'ai une surprise pour vous, Iselda.

— Encore ? répondit-elle d'une voix débordante de mépris. Je hais les surprises.

— Eh bien, je ne suis pas sûr que vous trouverez celle-ci à votre goût, et pourtant vous allez bel et bien la goûter. Venez, asseyez-vous en face de moi. Stracker, fais mettre un couvert digne d'une reine.

On fit entrer des domestiques – Genrie, en compagnie d'une très jeune servante que Gavriel reconnut. Il ne parvint pas à se rappeler son nom, mais il remarqua qu'elle avait le visage baigné de larmes et qu'elle frissonnait. Délibérément, Genrie ne prêta attention qu'à l'ancienne reine, en lui lançant des regards inquiets du coin de l'œil. Iselda ignorait tout le monde à part Piven, assis sur le carrelage avec Vyk, qui venait de rentrer par la fenêtre ouverte presque au moment de l'arrivée des deux servantes. Le raven grimpa sur le poignet de

Piven, qui n'émit aucun son en contemplant d'un air grave le gros oiseau noir.

De nouveau, Genrie attira l'attention de Gavriel en chassant l'autre jeune fille, qui risquait, avec ses mains tremblantes, de renverser les verres et les carafes de vin. À l'opposé, Genrie paraissait très calme. Gavriel savait qu'elle était l'une des servantes préférées de Freath. Peut-être était-ce pour cela qu'elle s'était empressée de défendre l'aide quand Gavriel s'était moqué de lui. Mais il commençait à se demander si son attitude ne signifiait pas qu'elle était aussi sa complice. Genrie était plutôt jeune pour occuper une telle position au sein du personnel. Dresser une table était une tâche bien en dessous de ses compétences, mais elle s'y appliqua avec son efficacité et sa rapidité habituelles.

Quand ce fut fait, elle eut l'audace de faire une référence devant la reine.

— Votre Majesté, je sais que vous n'allez pas aimer ce repas, mais je vous en supplie…

— Il suffit ! s'écria Loethar d'une voix basse mais furieuse. Toi, la fille, comment tu t'appelles ?

— Genrie, répondit-elle sans se laisser démonter.

Elle regarda le tyran avec, dans les yeux, une lueur de défi qu'elle ne réussit pas à masquer. Son courage inspira Gavriel, qui se mit à craindre pour la sécurité de la jeune femme. Elle n'était pourtant pas folle, elle devait bien voir les taches de sang frais sur le tapis, non loin de ses pieds, et comprendre d'où elles provenaient.

— Ignores-tu toujours ton souverain, quand tu n'adresses pas la parole à une personne à qui il t'est interdit de parler ?

— Non, monsieur. Je ne l'ai jamais ignoré. Et je ne l'ignorerais pas non plus s'il se trouvait dans cette pièce avec nous.

— Magnifique, souffla Gavriel, tout en se rendant compte que c'était peut-être la dernière fois qu'il voyait Genrie en vie.

Un silence glacial s'abattit sur la pièce. Gavriel vit Iselda implorer Genrie du regard, afin qu'elle n'enflamme pas davantage la situation.

— Quel âge as-tu ? demanda Loethar.

— Je suis assez vieille pour vous haïr. Assez vieille pour être prête à mourir pour ça.

Loethar la dévisagea d'un air fasciné. Gavriel était persuadé que la plupart des gens se seraient mis à trembler, ou tout au moins à se tortiller, au cours d'un examen aussi intense. Finalement, le tyran reprit la parole :

— Tu as donc envie de mourir ?

— Non, monsieur. J'aimerais vivre assez longtemps pour vous voir mourir, vous.

Loethar surprit Gavriel en éclatant de rire, un rire qui contenait une note de tristesse presque imperceptible.

— Peut-être que ça arrivera, Genrie.

— À cause de ce que vous avez fait à notre roi, vous pouvez être sûr que les gens vont faire la queue pour vous éliminer et que j'en serai.

Stupéfait par tant de cran, Gavriel regarda Loethar acquiescer d'un air songeur avant de répondre :

— Je suis sûr que c'est vrai.

— Mais ça n'a pas l'air de vous effrayer, ricana-t-elle.

— Oui, ça aussi, c'est vrai. Sache, Genrie, que je tolère ton insolence parce que je comprends bien qu'il s'agit d'un moment de bouleversement. Maintenant, je veux que tu t'en ailles en silence et que tu emmènes ta compagne en pleurs avec toi.

— Vous n'avez pas vu ce que Tilly a vu. Elle a toutes les raisons de pleurer.

Genrie lança un nouveau regard inquiet en direction d'Iselda.

— Quoi qu'il en soit, fais-la sortir d'ici ou je demanderai à maître Stracker ici présent de la faire taire. Il a tendance à ne pas se montrer très gentil. Je te recommande de ne pas le mettre en colère.

— Je n'ai pas peur. Vous le contrôlez comme le chien en laisse qu'il est.

— Ton courage a quelque chose d'attrayant, Genrie, c'est pourquoi je te laisse la vie sauve, en dépit de ton manque de respect – pour l'instant. Mais, attention, ça pourrait causer ta perte.

La servante ignora Loethar.

— Reine Iselda, quoi qu'il arrive dans les prochaines minutes, rappelez-vous, nous sommes tous loyaux envers les Valisar. Peu importe ce que dira le barbare ou ce qu'il vous montrera…

— Faites-la sortir, ordonna Loethar d'un ton las.

Stracker s'empressa d'obtempérer et attrapa la jeune femme. Il la poussa vers la porte en lui tordant douloureusement le bras. Elle eut le bon sens de se taire enfin. Mais Gavriel regretta de ne pouvoir l'applaudir bruyamment pour lui faire savoir que quelqu'un, au moins, admirait son audace. La reine, qui avait été la cible de ces valeureux encouragements, regarda Genrie s'en aller sans manifester, en apparence, la moindre émotion.

— Prête à manger, Iselda ?

— Je n'ai pas faim, gronda-t-elle. Qu'a voulu dire cette fille ?

— Ah, donc, vous écoutiez.

— Expliquez-moi.

— Je n'en ai pas envie. Mais je peux peut-être vous montrer.

Le ton sournois du barbare fit ressurgir en Gavriel une vague d'anxiété qui le figea comme de la glace. La peur lui parcourut les veines. Il jeta un coup d'œil à Leo. Le garçon avait la bouche ouverte, la poitrine qui se soulevait avec régularité et les bras et les jambes épars dans l'abandon du sommeil. Il dormait, tant mieux.

— … je n'aime pas les devinettes, répliqua Iselda.

— Oh, il ne s'agit pas d'un jeu, Iselda. Je suis extrêmement sérieux. Et que vous ayez faim ou non, vous resterez à ma table jusqu'à ce que j'aie fini.

— Comme vous voudrez. C'est vous qui décidez, répondit-elle d'un ton indifférent.

Gavriel ne pouvait l'en blâmer. Cette attitude dédaigneuse était le seul moyen de défense que possédait encore la reine. Il se rappela qu'il ne s'était écoulé qu'un peu plus d'une journée depuis qu'elle avait mis au monde un bébé. Or, ce bébé était déjà mort, et elle ne savait pas où se trouvait son fils aîné, qui risquait fort de rejoindre sa sœur rapidement. Quant à Piven, lui aussi aurait pu être mort, pour le réconfort qu'il lui apportait. Son roi – tout ce autour de quoi le royaume tournait – avait également trépassé, et, plus horrible encore, de sa propre main. Ça devait la ronger de l'intérieur de savoir qu'on ne retiendrait sans doute de Brennus que son suicide. Son geste ne semblait pas très héroïque, et pourtant Gavriel aurait pu attester qu'empêcher Loethar de porter le dernier coup était le plus héroïque de tous les actes. Peut-être Iselda espérait-elle que, face à tant de mépris, Loethar finirait par se lasser et qu'il la tuerait, ou qu'il demanderait à quelqu'un d'autre de le faire.

Iselda s'assit, comme on le lui demandait. Elle ignora le geste de Loethar qui lui offrait du vin.

— Freath, dois-je comprendre que vous vous êtes rallié à cet usurpateur ?

— Seriez-vous donc si ignorante, Iselda, pour penser que je serais de votre côté ? répliqua l'aide.

L'ancienne reine sursauta comme si on l'avait frappée.

— Vous nous avez trahis ? finit-elle par demander d'une voix choquée.

— Son courage ne va pas jusque-là, madame, répliqua Loethar en reposant la carafe et en prenant son verre. C'est un opportuniste. Il a compris qui dirige désormais le royaume – et l'Ensemble, à vrai dire –, alors, il a décidé de tenter sa chance avec moi.

— Freath ! s'exclama-t-elle. Que vous ont-ils donc offert pour que vous vous retourniez contre nous ?

Freath sourit d'un air sinistre.

— Vous, Iselda. Vous êtes ma récompense.

— Moi ? balbutia-t-elle d'une petite voix incrédule. Je ne comprends pas.

— Oh, allons, Altesse, ne jouez pas les vierges effarouchées, lui dit Freath d'une voix enjôleuse. Vous vous regardez assez souvent dans le miroir pour comprendre. Mais, plus important encore, vous m'avez fait trimer comme un esclave quand j'étais heureux d'être votre serviteur. Vous m'avez ignoré quand j'aurais été content de recevoir ne serait-ce qu'un sourire de remerciement en passant. Je vous ai servie depuis le jour où vous êtes arrivée au palais en tant que jeune fiancée. Je vous ai protégée des détracteurs qui disaient que vous étiez un mauvais parti pour Brennus et j'ai pourvu à tous vos besoins pendant les périodes de confinement de vos grossesses. J'ai été un gardien loyal et diligent… bien plus qu'un simple serviteur. Mais je crois que vous ne vous rappelez même pas mon nom de famille – non pas qu'il ait jamais été prononcé entre nous, déclara-t-il d'une voix sifflante.

— Je… je…

Iselda le dévisagea, les sourcils froncés, visiblement en proie à un conflit interne.

— Allez, essayez de vous en souvenir, railla Freath.

Iselda composa ses traits pour chasser sa perplexité. Elle hocha la tête en retrouvant son sang-froid.

— Vous avez raison. Je ne m'en souviens pas. Je n'ai pas non plus envie de le connaître de nouveau, et encore moins de le prononcer. Vous n'êtes qu'une vermine, plus sale encore que la boue sur les bottes de Piven. Vous ne méritez pas que je gaspille mon souffle pour vous, alors je m'en tiendrai là.

— Excellent, commenta Loethar. Je suis content de voir que c'est réglé. Freath, vous pouvez nous laisser. Après cette soirée, je ferai raccompagner Iselda à vos appartements.

Gavriel sentit la bile remonter dans sa gorge. Il se força à la ravaler tandis que Loethar poursuivait :

— Les Investis arriveront à l'aube. Vous pourrez en choisir deux. Soyez rapide ou j'annulerai mon offre. Vous n'êtes pas si important à mes yeux, Freath. Je fais simplement en sorte que vous puissiez m'être utile.

— Je vous promets que je vous serai même très utile, si vous m'en donnez l'occasion.

Iselda ricana et marmonna quelque chose d'indéfini.

— Laissez-nous, ordonna Loethar. Stracker ? Demande qu'on m'apporte mon repas. Ensuite, tu pourras t'en aller, toi aussi, et rejoindre nos hommes.

D'un signe de tête, Stracker demanda à Freath de le suivre. Quelques minutes s'écoulèrent dans un silence tendu, au cours duquel Gavriel s'aperçut qu'il retenait son souffle. La porte s'ouvrit sur l'un des chariots qu'on utilisait pour apporter les repas. C'était une Tilly dans un état de quasi-hystérie qui le poussait. Elle tremblait si fort qu'elle avait du mal à mettre un pied l'un devant l'autre.

— Oh, par pitié, marmonna Loethar. Où est l'autre fille ? où est Genrie ?

— Elle a refusé de te servir, et je lui ai cassé la figure pour la peine, répondit Stracker depuis le seuil.

Le sang de Gavriel ne fit qu'un tour. Pauvre Genrie.

Mais il n'entendit pas la réponse de Loethar parce que Tilly, dans sa maladresse, venait de renverser l'énorme couvercle en argent qui protégeait un plat sur le chariot. Gavriel reconnut ce grand couvercle, c'était l'un de ceux utilisés pour présenter le cygne rôti ou la loutre farcie debout qui étaient si populaires lors des banquets royaux. Le couvercle tomba avec fracas sur le carrelage. Le vacarme fut si terrible que Gavriel se tourna aussitôt vers Leo. Il fut déçu en voyant l'enfant s'asseoir en se frottant les yeux.

— Qu'est-ce qui se passe, Gav ?

— Rien du tout, rendors-toi, murmura Gavriel, en vain – Leo s'étirait déjà en bâillant pour se réveiller.

— Fais-moi voir.

— Il n'y a rien à voir, à part…

Ce fut à ce moment-là qu'Iselda commença à gémir, comme en proie à une douleur vive.

Gavriel regarda de nouveau dans le salon et ne put empêcher Leo de faire pareil. Ensemble, avec la même horreur et le même désespoir, ils découvrirent une terrible scène. Au centre du plat se trouvait le torse du roi Brennus, rôti, la peau grillée et cloquée. Sa tête était enfoncée entre ses épaules et sa couronne de travers sur son front cuit. Ses yeux s'étaient affaissés dans leurs orbites et sa bouche béait, tandis que des fluides s'échappaient de la langue boursouflée et rôtie. Gavriel sentit son estomac se soulever et fut pris de haut-le-cœur qu'il laissa passer en faisant de son mieux pour couvrir le bruit.

— Cela aurait pris trop de temps pour le rôtir entier, alors je l'ai fait couper en deux, expliqua Loethar d'un ton léger, par-dessus les bruyantes lamentations d'Iselda.

Piven se rapprocha de la table avec une vague expression de curiosité sur le visage. Il était à peine assez grand pour que ses yeux soient au niveau du plat, mais il pencha la tête sur le côté en contemplant le tableau devant lui. Comme à son habitude, il ne souffla mot, et son visage redevint très vite inexpressif.

— Pourquoi ? réussit à formuler Iselda entre ses sanglots.

— Eh bien, si vous tenez vraiment à le savoir, madame, j'ai l'intention de *consommer* votre époux. Aussi étrange que cela puisse paraître, cette pratique a ses mérites. Vous voyez, contrairement à ce que nous dit l'Histoire, je suis convaincu que tous les Valisar possèdent un enchantement spécial – certains plus que d'autres, ça, je vous l'accorde.

— Vous vous leurrez ! balbutia Iselda. Brennus n'avait aucun pouvoir.

Sur ce, elle s'abandonna entièrement à son chagrin et se mit à pleurer très fort, pliée en deux comme si elle souffrait physiquement. Sa respiration devint superficielle et rapide et son regard se perdit dans le vide.

— Eh bien, juste au cas où, je crois que je vais commencer par son cœur, répliqua tranquillement Loethar. À moins bien sûr que vous considériez qu'il vous appartient ?

Il n'y avait absolument aucune gaieté dans ces paroles, et Gavriel aurait été bien en peine de dire si le roi barbare plaisantait ou s'il demandait réellement la permission de la reine. Il ne le sut jamais car, tandis que Loethar commençait à découper la chair cuite du monarque, il eut de nouveau des haut-le-cœur et courut au détour du corridor pour vomir le liquide acide qui lui brûlait la gorge.

Mais quelqu'un continua à regarder cette scène choquante sans bouger d'un pouce. Leo resta où il était, bouche bée, le corps rigide et les yeux écarquillés. Gavriel ne put déchiffrer son expression lorsqu'il revint en s'essuyant la bouche.

— Leo, chuchota-t-il en tremblant d'inquiétude pour le garçon.

— Aujourd'hui, je fais une promesse d'âme, énonça Leo d'une voix tellement déformée par la sauvagerie qu'aucun murmure ne pouvait la masquer. Mais je ne la remplirai que lorsque je serai devenu un homme suffisamment mûr et fort pour affronter le barbare qui est en train de manger la chair de mon père. En attendant, je serai une ombre, je deviendrai invisible. Il ne connaîtra jamais mon identité jusqu'au jour où je le regarderai dans les yeux et où je lui dirai la vérité avant de le tuer. Sois le témoin de ma promesse d'âme, Gavriel.

Ce dernier était tellement stupéfait qu'il ne put arrêter le couteau de Leo. En un clin d'œil, le garçon le lui mit dans la main.

Horrifié, Gavriel secoua la tête. Encore une fois, Leo n'hésita pas une seconde. Il empoigna l'arme, toujours emprisonnée dans la main de son ami, il ouvrit sa chemise et fit courir la lame sur sa poitrine, lacérant sa propre chair et faisant instantanément couler le sang. Leo frémit, mais ne laissa échapper aucun son. Gavriel ouvrit la bouche sur un gémissement silencieux ; il contempla le jeune sang sur sa main et sur toute la longueur du couteau.

Une promesse d'âme était le plus puissant serment qui soit. Il fallait un témoin pour accomplir la coupure et ouvrir une profonde blessure en travers de la poitrine, afin de symboliser la plaie de l'âme. Désormais, Gavriel et Leo étaient liés par le sang, à travers le plus sauvage des serments.

— Je suis un roi en exil, marmonna Leo sans se soucier du sang qui coulait librement sur sa poitrine. Et il subira mon courroux.

# Chapitre 9

Kirin donna un coup de coude à Clovis.

— Regarde. Qu'est-ce qui se passe là-haut, à ton avis ?

Clovis leva les yeux vers les remparts et vit un homme retourner un minuscule bol apparemment rempli de poussière. La douce brise de fin d'été s'en empara et l'emporta au loin.

— Je ne sais pas. C'est toi qui arrives à entrer dans la tête des gens, grommela-t-il.

— Parle moins fort ! recommanda Kirin. Et puis, c'est toi qui vois des choses.

— Je ne vois rien d'autre qu'une femme qui pourrait être la reine.

— Quoi ? (Kirin loucha pour mieux la distinguer.) Tu l'as déjà vue ?

— Seulement de loin ou en peinture.

— Non, je crois que tu te trompes. Cette femme a l'air débile. Regarde, elle a la bouche béante.

— Je ne vois pas aussi bien que toi, Kirin. Tes yeux sont plus jeunes que les miens.

— En tout cas, je peux t'assurer que c'est Loethar qui se trouve sur ce toit, avec Stracker à ses côtés. Promets-moi de l'éviter.

— Comme si j'avais le choix, commenta distraitement Clovis.

Il n'avait jamais dit à Kirin que c'était Stracker qui avait massacré sa famille. Son ami paraissait excité par leur décision de lutter contre le roi barbare, mais Clovis était fatigué par cette marche forcée jusqu'en Penraven et anxieux à l'idée de ce qui les y attendait.

Leurs gardiens s'apprêtaient à leur faire franchir l'immense porte principale de Penraven. Sans doute par lubie, Cormoron – le premier grand roi de la dynastie Valisar – avait installé une cloche impressionnante dans l'un des énormes piliers et un cadran solaire sur l'autre. Cette porte était célèbre dans tout l'Ensemble et attirait un grand nombre de voyageurs. Clovis remarqua qu'il existait en réalité quatre grands cadrans sur le pilier de gauche, ce qui voulait dire que quiconque, à l'intérieur ou à l'extérieur du palais, pouvait savoir l'heure exacte. Quelle merveille d'ingéniosité ! Cela l'intriguait que quelque chose d'aussi simple que l'ombre et la lumière puisse tenir les gens informés d'un concept aussi complexe que les heures de la journée. On ne lui laissa pas le temps d'admirer les détails raffinés et richement colorés du cadran pointé vers l'est, celui qui accueillait les gens à leur entrée dans la ville. Mais il avait beaucoup , parler de sa beauté, et le bref aperçu qu'il en eut lui confirma que c'était magnifique. Il se rappela de vérifier le cadran sur la face opposée du pilier qui, d'après ce qu'on lui avait raconté, avait été taillé dans le superbe marbre blanc crémeux des carrières du nord-est de l'exotique Percheron. Ce cadran avait été offert par Percheron en Penraven à l'occasion du mariage d'une de ses princesses avec le roi Brennus.

En passant sous la porte, Clovis se retourna et constata qu'on ne lui avait pas menti : le marbre était peint avec une encre noire spéciale, parsemée de poussière d'or. Il eut juste le temps de voir que le cadran était divisé en quatre parties correspondant aux douze heures d'une journée de travail.

Il se demanda alors s'il entendrait bientôt la grande cloche sonner midi, car le soleil était presque au zénith, comme indiqué sur le cadran.

On aurait dit que l'homme dans le clocher lisait dans ses pensées car, à cet instant précis, il fit sonner la cloche, dont le bruit retentit dans la première cour. Mais Clovis était convaincu qu'on devait l'entendre dans tout Brighthelm, aussi vaste soit-elle. *Peut-être que l'homme dans le clocher lit bel et bien dans les pensées*, songea-t-il avant d'esquisser un sourire sans joie.

Sur les remparts, Loethar secoua le bol pour en faire tomber les dernières cendres et regarda la brise les disperser.

— Ainsi disparaît un autre héritier Valisar, déclara-t-il avec satisfaction.

Il regarda Piven à ses côtés et se demanda s'il devrait le tuer, lui aussi. Pourtant, en très peu de temps, il s'était plutôt attaché à cette petite ombre. L'enfant, aussi étrange et perdu qu'il soit, semblait l'apprécier. Freath avait expliqué à Loethar que Piven aimait tout le monde parce que tout le monde était gentil avec lui. Personne ne l'embêtait – il était trop difficile de l'atteindre, de toute façon – et il ne manifestait la moindre émotion qu'en réponse à la chaleur, au froid, à la douleur ou à la faim.

— Et, même ça, il a l'air de le sentir de moins en moins, avait reconnu Freath. Ces temps-ci, on ne sait pas si Piven a faim à moins d'entendre son ventre gronder. Et la douleur ne le fait plus réagir comme avant.

L'enfant était inoffensif et, bien qu'apparenté aux Valisar, il n'était pas de leur sang. Loethar était convaincu de pouvoir manipuler cet orphelin pour servir sa propre cause. L'humiliation était une arme très puissante. En devenant l'ami d'un des précieux membres de la famille royale, celui qui était de loin le plus vulnérable – et surtout en le transformant en un simple animal de compagnie –, il allait renforcer sa mainmise sur le peuple.

— Quels sont vos projets pour l'Ensemble ? lui avait demandé Freath ce matin-là.

Loethar avait décidé d'être honnête.

— J'ai entendu parler d'un grand tyran très loin au nord-ouest qui renversa, voilà des siècles, un roi particulièrement puissant. Pour renforcer son image et faire en sorte que les peuples conquis le regardent d'un œil meilleur, il choisit de gouverner avec le moins d'oppression possible, en organisant des fêtes populaires, en construisant des infirmeries et en encourageant les érudits et les penseurs à présenter leurs idées. C'étaient des moyens de manipulation bien plus subtils. Le fait d'ériger des statues le représentant entouré d'enfants, chevauchant un dauphin ou marchant parmi des dieux populaires eut un impact bien plus grand sur le psychisme des gens que ne l'aurait eu une attitude agressive.

Freath avait hoché la tête.

— J'imagine que vous faites référence à Thorasius.

— C'est ça. Tout à coup, le tyran devint un bienfaiteur et, en deux décennies, le père de la nation.

— Et vous avez retenu la leçon, avait conclu Freath à sa place.

— Je n'en veux pas aux peuples de l'Ensemble, seulement à ses monarques, et en particulier à la dynastie Valisar.

Freath avait fait un commentaire inepte, mais Loethar savait que sa franchise avait donné matière à réfléchir à l'amer domestique.

Revenant au moment présent, il regarda Iselda et remarqua qu'elle devenait de plus en plus un simple écho de la femme rebelle qu'il avait rencontrée. Dommage. Elle l'avait impressionné à force de mépris. Mais la vue de la carcasse rôtie de son époux avait fini d'étouffer en elle toute envie de lutter. La crémation du cadavre de sa fille, à laquelle elle avait absolument tenu à assister, et la dispersion des cendres du bébé, quelques instants plus tôt, pouvaient très bien être les ultimes clous sur le cercueil. Il nota son regard absent, son silence – elle n'avait même plus de larmes à présent –, et le manque total d'intérêt pour ce qui l'entourait. Peut-être que tout était terminé pour Iselda. La mort de cette femme – si elle se produisait – ferait particulièrement plaisir à Valya, sinon à lui-même.

— Nous en avons fini ici, dit-il à Stracker, qui hocha la tête.

— Les Investis sont arrivés, l'informa son bras droit.

— Souviens-toi de ce que je t'ai dit, ordonna Loethar en lui lançant un regard sévère.

Stracker jeta un bref coup d'œil à Freath avant d'acquiescer. Après son départ, Loethar se tourna à son tour vers le domestique et haussa les épaules.

— Elle est toute à vous, maintenant. Amusez-vous bien.

— Merci, sire. Venez, Iselda. Ça fait longtemps que j'attends ce moment. Je vais enfin me retrouver seul avec vous, d'égal à égal.

— Laissez-moi Piven, reprit Loethar en voyant Freath jeter un coup d'œil au petit garçon. Sa nouvelle laisse devrait être prête aujourd'hui.

— Comme vous voudrez, sire, répondit Freath en s'inclinant. Avez-vous encore besoin de moi ?

— Pas pour l'instant. Allez donc vous amuser avec la reine. Mais ça sera comme de coucher avec une morte.

Freath retroussa ses lèvres, dévoilant ses petites dents.

— Peu m'importe, sire. N'hésitez pas à m'appeler dès que vous aurez besoin de moi, ajouta-t-il avant de guider la femme presque catatonique vers l'intérieur du palais.

Enfin seul. Loethar soupira. Il était convaincu que Valya arriverait bientôt et que sa mère daignerait peut-être entrer dans Penraven. Il espérait que non. Mais il se doutait que même une horde de couguars ne parviendrait pas à empêcher Negev de jubiler enfin devant Iselda, ou son cadavre.

Stracker les attendait. Clovis le trouva bien plus imposant vu de près. Il n'avait nul besoin des recommandations de Kirin pour l'éviter. Même sans armes, l'assassin de sa famille était une montagne. Clovis ne pensait pas survivre à un duel contre lui, malgré la fureur qu'il lui inspirait.

En revanche, il lui jeta un coup d'œil à la dérobée, parce qu'il se sentait relativement en sécurité – l'attention du barbare était fixée sur un homme d'âge moyen qui faisait de son mieux pour l'impressionner. Clovis regarda Kirin, qui fit la grimace. Tous deux pensaient la même chose. Cet homme, dont Clovis n'arrivait pas à se rappeler le nom, était apparemment capable de faire disparaître des choses et s'efforçait de vendre son talent avec enthousiasme.

— Je l'ai vu faire, une fois, marmonna Kirin au sein de la file de prisonniers. Il n'est rien d'autre qu'un charlatan qui travaille dans un spectacle itinérant.

— Oui, eh bien, s'ils le croient, il deviendra le bras gauche de Loethar avant de comprendre ce qui lui arrive ! répliqua Clovis avec aigreur.

— C'est bien là où je veux en venir, chuchota Kirin. Il ne sait pas qu'il est sûrement en train de signer son arrêt de mort avec son discours grandiose. Ils vont découvrir qu'il n'est qu'un illusionniste à la petite semaine et ils lui trancheront la gorge pour avoir fait perdre du temps à tout le monde.

Clovis frissonna, même si, la veille encore, la mort lui paraissait très attirante.

— Donc, on s'en tient à notre plan.

— Oui, répondit Kirin d'un ton ferme. Ne t'en écarte pas. Je te promets que ça nous sauvera et, plus important encore, ça nous donnera une chance d'aider les forces rebelles qui auront le courage de résister.

— Qu'est-ce qui te fait croire que ton manque de magie apparent ne va pas les pousser à te trancher la gorge sur-le-champ parce que tu ne leur es d'aucune utilité ?

— Tu vois, Clovis, c'est là où on ne doit pas complètement nier notre don, répliqua Kirin d'une voix légèrement acide, lui d'ordinaire si optimiste. C'est un équilibre délicat à trouver, je te l'accorde. Ah, ils viennent de l'envoyer rejoindre ce groupe, là-bas. Je me demande ce que ça signifie.

Clovis haussa les épaules. Jusque-là, ce groupe réunissait le type qui prétendait faire disparaître des choses, une femme soi-disant capable de comprendre « l'esprit de la mer », une guérisseuse (ce qui était toujours bien utile), un jeune qui prétendait contrôler le climat, une fille qui faisait de la divination dans les entrailles d'animaux et un homme qui savait parler aux arbres. Clovis détourna le regard.

— Je ne sais pas, Kirin, répondit-il d'une voix lourde de fatigue.

— Ne nous laisse pas tomber maintenant qu'on est arrivés jusque-là.

Clovis avança de quelques mètres supplémentaires en traînant des pieds à cause de ses chaînes. Il essaya d'ignorer Kirin qui tirait sur sa chemise pour le faire avancer plus vite. Finalement arriva son tour de passer devant Stracker. Il jeta un coup d'œil à Kirin, mais le visage de son ami était devenu inexpressif, tout à coup. Peut-être suggérait-il par là de faire comme s'ils ne se connaissaient pas.

— Ton nom ? demanda un garde qui semblait vraiment s'ennuyer.

Clovis était impressionné par le fait que tous les barbares parlaient l'ensemble.

— Euh, Clovis, de Vorgaven.

— Ah. (Stracker prit l'interrogatoire en main et fit une marque sur sa liste.) Il paraît que tu sais lire l'avenir.

Clovis sentit sa gorge se nouer. Nerveux, il hocha la tête et lança un regard en coin à Kirin avant d'ajouter :

— Ben, ça, c'est ce que les gens veulent bien croire. Je ne vais pas laisser passer l'occasion de gagner ma vie, pas vrai ?

Surpris, Stracker leva les yeux de sa liste et regarda Clovis en fronçant les sourcils.

— Tu es en train de me dire que c'est un mensonge ?

Clovis haussa les épaules et commença à transpirer sous le regard sévère de cet homme. Il aurait aimé l'attraper à la gorge et serrer de toutes ses forces, mais il n'était même pas sûr de pouvoir faire le tour de ce cou de taureau avec ses deux mains. Il savait que Kirin voulait qu'il convainque le barbare, mais ce dernier paraissait capable de violence immédiate, comme s'il n'allait même pas attendre que Clovis formule son argument. Les dessins à l'encre vert sombre se mirent à onduler sur les gros bras musclés du barbare et se tordirent sur son visage lorsque sa perplexité laissa place à la rage. Clovis déglutit hâtivement.

— Pardonnez-moi. Je ne mens pas, mais je ne veux pas non plus prétendre quoi que ce soit. C'est vrai que, de temps en temps, je vois des choses. Mais ce sont des lectures imprévisibles. En fait, je suis assez bon observateur, et mon instinct, combiné au peu de pouvoir que je possède, suffisait à impressionner la riche communauté dans laquelle je vivais avant.

— Je vois, dit Stracker en plissant les yeux. Tu admets donc posséder une certaine magie ?

— Je ne veux tromper personne, répéta Clovis, mais si c'est pour éviter une mort prématurée, alors oui, je ne mens pas en disant que je possède une certaine sensibilité.

— Va te mettre là-bas, ordonna Stracker en désignant un coin du poste de garde.

— Mais il n'y a personne là-bas, protesta Clovis avec désespoir – il avait tout gâché.

— Comme c'est malin de ta part. Oui, je vois que tu es bon observateur, maître Clovis, répliqua Stracker d'un ton acide. Bouge-toi !

Clovis obéit à contrecœur, en se faisant pousser par un des gardes. Pour se vider l'esprit, il se retourna pour écouter l'interrogatoire de Kirin, que l'on poussa en avant.

— Ton nom ? demanda le garde, qui s'ennuyait toujours.

— Kirin. Je viens de l'académie de Cremond.

— Un professeur, gronda Stracker en cochant le nom sur sa liste.

— Non, pas du tout. Je ne sais pas comment décrire mon rôle, si ce n'est que je reçois les étudiants en entretien et que je devine le cursus qui leur convient le mieux.

— Tu le devines ?

Kirin acquiesça.

— Oui, c'est comme ça que je l'explique.

— C'est de la magie ?

— De bas étage. On appelle ça un « ruissellement », expliqua Kirin.

Clovis fut surpris par le sang-froid du jeune homme et sa capacité à mentir avec autant d'aplomb. Sa voix ne tremblait même pas, alors que Clovis transpirait encore après sa brève confrontation avec un Stracker courroucé. Pour sa part, Kirin paraissait calme, presque désinvolte.

— C'est quoi, un ruissellement. Explique-moi.

— Eh bien, même si je n'ai pas beaucoup de magie en moi, je peux la détourner, comme une rivière, vers quelqu'un et connaître… comment dire… hum, son humeur, si vous voulez.

Stracker fronça les sourcils.

— Son humeur ?

— Son tempérament. Est-ce que c'est un mot que vous comprenez mieux ?

Cette fois, Stracker se rembrunit et ses yeux se firent menaçants.

— Fais attention, professeur. J'ai le pouvoir de faire couler ton sang, là, tout de suite.

— Oh, je le sais, monsieur, répondit doucement Kirin, en effaçant toute trace de suffisance dans sa voix. Pardonnez-moi, ajouta-t-il en s'inclinant. Je ne voulais pas vous insulter, j'essayais juste de trouver un mot qui puisse avoir du sens pour nous deux. Je possède un don inhabituel et, il faut bien l'avouer, plutôt inutile dans la plupart des situations, sauf à l'université. Grâce à lui, je peux indiquer aux gens le cursus qui leur convient.

— Pas d'application utile que tu souhaites partager avec moi, professeur ?

Kirin poussa un bref soupir.

— Eh bien, je suppose que je peux déterminer quelles sont les tâches qui conviennent le mieux aux gens, afin qu'ils puissent travailler efficacement. Je perçois les talents cachés, je peux même dire si une nouvelle union sera solide ou si la discorde viendra l'affaiblir. Vous voyez, c'est plutôt bizarre et parfois inutile, mais il y a quand même quelques avantages pratiques.

Kirin sourit. Stracker l'étudia attentivement.

— Pourquoi tu n'as pas peur, contrairement aux autres ?

— Parce que j'arrive à cacher mes émotions, monsieur, c'est une autre de mes capacités. Vous me terrifiez, mais je sais que si vous décidez de me blesser, de me torturer ou de me tuer, je ne pourrai pas y faire grand-chose. On pourrait dire que je suis pour vous ce qu'une fourmi est à un couguar.

Stracker esquissa un sourire sinistre.

— Un couguar, hein ?

— Vous êtes tout aussi intimidant, reconnut Kirin.

— Va te mettre là-bas, professeur, avec l'autre boulet.

Kirin hocha la tête et rejoignit Clovis.

— Et voilà, deux clients pour le bourreau, se plaignit ce dernier.

— Ne va pas si vite en besogne, répliqua Kirin.

La plupart de ceux qui avaient fait le trajet avec eux furent interrogés et répartis dans un troisième groupe qu'on emmena presque immédiatement. Clovis sentit l'inquiétude le gagner en entendant les gardes discuter du logement qu'on allait leur donner. Visiblement, ces gens-là avaient impressionné Stracker et allaient rester en vie. Son propre groupe disparate comptait désormais une femme apparemment capable de parler aux animaux, une autre guérisseuse (toujours aussi pratique), un devin qui utilisait l'eau comme support, un adolescent qui prétendait rêver du futur, une fille du même âge qui lisait l'avenir dans le sang, un homme grisonnant capable de faire pousser des plantes, une fille muette avec un foulard sur la tête et enfin un jeune capable de disloquer ses jointures et de tenir dans un petit tonneau de vin.

— Ça n'a rien de magique, commenta l'un des Investis de leur groupe.

— Essayez, pour voir, répliqua le jeune contorsionniste. C'est un talent unique, presque aussi impressionnant que le fait de deviner quelles plantes donneront de bonnes récoltes.

Le gamin avait raison, songea Clovis. Chacun d'eux possédait un don unique mais relativement inutile. Il espérait que Kirin avait fait le bon choix en leur faisant prendre cette voie-là.

Un autre groupe d'au moins une vingtaine de personnes, peut-être plus, se tenait en face de son petit clan. Ils jetaient des regards nerveux à la ronde en marmonnant entre eux. Ils nourrissaient visiblement les mêmes inquiétudes que ses compagnons, se dit Clovis.

Stracker envoya le dernier Investi rejoindre ce groupe-là. Il s'agissait d'un jeune garçon d'à peine onze annis.

— Certains sont des menteurs, les autres ne nous seront d'aucune utilité. Tuez-les tous, ordonna Stracker avec désinvolture, avant de se raviser : Sauf le garçon. Envoyez-le dans mes appartements.

Cette déclaration laissa tous les membres du groupe en question abasourdis. Certaines femmes se mirent à hurler. D'autres, qui essayaient visiblement de protéger leur famille grâce à leurs mensonges, rassemblèrent leurs enfants en pleurs autour d'elles. Un homme s'avança pour protester, et Clovis dut ravaler une exclamation choquée en voyant Stracker fendre le visage du malheureux d'un coup d'épée. Du sang se mit à couler à flots de cette blessure, juste avant que Stracker éventre sa victime devant l'assistance horrifiée.

— Fermez-la ! rugit-il par-dessus les bruits gutturaux du mourant. J'avais l'intention d'y aller en douceur avec vous, alors ne compliquez pas la situation. Partez en silence. Vous n'avez pas le choix. Vous avez essayé de nous faire croire que vous aviez un don, ou alors vos pouvoirs ne nous servent à rien. Quoi qu'il en soit, on n'a pas besoin de vous.

— Libérez-nous, supplia une femme accrochée au bras d'un homme. On n'a fait de mal à personne.

Stracker sourit.

— Mais vous m'avez insulté. Vous pensiez vraiment que nous autres, des Steppes, on serait assez bêtes pour croire à vos mensonges pathétiques ? (Il se mit à faire les cent pas devant eux.) Chacun d'entre vous s'est offert à nous. (Il montra du doigt derrière lui.) Dans ce groupe-ci, et dans l'autre qui est parti, ils ont tous été désignés par quelqu'un d'autre. On nous a dit qu'ils avaient des pouvoirs inexpliqués. Vous, vous n'avez pas le moindre talent, mais vous nous avez dit que vous étiez importants. Vous avez pris le risque, vous avez tenté votre chance et vous avez échoué. Je ne peux rien faire de vous et je refuse catégoriquement de remplir vos ventres affamés.

— Pitié, le supplièrent plusieurs voix.

Clovis essaya désespérément de garder les yeux fixés sur le sol, mais il ne put s'empêcher de lever la tête. Il vit le mourant basculer et lut le désespoir sur le visage des condamnés. Leah et Corin aussi avaient dû avoir cet air-là quand elles avaient supplié cette brute de leur laisser la vie sauve. Soudain, Clovis fut pris de haut-le-cœur. Il ne voulait pas vomir, mais il ne put s'en empêcher. Il courut dans un coin rendre le petit déjeuner pathétique – pain et gruau clair comme du bouillon – qu'on leur avait donné ce matin-là.

Les cris s'intensifièrent tandis que les gardes rassemblaient les condamnés pour les emmener dans une autre cour. Clovis se boucha les oreilles, incapable de supporter ces hurlements plus longtemps. Il sentit une main apaisante se poser sur son dos.

— Restez calme, lui dit une voix féminine. (Clovis s'essuya la bouche sur sa manche et leva les yeux.) On ne peut plus rien pour eux, à part leur souhaiter une mort rapide.

— Comment pouvez-vous être aussi insensible ?

— Insensible ? Mon mari, que j'ai épousé voilà neuf annis, se trouve parmi eux, répondit-elle en le regardant durement, sans ciller. Je ne peux pas le sauver. Je ne peux même pas lui dire au revoir. Vous croyez vraiment que ça changera quelque chose si je m'accroche à lui en hurlant ou si je supplie cet animal de l'épargner ? (Clovis secoua la tête en se redressant et échangea un bref regard avec Kirin, qui restait volontairement à l'écart de cette conversation.) Alors je fais appel à toutes les ressources de mon corps pour m'obliger à rester calme, et c'est ce que vous devez faire, vous aussi. Nous ne réussirons à les combattre que si nous gardons l'esprit clair et concentré sur un seul but.

Clovis ferma les yeux. Une autre rebelle !

— Je m'appelle Reuth, dit-elle. Et j'obtiendrai vengeance, un jour.

Elle releva la tête, et Clovis la vit faire passer un message avec ses yeux tandis que leurs gardiens entraînaient de force les derniers condamnés. Il lut un profond chagrin sur le visage d'un homme et comprit qu'il devait s'agir du mari.

Clovis se tourna alors de nouveau vers sa compagne.

— Je suis désolé et je vous demande pardon. J'ai perdu ma femme et mon enfant à cause de cette brute. Mes blessures sont encore fraîches. Êtes-vous la femme avec les visions ?

Elle hocha la tête, et il vit qu'elle avait les yeux humides. Clovis n'osait imaginer combien il lui en coûtait de se montrer aussi courageuse, alors que l'homme qu'elle aimait était sur le point d'être exécuté. Il songea qu'il aurait dû la réconforter, mais il ne dit rien et la laissa poursuivre :

— Je ne pense pas qu'ils me croient, et puis, c'est un don très contrariant. Je ne choisis jamais le moment et l'endroit, le pourquoi et le comment. Mais ça va peut-être m'éviter la mort. Il faut faire de notre mieux pour rester en vie.

— Je ne suis pas aussi courageux que vous, lui confia Clovis.

— Dans ce cas, nous serons tous courageux les uns pour les autres, intervint Kirin.

Leurs compagnons d'infortune avaient entendu cette conversation, eux aussi. Tous marmonnèrent leur assentiment, même si chaque visage paraissait aussi pâle et traumatisé que celui du voisin.

De nouveaux hurlements s'élevèrent à l'extérieur. Reuth se raidit et tendit aveuglément la main vers quelqu'un, n'importe qui. Ce fut Kirin qui la prit dans ses bras et la serra contre sa poitrine pour étouffer ses sanglots. Clovis se sentit écœuré de ne pouvoir offrir le moindre réconfort à cette femme courageuse.

— Que va-t-il faire au garçon ? demanda quelqu'un.

— L'utiliser pour satisfaire ses besoins sexuels pervers, répondit Kirin. Du moins jusqu'à ce qu'il s'en lasse.

— Comment le savez-vous ? demanda Reuth en frémissant à chaque cri.

Kirin s'empressa de hausser les épaules.

— Il faut que je sorte d'ici, dit-il.

— Ça va bientôt s'arrêter, le réconforta Reuth calmement. Ensuite, on saura ce qu'ils nous réservent. Je propose de dire une prière pour les disparus.

Tout le monde joignit les mains, mais chacun garda ses prières pour lui.

— C'est fini, annonça Kirin d'un air sinistre.

Clovis commençait à croire au pouvoir de son ami, car les cris s'éteignirent dès qu'il eut prononcé le dernier mot.

Stracker revint à grandes enjambées en rengainant son épée.

— De quoi vous parlez, vous autres ? (Puis il sourit méchamment.) Comme si je ne pouvais pas deviner.

Tout le monde se redressa. Ce fut Kirin qui s'exprima en leur nom. Clovis ne put s'empêcher de se demander où le jeune homme trouvait cette assurance.

— On se demandait quel sort vous nous réserviez, monsieur.

— Venez avec moi, vous n'allez pas tarder à le découvrir, répondit Stracker. Formez une file, un par un, les mains sur les épaules de celui qui vous précède.

Clovis vint se placer derrière Kirin et sentit Reuth poser les mains sur ses épaules. Il sentit également l'odeur du sang dans l'air tandis qu'ils s'en allaient au-devant de leur destin.

# Chapitre 10

Gavriel n'avait pas le choix, il devait tenter une sortie. Il fallait nourrir Leo. Comme un signal, son propre ventre se mit à gronder pour lui rappeler que ça devenait urgent.

*Quelle ingéniosité*, songea-t-il en passant la main sur les diverses parties du mur qui étaient fausses. En apparence, elles ressemblaient à n'importe quel autre pan en pierre épaisse, mais l'astucieuse architecture permettait de distinguer clairement les voix et de percer aisément des judas.

Pour le moment, Leo était occupé à dessiner pour Gavriel un plan grossier du réseau de passages secrets tel qu'il le connaissait. Le labyrinthe à la craie qui apparut sur le mur stupéfia Gavriel, en dépit des gribouillis amateurs de Leo.

— Tant que ça ? dit-il, impressionné par le nombre de corridors.

— Et encore, ce sont ceux que je connais et dans lesquels père m'a autorisé à jouer de temps en temps.

— Ta mère ignore leur existence ?

Leo secoua la tête.

— Je te l'ai dit, c'est un secret qui se transmet de père en fils uniquement dans la famille Valisar. Piven y est venu avec moi quelques fois, mais…

Le roi haussa les épaules.

— Je sais, lui dit Gavriel en éprouvant un immense élan de compassion envers le jeune garçon. (Il savait ce que ça faisait d'avoir un frère avec qui jouer. De nouveau, il contempla le dessin.) C'est impressionnant, Leo.

— Père m'a fait mémoriser tout ça pour que je retrouve mon chemin dans cette partie du Passage. Je ne connais pas du tout le reste, ni même à quel point c'est grand.

— Alors, c'est lui qui t'a appris tout ça ? dit Gavriel en comprenant à présent pourquoi il y avait de la craie à disposition.

— Oui, on venait ici, tous les trois, et père se promenait avec moi dans les passages secrets. Ensuite, il testait ma mémoire en me faisant gribouiller sur les murs. Puis il effaçait mes dessins pour que je retrouve mon chemin tout seul. Il avait l'intention de m'emmener plus loin lorsque…

Gavriel vit le visage du jeune roi s'assombrir.

— Oui, eh bien, il serait très fier de toi, en ce moment, parce que ces passages secrets sont en train de remplir leur rôle, s'empressa d'intervenir le jeune homme.

— Leur rôle, c'est de servir à espionner les gens, lui fit remarquer Leo.

— Je n'en doute pas, mais je serais prêt à parier mon existence sur le fait que Cormoron l'a conçu comme un ultime moyen d'évasion.

— Je meurs de faim, Gav. J'ai le ventre tellement vide que ça me rend malade.

— D'accord, c'est justement ce que j'allais proposer, déclara vivement Gavriel.

— Je vais te montrer, dit Leo en posant immédiatement sa craie et en s'essuyant les mains sur ses vêtements.

— Non, Leo. C'est trop dangereux. Tu es le roi, maintenant, et nos deux pères – que Lo recueille leurs âmes – ont fait de moi ton protecteur.

— Mon champion, corrigea Leo.

— Tu as raison. Je suis ton protecteur et ton gardien.

—Alors ils ont choisi le bon jumeau, parce que c'est toi le meilleur combattant, pas vrai ?

Gavriel sourit.

—Je ne suis pas sûr que Corb approuverait, mais moi si. Il n'a jamais pu me battre et je sais que ça l'exaspérait, même s'il n'en disait rien.

—Mais, j'y pense, où est Corbel ?

C'était la question que Gavriel redoutait depuis longtemps.

—Euh, je n'en suis pas sûr. On l'a envoyé en mission avant l'arrivée du barbare. J'espère qu'il aura eu la bonne idée de disparaître. (Revenant au problème qui les préoccupait, il reprit d'un ton ferme :) Bon, il faut aller chercher à manger. Je vais suivre ton plan pour retrouver les cuisines. Mais, Leo, il faut que tu sois prêt à manger ce que je trouverai. Tu ne peux pas faire le difficile, même si on risque de manger cru.

—Pas de la viande, quand même ?

—Il n'y aura sûrement pas de viande du tout. J'espère trouver du pain, peut-être du fromage.

—Ça ira. Prends du lait si tu en trouves. J'espère que quelqu'un a pensé à traire les vaches. Oh, et...

—Ce n'est même pas la peine de penser aux gâteaux au miel, le prévint Gavriel, ce qui arracha un sourire au jeune roi.

—J'imagine qu'après le repas de la nuit dernière plus personne ne va vouloir réutiliser le four, commenta Leo.

Gavriel trouva courageux de sa part de le mentionner. Il savait qu'il aurait dû dire quelque chose au sujet de l'ancien roi, mais il ne parvint pas à trouver les mots appropriés.

—Si j'en vois et si je peux les porter, je te promets qu'ils seront tout à toi, dit-il à la place. Donc, je remonte ce couloir, je passe devant quatre ouvertures, puis je prends celle de droite, je tourne à gauche... (Gavriel fit la grimace en se triturant les méninges.) Et encore à gauche ?

— Non, à droite, le corrigea Leo en soupirant. Ne te perds pas. Tiens, tu veux que je te donne la ficelle que mon père utilisait pour m'apprendre à retrouver mon chemin ? Elle doit être quelque part là-dedans avec la craie et les autres affaires.

— Non, je dois m'en souvenir tout seul. Mais ça y est, je l'ai mémorisé. Quatre ouvertures, je tourne à droite, puis à gauche, puis à droite.

Leo acquiesça.

— Je laisse passer combien de temps avant de m'inquiéter ?

— Inutile de t'inquiéter. Je ne sais pas combien de temps ça prendra, surtout si je dois attendre que quelqu'un tourne le dos ou quitte la cuisine.

— Laisse-moi au moins faire une partie du chemin avec toi, le supplia Leo.

— Non. Comme ça, si quelque chose tourne mal, tu auras encore une chance de t'en sortir. Si tu entends des voix, Leo, va-t'en. Traverse le Passage comme tu sais si bien le faire et sors par l'issue dont tu m'as parlé. Prends des risques si nécessaire, mais il faut absolument que tu t'en ailles si on découvre l'existence du Passage. D'accord ? (Comme Leo acquiesça, Gavriel insista d'un ton ferme :) Non, tu dois me le promettre à voix haute.

— Je te le promets.

— D'accord. Garde un œil sur Loethar. Je ne sais pas quelle heure il est, mais j'imagine que l'aube est proche, si elle n'est pas déjà levée, alors, il va sûrement arriver. Écoute ce qu'il dit à ce maudit oiseau. Il lui parle comme s'il allait lui répondre !

— Je crois au contraire qu'il parle à Vyk justement parce que celui-ci ne peut pas lui répondre, rétorqua Leo en fronçant les sourcils. Peut-être que le raven est la seule créature à qui il fasse vraiment confiance.

— Je serai bientôt de retour, promit Gavriel en secouant la tête, surpris par cette notion fantaisiste. Parler à un oiseau, marmonna-t-il avec mépris en s'éloignant.

L'aube était sur le point de se lever. Clovis se trouvait, avec ses compagnons, dans une pièce apparemment non utilisée et sommairement meublée. Comme on pouvait s'y attendre, il régnait une atmosphère tendue, car chacun se méfiait des autres, tout à coup. Il lança un coup d'œil furtif en direction de Kirin, mais son ami ignorait tout le monde en regardant par une minuscule fenêtre. Alors, Clovis regarda Reuth, assise en silence sur le sol, les bras autour des genoux. En fait, même les rares chuchotements s'étaient éteints ; tout le monde restait plongé dans ses pensées, et un silence sinistre pesait sur chacun.

À part Kirin, dont personne ne savait rien, ils n'étaient tous, de l'avis de Clovis, que des Investis de niveau moyen. Les vrais Investis admettaient rarement posséder des pouvoirs. Apparemment, seules les personnes moyennement affectées par la magie recherchaient la célébrité et la fortune grâce à leurs pouvoirs d'extralucides. Il sourit d'un air contrit en songeant qu'il correspondait parfaitement à cette description.

La porte s'ouvrit brusquement en grinçant, ce qui le fit sortir de ses pensées. Les gens se levèrent avec méfiance, sans trop savoir ce qui allait se passer. Clovis recula dans le fond de la salle pour rejoindre Kirin près de la fenêtre.

— Ça ne marchera jamais, chuchota-t-il, aussitôt nerveux.

Kirin paraissait s'ennuyer.

— Reste calme, reste concentré. Tu deviens tout de suite plus intéressant si tu gardes le silence, comme si tu étais imperturbable. Vois comme les autres ont l'air angoissés ou avides de plaire. Ça peut se retourner contre eux, dans cette situation.

— Tu es quoi, une espèce d'oracle ?

Bizarrement, peut-être à cause de leur détresse intérieure, tous deux trouvèrent le commentaire de Clovis amusant et ils se mirent à rire en silence.

— Eh, vous deux, dans le fond ! Oui, vous, les plaisantins. Qu'est-ce qu'il y a de si drôle ?

La voix de Stracker mit fin à leur fou rire ; ils reprirent immédiatement leur sérieux.

— Rien du tout, répondit Kirin. Mais j'ai découvert que garder le sens de l'humour, même quand on est sur le point de mourir, c'est probablement ce qu'on a de mieux à faire quand on ne contrôle pas une situation.

— Et ça t'autorise à te moquer de moi ?

— On ne se moque pas de vous, reprit Kirin, juste de notre fichue poisse. À cause d'elle, on s'est retrouvés au mauvais endroit au mauvais moment.

— Elle nous a fait naître dans l'Ensemble, alors qu'il aurait mieux valu qu'on naisse au beau milieu des Steppes, ajouta Clovis en essayant désespérément de suivre l'exemple de Kirin.

Il n'était pas sûr d'y être arrivé, mais il vit l'inconnu derrière Stracker réprimer ce qui ressemblait fort à un sourire.

Stracker couvrit les deux amis d'un regard noir, puis se tourna vers l'inconnu.

— Ils sont tous à vous, pour ce qu'ils valent. Prenez votre temps, ils ne vont nulle part.

L'inconnu hocha la tête.

— Ici ?

— Vous voulez les mettre où ?

— Je dois les interroger devant les autres ?

— Ça les oblige à rester honnêtes, répondit Stracker en souriant avec malice. Si l'un d'eux vous donne du fil à retordre, demandez au garde de l'éliminer immédiatement.

On leur tranchera la gorge, Investi ou pas. Vous avez compris ? demanda-t-il en les embrassant tous d'un même regard furieux.

Les prisonniers hochèrent la tête ou marmonnèrent leur assentiment. Stracker fourra un rouleau de parchemin dans la main de l'inconnu.

— Tenez, vous aurez besoin de ça, dit-il avant de sortir en deux grandes enjambées.

L'homme qu'il laissait derrière lui se retourna pour faire face au groupe complet. Il paraissait légèrement surpris.

— Bon, on dirait qu'on va passer un petit moment ensemble. Voyons voir ce qui est écrit ici. (Il se rendit jusqu'à une table derrière laquelle était rangée l'unique chaise de la pièce. Personne n'avait osé s'y asseoir jusqu'à présent, mais l'inconnu prit place sans hésiter.) Bon, tout le monde est libre de se mettre à l'aise, dans la mesure du possible. Commençons avec les deux « plaisantins » du fond, voulez-vous ?

Kirin prit un air désabusé, juste au moment où Clovis lui lançait un regard en coin.

— Nous, monsieur ? demanda Clovis.

— Oui, répondit l'inconnu du tac au tac. Venez plutôt par ici, qu'on ne soit pas obligé de se parler par-dessus la tête de tout le monde.

Ils le rejoignirent à la table et restèrent debout devant lui.

— Vos noms ?

Kirin porta la main à sa poitrine.

— Moi, c'est Kirin, de Cremond.

— Clovis, répondit son compagnon.

— Vous êtes parents ? demanda l'homme en consultant son document.

Ils secouèrent la tête en échangeant un regard perplexe.

— Oh, c'est juste que vous avez l'air très amis.

— Ça aiderait si on était parents ? demanda Kirin.

Leur interlocuteur fit la grimace.

— J'ai bien peur que non. Maître Clovis, il est écrit ici que vous avez la faculté de prédire l'avenir… est-ce exact ?

Clovis hocha la tête.

— Je vivais en Vorgaven et je travaillais principalement pour les riches armateurs et négociants. Je leur donnais des indices sur ce qu'il fallait vendre ou acheter, sur les changements de climat, les domaines dans lesquels investir, ce genre de chose.

— Et vos prédictions se sont-elles souvent révélées exactes, maître Clovis ? demanda l'homme en le regardant droit dans les yeux.

— Personne ne s'en plaignait, répliqua Clovis en restant délibérément vague.

Il sentit Kirin bouger légèrement à côté de lui. Son ami voulait qu'il rabaisse son talent.

— Êtes-vous riche ?

— Non, monsieur.

— Est-ce que vous possédez votre propre habitation ?

— Oui, monsieur ; enfin, je la possédais, avant.

— Où, exactement ?

— Vous connaissez Vorgaven, monsieur ? demanda Clovis.

— En effet.

— Notre maison se trouvait sur une petite parcelle de la péninsule qui fait face à Medhaven.

— Ce sont les terres du vieux Jed, n'est-ce pas ?

Clovis fut impressionné. Roxburgh était l'une des plus puissantes dynasties de la marine marchande, et personne n'appelait le vieux maître Roxburgh par son prénom.

— Oui, j'ai pu acheter une petite propriété dessus.

— Ce qui veut dire que vous n'êtes pas pauvre, maître Clovis.

— Je n'ai pas dit ça. Vous m'avez demandé si je suis riche, ce qui n'est pas le cas.

L'inconnu sourit.

— Il me semble que vos prédictions, aussi ordinaires puissent-elles vous paraître, ont visiblement plu aux bonnes personnes. Vous ferez l'affaire.

— Pour quoi ?

— Veuillez attendre là-bas, maître Clovis, c'est tout. À vous, maintenant… qu'est-ce que vous faites dans la vie ? demanda l'inconnu à Kirin en congédiant bel et bien Clovis.

Celui-ci n'eut d'autre choix que de s'écarter d'un pas traînant, en faisant bruyamment cliqueter ses chaînes dans le lourd silence.

— Je travaille à l'académie de Cremond, expliqua Kirin.

— Vous êtes professeur ?

— Non. J'ai déjà expliqué tout ça.

— Dans ce cas, prenez la peine de me l'expliquer à moi, maître Kirin. Il semblerait que votre vie en dépende.

Kirin résuma rapidement son occupation à l'académie.

— Je vois. Avez-vous connu l'érudit Schuler ? Il faisait partie de l'administration, alors je suis sûr que vous avez dû le croiser.

Kirin se mit à réfléchir intensément, l'air inquiet. Clovis vit bien que son ami n'était pas à son aise. En son for intérieur, il supplia Lo de l'aider à se rappeler cet homme, Schuler. Il eut le cœur lourd en voyant Kirin secouer la tête.

— Je suis désolé, monsieur, mais je n'ai aucun souvenir de cette personne.

— Tant mieux, parce qu'il n'existe pas, expliqua l'inconnu d'un ton apaisant. J'étais simplement en train de vous tester. Une personne désespérée admet n'importe quoi. (Il essaya de sourire de nouveau, toujours en vain.) Alors, vous êtes capable de percevoir certains aspects des gens – est-ce une bonne façon de résumer votre don ?

Kirin acquiesça.

— Êtes-vous capable de percevoir ce qu'ils vont faire ensuite ?

Clovis se dit qu'il s'agissait d'une question piège. L'étranger emmenait Kirin sur un terrain dangereux, et Clovis était convaincu que son ami était condamné, quelle que soit la réponse.

— Maître Kirin ? insista l'homme.

— Euh, parfois, j'ai un aperçu de ce qu'ils considèrent comme leurs options, et il m'arrive de pouvoir les aider à prendre une décision. Bien sûr, ça n'a rien d'un talent précis, monsieur. La façon dont j'interprète ces choses est très différente de celle dont vous pourriez les interpréter si vous étiez à ma place. Tout ça, c'est très subjectif.

Cette fois, l'inconnu sourit pour de bon.

— Vous êtes un personnage insaisissable, maître Kirin. Intelligent, aussi. Vous avez vraiment envie de survivre à… pourquoi ne pas appeler ça un procès ?

— Pourquoi pas, en effet ? C'est un mot bien pratique derrière lequel se cacher. Ça suggère qu'il y a quelque chose de juste ou même de relativement objectif au sujet de cet interrogatoire.

L'homme se laissa aller contre le dossier de sa chaise et dévisagea Kirin d'un regard dur. Clovis était sûr qu'on aurait pu entendre des mouches voler, tant le silence qui accueillit la remarque de son ami était lourd et intense.

— Vous êtes un homme courageux, maître Kirin, finit par reconnaître l'inconnu.

— Je suis jeune. Je venais tout juste de commencer à mener la vie que je souhaitais. Je possède un certain talent, mais ça ne fait de moi qu'un bon juge de la nature humaine.

Parfois, ça m'aide aussi à découvrir la vérité intérieure de quelqu'un. C'est tout. J'en ai marre d'essayer de m'en servir pour sauver ma peau. Alors, si c'est un pouvoir aussi inutile que j'en ai l'impression, arrêtons là cette mascarade. Si je dois mourir, finissons-en. Je suis sûr que de meilleures personnes que moi, dont l'existence avait plus de sens, ont déjà rejoint Lo à cause des caprices de votre chef. Par contre, je n'arrive pas à comprendre pourquoi un homme de l'Ensemble voudrait se rallier à ces barbares, sinon par pure lâcheté.

Cette tirade laissa Clovis bouche bée, comme tous les autres occupants de la pièce.

— Vous pouvez aller rejoindre votre ami, maître Kirin, déclara l'homme d'un ton ferme. Personne suivante. Jervyn de Medhaven, où êtes-vous ?

Kirin s'en alla en lançant un regard furieux à l'inconnu, qui l'ignora.

— Bon sang, mais qu'est-ce que tu fabriques ? gronda Clovis dans sa barbe lorsque son ami arriva à ses côtés.

Kirin tourna le dos à l'inconnu et fit un clin d'œil à Clovis.

— On n'a rien à perdre. Crois-moi, mon ami.

Puis il tituba et posa la main sur le mur pour se retenir.

— Qu'est-ce qui ne va pas ? demanda Clovis en agrippant le bras de Kirin.

— Rien. C'est la fatigue, je suppose.

— La fatigue ? Mais tu as douze annis de moins que moi !

— Je voulais parler de la fatigue engendrée par toute cette mascarade.

— Oui, eh bien, c'était ton idée, lui rappela Clovis. Tu l'as provoqué et, maintenant, il est probablement de mauvaise humeur.

— Je ne crois pas, murmura Kirin. (Il prit une profonde inspiration et se redressa.) Je crois qu'il nous aime bien.

Clovis ricana, avant de s'apercevoir que Reuth venait d'être appelée. La conversation se déroula à peu près comme les autres. L'inconnu interrogea tout le monde en prenant son temps, délibérément, sans élever la voix ni proférer de menaces. Il se contentait d'écouter, de poser des questions et de prendre quelques notes.

Enfin, il soupira et releva la tête après avoir arrêté d'écrire.

— Maître Kirin ? Venez ici, voulez-vous ? Vous aussi, Reuth.

Clovis fronça les sourcils et hocha la tête à l'adresse de Kirin. Il fut bien obligé de reconnaître que son ami était un peu pâle. L'attitude bravache du jeune homme serait-elle en train de lui faire défaut ?

— Oui ? demanda Kirin en s'avançant une fois encore devant la personne qui les avait interrogés.

— Je vais vous donner une deuxième chance d'avoir la vie sauve.

— Je vous l'ai dit, ça ne m'intéresse plus.

— Je ne parlais pas de la vôtre, maître Kirin, mais de la sienne, expliqua-t-il en désignant Clovis. Dites-moi ce que je veux entendre et je l'épargnerai. Continuez à me traiter avec mépris et je le ferai torturer et tuer devant vous. Maintenant, venez vous mettre à côté de moi, je vous prie.

Kirin s'avança lentement, l'incrédulité inscrite sur son visage blême. Il jeta un coup d'œil en direction de Clovis qui ne put rien faire d'autre que croiser son regard.

— Bien, dit l'homme aux questions. Vous avez peut-être déjà rencontré et parlé à Reuth Maegren.

— Oui, brièvement, et pour la première fois aujourd'hui.

— Ce n'est pas grave, ça importe peu. Reuth me dit qu'elle a des visions mais, comme vous et votre compagnon, elle a choisi de déprécier son talent. Elle semble même éprouver des réticences à son sujet. Vous comprenez ce que j'entends par « réticences » ?

— Oui, curieusement, pour un paysan, je comprends, répliqua sèchement Kirin.

— Faites attention, maître Kirin. Je veux que vous utilisiez votre don, celui-là même que vous tenez en si piètre estime, pour me dire si elle ment.

Kirin le regarda d'un air horrifié.

— Je ne peux pas…

— J'aimerais que vous essayiez, maître Kirin. Rappelez-vous, la vie de votre ami dépend de votre sincérité. Faites de votre mieux, et vous lui épargnerez beaucoup de souffrances.

— Puis-je savoir votre nom ? demanda Kirin.

— Certainement. Je m'appelle Freath.

— Je m'en souviendrai.

— Pour le jour où vous me tuerez, vous voulez dire ?

— Je ne porte aucune violence en moi, alors je doute que vous mourrez de ma main.

— Peut-on poursuivre ?

Clovis vit Kirin serrer les mâchoires et fermer les yeux. Il les rouvrit quelques instants plus tard.

— Cette femme ne ment pas. Elle a des visions, qui sont dignes de confiance, mais peu fréquentes. Satisfait ? Maintenant, c'est à vous de décider si j'ai raison ou tort. Mais j'ai fait ce que vous me demandiez. Je suppose que maître Clovis ne craint plus rien ?

— Pour le moment, en tout cas, approuva Freath. (Comme Kirin faisait mine de s'éloigner, il le retint.) Pas si vite, maître Kirin. Pour l'instant, votre ami est sauf, grâce à ce que vous m'avez dit au sujet de cette femme. Mais maintenant, je veux que vous me donniez le même aperçu pour chaque personne présente, à part maître Clovis – j'imagine que vous

vous empresseriez de mentir pour lui. Commençons par… Jervyn de Medhaven.

Kirin baissa la tête. Clovis comprit que son ami était désormais partagé entre deux maux. Il ne voulait pas exhiber son pouvoir mais, en même temps, des vies étaient en jeu, en particulier la sienne. Clovis comprit que Kirin ne le laisserait pas facilement souffrir, même s'ils ne se connaissaient pas depuis longtemps.

— Jervyn n'a aucun pouvoir de divination, même en utilisant de l'eau. L'homme qui prétend faire disparaître des choses est, au mieux, un illusionniste. La femme qui comprend les animaux est simplement très douée avec eux – elle ne possède aucune magie. La guérisseuse est très douée dans son domaine. La fille qui lit dans le sang a simplement des goûts horribles, mais le garçon qui rêve de l'avenir possède sans doute un pouvoir inexploité. Le vieux Torren peut faire pousser des choses – c'est un pouvoir limité, mais unique…

Kirin poursuivit sur sa lancée comme s'il lisait une liste dans sa tête. Il en condamna certains et il en sauva d'autres. Pendant tout ce temps, il parut se ratatiner. Lorsqu'il eut fini, il avait l'air hagard.

— Maître Kirin, vous ne vous sentez pas bien ?

— Exact, répondit-il.

— Faites-lui de la place pour qu'il puisse s'allonger, ordonna Freath.

Les occupants de la pièce s'étaient silencieusement répartis en deux groupes : ceux dénoncés par Kirin et ceux qu'il avait soutenus. Seuls les membres de ce dernier groupe se déplacèrent pour l'aider. Clovis comprit que les autres, en toute logique, l'auraient volontiers laissé tomber raide mort. Freath appela un garde et demanda qu'on s'occupe de Kirin. Peu après le départ du jeune homme, porté par les barbares, Stracker revint dans la pièce.

— Alors, Freath, comment ça se passe ?

— J'ai choisi.

— Bien. Donnez-moi les noms.

— Qu'est-ce qui va arriver aux autres ?

— Ce n'est pas votre problème, répliqua Stracker avec un sourire mauvais.

— Si, justement. Je souhaite parler à votre chef.

Stracker éclata de rire.

— Non.

— Dans ce cas, vous encourez sa colère. Il voudra savoir ce que j'ai découvert.

— Arrêtez de vous inquiéter, Freath. Ils sont tous en sécurité, parce qu'ils ont tous du talent. Choisissez les deux que vous voulez.

— Ils sont tous en sécurité ? insista Freath.

— Vous avez ma parole. Maintenant, dépêchez-vous. Je dois faire mon rapport à Loethar.

Freath obéit.

— Ce groupe-ci ne m'est d'aucune utilité. Les autres, là-bas, possèdent des pouvoirs uniques dont votre chef devrait avoir connaissance, notamment celui de la femme d'âge moyen. L'autre, la plus âgée, est une guérisseuse très douée, ce qui sera sûrement très pratique pour vous. Quant au jeune, il rêve de choses intéressantes. Le vieil homme utilise une magie qui n'appartient qu'à lui pour faire pousser les plantes – encore un talent rare, dont vous devriez faire bon usage.

— Et les plaisantins ?

— Ce sont eux que j'ai choisis, Stracker. Maîtres Clovis et Kirin sont à moi.

— J'ai croisé le plus jeune en entrant. Il a l'air à moitié mort. Vous êtes sûr que vous le voulez ?

— Certain. Maintenant, laissez-moi aller voir comment il va.

Stracker recula et ricana lorsque Freath passa devant lui. Après son départ, le barbare appela ses gardes.

— Emmenez-les, ordonna-t-il en désignant ceux dont Kirin avait dénoncé l'absence de talent. Vous savez quoi faire.

Les hommes et les femmes de ce groupe se mirent aussitôt à crier et à supplier qu'on leur laisse la vie sauve. Clovis rassembla Reuth, Torren, l'adolescent, la jeune femme silencieuse, le vieil homme et la femme plus âgée du côté de la fenêtre.

— Vous autres, vous attendez ici. Ne faites pas de bêtise, les prévint Stracker qui s'en alla avant même qu'ils aient fini de marmonner leur assentiment.

Les murs étaient impénétrables à proximité des cuisines, ce qui n'empêcha pas Gavriel de marcher sur la pointe des pieds. La peur et le doute mettaient ses nerfs à vif. Il savait que Leo était en train de compter les minutes ; plus il mettrait de temps à revenir et plus l'angoisse du jeune roi grandirait. C'était la première fois en deux jours qu'il s'éloignait autant de son protégé et cela le rendait plus nerveux encore. Les paroles de son père résonnèrent comme un présage dans son esprit : *« Ne le lâche surtout pas des yeux, même pendant une seconde. Vous devez tous les deux respirer le même air »*, avait ordonné De Vis, juste avant de serrer l'épaule de son fils et de faire signe à son jumeau de le suivre. Gavriel ne savait pas où Corbel était allé après avoir tué le bébé. Même s'il savait que son jumeau n'aurait jamais pu refuser quoi que ce soit à leur père, c'était cruel de lui demander d'assassiner un innocent. Cela l'aurait été pour n'importe qui.

Le ventre de Gavriel se rappela bruyamment à son bon souvenir, poussant le jeune homme à chasser sa famille de son esprit. Le grondement parut résonner dans l'étroitesse du Passage. À cet endroit, le tunnel était bas de plafond, si bien que Gavriel était obligé de ramper. Il vit briller des pots et des casseroles, au loin, à travers une grille qu'il venait d'atteindre sur le ventre. Il dut reconnaître qu'il n'avait jamais repéré l'ingénieuse ouverture, si haut placée dans les cuisines. Mais celles-ci se composaient d'un vaste ensemble de pièces et tous ceux qui y entraient ne se préoccupaient que de nourriture. Le regard des visiteurs était irrésistiblement attiré par l'interminable défilé de tourtes, de pains, de ragoûts, de rôtis, de crèmes et de tartes qui semblaient continuellement sortir des fours et des marmites.

Gavriel contempla l'endroit à travers la grille et se réjouit de le trouver désert, même si cela paraissait peu naturel. Le chef Faisal laissait toujours quelqu'un de garde pour remuer le porridge dans une casserole ou préparer des légumes pour le lendemain et alimenter les feux. Les cuisines ne dormaient jamais. Pourtant, ce matin-là, à l'aube (Gavriel croyait entendre les premières notes des alouettes au-dehors), elles étaient silencieuses et abandonnées, à l'image, sans doute, du reste du palais. Quoi qu'il en soit, cette situation l'arrangeait bien.

Derrière les hautes fenêtres de l'immense salle caverneuse, le ciel commençait à s'illuminer, fournissant un éclairage quelque peu ténébreux mais néanmoins présent. Gavriel plissa les yeux pour mieux percer l'obscurité et balaya rapidement la salle du regard à la recherche de provisions faciles à prendre. Il espérait ne pas avoir à descendre pour faire un tour rapide dans le garde-manger. Du pain rassis, des fruits trop mûrs ou même un bouillon laissé à dégraisser feraient l'affaire.

Mais il n'y avait rien en vue. Rien du tout !

— Par la fureur de Lo ! jura Gavriel.

Il n'avait d'autre choix à présent que de sortir à découvert, traverser l'intégralité de la salle jusqu'au garde-manger, puis refaire le chemin en sens inverse avec toute la nourriture qu'il pourrait emporter. Surtout, il lui faudrait hisser le tout à travers la petite ouverture. Heureusement que leur père avait insisté pour que Corbel et lui restent si minces. Ils plaisantaient toujours en disant que le légat les affamait délibérément pour faire d'eux de vrais hommes. Mais, en vérité, leur père maintenait qu'un homme mince était un homme en bonne santé, qui pouvait courir plus vite, monter à cheval plus facilement et tenir plus longtemps dans n'importe quelle épreuve d'endurance.

Gavriel glissa ses doigts dans les trous de la grille pour la déverrouiller. Juste à ce moment-là, il entendit une voix de femme fredonner doucement. Gavriel retira aussitôt ses mains, comme s'il s'était brûlé.

*Par les couilles de Lo!* jura-t-il en silence. Quelle catastrophe si on l'avait surpris au sortir du passage secret. Il regarda la femme se déplacer au sein de la pièce et s'aperçut qu'il s'agissait de Genrie. Elle n'avait pas de chignon, ce matin-là. Cela lui donnait un air plus jeune, moins sévère. Ses cheveux auburn ondulés brillaient chaque fois que la lumière s'y accrochait. Peu importaient les ecchymoses laissées par les coups de Stracker sur son visage ; aux yeux de Gavriel, elle était toujours aussi délicieuse. Perdue dans ses pensées, elle continuait à fredonner en sourdine. Gavriel trouva tout à coup sa voix douce et réconfortante. La servante entreprit, avec des gestes malhabiles, de sortir un cuissot de viande froide de la réserve, puis une roue de fromage du garde-manger. De la pièce réfrigérée, elle sortit un pot de lait qu'elle renifla pour vérifier la fraîcheur et dont elle versa une partie du contenu dans un petit récipient qu'elle ferma ensuite avec un couvercle. Elle renversa un peu de lait autour du récipient, mais pas grand-chose. Ensuite, elle mit de l'avoine à cuire dans une casserole au-dessus des cendres, puis elle ramena un sachet de noix et quelques pommes. Sans doute s'était-elle levée aux aurores pour prendre son petit déjeuner ou parce qu'on lui avait demandé de préparer quelque chose pour l'un des barbares. Quoi qu'il en soit, elle n'avait pas l'air de très bien savoir s'y prendre, ce qui n'avait rien d'étonnant. Les cuisines n'étaient pas son domaine. Le chef serait furieux de voir comment elle sortait tous les ingrédients pour les disposer au hasard sur la table de travail fraîchement nettoyée. Elle faisait tout de façon désordonnée, ce que Gavriel trouva bizarre, car Genrie lui avait toujours paru très soignée et maîtresse d'elle-même.

Il frémit quand elle éleva la voix :

— Tatie… tu es là ? Que Lo me sauve, personne n'est levé, ce matin ?

Il n'y eut pas de réponse. Gavriel vit Genrie pousser un soupir de dégoût très exagéré avant de s'en aller d'un pas vif en marmonnant :

— Bon, eh bien, il va falloir que j'aille chercher le tonneau de bière moi-même. Mais ça me dépasse qu'ils veuillent boire de la bière à cette heure-ci !

Gavriel n'en croyait pas sa chance. Sans perdre un instant, il déverrouilla la grille et se laissa descendre en douceur. Courant examiner la nourriture éparpillée sur la table, il coupa un morceau de jambon qu'il fourra négligemment dans sa poche. La prochaine fois, il devrait penser à utiliser une chemise pour transporter les provisions. Il bourra son autre poche de pommes ainsi que de poignées de noix et de graines. Il coupa ensuite des morceaux de pain et de fromage qu'il jeta sous sa chemise, à même la peau. Il savait que Leo s'en moquerait. Les pauvres ne peuvent pas se permettre de faire la fine bouche. C'était l'adage favori d'un de ses précepteurs, même si ce dernier ne pensait certainement pas que ça s'appliquerait un jour au roi de Penraven. Dans sa panique, cette idée faillit le faire rire tout haut. Gavriel regarda par-dessus son épaule. Toujours aucun signe de Genrie, mais elle n'allait sans doute pas tarder à revenir, ou quelqu'un d'autre risquait d'arriver. Au dernier moment, Gavriel attrapa le récipient contenant le lait. Genrie serait furieuse, mais il espérait qu'elle lui pardonnerait et qu'elle mettrait ça sur le compte d'un paresseux qui aurait attrapé quelque chose à manger en passant. Elle ne se douterait jamais qu'il s'agissait des deux fugitifs parce qu'elle ignorait sans doute leur disparition et les recherches qui s'étaient ensuivies. De toute façon, même si elle était au courant, songea Gavriel, elle haïssait Loethar. Elle ne risquait pas de partager ses soupçons avec lui.

Le jeune homme se hissa par l'ouverture avec l'anse du récipient qui se balançait doucement entre ses dents serrées. Il entendit Genrie fredonner de nouveau dans le couloir et grimaça à cause du bruit que fit le récipient en heurtant le sol. Dans sa hâte de se retrouver du bon côté de la grille, il venait de le poser trop violemment. Mais, de toute évidence, la servante ne l'entendit pas. Le cœur battant d'avoir frôlé la catastrophe de si près, Gavriel remit la grille en place juste au moment où Genrie revenait en s'essuyant les mains sur son tablier. Il avait fait attention à ne pas prendre trop de choses. Seule l'absence du lait était flagrante, mais la jeune femme parut ne rien remarquer. Gavriel put de nouveau respirer librement. Enfin, convaincu que son cœur avait suffisamment ralenti pour lui permettre de prendre le chemin du retour, il envoya à Genrie un petit baiser silencieux.

*Jolie, mais pas très maligne*, songea-t-il, intensément soulagé qu'elle ne soit finalement pas aussi intelligente qu'il l'avait toujours cru. *Dommage.*

Sur ce, il s'en alla, content et fier de lui à l'idée que Leo et lui survivraient sans doute à cette nouvelle journée, mais avec le ventre plein, cette fois.

# Chapitre 11

Kirin battit des paupières. Il ne savait pas du tout où il était.

— Ah, nous y voilà, dit une voix masculine pleine de gentillesse. Vous nous avez fait peur.

Kirin fut brusquement pris de nausée et se rendit compte qu'il ne pouvait pas répondre.

— Ne parlez pas, lui dit l'homme. Prenez votre temps. Je vais en profiter pour répondre aux questions que vous devez sûrement vous poser. Vous êtes toujours au palais de Brighthelm ; on vous a amené à l'infirmerie. Je suis le père Briar, et j'appartiens à l'église de Brighthelm, qui est le foyer spirituel de Penraven. Je m'occupe également de la chapelle privée dans laquelle les monarques font leurs dévotions. Vous venez de passer un tout petit peu plus de quatre heures ici. J'imagine que vous avez soif, alors je vais vous aider à vous asseoir et à boire dans cette tasse. C'est de l'eau.

Kirin sentit un bras se glisser sous ses épaules et huma l'odeur d'une tisane à la menthe poivrée dans l'haleine du prêtre.

— Aidez-moi si vous le pouvez, maître Kirin, demanda-t-il gentiment.

Or, Kirin ne voulait pas bouger. Il appréciait cette voix douce et rassurante, mais il était convaincu qu'il allait vomir s'il bougeait. Il connaissait cette sensation qu'il avait espéré ne plus jamais éprouver. Comme il s'y attendait, il fut pris de haut-le-cœur quand le père Briar le fit asseoir.

— Oups, tenez, lui dit l'ecclésiastique en mettant une bassine devant Kirin, juste à temps. Allez-y, ne soyez pas embarrassé. Je suis un homme de Lo, mais je crois que je suis aussi un docte à la vocation contrariée.

Kirin entendit dans la voix du prêtre le sourire qu'il ne pouvait voir.

— De l'eau, demanda-t-il d'une voix rauque.

Le prêtre porta immédiatement la tasse aux lèvres du jeune homme. Le breuvage lui parut frais et doux. Kirin sentit son corps se détendre. Il ne risquait plus de vomir de nouveau, ce qui était une petite bénédiction.

— Merci, réussit-il à dire, à bout de forces, avant de reposer sa tête sur les oreillers.

— Je vais aller nettoyer ça, proposa le prêtre.

Brusquement, Kirin se retrouva seul. Ce n'était pas désagréable. Il entendait des oiseaux gazouiller dehors, et une petite brise soufflait à l'intérieur de l'infirmerie. Il songea qu'il devait y avoir une fenêtre à proximité. La pièce baignait dans une lumière vive – il devait donc être midi, s'il était resté inconscient aussi longtemps que le pensait le prêtre. Entouré de tous ces doux petits bruits, il aurait presque pu croire qu'il avait rêvé l'invasion de la horde barbare. Mais le fait qu'il ne portait plus le moindre vêtement, ajouté à l'arrivée du dénommé Freath, lui prouva qu'il ne s'agissait pas d'un rêve.

— Vous êtes réveillé ? Tant mieux. On doit parler.

Kirin vérifia que la couverture le recouvrait entièrement.

— Où sont les autres ? croassa-t-il, les sourcils froncés, en cherchant du regard ses vêtements et surtout ses bottes.

— Morts, probablement. Nos nouveaux maîtres ont, dans leur infinie sagesse, choisi de tuer les quelques personnes douées de magie qui auraient sûrement pu les aider – sinon, pourquoi les avoir choisies ?

Kirin sentit le choc de cette nouvelle se répandre à travers lui comme un éclair qui aurait traversé tout son corps. Il fut incapable de parler pendant un moment.

— Ils sont tous morts ? demanda-t-il enfin en remuant à peine ses lèvres engourdies.

Freath se tortilla, visiblement mal à l'aise.

— Non, votre ami, maître Clovis, est sain et sauf, ainsi que la femme prénommée Reuth. J'espérais que le vieil homme, l'adolescent et la femme d'un certain âge survivraient.

Kirin fut envahi par un soulagement tout aussi grand que le choc précédent.

— Clovis est sain et sauf? répéta-t-il.

— Vous travaillez pour moi, maintenant, tous les deux.

Kirin n'était pas sûr de comprendre, mais il continua à parler, en retrouvant enfin son timbre et son volume habituels.

— Et qu'est-ce que nous sommes censés faire, au juste, Clovis et moi ? (Il prit le risque de s'asseoir et porta la main à sa tête en gémissant.) Où sont mes affaires ? Est-ce que vous voyez mes bottes ?

— Est-il bien sage de vous asseoir ?

— Ça passera, répliqua Kirin d'un ton revêche. Mes affaires ?

— On les retrouvera. Qu'est-ce qui ne va pas, vous le savez déjà ?

— Oui.

— Vous allez me le dire ?

— Non.

— Pourquoi ?

— Je vous méprise.

Freath prit une chaise pour s'asseoir à côté du lit.

— Je sais.

Kirin se leva et fit exprès de lui tourner le dos.

— Vous et le sauvage qui vous emploie, vous avez délibérément envoyé des Investis à la mort.

— Ils avaient vraiment des pouvoirs ?

— Est-ce que ça a de l'importance ?

— Pour moi, oui.

— Pourquoi ? demanda violemment Kirin en se tournant vers Freath.

— J'avais besoin de savoir que j'avais à ma disposition de vrais praticiens de la magie. Maintenant, je le sais.

— Qu'est-ce qui vous rend aussi sûr de vous ?

— Rien, maître Kirin, j'en suis sûr, c'est tout, répondit calmement Freath.

— Ils avaient tous du talent, chacun à leur façon, ajouta Kirin d'une voix de plus en plus déchirée. Quiconque arrive à faire pousser des plantes en dépit des maladies ou de l'absence de pluie est un magicien. Quiconque peut soigner par le contact et par les plantes est une merveille vivante. Même l'illusionniste avait le mérite d'être doué dans son domaine. Ces gens étaient innocents, en tout cas assez pour être sauvés, non ? Loethar a déjà conquis l'Ensemble – il n'a rien à perdre en laissant les gens vivre et essayer de reconstruire leur vie.

— N'est-ce pas ce qu'il fait ? demanda Freath, qui baissa son regard bleu perçant lorsque le prêtre fit son retour.

— Ah, vous voilà debout, maître Kirin. Vous vous sentez un peu mieux ?

— Euh, oui, merci, père… ?

— Briar, répéta le prêtre.

— C'est ça. (Kirin secoua légèrement la tête, visiblement gêné.) Merci, père Briar. Euh, où sont mes bottes… et mes affaires ?

— Peut-être maître Kirin pourrait-il rester ici un peu plus longtemps, maître Freath ?

— Je ne crois pas. Il va bien, visiblement.

— Il est tout sauf robuste, maître Freath, protesta le prêtre.

— C'est vrai, mais je crois qu'il vaut mieux qu'il vienne avec moi. Sinon, nous encourons tous la colère de l'empereur Loethar.

— « Empereur » ? gronda Kirin, ce qui n'altéra en rien la gravité de Freath.

— C'est le titre qu'il se décerne à lui-même.

— Et vous, espèce de salopard, vous le suivez pour sauver votre tête.

Le père Briar fronça les sourcils, visiblement mal à l'aise, tandis que Freath se levait avec raideur.

— J'ai également sauvé la vôtre et celle de votre ami. Vous devriez m'en être reconnaissant. Sachez que je ne vous le demanderai pas poliment une deuxième fois. Maintenant, je vous prie de me suivre.

Kirin regarda le prêtre, qui lui offrit un sourire triste et compatissant.

— Que Lo vous garde, maître Kirin. Je vais chercher vos affaires.

— Je vais attendre dehors, annonça Freath. C'est une belle matinée.

Kirin l'ignora. Le prêtre revint avec ses vêtements.

— Avez-vous besoin d'aide pour vous rhabiller ?

— Non, ça ira. Hum, qui m'a déshabillé ?

— Moi. J'ai pris la liberté de faire raccommoder l'une de vos chaussettes. (Il haussa les épaules en souriant d'un air triste.) Au milieu de toute cette peur et de tout ce sang, je suis sûr que les petits gestes comptent encore plus.

Kirin fut de nouveau pris de vertiges.

— J'en suis sûr, marmonna-t-il.

— Maître Kirin, est-ce que…

— Ça va aller. Donnez-moi juste quelques instants pour m'habiller. Je vais prendre mon temps. (Il se força à prendre un ton plus léger.) Il suffit d'inspirer profondément plusieurs fois.

— Vous êtes sûr ?

— Oui. Merci pour tout.

Le prêtre hocha la tête.

— Portez-vous bien, maître Kirin. Je vous laisse entre les mains de maître Freath.

Kirin s'habilla lentement, avec précaution. Il commençait réellement à se sentir un peu mieux. Enfin, il enfila ses bottes, son bien le plus précieux. Il avait dépensé presque une lune de salaire en les faisant faire par le meilleur cordonnier de Cremond, celui qui chaussait les nobles. Rien que de les avoir de nouveau aux pieds, il se sentit rassuré. Il sortit de l'infirmerie et rejoignit Freath dans la cour baignée par le soleil matinal. L'aide avait raison. C'était une journée propre à mettre tout le monde de bonne humeur. Le parfum des roses embaumait l'air, il n'y avait pas un nuage en vue, et le chant joyeux des oiseaux se mêlait au bourdonnement des abeilles. Celles-ci volaient avec excitation autour des buissons de darrasha sauvages qui poussaient au hasard autour des dépendances.

— C'est criminel qu'une journée puisse être aussi belle quand le monde lui-même est si ténébreux, déclara Kirin en prenant pour la première fois conscience de sa totale impuissance.

De tous les Investis, c'était lui qui avait remonté le moral à tout le monde, tant il était déterminé à rester fort et optimiste. Mais voilà que la plupart de ces innocents avaient été massacrés. Il haïssait Loethar pour ça mais, surtout, il haïssait encore plus Freath, un homme de l'Ensemble.

— On dirait qu'on n'a même plus de raison de continuer à respirer, ajouta-t-il, submergé par le désespoir qu'il avait pourtant réussi à tenir en échec depuis l'arrivée de Loethar dans l'Ensemble.

— Vous êtes vivant, maître Kirin, rétorqua Freath. J'espère que je n'aurai pas à vous le rappeler de nouveau.

— Pour ce que ça m'apporte, marmonna Kirin.

Gavriel et Leo avaient la bouche pleine de jambon et de pain. *Incroyable comme le fait de remplir un ventre affamé vous remonte le moral*, songea Gavriel. Leo souriait en mastiquant de bon cœur.

Gavriel déglutit.

— Mmm, même la nourriture la plus simple a des airs de festin quand on a faim, pas vrai ?

Leo hocha la tête avec enthousiasme. Il avala une gorgée de lait, mais ne réussit pas à répondre, car il avait encore la bouche pleine. Gavriel termina son pain et son fromage et s'essuya les mains sur son pantalon.

— Bien ! dit-il en laissant échapper un petit rot qui amusa Leo. Il est temps de mettre au point un plan.

Leo venait de finir sa dernière bouchée, lui aussi. Il imita Gavriel en réprimant rapidement un rot et termina son repas par une dernière gorgée de lait.

— Il est surtout temps de partir, déclara-t-il.

— Pardon ? se récria Gavriel, qui ne s'attendait pas à cette réaction – au contraire, il aurait cru que Leo aurait peur à l'idée de renoncer à la sécurité de son foyer et du Passage.

Le jeune roi haussa les épaules.

— On ne peut pas rester ici beaucoup plus longtemps. Tu as eu de la chance avec ces provisions, Gav, mais qu'en sera-t-il, ce soir, quand on aura de nouveau faim, ou demain matin, quand ça nous mettra à cran, ou demain soir, quand on sera de nouveau affamés ? Il sera peut-être impossible de voler de nouveau à manger.

— Le vrai problème, c'est l'eau, ajouta Gavriel d'un air sombre. J'imagine que le roi Cormoron n'avait pas prévu que quelqu'un serait obligé de battre en retraite aussi rapidement dans le Passage. Sinon, il aurait fait des provisions.

Leo haussa de nouveau les épaules.

— Il l'aurait sûrement fait s'il avait eu besoin de s'y cacher. Quoi qu'il en soit, on doit partir. Mon père est mort, Piven est perdu et ma mère a l'air d'avoir abandonné le combat. Rien ne nous retient.

— On peut épier les faits et gestes de Loethar.

— Mais à quoi bon ? Nous sommes impuissants, ici. Ce n'est pas comme si on pouvait utiliser ces informations.

— Tu as raison, acquiesça Gavriel.

Mais il n'avait toujours pas de plan à proposer.

— Gav, j'ai beaucoup réfléchi.

— Oh ! là, là, c'est dangereux, plaisanta le jeune homme.

Leo sourit tristement.

— J'ai réfléchi à ce que ça représente d'être le roi de Penraven.

— Leo, tout à coup, tu es bien plus que ça, soupira Gavriel. D'après ce qu'on a vu, entendu et deviné, tous les rois de l'Ensemble sont morts. C'est également le cas de leur famille, dans chaque palais, dans chaque royaume. Tout le monde a été tué ou emprisonné. Tu es peut-être le seul héritier encore en vie… mais, plus important, le seul encore en liberté.

Leo fronça les sourcils.

— Le problème, c'est que personne ne le sait, pas vrai ? (Gavriel secoua la tête.) Alors ma liberté ne sert à rien à moins… eh bien, à moins que je déclare que je suis en vie.

— Nous n'allons pas faire ça ! C'est encore trop risqué, protesta Gavriel.

— Peut-être, mais tu ne vois donc pas que je pourrais aussi bien être mort, comme mon père et ma sœur, ou perdu, comme Piven et ma mère, si je n'accomplis pas mon destin ? Me garder en vie ne suffit pas.

— Ton destin ?

— Père en parlait tout le temps.

— Vraiment ?

Leo acquiesça.

— Il essayait toujours de venir me voir avant que j'aille au lit et on avait l'habitude de plaisanter tous les deux ou de parler du jour où je deviendrais roi.

— Tous les pères font ça, Leo, en particulier les monarques, le réconforta Gavriel. S'il était là, il ne voudrait pas que tu te mettes en danger.

— C'est là où tu te trompes, Gav. Je crois que c'est exactement ce que mon père attendrait de moi. Pour lui, la dynastie Valisar représentait tout. Il aurait tout risqué, y compris la vie de notre famille et de son peuple, s'il avait pensé qu'il existait pour moi un mince espoir d'échapper à Loethar. Et je crois que c'est justement ce qui s'est produit. Il savait que le barbare allait venir. Il n'a probablement jamais cru que Loethar parviendrait à ses fins mais, juste au cas où, il a pris la peine de m'apprendre à utiliser le Passage. Il a commencé à m'inclure dans des conversations concernant la marche du royaume.

— Tu ne nous l'as jamais dit, à Corb et à moi.

Leo haussa les épaules d'un air contrit.

— Je n'étais pas censé en parler. Il n'a probablement jamais cru qu'on en arriverait là, mais je sais qu'il voudrait que je risque ma vie pour le royaume et, surtout, pour la couronne des Valisar.

— Il t'a protégé ! C'est pour ça que nous sommes dans ce minuscule couloir ! Et j'ai juré de te garder en sécurité. On ne peut encore rien faire.

Gavriel avait l'impression qu'ils se trouvaient chacun d'un côté d'une barrière.

— Il m'a protégé afin que la couronne ait toujours un roi Valisar, c'est tout. Je ne suis pas en train de dire qu'il ne m'aimait pas – je sais qu'il m'aimait, qu'il nous aimait tous. Je suis simplement en train de dire que, pour mon père, le devoir comptait avant tout. La couronne était tout.

Leo donna un coup de pied dans le mur, car le fait de l'admettre le mettait en colère.

— Qu'est-ce que tu essaies de me dire, Leo ? J'avoue que je ne sais plus pourquoi on se dispute.

— On ne se dispute pas. Je veux que Loethar paie pour ses crimes. Je veux l'humilier, anéantir sa horde de barbares et les chasser de toutes les terres de l'Ensemble.

— D'accord, énonça lentement Gavriel, troublé par la passion qui brûlait dans le regard du jeune garçon. Qu'est-ce que tu proposes ?

— Nous devons mettre à profit notre seul avantage. C'était nécessaire de nous cacher ici le temps d'échafauder un plan. Mais, maintenant, il va falloir faire preuve d'audace. Nous devons sortir et permettre à tous les volontaires de se rallier à moi.

— C'est très courageux, Leo. C'est…

— C'est ce qu'on attend de moi, j'imagine.

Gavriel dévisagea son nouveau roi et fut submergé par une vague de fierté. Leo était jeune, mais il avait raison. Penraven avait besoin que son héritier devienne le catalyseur de la rébellion.

— Tu parles de rendre coup pour coup, Leo. Mais je doute que quiconque soit vraiment d'humeur à se rebeller en ce moment. Le royaume – ainsi que le reste de l'Ensemble, je suppose – saigne et titube sous les assauts de la horde barbare.

— Je ne suis pas d'accord, rétorqua Leo d'un ton presque hautain. Je crois que c'est maintenant que notre peuple a la rage. En tout cas, moi je l'ai, et toi aussi. Si nous leur laissons trop de temps, les gens risquent de s'habituer à leurs nouvelles conditions de vie. Il faut leur dire comment notre roi est mort, comment notre peuple s'est fait massacrer sans la moindre pitié. Nous devons leur faire savoir que la couronne des Valisar a survécu, qu'ils doivent se ranger derrière l'héritier Valisar… leur nouveau roi !

Gavriel hésita, impressionné par ce discours plein de feu.

— Mais à qui le dire ? Et comment faire ?

— Comme je te le disais, j'ai réfléchi. J'étais avec nos deux pères quand ils ont parlé d'un renégat. Ils l'ont qualifié de bandit de grand chemin mais, d'après leur conversation, ses larcins deviennent de plus en plus sérieux. Il vole régulièrement la Couronne. D'après eux, il est bien organisé. J'imagine que ça veut dire qu'il a des amis.

— Et tu crois cet homme-là capable de lancer une révolution contre les ennemis de l'Ensemble ?

Leo prit un air embarrassé.

— Eh bien, pour être franc, je me disais simplement qu'une personne comme ce bandit pourrait avoir des raisons de soutenir l'ancien régime, surtout si je lui promets l'immunité pour ses crimes passés.

Gavriel dévisagea le roi.

— Tu as vraiment pensé à tout, on dirait.

— Eh bien, tu es resté absent un long moment.

— Pas tant que ça. C'était trop facile, je n'ai même pas eu à me faufiler jusqu'au garde-manger. Je te l'ai dit, cette tête de linotte de Genrie m'a mâché tout le travail.

— Tête de linotte ? Moi, je trouve qu'elle voit tout, au contraire. Elle est vraiment brusque. Et puis, de toute évidence, elle me déteste simplement parce que je suis né dans la famille royale. Méfie-toi d'elle.

— Oh, elle n'est pas si mauvaise.

— Tu parles, chaque fois qu'elle me voit, on dirait qu'elle me regarde de travers.

— Elle est ambitieuse.

— Et ça lui donne le droit de se moquer d'un prince ? Ce n'est pas ma faute si je suis né dans cette famille !

— Voilà qui est parler comme un vrai roi, Votre Altesse, plaisanta Gavriel.

— En tout cas, je ne l'aime pas.

— Tu as tort. Sans elle, nous n'aurions pas mangé aujourd'hui.

— Visiblement, tu l'aimes bien, Gav, mais on ne devrait pas lui faire confiance.

— Elle est la seule, à part ton père, qui a osé tenir tête à Loethar. Tu devrais voir la correction qu'ils lui ont flanquée pour la punir. Je ne peux m'empêcher de penser qu'il faut l'admirer.

— Elle traite tout le monde comme elle a traité Loethar. Elle argumente toujours, c'est dans sa nature d'être contrariante. Elle parle à tout le monde d'une façon mordante, sauf à Freath. Elle s'entend bien avec lui. Pas étonnant : qui se ressemble s'assemble.

— Ne sois pas cynique, ça ne te va pas. C'est son supérieur.

— Moi aussi, je le suis !

Gavriel savait qu'il ne pouvait remporter cette joute verbale. Changeant de tactique, il demanda :

— Quoi qu'il en soit, on parlait de ce bandit du Nord. Tu en sais plus sur lui ?

Leo haussa les épaules.

— Il commençait seulement à devenir un vrai problème pour la Couronne. Il s'appelle Faris... Kilt Faris.

— Ah, c'est vrai ! (Gavriel hésita.) C'est une solution comme une autre, je suppose. On va devoir y réfléchir quand on sera prêts à passer à l'action.

— Nous devons partir maintenant.

— On ne peut pas...

— Si, on peut. Je te l'ai dit. Je connais une sortie.

Gavriel inspira lentement. Tant de choses reposaient sur ses épaules, maintenant. C'était très bien pour Leo de jouer au roi, de se sentir courageux et de faire comme s'il mesurait sept mètres de haut, maintenant qu'ils avaient réussi à échapper à Loethar de façon aussi astucieuse. Mais Gavriel savait que la vie du nouveau roi, et donc l'avenir de Penraven et de l'Ensemble, dépendait de chacune de ses décisions.

— Je sais qu'on ne peut pas rester ici indéfiniment. Donne-moi juste une journée supplémentaire, Leo, demanda-t-il calmement. J'ai besoin de réfléchir.

— Une journée supplémentaire ? D'accord. Ensuite, on s'en ira. Viens, je vais te montrer.

Leo passa devant lui, et Gavriel n'eut d'autre choix que de le suivre.

Kirin se trouvait dans un couloir, où Freath était en train de le présenter à une jeune femme extrêmement belle, mais si sérieuse et si brusque qu'elle en était déconcertante. Il venait juste de la saluer lorsque Stracker interrompit cette présentation.

— Il veut vous voir, gronda-t-il sans se soucier des personnes qui se tenaient à proximité.

— Bien sûr, répondit Freath en échangeant un bref regard avec la jeune femme.

— Ah, je vois que le type que vous avez choisi a récupéré, constata le barbare, dont le ricanement transforma les tatuas de son visage en une horrible pantomime d'angles durs.

— C'était juste une légère fièvre. Il va s'en remettre.

Kirin ne contredit pas Freath. Il se moquait de savoir lequel de ses ennemis mentait à qui, et pourquoi.

Stracker sourit, à sa manière – sournoisement.

— On ne se sentirait pas un peu vulnérable, hein, Freath ? Vous feriez bien de veiller à faire flamber toute cette magie autour de vous.

Freath ne répondit pas, mais Kirin ravala une exclamation. Ainsi, Clovis et lui devaient servir de boucliers, ou quelque chose dans ce genre ? Il eut envie d'éclater de rire. Ils n'étaient pas des guerriers capables de faire apparaître une espèce de barrière magique autour des gens. Mais qu'est-ce qui leur passait par la tête, à ces types-là ? Leurs geôliers les avaient interrogés assez souvent pour savoir que leurs pouvoirs s'apparentaient à ceux des devins, rien de plus. Il aurait bien aimé fouiner un peu dans leur esprit, mais rien que l'idée fit réapparaître ses nausées, alors il repoussa la tentation.

Brusquement, Freath le poussa vers la femme.

— Genrie va vous emmener rejoindre votre ami. On se reverra très vite, j'imagine.

De nouveau, Kirin ne répondit pas. En revanche, il lança à Freath son regard le plus méprisant, avant d'en gratifier la femme à son tour. Elle lui agrippa le haut du bras et l'emmena dans la direction opposée.

— Qu'est-il arrivé à votre visage ?

— J'ai déplu à quelqu'un.

— Ce salopard de Freath, je suppose ?

Elle lui lança un regard en coin furieux.

— Ne faites pas de présomptions aussi hâtives.

— Où on va ?

— Freath vous l'a dit, répliqua brutalement la servante.

— D'accord, mais il ne m'a rien expliqué.

— Dans ce cas, je ne le ferai pas non plus.

Kirin soupira.

— Qu'est-ce qu'une jeune et jolie femme comme vous fait encore ici ?

— Je servais la reine, maître Kirin. J'ai refusé d'abandonner la famille royale.

— Quelle famille ? ricana-t-il. D'après ce que j'en sais, ils sont tous morts ou demeurés.

Genrie se hérissa, mais ne répondit pas et continua à l'entraîner vers leur destination inconnue. Kirin essaya de renouer le dialogue, d'un ton plus conciliant.

— Aidez-moi à fuir avec mon ami Clovis, Genrie… si vous tenez à l'Ensemble. En fait, vous devriez même venir avec nous !

Elle s'arrêta et le dévisagea comme s'il avait perdu l'esprit.

— Que voulez-vous dire ?

— Des gens comme nous devraient s'aider les uns les autres pour prendre la fuite.

— Ne me redemandez jamais une chose pareille, sinon, je serai obligée d'en parler à maître Freath.

— Mais, Genrie, vous ne pouvez quand même pas…

— Maître Kirin, je vous prie de ne pas présumer qui je suis ou quelles sont mes motivations. Si vous étiez à ma place, vous sauriez à quel point j'arpente un chemin dangereux. Maintenant, je vous en prie, laissez-moi vous conduire à l'endroit où maître Freath m'a ordonné de vous amener. C'est lui qui décide, et je ne désobéis pas à ses ordres.

Le cœur de Kirin sombra un peu plus.

— C'est une plaisanterie, je suppose ? demanda Gavriel, pris de vertige, en sortant la tête.

Leo le regarda d'un air interrogateur.

— Non. Pourquoi ?

Le vertige de Gavriel se transforma aussitôt en terreur.

— Je… euh… c'est la seule sortie que tu connaisses ?

Leo secoua la tête d'un air stupéfait.

— Oh, attends une minute, je vais dresser la liste des différentes solutions que nous avons, proposa-t-il.

— D'accord, d'accord, pas besoin d'être méprisant.

— Mais, enfin, Gav, tu t'attendais à quoi, compte tenu des circonstances ? Je nous offre un moyen d'évasion.

— Pas très heureux, comme moyen d'évasion, répliqua Gavriel en grimaçant à cause des nausées qui menaçaient de le submerger.

— C'est le seul. J'en ai marre de me terrer dans le Passage comme un trouillard, Gav.

— On n'est pas des trouillards !

— Alors, il faut tenter de fuir. On a eu de la chance jusqu'ici, mais ça ne peut pas durer.

— Et donc, ton plan, c'est de descendre le long de la muraille en partant du point le plus élevé de Brighthelm ? (C'était au tour de Gavriel de se montrer acerbe.) On n'appelle pas cet endroit *les dieux* pour rien, Leo.

Le jeune roi lui rendit son regard furieux sans parvenir tout à fait à masquer son dédain.

— Descendre, non. Ce serait du suicide, à cause de toutes les flèches ennemies qui se mettraient à pleuvoir sur nous.

Gavriel soupira de soulagement.

— Tant mieux. Mais je ne vois pas d'autre moyen. (Leo tendit le doigt.) Je vois un arbre. Et alors ?

— C'est par là qu'on va descendre.

Gavriel dévisagea le jeune roi comme s'il avait perdu l'esprit.

— Et pourriez-vous me dire, mon roi, comment nous sommes supposés nous rendre d'ici à là-bas ? dit-il en montrant l'étroite ouverture par laquelle ils avaient grimpé. Ou s'agit-il d'un défaut mineur dans ce superbe plan qu'il va falloir retravailler ?

Leo sourit, ce qui ne fit qu'exaspérer davantage Gavriel.

Loethar s'attendait à cette visite, mais il n'avait pas prévu qu'elle surviendrait si tôt. Pourtant, il n'aurait pas dû s'étonner quand Stracker l'avait réveillé juste après l'aube pour lui annoncer l'arrivée imminente des visiteuses. À présent, il était de retour dans le salon du roi, avec Vyk qui couvait tout le monde d'un regard noir.

— Pourquoi faut-il que cet oiseau de malheur soit toujours dans les parages ? se lamenta la plus âgée des visiteuses.

Il s'agissait d'une question rhétorique, uniquement formulée pour se plaindre. Loethar bâilla.

— Je t'avais dit de ne pas venir avant d'y être invitée.

— Je m'ennuyais.

— Dis plutôt que tu étais impatiente de savourer cette victoire.

— Peut-être bien. Mais c'est mon droit le plus strict. Qu'est-ce qu'on attend, d'ailleurs ?

Quelqu'un frappa discrètement à la porte, puis l'ouvrit.

— Lui, répondit Loethar. Entrez, Freath. Ah, Piven est là aussi. Tant mieux.

Stracker fit son entrée derrière l'enfant, qui ne fit attention à personne et s'en alla directement caresser Vyk. L'oiseau ne parut guère ému par cette attention.

— Stracker dit que vous avez demandé à me voir, sire ?

Freath s'inclina devant Loethar avant de se tourner et de faire la révérence devant ses visiteuses.

— En effet. Freath, voici ma mère, Negev. Elle porte un titre. On l'appelle Dara, ce qui, dans votre langue, pourrait être grossièrement traduit par « mère du roi ».

Freath s'inclina de nouveau très bas.

— C'est un honneur de vous rencontrer et de vous servir, Dara Negev, dit-il dans son ensemble le plus poli.

La femme ne chercha pas à cacher son ricanement lorsque, la tête penchée de côté, elle étudia Freath avant de répondre :

— Vraiment ? Je suis persuadée que vous seriez davantage honoré de servir votre reine.

L'aide formula prudemment sa réponse.

— Je n'ai plus de reine, madame. Elle est aussi perdue que l'enfant que vous voyez ici.

Negev sourit, sans accorder un seul regard à Piven.

— Insaisissable, commenta-t-elle en jetant un coup d'œil à son fils, qui comprit le message.

— Et voici Valya, reprit Loethar avec précaution, en lançant un regard à l'intéressée.

Freath hocha la tête, puisqu'il s'était déjà incliné devant elle.

— Je suis désolé que Penraven vous présente une image aussi misérable, mais laissez-moi être le premier à vous offrir un accueil chaleureux.

Valya le dévisagea avec dégoût.

— C'est un traître, n'est-ce pas, Loethar ? Il a retourné sa veste ?

— Apparemment, répondit-il, amusé, non sans lancer à Freath un regard dur.

— Non, madame, il n'y avait rien à retourner, intervint l'aide en décidant, de toute évidence, de plaider sa cause. (Valya haussa un sourcil interrogateur en constatant cette audace.) Je n'ai jamais été loyal envers le clan Valisar, expliqua-t-il. Je n'étais qu'un serviteur sous-payé.

Cela fit rire Loethar. Sa mère et Valya l'imitèrent, visiblement tout aussi amusées. Freath, en revanche, garda un air sombre.

— Iselda ne te donnerait-elle pas satisfaction dans la chambre à coucher, Freath ?

Les deux femmes se tournèrent pour dévisager Loethar d'un air surpris.

— Tu lui as donné la reine ? s'écria Valya, horrifiée.

— En échange de ses services, je lui ai donné une femme ordinaire et brisée, dépouillée de son ancien titre. C'était un petit prix à payer pour un homme qui sait tout des Valisar et de ce royaume. Il était aussi proche de Brennus et d'Iselda que Stracker l'est de moi.

— Mais, dans le cas de Stracker, c'est normal. C'est ton frère, Loethar, le réprimanda Negev.

— Demi-frère, mère, corrigea Loethar en regardant Freath.

Le domestique ne laissa pas transparaître la moindre surprise à l'annonce de cette nouvelle. Au contraire, il s'empressa de diriger la conversation vers un sujet plus ordinaire.

— Puis-je faire préparer des rafraîchissements pour vos visiteuses, sire ?

Loethar soupira, même s'il essaya de le cacher en détournant la tête.

— J'imagine que tu désires rester, mère ?

— Loethar chéri, tu es amusant, répliqua Negev sans voiler sa condescendance. Je suis chez moi, mon fils. Cette place me revient de droit.

— Je m'en doutais, répondit-il avec raideur en regardant de nouveau Freath. Donnez à ma mère les anciens appartements de la reine.

Encore une fois, pas même une lueur fugace dans son regard n'indiqua que Freath était le moins du monde alarmé par cet ordre.

— Très bien, sire. Donnez-moi juste une heure pour tout faire enlever.

— Non, laissez tout en l'état, intervint Negev. Cela m'amusera de piller dans ses affaires.

Freath hocha la tête.

— Comme vous le souhaitez, Dara Negev. Y a-t-il quelque chose en particulier que vous aimeriez qu'on vous apporte ?

— Je vais avoir besoin d'une servante, évidemment, répliqua-t-elle d'un ton légèrement agacé.

— Bien sûr. Je vais mettre Genrie à votre disposition.

— L'insolente ? intervint Loethar.

— Celle-là même, sire.

— Excellent choix. Tu vas l'adorer, mère.

Loethar se surprit à échanger avec Freath un regard de connivence. La servante belliqueuse et l'impérieuse Dara allaient former une paire explosive.

— Je suis sûr que vous saurez trouver une chambre confortable pour Valya ?

— Loethar, je serai ravie de partager la tienne, intervint l'intéressée.

Il fut à la fois soulagé et reconnaissant lorsque Freath, sans la moindre hésitation, répondit à sa place :

— Laissez-moi plutôt vous préparer de beaux appartements, madame. Vous méritez votre intimité. Je vais également trouver quelqu'un pour vous servir.

Loethar saisit la balle au bond.

— Merci, Freath. Je sais que Valya aimerait bien qu'on la dorlote un peu, n'est-ce pas, ma chère ?

— Oui, bien sûr, répondit Valya en les couvant tous deux d'un regard peu amène.

— Parfait, commenta Freath en grimaçant ce qui ressemblait à un sourire.

Loethar plissa les yeux. Le domestique s'avérait plus qu'utile. Il avait l'esprit vif et comprenait déjà plein de choses, chose impressionnante puisqu'il n'avait pas dû passer, en tout et pour tout, plus de une heure en sa compagnie. Loethar ne pouvait oublier qu'il avait affaire à un traître, mais il avait déjà décidé de le laisser vivre, même si Stracker avait vraiment envie de le tuer. En se concentrant de nouveau sur ce que Freath disait, Loethar s'aperçut que l'aide lui lançait des regards en coin, comme s'il le savait perdu dans ses pensées.

— … couler et chauffer de l'eau pour vous permettre de prendre un bain, était-il en train de proposer à Valya.

— Je, euh…

Elle hésita et regarda Negev, qui haussa ses maigres épaules.

— Tu devrais, Valya. Tu te souviens de la dernière fois où tu as savouré un bon bain chaud ? lui demanda Loethar. (Comme la jeune femme secouait la tête, il ajouta :) Alors fais-toi plaisir. C'est ce qu'on appelle un butin de guerre – ça ne renvoie pas toujours à de l'or ou à des bijoux. Parfois, ça veut simplement dire qu'on a le loisir d'apprécier les plaisirs de la vie.

— Aux dépens de quelqu'un d'autre, conclut Freath.

Le regard de Negev se durcit, mais Loethar comprit la plaisanterie derrière ce ton sec et il se mit à rire.

— Exactement. Allez, Valya, va te faire dorloter. Mère, je te verrai plus tard, j'en suis sûr. Pourquoi n'irais-tu pas…

Il marqua une pause, ne sachant pas très bien quoi lui suggérer.

— M'installer comme chez moi ? proposa-t-elle.

— Tout à fait, soupira-t-il.

— J'en ai bien l'intention. Au fait, quand verrons-nous Iselda ? Elle est tout ce qui reste des Valisar, j'imagine, puisque Brennus est mort. Dommage.

— Euh, eh bien, non, il reste aussi Piven, ici présent.

— Je me demandais quand tu daignerais nous expliquer la présence de ce garçon.

— Quelque chose ne va pas chez lui ? demanda Valya en retroussant le nez comme si elle sentait une mauvaise odeur.

*Pas d'instinct maternel chez elle*, nota Loethar.

— Freath en sait davantage que moi à son sujet, si vous avez envie de l'écouter.

Les deux femmes se tournèrent vers Freath, qui reprit aisément le fil de la conversation.

— Bien sûr, sire. Piven est le fils cadet des monarques Valisar. Il a été adopté et, comme vous pouvez le constater, il n'est pas sain d'esprit.

— C'est un demeuré, résuma Loethar.

Freath hocha la tête d'un air pincé, ce que Loethar prit pour une nouvelle tentative de sourire.

— Le seul héritier, c'est Leonel. Il a disparu, mais je suis sûr que votre fils saura vite le retrouver, madame, assura l'aide avec un bref hochement de tête en direction de Loethar. La sœur adoptive de Piven est née prématurément il y a tout juste deux jours et elle est morte, comme on pouvait s'y attendre, quelques heures après sa naissance.

— Ses cendres ont été dispersées au vent, ajouta Loethar.

— En présence d'Iselda ? s'enquit Negev d'un ton avide.

— Oui, je l'y ai obligée.

— Excellent, souffla Negev. J'espère qu'elle a souffert.

— Elle souffre encore, madame, répondit Freath. Elle est devenue catatonique.

Negev fronça les sourcils, et Loethar lui expliqua ce que cela signifiait, sachant que c'était ce que sa mère attendait de lui.

— Elle s'est complètement retirée à l'intérieur d'elle-même. Elle est désormais aussi incapable de communiquer avec le monde extérieur que son fils infirme.

— Pourquoi est-il toujours en vie ? Il aurait suffi de le noyer dans un baquet d'eau.

— Il est en vie, mère, parce que telle est ma volonté.

— Pourquoi ? Regarde-moi cet imbécile ! À quoi peut-il bien servir ?

— J'ai mes raisons. Et c'est précisément son idiotie qui le rend aussi inoffensif qu'intéressant.

Valya posa la main sur le bras de Loethar.

— Il est lié aux Valisar, Loethar. C'est une raison suffisante pour le tuer.

— Quand j'aurai besoin de conseils sur la façon de gouverner un royaume, Valya, je te ferai signe. L'enfant vivra, jusqu'à nouvel ordre. En plus, regardez ça. Piven !

— Comme il est malin, il connaît son nom, commenta Dara Negev à voix basse à l'attention de Valya.

Néanmoins, Loethar entendit cette remarque acide, tandis que Piven délaissait Vyk pour courir vers lui d'un air rayonnant. Loethar le souleva d'une seule main, sans difficulté, et Piven lui jeta les bras autour du cou.

Les deux observatrices grimacèrent en silence en voyant cela.

— Je n'ai jamais été l'objet d'une telle adoration aveugle, plaisanta Loethar en reposant Piven par terre.

— Vraiment ? marmonna Valya sous cape.

Il choisit de l'ignorer.

De retour de leur expédition sur le toit, Leo s'écarta des judas.

— Je n'en peux plus de tout ça.

Gavriel s'efforça de l'apaiser, en dépit de sa propre colère.

— Reste calme. On ne doit pas perdre notre sang-froid maintenant.

— Je ne vais pas rester là à les regarder faire du mal à Piven.

— Leo, écoute-moi ! intervint Gavriel en attrapant le bras du roi. Loethar dit qu'il n'a pas l'intention de lui en faire…

— Avons-nous observé la même scène ? Il n'a rien dit de la sorte. Tout ce qu'a promis le barbare, c'est que Piven vivra aussi longtemps que lui le désire. Il pourrait ordonner la mort de mon frère dès demain s'il se lasse de lui. Et ça finira par arriver ! L'affection et les sourires de Piven n'intéressent les étrangers que jusqu'au moment où ses manières absentes deviennent agaçantes.

Gavriel détourna la tête, visiblement en colère.

— C'est à cause de ce misérable Freath. Regarde comme il continue à s'insinuer dans les bonnes grâces de nos ennemis. Je n'arrive pas à croire que nous ayons abrité un tel serpent dans notre sein pendant toutes ces années. Il leur rend la tâche si facile !

— C'est un traître. Et Genrie ne vaut pas mieux que lui.

Gavriel grogna pour exprimer son désespoir.

— D'accord, d'accord, Leo. On s'en va. Mais on ne peut pas se contenter de sauter d'un toit en plein jour. On a besoin d'un plan. Et on ne peut pas non plus emmener Piven. Je préfère te le dire, au cas où tu serais en train de penser à sauver ton frère.

— Non, je me rends bien compte que je ne peux pas l'atteindre. Mais, jusqu'ici, on dirait qu'il bénéficie de l'indulgence du barbare. (Il haussa tristement les épaules.)

C'est typique de Piven. Tout le monde l'aime, même nos ennemis.

Gavriel choisit de clore le sujet du petit garçon infirme.

— On a besoin de rassembler quelques affaires, ainsi que des vivres pour le voyage. Oui, je sais ce que tu vas dire, admit-il en levant la main pour empêcher Leo de l'interrompre. On pourra se nourrir de lapins, mais je ne sais pas si nous resterons assez longtemps au même endroit pour poser des collets et les attraper. Si nous partons à pied, nous aurons besoin de nourriture que nous pourrons manger en marchant. Il nous en faut suffisamment pour tenir deux jours.

— On ne va pas retourner aux cuisines, gémit Leo.

— Il le faut. Laisse-moi faire ça à ma façon, je t'en supplie. Je sais que tu es impatient de t'en aller. Moi aussi, je le suis, après avoir assisté à l'arrivée de ces horribles femmes et après avoir vu ce salopard de Freath faire de la lèche à tout le monde.

Il se retint d'ajouter qu'il avait un très mauvais pressentiment concernant la reine Iselda. Mais les pensées de Leo suivaient apparemment le même chemin que les siennes.

— Je veux voir ma mère avant de partir, déclara le roi.

— Tu veux dire lui parler… ? commença Gavriel d'un ton désapprobateur.

— Non, je veux simplement la revoir une dernière fois.

— Ça va te bouleverser.

— Je n'en doute pas. Mais tu dois comprendre que mon père m'a élevé pour devenir roi et qu'il m'a appris à ne tolérer ni les imbéciles ni les lâches. Je n'ai aucun contrôle sur la situation de ma mère – pas plus que sur celle de Piven. Père ne voudrait pas que je me lamente sur le sort de ma famille. Il voudrait que je me venge. As-tu seulement songé qu'il savait qu'on l'observerait quand il s'est donné la mort ?

Gavriel acquiesça. Il avait l'impression que Leo mûrissait trois fois plus vite que la normale pour quelqu'un de son âge.

— J'imagine qu'il était conscient de cette possibilité, mais qu'il l'a fait quand même, en dépit de la souffrance que ça risquait de te causer.

— La souffrance ? (Leo laissa échapper un petit rire sans joie.) Il voulait que je voie ça, Gav ! C'est pour ça qu'il l'a fait ! C'est pour ça que c'était aussi sanglant ! (Gavriel fronça les sourcils tandis que Leo continuait :) Par moments, j'ai l'impression que je ne pourrai jamais lui pardonner d'avoir fait une chose pareille à ma mère ou à moi… ou même à Piven. Mais ma tête me dit que ce spectacle m'était spécialement destiné. Il me voulait écœuré et enragé. Il m'a délibérément poussé à faire une promesse d'âme, à jurer de le venger.

Gavriel comprit tout à coup que Leo avait raison. Il connaissait suffisamment l'ancien roi pour savoir que son esprit fonctionnait bel et bien de cette manière. Son père lui avait assez souvent répété que Brennus faisait toujours passer le trône en premier.

— Je le déteste pour ce qu'il t'a fait, Leo.

Alors, brusquement, et en dépit de ses paroles courageuses, le jeune roi s'effondra et libéra enfin ses larmes. Gavriel ne put rien faire, à part serrer le jeune garçon contre lui et le laisser pleurer la famille qu'il avait perdue en l'espace d'une journée. Il jura en silence de voir un jour Leo assis sur le trône des Valisar, même si ça devait lui prendre toute une vie.

Finalement, Leo arrêta de trembler. L'enfant roi s'écarta de son protecteur en reniflant d'un air gêné. Il paraissait aussi animé d'une détermination nouvelle.

— Tu ne me verras plus jamais verser des larmes pour quoi que ce soit ou pour quiconque, chuchota Leo.

Cette résolution fut exprimée avec une telle rage contenue que Gavriel, glacé, ne trouva rien à répondre. Mais c'était inutile ; le roi s'était déjà mis en route.

— Récupère l'arc dont nous avons parlé. On n'a besoin de rien d'autre, à part nos capes. Au diable la nourriture. Nous allons dire adieu à ma mère.

# Chapitre 12

Freath monta l'escalier rapidement, loin devant les deux femmes, juste à temps pour intercepter Genrie. Il savait qu'il ne disposait que de quelques instants.

— Je ne voulais pas vous le demander tout à l'heure devant l'Investi. Est-ce qu'il s'est passé quelque chose ? murmura-t-il.

Elle hocha la tête, et il constata que les ecchymoses sur son beau visage avaient viré au violet.

— Exactement comme vous l'aviez prédit, répondit-elle en ne pouvant s'empêcher de porter la main à l'endroit où reposait le regard de l'aide.

— Ne soyez pas trop courageuse, Genrie. Je ne pourrais pas supporter… (Mais il fut rattrapé par le temps.) Et veillez à ce qu'on apporte immédiatement du linge propre, ordonna-t-il au moment où Valya apparaissait au détour de l'escalier.

— Qui est-ce ? voulut savoir la jeune femme.

— Voici Genrie, madame. Elle s'occupera personnellement de Dara Negev et supervisera également les soins qui vous seront apportés. Genrie va vous trouver une servante pour répondre à tous vos besoins. J'espère que cela vous convient.

— Frappez-vous vos domestiques ? ricana-t-elle en jetant un coup d'œil au visage abîmé de Genrie.

— Moi, non. Mais votre ami Stracker, oui.

— Freath ? C'est bien votre nom ?

— Oui, madame.

— Vos domestiques ne valent pas un pet de lapin à mes yeux, mais je tiens à ce que vous sachiez que Stracker n'est pas mon ami. Est-ce bien clair ?

— Parfaitement, répondit Freath en remarquant que son sang-froid agaçait la jeune femme.

— Bien. Toi, la fille !

— Oui, maîtresse ? s'enquit Genrie.

— Appelle-moi encore comme ça et je te ferai couper la langue. Tu t'adresseras à moi en utilisant le titre « madame » en toutes circonstances. Ne prends la parole que lorsque l'on te pose une question et baisse les yeux quand tu me regardes, espèce de garce !

Freath vit Genrie ravaler une réplique.

— Mes excuses, madame, murmura-t-elle en baissant les yeux d'une manière plus appropriée.

— Je vois que tu te fais déjà de nouveaux amis, Valya, c'est agréable, déclara Negev d'un ton si sec que Freath eut envie de tousser.

Valya changea aussitôt d'approche.

— Ces paysans penraviens ont besoin de savoir à qui ils ont affaire, protesta-t-elle d'un ton blessé.

Freath frémit en son for intérieur.

— Et maintenant, ils le savent, grâce à toi, commenta la plus âgée des deux femmes en tournant le dos à sa compagne. Conduisez-moi à mes appartements, maître Freath. Peu importe qu'Iselda s'y trouve encore. Je prendrai un immense plaisir à la jeter dehors.

Il ne répondit pas et se contenta de hocher la tête.

— Genrie va vous conduire à votre chambre, madame, ajouta-t-il en s'adressant respectueusement à Valya. Faites-nous savoir si vous avez besoin de quoi que ce soit.

Elle fit mine de l'ignorer et tourna les talons.

— Montre-moi ! ordonna-t-elle à Genrie d'un ton maussade. (Puis elle jeta un coup d'œil par-dessus son épaule en direction de l'autre femme.) Je vais aller me promener à cheval, Negev. J'ai besoin de m'éclaircir les idées pour apaiser ma colère.

— Je trouve que c'est une très bonne idée. Évite de te perdre, répondit Negev.

Étonnamment, Freath n'était pas tout à fait convaincu de la sincérité de la mère de Loethar.

— Par ici, dit-il. Les appartements de l'ancienne reine se trouvent dans une autre aile.

— Tant mieux. Je trouve Valya très fatigante.

Comme il tournait le dos à la dame, Freath haussa légèrement les sourcils, surpris de cet aveu.

— C'est sans doute parce qu'elle se sent bizarre et qu'elle a l'impression d'être importune.

— Mais elle est bizarre, Freath, et extrêmement importune. Elle m'est aussi étrangère que vous.

— Je vois.

— Vraiment ?

— Oui, je pense. Je veillerai à minimiser vos contacts avec elle, si vous le souhaitez, Dara. Vous n'avez qu'à me guider quant à vos désirs.

Elle le rattrapa et le dévisagea attentivement.

— Oh, vous êtes doué, Freath, vraiment très doué. Moi qui vous prenais simplement pour un lâche et un lèche-bottes. Le mot « insaisissable » ne suffit pas à vous résumer, n'est-ce pas ?

— Je ne suis pas sûr de comprendre.

Elle pouffa de rire.

— Je crois que si, Freath. Je vois pourquoi mon fils vous apprécie. Étrange, très étrange. Mon fils ne laisse personne l'approcher. Son plus proche compagnon, c'est ce misérable oiseau. Même moi, je n'ai pas préséance sur lui.

— Oh, allons, Dara, je suis sûr…

— Je dis la vérité. Mon fils est un individu très solitaire, Freath. Qu'il vous ait laissé vivre est déjà extraordinaire en soi, mais qu'il vous fasse entrer dans son cercle privé, ça, ça m'intrigue. Il voit certainement en vous la même chose que moi.

— C'est-à-dire ?

— Un esprit bien plus complexe que ce que vous aimeriez nous faire croire. Vous ne voulez nous montrer que le serviteur obséquieux. Mais je sais quelle roublardise se cache derrière cette façade impassible.

— Vraiment, Dara Negev, je crois que vous vous trompez sur mon compte. Je ne suis vraiment rien de plus qu'un serviteur autrefois injustement traité qui réclame aujourd'hui son dû. Je me suis montré complètement honnête quant à mes désirs. Mais j'offrirai ma loyauté à votre fils, s'il l'accepte.

— Eh bien, aussi incroyable que ça puisse paraître, je crois qu'il l'a déjà acceptée, compte tenu de tout ce qu'il vous a laissé faire jusqu'ici. Cependant, méfiez-vous de mon autre fils, maître Freath. Il n'a pas la finesse et la subtilité de Loethar.

— J'ai l'intention de l'éviter autant que possible, Dara.

Elle rit de nouveau.

— Voilà des paroles sages.

— Voici l'entrée des appartements de l'ancienne reine, annonça Freath en désignant la porte à double battant devant laquelle ils venaient d'arriver.

— Après vous, maître Freath.

De nouveau, l'aide entendit de l'avidité dans sa voix.

— Donnez-moi juste deux minutes, Dara. (Devant son air interrogateur et surpris, il s'empressa d'ajouter :) Je vous en prie, madame.

Elle hocha la tête, le dédain gravé sur son visage ridé, les lèvres pincées de façon maussade.

— Si vous pensez que c'est préférable. Je vais m'asseoir ici quelques instants. Mais n'abusez pas de ma patience, Freath.

Clovis et Kirin ignoraient toujours ce qu'on allait faire d'eux. Pour l'heure, ils se trouvaient sous bonne garde dans une petite pièce uniquement percée d'une étroite fenêtre qui servait davantage à laisser entrer l'air qu'à regarder dehors.

— Où sommes-nous ? redemanda Kirin dans un murmure.

— Je te l'ai dit, je n'en sais rien. On m'a amené ici après que tu t'es évanoui et je n'ai pas fait attention aux détails, je m'inquiétais trop pour toi.

— Et ils ne t'ont rien dit pour Reuth ? Rien du tout, même pas un indice sur l'endroit où ils la détiennent ?

— Mais puisque je te dis que non ! finit par s'énerver Clovis. Je croyais qu'elle était derrière moi. Je croyais qu'ils l'étaient tous. Mais on a été séparés. Je me suis retrouvé ici tout seul avec ce Freath. Il me fiche la trouille.

— Qu'est-ce qu'il a dit… exactement ?

Clovis soupira.

— Il m'a demandé d'attendre ici, de ne pas faire de bruit et de ne pas attirer l'attention sur moi. Il m'a dit aussi que, si je l'écoutais, je serais en sécurité.

— C'est tout ?

— Eh bien, il a ajouté qu'il allait te retrouver pour savoir ce qui t'était arrivé. Alors, qu'est-ce qui t'est arrivé ?

Kirin s'adossa au mur et croisa les bras.

— J'ai fouiné.

Clovis ouvrit la bouche, mais aucun son n'en sortit. Kirin attendit, et son corpulent ami finit par poser l'inévitable question :

— Qui ?

— Qui, à ton avis ?

— Stracker ?

Kirin acquiesça d'un air las.

— Et ?

— Je n'ai pas pu rester dans son esprit très longtemps. À dire vrai, je n'ai fait que jeter un coup d'œil à l'intérieur, parce que c'est dangereux. Comme je te l'ai dit, il aime les hommes, de préférence les jeunes garçons. Tuer lui procure également du plaisir, alors il s'arrange généralement pour combiner ses deux passions.

— J'ai peur pour le gamin qu'il a emmené, avoua Clovis en secouant la tête.

— Tu peux.

— Quoi d'autre ? s'empressa de demander Clovis.

— J'ai perçu sa noirceur. Cet homme est furieux, maléfique et cruel. Je n'ai pas pu m'attarder dans son esprit – je te l'ai dit, c'était dangereux. Mais quand Freath m'a demandé de regarder dans l'esprit des autres, c'est la goutte d'eau qui a fait déborder le vase.

— Ça t'a rendu malade.

Frustré, Kirin s'écarta du mur.

— Ce n'est pas seulement ma santé, Clovis. S'il n'y avait que ça, je la mettrais volontiers en péril. Pour fouiner convenablement et en retirer des informations utiles, j'ai besoin de calme. J'ai besoin d'être assis tranquille dans la pénombre, dans une atmosphère sereine, sans qu'on m'interrompe. C'est généralement mieux si j'ai un lit à proximité et un seau à côté ! (Il sourit sans humour.) J'ai immédiatement besoin des deux, même après la plus courte des séances.

— Et les longues ?

Kirin haussa les épaules.

— Je n'ai pas tenté l'expérience depuis l'enfance. J'ignore l'étendue des blessures que je risquerais si je m'y aventurais. Si j'ai fait ça aujourd'hui, c'est uniquement parce que j'avais peur pour nous tous. Je n'en suis pas tout à fait sûr parce que je n'avais pas testé mon pouvoir depuis longtemps, mais je crois que, quand je fouine dans son esprit, la personne peut sentir ma présence.

Clovis parut pris au dépourvu.

— Vraiment ?

Kirin haussa de nouveau les épaules.

— Si j'avais le courage d'être de nouveau malade, je tenterais l'expérience sur toi, mais je crois me rappeler que quelqu'un qui est très en phase avec le spirituel risque davantage de percevoir ma présence.

— Je n'y comprends rien.

— Le fait de fouiner établit un lien entre deux personnes. Pendant un petit moment, ça laisse une trace visible par n'importe quel Investi, à moins que j'arrive à rompre le lien suffisamment vite. Je n'ai pas assez pratiqué pour connaître le laps de temps minimum, ni même s'il diffère d'une personne à une autre. C'est pour ça que je n'ai fouiné dans l'esprit de Stracker que pendant une seconde ou deux.

— Mais on ne sait toujours pas ce qu'il voulait ! s'exclama Clovis sans chercher à dissimuler sa frustration.

— Non. Par contre, je sais qu'il n'était pas honnête. On nous a choisis pour différentes raisons. Le premier groupe était utile pour Stracker, alors il l'a envoyé je ne sais où et pour quoi faire. Le troisième groupe s'est fait massacrer parce qu'ils ont menti ou qu'ils ne servaient à rien. Et nous, dans tout ça ? Eh bien, je crois qu'il nous utilise à des fins subtiles, mais je ne vois pas lesquelles. Ça a quelque chose à voir avec Freath, mais…

Il s'interrompit, visiblement en colère et abattu.

— Ce n'est pas grave, Kirin. Au moins, on est vivants, l'apaisa Clovis.

— Voilà qui en dit long, venant de toi. Je croyais que tu voulais mourir.

Clovis ferma les yeux quelques instants. Puis il traversa la pièce pour respirer une bouffée d'air pur en dessous de l'étroite ouverture qui faisait office de fenêtre.

— Moi aussi, je le croyais, reconnut-il en soupirant bruyamment. Jusqu'à ce que je vois la mort en face. Alors, je me suis rendu compte à quel point j'avais peur. Quelqu'un qui a vraiment envie de mourir n'a pas peur. J'ai entendu ces gens hurler et j'ai compris que je voulais vivre.

— Qui pourrait t'en blâmer ? répondit doucement Kirin. Si nous voulons rester en vie, nous allons devoir nous battre. On ne peut pas devenir de simples pantins entre les mains des barbares, ce serait une insulte à ta famille, aux monarques qui ont perdu leur vie partout au sein de l'Ensemble et à tous les innocents dont la vie a été détruite.

Clovis acquiesça.

— Je suis d'accord. Je me battrai à tes côtés de façon subtile, comme tu l'as suggéré.

Pour la première fois, Kirin se dit qu'il avait une raison de sourire, après tout.

Gavriel suivait Leo en silence depuis un long moment. Mais il finit par laisser échapper un petit sifflement, et le roi se tourna vers lui d'un air interrogateur.

— Est-ce que tu sais où on va, au moins ?

— Non, je me promène sans but, Gav.

Le jeune homme fit une drôle de tête.

— Je suis bien plus grand que toi, Leo. Roi ou pas, je pourrais t'assommer sans que personne le sache.

— Sauf que tu ne le feras pas. Corb et toi, vous proférez toujours des menaces en l'air.

Gavriel ignora cette pique.

— Alors on est presque arrivés, c'est ça ?

— Les appartements de ma mère se trouvent juste devant nous. Ce petit escalier va nous conduire derrière eux.

— Je n'arrive pas à croire que ton père t'ait autorisé à venir dans cette partie du Passage.

— Il ne m'y a pas autorisé.

— Mais tu connais si bien les lieux.

Leo sourit tristement.

— J'ai toujours voulu passer plus de temps avec elle. Quand j'ai atteint l'âge qu'a Piven aujourd'hui, père a dit qu'il était temps pour moi de « sortir des jupes de ma mère ». Je lui ai obéi avec enthousiasme, mais il m'est arrivé de regarder Piven jouer au jeu des cinq bâtonnets ou à « Essaie de suivre l'âne » avec notre mère et…

Il haussa les épaules.

— Eh bien ? demanda gentiment Gavriel.

— Je me suis senti jaloux, confia Leo. Le plus drôle, c'est qu'ils n'y jouent même pas correctement. Piven se contente de déplacer les pions au hasard, mais je vois bien que ma mère adore le regarder jouer et que ça lui fait plaisir, même s'il reste toujours aussi inaccessible. J'imagine qu'elle ressentait la même chose à mon sujet quand j'étais plus jeune. Mes meilleurs moments avec ma mère, je les ai vécus sans même en avoir conscience. Je n'ose imaginer comment elle fait face à tout ça.

— On fait face chacun à notre manière, Leo, expliqua Gavriel. Tu fais de ton mieux pour surmonter tout ce chagrin ;

sa solution à elle, c'est de se retirer à l'intérieur d'elle-même – comme Piven, d'une certaine façon.

— Oui, dit Leo, mais je veux la revoir une dernière fois et lui dire adieu à ma façon… même si elle ne saura pas que je suis là.

— Ce ne sont pas forcément des adieux définitifs.

Leo leva les yeux vers son protecteur. La flamme de leur minuscule bougie projetait une lueur sinistre sur ses cheveux blond cendré, et Gavriel découvrit l'expression d'un vieil homme sur le visage du jeune roi.

— Je pense que nous savons tous les deux que ça l'est. Je suis ici pour dire adieu à ma mère parce que je sais que je ne la reverrai jamais. Loethar l'a déjà obligée à se perdre. Je pense qu'il ne tardera pas à la tuer, ou à faire exécuter cette sale besogne par un de ses proches. Je ne veux pas rester dans les parages pour voir mes deux parents mourir. (Puis il prit un air honteux.) Gav, je suis désolé. Je me rends bien compte que je ne suis pas le seul à souffrir.

— Je garde mon chagrin pour plus tard, pour le jour où Corbel et moi serons de nouveau réunis.

— Quand on sortira d'ici, la première chose à faire sera de le retrouver.

Gavriel sourit.

— Ce ne sera peut-être pas possible.

— Pourquoi ça ?

— Parce que je ne sais absolument pas où on l'a envoyé. Seuls nos deux pères étaient au courant, et ils ont emporté ce secret dans la mort.

— Pourquoi garder cette information secrète ?

— Il faudra me demander ça une autre fois, Leo.

Le roi fronça les sourcils. Puis, comprenant que le sujet était peut-être trop sensible, il se contenta d'un hochement de tête.

— Allons-y, murmura-t-il. (Gavriel lui emboîta le pas avec soulagement.) Au fait, on ne peut rien entendre de ce qui se passe dans les appartements de ma mère. On ne peut que regarder.

— Pourquoi ?

— C'est ici, chuchota Leo en s'arrêtant. Je ne sais pas, peut-être parce que même le vieux Cormoron a dû juger que c'était vulgaire d'espionner ainsi sa reine. Ces appartements ont toujours accueilli les épouses des rois.

Gavriel hocha la tête. Ils trouvèrent une série de judas, mais ils ne pouvaient effectivement rien entendre à travers l'épais mur en pierre. Dans un renfoncement se trouvait une vieille boîte en bois qui paraissait être là depuis un bon moment.

Gavriel rapprocha son visage du mur, battit des paupières pour ajuster sa vision aux étroites ouvertures et aperçut aussitôt la reine Iselda. Le regard perdu dans le vide, elle se tenait devant ses hautes fenêtres ouvertes. Il essaya d'imaginer ce qu'elle voyait depuis cette partie du palais et se dit que le panorama devait être très beau. En effet, les appartements surplombaient les jardins privés de la famille royale et la pointe nord-ouest de la grande forêt de Deloran, qui s'étendait vers le sud et se terminait en un bosquet touffu près d'une ville appelée Minton Woodlet. Entre les jardins et la forêt, Iselda devait également apercevoir le littoral penravien à la beauté déchiquetée.

— Mère aime la vue qu'on a de ces fenêtres, chuchota Leo.

— J'étais justement en train d'imaginer à quel point le panorama doit être joli. Ça me donne envie de le contempler, moi aussi.

— Quelqu'un arrive, murmura Leo.

Gavriel tourna son attention vers la porte et retint son souffle. Freath venait juste d'entrer dans les appartements de la reine.

# Chapitre 13

Freath savait qu'il ne disposait que d'une minute ou deux. La reine se tenait devant les fenêtres et lui tournait le dos. Il espérait qu'elle était lucide, car son chagrin et son désarroi la plongeaient dans un tel état de silence et d'enfermement que, la plupart du temps, il n'arrivait pas à l'atteindre.

— Ma reine, pardonnez-moi, mais la sorcière des Steppes est là. Je n'ai pu que la convaincre de rester dehors pendant une minute encore.

Il retint son souffle et ne recommença à respirer librement qu'en entendant une belle voix triste lui répondre :

— C'est terminé, fidèle Freath. Vous avez fait tout ce qui était en votre pouvoir. Laissez-les faire ce qu'ils veulent, son fils et elle. Je n'ai plus de raisons de continuer à vivre.

— Mais, Votre Majesté, pensez à Piven et…

— Piven est déjà perdu. D'après ce que vous m'avez dit, le barbare le considère comme un nouvel animal de compagnie. Peut-être que cela sauvera la vie de mon petit garçon, dit-elle d'une petite voix que la douce brise emporta dehors.

— Mais il reste Leo, Altesse. Vous devez vivre pour lui, insista Freath, conscient du peu de temps qui lui restait.

— Vous en êtes sûr ? Donnez-moi la preuve qu'il vit encore.

Une voix menaçante s'éleva derrière la porte.

— Je m'impatiente, Freath.

— Je suis en train de la rendre présentable pour vous, Dara Negev. Encore un instant, je vous prie, supplia-t-il avant de se tourner de nouveau vers Iselda. Je n'ai aucune preuve, Votre Majesté, chuchota-t-il. Tout ce que je peux dire, c'est que je le crois vivant.

— Pourquoi ?

— Genrie dit que la nourriture qu'elle a laissée sur la table de la cuisine a disparu.

— Est-il seul ? demanda-t-elle avec inquiétude.

— Je suis convaincu que Gavriel De Vis est toujours avec lui. Préparez-vous, Majesté, elle arrive. Retirez-vous à l'intérieur de votre esprit, s'il le faut, et ne dites rien. Faites semblant de ne rien entendre, car je sais qu'elle va prendre plaisir à vous tourmenter.

La reine de Penraven se retourna et offrit à Freath un sourire déchirant qui disparut aussi vite qu'il était venu.

— Elle ne peut plus me blesser. Je ne veux plus vivre, Freath. Faites ce qu'il faut pour préserver Leo. Ne les laissez pas m'utiliser contre lui.

De nouveau, elle lui tourna le dos. Freath ouvrit la porte et se retrouva face à une Dara aux yeux plissés et aux lèvres pincées.

— Je suis désolé, Dara Negev. Elle semble inaccessible à cette heure – comme la plupart du temps, désormais –, mais je l'ai rendue présentable pour vous. Entrez, je vous prie.

Negev passa devant lui et entra en se rengorgeant. Avec son assortiment de jupes aux couleurs vives propres au peuple des Steppes, elle ressemblait en tout point à une farla, volatile célèbre pour sa queue en éventail.

— Ah, Iselda, enfin, nous nous rencontrons, déclara-t-elle en omettant volontairement tout titre royal et tout protocole. Je suis sûre que Valya est encore plus impatiente que moi à l'idée de vous rencontrer, ajouta-t-elle en riant. Mais je suis ravie de contempler de mes yeux la vulgaire traînée que ce royaume appelait autrefois sa reine. Originaire de Galinsée, rien que ça ! Peuh ! Et ce sont nous qu'ils traitent de barbares !

Freath réussit à masquer l'horreur que lui inspirèrent ces paroles cruelles, mais il remarqua que sa reine ne réagissait pas du tout à ces piques. Elle continuait à contempler d'un air douloureux le paysage penravien qui s'étendait derrière les fenêtres. Freath vint se placer derrière elle.

— Aussi folle que son fils ! cracha Negev.

Cette fois, l'insulte parut ramener brutalement Iselda au présent et lui rendre la dignité de son maintien. Redressant enfin les épaules, elle se retourna pour faire face à la vieille femme.

— Peut-être, mais, d'après ce que j'ai entendu dire, il reste un héritier Valisar en liberté. Je sais qu'un jour, lorsqu'il sera devenu un homme, il reviendra vous mettre en pièces, vous et votre rejeton barbare, et il jettera vos restes aux chiens du palais... car vous ne valez pas mieux que ça, espèce de vieille bique. Retournez à votre vie de mendiante tant que vous le pouvez encore.

Elle se tourna vers Freath avec colère et pointa sur lui un index accusateur. Il comprit aussitôt ce qu'elle avait l'intention de faire, ce qu'elle exigeait de lui.

— J'espère que Lo vous laissera brûler au fond de ses fosses à cause de votre trahison. Faites ce que vous voulez, traître, vous ne pouvez plus nous faire de mal. Puisse le roi Leonel vous infliger une mort atroce, dit-elle d'une voix sinistre qu'il n'aurait jamais cru entendre dans la bouche de sa bien-aimée reine Iselda. Je ne laisserai pas l'usurpateur se servir de moi pour sa cause ou pour le divertir.

C'était le signal. Freath ferma les yeux pendant une fraction de seconde et ravala le sanglot qui voulait s'échapper de sa gorge. Puis il empoigna la reine par le dos de sa robe et la hissa aisément sur le rebord de la fenêtre avant de la jeter dans le vide en rugissant de colère. Elle poussa un terrible hurlement – pour faire illusion, sans aucun doute, car il était impossible de remettre en question son courage. L'aide s'appuya contre le mur à côté de l'ouverture, en faisant semblant de suivre du regard la chute de la reine. Mais il en profita pour fermer discrètement les yeux et adresser une prière silencieuse à Lo. *Faites qu'elle meure sur le coup.*

Derrière lui, il entendit une exclamation. Pour se calmer, il prit une longue inspiration et composa ses traits en une expression dédaigneuse avant de faire face à Negev. Il trouva même le moyen de se frotter les mains, comme s'il s'agissait d'un travail bien fait.

— Bon débarras, Dara.

Il fut stupéfait de réussir à garder son sang-froid et de s'exprimer d'un ton aussi sauvage et sardonique. Ça ne pouvait pas durer. Il fallait qu'il sorte de cette pièce au plus vite.

— Je vous demande pardon si ma réaction vous a surprise, mais vous serez d'accord pour reconnaître, j'en suis sûr, qu'elle n'avait plus la moindre utilité pour nous. Dans ses moments de lucidité, elle commençait à devenir une véritable mégère. Votre fils avait raison : elle n'était par ailleurs qu'un simple morceau de chair qui ne m'a apporté absolument aucun plaisir. (Sans laisser à Negev le temps de répondre, il trouva même en lui la force d'esquisser un sourire amer en ajoutant, sur le même ton insouciant :) En tout cas, moi, je n'en pouvais plus de ses jérémiades et de ses insultes. Excusez-moi, je vous prie. Je vais demander qu'on nettoie ce qui reste d'elle sur les graviers.

Dara Negev semblait avoir du mal à reprendre son souffle.

— Mon fils ne va pas approuver cela ! siffla-t-elle au moment où Freath passait devant elle.

Il dut faire appel à tout son courage pour s'arrêter et lui faire face de nouveau.

— Eh bien, avec tout le respect que je vous dois, Dara, votre fils me l'avait donnée, j'étais libre d'en faire ce que bon me semblait, ricana-t-il. C'était notre accord – et j'ai choisi de mettre un terme à sa misérable existence. Je crois que j'ai pris ma décision ce matin, quand j'ai été obligé de supporter ses horribles babillements stupides pendant que je la violais. J'imagine qu'on devrait se réjouir qu'elle ait au moins retrouvé sa lucidité au dernier moment – ça aurait été dommage de la tuer quand elle n'avait pas conscience de ce qui se passait, vous ne croyez pas ? (Il chassa la vision qui ne cessait de le hanter, celle de sa reine étendue sur les graviers comme un pantin désarticulé dans une mare de sang.) Peut-être que vous avez dit quelque chose qui lui a donné quelques instants de clairvoyance, ajouta-t-il en laissant échapper un petit rire sans joie.

— Que voulait-elle dire à propos de son fils ? demanda Negev en retrouvant ses esprits.

Freath était reparti en direction de la porte – il fallait absolument qu'il sorte de là tout de suite.

— Je ne saurais le dire, Dara Negev. Peut-être croyait-elle encore qu'il vivrait jusqu'à sa treizième anni. Mais j'en doute, pas vous ?

Il ouvrit la porte en espérant que c'était la dernière réplique qu'il aurait à donner.

— Il faut prévenir mon fils. Retournez à vos occupations, Freath, mais allez d'abord apprendre la nouvelle à l'empereur.

— Très bien, Dara, il en sera fait selon vos souhaits. (Freath réussit à faire une révérence et fut surpris de découvrir qu'il pouvait encore demander :) Dois-je vous escorter…

— Non, gronda-t-elle, ainsi qu'il l'avait espéré. Je dois avertir Valya.

Freath s'enfuit de ces appartements en espérant qu'il pourrait continuer à masquer son chagrin. Il se demanda aussi s'il pourrait un jour se pardonner d'avoir joué un tel rôle dans la mort d'Iselda. Tout en s'éloignant en courant presque, tant il avait envie de quitter les lieux, il songea que les Valisar étaient tous aussi courageux les uns que les autres. Il prit note en silence de faire preuve de la même résistance et du même courage. Puis il s'arrêta dans un escalier désert et s'obligea à respirer profondément pour se calmer. En s'adossant à la pierre froide, il sentit qu'il retrouvait peu à peu son sang-froid. Désormais, il ne restait plus que les deux garçons, dont l'un était infirme et inutile à leur cause, tandis que l'autre était encore bien trop jeune pour porter une responsabilité aussi écrasante sur ses frêles épaules. Il se demanda où Gavriel et Leo pouvaient bien se trouver à l'intérieur du château.

Genrie avait entendu le vacarme au-dehors. En jetant un coup d'œil par une fenêtre, elle avait découvert avec horreur les restes de la reine Iselda. Remplie de désespoir, elle avait reculé, presque incapable de croire que la reine s'était suicidée. La dénommée Valya était déjà partie se promener en lui lançant des injures par-dessus son épaule, ainsi qu'en lui donnant l'ordre de lui préparer un bain pour son retour. Genrie savait qu'elle devait rapidement retrouver Freath, avant que l'entourage de Loethar puisse lui annoncer la mort de sa reine en ricanant. Elle partit donc à sa recherche et le trouva finalement appuyé contre un mur au beau milieu d'un escalier.

— Maître Freath, la reine, elle…

— Je sais, l'interrompit-il d'une voix douce. C'est moi qui l'ai tuée.

Genrie s'attendait à bien des réponses, mais pas à celle-ci. Elle regarda fixement l'homme qu'elle admirait plus que quiconque. Qu'elle aimait, même. Jusqu'à cet instant, elle n'avait pas voulu admettre ses sentiments, même en son for intérieur. Mais la peur, les atrocités et l'intensité des deux derniers jours faisaient remonter beaucoup de choses à la surface. Elles la poussaient à agir imprudemment. Son visage tuméfié et douloureux en attestait.

— Vous… ? (Elle ne réussit pas à terminer sa phrase.) Pourquoi ?

Il fut incapable de lever vers elle ses beaux yeux bleus.

— Ils l'auraient tuée, de toute façon. Elle voulait que sa mort serve à quelque chose. Elle m'a forcé la main.

— Mais dans quel but ? insista Genrie, horrifiée que Freath puisse avoir l'air si calme.

— Pour protéger ma couverture. Tant qu'ils me prendront pour un traître, j'aurai la possibilité de manœuvrer de l'intérieur pour aider notre nouveau roi. Iselda a fait cela pour Leonel et personne d'autre.

Incapable de trouver les mots, elle continua à le regarder fixement, mettant à profit cet instant pour contempler les traits qu'elle trouvait si étrangement beaux. Était-elle la seule à le trouver aussi charismatique et irrésistible ? Maître Freath était si distant, si mesuré que la plupart des autres domestiques le trouvaient inaccessible et difficile à cerner. Mais pas elle. Pour elle, il représentait la sagesse et la sécurité.

Freath s'écarta du mur en se massant les tempes d'un air las. Elle se rendit compte à quel point il avait le teint blême et les traits tirés, tout à coup. On aurait dit qu'il était brisé.

— Genrie, je crois qu'il faut qu'on vous sorte de là. Ça va devenir de plus en plus dangereux.

— Qu'est-ce qu'ils vont vous faire ?

Extrêmement inquiète pour lui, à présent, elle dévala l'escalier pour le rejoindre. De son côté, il haussa les épaules

– un geste inhabituel chez lui, car il semblait toujours si sûr de lui.

— Sans Leonel, je ne suis pas sûr que je m'en soucierais. Vous avez quelque part où aller si j'arrive à vous faire sortir d'ici ?

Comment aurait-il pu savoir à quel point ces paroles la blessaient, puisqu'elle n'avait jamais laissé transparaître ses sentiments pour lui ? De façon hésitante, quelque peu effrayée par l'intensité du moment, elle se pencha vers l'homme qu'elle aimait et l'embrassa doucement, sans s'attarder, par peur d'une rebuffade polie mais ferme. Puis elle s'écarta, dans l'attente d'une réaction.

Freath s'éclaircit la voix.

— Eh bien, ce n'était pas la réponse à laquelle je m'attendais, avoua-t-il d'une voix bourrue.

— Je suis désolée, maître Freath, je…

Il la surprit en l'attirant de nouveau contre lui et en la dévisageant d'un regard perçant.

— Je m'appelle Herric. Il y a encore quelques instants, je ne m'étais jamais autant senti à la dérive. Et puis, vous m'avez embrassé, et je ne me suis jamais senti si ancré. Je vous en prie, Genrie, embrassez-moi encore.

Cette fois, Freath lui rendit son baiser. Genrie sentit monter les larmes derrière ses paupières closes.

Lorsqu'ils finirent par se séparer, Freath secoua la tête.

— Est-ce que ça s'est vu ? (Elle le regarda d'un air interrogateur.) J'ai fait tellement d'efforts ces deux dernières annis pour dissimuler les sentiments que vous m'inspiriez.

Elle retint son souffle en entendant cela.

— Non, vous avez très bien réussi à les dissimuler, maître Freath.

Il esquissa un bref sourire, amusé par ce ton formel.

— J'en suis désolé, Genrie. J'ai quarante-quatre annis. Cela fait longtemps que j'ai renoncé aux romances. Même si vous m'avez charmé dès que vous avez commencé à travailler au château, je n'ai jamais imaginé une seconde que vous pourriez ressentir la même chose à mon égard.

— Voilà un aveu bien lâche de la part d'une personne aussi courageuse que vous.

Il sourit plus facilement, cette fois. Elle n'avait jamais vu tant de douceur sur son visage.

— Je suis lâche dès qu'il s'agit de vous. (Il l'embrassa de nouveau, tendrement, puis il se rembrunit.) Et maintenant, j'ai encore plus de raisons de craindre pour votre vie. Je veux que vous partiez. Ça devient trop dangereux, nous marchons tous les deux sur une corde raide.

— Avant qu'ils envahissent le palais, j'ai accepté de suivre votre exemple. Rien n'a changé.

— Mais c'est vous qui courez le plus grand danger. Moi, je bénéficie d'une certaine protection parce que je suis dans les bonnes grâces de Loethar. La mort courageuse de la reine ne fait que renforcer ma couverture. Vous, vous êtes trop vulnérable.

— Je refuse de vous quitter, surtout en ce moment. Inutile de me le redemander. Je vous aime, maître Freath. Je reste, quoi qu'il arrive.

Il lui caressa doucement le visage.

— Je n'arrive pas à croire que vous ayez dit ça. Je vais probablement devoir vous demander de me le répéter, quand j'aurai réussi à me convaincre que j'ai rêvé.

Elle le serra très fort contre elle.

— Je vous aime. N'oubliez jamais ça. Maintenant, où devez-vous aller ?

— Le retrouver. (Elle acquiesça.) Mais parlez-moi rapidement de Leonel, ajouta-t-il en baissant d'un ton.

— Je me suis levée juste avant l'aube et j'ai éparpillé les vivres comme vous me l'aviez demandé – j'ai pris tout ce que j'ai pu trouver qui était facile à emporter. Puis j'ai crié pour demander de l'aide, pour qu'ils comprennent qu'il n'y avait personne d'autre à part moi. Ensuite, j'ai fait exprès de me rendre à la cave. Je leur ai laissé plein de temps et, quand je suis revenue, une partie des vivres avait disparu, comme vous l'aviez prédit. Je leur ai laissé du lait, mais je regrette de ne pas avoir pensé à leur laisser de l'eau aussi – ils doivent avoir soif.

— Pauvre garçon ; il a tout perdu et il se retrouve maintenant exilé au sein de son propre palais.

— Comment va-t-il réussir à survivre ?

— Comme nous, en se servant de son intelligence. Il a l'avantage d'être caché et d'avoir Gavriel De Vis avec lui. Étant donné les circonstances, on ne pouvait rêver meilleur champion. Le roi Brennus a bien choisi.

— De Vis est encore très jeune lui aussi.

— Leonel lui fait confiance, et leur faible écart d'âge leur permettra de rester proches. Si vous aviez connu Regor De Vis aussi bien que moi, vous sauriez qu'on peut faire confiance à ses fils. Il les a bien élevés. Gavriel mourrait pour Leonel, et pour Penraven aussi, d'ailleurs. On ne peut pas exiger plus.

— De Vis m'a demandé de l'embrasser, hier ou avant-hier, commenta Genrie d'un ton taquin.

— Vous ne m'avez embrassé que deux fois et vous essayez déjà de me rendre jaloux, soupira Freath. Il est jeune. Ça ne m'étonne pas qu'il ait envie d'embrasser toutes les belles femmes qu'il croise.

— Belle, vraiment ?

— Et courageuse. Restez courageuse, ma Genrie. Promettez-moi de ne rien tenter d'héroïque.

— Je vous le promets, répondit-elle en lui donnant un dernier baiser. Allez. Je parie que les deux sorcières me cherchent.

Freath accepta à contrecœur de laisser Genrie s'en aller. Puis il dévala les marches pour se rendre dans le salon de Loethar. Il n'avait pas voulu dire à la jeune femme que De Vis et le roi avaient observé ses allées et venues en cuisine ce matin-là, ni à quel endroit ils se trouvaient. Heureusement, elle avait eu le bon sens de ne pas lui poser de questions. Il bénit la chance qui lui avait permis de passer quelques instants en compagnie du roi Brennus avant qu'on traîne ce dernier devant Loethar. Prisonnier et conscient du sort qui l'attendait, le monarque avait refusé le discours compatissant de Freath et lui avait appris l'existence du Passage. Freath savait que cette confession ne lui avait pas été faite par désespoir, mais parce que le roi avait une confiance absolue en lui. Il ne devait donc pas perdre son calme maintenant. Animé d'une détermination nouvelle, il continua à descendre vers le salon où se trouvait Loethar. Il n'avait pas la moindre envie de contempler le cadavre brisé de la reine. Il se surprit à espérer, en frappant à la porte du barbare, que Leo n'apprendrait jamais de quelle façon sa mère était morte.

Dans le Passage, un silence terrible régnait entre ses deux occupants. Gavriel avait essayé de dire quelque chose à la suite du choc qu'ils avaient reçu, mais Leo avait levé la main en ne prononçant que quelques mots :

— Non, ne dis rien !

Gavriel attendait avec angoisse. À côté de lui, le jeune roi respirait avec difficulté en essayant de venir à bout d'un ouragan d'émotions. La lueur de la bougie mettait en relief la sécheresse de la bouche de Leo, qui, le front barré d'un pli soucieux, s'humectait les lèvres nerveusement en s'efforçant de se calmer. Il essayait sans doute de s'arracher à l'abîme de désespoir au bord duquel il oscillait sûrement. Gavriel lui-même était sous le choc après la scène dont ils venaient d'être témoins. Il savait qu'ils devaient désormais partir immédiatement. Ils n'avaient pas le temps d'aller chercher des vivres ni d'autres fournitures. Ils n'emporteraient rien d'autre que les affaires qu'ils avaient déjà et celles qu'ils pourraient ramasser au sein des passages secrets, sur le chemin du toit. Il eut envie de sentir l'air frais sur son visage ; cela aiderait Leo à garder son calme. Il essaya de ne pas penser à ce qui les attendait après cela. Essayer de descendre d'une hauteur pareille se rapprochait d'une tentative de suicide. *Et pourquoi pas ?* se demanda Gavriel. *Tout le monde s'y met*, songea-t-il avec amertume et cette espèce d'humour noir que Corbel appréciait tant. Mais Corb n'était pas là pour l'aider. Le sang bouillait dans ses veines pour le pousser à prendre le roi et à s'enfuir. De nouveau, il ne put s'empêcher de revenir au plan audacieux de Leo, qui voulait qu'ils descendent à l'aide d'une corde.

— On se laisse glisser, bien sûr ! s'était-il exclamé, incrédule à l'idée que Gavriel puisse se poser la question. On se retrouve directement au-delà des portes du château.

— Et avec quoi on l'amarre, cette corde ?

— C'est juste un détail ! avait répliqué le nouveau roi avec un haussement d'épaules agacé. Nous avons tout ce qu'il nous faut. Père a entreposé dans le Passage des armes, des rouleaux de corde, des capes, des chandelles, toutes sortes de fournitures, au cas où. Tu sais qu'il vérifiait tout chaque anni et qu'il faisait affûter et huiler les armes ?

— Non, je ne le savais pas, avait répondu Gavriel, irrité – comment aurait-il pu le savoir, franchement ?

Le plan de Leo ressemblait à un fantasme d'adolescent. Gavriel savait qu'ils risquaient de se tuer ou de récolter, à tout le moins, de vilaines blessures.

*Encore des corps désarticulés qu'il faudra ramasser*, fit la voix sinistre de Corbel dans son esprit.

Le roi reprit soudain la parole d'un ton glacial, tirant Gavriel de ses noires pensées.

— Le sort de Piven repose entre les mains de Lo, maintenant, mais je dois survivre si je veux que Loethar et Freath répondent de leurs crimes. Je les tuerai de mes propres mains, même si je ne ferai peut-être rien d'autre de ma vie. Mon visage sera le dernier qu'ils verront.

Gavriel ne put qu'acquiescer. Il savait que le roi avait besoin de cette fureur pour survivre. Peut-être – comment osait-il seulement penser cela ? – que la mort du roi et de la reine était justement le catalyseur nécessaire pour transformer le prince héritier en roi Leonel. Le jeune garçon qui se tenait devant lui à présent n'avait plus rien d'un enfant ; c'était un vrai roi de Penraven. Instinctivement, Gavriel s'agenouilla.

— Roi Leonel, comme mon père avant moi l'a fait envers ton père, je jure de me consacrer entièrement à ton service et à ta protection. Je te suivrai partout où tu iras, je sacrifierai ma vie pour toi.

Ces mots avaient quelque chose de banal, mais Gavriel n'avait jamais été aussi sincère. Pour le prouver, il attrapa le poignard à sa ceinture et, sans la moindre hésitation, s'entailla la paume de la main. Leo garda le silence en écoutant et en observant son ami d'un air grave, tandis que Gavriel scellait le plus primitif des pactes de sang des Valisar, initié par le frère du roi Cormoron. Plongeant les doigts de sa main intacte dans le sang qui s'accumulait dans sa paume, Gavriel en macula le visage du roi.

— Je scelle ce pacte avec mon sang, roi Leonel.

Visiblement ému, Leo acquiesça.

— Bien que nous n'ayons pas d'autres témoins que nous-mêmes, j'annonce en cet instant que j'accepte ton pacte et qu'à compter de ce jour tu seras connu sous le nom de légat De Vis.

À son tour, Leo prit le poignard, entailla sa propre paume et peignit les joues et le front de Gavriel avec son sang. Le nouveau roi et le nouveau légat joignirent alors solennellement leurs mains ensanglantées.

— Le pacte de sang du neuvième roi Valisar est scellé, proclama Leo.

# Chapitre 14

Loethar ne savait pas très bien quoi penser de ce dernier rebondissement, plutôt incroyable d'ailleurs. Iselda posait problème, un problème qu'il aurait fallu régler, de toute façon. Il était secrètement soulagé que ce soit déjà fait, mais il s'agissait néanmoins d'un geste téméraire de la part d'un simple domestique.

Sa mère continuait à râler. *Pourquoi faut-il que les femmes ressassent toujours des choses qu'on ne peut pas changer et qu'il vaudrait mieux oublier?*

— Mais enfin, Loethar, tu ne crois pas qu'on aurait pu faire un meilleur usage de la catin royale? Imagine l'impact dévastateur que ça aurait eu sur son peuple! Tu ne trouves pas que ce domestique, qui a trahi les Valisar, a usurpé ton autorité?

— J'ai parlé à Freath. J'ai reconnu que je lui avais donné Iselda et qu'il avait le droit d'en faire ce qu'il voulait, répliqua Loethar. Si je ne voulais pas qu'il la maltraite, j'aurais dû me montrer plus clair sur ce point. (Il haussa les épaules.) Pour être franc, je ne lui ai donné aucune instruction la concernant.

Sur ces entrefaites, Stracker arriva. Sans attendre qu'on l'invite à prendre part à la discussion, il annonça d'un air visiblement amusé:

— On est train de nettoyer son sang et sa cervelle sur les pavés.

Loethar ne partageait pas cet amusement.

— Voilà, mère. Elle a rejoint son dieu, maintenant. On ne peut plus rien y faire.

— Et malgré tout, tu continues à faire confiance à cet homme, à le serrer sur ton cœur…

— Sur mon cœur ? (Loethar se retourna contre Negev.) Où vas-tu chercher une chose pareille ? Où est-il en ce moment, celui que tu trouves si proche de moi, si profondément ancré dans mes pensées et impliqué dans mes actes ? Je vais te dire où il est, mère. Il est en train d'entasser dans un seau les restes de la femme qu'il vient juste d'assassiner. Ce n'est pas vraiment le travail d'un bras droit, tu ne trouves pas ?

Elle refusa de lui répondre, préférant se tourner vers son autre fils.

— C'est vrai ?

Stracker hocha la tête avant d'éclater de rire.

— Il a horrifié les témoins de la scène en refusant le coffre en bois d'orme qu'on lui proposait comme cercueil. Il a assuré que cette dépense n'en valait pas la peine et il a préféré jeter ses restes dans deux caisses. Je commence à apprécier ton domestique, mon frère.

— Satisfaite ? gronda Loethar.

Negev n'en avait pas vraiment l'air, mais elle eut le bon sens de finalement clore ce chapitre pour aborder un autre sujet de discorde.

— Eh bien, maintenant que tu en parles, non. Je t'ai aidé à en arriver là – nous t'avons tous les deux aidé, ajouta-t-elle en posant la main sur le torse imposant de Stracker.

— Et ? s'enquit Loethar, pressé d'en finir au plus vite – ça faisait des mois que ça couvait entre eux.

— Eh bien, mon fils, nous t'avons donné plus qu'un simple trône.

— Tu ne me l'as pas donné, mère. Je m'en suis emparé. Mon demi-frère y a certes joué un rôle, tout comme ton intelligence et ta ruse, mais n'allez surtout pas croire tous les deux que vous m'avez offert les trônes de l'Ensemble sur un plateau.

— Pardonne-moi, Loethar, je me suis mal exprimée, dit-elle d'un ton apaisant. Ce que je voulais dire, c'est que nous avons atteint notre but à présent. Tu es sur le trône. Te voilà déjà empereur, si je ne m'abuse. Alors, quelle est la prochaine étape ?

— Nous ne sommes là que depuis deux jours. Depuis, nous avons massacré un certain nombre de gens importants, y compris le roi Valisar et sa reine. À ton avis, qu'aurais-je dû faire de plus, chère mère ?

Il prononça ces deux derniers mots d'un ton si acide que Negev ne put s'empêcher de reculer légèrement, un mouvement qu'il ne manqua pas de remarquer. En revanche, ce fut d'une voix toujours aussi mordante qu'elle lui répondit :

— Je veux connaître tes intentions, Loethar.

— Je vois. Ainsi, anéantir la dernière grande dynastie de l'Ensemble ne te suffit pas ?

— Sauf qu'elle n'est pas anéantie ! lui jeta-t-elle avec colère.

Il lui lança un regard furieux. Elle croyait encore qu'il avait besoin de ses conseils. Certes, elle avait été une femme formidable aux côtés de son guerrier de père, aussi courageuse que ce dernier mais bien plus intrigante et ambitieuse. En dépit de sa vieillesse, elle restait une force avec laquelle il fallait compter. Dans le secret de ses pensées les plus intimes, il rêvait souvent de mettre un terme à la vie de cette femme amère et courroucée. Une couverture sur le visage, un poison ou une flèche perdue auraient pu faire l'affaire. Mais il avait beau y penser, il était incapable de transformer ce rêve en réalité. Ce n'était pas une question de courage – il en avait à revendre. C'était à cause d'une simple promesse faite à son père mourant : il avait juré de pardonner à sa mère ses manières autoritaires et de la protéger jusqu'à son dernier souffle. S'il y avait bien une personne envers qui il entendait tenir parole, c'était son père tribal.

— Tu as échoué ! insista-t-elle, et il la méprisa encore plus en cet instant.

— Que veux-tu dire ?

— Le prince héritier est encore en vie. Tu l'as dit toi-même. Et il a fallu que la putain Valisar me le jette en pleine figure, en me rappelant que le prince Leonel est vivant et qu'il reviendra un jour te massacrer. Il va tous nous massacrer ! s'écria-t-elle d'une voix qui ne cessait de monter dans les aigus et qui se brisa sur le dernier mot.

Stracker fit voler la tension en éclats en se mettant à rire.

— Il ne doit pas être plus grand que ça ! intervint-il, visiblement incrédule qu'elle puisse se mettre dans tous ses états pour ça. Même s'il sait manier une épée, je pourrai le tuer d'une seule main.

Negev fit un effort visible pour se calmer. Les narines pincées, elle prit une profonde inspiration.

— Stracker, mon chéri, tu es ma chair, et mon sang coule épais dans tes veines. Mais ne va surtout pas croire que tu as plus d'imagination que moi. Je suis tout à fait consciente de l'âge de cet enfant et je n'ai aucun mal à deviner sa taille – j'ai moi-même élevé deux garçons, après tout. Il n'est pas ici question de force ou de qualités au combat. Ce gamin n'est plus seulement un prince.

Stracker la regarda en fronçant les sourcils, et Loethar soupira intérieurement. Son demi-frère n'était pas idiot, loin de là, mais il pouvait se montrer obtus quand son arrogance prenait le dessus.

— Tu n'as pas encore compris, n'est-ce pas, mon fils ? le cajola Negev. Regarde ton frère. Il va t'expliquer.

Stracker lança un regard noir à Loethar, qui le dévisagea en retour avec une pointe de compassion. Lui aussi avait été, toute sa vie, la victime des remarques acerbes de leur mère.

— Dès que Brennus a poussé son dernier soupir, son héritier est devenu roi. Notre mère souligne simplement le fait que le gamin est désormais le roi Leonel, en dépit de sa jeunesse. Tant qu'il restera en vie, il sera pour Penraven un symbole d'espoir.

Negev ne put se contenir une seconde de plus.

— C'est un symbole de liberté, un point de ralliement, l'incarnation de l'espoir d'une région tout entière ! La foi est une force incroyablement puissante, en particulier chez ceux qui ont tout perdu. Tant que le roi Leonel battra la campagne, les peuples de l'Ensemble résisteront. Tant que les rumeurs de sa survie courront de royaume en royaume comme un feu de prairie incontrôlable, sa stature et son aura ne feront que croître, qu'il soit de cette taille-ci ou de cette taille-là ! expliqua-t-elle en montrant avec sa main d'abord la taille d'un enfant, puis celle d'un homme. Tant qu'il vivra, il entretiendra la flamme et les rêves de vengeance de tous les éléments rebelles.

— Mais ce n'est qu'un enfant ! leur jeta au visage Stracker, incrédule. Vous avez peur d'un enfant ?

— Seulement de ce qu'il représente, répondit patiemment Loethar. L'enfant Leonel n'a pour l'heure aucune importance. C'est le simple fait qu'il soit en vie qui compte. Le sang des Valisar coule dans ses veines avec force, car il est l'héritier légitime. Iselda t'a-t-elle donné à penser qu'elle savait où il se trouve ?

Negev secoua la tête.

— Non. Mais elle le pensait vivant et elle s'en réjouissait. Elle devait savoir quelque chose.

Loethar se rembrunit.

— Elle a pu dire ça par simple malice. (Il secoua la tête en pensant au geste du domestique aigri.) Je n'arrive toujours pas à croire que Freath ait pu être si brutal. Il semble si conservateur et réservé.

— Eh bien, crois-moi, il a aimé ça. Ça m'a surprise aussi, admit sa mère à contrecœur. Tu aurais dû voir cette expression de fureur animale sur son visage. (Elle secoua la tête.) Mais ça ne résout pas le problème, Loethar, ajouta-t-elle d'un ton lourd de sous-entendus.

— Non, effectivement, répondit-il sans s'avancer.

— Et alors ? Il faut le traquer. Le tuer, décréta Stracker. Envoie-moi à sa recherche. Mon rôle ici est terminé.

Loethar hocha la tête d'un air songeur et jeta un coup d'œil distrait en direction de Vyk, qui se tenait immobile comme une statue. Puis il se tourna de nouveau vers sa mère et son frère.

— Puis-je ? demanda Negev. (Comme il acquiesça, elle reprit :) Je crois que tu devrais accepter l'offre de ton frère. Laisse-le réunir un petit groupe. Comme ça, vous vous déplacerez plus facilement au sein du royaume, ajouta-t-elle à l'intention de son fils aîné. Il a deux jours d'avance sur nous et il reçoit peut-être de l'aide. Mais il est jeune, alors il doit avoir peur, même s'il est courageux. Il ne sera pas aussi débrouillard que toi ou que Loethar. Essaie de réfléchir comme quand tu avais son âge, Stracker. À douze annis, tu n'écoutais que les besoins de ton ventre, crois-moi. Il s'arrêtera souvent pour manger, sans attendre la protection de la nuit. Il prendra des risques chaque fois qu'il sera affamé – peut-être qu'il essaiera de voler de la nourriture dans des maisons isolées ou de relever les collets des chasseurs. Il faut faire circuler la nouvelle et promettre une généreuse récompense en échange de sa capture. Peut-être que quelqu'un qui en veut à la famille royale le dénoncera. Je mettrai en particulier l'accent…

— Arrête, mère, l'interrompit Loethar d'un ton las, en se frottant les yeux. Il existe une solution bien plus simple qui, à mon avis, n'attirera pas seulement l'attention de tout l'Ensemble, mais satisfera en plus la soif de sang de mon frère.

Stracker sourit d'un air sinistre.

— J'ai hâte d'entendre ça.

Visiblement mécontente d'avoir été interrompue, mais incapable d'effacer totalement la curiosité dans son regard, Negev attendit, suspendue aux lèvres de son fils.

— Il y a un temps pour gagner le cœur de ses sujets et un autre pour imposer son règne. Stracker, mets-toi en marche avec tes Verts. Encercle le royaume. Quand ce sera fait, je t'autorise à tuer tous les enfants mâles ayant entre onze et treize annis. S'il y a bien une qualité que Penraven possède, ce sont ses excellentes archives. Dans ce domaine, les Valisar sont réputés depuis des siècles. D'après Valya, l'aspect auquel ils tiennent particulièrement, c'est le recensement. Demande de l'aide à Freath – non, attends, c'est moi qui lui en parlerai. Il saura où trouver les registres qui te donneront les noms, les lieux et les âges. Agis rapidement et brutalement. Pas de tortures, Stracker. Décapite chaque enfant publiquement et ne laisse aux familles qu'un corps sans tête à enterrer. Tu feras savoir que chacun de ces garçons meurt parce que le prince est un lâche – mais attention, tu ne dois surtout pas l'appeler « roi », Stracker. Placarde des affiches pour ceux qui savent lire et envoie des crieurs pour la majorité qui en est incapable. Nous sommes actuellement en saison des marées. Ils ont jusqu'à la chute des premières feuilles avant le début de la seconde vague de tueries. Nous serons sans pitié si on ne nous donne pas le prince. Tu es sûr que les armées ont été matées ?

Stracker acquiesça.

— Elles l'ont été, totalement, dans tous les royaumes. Toutes les armes ont déjà été confisquées et tous les officiers de haut rang sont morts. Il n'y aura pas la moindre opposition. Ils sont encore en train de ramasser leurs morts !

— Tant mieux. Alors, commence par les fils de soldats, juste pour bien faire comprendre que c'est nous qui gouvernons, maintenant. Tu te déplaceras à la manière d'une vague, en commençant par Penraven et en continuant dans les autres royaumes jusqu'à ce qu'on retrouve le prince. Quand ce sera fait, il n'y aura quasiment plus de garçons de l'âge du prince. Ceux qui resteront se verront comme le nez au milieu de la figure, et il sera facile de s'occuper d'eux rapidement. Mais n'oublie pas que ces gens sont pleins de ressources, Stracker. Dès que la nouvelle du massacre commencera à se répandre, ils feront tout leur possible pour protéger leurs enfants. D'un jour à l'autre, certains garçons deviendront des filles ; d'autres seront envoyés dans des régions plus reculées ou sur la côte, pour y trouver un bateau. Ils porteront de fausses barbes ou vieilliront miraculeusement. Il faudra que nos hommes soient vigilants, alors montre l'exemple. Je ne m'attends pas à ce qu'on attrape tous les gamins dans nos filets, mais ceux qui en réchapperont seront obligés de se terrer. Alors, nous pourrons le traquer de manière plus méthodique, en sachant qu'il risquera moins de se fondre dans une ville ou un village en se faisant passer pour un paysan.

— Je te suis, approuva Stracker en hochant la tête.

— Entendons-nous bien. Ne perds pas ton temps à faire souffrir ces garçons. Il s'agit de choquer la population. Il faut porter un coup rapide et violent pour se débarrasser d'autant de rois Leonel potentiels que possible. Moins tu joueras avec ces enfants et plus dur ce sera pour les parents. Tu dois de nouveau instiller la peur des barbares chez ces gens, afin qu'ils ne puissent plus s'accrocher à des rêves de rébellion.

— Mais le prince pourrait tout simplement se cacher, rétorqua Negev en fronçant les sourcils.

— Il pourrait, admit Loethar. Mais il aura besoin de se montrer terriblement patient, ce qui sera difficile, vu son âge, à moins qu'il reçoive beaucoup d'aide de la part de ses sujets. Et c'est justement grâce à ça que nous l'attraperons. Si d'autres sont impliqués, ça signifie que le secret est partagé à plusieurs. Or, nous savons tous ce que ça signifie. Les langues vont se délier. Les informations, ça s'achète.

— Tu veux qu'on mette sa tête à prix ? demanda Stracker.

— Non. L'argent n'apporte pas grand-chose concernant une trahison de cette nature. Je parle ici du prix du sang. Le meurtre des jeunes mâles de l'Ensemble sera un premier avertissement, une mise en bouche, si j'ose dire. Après ça, nous menacerons de tuer tous les enfants mâles au-dessus de onze annis et en dessous de dix-huit si on ne nous livre pas Leonel avant la saison du dégel. Les gens pleureront déjà un fils ; l'idée d'en perdre un autre déliera rapidement les langues. Crois-moi, quelqu'un, quelque part, saura quelque chose – une rencontre due au hasard, une rumeur chuchotée en passant, une conversation surprise sans le vouloir. Dès que Leonel avouera sa véritable identité à quelqu'un d'autre, on aura une chance de l'attraper.

Stracker éclata d'un rire ravi.

— Qu'il ne soit pas dit que ton esprit n'est pas capable d'inventer le mal, Loethar.

Leur mère haussa les sourcils. Visiblement ça l'avait remise à sa place, comme le désirait Loethar.

— Ingénieux. Voilà une manière de terrifier complètement la population tout en rendant le garçon extrêmement vulnérable du seul fait d'être en vie. Ceux qui ont une famille le dénonceront sans hésiter si ça peut sauver la vie de leurs précieux enfants.

— Exactement, approuva Loethar d'un ton satisfait. (Il se tourna vers Vyk pour lui gratter la tête.) Forcément, ajouta-t-il, si on trouve le garçon, les tueries s'arrêteront aussitôt. Il est important de tenir parole. Je veux que les gens sachent à quel point je peux être impitoyable quand la situation l'exige, mais que je sais me montrer juste s'ils obéissent.

— Tu vois, Stracker, c'est pour ça que c'est Loethar l'empereur, et pas toi.

Le fils aîné de Negev ne parut pas s'offusquer de cette insulte.

— Tant qu'il continuera à me donner des missions comme celle-là, il pourra rester empereur.

Ce commentaire fit tiquer Loethar, qui n'en laissa pratiquement rien paraître. Mais les paroles de son frère étaient très révélatrices, songea-t-il en continuant à s'occuper du raven.

Sa mère interrompit cet instant de calme.

— Et toi, Loethar, que vas-tu faire pendant ce temps-là ?

Il soupira et se tourna de nouveau vers eux.

— Je n'en suis pas sûr. Je suis à moitié tenté par une chevauchée solitaire et incognito autour de ce royaume et peut-être même de l'Ensemble.

— Comment ? Mais ça prendrait des mois, au moins !

Il haussa les épaules.

— Ceci est mon empire. Et il n'y a pas grand-chose à faire en ces premiers jours de réorganisation des royaumes. L'Ensemble va sûrement se gouverner tout seul, sans difficulté, sous ton égide.

La vieille femme afficha aussitôt une expression satisfaite.

— Je t'en prie, emmène cette créature perpétuellement souriante avec toi. Il est trop bizarre à mon goût.

Loethar tira sur la laisse. Piven tourna son sourire vers son nouveau maître, puis s'efforça de rejoindre Vyk.

— Peut-être que je l'emmènerai.

— Et Valya ?

— Où est-elle ?

— Partie se promener, répondit Stracker.

— Je ne sais pas quoi faire à son sujet. Je devrais l'épouser, je suppose – peut-être que ça lui rabattrait le caquet.

# Chapitre 15

Tandis que les barbares complotaient son assassinat, le roi et son légat couraient dans les passages secrets.

— Tu sais où on est ? s'inquiéta Gavriel.

— Je nous conduis à l'endroit où sont entreposées les armes. Il n'y en a pas beaucoup, mais on aura quand même le choix. On y trouvera des arcs, de la corde, des flèches, des épées – assez pour deux personnes, en tout cas, expliqua tranquillement Leo par-dessus son épaule.

— Attends, Leo, il faut que je te dise quelque chose.

— Tu ne réussiras pas à me convaincre de renoncer, répondit le roi en se retournant. Je sais déjà ce que tu vas dire.

— Ce plan a une faille, Majesté.

— C'est tout ce qu'on a. Je refuse de passer une nuit de plus dans ce maudit Passage. J'imagine que, maintenant, tu voudrais que j'assiste à la mort de Piven ?

Gavriel savait que le jeune garçon n'avait pas l'intention de le blesser, mais ces paroles le piquèrent quand même au vif.

— Tu te trompes complètement à mon sujet.

— Gav, je…

— Non, tu dois m'écouter. Tu es le roi. Mais ce n'est pas toi qui commandes, ici. J'admire ton courage, mais nous n'allons pas effectuer une tentative suicidaire juste pour…

Le visage de Leo s'assombrit.

— Peut-être que tu refuses d'essayer, mais moi, j'ai bien l'intention de le faire, avec ou sans toi. À toi de vivre avec cette lâcheté sur ta conscience.

Gavriel refusa de mordre à l'hameçon.

— Leo, même si je dois m'asseoir sur toi ou te ficeler comme un saucisson, je te jure que tu ne descendras pas de ce toit le long d'une corde. Je suis désolé de devoir me montrer brutal, mais ton père et ta mère sont morts pour que tu vives et… (Il s'interrompit, car quelque chose avait attiré son attention.) Est-ce que nous sommes déjà venus dans cette partie du Passage ? demanda-t-il brusquement, les sourcils froncés.

Il tendit la main vers la bougie que Leo agitait avec colère et dont la flamme vacillait dangereusement.

— Non, je t'ai amené dans un nouveau tunnel pour prendre les armes.

— Donne-moi la bougie, demanda Gavriel.

Leo obéit d'un air boudeur.

— Tu vas devoir me ficeler, tu sais.

— Avec tout le respect que je te dois, la ferme, Ta Majesté, répliqua Gavriel. (Il amena la lumière près du mur et plissa les yeux en se penchant pour regarder quelque chose.) C'est quoi, ça ?

À contrecœur, le roi se retourna et se pencha à son tour. Songeur, il inclina légèrement la tête de côté, en oubliant momentanément leur désaccord.

— Je n'avais encore jamais vu ça.

— Qui a fait ce dessin ?

Leo secoua la tête.

— Mon père, sans doute, mais ça ne ressemble pas à ses marques habituelles.

— Ça n'a pas l'air assez vieux pour dater de l'époque de Cormoron, ou même d'un passé récent. Et pourquoi est-il placé si bas sur le mur ?

Leo haussa les épaules et frotta le dessin.

— La craie est encore relativement fraîche, donc ce n'est définitivement pas l'œuvre de Cormoron ou d'un de mes autres ancêtres. Mon père préférait le charbon. Et je n'ai jamais utilisé de craie ocre comme ça. J'ai toujours pris de la craie blanche des falaises de Garun.

— Oui, c'est bien ce que je me disais. Alors, tu ne sais même pas ce que ça indique ?

Leo laissa échapper un petit sifflement.

— Attends, fais-moi voir. (Il se pencha de plus près pour mieux inspecter le dessin.) En fait, c'est un très bon plan, très clair. Ici, expliqua-t-il en pointant l'index, c'est l'endroit où on a passé la plus grande partie de notre temps.

— Le salon de ton père, précisa Gavriel, histoire d'être sûr.

— Exact. Et ça, ajouta Leo en traçant un trait avec son doigt, c'est une partie du Passage que je ne connais pas, mais qu'on peut facilement trouver en gravant ce plan dans notre mémoire.

— Mais c'est un plan de quoi ? insista Gavriel en agitant la main au-dessus des couloirs clairement délimités. Ça ne ressemble plus au Passage.

— Non, tu as raison.

— Est-ce qu'on peut y jeter un coup d'œil ? (Le roi lui lança un regard à la fois sévère et exaspéré.) Je sais, je sais, se défendit Gavriel. Mais tu admettras que ce dessin paraît authentique, quelle que soit son origine.

Leo acquiesça.

— Oui, je l'admets. Mais regarde ces signes-là. Je ne sais pas ce que ça veut dire.

Gavriel plissa de nouveau les yeux.

— Ces espèces de taches ?

— Oui. Il y en a quatre.

— Allons voir par nous-mêmes. Combien de temps ça va prendre, à ton avis, pour aller jusque-là une fois qu'on aura récupéré des armes ? demanda Gavriel en posant le doigt sur la tache ocre la plus proche du salon du roi.

Leo fit la grimace.

— Honnêtement, je n'en sais rien. Cette carte n'a pas d'échelle. Aucun de nos plans n'en a. Ils servent juste à indiquer les directions à suivre.

— Dans ce cas, nous devons l'apprendre par cœur. Pourquoi ne pas essayer de le suivre ? Si ça ne mène à rien, nous réfléchirons à un moyen de descendre du toit ce soir.

— De Vis, quoi qu'il arrive, je descendrai de ce toit ce soir.

— Nous verrons bien. Pour l'instant, accepte de satisfaire ma curiosité.

Leo soupira.

— Suis-moi.

Blême encore, du fait de sa récente activité, Freath dévisagea les deux hommes. Genrie se tenait à ses côtés.

— Qu'est-ce qu'on fait là ? demanda Kirin en jetant des regards nerveux à la ronde.

— La chapelle est l'endroit le plus discret que j'aie pu trouver, expliqua Freath. Le père Briar a proposé de monter la garde.

— Pour quoi faire ? s'enquit Clovis, inquiet.

— Pour nous avertir si un partisan de Loethar arrive, répondit doucement Freath.

Cette réplique laissa les deux Investis bouche bée. Ils le regardèrent avec une méfiance renouvelée, visiblement réticents à l'idée de dire quoi que ce soit.

— Vous avez déjà rencontré Genrie. Elle est loyale à notre cause, poursuivit Freath.

— Il fait référence à qui, ce « notre » ?

— À tous ceux qui aimeraient voir le roi Leonel monter sur le trône de Penraven.

— Quoi ? rugit Clovis. Attendez un peu, ça n'a pas de sens ! Ne les écoute pas, Kirin, c'est un piège.

— Vous allez comprendre, à condition de baisser d'un ton. En fait, taisez-vous, répliqua Genrie, agacée. Contentez-vous d'écouter ce que maître Freath a à dire.

— Vous êtes restés fidèles aux Valisar ? demanda Kirin, visiblement stupéfait.

Freath hocha la tête.

— Nous sommes les seuls partisans qu'il leur reste, Genrie et moi. On ne peut faire confiance à personne d'autre – excepté le père Briar.

— Mais vous…, commença Clovis en fronçant les sourcils.

Il s'interrompit tandis que son regard allait et venait entre les deux domestiques du palais.

— Il le fallait, expliqua doucement Freath. C'était le seul moyen.

— De faire quoi ? voulut savoir Kirin.

Freath se redressa de toute sa hauteur.

— D'infiltrer notre ennemi. Le roi Brennus l'a exigé de moi, et la reine a refusé que je l'aide à s'échapper avant que le barbare la fasse prisonnière. Le roi m'a donné des ordres très stricts afin que je fasse croire que je suis un traître.

— Vous n'avez jamais cessé de mentir ? s'écria Clovis, horrifié.

Genrie soupira.

— Eh bien, ça en a mis du temps pour arriver jusqu'à votre cerveau. Nous mentons tous les deux, maître Clovis.

— Mais tous ces gens qui sont morts ? protesta le devin.

— Ils ne pouvaient être sauvés, expliqua Freath, sincèrement perturbé. J'ai essayé de sauver ceux que je pouvais.

— Comme qui, par exemple ? ricana Clovis. Moi, tout ce que j'ai vu, ce sont des innocents qu'on a emmenés à l'abattoir.

— Quoi que vous puissiez en penser, maître Freath a choisi d'emprunter un chemin terriblement dangereux, et personne n'est en sécurité, lui encore moins, riposta vivement Genrie.

Clovis ouvrit la bouche pour répondre, mais Freath leva la main.

— Maître Clovis, croyez-moi, j'ai de nombreuses vies sur la conscience – que Lo me pardonne la mort de Sa Majesté la reine –, mais il faut que je vous explique…

— Attendez un peu ! protesta Kirin. La reine est morte ?

Genrie hocha la tête d'un air misérable et Freath poussa un soupir audible.

— Il y a peu de temps.

— Comment ? voulut savoir Kirin.

— Je l'ai tuée, avoua Freath d'une voix rauque d'angoisse. Je n'avais pas le choix – il le fallait pour lui épargner davantage d'humiliations aux mains des barbares. Et elle m'a choisi comme bourreau afin de préserver la fragile couverture que je possède actuellement.

— Elle vous a demandé de la tuer pour vous protéger ? répéta Kirin, incrédule.

— La reine Iselda voulait mourir, maître Kirin. Mais elle voulait aussi que sa mort serve notre cause.

Freath sentit ses épaules crouler de nouveau sous le poids du chagrin.

— Écoutez-moi bien, tous les deux, intervint sèchement Genrie. Par cet acte courageux, notre reine nous offre une certaine sécurité… mais n'oubliez jamais qu'il a fallu tout autant de courage à maître Freath pour la jeter par la fenêtre de ses appartements.

— Non, pas autant, murmura tristement Freath. Elle était la plus brave de nous deux. Moi, en la poussant vers sa mort, je n'ai éprouvé que de la peur.

Clovis se retourna pour donner un coup de poing dans le mur.

— Je ne crois pas qu'il mente, déclara Kirin, même si je l'ai à peine effleuré.

— Vous avez… ? s'écria Freath, horrifié.

— J'ai utilisé à peine une goutte de ma magie, grommela Kirin d'une voix où se mêlaient la détresse et la colère. Si je fouinais, je pourrais en apprendre bien plus sur vous que vous ne le souhaiteriez. Mais je sens que vous êtres franc avec nous, même si un bon menteur peut me duper quand je n'utilise pas pleinement mon pouvoir.

— Vous n'aviez pas besoin de diriger votre magie contre moi, maître Kirin, protesta Freath, le front barré d'un pli courroucé. Je vous donne ma parole que je serai toujours franc avec vous.

— Peut-être bien, intervint Clovis d'un ton où perçait l'indignation, mais, jusqu'ici, vous n'avez rien fait qui nous donne envie de vous faire confiance. On vous a seulement vu jouer les pantins pour le barbare.

— Ouvrez cette porte, maître Clovis, demanda Freath d'un ton bourru.

— Pourquoi ?

— Contentez-vous de faire ce que je vous demande.

Kirin fut plus rapide. Il ouvrit à la volée la petite porte en chêne et découvrit un groupe de gens entassés dans la minuscule pièce voisine.

— Clovis ! s'exclama une voix familière.

— Reuth ! Vous êtes vivante ! souffla Clovis.

— Tout comme les quelques personnes que maître Freath a réussi à sauver, confirma-t-elle en offrant un sourire hésitant à l'aide royal. Encore merci.

Freath esquissa un petit hochement de tête.

— Je n'en ai pas fait assez, répondit-il avant de leur tourner le dos, sans prêter garde à la main rassurante que Genrie posa sur son bras.

— Où est la fille ? Celle qui faisait de la divination par le sang ? demanda Kirin, les sourcils froncés.

— Nous l'avons perdue, expliqua l'adolescent du groupe. Les soldats la voulaient. Il la leur a donnée, ajouta-t-il d'un air furieux.

Kirin regarda Freath, qui acquiesça en fermant un instant les yeux à la mémoire de la jeune fille.

— Il le fallait, pour pouvoir en sauver autant. Je suis désolé. Aucun de mes choix n'a été sans conséquences. Les barbares vous croient tous morts.

— Mais pourquoi ? insista Kirin.

— Stracker croit que ses hommes ont exécuté tout le monde ici, mais j'ai dit à l'un de leurs officiers que j'allais m'en occuper, et je leur ai offert la fille pour qu'ils s'amusent. Il n'a pas hésité une seconde. Je cours le risque qu'il aille tout raconter à cette brute qui lui sert de commandant, mais j'en doute. Ce soir, ils sont en train de brûler les cadavres. Au besoin, je n'aurai qu'à dire que je vous ai tous jetés dans le feu.

Tout le monde se tut, momentanément. Finalement, ce fut Kirin qui rompit le silence gêné.

— Peut-être que chacun pourrait se présenter ?

— Bonne idée, approuva Freath. On a interdit à tout le monde de se parler dans le placard jusqu'à maintenant.

— Je m'appelle Tolt, expliqua l'adolescent. J'ai rêvé une partie de ces événements. Ça ne se passait pas tout à fait pareil, mais il y avait de nombreuses similitudes. Si j'avais plus d'expérience, j'aurais probablement réussi à l'interpréter.

— Bonjour Tolt, dit Kirin en souriant gentiment. Et vous ? ajouta-t-il en désignant une femme.

— Je m'appelle Elya, répondit-elle d'une voix basse et nerveuse. Je fais de mon mieux pour guérir les gens.

Kirin lui lança un regard encourageant, puis il passa au vieil homme à ses côtés.

— Ah, c'est vous qui savez faire pousser des choses.

L'homme hocha la tête d'un air visiblement embarrassé.

— Je m'appelle Torren.

— Moi, c'est Kes, ajouta un jeune homme. J'arrive à modifier la forme de mon corps.

— Le contorsionniste, marmonna Freath. C'est de la magie.

Le jeune homme sourit d'un air malicieux.

— C'est ce que je dirais.

Son aplomb arracha un sourire triste à tout le monde.

— Vous, vous êtes la femme qui parle aux animaux, si je ne me trompe pas ? continua Kirin.

Elle haussa les épaules.

— Je comprends nos créatures. Elles aussi me comprennent, apparemment, répondit-elle de manière cryptique. Je m'appelle Hedray.

Kirin se tourna vers une jeune femme mince dont le visage était en partie dissimulé par un châle et dont le crâne disparaissait sous un foulard austère.

— Quel est votre pouvoir ? lui demanda gentiment Kirin.

Elle ne répondit pas.

— Elle n'a rien voulu dire à personne, expliqua Tolt.

Kirin voulut lui prendre la main, mais elle recula, visiblement effrayée.

— Je ne vous ferai pas de mal, promit-il. On est là parce qu'on se fait tous confiance et parce qu'on va devoir veiller les uns sur les autres. Tous ces gens sont vos amis. Je suis votre ami. Je m'appelle Kirin et je perçois des choses sur les gens. Lui, là-bas, c'est Clovis. Lui aussi, il perçoit des choses, mais sur des événements à venir ; il devine comment des situations peuvent tourner.

La jeune femme leva ses grands yeux gris pleins de douceur.

— Je m'appelle Perl, finit-elle par dire en regardant autour d'elle avant de poser les yeux sur Kirin. Je ne souhaite pas en dire plus.

Kirin hocha la tête.

— Vous nous parlerez quand vous voudrez, Perl. Prenez votre temps.

— Moi, c'est Reuth, déclara alors la dernière Investie. Je souffre de visions prémonitoires. Je ne connais jamais les détails, je sais seulement que quelque chose de mauvais va arriver. C'est un pouvoir contrariant qui se manifeste de façon étrange, que je ne peux pas vraiment expliquer. Mais il est toujours juste.

Kirin fronça les sourcils.

— Avons-nous également perdu le garçon qui lit les runes ?

Tout le monde essaya de se souvenir de lui.

— Tu as raison, reconnut Clovis. Il était dans la cour où ils nous ont tous rassemblés à notre arrivée, mais je ne me rappelle pas l'avoir vu dans la pièce où maître Freath nous a interrogés.

Ses compagnons parurent d'accord avec lui, en haussant les épaules et en hochant la tête.

— Voici Genrie, dit Freath pour terminer les présentations. Sans elle, aucun d'entre vous ne serait en vie. Elle me sert d'yeux et d'oreilles chaque fois que je ne suis pas là. Elle est fidèle à la Couronne, fidèle à tous les Penraviens – tout comme moi. Notre roi et notre reine sont morts, tout comme le légat. (Il ignora les hoquets de stupeur, car il savait qu'il ne pouvait leur épargner ce nouveau choc.) La princesse est morte à la naissance et a déjà été incinérée. Le prince cadet, Piven, est entre les mains de Loethar. Nous ignorons ce que le barbare compte faire de lui. Mais…

— Piven, c'est le tordu ?

— Il n'est pas tordu, il est simple d'esprit, voilà tout. C'est un enfant très spécial et très aimé, corrigea gentiment Freath.

— Est-il complètement prisonnier de son état ? demanda Reuth. Nous pourrions peut-être nous servir de lui.

Freath secoua la tête.

— Il est complètement prisonnier. Il ne vous sera d'aucun secours. Il est devenu le jouet du barbare. (Percevant la détresse immédiate de ses compagnons, il leva la main.) Rassurez-vous, ça n'a rien de sexuel. Pour le moment, l'empereur – c'est le titre qu'il se donne – trouve l'enfant distrayant. Mais nous pensons que son frère aîné est vivant. (Un murmure accueillit cette déclaration.) Voilà pourquoi nous sommes tous réunis, pour préserver la vie de Leonel et faire en sorte de le rétablir sur son trône.

— Nous ? dit Tolt en regardant ses compagnons. Lui… et elle, vous voulez dire ? ajouta-t-il d'un ton sarcastique en montrant Hedray. Parce que moi, je ne sais même pas tenir une dague, et encore moins en lancer une.

— Personne ne parle d'armes, jeune Tolt. Il est ici question de quelque chose de bien plus subtil. Chacun d'entre vous a un talent, et certains possèdent en plus de la magie. Peut-être même qu'il y a parmi vous une ou deux personnes au potentiel inexploité. Quoi qu'il en soit, vous êtes des Investis et vous êtes vivants. Il est de votre devoir de mettre ces talents et ces pouvoirs au service de la Couronne, sauf si vous êtes satisfaits par le barbare et par sa façon de gouverner. Dans ce cas-là, je vous en prie, tentez votre chance avec lui.

— Maître Freath, intervint Reuth, je me rallie volontiers à votre cause. Pour être honnête, vous n'avez même pas à demander mon allégeance. Mais je partage la perplexité de Tolt. À quoi notre étrange petit groupe va-t-il bien pouvoir servir ?

Freath secoua la tête.

— Je ne sais pas, Reuth. Je n'ai encore jamais organisé de rébellion, reconnut-il sèchement mais avec franchise. Nous devons faire de notre mieux.

Ce fut Clovis qui posa la question la plus pertinente.

— Qu'est-ce qu'on fait, maintenant, maître Freath ? Vous ne pouvez pas cacher ces gens indéfiniment.

— Non, je ne peux pas. Le père Briar et Genrie vont devoir trouver un moyen de vous faire sortir du palais, un par un s'il le faut et sur plusieurs jours, ça dépend à quel point on nous surveille. On ne doit pas me revoir dans les parages, sauf si je suis en mission pour Loethar. Il ne me fait pas confiance, alors, je vous en prie, ne faites pas d'erreur et n'allez pas me trahir. Avec un peu de chance, vous serez tous loin d'ici dans quelques jours, à part Kirin et Clovis.

— Mais pour aller où ? insista Reuth. Où nous cacherons-nous ? Où sera-t-on en sécurité ?

— Séparez-vous, conseilla Freath. Quittez la ville. Ne parlez de vos talents à personne. Résistez à la tentation de gagner de l'argent avec, parce que, sinon, les hommes de Loethar vous traqueront. Nous avons une marque de reconnaissance – un minuscule croissant de lune bleu. Tatouez-le sur votre peau. Choisissez un endroit en partie dissimulé – entre les doigts, derrière une oreille, là où vous supporterez le contact d'une aiguille, un endroit où le tatouage ne se verra pas, mais où vous pourrez facilement le montrer si vous avez besoin de prouver votre loyauté.

Seul le silence accueillit son discours. Freath s'éclaircit la voix.

— Rien ne vous empêche de disparaître, je m'en rends bien compte. Vous pourriez vous fondre parmi les autres survivants et vous soumettre au règne des barbares. Mais souvenez-vous des innocents qui se sont fait massacrer à quelques mètres de l'endroit où vous vous teniez. Sachez que votre roi s'est suicidé sous le nez du barbare pour l'empêcher d'humilier Penraven en organisant une exécution publique. Sachez également que le légat que nous avons vénéré pendant une vingtaine d'années a eu la tête fendue au cours de prétendus pourparlers de paix. N'oubliez pas, enfin, que votre reine a bravement sacrifié sa vie afin que je puisse conserver ma couverture de traître et vous sauver tous. Il n'y a rien que je puisse ajouter pour vous convaincre, à part vous rappeler que quelque part, non loin d'ici, un jeune garçon est en fuite. Il n'a que douze annis et il est notre roi. Tant que Leonel vivra et continuera à échapper aux griffes du barbare, il restera le monarque de Penraven. Et tant que nous avons encore un roi Valisar en vie, nous avons quelque chose qui vaut la peine de nous battre.

— Comment être sûr qu'il est encore en vie ? demanda Kirin.

Freath échangea un bref regard avec Genrie.

— Je le sais. Vous allez devoir me croire sur parole à ce sujet.

— Vous l'avez vu ? insista Clovis.

— Je l'ai vu échapper aux guerriers. Je sais que Loethar est furieux qu'on ne l'ait pas encore retrouvé.

L'air paniqué, le père Briar entra brusquement dans la pièce.

— Il y a de l'agitation dehors. Vous devriez sortir, tous les quatre, conseilla-t-il à Freath, Kirin, Clovis et Genrie. Les autres, retournez dans le placard. Je vous apporterai de l'eau fraîche tout à l'heure.

Tout le monde gémit à voix basse. Freath se redressa.

— Nous sommes à court de temps. Nous ne nous reverrons pas. Genrie va vous distribuer des aiguilles et de l'encre pour ceux qui souhaitent recevoir notre tatouage. Elle vous remettra également un pigeon voyageur. Quand vous serez installés et que vous vous sentirez en sécurité, libérez votre pigeon. Peu importe que vous soyez dans ce royaume ou au-delà. Il nous trouvera et nous dira où vous êtes. Vous aurez de nos nouvelles. Cela prendra des mois, peut-être des années, mais vous devez rester forts et fidèles à la Couronne. Aidez-nous en débusquant d'autres Investis. Ceux qui ont échappé aux barbares ont dû très bien cacher leurs pouvoirs, mais ils existent, j'en suis sûr. Vous devez les trouver, les enrôler. Bonne chance à tous. Kirin, Clovis, venez. Rappelez-vous : aux yeux des barbares, vous êtes désormais mes serviteurs. Vous devez vous comporter en conséquence.

Les deux amis acquiescèrent et le suivirent. Freath se retourna pour regarder Genrie.

— Soyez prudente, chuchota-t-il.

Elle hocha la tête et se renfrogna en croisant brièvement le regard interrogateur de Kirin.

Le salon du roi était désert lorsqu'ils traversèrent cette partie du Passage qui les avait abrités pendant ces derniers jours. Leo ne s'approcha même pas des judas, laissant à Gavriel le soin de jeter un coup d'œil avant de se lancer hâtivement à la poursuite du roi.

En quelques minutes, ils se retrouvèrent dans une partie du Passage qu'ils n'avaient pas encore explorée, même si Leo semblait s'y déplacer avec assurance. Brusquement, il s'arrêta en se parlant à lui-même.

— Qu'est-ce qui se passe ? lui demanda Gavriel.

Leo avait les yeux fermés.

— Je suis en train de vérifier si j'étais censé prendre le deuxième ou le troisième tournant.

Gavriel ne dit rien, en espérant que le silence aiderait Leo à se concentrer sur son plan mental. Il jeta des coups d'œil furtifs à la ronde et découvrit par hasard un autre dessin à la craie ocre.

— Leo, regarde ! dit-il d'un ton pressant en rapprochant leur bougie du mur.

— Que Lo nous sauve ! Une flèche !

— Quelqu'un veut qu'on aille dans cette direction, fit remarquer Gavriel en désignant un corridor très étroit.

— Je sais qu'on doit tourner à droite. Je voulais juste m'assurer qu'on se trouve dans la bonne partie du Passage.

— J'imagine que cette flèche le confirme.

Gavriel se rapprocha de l'ouverture en se demandant s'il n'avait pas les épaules trop larges pour passer.

— Ça ne peut pas être un piège, pas vrai ? demanda Leo, visiblement hésitant.

— Comment ? s'esclaffa Gavriel. Personne ne connaît ces passages secrets à part les rois et leurs héritiers.

— Oui, mais cette craie ocre m'inquiète.

— Moi aussi, mais il va juste falloir imaginer qu'elle est blanche comme la tienne ou noire comme le charbon de ton père. On n'a pas le choix.

— Mais qui pourrait avoir dessiné ça, si ce n'est pas père ou moi ?

— Un de tes prédécesseurs. Pourquoi pas le roi Darros ?

Leo se mit à rire.

— Mon grand-père était un homme très imposant. Il n'aurait jamais pu entrer là-dedans. En plus, mon père m'a raconté que Darros utilisait toujours la craie grise des carrières chalcènes. Quant à mon arrière-grand-père, avant de poser la question, sache qu'il utilisait la pâte bleue qu'on obtient en broyant les coquilles de sheecas. Or, cette craie est trop fraîche pour remonter à d'autres rois Valisar.

— Leo, nous devons avoir confiance. Peut-être que ton père a fait ces marques avec une couleur spéciale pour nous guider jusqu'ici.

— Pourquoi ne pas me l'avoir dit ? insista Leo.

— Je ne sais pas, répondit Gavriel en s'efforçant de rester patient. Mais je m'en fiche. Tu m'as assuré que personne d'autre n'était au courant de l'existence de ces passages secrets, alors nous devons faire confiance à ces marques. Nous allons emprunter ce couloir et suivre les flèches ocre si nous en trouvons d'autres.

Leo hocha la tête d'un air mécontent et s'engagea dans l'étroit passage. Gavriel le suivit et se sentit plus claustrophobe encore que dans le tunnel principal.

— C'est horrible, grommela-t-il en cherchant de nouveaux indices à la craie ocre.

— Ce tunnel devrait être assez court, si je me souviens bien de la carte. Il va déboucher sur deux directions différentes. Il faudra prendre celle de gauche.

Ils continuèrent à avancer en silence. Gavriel avait depuis longtemps renoncé à essayer de repérer dans quelle partie du palais ils se trouvaient. Comme l'avait promis Leo, ils se retrouvèrent bientôt face à deux tunnels. Sans s'arrêter, le roi s'engagea dans celui de gauche.

Gavriel s'aperçut alors qu'ils avaient accéléré le pas. Tous deux étaient pressés d'arriver à destination, désormais. Il calcula qu'ils avaient dû effectuer plus de cinq cents foulées, soit un demi-espan. Ils étaient loin des appartements de la reine, à présent.

Quelques minutes plus tard, le chemin, qui n'avait cessé de se rétrécir, se termina en cul-de-sac.

— Par la fureur de Lo ! cracha Leo. Je le savais ! Je savais que c'était une perte de temps !

Il se retourna avec colère, lança un regard noir à Gavriel et jeta par terre le petit sac qui contenait leurs quelques affaires. De son côté, Gavriel sentit son cœur sombrer.

— Ces taches, ce sont des culs-de-sac, voilà tout, pesta Leo en se laissant glisser le long du mur en pierre brute pour s'asseoir. Maintenant, on va devoir refaire tout le chemin en sens inverse.

Gavriel le rejoignit par terre.

— Mange le pain et le reste du fromage, Leo. Tu dois avoir faim.

Il avait besoin de réfléchir. Par réflexe, il fit tourner la bougie autour de lui pour regarder les lieux. Ce fut Leo qui laissa échapper une exclamation en levant les yeux.

— Incroyable ! marmonna-t-il.

Gavriel suivit le regard du roi. Au-dessus de lui se trouvait une petite ouverture.

— Dis-moi que tu peux voir une autre flèche derrière moi, demanda-t-il sèchement.

Leo hocha la tête, bouche bée.

— Ah ! fit Gavriel en se levant d'un bond. Maintenant, il faut grimper, ajouta-t-il en caressant le dessin à la craie. Viens, je vais te faire la courte échelle.

Prudemment, il hissa Leo dans l'ouverture.

— Je ne vois rien, dit le roi. Il fait trop noir. Mais ça a l'air grand.

— Tiens, prends la chandelle et nos affaires, dit Gavriel en se dressant sur la pointe des pieds. Écarte-toi, j'arrive.

Il sauta, agrippa le rebord du trou et posa les pieds sur le mur pour se hisser à travers l'ouverture. Il y avait engagé la moitié de son corps lorsqu'il s'immobilisa, stupéfait par ce qu'il découvrait là-haut.

— Que je sois pendu ! murmura-t-il.

— Une grotte ? Comment est-ce possible ? demanda Leo, incrédule.

Gavriel se hissa hors du trou et se leva avec précaution car la voûte était très basse. Il secoua la tête d'un air émerveillé.

— Qu'est-ce que c'est ? Où sommes-nous ?

— Est-ce que ce sont des chants d'oiseau qu'on entend ?

Gavriel tendit l'oreille. Le bruit était lointain, mais Leo ne se trompait pas.

— Je crois que tu as raison. Allons-y.

Ils traversèrent la grotte qu'ils venaient juste de découvrir et se dirigèrent vers la source du bruit.

— Ainsi, la tache ocre sur la carte indiquait l'ouverture dans le plafond du Passage, fit remarquer Leo.

— Je ne crois pas qu'on se trouvait encore dans le Passage. La pierre du mur n'avait pas tout à fait la même texture. Je crois que, lorsque nous nous sommes retrouvés dans ce cul-de-sac, on était déjà au-delà des murs du palais.

— Qu'es-tu en train de dire ?

— Je crois que les taches ocre sur la carte, c'étaient pour signaler des issues secrètes, des façons d'entrer ou de sortir du palais, expliqua Gavriel, incapable de dissimuler son excitation. Je crois que c'est pour ça qu'on entend des chants d'oiseau. Je parie qu'on va sortir près des bois !

Incrédule, Leo se tourna brusquement vers son ami. Au même moment, Gavriel sentit un léger souffle d'air lui ébouriffer les cheveux. Les deux jeunes gens se mirent à rire. C'était vrai. La liberté leur tendait les bras.

# Chapitre 16

Valya fulminait. Elle détestait Dara Negev et son attitude constamment méprisante à son égard. De toute évidence, cette vieille bique la haïssait, ce qui lui allait très bien, car le sentiment était partagé. En revanche, elles aimaient toutes deux Loethar. Mais ce qui énervait par-dessus tout Valya, c'était que, en présence de sa mère, ou même lorsqu'il ne faisait que penser à elle, son amant devenait distant. Et elle détestait ça plus encore qu'elle haïssait Negev. Pour couronner le tout, Stracker lui donnait la nausée chaque fois qu'elle se retrouvait en sa présence. Elle se réjouissait qu'ils aient si peu de choses à se dire ou à voir ensemble.

En dépit de tout l'amour qu'elle éprouvait pour Loethar, Valya s'apercevait chaque jour un peu plus qu'elle ignorait presque tout de ce qui se passait dans son esprit. Pendant toutes les batailles, il avait fait preuve d'une telle concentration ; il s'était taillé un chemin décisif mais patient jusqu'en Penraven sans que jamais son désir de conquérir les Valisar faiblisse. Les autres royaumes de l'Ensemble n'avaient été que des obstacles… l'ennuyeuse graisse qu'il avait fallu ôter pour accéder au véritable cœur battant de l'Ensemble. Pourtant, Valya savait au fond d'elle que les motivations de Loethar n'avaient rien à voir avec la richesse de Penraven. Le pouvoir était certes un besoin motivant, mais ce n'était pas son ultime passion, pas plus que l'envie de se proclamer empereur. Valya ne savait pas ce qui avait inspiré tout cela, ce qui avait poussé Loethar à déclarer cette guerre, alors que Negev et elle, et même Stracker, étaient bien plus ouverts quant à leurs motivations.

Encore quelques semaines auparavant, Loethar lui faisait l'amour avec férocité et voracité. Il venait la voir souvent, si souvent, en fait, qu'elle avait commencé à se voir en future épouse. Elle adorerait posséder ce titre, car il lui donnerait un statut supérieur à celui de Negev, statut auquel elle aspirait énormément. Plus important encore, cela ferait d'elle l'impératrice de l'Ensemble. Tout comme Loethar, c'était la chute de Penraven qu'elle avait le plus convoité. En fait…

— Cavalier en vue ! s'exclama son compagnon en interrompant le cours des pensées de Valya.

Elle immobilisa son cheval, un beau rouan.

— De quoi s'agit-il ? siffla-t-elle entre ses dents. J'aimerais tant pouvoir me promener seule !

— Ce sont les ordres de Loethar, répliqua le guerrier sur le ton de quelqu'un qui s'ennuyait.

— Mais pourquoi ? Pourquoi me faut-il une escorte ?

Il la regarda d'un air vaguement agacé. Il portait sur le visage les tatuas distinctifs des tribus barbares. Les siens étaient verts, il s'agissait donc d'un des guerriers de Stracker. Fascinée par les motifs, elle ne vit pas ce que les yeux de son compagnon exprimaient.

— Il faudra le lui demander.

Elle laissa échapper une exclamation exaspérée. En colère, elle attendit l'arrivée du cavalier – un Bleu, celui-là, un représentant de la tribu des Mears. Elle n'attendit pas qu'il s'adresse en premier au guerrier de Stracker.

— Que me voulez-vous ? demanda-t-elle.

Le nouveau venu hocha la tête pour les saluer tous les deux.

— On m'a demandé de vous ramener au château, répondit-il en s'adressant directement à elle.

Cette victoire mesquine plut à Valya. Les moindres marques d'attention qu'elle parvenait à gagner étaient importantes.

— Pourquoi ?

Le jeune homme avait chevauché vite. Il haletait.

— La reine Iselda est morte.

— Comment ?

— Le domestique l'a jeté du haut du château.

— Quel domestique ? demanda-t-elle, choquée. Pas Freath, tout de même ?

Le guerrier haussa les épaules.

— Je crois que c'est bien ce nom-là. (Il sourit à son camarade.) Ils ont ramassé les morceaux de son cadavre partout dans la cour. Il y avait de la matière grise qui suintait de son crâne fracassé.

— Que s'est-il passé ?

Valya regretta d'être partie se promener. Maintenant, elle allait devoir apprendre de la bouche des autres pourquoi Iselda avait subi cette dernière humiliation. Elle se demanda si Loethar regrettait de ne pas l'avoir tuée de ses mains. Mais il avait déjà donné la reine à cet individu amer et falot pour le laisser satisfaire ses propres plaisirs. Cela signifiait que Loethar ne s'intéressait pas à Iselda. Tant mieux. Qu'elle soit pendue si elle acceptait de partager Loethar avec une autre femme maintenant qu'elle touchait au but.

— Eh bien, dépêchez-vous de me le dire ! Que sait-on ?

— Rien.

Le Bleu lança un coup d'œil au Vert.

— Ne le regardez pas ! Il n'était pas là non plus, imbécile !

— Ne nous insultez pas, prévint le Vert. Il est jeune. Quant à moi, je suis votre escorte pour la journée. Si on nous avait laissé le choix, aucun de nous ne serait à vos côtés en ce moment. Nous vous tolérons parce que vous êtes la compagne de notre chef, mais ne nous traitez pas comme si vous aviez le moindre pouvoir sur nous.

Voilà qui était bravement parlé pour un simple fantassin, songea Valya. Elle savait qu'elle n'aiderait pas sa cause en se faisant davantage d'ennemis ; elle se sentait déjà tellement étrangère à leur peuple ! C'était uniquement à la charité de Loethar qu'elle devait le peu de déférence que ses hommes lui accordaient.

— Pardonnez-moi, concéda-t-elle dans la langue des Steppes, en allant chercher très loin le ton humble qu'exigeait la situation. J'ai été sous pression, récemment. Nous l'avons tous été. Je m'inquiète pour Loethar.

— Il ne faut pas, répliqua le Vert. Il est tout à fait capable. S'il ne l'était pas, il ne serait pas notre chef.

— Bien entendu, répondit Valya aussi poliment que sa fureur le lui permettait. J'espérais juste pouvoir me promener plus longtemps.

Le Bleu secoua la tête.

— On m'a demandé de vous ramener de toute urgence.

Elle acquiesça en voilant à peine sa colère, cette fois.

— Après vous.

Ils furent surpris de déboucher hors d'une grotte à l'ouverture curieusement inclinée qui les obligea à s'aider l'un l'autre pour se hisser à l'extérieur. En se rapprochant de la sortie, ils avaient découvert qu'ils existaient plusieurs ouvertures au-dessus de leurs têtes, par lesquelles filtraient la douce brise et les chants d'oiseaux. La sortie elle-même était relativement étroite et envahie par la végétation de mousses et de branches pendantes.

Gavriel se hissa hors du trou le premier, avant de tendre la main pour faire sortir le roi.

— On a réussi, Leo ! On est libres ! s'exclama-t-il avec un sourire de triomphe.

Leo acquiesça d'un air contrit.

— Tu as eu raison de m'obliger à t'écouter, Gav. L'idée de passer par les toits…

— C'était la seule option que nous avions à ce moment-là, le rassura Gavriel. Ce n'est pas grave, Leo. Je suis un lâche, c'est tout. J'ai peur du vide.

Le jeune garçon sourit.

— Il va falloir travailler là-dessus. Où on va, maintenant ?

— On a besoin de la protection de la forêt. On est en plein jour, on ne peut pas prendre le risque d'être vus.

— En courant vite, on se retrouvera dans la forêt en un rien de temps.

— Oui, ce bosquet n'offre qu'une maigre protection ; ce ne sont que des fourrés, en réalité.

— Qu'on a probablement fait pousser pour masquer l'entrée de la grotte.

— Tu as raison, approuva Gavriel. Je me demande pourquoi ton père ne t'en a jamais parlé.

— Parce que nous avons toujours cru que le seul moyen de sortir, c'était de passer par les cuisines. Tu es sûr que ce n'est pas un piège, Gav ?

Gavriel posa la main sur l'épaule du roi.

— Tu t'inquiètes encore au sujet de cette craie ocre, hein ? (Le jeune garçon acquiesça.) Il ne faut pas.

Leo secoua la tête.

— Alors tu n'es pas méfiant ?

— Non, je suis juste extrêmement soulagé. Maintenant, partons d'ici.

— Où allons-nous ?

— Aucune idée, Majesté. Mon plan, c'est de mettre le plus de distance possible entre nous et Brighthelm. Nous allons continuer vers le nord ; nous réfléchirons à notre destination une fois que nous nous sentirons plus en sécurité.

— Je suis prêt. Après vous, légat De Vis !

Les deux guerriers étaient déjà entrés dans la première cour, mais Valya s'était laissé distancer et se trouvait à présent à une vingtaine ou peut-être une trentaine de foulées derrière eux. Elle n'aimait pas beaucoup ce lugubre château et lui préférait de loin Pierregrise, la demeure de sa famille en Droste.

Les paysages de Droste étaient plus luxuriants, avec des couleurs plus douces et des lignes plus arrondies. Penraven apparaissait plus découpé, plus élémentaire, avec la mer à proximité et ses falaises rocheuses. Cependant, la forêt qu'elle venait juste de commencer à explorer était dense et riche en bruits et en couleurs. Elle pourrait même apprendre à l'aimer – il le faudrait bien, si elle était obligée de faire de cet endroit son foyer. De toute façon, même Penraven valait mieux que ces maudites Steppes, ces plaines dépouillées d'arbres qui avaient vu naître Loethar. Plutôt mourir que vivre là-bas, sur cette terre trop sèche pour accueillir une forêt, mais trop humide pour être qualifiée de désert. *Pourtant, ça pourrait en être un !* se dit-elle, peu charitable, en pensant aux villages de tentes dans lesquels vivaient les tribus. Les hommes, privés de l'eau abondante qui permettait de se laver régulièrement, portaient sur eux l'odeur des chevaux qu'ils élevaient. Loethar sortait du lot, vraiment. Et pourtant, il détonnait aussi à côté de gens comme elle. Elle était plus en phase avec les peuples de l'Ensemble qu'il ne le serait jamais.

Valya entendit un croassement familier et regarda par-dessus son épaule. Elle eut juste le temps de voir Vyk s'envoler d'une fenêtre des petits appartements dans lesquels Loethar avait choisi de s'installer. Ces derniers se trouvaient très loin de son propre logement, si loin qu'en fait il paraissait peu probable qu'elle retrouve bientôt la chaleur de ses bras. Elle soupira en regardant Vyk s'éloigner en direction des bois. Ces temps-ci, l'oiseau recevait de son maître davantage d'attentions qu'elle. Elle suivit son vol du regard en se demandant avec mélancolie comment abattre le mur qui semblait s'être dressé entre elle et son amant. Brusquement, un mouvement à l'orée des bois attira son attention.

Elle arrêta son cheval et plissa les yeux pour mieux voir. Il s'agissait de deux garçons, visiblement, l'un plus grand que l'autre, mais jeunes tous les deux. Ils couraient à toutes jambes ; peut-être s'agissait-il de braconniers ? Est-ce que cela avait de l'importance ?

— Hé ! vous ! s'écria-t-elle à l'adresse du Vert, en regrettant aussitôt de ne pas avoir pris la peine de lui demander son nom.

L'intéressé se retourna lentement, avec dans le regard une lueur de désintérêt qui frisait le dédain.

— Je viens juste d'apercevoir quelque chose. (*C'est stupide !* se tança-t-elle. *Ce sont des mots stupides !*) Des hommes ! rectifia-t-elle.

— Des hommes ?

— Eh bien, des adolescents, peut-être. Je n'en suis pas sûre.

— Et ça vaut la peine de le mentionner ?

— Ils couraient.

— Les garçons ont tendance à faire ça, rétorqua le Vert avec aigreur.

— De manière furtive ?

Il esquissa un sourire railleur.

— « Furtive » ?

Exaspérée, elle tendit le doigt en direction de la forêt.

— Ils ont couru dans la forêt comme s'ils voulaient se cacher.

— Et ?

— Vous ne voulez pas aller vérifier ce qu'ils fabriquent ?

Il secoua lentement la tête.

— Pour quoi faire ?

Valya exprima sa frustration par un grognement.

— Qui sait ce qu'ils peuvent mijoter ? Ce sont peut-être des ennemis.

— Nous sommes en territoire ennemi. Il est très probable que vous ayez vu des gens du coin, mais je doute qu'ils représentent une menace, si ce ne sont que des adolescents.

— Ce ne sont pas « que » des adolescents. Je ne suis sûre de rien, essaya-t-elle de nouveau de rectifier. Ils étaient jeunes. L'un était grand. Ils couraient, furtivement.

— Avaient-ils des armes ?

Elle secoua la tête.

— Je n'ai pas bien vu. Une épée, peut-être. Un arc aussi, c'est possible. Je n'ai fait que les entrapercevoir.

— Une seule épée – et peut-être un arc – opposée à la puissance des tribus qui ont déjà écrasé leur royaume ? (Le Vert marqua une pause et secoua la tête.) Je ne vois pas de quoi paniquer.

Son sarcasme la fit frémir, même s'il avait pris soin de lui répondre d'un ton neutre.

— Nous devrions avertir Loethar.

— Vous croyez que ça vaut la peine d'alerter le chef de toutes les tribus barbares, le nouvel empereur de l'Ensemble ? tout ça pour deux gamins qui couraient ?

— Oui, je le crois, insista-t-elle.

— Alors, à vous de le lui dire.

Valya laissa échapper une exclamation exaspérée.

— Au moins, envoyez quelqu'un jeter un œil. Je peux leur montrer…

— Notre chef nous a ordonné de vous ramener devant lui. Telle est ma mission. Ne m'obligez pas à vous porter.

Elle le dévisagea avec frustration. Il avait les traits figés en un rictus menaçant, ce qui rendaient ses tatuas plus sinistres encore. Valya envisagea un instant de l'ignorer et d'ordonner à quiconque voudrait bien l'écouter de poursuivre les deux coureurs. Mais quelque chose dans la façon dont il descendit de cheval lui fit comprendre qu'il pensait ce qu'il disait. Il risquait de la poursuivre et de la traîner – probablement par les cheveux et en dépit de ses hurlements – à l'intérieur du château. Or, elle ne pouvait se le permettre. Son statut parmi ces hommes était déjà bien assez fragile comme cela, d'autant qu'il dépendait entièrement du bon vouloir de Loethar. Ce guerrier se réjouirait de pouvoir la rabaisser sous prétexte qu'il devait suivre les ordres… et ensuite, tous les Verts et, à n'en pas douter, les Bleus et les Rouges aussi, célébreraient en privé le fait que l'un des leurs ait réussi à intimider la catin de Droste. Elle refusa de lui donner pareille satisfaction.

— Comme vous voulez, répliqua-t-elle en faisant sèchement claquer les rênes de sa monture. J'en parlerai à Loethar.

Le Vert se contenta d'un sourire sournois avant de lui tourner le dos. Valya fulminait et se jura de lui faire payer l'échange humiliant qu'ils venaient d'avoir.

Après avoir couru à toutes jambes aussi longtemps que leurs poumons le leur permettaient, ils s'arrêtèrent, les mains sur les genoux, pour aspirer de grandes goulées d'air. Gavriel avait l'impression qu'ils couraient dans le sous-bois depuis une éternité.

Leo récupéra plus rapidement que lui.

— On a couvert une bonne distance, fit-il remarquer, essoufflé.

— J'ai peur qu'ils nous aient vus, haleta Gavriel.

Le roi secoua la tête d'un air confiant.

— Si c'était le cas, on entendrait des chevaux arriver.

— Il faut continuer à bouger, insista Gavriel en se redressant, ce qui ne fut apparemment pas du goût de sa poitrine.

— Pour aller où ?

Gavriel haussa les épaules.

— Suivons la lisière des bois. La forêt de Deloran s'épaissit à mesure qu'elle va vers le nord. Où se trouve ce rebelle dont tu m'as parlé ?

Leo haussa les épaules.

— Aucune idée. Dans le Nord, c'est tout ce que je sais. Je n'y ai pas prêté assez attention.

— Bon, inutile de s'inquiéter de ça maintenant. Ce qui compte, c'est de t'éloigner le plus possible de Loethar. Viens.

— Regarde ! s'exclama soudain Leo.

— Qu'y a-t-il ? (Gavriel, les sourcils froncés, leva les yeux vers l'endroit que désignait le roi.) Oh, merde !

— Il ne peut pas nous faire de mal.

— Oui, mais tu as vu comment il nous regarde ? Il a l'air tellement sinistre.

— Il a l'air d'un raven, Gav.

— Je crois qu'il est maléfique.

— Tout le monde pense comme toi. Pourquoi est-ce qu'on déteste autant les ravens ? J'ai cru comprendre qu'il s'agissait de créatures extrêmement intelligentes.

— C'est bien le problème. Corbel dit qu'on peut leur apprendre à parler.

Les yeux de Leo se mirent à briller.

— Peut-être que Loethar le lui a appris.

Gavriel secoua la tête.

— Non, nous l'avons espionné longtemps, nous aurions entendu parler l'oiseau si c'était le cas. Mais je trouve son silence tout aussi horrible, surtout avec ce regard sournois qu'il a. Tu ne trouves pas qu'il a toujours un air pensif… calculateur ?

Leo laissa échapper un petit rire sans joie.

— C'est bizarre qu'il nous ait retrouvés juste au moment où on a le moins envie de se faire repérer…

Il s'interrompit brusquement en voyant Gavriel faire volte-face.

— Il faut fuir, Leo ! Tu ne comprends pas ? Ce n'est pas une coïncidence ! Il est en train de marquer notre position ! Peut-être qu'il a été entraîné, peut-être qu'il est bel et bien capable de nous suivre. (Gavriel s'élança vers les profondeurs de la forêt en s'assurant que Leo le suivait bien.) Par ici, siffla-t-il par-dessus son épaule. On ne doit pas perdre notre direction.

— Tu ne crois quand même pas…

— Ne gaspille pas ton souffle, contente-toi de courir, gronda Gavriel en levant les yeux pour essayer de repérer le raven.

Il ne le vit nulle part, mais il était convaincu que l'oiseau était une espèce d'espion.

Ils coururent jusqu'à ce qu'ils se laissent tous deux tomber sur le sol, épuisés.

— Je n'en peux plus, haleta Leo. Je n'avais encore jamais couru si longtemps.

Gavriel lui répondit de façon tout aussi entrecoupée :

— Je sais… Je n'aurais pas dû… te faire peur. Je suis… désolé. Tout va bien… maintenant.

— Il est là ?

— Non, répondit Gavriel en se redressant pour s'adosser au tronc d'un grand arbre. Je nous ai fait peur à tous les deux, ajouta-t-il tandis que son souffle redevenait peu à peu régulier. Je n'aurais pas dû...

Il s'interrompit en voyant Vyk fondre sur eux et atterrir lourdement à leurs pieds.

Leo recula tant bien que mal et se cogna dans Gavriel, qui le fit passer derrière lui.

— Gavriel..., marmonna Leo.

Il ne réussit pas à finir sa phrase, mais ses grands yeux écarquillés en disaient bien assez long.

— Garde ton calme, recommanda Gavriel en observant l'oiseau, qui les fixait d'un œil sinistre. (Il se rapprocha d'eux en sautillant et les deux garçons frémirent.) Ce n'est qu'un oiseau, il ne peut pas nous faire de mal, murmura Gavriel d'un ton apaisant, autant pour lui que pour Leo.

— Tu pourrais l'abattre d'une flèche, suggéra le jeune roi.

— Évidemment, approuva Gavriel, surpris de n'y avoir pas pensé lui-même. On va voir à qui appartient cette forêt, ajouta-t-il avec colère en tendant la main vers l'une des quelques flèches qu'ils avaient pu emporter.

Il l'encocha et visa, stupéfait de voir que ça ne faisait même pas ciller l'oiseau. Vyk tourna légèrement la tête de côté en le dévisageant avec intensité.

— Attends, arrête-toi ! siffla Leo.

— Mais j'ai un angle de tir parfait, murmura Gavriel, furieux, sans jamais quitter du regard les yeux pâles qui le fixaient.

— Il n'a pas peur de nous, Gav.

— Je m'en fous comme...

— Non, attends ! Tu as dit que ce sont des bêtes très intelligentes. Mais une créature intelligente fuirait pour sauver sa peau, tu ne crois pas ? Surtout un oiseau ! Il se serait envolé au premier signe de danger.

— Que Lo me sauve, où veux-tu en venir, Leo ? s'énerva Gavriel en soupirant bruyamment.

— Ne le tue pas.

Gavriel baissa son arc.

— Le raven te faisait peur, il y a moins d'une minute. Et maintenant, tu veux que je lui laisse la vie sauve ?

— C'est toi qui m'as fait peur, pas lui. C'est toi qui le trouves sinistre et qui penses qu'il va mener Loethar jusqu'à nous. Mais, pour l'instant, il ne fait rien de la sorte, pas vrai ? Et il est à terre, alors qui peut le voir, à part nous ?

— D'accord, un point pour toi, admit Gavriel en passant la main dans ses cheveux en bataille. Qu'est-ce qu'on fait, maintenant ?

— Rien, répondit le roi en haussant les épaules.

— Rien ? Mais il est clair que le raven nous suit !

— Je sais, mais ignorons-le et remettons-nous en route.

— Pourquoi ? Ce maudit oiseau appartient à Loethar. Je veux tuer tout ce qui appartient au barbare qui a assassiné mon père. Il est responsable de la mort de tes parents, du départ de mon frère et de l'invasion du royaume. À cause de lui, on est obligés de fuir. Tu veux que je continue ? (Leo ne répondit pas et continua à regarder Vyk, qui n'avait même pas bougé l'une de ses plumes brillantes.) Je t'en prie, Leo, donne-moi une bonne raison de ne pas renvoyer cette bête de malheur à son créateur au nom de Penraven.

Le roi parut gêné en détournant finalement les yeux de Vyk.

— Je ne sais pas vraiment, Gav, mais Piven l'aime bien.

— Piv ?

Gavriel se retint d'ajouter quoi que ce soit, mais il savait que son visage devait refléter à la fois son dégoût et son incrédulité.

— Moi, je t'ai, toi, essaya d'expliquer Leo. Mon frère n'a plus aucun visage familier autour de lui, à part ce traître de Freath ou cette méchante Genrie.

Gavriel soupira.

— Piven n'a pas besoin de visage familier. Chaque jour, tout le monde est un étranger pour lui, même ceux qu'il connaît depuis toujours. Ça ne fait aucune différence pour lui, tu le sais bien.

— Oui, je le sais, reconnut le roi tristement. Mais on dirait qu'il reconnaît Vyk, tu ne trouves pas ? Il a toujours couru vers lui. Malgré la laisse que le barbare lui a mise, il s'efforce toujours d'être près de Vyk, maintenant.

Gavriel regarda de nouveau le raven, qui sautilla sur le côté et donna un grand coup de son bec noir sur le sol.

— Tu crois qu'une espèce d'amitié est née, c'est ça ? soupira-t-il.

— Non, je sais que Piv ne peut pas vraiment se faire des amis, mais, contrairement à nous, il n'a pas peur de Vyk. Il le reconnaît. C'est déjà quelque chose, non ? une espèce de lien ?

Gavriel ne savait pas quoi dire. Il poussa un profond soupir.

— Je suppose qu'ils sont tous les deux des créatures silencieuses et maudites. Peut-être que ça les relie, d'une certaine façon.

Les yeux de Leo brillèrent de nouveau.

— Tu as raison ! Peut-être que Vyk, d'une certaine façon, réconforte Piven, même si on ne comprend pas comment. Il semble certainement l'amuser, en tout cas.

— Tout amuse Piven, rétorqua Gavriel, non sans gentillesse.

— On ne peut pas tuer l'oiseau. Allons-nous-en.

— Mais pourquoi nous a-t-il suivis jusqu'ici ?

— Je ne sais pas… peut-être à cause de nos provisions ?

— Il se nourrit de chair animale, Leo, pas de pain rassis et de fromage moisi.

— Alors, je ne sais pas du tout pourquoi il est là ! Mais je ne veux pas que tu le tues. Allons-nous-en.

Leo se leva et épousseta les feuilles qui s'étaient accrochées à ses vêtements. Gavriel l'imita, puis fit un signe du menton.

— Viens, c'est par là.

Ils se remirent en route d'un pas traînant, Leo derrière Gavriel. Le roi regarda par-dessus son épaule.

— Il vient avec nous.

— Eh bien, j'espère que, malgré ses très courtes pattes, il aime les longues marches, répliqua Gavriel d'un ton peu charitable, en refusant de regarder leur nouveau compagnon.

Valya n'avait encore jamais été invitée à entrer dans les appartements privés de Loethar. On lui ordonna d'attendre l'arrivée de l'empereur. Secrètement ravie de constater que Loethar ne l'attendait pas en tapant du pied, elle prit le temps de se calmer et de découvrir le décor qui l'environnait.

Il s'agissait d'une jolie pièce avec une série de grandes portes à double battant qui s'ouvraient sur plusieurs balcons desquels on pouvait voir la mer. Elle s'aperçut que ces appartements avaient la même perspective que les anciens quartiers d'Iselda, mais qu'ils étaient plus retirés, à l'écart dans un coin du palais, bien en dessous des appartements de la défunte reine.

Cette pièce avait visiblement appartenu à un homme – un homme de bon goût, apparemment, à en juger par les meubles, peu nombreux mais d'excellente facture. Valya fit doucement claquer sa langue. Le bois tressé était rare, il n'en restait presque plus dans tout l'Ensemble. Quiconque avait habité dans ces appartements avait dû voyager jusqu'à Skardlag pour acheter le bois brut. Le père de Valya adorait tout ce qui était fait à partir de ce bois couleur miel et strié d'or. Il n'en possédait qu'un petit morceau – un simple bol –, mais il le chérissait comme s'il s'agissait d'or pur. Elle n'avait jamais compris cette fascination, mais elle commençait à apprécier la beauté du matériau maintenant qu'elle avait sous les yeux des pièces plus grandes, plus solides, qui semblaient briller d'une lueur interne.

En dehors des meubles, il y avait peu de draperies dans la pièce principale. On y trouvait cependant une belle sculpture de cheval en bronze ainsi que divers tableaux accrochés aux murs. Les œuvres d'art, aussi peu nombreuses que les meubles, étaient toutes elles aussi d'une qualité exceptionnelle, comme Valya n'en avait plus vu depuis de nombreuses années – depuis qu'elle avait quitté l'Ensemble, en fait. Elle regarda en direction de la pièce qui devait servir de chambre à coucher, en se demandant si celle-ci recelait également d'aussi beaux objets.

L'ouverture de cette même porte mit un terme à ses réflexions.

— Mais pourquoi ? s'exclama alors Valya, suffoquée.

— J'ai toujours détesté cette barbe, expliqua Loethar en frottant son menton glabre.

— Je ne t'avais encore jamais vu sans. J'espère que tu ne m'en voudras pas de dire à quel point tu parais plus jeune ainsi ?

Il esquissa une maladroite ébauche de sourire en se dirigeant vers un plateau sur lequel se trouvait une carafe de vin et des verres. En son for intérieur, Valya était stupéfaite. Disparu, ce masque embroussaillé derrière lequel, de toute évidence, il avait l'habitude de se cacher. Bannis, les étranges piercings qui s'ornaient auparavant d'anneaux et de joyaux. Devant elle se tenait un bel homme, dont les traits obscurs étaient bien plus faciles à contempler, maintenant qu'il s'était lavé les cheveux et qu'il les avait rassemblés en une natte. La tenue propre qu'il portait – et qu'il avait de toute évidence trouvée dans ces appartements – accentuait la minceur de ses membres et la largeur de ses épaules, ce qui le faisait paraître plus grand encore qu'il ne l'était en réalité.

— Tu n'as jamais été l'un d'entre eux, fit-elle remarquer en parcourant du regard tous les détails de ce nouveau Loethar.

Elle sentait l'odeur du savon et le parfum des herbes qui avaient permis d'aérer les vêtements qu'il portait.

— Pourquoi dis-tu cela ? demanda-t-il d'un ton sincèrement intéressé, tandis que ses yeux noirs étincelaient.

— Verse-moi un verre de vin, et je te le dirai.

Il sourit, et le cœur de Valya fit un bond dans sa poitrine. Peut-être que l'étrange détachement dont il avait fait preuve ces derniers temps avait disparu en même temps que l'horrible barbe mal entretenue. Ce sourire, c'était ce qu'elle aimait le plus chez lui. Il était dur à provoquer, et d'autant plus précieux que son propriétaire l'offrait avec réticence.

— Pour vous, gente dame, lui dit-il en la rejoignant, les cheveux humides et les yeux brillants à cause de ce qu'elle soupçonna être une information secrète. Il est très bon, ajouta-t-il en lui tendant un élégant verre en étain.

Elle le prit en veillant à ce que leurs doigts s'effleurent, juste assez pour faire passer un message d'affection.

— Merci. Voilà un cadeau inattendu – et je ne parle pas du vin.

Il eut la bonne grâce de prendre un air penaud – encore un bon signe. Elle leva son verre.

— Sarac, Loethar ! dit-elle en lui souhaitant une bonne santé dans la langue des Steppes.

— Aux nouveaux départs, répondit-il avant de boire.

— Très bien. J'espère que tu ne m'en voudras pas de te dire que tu es, euh… très beau comme ça ?

Il plissa le front.

— Pourquoi est-ce que je t'en voudrais de faire pareil compliment ?

Valya goûta le breuvage, puis dévisagea Loethar avec soin, en penchant légèrement la tête de côté.

— Je me méfie quand je suis en ta présence. Ces derniers temps, je ne sais plus ce que je dois dire.

Il la rabroua gentiment.

— Dis uniquement la vérité. C'est tout ce que je désire entendre de toi.

Elle hocha la tête et but de nouveau.

— À qui sont ces vêtements que tu portes ?

— Freath m'a dit qu'ils appartenaient au légat De Vis. Apparemment, nous avions la même taille. Je m'en ferai faire des nouveaux très bientôt.

— Ce style te va bien, ajouta-t-elle prudemment, car elle désirait d'abord voir comment Loethar allait réagir avant de s'impliquer davantage.

— J'ai l'intention de m'habiller comme ça, désormais. Si je veux être l'empereur de l'Ensemble, je dois pouvoir me mêler à ses habitants.

— Tu as bien fait de te débarrasser de tout ce métal accroché à ton visage, tout comme tu as bien fait de te raser, même si le résultat est stupéfiant.

Il ne répondit pas, mais ce commentaire ne parut pas le mettre en colère, si bien qu'elle prit ça pour une marque d'encouragement.

— Donc, tu n'as pas l'intention de transformer les peuples récemment conquis en…

— Non, intervint-il d'un ton ferme. Ce sont les peuples de l'Ensemble et ils le resteront. Tous les changements que j'apporterai seront subtils et graduels.

— Voilà qui est sage, répondit-elle en buvant une nouvelle gorgée. Je suis époustouflée. On dirait que tu as toujours vécu en ces lieux. (Elle tourna autour de lui en admirant la coupe élégante de ses vêtements et la façon dont ils mettaient son corps en valeur.) Le légat était important pour le roi.

— Ils étaient plus proches que des frères.

— Tu sais s'il avait de la famille ?

— Oui. Une épouse défunte, et deux fils de cette union.

— Qui sont-ils ?

— On l'ignore. Il est important qu'on les retrouve.

— Posent-ils problème ?

— À dix-sept annis, oui, je le pense. Moi, à leur âge, je posais problème à mon entourage.

Elle sourit de cette boutade.

— Je n'arrive pas à imaginer ta mère perdant pied avec toi.

— Ah, mais elle n'était pas une mère au sens où on l'entend habituellement. Nous n'avons jamais vraiment discuté de ta famille, n'est-ce pas, Valya ?

De toute évidence, il n'avait pas envie de parler de ses propres parents.

— À part le fait que je les hais ? répliqua-t-elle d'un ton doucereux. Je suis sûre de t'en avoir assez dit.

Il parut amusé.

— Tu sais, tu as de bonnes raisons de les haïr. Ce n'est pas ta faute s'ils n'ont pas eu de fils.

Valya soupira.

— Oui, je suppose, mais il est vrai que mes parents m'ont fait regretter de ne pas être un garçon tous les jours de ma misérable existence.

Il soutint son regard et elle fut convaincue – juste pendant quelques instants – qu'il partageait sa douleur. Elle ne comprenait pas entièrement son nouvel état d'esprit avec tous ces changements, mais elle ne voulait pas non plus gâcher cette tendresse toute neuve. Alors, elle tint son amertume à l'écart et ravala la colère qui semblait l'envahir chaque fois qu'elle parlait de sa famille.

— Je ne comprends pas que tes fiançailles avec Brennus ne t'aient pas fait remonter dans leur estime.

— Oh ! si, mais pas comme je l'espérais. Père n'y a vu qu'une grande alliance stratégique, et mère n'y a vu que de la richesse.

— Et toi ?

— Moi, j'y ai vu un moyen de m'échapper, Loethar. Tu sais que c'est ce que j'ai toujours voulu.

— Et non le pouvoir ?

Elle se mit à rire.

— Je n'ai pas dit ça. Je ne vais pas te mentir – tu me connais trop bien. Bien entendu, je convoite le pouvoir. Mais peut-être pas pour les raisons que tu penses.

— Pour quelles raisons, alors ?

Elle fronça les sourcils en le regardant d'un air perplexe.

— À quoi ça rime, tout ça ?

Il haussa les épaules d'un air blessé.

— Tu te plains toujours que je ne prends jamais le temps de bavarder avec toi. Tu n'apprécies donc pas cette « conversation », autour d'un verre de vin, pas moins, et sans interruption ?

— Si, mais le sujet de notre discussion m'intrigue. Je t'ai déjà raconté tout ça dans les grandes lignes.

— Peut-être que j'ai encore envie de l'entendre. Peut-être que j'ai envie d'être sûr à ton sujet, Valya.

Le froncement de sourcils de la jeune femme s'accentua. Elle aurait voulu lui demander pourquoi, mais, de nouveau, elle se retint. Mieux valait, en cet instant, se contenter de savourer l'attention qu'elle espérait depuis longtemps.

— D'accord. J'aime l'idée du pouvoir pour la liberté qu'il pourrait me donner. Je pourrais enfin échapper à l'impression étouffante qu'à chaque seconde qui passe je déçois mes parents. C'est quelque chose que je ressens surtout depuis la rupture des fiançailles.

— Ils t'en ont voulu pour ça ?

— Et comment ! J'entends encore le dédain de mon père chaque jour, quand je me réveille. Il m'a dit : « Tu vois, même une étrangère vaut mieux que toi. »

Loethar hocha la tête.

— J'ai cru comprendre qu'elle était originaire de Galinsée.

— C'était une princesse roméenne, rien que ça.

— Comment se sont-ils rencontrés ?

Valya haussa les épaules.

— D'après ce que j'ai pu apprendre, le vieux roi Darros de Penraven a emmené le prince Brennus avec lui pour assister aux funérailles de l'empereur Luc. La Galinsée et Percheron étaient des régions si importantes d'un point de vue économique que l'Ensemble ne pouvait se permettre d'ignorer cet événement important. Darros est parti représenter là-bas tous les souverains de l'Ensemble. (Elle poussa un nouveau soupir.) Pour faire court, disons que Brennus a rencontré la jeune Iselda, l'une des filles du prince roméen, et… (elle leva les yeux en souriant amèrement) on a mis mes fiançailles aux oubliettes.

— Elle est très belle, fit-il remarquer.

— Non, plus maintenant, répliqua Valya d'un ton plus sauvage qu'elle ne l'aurait souhaité. Mais, Loethar, n'as-tu pas reconnu en Brennus un esprit similaire au tien ?

Elle le vit blêmir.

— Qu'est-ce que tu entends par là ?

Valya haussa les épaules.

— Brennus était aussi impitoyable que toi ! Ne va surtout pas croire que l'amour qu'il prétendait porter à sa famille ait jamais influencé ses décisions concernant le royaume de Penraven.

Elle vit Loethar plisser les yeux et elle savoura le fait de lui raconter des choses qu'il ignorait jusqu'alors. Eh bien, il n'avait qu'à demander. Elle n'était pas aveuglée par l'amour au point de ne pas voir que leur relation était pour lui un atout. C'était grâce à sa connaissance de l'Ensemble et des coutumes de cette région située si loin à l'ouest qu'il la tolérait, sans oublier la lignée dont elle était issue. Cet homme était un tyran, à sa façon. Elle se retourna pour regarder par l'une des fenêtres.

— Je ne doute pas qu'il ait aimé Iselda, mais, avant de la rencontrer, il a prétendu m'aimer, moi aussi. Il a demandé ma main à mes parents. L'alliance avec Droste aurait été très profitable pour l'Ensemble, mais pas aussi éblouissante que celle forgée avec la Galinsée et Percheron grâce à son mariage avec Iselda. Pourtant, elle n'était qu'une princesse de rang mineur, une simple cousine au deuxième ou au troisième degré de l'empereur Luc, alors que j'étais la première-née, l'héritière directe du trône de Droste !

— Ton père t'aurait-il permis de régner ?

Encore une fois, Valya répondit par un haussement d'épaules.

— Il m'arrive parfois de penser qu'il aurait préféré m'empoisonner plutôt que de me donner le trône. Encore maintenant, je suis sûre qu'il manœuvre pour transmettre la couronne à son neveu.

— Ça n'arrivera pas tant que je vivrai, Valya, promit Loethar. (Ces paroles donnèrent le frisson à la jeune femme.) Mais pourquoi Iselda était-elle un meilleur parti pour Brennus ?

— Elle descendait directement de la lignée du roi Falza. Elle était de son sang, ce qui lui conférait un statut très important. L'Ensemble commerce beaucoup avec Percheron – comme tu le sais déjà, n'est-ce pas ? (Il acquiesça.) Eh bien, ce mariage a permis à Brennus de forger des liens vitaux avec l'Est. La beauté dont tu parlais tout à l'heure n'était que la poudre de diamant qui recouvrait des fiançailles déjà étincelantes. (Elle serra les poings.) Comment Droste aurait-elle pu rivaliser avec ça ?

Il ne répondit pas tout de suite, et Valya tint sa langue, convaincue d'avoir ruiné l'atmosphère agréable à cause de son amertume. Elle l'entendit se verser un deuxième verre de vin, mais elle ne se retourna que lorsqu'il la surprit en effleurant son bras d'une caresse légère. Elle ne s'était pas aperçue qu'il était venu la rejoindre en silence.

Loethar lui tendit son verre de nouveau rempli.

— Tiens, il a eu le temps de respirer un peu et il a encore meilleur goût. (Elle accepta le verre.) Tu sais, Valya, poursuivit-il en se rapprochant jusqu'à ce que leurs épaules se touchent, tout dans la vie n'est qu'une question de point de vue. (Elle se tourna vers lui d'un air interrogateur, mais il contemplait la mer.) Ce qu'un homme laisse de côté parce qu'il n'en a pas besoin peut très bien être ce qu'un autre homme recherche depuis toujours.

Elle fronça les sourcils.

— Je comprends les mots, mais qu'essaies-tu de dire, au juste ?

— Tu as raison, ne parlons pas à mots couverts. Permets-moi d'être franc. Pour Brennus, Droste ne représentait peut-être pas un gain aussi important que Percheron puisque, à l'époque, il se sentait en sécurité. Tous les royaumes de l'Ensemble suivaient la même ligne de conduite. Mais j'aimerais que Droste fasse partie de l'Ensemble, qu'elle en devienne un nouveau membre. Elle occupe une position bien plus stratégique que Brennus n'a bien voulu l'envisager. C'est à Droste que le grand fleuve qui baigne cette région prend sa source ; ses montagnes sont très importantes pour nous puisque la majeure partie des Dents de Lo reste inexplorée. Nous ignorons quelles richesses on pourrait découvrir rien que dans leurs contreforts. Droste est réputée pour sa musique et pour ses arts. Cremond est le siège du savoir dans tout l'Ensemble, peut-être que Droste pourrait devenir le siège de la culture ?

Valya écarquilla les yeux. Elle avait du mal à en croire ses oreilles. Se pouvait-il que plus d'un an d'intrigues et de ruses aboutisse enfin ?

— Qu'essaies-tu de me dire ? répéta-t-elle en chassant lentement l'air de ses poumons.

Elle posa son verre sur une petite table en bois tressé, car ses doigts tremblaient, tout à coup. De son côté, Loethar sourit d'un air timide et s'éclaircit la voix.

— J'essaie de te dire qu'à mes yeux Droste a bien plus de valeur qu'elle n'en avait aux yeux de Brennus. Je trouve que nous devrions rendre officielle l'union de Droste et de l'Ensemble.

Elle le regarda fixement, consciente qu'elle battait des paupières, autant par nervosité que par excitation.

— Par un mariage ?

Il baissa un instant les yeux, puis la transperça de son regard noir.

— Oui. Épouse-moi, Valya.

Il lui fallut un moment pour s'assurer qu'elle l'avait bien entendu. Puis elle poussa un petit cri de joie et se jeta à son cou. C'était un geste typiquement féminin, et peut-être même puéril – tout ce qu'il détestait –, mais elle ne tenait plus de joie.

— Oh, Loethar ! Oui ! Bien évidemment !

Il l'écarta de lui.

— Bien. Merci.

Mais elle avait encore envie de sentir ses bras autour d'elle.

— Oh, je t'en prie, serre-moi contre toi. Dis-moi que tu le penses vraiment, Loethar. Dis-moi que tu m'aimes.

Avec obligeance, il l'entoura de ses bras.

— Je crois que ce sera bien pour nous deux, dit-il.

Elle avait le visage enfoui contre le cou de Loethar, si bien qu'elle recula pour le regarder. Il avait de nouveau un air impénétrable.

— Ce n'est pas grave si tu n'arrives pas à exprimer tes sentiments. Moi, je peux et j'ai besoin de te dire que je t'aime.

— Je sais, répondit-il avec un embarras visible.

— Tu me fais peur, quelquefois.

— Vraiment ? (Elle hocha la tête.) Tu n'as aucune raison d'avoir peur de moi, Valya. Mais n'essaie pas de me comprendre. J'ai juste besoin que tu m'acceptes comme je suis.

— Je te le promets, dit-elle, en sachant au fond d'elle qu'elle leur mentait à tous les deux.

— Et sois loyale. Continue à être mes yeux et mes oreilles.

— Tu sais que ma loyauté envers toi ne sera jamais remise en question. Je te supplie seulement de ne pas te renfermer en me tenant à l'écart. Pour pouvoir t'être vraiment utile, il faut que je sache à quoi tu penses.

— J'essaierai.

— Ta mère sait-elle que tu avais l'intention de faire ta demande ?

— Non. Nous lui apprendrons nos fiançailles ensemble.

— Elle ne sera pas ravie.

— Pourquoi dis-tu cela ?

— Dara Negev me déteste, comme elle détesterait n'importe quelle femme lui ayant ravi ton affection.

— Tu te trompes à son sujet, Valya. Ma mère déteste toute personne susceptible de me détourner de ma cause.

— Si c'était le cas, elle devrait m'accueillir à bras ouverts.

— C'est une femme difficile à satisfaire, je te l'accorde. Mais tu réussiras à vaincre ses résistances.

— Protège-moi, Loethar. Fais-lui savoir à quel point tu me tiens en haute estime. J'ai besoin de ton soutien.

— Tu vas devenir mon épouse. Tu vas devenir impératrice, Valya. J'imagine que c'est suffisant pour te protéger à la fois de ta mère et de la mienne.

Elle éprouva une joie farouche à la pensée de voir ses deux parents assister au mariage.

— Embrasse-moi, le supplia-t-elle.

Il se pencha vers elle, et elle entrouvrit les lèvres pour l'accueillir, pour sceller cet instant dans la tendresse et l'intimité amoureuse d'un profond baiser. Mais il ne s'attarda pas. Au contraire, la caresse de ses lèvres parut superficielle et sèche. Valya sentit sa joie s'émousser plus encore en le voyant subrepticement s'essuyer la bouche en se détournant d'elle.

— Je vais commencer à m'occuper des détails, lui dit-il. Merci, Valya. Je vais contacter tes parents pour leur apprendre ce dernier développement. Ils doivent quand même s'interroger sur l'endroit où tu te trouves ?

Elle saisit ce dérivatif à sa douleur en répondant d'un ton méprisant :

— Le roi et la reine de Droste n'ont sans doute pas pleuré ma disparition. Au contraire, ils se sont sûrement dit : « Bon débarras. » Pour eux, ça résout le problème de succession.

— Eh bien, plus maintenant. C'est un empire que tu amènes à leur porte. S'ils sont réellement tels que tu les décris, ils vont s'empresser de s'allier avec moi et de remplir leur rôle de parents vis-à-vis de toi.

Elle hocha la tête.

— C'est exactement ce qui va se passer, Loethar. Tu ne les connais même pas, et tu as déjà pris leur mesure.

— Je n'ai pas besoin de les connaître. J'ai suffisamment observé la nature humaine pour comprendre les gens comme tes parents.

— Et qu'en est-il de ta propre famille ?

Il se retourna pour lui faire face, de nouveau.

— Je ne l'ai pas choisie, répondit-il de manière évasive.

— Non, mais tu la contrôles.

— Jusqu'à un certain point.

— Loethar, commença-t-elle d'une voix empreinte de dédain, en toute honnêteté, tu ne crois pas que, sans toi, Stracker serait encore en train de s'exercer à la lutte sous une tente ou d'aider une jument à mettre bas ?

Il resta d'un calme exaspérant.

— Stracker est le premier à admettre que je suis né avec le cerveau et lui avec les muscles. Cet état de fait lui plaît.

Elle secoua la tête.

— Il est difficile de croire que vous puissiez être frères, tous les deux. Comment deux hommes si différents peuvent-ils provenir de la semence du même père ?

— Qui a dit que c'était le cas ?

Valya se figea. Elle avait cru lancer une insulte insignifiante, sans plus. Dans un rare moment d'embarras, elle se retrouva bouche bée. Puis elle se mit à balbutier :

— Je... je ne le pensais pas vraiment. Ce que je voulais dire, c'est que... enfin, je...

— Tout va bien, Valya. Je ne faisais que te taquiner.

Elle n'en était pas si sûre.

— Préviens-moi la prochaine fois que tu as l'intention de faire une plaisanterie, mon amour, car je ne suis jamais sûre de rien, tu as toujours l'air si sérieux.

Il hocha la tête.

— Tu crois qu'il faudra que je m'entraîne à avoir l'air gai ?

Cette fois, elle sourit et posa la main sur son torse, heureuse d'avoir une excuse pour le toucher.

— Eh bien, maintenant que tu es empereur, tu dois effectivement te rendre plus accessible aux yeux de ton nouveau peuple. Un sourire, surtout quand il est aussi charmeur que le tien, ne pourra que te faciliter la tâche.

— Je m'en souviendrai. Il faudra que j'essaie de ne pas sourire quand j'empalerai leur jeune roi sur la grand-place de Penraven.

Valya frémit intérieurement. En dépit de toute la tendresse dont il venait de faire preuve, il n'en restait pas moins un conquérant avant tout. Pour l'impressionner, elle avait appris à se comporter de manière impitoyable – et Lo savait qu'elle avait eu assez d'occasions de s'entraîner. Mais il continuait à lui faire peur. Étrangement, il parvenait à déstabiliser tout le monde. Son esprit semblait fonctionner à une vitesse différente de celui des autres, avec une grâce étrange et sinistre qui lui permettait de voir les choses rapidement et autrement. Il avait toujours un temps d'avance sur la plupart des gens.

— Je considère toujours Stracker comme le frère assoiffé de sang. Il ne ressemble en rien à son aîné, ajouta-t-elle d'un ton affectueux – une plaisanterie qui se voulait à la fois légère et artificielle.

— Je ne suis pas l'aîné, répondit-il calmement en ignorant le choc qu'il causa à Valya.

— Je… je ne comprends pas.

— Stracker est plus vieux que moi.

— Mais…

— C’est comme ça que notre père le souhaitait, ajouta-t-il d’un ton sans réplique.

Elle hocha la tête, car elle ne savait pas trop quoi dire.

— J’en suis heureuse, finit-elle par murmurer. (Puis, changeant adroitement de sujet, elle demanda :) Toujours pas de nouvelles de Leonel ?

— Non. (Une expression acerbe se peignit sur ses traits.) Ça m’énerve de savoir que le garçon était présent dans le palais quand nous nous en sommes emparés. Quelqu’un a dû l’aider à s’échapper.

— Tu soupçonnes quelqu’un en particulier ?

Il secoua la tête avec irritation.

— Freath dit l’avoir vu en compagnie de l’un des fils De Vis juste avant que nous prenions le château et…

Il s’interrompit et haussa les épaules.

— Qu’y a-t-il ?

— Non, rien.

— Dis-moi, l’encouragea-t-elle en posant la main sur son bras musclé et en se réjouissant de pouvoir le toucher de nouveau.

Il hocha la tête, non sans une certaine réticence.

— J’avais donné des ordres stricts concernant le palais et toutes ses issues… Toutes les sorties possibles étaient gardées. Nous avons envahi le palais à plusieurs endroits différents en même temps, de façon à ne laisser à personne la possibilité de s’échapper. Je sais qu’aucun des membres de la famille royale ne s’est jamais réellement senti menacé. C’étaient des pourparlers de paix qui figuraient en tête de leur liste, pas la fuite. Et nous savons que le prince était présent quand nous avons pris Brighthelm, Freath l’a vu. Il n’avait nulle part où aller. Nulle part où se cacher ! Nous avons fouillé jusque dans les moindres recoins. Je ne sais pas comment il a fait pour nous échapper.

— Tu as dit qu'il était avec l'un des fils De Vis. À quoi ressemble-t-il ?

Loethar secoua la tête.

— Freath dit qu'il est grand et costaud. C'est un homme, aussi jeune soit-il.

Elle acquiesça.

— Alors, ils ne sont que deux.

— Oui, et très jeunes, avec ça. Ça aurait dû être facile de leur mettre la main dessus.

Il s'éloigna. De toute évidence, pour lui, cette conversation était terminée.

— Loethar, chuchota-t-elle en le regardant s'étirer et en entendant craquer ses os.

Elle avait l'impression que le sang s'était retiré de son visage.

— Qu'y a-t-il ? demanda-t-il en se retournant. Quelque chose ne va pas ? Tu es malade ?

Elle secoua la tête en réfléchissant et en repassant la scène dans son esprit. Combien de temps s'était-il écoulé ? Près de deux heures, peut-être. Elle se concentra de nouveau sur le visage de Loethar, si proche qu'elle aurait pu l'embrasser de nouveau. Elle distinguait même une ombre légère à l'endroit où s'était trouvée sa barbe pendant si longtemps.

— Parle-moi ! exigea-t-il.

— Je suis désolée. Pardonne-moi. C'est juste que... je crois que je les ai vus, expliqua-t-elle d'une petite voix effrayée.

Loethar la saisit aux épaules. Elle vit son air interrogateur, légèrement intrigué, se transformer en un masque de rage contenue, tout cela en un clin d'œil. De nouveau, Valya songea qu'elle n'avait pas choisi d'unir son destin à un homme ordinaire. Les doigts de Loethar s'enfoncèrent dans la chair de ses bras, et la jeune femme sentit ses mains s'engourdir en l'espace de quelques secondes.

— Qu'as-tu dit ? chuchota-t-il.

Il l'avait bien entendue, elle le savait, mais il n'arrivait tout simplement pas à la croire. Malgré tout, elle surmonta sa peur et lui expliqua tout.

— Je suis partie me promener à cheval, tout à l'heure, dit-elle en s'assurant qu'il l'écoutait.

— Je m'en souviens, répliqua-t-il avec une lueur d'exaspération dans les yeux. J'ai envoyé un messager te chercher.

— Loethar, tu me fais mal, protesta-t-elle dans un souffle.

Il la lâcha.

— Et ensuite ?

Valya se massa le haut des bras en continuant son récit.

— J'avais pour escorte un de tes hommes, puisque tu avais insisté. Un Vert. Un autre guerrier est arrivé, un Bleu, et a dit que tu voulais me voir. Nous sommes rentrés et nous étions presque dans la cour d'honneur quand je me suis retournée et que j'ai vu ton horrible raven quitter le palais. Il a dû s'envoler de cette fenêtre, ajouta-t-elle en regardant autour d'elle.

— En effet. Continue, ordonna-t-il d'une voix dure et d'un regard perçant.

— Eh bien, j'ai suivi le vol de Vyk du regard. Quand il est entré dans la forêt, j'ai cru apercevoir deux silhouettes. (Elle le vit serrer les mâchoires et pincer les lèvres.) J'étais trop loin pour bien les voir, mais elles couraient. Les deux m'ont paru être des adolescents, mais l'un était plus grand que l'autre.

— Et tu n'as pas…

— Si ! Je me suis disputée avec mon escorte. J'ai insisté pour qu'on fasse quelque chose. J'ai décrit les deux jeunes gens, j'ai dit qu'ils avaient l'air de se cacher et qu'ils couraient. (Elle se remit à fulminer.) Le Vert m'a traitée avec mépris, vois-tu. Il m'a parlé comme si j'étais la catin d'un porcher et il n'a rien fait, il n'a même pas regardé dans la direction que je lui avais indiqué. Il m'a même menacé en me disant que les hommes ne me tolèrent que grâce à toi. (Elle baissa les yeux pour échapper à son regard troublant.) Je n'ai pas arrêté de lui dire que ça valait la peine de vérifier, mais il a répondu que sa seule mission était de me conduire à toi parce que tu m'avais fait demander. J'ai exigé qu'on t'avertisse. Il m'a carrément menacée de me traîner devant toi si je refusais de le suivre.

— Je vois, répondit Loethar, qui peinait à contrôler sa fureur. Et c'est arrivé juste avant que je te retrouve ici ?

Elle haussa les épaules avec impuissance.

— Eh bien, non. Nous nous sommes disputés un court instant. Puis j'ai dû me rendre de la cour d'honneur à tes appartements.

— Il s'est écoulé trop de temps, gronda-t-il. Qui étaient ces guerriers ?

— Je ne connais pas leurs noms.

— Mais tu saurais les reconnaître ?

— Bien sûr.

Il l'attrapa par le poignet d'un geste qui n'avait rien d'affectueux.

— Viens avec moi, gronda-t-il.

# Chapitre 17

Kirin et Clovis regardèrent autour d'eux. Leur nouveau logement était petit mais aéré et lumineux. Des herbes en pot réparties dans la pièce apportaient un parfum de fraîcheur en ces lieux visiblement inoccupés depuis longtemps.

— Ça vous convient ? demanda Freath en ouvrant une fenêtre pour laisser entrer la brise.

Kirin crut qu'il plaisantait, puis il s'aperçut que l'aide de la défunte reine était sincère.

— Je suis déjà surpris qu'on ait droit à ça, admit-il.

Clovis acquiesça d'un air pensif.

— Quelle étrange journée on vient de vivre.

— Et ça ne fait que commencer, j'en suis sûr, ajouta Freath. Je suis heureux que vous soyez amis et que vous puissiez veiller l'un sur l'autre. Maintenant, je dois partir. Si je vous convoque, ne traînez pas. Si je vous parle cruellement, si je vous demande de faire des choses étranges ou même si je vous frappe, vous êtes libres de faire grise mine, mais vous devez obéir. Faites comme si vous agissiez à contrecœur, mais n'exagérez pas non plus : je ne serais peut-être pas capable de vous protéger. Le barbare risque d'avoir des soupçons si vous ne faites pas semblant de m'en vouloir, mais il se posera également des questions si je ne vous impose pas un châtiment sévère en cas de désobéissance. N'hésitez pas à avoir l'air très effrayé. (Il soupira, puis les prévint, en ouvrant la porte pour partir :) Nous marchons désormais sur la corde raide, mes amis.

— Freath, attendez, l'implora Kirin. Je ne comprends pas encore très bien pourquoi vous nous avez choisis.

Freath referma la porte.

— Je vais être bref, car je dois partir. J'ai demandé à Loethar deux Investis pour servir mes propres desseins. Comme excuse, je lui ai dit que c'était pour assurer ma protection. Bien entendu, il a accepté, parce qu'il pense que je suis un lâche doublé d'un traître. Je crois aussi qu'il a volontiers donné son accord parce qu'il comptait bien me proposer de choisir parmi ceux qui, de l'avis de Stracker, ne possèdent pas de haute magie.

— Je vois, dit Kirin en échangeant avec Clovis un regard complice. Ils croyaient vous accorder une fausse sécurité.

— Exactement, répondit Freath.

— Mais comment allons-nous bien pouvoir vous aider ?

— Allons, maître Kirin. Nous savons tous les deux que vous avez fait en sorte de déguiser vos véritables talents. Je savais qu'aucun Investi digne de ce nom ne serait prêt à admettre qu'il possédait un véritable pouvoir. Je savais également que ceux qui en faisaient grand cas étaient destinés à une triste fin – car même Stracker n'est pas complètement stupide. Il a été assez malin pour rassembler tous ceux qui lui paraissaient réellement doués, en ne laissant que quelques individus vaguement talentueux parmi lesquels on m'a permis de choisir. J'ai tout de suite vu que vous cachiez quelque chose, tous les deux, et j'ai décidé de parier que c'étaient vos pouvoirs. (Il haussa les épaules.) De toute évidence, j'avais raison. J'ai vu à quel point vous avez été souffrant après avoir fouiné dans l'esprit de Stracker. C'est bien ça, n'est-ce pas ? (Kirin acquiesça.) Nous n'avons pas le temps d'en discuter maintenant, mais j'aurai besoin de connaître l'étendue de vos capacités. Il en va de même pour vous, maître Clovis. Aux yeux de Loethar, je vous ai choisi pour me protéger en échange de toutes les informations que je suis susceptible de leur apporter sur les Valisar. (Il leva la main pour interrompre le flot de leurs protestations.) Bien entendu, je n'ai pas l'intention de leur dire quoi que ce soit d'utile. De leur côté, ils ne m'ont offert qu'une piètre protection – c'est du moins ce qu'ils pensent.

— Mais, maître Freath, comment sommes-nous censés vous protéger quand on ne peut même pas se protéger nous-mêmes ? s'écria Clovis. Je suis un devin et, même si Kirin est capable de fouiner, aucun de nous ne peut vous éviter une blessure.

— Je m'en rends bien compte. Avec un peu de chance, ça n'a plus d'importance – j'ai prouvé mes intentions à Loethar avec mon acte de barbarisme envers la reine. Je ne veux pas de vos pouvoirs pour me protéger. J'en ai besoin pour mener à bien ma mission.

Kirin leva les mains d'un air impuissant.

— Je ne vois vraiment pas comment…

— Vos pouvoirs vont m'aider à trouver une égide, l'interrompit Freath.

Clovis secoua la tête d'un air stupéfait. Kirin répondit en leur nom à tous les deux :

— Mais vous savez sûrement que la plupart des gens ne croient même pas à l'existence d'une telle personne ?

— Et vous, vous y croyez ? demanda Freath d'un ton plein de sous-entendus.

— Je… je n'y ai jamais vraiment réfléchi.

— Pour être franc, soupira Clovis, j'ai toujours cru que les égides étaient un simple mythe.

Freath chassa un grain de poussière sur ses vêtements sombres.

— Eh bien, il me faut pourtant croire qu'elles existent. Les livres d'histoire disent que le roi Cormoron en avait une. Il est écrit qu'il y en a une pour chaque roi Valisar.

— Allons, ce ne sont que des légendes, protesta Clovis, étonné.

— Je n'ai jamais entendu parler d'une personne qui soit capable de défendre quelqu'un par magie, renchérit Kirin.

Freath haussa les épaules.

— Il y a encore quelques heures, j'aurais ricané si on m'avait dit que le pouvoir de fouiner existait vraiment.

Kirin dévisagea Freath avec stupéfaction.

— Vous ne le saviez pas ?

Le quadragénaire secoua la tête.

— J'ai beaucoup lu et j'ai aussi beaucoup écouté des gens plus intelligents que moi. Mais, avant vous, je n'avais jamais rencontré d'Investis. Je réalise seulement maintenant que ce sont des gens ordinaires qui mènent une existence ordinaire… et qui passent probablement la moitié de leur temps à regretter d'être spéciaux. (Kirin baissa les yeux, car Freath voyait juste.) Mais aucun de vous deux ne peut être considéré comme ordinaire, peu importe l'existence que vous menez. Vous possédez un pouvoir et vous devez l'utiliser pour le bien de votre royaume. Je vous en supplie. Mettez tous vos talents à profit. S'il existe bel et bien une égide, j'entends découvrir son nom. Ce n'est pas pour moi, mais pour mon roi, où qu'il se trouve.

— Freath, même si une telle personne existe, elle pourrait être n'importe où.

— Vous croyez que je ne le sais pas ? admit l'aide d'un air attristé.

Kirin secoua la tête.

— Vous ne voyez pas que c'est sans espoir ?

— Non ! Je suis persuadé que l'égide existe, et je vais vous dire pourquoi. Quand nous avons appris que les barbares s'apprêtaient à envahir l'Ensemble, Brennus a commencé à prendre quelques dispositions. Je ne peux pas vous dire de quoi il s'agit. (Il leva une main pour faire taire Kirin.) Faites-moi confiance, je vous en prie. Il m'a confié, entre autres tâches, le soin de lire tous les anciens textes pour y trouver le plus d'informations possibles sur les égides. Chose intéressante, le phénomène est très bien documenté. J'en ai découvert deux dans l'histoire des Valisar, même si la plupart d'entre nous ne connaissent que l'égide la plus célèbre, celle liée à Cormoron. L'autre, plus obscure, fut traquée et apparemment liée à un riche marchand sous le règne du quatrième roi Valisar. Mais nous n'avons que très peu de détails à son sujet, et j'ai peur qu'il s'agisse d'un mensonge, puisque seul un Valisar peut avoir une égide.

Kirin, exaspéré, se réjouit de voir Clovis répliquer, en leur nom à tous les deux :

— Donc, si on en connaît deux sur une période de, quoi, pratiquement cinq siècles, qui ont vu se succéder huit rois, qu'est-ce qui vous fait croire qu'il existe une égide en ce moment ?

— Les signes, répondit Freath.

— Quels signes ? demanda Kirin, intrigué. Je m'y connais un peu en magie, Freath. Moi aussi, j'ai beaucoup lu, et je n'ai jamais entendu parler de signes annonçant l'avènement d'une égide.

— C'est exact. Après l'histoire du marchand, les Valisar ont délibérément détruit toute information à ce sujet. Le marchand répugnait à en parler, de toute façon, alors ça servait le dessein des Valisar.

— Alors, vous voulez dire que ce fut facile de supprimer toutes traces des égides et de la façon dont la magie fonctionne ? demanda Clovis.

— Précisément. Aucun autre roi Valisar n'a eu besoin de ce genre de protection. L'Ensemble a vécu en paix depuis l'époque de Cormoron.

— Donc, plusieurs égides se sont succédé sans le savoir, fit remarquer Clovis.

— La plupart ont vécu leur vie sans que quiconque sache ce qu'elles étaient et sans qu'elles-mêmes mesurent pleinement leur potentiel.

— Je persiste à penser que vous vous accrochez à une chimère, Freath.

— Mais c'est tout ce qu'on a, maître Kirin. J'ai l'intention de découvrir l'égide destinée à Leonel. Le fait est que Loethar nous a mâché le travail. Tous les Investis, y compris ceux qui ont été capturés sur la foi de simples rumeurs, sont détenus dans ou autour de ce palais.

— Quand ils ne sont pas déjà morts, ajouta Clovis d'un ton acerbe.

— Effectivement, reconnut Freath. Je vous demande juste d'essayer. Si l'égide existe, vous êtes, tous les deux, les mieux placés pour la retrouver, du fait de vos pouvoirs. De plus, vous ne risquez pas d'éveiller les soupçons. (Ils hochèrent tous deux la tête d'un air peu ravi.) Cependant, Kirin, n'allez pas vous rendre trop malade. Nous avons besoin de vous en bonne santé. Promenez-vous dans le palais, voyez ce que vous pouvez apprendre. À présent, il faut que je m'en aille. Je vous ai laissé à chacun un bout de tissu dans ce tiroir, là-bas. Portez-le en permanence autour de votre bras. Cela vous donnera une certaine liberté en vous marquant comme mes serviteurs. Soyez prudents.

— Attendez ! le retint Kirin. Quels sont les signes dont vous parliez tout à l'heure ?

— Ah ! oui, c'est vrai. Ils sont subtils. L'égide, qui peut être aussi bien un homme qu'une femme, est marquée par Lo. Il y a chez elle quelque chose de différent, même si ce n'est jamais la même chose d'une égide à l'autre et qu'on ne peut pas savoir à l'avance de quoi il s'agit. A priori, l'égide de Cormoron, un homme, n'avait pas le moindre poil ou cheveu sur le corps. L'enfant prétendument liée au marchand était mutarl...

— C'est quoi, ça ? demanda Clovis en fronçant les sourcils.

— Une expression penravienne pour désigner des êtres aux cheveux blancs et à la peau pâle, avec des yeux étranges et une vision réduite, expliqua Kirin.

— Ah, nous les appelons les « perlés » en Vorgaven.

— Les égides ont également tendance à ne pas tenir en place. Jusqu'à ce qu'elles soient entravées, elles ont tendance à vagabonder, tout en restant isolées.

Freath leur lança un dernier regard d'encouragement, puis il s'en alla en fermant la porte derrière lui.

Clovis soupira.

— Une égide ? répéta-t-il.

— Il rêve, répliqua Kirin. Il confond les mythes et l'Histoire.

— On doit rester optimistes. On existe bien, nous, alors on est qui pour dire que les égides appartiennent uniquement au folklore ?

— Tu sais ce qu'il faut faire, paraît-il, pour lier une égide ? Il faut l'« entraver », expliqua Kirin en voyant son ami secouer la tête. Pour cela, tu dois la lier avec une magie puissante que tu puises en elle, et en elle seule. Tu dois consommer une partie d'elle, ajouta-t-il en tournant la tête d'un air dégoûté. Ainsi, son esprit se retrouve lié au tien. Sa magie te protège.

— Consommer... Tu veux dire qu'il faut la manger ? demanda Clovis d'un ton incrédule.

— Oui, parfaitement. Ainsi, une partie de son corps fait dès lors partie du tien, et elle est inexorablement liée, du fait de sa propre existence, à tes besoins. C'est horrible. On raconte des histoires de personnes qu'on a soupçonnées d'être des égides et à qui on a coupé des doigts ou des orteils, et parfois même des membres entiers, afin de les faire rôtir et de les manger. La plupart du temps, les chasseurs se trompent et des gens innocents meurent. Une véritable égide fera tout son possible pour masquer ce qu'elle est.

— Parce qu'elle ne veut pas être consommée, conclut Clovis.

— Oui, en partie, mais surtout parce que ses véritables pouvoirs n'apparaissent qu'une fois qu'elle a été entravée. Alors, elle peut à la fois se protéger et protéger la personne qui l'a liée à elle. En attendant, elle est sans défense, comme toi et moi.

— Mais c'est une bonne chose, non ? Je veux dire, d'accéder à ses pouvoirs ?

— Non, réfléchis. Tu mènes une vie normale, peut-être pas en ignorant complètement ce qui dort en toi, mais, au moins, on ne t'oblige pas à l'utiliser – tu n'es même pas capable de t'en servir, en fait. Et puis un étranger débarque, il identifie tes pouvoirs inhérents et t'entrave. Brusquement, tu te retrouves entièrement sous son contrôle. (En voyant Clovis froncer les sourcils, Kirin ajouta :) Oh, ai-je oublié de dire que l'entrave te lie si étroitement à cet étranger que tu te retrouves obligé de le suivre contre ta volonté ? Tu n'as plus de libre arbitre. Tu ne peux plus quitter ton lieur, ni lui mentir, ou faire quoi que ce soit qui puisse le blesser. Qu'il marche, qu'il dorme ou qu'il mange, tu fais comme lui. Si tu t'éloignes trop de lui, tu as mal jusque dans tes os. Si tu es séparé de lui, ta santé mentale est menacée, même si tes pouvoirs ne disparaissent pas. Tu partages ses souffrances, mais pas ses joies. Une égide ne cesse de donner, mais elle ne peut pas prendre. Ce n'est pas un don, c'est une malédiction des dieux.

— Je n'en savais rien. Et comment reconnaît-on une personne maudite de la sorte ?

Kirin esquissa un sourire dépourvu de chaleur.

— C'est impossible. Une égide fera tout son possible pour dissimuler son potentiel, même si, comme Freath l'a fait remarquer, ces personnes sont censées être marquées, d'une manière ou d'une autre. J'imagine que la plupart sont marquées de façon si subtile qu'elles parviennent à vivre leur vie sans se faire remarquer. Mais Freath est intelligent, il sait que nos pouvoirs nous permettent de voir au-delà des apparences. Il sait que, si quelqu'un peut trouver une égide, c'est bien nous, peu importent les efforts de cette personne pour cacher la vérité.

— Astucieux, reconnut Clovis.

— Eh bien, je suis prêt à faire ça pour l'Ensemble. Si le jeune roi de Penraven est tout ce qui reste de la famille royale, il faut se battre pour lui.

Clovis tendit à Kirin l'un des bouts de tissu.

— On ferait bien d'écouter Freath et de les porter en permanence. Tiens, laisse-moi l'attacher à ton bras.

Lorsque ce fut fait, Kirin attacha l'autre autour du bras de son ami.

— Ce serait sûrement plus sage si j'essayais de faire un peu de divination d'abord, reprit Clovis.

— J'espérais que tu allais dire ça, admit Kirin, soulagé.

— On commence par quoi ?

— Il faut retrouver le premier groupe ou, à défaut, savoir où on l'a envoyé.

— Mieux vaut rester à l'écart de Stracker, ajouta Clovis.

Ils trouvèrent Stracker occupé à manger dans la caserne qui abritait autrefois l'armée penravienne.

— Bienvenue, mon frère ! s'exclama-t-il, incapable de dissimuler sa surprise. Joins-toi à nous – même si tu ne ressembles plus à l'un des nôtres ! ajouta-t-il d'un air interrogateur.

— Pas maintenant, répondit Loethar en l'entraînant à l'écart, dans un coin plus discret. J'ai besoin que tu rassembles les Bleus et les Verts qui étaient de garde ce matin.

— Pourquoi ? lui demanda son frère en le fixant d'un air surpris.

— C'est important, gronda Loethar. Sais-tu qui a accompagné Valya lors de sa promenade, ce matin ?

— Non, mais c'est facile à trouver. Qu'est-ce qui s'est passé ?

— Elle pense avoir vu le Valisar et De Vis s'échapper.

Stracker écarquilla les yeux.

— Quoi ?

— Tu m'as bien entendu, reprit Loethar d'un ton tout aussi dégoûté. Elle a demandé aux hommes d'aller jeter un coup d'œil, mais, d'après elle, ils ont refusé.

— C'était il y a combien de temps ?

— Plus de deux heures.

— Elle en est sûre ?

— Qu'il s'agissait d'eux ? (Stracker hocha la tête, et Loethar répondit d'un ton agacé :) Non, bien sûr que non. Mais les deux personnes qu'elle a vues entrer en courant dans les bois correspondent à la description des deux fugitifs. Je n'arrive pas à croire qu'ils aient pu échapper aux mailles du filet.

— Comment est-ce possible, Loethar ? Nous gardons toutes les issues jour et nuit. On change les gardes toutes les heures. Ils n'auraient pas pu nous échapper.

— Amène les hommes, insista Loethar d'un ton las. Écoutons leur version de l'histoire.

Stracker se retourna et lança un ordre. Rapidement, les guerriers se rassemblèrent bruyamment dans la cour de la caserne.

Loethar retourna à l'endroit où il avait laissé Valya. Il remarqua combien sa tenue d'équitation la mettait en valeur. Elle s'était mise à porter des vêtements de l'Ensemble depuis leur arrivée dans la région ; envolées, les jupes hautes en couleur qu'affectionnaient les femmes des Steppes. Mais, en vérité, même si elle avait fait de son mieux pour s'intégrer parmi elles, Valya détonnait à cause de ses cheveux blonds et de sa peau pâle, qui faisaient d'elle une étrangère. Elle se drapait désormais dans des tissus plus luxueux, aux couleurs plus riches et élégantes, qu'elle avait vraisemblablement pillés au fur et à mesure de leurs conquêtes. Il s'aperçut que sa jupe de cavalière était trop grande pour elle et la veste un rien trop étroite pour ses seins lourds, mais elle portait le tout magnifiquement sur son corps sculptural. Loethar ne pouvait nier le désir que Valya allumait en lui. Il savait aussi qu'elle l'aimait, mais il était incapable de ressentir la même chose. Vraiment, ce n'était pas la faute de la jeune femme. Simplement, il portait en lui tant de haine, depuis si longtemps, qu'il ne pensait plus avoir dans son cœur de place pour l'amour. Il n'imaginait pas que ce sentiment puisse pénétrer sa conscience tant qu'il continuerait à haïr les Valisar et tant qu'il ne les aurait pas tous tués, jusqu'au dernier.

— Viens, Valya, je veux que tu désignes les deux hommes en question.

— Le faut-il vraiment ? demanda-t-elle d'un air presque timide.

— Pour moi, répondit-il.

Elle s'avança, lui prit la main et se laissa guider vers les guerriers assemblés.

— Ce ne sont pas tous les Bleus et tous les Verts, seulement ceux qui étaient en faction ce matin, expliqua Stracker.

Loethar acquiesça.

— Y en a-t-il qui sont toujours à leur poste et qui l'étaient déjà ce matin ?

Il ignora les regards surpris que lui jetèrent les guerriers à cause de sa nouvelle apparence.

— Non, l'effectif tourne trop souvent, répondit Stracker.

— Très bien. Valya, s'il te plaît.

Elle repéra très facilement le messager.

— Lui, dit-elle en pointant du doigt. C'est le messager bleu qui est venu nous dire que tu demandais à me voir.

Loethar hocha la tête à l'intention de Stracker, qui fit signe au jeune homme.

— Viens ici, Farn.

Le guerrier approcha, visiblement sur ses gardes.

— Et l'autre ? demanda Loethar à Valya.

— Un Vert. Je ne le vois pas, ajouta-t-elle en parcourant du regard les rangs des guerriers alignés.

— Marche parmi eux, insista Loethar.

— Inutile, intervint Stracker en désignant de la tête l'extrémité de la dernière rangée, où un homme sortit du rang. C'est lui.

— J'étais son escorte, beugla le Vert. Pas besoin de venir me chercher, je viens de mon propre chef.

Il s'agenouilla devant Loethar, et le Bleu l'imita.

— C'étaient ces deux-là ? redemanda Loethar à Valya.

— Oui. Lui, en particulier, ajouta-t-elle en hochant la tête devant le Vert. Il m'a traitée avec mépris.

— Quel est ton nom, guerrier ?

— Belush.

— J'ai cru comprendre, Belush, qu'en dépit de l'insistance de la dame tu as ignoré sa requête et tu n'as pas suivi les personnes qu'elle a vues se glisser dans les bois.

— C'est vrai. On m'avait expressément ordonné de vous l'amener. Nous suivons les ordres. Nous ne voulions pas vous faire défaut.

Loethar acquiesça, car cette logique était imparable.

— N'as-tu pas songé qu'il pourrait être prudent de demander à quelqu'un d'aller jeter un coup d'œil ?

Belush ne répondit pas immédiatement. Il finit par hocher la tête.

— J'aurais dû. Mais la femme m'a traité avec tellement de dédain, seigneur, que j'étais en colère contre elle.

— Je vois. Sais-tu qui elle est, Belush ?

— J'ai cru comprendre qu'il s'agissait de la princesse de Droste.

— Dans ce cas, tu sais déjà qu'elle est de sang royal et donc digne d'un certain respect. Mais sais-tu aussi, Belush, que la princesse de Droste deviendra bientôt, non seulement l'impératrice de l'Ensemble, mais également la reine des Steppes ?

À ces mots, des murmures s'élevèrent parmi les rangs des guerriers. Belush hésita.

— Je l'ignorais, seigneur.

— Toi, Farn. N'as-tu pas envisagé qu'il fallait au moins faire suivre la requête de la dame ? demanda Loethar.

— J'ai simplement suivi les ordres, empereur. On n'a jamais cessé de nous dire qu'il ne faut surtout pas désobéir à un ordre, balbutia le jeune homme.

Loethar sortit son épée du fourreau, et un silence tendu s'abattit sur les hommes réunis dans la cour.

— J'applaudis ce discours et cette obéissance, Farn, mais, tu vois, j'ai également donné des ordres très stricts concernant le roi de Penraven. Il doit être retrouvé à tout prix, et cet ordre-là s'applique à tout le monde. Or, tu l'as oublié, tu as fait passer en premier une simple demande, celle de me ramener la princesse Valya. Tout ce que tu avais à faire, c'était mentionner son inquiétude à ton supérieur, qui aurait alors pu faire quelque chose à ce sujet. Maintenant, leur piste est froide depuis des heures.

— Je n'en avais pas idée, seigneur, avoua Farn d'une voix chevrotante. Je n'ai pas réfléchi.

En son for intérieur, Loethar espéra que Farn ne vit pas venir le coup. À en juger par la façon dont ses paupières battirent curieusement lorsque sa tête s'immobilisa après avoir roulé aux pieds de Valya, le jeune guerrier avait effectivement l'air surpris. Loethar regarda le corps du Bleu s'effondrer. Les Mears allaient en vouloir à Valya, maintenant. Il allait devoir surveiller cela. À sa décharge, elle resta stoïque, comme si ça ne la gênait pas de voir ses vêtements éclaboussés par le sang du Bleu. Mais il la vit repousser du bout du pied la lourde tête de Farn, sans doute pour éviter de croiser son regard accusateur.

Belush n'avait pas bougé, ni même frémi. Loethar admira son courage, parce que le Vert savait que c'était son tour.

— As-tu quelque chose à dire, Belush ?

— Je souhaite simplement vous présenter des excuses, de la part de la tribu des Drevins, pour avoir failli à notre devoir envers vous, seigneur. Ma fierté a fait obstacle à mon bon sens.

— Ta mesquinerie a permis au garçon Valisar de nous échapper.

Belush ne répondit pas, mais il baissa la tête d'un air honteux. Loethar attendit, en se demandant si Valya allait dire ou faire quelque chose. Même si elle n'avait aucun moyen de le savoir, il venait secrètement de lui donner le contrôle de la situation. Il retint son souffle. Valya ne pouvait pas ne pas remarquer la mine dégoûtée qu'avait Stracker parce qu'un bon guerrier était sur le point de mourir. Elle devait sûrement savoir que c'était en partie sa faute. Elle devait également sentir cette nouvelle vague de haine qui émanait des hommes et qui était dirigée contre elle, parce que Loethar la sentait, lui… Elle avait la possibilité, en mettant un instant son orgueil de côté, de gagner leur respect par un geste magnanime. Ce geste, il ne pouvait l'offrir lui-même, car ce serait bafouer la mort du guerrier bleu et ça compromettrait sa position. Il regarda ses jointures blanchir autour de la poignée juste avant qu'il lève l'épée. Il marqua une nouvelle pause d'une seconde, puis, à contrecœur, commença à descendre son arme vers sa cible.

— Arrête ! s'écria Valya.

— Quoi, encore ? gronda-t-il délibérément, pour dissimuler son soulagement.

— Je le veux, déclara-t-elle.

— Pour quoi faire ?

— Pour l'humilier. Fais de lui mon serviteur, qu'il soit obligé d'accéder à la moindre de mes demandes et de répondre au moindre de mes appels. Il n'aura qu'à faire mes courses et me faire couler mon bain. (Elle rit de sa propre plaisanterie.) Pourquoi perdre un bon guerrier quand tu peux lui apprendre une leçon en me le donnant ?

— Tuez-moi, seigneur, supplia Belush en relevant la tête.

Loethar plissa les yeux en dévisageant Valya, qui le regardait durement.

— Ordonne-lui de m'obéir, moi, l'objet de son mépris, insista-t-elle. Je lui apprendrai à m'écouter et tu pourras utiliser ses talents de guerrier chaque fois que tu en auras besoin. Je ne crois pas que tu aies de nouveau besoin de faire couler le sang. Mieux vaut envoyer nos pisteurs dans les bois au plus vite, plutôt que de perdre encore du temps. (Elle lança un bref regard en direction des hommes.) Ça me ferait plaisir, Loethar. Peut-être que Belush réussira à apprendre le respect.

Loethar recula et baissa son épée.

— Comme tu veux, Valya. Belush, tu lui appartiens, désormais. Tu lui obéiras en tout. Je sais que ta propre vie t'importe peu, mais sache que je tuerai un membre de ta tribu chaque fois que tu désobéiras à l'un des ordres de la future impératrice.

— Bien, seigneur, répondit Belush d'une voix où perçait le désespoir.

— À compter de cet instant, Valya sera appelée princesse Valya. Quand nous nous marierons, elle portera le titre d'impératrice. Vous m'entendez ?

Tandis que tout le monde hochait la tête, y compris Stracker, Valya regarda Loethar. Son visage resta neutre, mais il sentit à quel point elle était ravie.

— Viens, Belush, dit-elle d'une voix doucereuse. J'ai des corvées pour toi.

# Chapitre 18

Ils s'étaient arrêtés à deux nouvelles reprises pour se reposer. Chaque fois, Vyk avait atterri pour les observer à sa façon, sinistre et silencieuse.

Gavriel avait trouvé quelques baies-de-chevreuil qu'il avait étalées sur un lit de feuilles avec les noix sucrées qui abondaient dans cette partie du royaume.

— Je n'aurais jamais cru dîner de noix sauvages, avoua Leo en ouvrant la coquille fragile d'un coup de dent avant d'en sortir la chair violette caractéristique.

— Mais ça a bon goût, tu ne trouves pas ? répliqua distraitement Gavriel, les yeux fixés sur le raven.

— Tout a bon goût quand on a aussi faim que moi, grommela Leo.

Mais il n'avait dit ça que pour le plaisir de se plaindre, car il ne le pensait pas vraiment. Au contraire, il se sentait plus calme, plus sûr de lui qu'il ne l'avait jamais été.

Même s'ils se trouvaient en territoire inconnu, avec la menace omniprésente des barbares qui planait au-dessus de leurs têtes, Gavriel était persuadé que le fait d'être sorti de Brighthelm était la meilleure chose qui pouvait arriver au jeune roi. Le Passage était devenu oppressant, plus comme une prison que comme un refuge, un endroit où il n'aurait pas pu protéger Leo des scènes cruelles qui auraient, sans aucun doute, continué à se dérouler sous leurs yeux.

— Mange beaucoup de baies pour éviter la déshydratation, l'encouragea-t-il. Mon père nous a toujours dit que c'était aussi bien que de boire un verre d'eau.

— Non, ça suffit. Si j'en mange plus, je crois que je vais avoir des crampes d'estomac, rétorqua Leo en essuyant sur son pantalon ses mains tachées de jus rouge sang. Ma mère hurlerait si elle me voyait faire ça, ajouta-t-il d'une voix où perçait le chagrin.

— Je crois qu'elle te pardonnerait, au vu des circonstances, assura Gavriel en se levant. Il faut repartir.

— Je m'allongerai bien pour dormir un peu. On a bien dû parcourir seize kilomètres.

— Je sais. Mais il faut encore creuser la distance. On s'arrêtera dès qu'il fera noir, ce qui ne devrait plus tarder. Avec un peu de chance, j'arriverai peut-être à tuer un lapin.

Leo soupira en se relevant à son tour.

— Allez, viens, Vyk, murmura-t-il.

— Ne l'encourage pas, protesta Gavriel en faisant la grimace.

— J'ai l'impression qu'il fait exactement ce qu'il veut, de toute façon.

Au moment où Gavriel tendait la main vers son arc, Vyk commença à faire claquer son bec, puis poussa un cri qui trahissait clairement l'inquiétude. Les garçons se retournèrent et virent l'oiseau s'envoler lourdement pour se percher dans les arbres. Une fois là-haut, il se calma, mais continua à les fixer d'un regard intense.

— Qu'est-ce qu'il fabrique ? se demanda Leo à voix haute.

— Stupide oiseau, marmonna Gavriel en passant son arc en travers de ses épaules. Viens, L…

— Tiens, tiens, qu'est-ce qu'on a là ? fit une voix.

Gavriel fit volte-face en tendant instinctivement la main vers Leo. Furieux d'avoir ôté son épée, il se tourna vers l'endroit où elle gisait, à quelques pas de lui – si proche et pourtant si éloignée.

— Des gamins ? poursuivit l'inconnu. (Il regarda derrière lui en direction d'un compagnon qui apparut à son tour.) Regarde, Jok, des braconniers.

— On n'est pas des braconniers, protesta Gavriel, indigné.

— Qu'est-ce que vous faites là, alors ? demanda le premier type.

— On voyage, répondit Gavriel en espérant qu'il paraissait plus sûr de lui qu'il ne l'était vraiment. Visiblement, vous êtes Penraviens, alors vous ne pouvez pas ignorer ce qui se passe dans notre royaume.

Le bonhomme plissa les yeux.

— Fais pas le malin, gamin. Juste une remarque en passant : cette épée me paraît bien trop classe pour appartenir à quelqu'un d'aussi mal fagoté que toi.

Gavriel éprouva un sentiment de soulagement. Il avait bien fait de prendre la précaution de froisser leurs vêtements et d'enlever autant d'apparat que possible. Cette ruse ne résisterait pas à un examen approfondi, mais, avec un peu d'espoir, les choses n'en arriveraient pas là.

— Cette épée appartenait à mon père, mentit le jeune homme. Il me l'a donnée.

— Je me demande qui la lui a donnée ?

Gavriel haussa les épaules.

— Mon père voyageait beaucoup. Je n'en sais rien. Il l'a probablement gagnée aux fléchettes.

— Il devait être sacrément doué, commenta le bonhomme.

— C'était le meilleur, répondit Gavriel.

— Est-ce que c'est un talent qui se transmet dans la famille ?

Gavriel hocha la tête en ne voyant pas très bien où l'autre voulait en venir.

— J'ai une bonne vue, si c'est ce que vous voulez dire.

Les deux types se mirent à rire.

— C'est ton frère ?

Gavriel resserra son emprise sur l'épaule de Leo.

— Oui, lui, c'est Lewk. Moi, c'est Gaven. Et vous ?

— Jok et Alfric – Al pour les intimes.

Gavriel essaya de faire un signe de tête amical, mais il se sentait pris au piège. Il entendait le maudit raven jacasser très haut dans les arbres.

— Vous venez d'où ? demanda Alfric.

— C'est devenu trop dangereux en ville. On devait donner un coup de main à notre oncle pendant la saison des feuilles. C'est un forgeron qui travaille beaucoup pour le palais.

— J'aurais justement pensé qu'il y avait beaucoup de boulot là-bas.

— Il y en a, mais les barbares continuent à tuer. L'invasion est encore toute récente.

— Ils ont encore l'odeur du sang dans les narines, hein ?

Gavriel hocha la tête.

— Oui, ils sont encore capables d'une grande cruauté. Ce n'est pas un endroit pour mon frère. J'ai promis à ma mère de veiller sur lui.

— Elle est où ?

— Morte, comme mon père. Mais je leur ai fait cette promesse il y a des années.

— Bon, alors, vous allez où maintenant ?

— Dans le Nord.

— Pourquoi ?

Gavriel en avait marre de rester poli, mais il savait qu'il ne devait pas perdre son calme, pas maintenant.

— Qu'est-ce que ça peut vous faire ?

— Ça m'intéresse.

— Eh bien, je ne partage pas nos projets avec tout le monde.

— Pourquoi ça, gamin ? T'as quelque chose à cacher ?

— Non, mais on est fatigués et on a faim. Il faut que je trouve un endroit où Lewk puisse dormir. Ici, on est trop à découvert. Visiblement, vous connaissez bien la forêt. Les loups aussi, j'imagine.

— Vous vous ressemblez pas, pour des frères, intervint Jok.

Gavriel laissa délibérément transparaître son exaspération.

— C'est parce qu'on l'a adopté. Même si j'aimerais bien vous raconter toute notre vie – autour d'une tasse de thé et d'un bon feu de camp, par exemple –, il faut qu'on se remette en route.

Alfric éclata de rire.

— Tu sais te servir de cette épée, gamin ?

— Plutôt bien, répondit Gavriel, dont la colère ne cessait de monter. (Il savait ce qui allait se passer, alors qu'il avait espéré l'éviter.) Mais je n'en ai pas envie.

— J'aime bien ton assurance.

— Vous n'avez pas besoin de faire ça. On ne vous cherche pas querelle.

— Mais je crois pas à votre histoire. Je pense que vous êtes des braconniers, et nous, dans notre forêt, on aime pas ça, les braconniers.

Gavriel les regarda d'un air horrifié, mais fut choqué d'entendre Leo prendre la parole.

— Ces terres ne vous appartiennent pas, monsieur.

— Tu parles ! s'exclama Alfric. Je me fous de ce qui se passe là-bas, ajouta-t-il en pointant du doigt dans la direction de Penraven. Mais je m'intéresse à ce qui se passe dans la forêt, surtout quand deux morveux se mettent à croire qu'ils peuvent entrer dans la partie.

— La « partie » ? cracha Gavriel. Vous devriez vous préoccuper de ce qui se passe là-bas parce que, bientôt, les problèmes envahiront aussi la forêt. Vous croyez vraiment que les barbares ne sont pas aussi à l'aise dans les bois que sur leurs plaines ? Ils préfèrent la nature à la ville. Les hommes de Loethar ne vont pas tarder à investir cette forêt. Je le répète, nous ne sommes pas des braconniers. Occupez-vous de vos affaires. Nous, on va juste reprendre la route du Nord. On ne veut pas d'ennuis.

Mais Gavriel vit dans le regard terne de ces hommes qu'ils cherchaient précisément les ennuis. Il avait déjà vu ça. Sans doute ne redoutaient-ils pas encore la présence de Loethar parce que ça faisait écho à leur envie d'anarchie. Ces hommes respectaient aussi peu les lois de Penraven que n'importe quel barbare. De toute évidence, ils étaient restés jusque-là à l'écart des combats, mais, ce faisant, ils avaient fini par s'ennuyer. Et voilà qu'ils tombaient sur deux adolescents apparemment sans défense avec qui ils pouvaient faire passer le temps. Il nota que chacun portait une épée et qu'ils étaient tous les deux costauds. Le plus grand, Alfric, était beaucoup plus corpulent que son acolyte, et sans doute pas aussi rapide.

— Tu as déjà tué quelqu'un, gamin ?

— Non.

Alfric rit de nouveau.

— Eh, il y a toujours une première fois, pas vrai ?

— Je n'ai pas dit ça. Je ne veux pas me battre avec vous, Alfric.

— On dirait que tu as peur.

— C'est vous qui devriez avoir peur, leur lança Leo à la figure. Ne venez pas dire qu'on ne vous a pas prévenus !

Même Jok se mit à rire lui aussi.

— Mince, j'en tremble dans mes bottes, Al.

— Pourquoi vous faites ça ? leur demanda Gavriel, nullement gêné par son ton suppliant.

— Parce que votre tête nous revient pas, parce qu'on pense que vous mentez, parce que vous êtes sur nos terres, parce que j'aime pas ton langage raffiné, gamin, et parce que ton frère nous regarde comme s'il était quelqu'un d'important. Je vois de la haine dans ses yeux.

— Comment lui en vouloir ? rétorqua Gavriel. Vous lui faites peur.

— Je vais lui faire encore plus peur quand je lui mettrai la main dessus, prédit Alfric.

Gavriel fut révulsé en voyant Jok se lécher les lèvres d'une manière délibérément lascive. C'était donc ça ! Ils n'avaient sûrement pas eu de femme depuis une éternité. Gavriel réagit rapidement en se précipitant pour attraper son épée dans un élan de fureur.

— Vous ne poserez pas vos sales pattes sur lui, gronda-t-il. Va-t'en ! ajouta-t-il à l'adresse de Leo. (Puis, dans un grand geste du bras, il souleva son épée ; il se fendit aussitôt pour couper la route à Jok lorsque ce dernier fit mine de pourchasser Leo.) Oh ! non, je ne vous laisserai pas faire ! Vous allez d'abord avoir affaire à moi !

Il feinta et fit reculer Jok d'un ou deux pas.

— Oh, pour l'amour de Lo, de quoi t'as peur ? Il a la moitié de ton âge ! protesta Alfric d'un ton méprisant en sortant son épée.

Gavriel vit que l'arme était rouillée par endroits et qu'elle n'était pas bien entretenue. Il fallait espérer qu'elle ne soit pas aussi tranchante que la sienne.

Les deux hommes essayèrent de l'encercler, mais Gavriel fit exprès d'attaquer pour les garder côte à côte. C'était plus facile de les obliger à rester ensemble et à se battre épaule contre épaule que d'en laisser un sortir de son champ de vision.

— Tu disais que tu savais pas t'en servir, gémit Jok.

— J'ai dit que je m'en servais plutôt bien. J'ai également dit que je ne voulais pas me battre avec vous. C'est vous qui avez commencé ; maintenant, à vous d'en assumer les conséquences.

Jok se jeta sur lui. Gavriel para l'attaque et eut un premier aperçu de leur talent. Jok était costaud, mais il avait les pieds plats, et sa petite taille représentait un handicap. Gavriel recula, mais resta sur ses gardes.

— On dirait qu'on a affaire à un petit plaisantin, Jok. Quand on en aura fini avec lui, on suspendra son cadavre à cet arbre, comme ça plus personne ira croire que cette forêt leur appartient.

— Vous êtes fous ! Je ne suis pas votre ennemi. Le véritable ennemi n'a pas encore atteint ces bois, mais il viendra, croyez-moi. En fait, il est peut-être déjà en chemin.

— Le barbare ne s'intéresse pas à la forêt, imbécile. Il court après les richesses que seule la ville peut lui offrir.

— Ce qui me fait dire que tu es encore plus bête que tu en as l'air, Al ! l'insulta Gavriel dans l'espoir de le pousser à réagir.

Le gros homme bougea vite, bien plus que Gavriel s'y attendait, au vu de sa corpulence. Il sentit la lame s'enfoncer dans le haut de son bras ; s'il n'avait pas fait volte-face au même instant, elle aurait probablement atteint l'os. Le sang jaillit, inondant la manche de sa chemise.

— Comment tu te sens, maintenant ? le provoqua Alfric.

Gavriel avait l'habitude des entraînements. Il ne s'était jamais retrouvé en situation de combat réel. Il n'avait jamais eu à prendre la décision de tuer ou d'être tué. Quelle impression ça faisait ? Il avait mal, comme si une flamme lui brûlait la peau.

— En colère, gronda-t-il en se jetant d'abord sur la gauche puis, brusquement, sur la droite pour esquiver Jok, qui cherchait à le contourner en douce.

En quelques instants, il se retrouva engagé dans un combat sans merci contre les deux hommes. Il tentait désespérément de les occuper pour les empêcher de partir à la poursuite de Leo. Son bras saignait abondamment. Heureusement, ce n'était pas celui qui tenait l'épée. Mais il faudrait arrêter l'hémorragie, ce qui voulait dire que Gavriel devait rapidement venir à bout de ses deux adversaires. Furieux de s'être exposé à ce premier coup de taille, il commença à s'éloigner de l'endroit où Leo avait disparu, en entraînant Alfric et Jok avec lui.

— T'as vraiment envie de mourir, gamin, ricana Alfric.

— Pas du tout. Je tiens juste à m'assurer que vous êtes bien deux gros incapables qui ne savent pas très bien manier l'épée.

Il attaqua Jok et lui ouvrit le genou. Le type tomba en avant en criant.

Surpris, Alfric s'arrêta pour regarder son complice à terre. Gavriel profita de cette soudaine immobilité pour faire sauter l'épée d'Alfric et éloigner celle de Jok d'un coup de pied. Puis il appuya sa lame sur la gorge du gros homme et fit apparaître un filet de sang sur sa peau.

— Ne fais pas ça, Jok, prévint Gavriel. Je sais à quoi tu penses, mais Alfric ici présent a déjà du mal à respirer, et je n'aurai aucun mal à me débarrasser de vous deux.

Jok retira la main qu'il tendait vers la jambe de Gavriel. Ce dernier s'écarta des deux hommes.

— Maintenant, à vous de décider. Alfric, soit tu aides ton copain et tu t'enfuis avec lui, sans armes et sans nourriture, évidemment. Soit je vous tue tous les deux, tout de suite, et je débarrasse le royaume de votre laideur. Mais je suis pressé, alors tu ferais bien de choisir vite. (Il regarda au loin.) Lewk!

Il fut soulagé en voyant le roi sortir de derrière un arbre. Il regarda alors de nouveau les deux hommes.

— Enlevez vos ceintures et vos sacs. Laissez-les par terre et allez-vous-en. Va falloir le porter, Al. Jok n'ira nulle part s'il ne peut pas s'appuyer sur ton épaule.

À contrecœur, Alfric ôta sa ceinture et enleva son sac à dos. Jok l'imita en faisant passer sur son épaule la petite besace qu'il portait en travers de la poitrine.

— J'espère que tu t'étoufferas avec la bouffe qu'il y a dedans ! s'exclama-t-il en la lançant derrière lui.

— Je penserai à vous en dînant ce soir, répliqua Gavriel. Maintenant, soulevez vos jambes de pantalon, tous les deux, ordonna-t-il en continuant à agiter son épée sous le nez d'Alfric. Ah, nous y voilà ! s'exclama-t-il avec une note de triomphe dans la voix. On trouve toujours une dague cachée à cet endroit, n'est-ce pas ? Non, non, bas les pattes. Je vais les récupérer pour vous. (Avec précaution, il retira les deux dagues, qu'il coinça dans sa propre ceinture.) Maintenant, filez.

— Et qu'est-ce qu'on va manger, maintenant ? gémit Alfric.

— Qu'est-ce que vous voulez que ça me fasse ? J'espère que vous mourrez de faim, mais ça paraît peu probable, vu vos bedaines. À moins que les loups vous attrapent. Maintenant, fichez-moi le camp.

— On t'oubliera pas, gamin, gronda Alfric en remettant debout un Jok grimaçant.

— Eh bien, n'oubliez pas non plus que ce gamin vous a botté le cul, répliqua Gavriel. Maintenant, dégagez.

Ils descendirent tant bien que mal la petite butte, avec Jok qui boitait sévèrement et Alfric qui marmonnait dans sa barbe. Gavriel s'empressa de ramasser leurs affaires et leurs armes.

Leo vint le trouver en lui demandant :

— Qu'est-ce qui te fait croire qu'ils ne reviendront pas ?

— Désormais, ils savent que je suis meilleur qu'eux, même si ce n'est pas une si bonne chose.

— Pourquoi ?

— Parce que je voulais qu'on voyage sans se faire remarquer. Ça fait moins d'une journée qu'on est partis, et quelqu'un est déjà au courant pour nous deux.

— Ce sont des idiots, Gav, le consola Leo en ramassant les sacs de provisions. Je vais porter les vivres.

— Idiots ou pas, ils sont dangereux et ils risquent de parler.

— J'en doute. Tu crois vraiment qu'ils vont se vanter d'avoir reçu une raclée de la part d'un gamin deux fois plus jeune qu'eux ?

— J'espère que tu as raison, marmonna Gavriel. Viens. Au moins, on a des vivres pour ce soir et une arme pour toi.

— Et ton bras ? On dirait que tu as besoin d'être recousu.

Gavriel hocha la tête. Leo avait raison, mais ils ne pouvaient pas y faire grand-chose pour l'instant.

— Avec un peu de chance, on trouvera une cabane abandonnée ou…

— Ou une hutte de garde-chasse. Il doit y en avoir une quelque part dans les parages, fit remarquer Leo, les yeux brillants.

— Tu as raison. (Gavriel jeta un coup d'œil au ciel.) La lumière décline, alors si quelqu'un allume une bougie ou une lampe dans les environs, ça se verra.

— Et sinon ?

— N'y pense pas. Je te promets que je ne vais pas me vider de mon sang. On trouvera un autre moyen. Pour l'instant, prends une de ces ceintures pour me faire un garrot. Tu vas devoir serrer bien fort. Ça va ralentir l'hémorragie jusqu'à ce qu'on trouve une solution.

Loethar avait demandé à Freath de le rejoindre dans la bibliothèque. Il était occupé à explorer les rayonnages lorsque l'aide arriva.

— Vous m'avez fait demander, sire ?

— Ah, vous voilà, Freath, dit Loethar en se retournant.

Le domestique s'immobilisa, visiblement pris au dépourvu.

— Quelque chose ne va pas ? (Loethar vit que l'aide s'efforçait de retrouver son sang-froid.) Je sais que j'ai l'air un peu différent, mais sans doute pas au point de vous causer un tel choc.

— Si je puis me permettre, c'est un changement remarquable, répliqua Freath.

— C'est également ce qu'en pense ma mère, reconnut Loethar en devinant que l'aide avait choisi ses mots avec soin.

— Elle n'a sans doute pas apprécié ce qui pourrait passer, de votre part, pour une volonté de tourner le dos à votre héritage ?

S'agissait-il d'une question provocante mais très bien formulée ?

— Pas vraiment, répliqua-t-il d'un ton volontairement désinvolte. Nous avons toujours su que, si je voulais gouverner l'Ensemble, mes nouveaux sujets m'accepteraient plus vite si je ressemblais moins à un seigneur de guerre tribal.

— Votre apparence est certes moins intimidante, sire.

— Vous aviez raison ; la garde-robe de De Vis me va bien.

Freath acquiesça.

— Le légat avait un goût exceptionnel, si je puis dire.

— Alors, vous trouvez que je ressemble en tout point à un homme de l'Ensemble ? lui demanda Loethar en tournant légèrement pour montrer comment les vêtements tombaient sur lui.

— En tout point, sire, confirma Freath.

Loethar sentit que son interlocuteur était troublé, même s'il n'aurait su dire pourquoi.

— Pardonnez-moi, reprit l'aide, et n'y voyez pas d'offense si je vous dis que je n'avais pas compris que non seulement vous parliez notre langue, mais que vous saviez aussi la lire.

— Je ne sais pas lire. Mais il est intéressant de constater à quel point vous êtes tous persuadés que nous ne parlons pas la même langue.

Freath hocha la tête.

— Vous avez raison. Je ne sais pas pourquoi j'ai cru que vous aviez un dialecte tribal.

— Oh, c'est le cas ou, du moins, ça l'était. Certaines vieilles gens le parlent encore, et nous l'enseignons aux plus jeunes, pour qu'il ne se perde pas complètement. Mais ça fait des siècles que le peuple des Steppes parle l'ensemble. Cependant, nous n'avons pas besoin de lire ou d'écrire, alors je vais avoir besoin d'un interprète.

— Je peux peut-être…

— Non, Freath, j'ai une autre mission pour vous. Je présume qu'il y avait une espèce de gardien, une personne pour s'occuper de ces livres ?

— Nous avions Jynes, mais il est mort au cours des combats, répondit Freath.

— Je vois. Personne d'autre ?

Freath secoua la tête.

— C'est la bibliothèque privée des Valisar. Brennus était le seul à l'utiliser. La reine ne s'intéressait pas à l'Histoire, pas plus que ses fils.

Il jeta un coup d'œil à Piven, qui caressait la reliure en cuir de certains livres sur les rayonnages à sa portée.

— Je comprends. À part vous, qui sait lire dans ce château ?

— Eh bien… voyons voir…

—Oh, allons, il doit bien rester quelqu'un. Ne serait-ce que vos Investis… L'un d'eux ne vient-il pas de l'académie de Cremond ?

—Pardonnez ma lenteur, sire. Bien sûr, il y a maître Kirin, mais je pense que vous trouverez le père Briar d'un plus grand secours.

—Le père Briar ? Je ne l'ai pas encore rencontré.

—Il a organisé la crémation de la princesse : c'est lui qui a apporté les cendres sur le toit ce jour-là.

—Ah ! oui, ça me revient, maintenant. Où puis-je le trouver ? À la chapelle ?

—Ou à l'infirmerie. C'est un homme placide, très instruit. Puis-je vous demander ce que vous cherchez ? S'il s'agit d'une information en particulier, je peux peut-être vous aider.

—Je veux connaître tous les secrets des Valisar dissimulés dans ces livres, Freath. J'imagine que cette dynastie pédante collectionnait avidement les informations. La famille ne s'est pas transmis ses secrets de vive voix. Je la soupçonne de les avoir enregistrés pour la plupart dans ces pages de vélin.

—Quel genre de secrets, sire ? demanda Freath, le front barré d'un pli interrogateur.

—Si je le savais, je n'aurais pas besoin de chercher, le réprimanda Loethar. Je ne suis sûr de rien, même si des rumeurs sur l'héritage Valisar sont parvenues jusque dans les Steppes.

Freath sourit avec indulgence.

—Oui, l'histoire a dépassé le mythe qui lui a donné naissance.

—Ainsi, vous n'y croyez pas ?

Le domestique le regarda d'un air surpris.

—Moi ? Non, sire. Personne n'y croit, le roi lui-même n'y croyait pas non plus. Vous savez, s'il y avait eu la moindre clé permettant de libérer la magie de coercition, je suis absolument convaincu que les Valisar m'en auraient fait part. Sincèrement, je ne revois même pas le roi Brennus à la recherche de cette information.

— Les Valisar sont de nature secrète, c'est connu. Peut-être qu'ils ne vous ont rien dit parce que vous n'êtes pas de leur sang.

Freath hocha la tête.

— Vous avez peut-être raison, mais j'étais très doué pour espionner la famille royale, sire. Je suis sûr que j'aurais eu vent de quelque chose si une telle magie existait vraiment. Je ne suis même pas sûr de savoir ce que c'est.

— Le pouvoir de coercition ? Tout est dans le titre, Freath. La personne qui le possède peut en obliger une autre à faire ses quatre volontés.

— Je vois. Un talent que n'importe qui souhaiterait avoir, fit remarquer l'aide avec un petit rire.

Loethar trouva cet humour condescendant.

— Ainsi, je vous amuse, Freath ?

Le domestique reprit aussitôt son sérieux.

— Non, sire, je vous demande humblement pardon. Je souris parce que les autres royaumes de l'Ensemble ont toujours été jaloux du prétendu pouvoir des Valisar, quand je suis tout à fait persuadé que c'est Cormoron qui a inventé toute cette histoire pour tenir ses rivaux à distance. Il était extraordinairement rusé. Bien qu'étant un grand guerrier, il savait que la puissance n'appelait pas nécessairement le respect. C'est Cormoron, comme vous le savez sûrement, qui a créé l'Ensemble, en unissant toutes les familles mais en donnant à chacune leur indépendance et la liberté de gouverner leur propre royaume.

— Tant qu'ils déclaraient allégeance en Penraven.

— Il ne s'agissait pas tant d'allégeance que de simples alliances, sire. Penraven était le plus grand et le plus puissant de tous les royaumes, avec le littoral le plus étendu et des richesses naturelles en abondance. Elle ne tarda pas à avoir le taux de population le plus élevé et l'armée la mieux entraînée. Il est vrai qu'elle était le leader incontesté de la région et que les autres royaumes suivaient son exemple, mais chacun a réussi à trouver son propre style.

— Pourquoi Droste n'a-t-elle pas été invitée à rejoindre l'Ensemble ?

— D'après ce que j'ai cru comprendre, Droste a refusé de reconnaître Penraven comme leader. Il y a des siècles, Cormoron a sûrement cru qu'il avait fait le plus dur en unissant les royaumes ; de toute évidence, il ne voulait pas d'un rebelle en son sein. Mais l'Histoire a démontré qu'ils ont réussi à atteindre l'égalité. Les Valisar n'ont jamais eu besoin d'une démonstration de force pour faire appliquer quoi que ce soit. L'Ensemble a vécu en paix et chaque famille régnante a gouverné son royaume harmonieusement pendant des siècles. Les familles se sont également unies entre elles par des mariages, pour s'assurer que les liens restaient très forts.

— Sauf Brennus, visiblement.

Freath prit un air contrit.

— Oui, vous avez raison, sire. Notre propre roi s'en est allé chercher plus loin. J'imagine que son mariage avec Iselda n'était pas prévu. Mais, de toute évidence, l'alliance de la Galinsée et de Penraven – et, à travers elle, de tout l'Ensemble – est apparue comme quelque chose de formidable et d'enviable. Iselda n'a pas apporté que sa beauté à son roi.

— Vous semblez impressionné, Freath, lui fit remarquer Loethar en replaçant sur son étagère un livre qu'il venait de feuilleter distraitement.

— Je hais les Valisar, seigneur. Mais ça ne veut pas dire que je ne les admire pas ou que leur caractère impitoyable ne m'impressionne pas. Le mariage n'est que l'un des nombreux domaines dans lequel le roi Brennus a pris de difficiles décisions.

— J'apprécie votre franchise. Quand, exactement, êtes-vous entré au service des Valisar, Freath ?

— J'ai pris mes fonctions le jour où la princesse Iselda est arrivée dans notre royaume. Je suis originaire de Penraven, mais j'ai beaucoup voyagé, car j'ai travaillé pour nombre de nobles familles. Le destin a voulu que le duc pour lequel je travaillais à l'époque visite Barronel en même temps que le roi. J'imagine que Brennus a dû déceler quelque chose en moi.

— De l'ambition, peut-être ?

— Peut-être. Je ne saurais le dire. J'ai été engagé pour veiller sur la jeune princesse et l'aider à devenir une reine.

— Vous avez réussi.

Freath se contenta d'acquiescer.

— Donc, vous ignoriez que le roi avait écrit au roi et à la reine de Droste pour leur demander la main de leur fille ? déclara Loethar d'un ton désinvolte, en feignant de s'intéresser à un autre livre, mais en observant de près son interlocuteur, en réalité.

Freath blêmit.

— Je vous demande pardon, sire ?

— Brennus fut un temps fiancé à la princesse héritière de Droste.

Freath ouvrit, puis referma la bouche.

— Je suis désolé. Je l'ignorais, en effet.

— Ça a dû se passer avant votre arrivée. Il semblerait que le secret ait été bien gardé.

— Vous êtes sûr ?

— Aussi sûr que je me tiens devant vous.

— Comment se fait-il que vous soyez au courant ?

— Parce que je connais la princesse héritière et que je n'ai aucune raison de douter de sa parole. En réalité, vous faites la paire, tous les deux, car vous nourrissez une rancune tenace envers Iselda.

Freath battit furieusement des paupières, les lèvres pincées. Loethar visualisa les roues d'un mécanisme tournant dans la tête du domestique.

— Dame Valya ? s'écria-t-il brusquement, incrédule.

— La princesse héritière Valya, Freath, pas moins.

— Je suis sous le choc, sire.

— C'est ce que je vois.

— Valya est un nom populaire dans l'Ensemble. Il ne m'est jamais venu à l'esprit qu'il pouvait s'agir de la princesse, nous avons si peu de relations avec Droste.

— Maintenant, vous savez pourquoi.

— Pourquoi m'avez-vous raconté cette histoire, sire ? demanda Freath.

— Parce que j'ai l'intention de réparer le tort causé par le Valisar.

— Je ne suis pas sûr de comprendre.

— Je vais épouser Valya. Elle deviendra reine de Penraven et de Droste, lorsque j'aurai bien fait comprendre à son père qui détient le pouvoir dans la région. Mais, plus important encore, elle sera impératrice de l'Ensemble.

En voyant Freath déglutir, Loethar se dit que le domestique cherchait à gagner du temps. La question suivante acheva de le convaincre :

— Vous êtes sûr de vous, sire ?

Loethar ne savait trop s'il devait se sentir insulté ou amusé. Il choisit cette dernière option en haussant un sourcil et en esquissant un demi-sourire.

Rassuré, Freath s'empressa de poursuivre :

— Pardonnez-moi, je n'ai pas à discuter de ça avec vous. Mais j'ai l'intention de devenir vos yeux et vos oreilles, comme vous l'avez demandé, sire, et ces deux sens me disent que vos sentiments pour la dame… euh, la princesse Valya, ne vont pas jusqu'à l'amour.

Loethar fut impressionné. Aussi insaisissable soit-il aux yeux de Negev, cet homme possédait un jugement sûr.

— Vous avez parfaitement raison, Freath, soupira-t-il. Mais si vous deviez souffler mot de cet aveu à quiconque, je commencerais par le nier, puis je vous tuerais à mains nues. Vous m'avez compris ?

— Parfaitement, sire.

— Tant mieux. Ce sera un mariage stratégique. Droste entrera dans l'Ensemble, permettant ainsi au peuple des Steppes d'aller et venir et de commercer librement.

— Je vois. La princesse sait-elle que vous l'épousez pour cette raison ?

— Je soupçonne Valya de ne pas être autant aveuglée par l'amour qu'on le croit. Je pense que c'est une personne réaliste et une survivante. Elle prend les avantages là où elle les trouve ; sinon, elle ne serait jamais venue me trouver.

— C'est ce qu'elle a fait ?

— Et comment. Elle a suivi ma piste en entrant seule dans les Steppes, au mépris de sa peur. Sale, en haillons, sans armes et avec très peu de provisions, elle est arrivée sur le dos de sa jument à moitié morte ; elle m'a offert sa main et la promesse que l'Ensemble pouvait être conquis si j'y travaillais avec elle.

— La princesse Valya est à l'origine de votre campagne ? s'exclama Freath, visiblement incapable de masquer son étonnement.

— Totalement. Elle comprend l'Ouest. Votre roi n'aurait jamais dû la méjuger ou la couvrir de honte comme il l'a fait. Grâce à elle, nous savions quand et où frapper. C'est également Valya qui nous a recommandé de garder Penraven pour la fin. J'aurais plutôt été enclin à prendre Penraven en premier, afin de pousser tous les autres royaumes à capituler. Mais Valya m'a assuré que Brennus était si arrogant, si sûr de lui et de la puissance des Valisar que si nous frappions un grand coup en Cremond et en Dregon, en coupant toute retraite, autre que par voie de mer, nous réussirions à acculer les Valisar au pied du mur.

— Elle avait raison, sire, répondit Freath avec juste la pointe d'admiration nécessaire pour impressionner Loethar.

— Ma mère ne fait pas grand cas de Valya, mais je suis persuadé que vous vous en êtes déjà rendu compte, Freath. Vous semblez avoir pris la mesure de chacun d'entre nous.

Le domestique hocha aimablement la tête.

— J'ai toujours joué un rôle diplomatique, seigneur. Maintenant, mon rôle est de vous protéger au mieux grâce à ces mêmes talents diplomatiques et politiques ainsi que…

— La ruse ?

Freath esquissa un bref sourire dépourvu de chaleur.

— J'allais parler de mes connaissances, sire, mais peut-être que nos connaissances nous permettent d'être avisé et donc rusé.

Loethar applaudit mentalement le bonhomme. Insaisissable, et comment ! Il représentait un véritable atout.

— Quoi qu'il en soit, j'ai un mariage à organiser. Je veux y impliquer tout l'Ensemble.

— Très bien, sire, répondit Freath, même si Loethar perçut dans sa voix une note d'appréhension tout à fait compréhensible.

— Mais, avant que le mariage puisse avoir lieu, une autre tâche nous attend, qui ne sera pas du tout du goût du peuple.

— Vraiment ? Vous ne croyez pas que les peuples de l'Ensemble ont déjà subi assez d'événements propres à leur retourner l'estomac ?

L'humour noir de l'aide fit rire Loethar.

— Je veux être absolument certain d'avoir leur attention, Freath. En vérité, je suis venu dans cette bibliothèque pour trouver quelqu'un susceptible de m'aider avec les registres du recensement.

— Le recensement, vraiment ? Pourquoi ?

— Je veux rassembler rapidement les noms de tous les enfants nés il y a environ douze annis.

Freath fronça les sourcils comme s'il réfléchissait, mais Loethar ne s'y laissa pas tromper. Il savait que son compagnon était déjà parvenu à la bonne conclusion.

— Il est très important que les peuples de toute la région comprennent que je ne tolérerai aucune rébellion. J'ai l'intention de l'étouffer dans l'œuf.

— Seigneur, ne craignez rien. Je suis tout à fait convaincu que les gens se trouvent encore en état de choc – leurs monarques sont morts, leurs armées ont été décimées, leurs royaumes, conquis. Beaucoup ont fui en terre lointaine. D'où la rébellion peut-elle bien surgir, à votre avis ?

— Du garçon que nous avons laissé s'échapper, gronda Loethar en jetant à l'autre bout de la pièce le livre qu'il tenait à la main, ce qui fit sursauter Piven et tressaillir Freath.

L'aide eut la sagesse d'attendre que la colère de Loethar se calme un peu.

— Leonel est trop jeune, trop lâche et trop inexpérimenté pour seulement songer à se rebeller.

— Mais les gens vont se rallier à lui, Freath, vous le savez. Ce gamin est un Valisar. J'ai juré de détruire tout rejeton issu de la semence des Valisar. Je n'ai épargné le demeuré que parce qu'il n'est pas de leur sang. Mais je devrais peut-être le tuer, lui aussi.

— Inutile, répondit Freath calmement. Je persiste à penser que l'humiliation sert bien mieux votre cause. Demandez-le à la princesse Valya. Tout le monde sera révulsé en vous voyant parader le geste charitable des Valisar au bout d'une laisse.

— Je pense effectivement que vous avez raison.

— Vous avez donc l'intention de réunir tous les garçons du même âge que le prince, je suppose ?

— Non, j'ai l'intention de les massacrer.

Freath marqua une pause, le temps d'un battement de cœur, puis il se mit à applaudir.

— Oh, sire, c'est un plan digne de n'importe quel roi, fit-il remarquer d'un ton admiratif. Mais la menace suffira sûrement. Les gens vous livreront rapidement le garçon.

Loethar s'en alla ramasser le livre qu'il avait jeté et examina le coin abîmé.

— Tss tss, fit-il d'un air de reproche avant de répondre : Je ne crois pas. Je pense qu'ils ont besoin de voir le sang de leurs fils couler dans les villages pour bien comprendre à quel point je tiens à mettre la main sur le prince Leonel ou à le voir mort à mes pieds. Conduisez-moi donc immédiatement au père Briar, Freath.

— Je peux aller le chercher, sire, si vous préférez rester…

— Non, marchons un peu. J'en profiterai pour vous expliquer ce que je ferai si la première vague d'exécutions ne me livre pas le prince.

# Chapitre 19

Genrie vit arriver un couple improbable. L'une marchait devant, la tête bien haute. L'autre la suivait d'un pas lourd, tête baissée.

— Je ne me rappelle pas ton nom, dit Valya à la servante, mais voici Belush. Désormais, il est mon domestique.

Le regard de Genrie délaissa l'ignoble bonne femme pour se poser sur le terrifiant mastodonte qui avait certainement davantage sa place dans la caserne.

— Souhaitez-vous qu'il dorme près de vous ?

— L'empereur souhaiterait certainement le voir enchaîné au mur, mais je suis une personne clémente. J'ai été élevée dans l'Ouest, où nous n'enchaînons pas nos serviteurs, n'est-ce pas ?

Toutes sortes de réponses lui vinrent à l'esprit, mais Genrie donna à voix haute celle que Valya souhaitait entendre.

— Non, bien sûr que non. Dois-je préparer l'antichambre pour Belush ?

— Non, répliqua sèchement Valya. (Elle inspira lentement et reprit :) Je veux que, tous les deux, vous transportiez mes affaires dans un logement proche des anciens appartements du légat De Vis.

Genrie commit l'erreur d'hésiter, en haussant les sourcils d'un air interrogateur.

— Tout de suite ! gronda la femme. Comment oses-tu ? Tu dois faire une révérence et m'obéir sur-le-champ.

— Pardonnez-moi. Simplement, l'empereur nous a donné l'ordre de vous installer dans des appartements où se trouvent déjà vos affaires.

— Eh bien, retourne les chercher et fais ce que je dis, énonça Valya comme si elle s'adressait à une imbécile. Juste pour ton information, l'empereur vient, il y a une heure à peine, de me demander en mariage. Crois-tu qu'il souhaite être séparé de moi ? Il me faut loger à proximité de ses appartements pour pouvoir répondre à tous ses besoins. C'est compris ?

— Oui, répondit Genrie en remarquant les éclaboussures de sang sur la tenue d'équitation de la princesse.

— Bien. Il fera tout ce que tu lui demanderas, ajouta-t-elle en désignant Belush. Sinon, il sait que tous ses précieux Verts seront punis à sa place.

— Je ne vous ai pas demandé d'épargner ma vie, gronda le guerrier.

— Je ne l'ai épargnée que pour m'amuser, répliqua-t-elle. Tu es désormais mon esclave, Belush… mon jouet. Quand tu m'as humiliée, je me suis promis de te le faire payer à chaque heure de la journée, et c'est bien ce que je compte faire. (Elle se tourna de nouveau vers Genrie.) Montre-lui le chemin jusqu'à mes anciens appartements. Puis fais-moi couler un bain – dans les nouveaux. Ne le remplis pas avec cette espèce d'essence de chèvre que tu m'as refilée. Je peux sentir l'huile de miramel jusqu'ici, alors va jeter un coup d'œil dans les appartements de ton ancienne reine. Elle n'en a plus besoin, maintenant. Veille à ce qu'on en verse une quantité généreuse dans mon bain. Et arrête de me regarder avec cet air insolent si tu ne veux pas que je te fasse exécuter. De plus, puisque mes fiançailles sont désormais publiques, tu devras dorénavant t'adresser à moi en usant de mon véritable titre : princesse.

Genrie baissa les yeux et entendit Valya s'éloigner en faisant claquer ses bottes sur les marches en pierre. Alors, elle releva la tête pour regarder Belush. Elle n'aurait su dire ce qui la prit de parler comme ça, mais les mots franchirent ses lèvres avant qu'elle puisse les retenir.

— Nous sommes ennemis, et pourtant je parie que nous sommes unis par notre haine mutuelle envers Valya.

Il la dévisagea. Pendant quelques instants d'un suspense insoutenable, Genrie crut s'être trompée sur le compte du guerrier. Mais il finit par répondre :

— Dès que ce sera acceptable d'un point de vue politique, je m'arrangerai pour qu'elle meure. Ensuite, je danserai sur ses os avant de les éparpiller aux six vents.

Genrie sentit la satisfaction l'envahir pendant un délicieux instant. L'inimitié qui les séparait, Belush et elle, ne pouvait étouffer la haine qu'ils avaient en commun. Peut-être que les rebelles venaient de trouver leur premier allié dans le camp adverse.

— Suivez-moi, Belush, dit-elle doucement.

Après l'avoir longuement cherché, ils trouvèrent le père Briar précisément à l'endroit où Freath, en proie à une anxiété grandissante, espérait ne pas le voir. Il le héla en espérant que sa voix ne trahissait pas la peur qu'il éprouvait en son for intérieur.

— Père Briar !

Le prêtre était occupé à recouvrir d'une bâche une charrette pleine de marchandises. En voyant Loethar, il prit aussitôt un air terrifié – voire carrément coupable, de l'avis de Freath. Un Investi devait être caché quelque part sous ces marchandises.

— Empereur Loethar, voici le père Briar. Il était sans doute sur le point d'amener aux nécessiteux une cargaison de produits dont nous n'avions plus besoin, expliqua Freath.

Il espérait que le ton de sa voix allait pousser Briar à réagir, pour ne plus avoir l'air aussi mortifié, aussi terriblement coupable.

— Père Briar, dit Loethar en hochant poliment la tête. Vous êtes un homme difficile à épingler.

Briar lança un bref regard complice en direction de Freath avant de se soumettre de nouveau à la calme observation de l'empereur. Son double menton commença à trembler, et Freath ne put s'empêcher de fermer les yeux en signe de désespoir silencieux.

Comme Briar continuait à se taire, Freath se ressaisit.

— Pardonnez-lui, sire. Je crois que votre arrivée l'a désarmé, dit-il en suppliant le prêtre du regard pour qu'il réponde lui-même.

— Le père Briar aurait-il perdu sa langue ? Il est bien capable de parler en son nom, n'est-ce pas, Freath ? le réprimanda Loethar.

Une fois encore, le prêtre hésita et jeta un nouveau coup d'œil à Freath.

— Auriez-vous peur de moi, père Briar ? (L'homme acquiesça.) Hum, murmura Loethar. J'imagine que je ne devrais pas être surpris. (Il jeta un coup d'œil à la charrette et s'en rapprocha.) Qu'avez-vous là-dessous, mon père ?

Freath retint son souffle.

— C'est surtout de la nourriture avariée, seigneur, balbutia le prêtre.

— Avariée, hein ?

Lo soit loué, le prêtre retrouva sa langue et hocha la tête.

— Principalement du pain, mais il y a aussi des légumes, des fruits, de vieux fromages, ce genre de choses. Les gens meurent de faim, seigneur. J'essaie d'offrir à ces familles un peu de répit maintenant que les combats sont terminés. Les enfants ont besoin d'être nourris. (Il jeta un coup d'œil au jeune Valisar qui sautillait au bout de sa laisse.) Tous ne sont pas aussi chanceux que Piven, ajouta-t-il.

— Que voulez-vous dire par là ? demanda Loethar en soulevant distraitement un coin de la bâche.

Freath sentit le frisson glacé de la peur remonter le long de son échine. Délibérément, il fit un croche-pied à Piven, qui tomba bruyamment en poussant un cri étrange et triste.

— Désolé pour le bruit, sire, dit-il en se baissant pour remettre le petit garçon debout.

Loethar fronça les sourcils.

— C'est le premier son que j'entends sortir de sa bouche. J'oublie à quel point il est vraiment silencieux.

— Il n'en a pas moins la chance d'avoir vos faveurs, intervint Briar.

— Ce ne sont pas là mes intentions, père Briar.

— Si vous comptez humilier notre peuple en traitant l'enfant Valisar comme un simple animal de compagnie, vous avez atteint votre but, Altesse. (Il hésita, puis poursuivit, au grand étonnement de Freath :) Mais n'ignorez pas non plus l'impact qu'a pu avoir votre décision de l'épargner, euh… Altesse.

Loethar et Freath échangèrent un regard surpris. Au moins, le roi barbare semblait avoir momentanément oublié la charrette, songea le domestique. Mais pourquoi Briar s'amusait-il à le titiller de cette façon ? Qu'est-ce qui lui passait par la tête ?

Le prêtre semblait bel et bien avoir retrouvé sa langue.

— Même si vous n'en aviez pas l'intention, seigneur, ce n'est pas une mauvaise chose. Les royaumes sont sens dessus dessous. Le moral des peuples est au plus bas. Peut-être que ce petit geste de clémence va leur redonner espoir. Peut-être devrais-je distribuer cette nourriture aux nécessiteux en votre nom ? (Freath n'en crut pas ses yeux en voyant le père Briar hausser les épaules d'un air désinvolte.) Il n'y a plus de royauté pour vous défier, sire. Il faut bien que votre règne commence quelque part, et ça ne passe pas nécessairement par le fait de continuer à faire couler le sang. Vous pourriez commencer par la clémence.

Il osa enfin lever les yeux pour croiser le regard de Loethar. Freath se retint de respirer.

— Je pourrais, reconnut doucement Loethar. (Freath sentit que le barbare ne rejetait pas entièrement le conseil du prêtre.) Mais, d'abord, nous allons devoir imposer mes conditions à ces gens.

— Quelles conditions, Altesse ?

— Aucun Valisar.

— Mais Piven…

— Piven n'est pas un Valisar de sang, père Briar, intervint Freath. Il ne pourrait porter la couronne même s'il était sain d'esprit.

D'un regard sévère, il recommanda au prêtre de garder pour lui ses pensées.

— Sait-on qui sont les parents de Piven ? demanda brusquement Loethar.

— Ils n'étaient même pas originaires de Penraven, d'après ce que je sais, seigneur. N'est-ce pas, maître Freath ?

— Effectivement. Ils vivaient en Barronel.

— Et comment cette adoption s'est-elle effectuée ? (Loethar fit signe au père Briar d'atteler la mule à la charrette.) Reprenez vos activités, mon père.

Freath laissa échapper un soupir de soulagement silencieux.

— La reine traversait Barronel pour rendre visite aux monarques de ce royaume. Une fois de plus, elle pleurait la mort d'un bébé, un fils, mort au moment de sa naissance. De toute évidence, tous les enfants qu'elle voyait devaient lui serrer le cœur. Mais Piven a retenu son attention lorsqu'elle a appris que ses parents s'étaient noyés par accident au cours d'une crue. Il n'avait pas d'autre famille et n'était âgé que d'un jour ou deux. À la femme qui s'occupait de lui en plus de huit autres enfants, elle a offert de l'emmener avec elle.

— Je ne savais pas que les membres de la royauté avaient un cœur. Il y a plein de souffrance autour d'eux. C'est extraordinaire que l'enfant d'un paysan ait pu retenir ainsi leur attention.

— Je suis d'accord. Je pense que c'était hypocrite, répondit Freath en se rendant compte qu'il avait dû avoir l'air un peu trop admiratif. Et égoïste, aussi. Iselda pensait uniquement à sa propre blessure quand elle a offert un foyer à Piven.

— Si elle était aussi égoïste que vous le dites, Freath, j'aurais cru qu'elle adopterait un enfant en bonne santé à la place de cette étrange créature.

Freath haussa les épaules.

— Iselda était maligne. Elle se souciait énormément de son image, même si ça ne correspondait pas à ce qu'elle était vraiment. (Il jeta un coup d'œil à Briar, qui hocha la tête pour montrer qu'il était prêt.) Vous voyez, sire, de même que vous espérez vous moquer des Valisar en utilisant Piven, je pense qu'ils se sont moqués de leur peuple à travers lui. Il était un symbole de leur affection, alors que des gens comme moi souffraient juste sous leur nez. (Il cracha en refusant de croiser le regard du père Briar.) Piven leur donnait l'apparence de monarques généreux. Il était la preuve de leur magnanimité.

— Je n'avais rien contre nos monarques, sire. Je n'ai rien contre vous non plus, à part que les tueries doivent s'arrêter, intervint Briar, assez courageusement, de l'avis de Freath.

— Pour un homme qui avait peur de moi, prêtre, vous me paraissez plutôt brave en venant me dire comment gouverner les royaumes que j'ai conquis.

Briar tressaillit.

— Vous me terrifiez, seigneur. Mais parce que, d'un simple regard, vous pourriez ordonner mon exécution, je n'ai plus rien à craindre de vous. Autant rester fidèle à mon dieu et agir comme il attend que je le fasse.

— Les massacres cesseront dès que le peuple me donnera ce que je veux. Or, ce que je veux, c'est l'héritier Valisar. Vous saviez que, pendant tout ce temps, il se cachait ici même ?

Le prêtre pâlit.

— Ici ? Seigneur, comment aurais-je pu le savoir ? J'ai cru qu'on l'avait envoyé au loin avant la prise du palais.

— Moi aussi. Mais Freath l'a vu entrer en courant dans le palais en compagnie d'un des fils du légat.

Briar regarda Freath d'un air réellement surpris.

— C'est vrai, renchérit l'aide d'un ton aussi désinvolte que possible. S'il est encore là, on le trouvera.

— Non, on ne le trouvera plus à l'intérieur du palais, intervint Loethar.

— Ah bon ? Comment ça, sire ? demanda Freath en frissonnant intérieurement.

— On pense l'avoir aperçu. Il serait sorti furtivement de Brighthelm avec son ami.

Freath sentit sa gorge se serrer. *Ils ont donc décidé de tenter leur chance !*

— Vraiment ? Qui les a vus ?

— Valya, lors de sa promenade à cheval. J'ai déjà envoyé une escouade à leur poursuite. Mais, en attendant leur capture, j'ai l'intention de mettre à exécution mon plan pour le retrouver par l'intermédiaire de son propre peuple. Père Briar ?

— Seigneur ?

— Prévenez-moi dès votre retour. Je vous retrouverai dans la bibliothèque. J'ai besoin de votre aide.

— Très bien, sire, répondit Briar. (Freath fut soulagé en voyant qu'il résistait à la tentation de l'interroger du regard.) Je vais aller livrer cette cargaison. Je serai de retour avant la prochaine sonnerie de cloche, seigneur.

L'obscurité recouvrait la forêt. Une lune ronde et pleine, démesurément large, illuminait le monde et projetait une lueur aqueuse entre les feuilles. Leo avait toujours cru qu'elle était d'un blanc argenté mais, quand elle était pleine comme ça, il aurait pu jurer qu'elle possédait une teinte dorée. Il la préférait d'argent et plus éloignée – ce jaune avait quelque chose de sinistre. Il se demanda si Vyk les observait depuis la cime des arbres. Tandis que les bruits nocturnes s'éveillaient autour d'eux, Leo découvrit que les sous-bois étaient plus sonores que durant la journée. Des criquets chantaient bruyamment, une chouette ululait tristement et divers animaux, non loin d'eux, se déplaçaient dans les fourrés.

Gavriel pointa du doigt.

— Un blaireau, chuchota-t-il comme s'il lisait dans les pensées de Leo.

Ce dernier hocha la tête. C'était peut-être dû à la lumière blafarde de la lune, mais il était convaincu que Gavriel avait l'air plus pâle qu'il aurait dû. Le tissu trempé de sang autour de sa blessure paraissait noir.

— Tu vas bien ? demanda-t-il.

— Ne t'inquiète pas pour moi, répliqua son ami en poussant Leo devant lui.

Le jeune garçon s'arrêta brusquement. Devant eux se trouvait un lièvre pris dans un piège. Vu sa taille, il devait s'agir d'un mâle. Paniqué, le regard vitreux, il avait déjà commencé à tirer de toutes ses forces sur sa patte pour se libérer et il était couvert de sang. En entendant le vagissement pitoyable et apeuré de l'animal, Leo revit en pensée la gorge tranchée de son père et le terrible plongeon de sa mère. Il pensa aux cendres de sa sœur dispersées aux quatre coins du royaume et imagina le visage perpétuellement souriant de Piven envahi par la tristesse. Le lièvre rappelait à Leo sa propre situation : prisonnier, impuissant, sans défense dans cette clairière où il gisait vaincu et pantois à cause de ses efforts pour s'échapper.

— Qu'est-ce que tu fais ? demanda Gavriel en voyant Leo s'approcher de l'animal.

— Je vais le libérer.

— Tu es fou ? Il pourrait nourrir une famille entière !

— C'est une belle bête. Il ne devrait pas mourir comme ça.

— Comment devrait-il mourir, alors ? protesta Gavriel, irrité.

— Courageusement, au printemps, en défendant son territoire et sa compagne.

— Leo, espèce de vieux romantique ! Dire que tu n'as jamais embrassé de fille !

Leo rougit et se réjouit que Gavriel ne puisse pas s'en rendre compte dans l'obscurité.

— Donne-moi un couteau.

Gavriel s'exécuta.

— Tiens, garde-le, dit-il d'une voix soudain lasse.

Leo essaya de calmer l'animal sauvage, mais le lièvre était méfiant, en colère et blessé. Un peu comme Gavriel, songea le jeune garçon en souriant.

— Reste calme, tu veux, le supplia-t-il. (Finalement, il réussit à trancher la corde qui lui emprisonnait si efficacement la patte.) Estime-toi chanceux qu'on n'ait pas de chiens de chasse avec nous, lui cria-t-il en le regardant s'enfuir, sans grâce, dans le sous-bois.

— Même pas un merci, Leo, fit remarquer Gavriel.

Une nouvelle voix s'éleva avant que le jeune garçon ait eu le temps de répondre.

— Bande de salopards ! Pas un geste !

Surpris, tous deux levèrent les yeux vers une femme qui pointait sa flèche sur Gavriel, son arc tendu entre ses longs bras minces. Instinctivement, ils haussèrent tous les deux les mains.

— C'était notre viande ! gronda-t-elle.

Leo garda les mains levées, mais commença à se remettre debout.

— Mademoiselle, je suis désolé, mais…

— Tais-toi, petit ! Toi ! qui es-tu ?

Gavriel mit la main sur sa poitrine.

— Je m'appelle Jon, et voici mon frère Mat. On est…

Il s'interrompit brusquement et s'effondra, évanoui.

— Ga…, euh, aidez-nous ! s'écria Leo en se penchant au-dessus de Gavriel.

— Qu'est-ce qu'il a ?

— Vous ne voyez pas qu'il saigne ?

— Recule. Je sais que c'est un piège, le prévint-elle.

Leo la regarda d'un air angoissé. Il avait déjà les nerfs à vif, mais il s'aperçut tout à coup qu'il n'en pouvait plus.

— Oh, allez au diable ! Retournez d'où vous venez. Je vais vous le payer, votre maudit lièvre ! Mais foutez-nous la paix !

Elle baissa son arc, stupéfaite.

— Comment oses…

— Écoutez, soit vous m'aidez, soit vous partez. Est-ce qu'on a vraiment l'air si dangereux que ça ? Maudit soit-il, je savais qu'il mentait en disant que cette blessure n'était pas si grave.

Leo tourna le dos à la jeune fille. Gavriel était conscient et gémissait doucement.

— Ben, à ton avis, de quoi vous avez l'air, avec toutes ces armes ? Tu crois vraiment que je me sens en sécurité ?

— Je m'en fous. Soit vous m'aidez, soit vous partez.

— Que lui est-il arrivé ? demanda-t-elle en écartant de ses yeux une mèche de cheveux noirs.

Leo la regarda d'un air las.

— On a fait une mauvaise rencontre. Il les a chassés, mais il s'est fait blesser. Je crois qu'il est brûlant de fièvre. Est-ce qu'une infection peut survenir aussi vite que ça ?

— Oh, pousse-toi de là, dit la jeune femme, agacée. (Elle écarta Leo avant de poser la main sur le front de Gavriel.) Oui, il a une forte fièvre. Aide-moi à le redresser. Aucun de nous ne peut le porter tout seul.

Fait incroyable, Gavriel parut revenir à lui au moment où ils le remettaient debout.

— Où on va ? demanda Leo, sincèrement content qu'elle ait accepté de les aider.

— À la cabane de mon père.

— Vous vous appelez comment ?

— Toi d'abord. Je sais qu'il mentait.

— Je m'appelle Lewk. Lui, c'est Gaven. On ne vous veut aucun mal. Je suis désolé d'avoir libéré votre lièvre.

Elle hocha la tête.

— Je m'appelle Lilyan… Lily.

— Merci de votre aide, Lily.

— Vous ne la méritez pas, tous les deux, répliqua-t-elle, visiblement toujours en colère, ce qui ne l'empêchait de porter la plus grande partie du poids de Gavriel.

Ils l'entraînèrent à travers la forêt. Bizarrement, Gavriel, dans son délire, se mit à chanter aussi fort que son corps affaibli le lui permettait. Leo reconnut l'une des chansons favorites des soldats, celle qui comparait le cul d'une femme à une pêche bien mûre. Il ne savait plus s'il avait envie de sourire ou de rougir jusqu'aux oreilles, car Lily possédait un délicieux derrière.

Finalement, ils arrivèrent en vue d'une petite cabane. Leo laissa tomber Gavriel dans les derniers mètres, et Lily, déséquilibrée, chuta avec le jeune homme blessé. Elle atterrit sur lui, mais Gavriel n'émit pas la moindre protestation.

— Je crois qu'il a perdu connaissance ! s'écria-t-elle, inquiète.

— Qu'est-ce qui se passe, Lily ? demanda une voix tremblante depuis le seuil du logis.

Leo leva les yeux et aperçut une silhouette en robe de bure, qui se découpait sur la lueur d'une unique bougie à l'intérieur. L'homme avait rabattu son capuchon sur ses traits, alors qu'il ne faisait pas si froid que ça. Il parlait d'une voix fragile qui trahissait son grand âge ; peut-être était-il plus sensible au froid, se dit Leo.

— Tout va bien, père. Ils ne sont pas dangereux.

— Que se passe-t-il ? demanda alors le père en se dirigeant vers eux – brusquement, il paraissait bien plus fort et bien plus jeune.

— J'ai rencontré ces voyageurs. Ils ont été agressés par des voleurs. Celui-ci est blessé. L'autre s'appelle Lewk.

— Bonsoir, Lewk.

Leo ne pouvait voir le visage de l'homme, dans l'ombre du capuchon, mais il tendit la main.

— Lily a été très aimable de nous aider. J'ai bien peur d'avoir une dette envers elle pour avoir laissé échapper son lièvre.

Elle secoua la tête.

— On verra ça plus tard. Pour l'instant, il faut rentrer ton ami à l'intérieur. Tiens, père, prends son autre bras.

Le père et la fille portèrent Gavriel à l'intérieur de la cabane, en laissant Leo derrière eux.

— Sur le lit, déclara l'homme.

Leo se demanda ce qu'il voulait dire par là, car il ne voyait aucun lit. Ils déposèrent Gavriel sur un plaid sous lequel se trouvait une paillasse. *Ah, c'est ça, le lit.* Surpris, il se rendit brusquement compte à quel point la vie au-delà des portes du palais lui était étrangère.

— Va chercher la bougie, Lily, ordonna son père en déchirant la manche de Gavriel. Ce jeune homme a perdu pas mal de sang, j'ai l'impression.

Lily posa la bougie sur une petite étagère, juste au-dessus du visage de Gavriel. Le père repoussa son capuchon, et Leo ne put s'empêcher d'avoir un mouvement de recul. Cette réaction attira le regard de ses compagnons, mais ne parut les gêner ni l'un ni l'autre. De toute évidence, ils avaient l'habitude. Cependant, Leo vit une lueur douloureuse et fugace traverser le regard de Lily, et il s'en voulut aussitôt.

— Je suis désolé, bêla-t-il, l'honnêteté lui venant aux lèvres plus spontanément qu'un mensonge poli.

— On a l'habitude, fiston, répondit son hôte. C'est pour ça qu'on préfère vivre ici, dans la solitude. Non pas que ce soit bon pour ma fille, mais…

— Chut, père. C'est une discussion qui ne regarde que nous et que nous avons déjà eue trop souvent.

L'homme soupira en lançant un regard désabusé à Leo, puis il examina Gavriel.

— La plaie est profonde et elle s'est infectée. La lame qui l'a tailladée devait être sale.

— Pouvez-vous l'aider ? s'enquit Leo.

— Nettoyons tout ça et voyons voir à quoi nous avons affaire, répondit gentiment le père de Lily. Au fait, je m'appelle Greven.

Leo hocha la tête. Il n'était pas très bon pour déterminer l'âge des gens, mais Greven n'avait pas l'air plus vieux que son propre père. Il avait les cheveux grisonnants, noués sur la nuque, et un corps qui paraissait mince et musclé, en dépit de son visage ravagé.

— Qu'est-ce que je peux faire ?

— Aide Lily à faire bouillir de l'eau. Elle va te montrer où sont toutes les affaires. (Il donna le reste de ses instructions à sa fille.) On va avoir besoin d'un peu de sève de saule, de baume de consoude et d'un lait chaud avec de la liqueur pour lui redonner des forces. Oh, et puis ajoute donc de la jusquiame, pour la douleur.

— Mais il nous en reste si peu, et c'est pour tes…

— Oh, Lily, ne fais pas l'enfant. Faisons notre possible pour ce jeune homme, d'accord ? Ensuite, nous nous inquiéterons de nous-mêmes.

Leo éprouva une nouvelle pointe de culpabilité. Dire qu'il avait privé ces braves gens de ce lièvre ! Il leur aurait probablement duré plusieurs repas.

— Je vais également avoir besoin de lichen blanc. Il va falloir en couvrir la blessure lorsqu'on en aura fini avec les feuilles de clirren.

— J'aimerais bien comprendre tout ça, avoua Leo, impressionné. Il va s'en sortir, n'est-ce pas ?

— C'est ton frère ?

Leo hocha la tête, car cela le gênait de mentir ouvertement.

— D'où vous venez, tous les deux ?

— Euh, des environs de Brighthelm, répondit le jeune garçon en restant aussi près que possible de la vérité.

— On dit que le barbare s'est installé dans le palais, est-ce que c'est vrai ? demanda Lily, les yeux écarquillés, en rassemblant divers petits pots et récipients. Tiens, suspends-la au-dessus des braises, ajouta-t-elle en désignant une casserole ventrue. Ça ne fait pas longtemps que l'eau a bouilli, de toute façon.

— Oui, il s'y est installé, répondit Leo en faisant ce qu'on lui demandait.

— Alors, le roi et la reine sont morts ? Les rumeurs sont donc vraies ?

— Oui, répondit-il froidement.

— Nous avons entendu dire que la reine avait donné naissance…, commença Greven.

— C'est exact. D'après les nouvelles du palais, le bébé est mort immédiatement.

Lily s'assombrit.

— C'est trop de tristesse pour une seule famille. Est-ce que le fils dément…

— Il n'est pas dément, rectifia Leo d'un ton trop brusque qu'il regretta aussitôt en voyant ses hôtes relever vivement la tête. Je l'ai croisé une fois ou deux. Notre, euh, père travaillait au palais. C'était l'un des gardes royaux, ajouta-t-il en inventant l'histoire au fur et à mesure et en espérant qu'elle serait crédible. Piven est simple d'esprit, pas dément.

Lily hocha la tête.

— Et l'héritier ? Où est-il ? Il doit avoir à peu près ton âge, non ?

— Il est un peu plus jeune, je crois, répondit Leo, stupéfait par la facilité avec laquelle ces mensonges lui venaient. (Gav et Corb disaient toujours qu'il faisait plus vieux que son âge. Il espérait que cette caractéristique allait pouvoir lui servir, maintenant.) Je ne l'ai vu que de loin et j'ignore ce qu'il est devenu.

— J'ai vu la reine un jour, confia Greven, songeur. C'était une belle femme. Elle s'apprêtait à rentrer au palais et elle s'est arrêtée pour me saluer. Vous imaginez un peu ça ? Elle, si belle, et moi, si laid.

— Tu n'es pas laid, père.

— Je ne suis guère joli non plus, Lily.

— Qu'est-ce que… c'est ? demanda Leo, non sans une certaine hésitation.

— La lèpre, fiston, soupira Greven.

— Les gens de la ville ont insisté pour qu'il porte cette robe de bure. Il a accepté, mais que je sois pendue si je les laisse l'obliger à se couvrir la bouche ou à faire du bruit avec ces maudites clochettes pour signaler son approche, expliqua Lily d'une voix où Leo n'eut aucun mal à déceler de la colère.

— Je suis désolé, dit-il, ne sachant pas quoi dire d'autre.

— Il ne veut pas de la pitié des gens. Il veut juste qu'on le laisse tranquille. Alors maintenant, on vit ici, en paix.

— Et vous ? demanda Leo.

— Moi ? Je ne suis pas atteinte de la lèpre, mais ça ne fait aucune différence pour eux. Je suis souillée par sa maladie. Ils me tolèrent tant que je garde mes distances et que je ne les infecte pas, gronda-t-elle. Ils refusent même notre argent parce qu'ils disent qu'il n'est pas propre. On fait du troc pour se procurer les quelques produits qui nous manquent.

Leo fronça les sourcils.

— Qu'est-ce que vous échangez ?

— Père est herboriste, au cas où tu n'aurais pas encore deviné. Ton frère a bien fait de s'évanouir devant nous.

— Vous êtes un chaman ? demanda Leo, de plus en plus intrigué par cet homme.

— Non, répondit vivement Greven. (Puis il se radoucit.) Mais je comprends la nature.

— Mais alors, pourquoi n'arrivez-vous pas à vous guérir vous-même ?

Il haussa les épaules.

— J'aime la logique des jeunes gens. J'ai bien peur qu'il n'existe pas de remède pour moi.

Leo regarda Lily, qui n'arrivait pas très bien à réprimer un ricanement.

— Père croit qu'il s'agit d'un châtiment, d'une malédiction divine à cause de sa lâcheté.

— Chut, mon enfant, la réprimanda Greven. Dépêche-toi de m'apporter les ingrédients.

Lily prit la casserole d'eau bouillante avec précaution pour la ramener à son père, et Leo la suivit en portant un plateau qu'elle lui avait tendu juste avant.

— Quelle lâcheté ? insista-t-il.

— Ma mère est morte peu de temps après ma naissance, expliqua Lily. Elle était très malade. On vivait en Cremond, à l'époque, et certaines personnes nous ont amené un guérisseur qui voulait que père fasse une offrande de sang à Lo. Ils croyaient que ça la sauverait.

— Le garçon n'a pas besoin de savoir tout ça, Lily, lui reprocha son père en nettoyant soigneusement la blessure de Gavriel.

Lily glissa un liquide à l'odeur âcre entre les lèvres de Gavriel.

— Ça va atténuer la douleur, expliqua-t-elle. Quoi qu'il en soit, père en connaissait plus long qu'eux sur le sujet et, comme il le dit lui-même, sa chère épouse était déjà au-delà de toute aide. Mais les villageois ont cru qu'il avait peur de payer le prix du sang – un sang qu'il fallait me prendre à moi puisque j'étais la cause de sa maladie.

— Sornettes ! gronda son père en continuant son travail.

Leo ne put s'empêcher de sourire en dépit de cette triste histoire.

— Après sa mort, nous sommes venus nous installer ici, poursuivit Lily en glissant un fil dans le chas d'une aiguille qu'elle venait juste de chauffer à la flamme de la bougie.

— Et j'ai contracté la lèpre, conclut son père.

— En guise de châtiment, ajouta-t-elle sur le même ton, comme si elle se moquait de lui. (Elle se tourna vers Leo.) J'ai grandi seule auprès de mon vieux père lépreux et grognon et j'ai beaucoup appris en vivant dans la forêt. Voilà notre histoire, Lewk. Et toi, quelle est la tienne ?

Leo hésita. Il n'était pas prêt à tisser autant de mensonges. Heureusement, Greven vint à son secours.

— Ça suffit, assez de bavardages. Commencez à mâchonner ces feuilles, tous les deux.

Lily lança un regard dégoûté à Leo.

— C'est là que ça devient franchement dégoûtant. Allez, fais comme moi, tu n'y couperas pas. C'est ton frère.

— Qu'est-ce que je dois faire ?

Greven lui tendit quelques feuilles d'un vert argenté.

— Mâchonne-les, fiston, et puis recrache-les dans ce bol. Ce sont des feuilles de clirren, un remède puissant contre l'infection. Dès que vous en aurez mâchonné assez pour faire une pâte, on en mettra le plus possible sur la plaie, qu'on recouvrira aussi de lichen. Dans quelques heures, on pourra le recoudre, et ensuite, on laissera ses propres défenses faire le reste. Mais, crois-moi, il a tout ce qu'il faut, fiston.

— Et la fièvre ? s'inquiéta Leo après avoir recraché la première bouchée de feuilles mâchonnées. C'est horrible, ajouta-t-il en faisant la grimace.

Le père et la fille sourirent.

— La fièvre, c'est la réponse du corps à l'infection. Elle tombera dès que son corps commencera à lutter pour guérir. On va juste l'aider à entamer le processus, expliqua Greven.

— Comment est-ce que vous avez appris tout ça ? demanda Leo en crachant de nouveau.

— Attention, Lewk, lui dit Lily en ôtant de son corsage quelques morceaux de feuilles qu'il avait projetés à côté du bol.

Rouge d'embarras, il lui lança un petit regard d'excuse. Il se surprit alors à fixer ses seins et il s'empressa de détourner le regard.

— Il ne dira rien à personne, père, reprit Lily, alors tu ferais aussi bien de lui répondre.

— C'est un don, déclara Greven avec condescendance. Il y en a assez. Passez-moi le bol.

Leo regarda Greven déposer avec dextérité à l'intérieur de la plaie les feuilles de clirren mâchonnées. Il frémit en le voyant soulever les lambeaux de peau jusqu'à ce que la blessure déborde littéralement avec la substance pâteuse.

— Maintenant, la mousse, reprit Greven en appliquant le lichen blanc.

— Pourquoi est-ce que la lèpre n'a affecté qu'un seul côté de votre visage ? lâcha Leo, dévoré par la curiosité.

— Je n'en suis pas sûr, soupira Greven. Je n'ai vu qu'un seul autre cas de lèpre, et tout le visage du malheureux était couvert de plaies suintantes. On aurait dit que ses lèvres, son nez et ses joues avaient été exposés devant une fournaise, tellement il y avait de cloques. (Leo se sentit écœuré, car il n'eut aucun mal à visualiser l'image.) Mes plaies sont différentes et ne suintent pas. La peau est sèche et un peu chaude au toucher.

— Est-ce que ça s'étend ailleurs sur votre corps ?

— Non, juste sur mon visage pour l'instant, répondit Greven en s'étirant. Bon, eh bien, on a fait de notre mieux. Maintenant, il faut attendre.

— Quelques heures, vous avez dit ? demanda Leo pour confirmation.

— C'est ça. Pourquoi, tu es pressé ?

Leo venait tout juste de penser que leurs ennemis s'étaient peut-être déjà lancés à leur poursuite. Il était convaincu que ce n'était pas le cas, mais si jamais quelqu'un les avait vus quitter le palais, alors les barbares savaient qu'ils se trouvaient dans la forêt. Et puis, Al et Jok aideraient sûrement à répandre la nouvelle.

— Tu t'inquiètes à propos de ces voleurs qui vous ont agressés ? intervint Lily.

Leo s'empara de cette excuse facile.

— Oui, en effet.

— Nous sommes bien cachés, Lewk, assura-t-elle. Au cas où tu ne l'aurais pas remarqué, nous avons parcouru au moins un kilomètre et demi avec Gaven. Vous ne serez pas faciles à retrouver.

— Des pisteurs le pourraient, cependant.

— Des pisteurs ? répéta Greven. Pourquoi diable est-ce qu'on vous accorderait une telle importance ? Vous avez fait quelque chose de criminel, ton frère et toi ?

— Non, non, pas du tout. On, euh, ne faisait que passer dans la forêt.

— Vous allez où ? demanda Greven sur le ton de la conversation, mais Leo était vif, et le regard qu'échangèrent le père et la fille ne lui échappa pas.

— Dans le Nord. Je ne sais pas pourquoi. Gav a dit que c'était mieux.

— Le Nord, hein ? Un peu dangereux pour deux jeunes gens comme vous, tu ne crois pas ? commenta Greven en s'asseyant à la minuscule table. Et si tu amenais de quoi manger au garçon, Lily? Il doit avoir faim, pas vrai, Lewk?

Leo hocha la tête. Pour être franc, il se sentait affamé.

— Assieds-toi, proposa Lily. Je vais aller te chercher quelque chose, mais je n'ai rien de chaud, par contre.

— Si seulement je pouvais vous payer pour tout ça. J'ai perdu le lièvre de Lily, expliqua Leo à Greven.

— Comment ça, tu l'as perdu? Dis plutôt que tu l'as libéré, oui! protesta la jeune fille d'un air mécontent.

— Je suis désolé, répéta Leo.

Greven sourit, ce qui tordit horriblement le pan ravagé de son visage.

— Connais-tu la symbolique rattachée au lièvre, Lewk?

Le jeune garçon secoua la tête tandis que Lily déposait devant lui un verre de lait crémeux. Il la remercia d'un signe de tête et commença à le boire à grandes goulées affamées. Il n'avait jamais rien goûté de meilleur.

— Eh bien, le lièvre est associé à la lune. Il existe même une constellation d'étoiles qui, de par sa forme, tire son nom de cet animal.

Lily coupa un morceau du fromage qu'elle venait de sortir de son torchon et le posa sur du pain. Elle tendit ensuite la main vers un bocal à conserves.

— Un peu de chutney? (Elle haussa les sourcils en voyant Leo acquiescer.) Très adulte, murmura-t-elle. (Elle versa une grosse cuillerée de chutney sur le fromage et déposa la délicieuse pile de nourriture devant lui.) Tiens, n'en perds pas une miette.

Il n'en avait pas l'intention, et il s'attaqua à son repas de bon cœur.

— C'est la pleine lune, ce soir, fit-il remarquer à Greven de façon quasiment inintelligible, puisqu'il avait la bouche pleine.

Le lépreux parut le comprendre malgré tout, car il acquiesça.

— La lune de la récolte, celle qui brille le plus fort. Comme je le disais, le lièvre et la lune partagent le même folklore. C'est peut-être une bonne chose que tu aies libéré ce mâle ce soir, Lewk.

— Je ne sais pas ce qui m'a pris. Je l'ai vu se débattre et je me suis juste dit que je ne voulais pas le voir mourir.

Greven parut songeur.

— Il y a eu assez de tueries dans notre pays. Peut-être était-ce un présage pour toi. Après la lune de la récolte vient celle de la chasse.

La nourriture de Leo se transforma en cendres dans sa bouche. Il avala sa dernière bouchée.

— Je crois que Gav et moi devrions reprendre la route dès qu'il se réveillera.

— Vraiment ? (Greven se mit à rire.) Mais il ne se réveillera pas ce soir, fiston. Il refera peut-être surface, mais il ne sera pas conscient de grand-chose.

Leo ne pouvait même plus avaler le reste du lait, à présent. Il imagina ce qui arriverait à ces braves gens si Loethar le traquait jusque dans cette cabane.

— Dès son réveil, on devra s'en aller, insista-t-il.

— Qu'est-ce qui te perturbe ? demanda Lily. Vous pouvez passer la nuit ici. On ne vous jettera pas dehors. Arrête de t'inquiéter pour le lièvre, c'est du passé, n'en parlons plus.

— Je vois bien que quelque chose ne va pas, Lewk, ajouta Greven. Si c'est une cachette que tu recherches, Lily va te montrer un endroit où tu pourras dormir en lieu sûr. Tu n'as pas à t'inquiéter, personne n'ira te chercher là et nous ne te dérangerons pas.

Leo les regarda tous les deux. Il n'osait pas leur dire la vérité.

— Merci.

Lily semblait perplexe.

— D'accord. Allez, viens avec moi.

Elle le conduisit à l'arrière de la cabane et écarta l'un des rares meubles, un petit buffet. Puis elle souleva sans difficulté une poignée de lattes du plancher et dévoila une petite cave, qui sentait le moisi mais paraissait sûre.

— Tu peux ramper là-dedans et t'allonger. Tiens, prends cette couverture. Il fait doux ici, mais il fait frais là-dessous, je t'assure.

— Pourquoi vous avez une cachette comme ça ? demanda Leo, stupéfait.

— Père s'inquiète de me savoir ici, en pleine nature avec lui. Il redoute sans cesse que des gens viennent nous faire du mal, comme les deux types que tu as rencontrés aujourd'hui. (Elle haussa les épaules d'un air embarrassé.) Il se sent mieux en sachant que je peux me cacher très rapidement si besoin est.

— Merci pour tout, Lily.

Elle hocha la tête d'un air légèrement sceptique.

— Dors bien. J'espère que tu n'as pas peur des araignées.

Dès que Leo fut descendu dans l'étroit espace, elle replaça les planches, et il l'entendit remettre le petit buffet en place. Il entendit également ses bruits de pas lorsqu'elle rejoignit son père, puis des voix étouffées. Il n'y avait rien d'autre à faire qu'attendre. Or, avec le ventre plein, ajouté à l'épuisement, il ne fallut pas grand-chose pour convaincre Leo de se rouler en boule et de s'endormir.

# Chapitre 20

Au-dessus de lui, le ciel avait pris la teinte d'un fusain ténébreux. Des balafres lumineuses entaillaient les cieux à l'est ; l'aube était proche. Souffleté par les vents en provenance de la mer, l'oiseau, qui avait parcouru une longue distance durant la nuit, chercha des yeux le repère qui le pousserait à descendre en vol plané. Il avait laissé la forêt loin derrière lui et se trouvait à présent en pleine campagne, en direction des falaises. Dans le lointain, il aperçut un petit tas de pierres et redoubla de vitesse pour l'atteindre, en dépit de sa fatigue. Dès qu'il fut passé au-dessus des pierres, il repartit vers le ciel. Puis, dans une séance de haute voltige qui aurait impressionné n'importe quel observateur, il changea de trajectoire au beau milieu des airs et décrivit une complexe série de loopings avant de descendre en piqué. Au moment précis où il fut sur le point de s'abîmer dans la mer, il rouvrit ses ailes et rasa les vagues avec agilité. En arrivant sur la plage, il ralentit. Puis, après avoir repéré ce qu'il cherchait, il battit une nouvelle fois des ailes et vola en douceur pour atterrir sur une petite corniche.

— *Espèce d'exhibitionniste*, déclara le vieil homme, légèrement dégoûté. *Bonjour, Ravan. Tu en as mis du temps.*

— *J'étais occupé à faire ce que tu m'as demandé*, répondit l'oiseau.

*— Eh bien, tu as l'air maigre. Je t'ai attrapé quelques campagnols. J'espérais ton retour lors de la dernière lune. Tu as faim ?*

*— Une faim de loup.*

L'homme se retourna et salua cette plaisanterie d'un sourire ironique.

*— Je déteste quand tu ne me parles plus, tu sais. Tu me manques.*

*— Tu sais que je ne peux pas courir ce risque.*

*— Oui, je le sais,* soupira-t-il. *Allez, entre. Raconte-moi tout.*

L'oiseau sautilla lourdement en suivant le vieil homme dans la petite cabane bâtie sur la corniche et protégée par les falaises en forme de croissant qui l'entouraient. À l'intérieur, il faisait chaud et sec. Le rugissement sourd des vagues qui s'écrasaient sur le rivage créait un bruit de fond rythmique et rassurant.

— *Va te nourrir*, lui dit le vieil homme en désignant une petite fosse où s'entassaient des rongeurs fraîchement tués. *Ensuite, nous parlerons*, ajouta-t-il en fermant la fenêtre pour se protéger du vent bruyant.

Tandis que Ravan se nourrissait, le vieil homme s'occupa en faisant chauffer une casserole d'eau au-dessus du feu. Il ne s'inquiétait pas qu'on aperçoive sa fumée. Grâce aux brises marines, elle se dispersait bien avant d'atteindre le sommet de la falaise. Non, il était bien caché, ici. Il vivait dans cette cabane construite de ses mains depuis plus de deux décennies, même s'il avait depuis longtemps arrêté de compter les annis. Il jeta dans l'eau frémissante quelques herbes et quelques feuilles qu'il avait lui-même fait sécher, puis il attendit patiemment que le breuvage se remette à bouillir doucement. Après quelques minutes, il l'enleva des flammes et mit la casserole de côté pour laisser son contenu infuser et refroidir. Toujours sans regarder l'oiseau, il prit le pot de miel parmi ses maigres provisions et en déposa une généreuse cuiller dans sa tasse, par-dessus laquelle il versa le liquide ambré.

Enfin, Ravan, rassasié, abandonna le reste des campagnols.

— *Ça va mieux ?* lui demanda le vieil homme.

— *Beaucoup mieux. Et toi, comment vas-tu ?*

— *Comme d'habitude. Toujours les mêmes vieilles douleurs.*

Ravan se rapprocha de lui en sautillant.

— *Dans ce cas, tu ferais mieux de boire davantage de tisane pour te soigner. Les événements sont en marche.*

— *Je le sais, Ravan. Ça a commencé avant que Loethar conquière Penraven, avant même qu'il envahisse l'Ensemble.*

— *Je suis resté éloigné trop longtemps.*

— *Les plaines sont trop éloignées, je ne m'attendais pas que tu me rendes visite souvent, tu sais.*

— *Mais nous sommes bien plus proches l'un de l'autre, désormais. Je viendrai te voir régulièrement.*

— *Soupçonne-t-il quelque chose ?*

— *Comment le pourrait-il, Sergius ? Je ne suis que Vyk, le sinistre et silencieux raven.*

Le vieil homme hocha la tête.

— *Raconte-moi tout ce que tu as appris.*

Ravan entreprit de relater tout ce qu'il avait vu ou entendu depuis qu'il avait quitté son plus ancien ami.

En un clin d'œil, Lily sauta dans le lit à côté de Gavriel.

— Je suis réveillé, lui dit-il en remarquant la peur soudaine dans les yeux de la jeune femme. Je les entends.

— Tu es mon mari Jon, siffla-t-elle. Tu t'es blessé en abattant quelques branches. Tu es tombé, et un pieu pointu t'a déchiré le bras. D'accord ?

Il hocha la tête, hypnotisé par son regard. La peau de Lily lui parut crémeuse et douce contre la sienne. Une vague de désir l'envahit, et son corps le trahit. La jeune femme se renfrogna aussitôt, et Gavriel comprit qu'elle l'avait senti, elle aussi.

Étourdi par la douleur qu'il éprouvait au bras et celle, différente, qu'il ressentait entre les jambes, il avait l'impression d'avoir la tête dans du coton.

— Comment tu t'appelles ?

— Lily. Mon père s'appelle Greven. Il est…

— Qui vit ici ? beugla une voix au dehors.

Gavriel sursauta. Anxieux, il se passa la main sur le visage et découvrit soudain qu'il avait une barbe.

— N'y touche pas ! le prévint Lily. Qui va là ? demanda-t-elle.

Mais elle n'eut pas le temps de sortir du lit. La porte s'ouvrit à la volée, et trois énormes individus se bousculèrent sur le seuil.

— Que se passe-t-il ? demanda d'une voix chevrotante le vieillard que Gavriel n'avait pas encore remarqué.

Le visage dissimulé sous un capuchon, il se leva en tendant les mains à l'aveuglette vers les intrus.

— Je vous en prie ! hurla Lily. Qu'est-ce que vous voulez ? Mon père est à moitié aveugle, mon mari est blessé.

— Dehors, tout le monde ! ordonna le chef.

Lily continua à déverser un torrent de plaintes pathétiques. Deux des intrus tirèrent Gavriel hors du lit et de la cabane, mais le jeune homme réussit à protéger son bras. Il avait des vertiges et il titubait, mais les tatuas sur le visage des guerriers le terrifiaient bien plus que la douleur physique, si bien qu'il n'émit pas une seule plainte.

— Vos noms ? demanda le chef en regardant d'abord le vieil homme.

— Je m'appelle Greven, répondit ce dernier en repoussant son capuchon.

Les trois guerriers reculèrent aussitôt d'un air dégoûté.

— Un lépreux ! s'écria l'un d'entre eux.

Greven haussa humblement les épaules.

— Je vis ici, bien à l'écart des autres gens, avec ma fille, qui souffre elle aussi des premiers symptômes de la maladie, et son mari, qui est blessé. On forme un triste tableau, j'en ai bien peur.

— Elle est lépreuse aussi ? demanda un autre guerrier d'un air renfrogné.

— Dans la première phase, la plus contagieuse. Ses plaies sont vilaines à voir, aujourd'hui, ajouta Greven en désignant de la tête les bras nus de Lily, qui arboraient des boursouflures rouges. Je garderais mes distances, si j'étais vous. Moi, je ne suis plus si contagieux, désormais.

Il éternua, et les intrus firent un pas de côté.

— Dommage, regretta le deuxième. Elle a l'air appétissante.

— Qu'est-ce que vous voulez ? demanda Lily en ignorant ce commentaire et en grattant doucement ses boutons.

— On est vos nouveaux dirigeants, expliqua le chef d'un ton méchant.

— C'est ce que j'ai entendu dire, répondit poliment Lily. Est-ce qu'on peut vous offrir quelque chose ?

— On est à la recherche de deux personnes. (Il regarda Gavriel.) C'est quoi ton nom ?

— Jon Farthing. Je suis marié à Lily, la fille de cet homme.

— Comment est-ce qu'on baise une lépreuse ? marmonna le deuxième guerrier à l'intention du troisième, dans le dos de leur chef.

— Exactement comme vous baisez vos femmes, répliqua Gavriel, en sachant qu'il commettait une erreur avant même que les mots sortent de sa bouche.

Le chef réagit aussitôt, en donnant de toutes ses forces un coup de poing sur la plaie recousue et pansée de Gavriel. Le jeune homme s'effondra par terre, et la douleur le fit vomir. Les barbares se mirent à rire.

— Si tu continues à faire le malin, je tuerai toute la famille, prévint le chef.

— Ce ne sera pas nécessaire, monsieur. Je vous prie de pardonner mon gendre, intervint Greven d'une voix apaisante. Il souffre et n'est plus capable de travailler. Il est en colère et ce qu'il a dit était stupide.

— Qui recherchez-vous ? ajouta Lily.

— Un grand jeune homme qui voyage en compagnie d'un garçon de douze annis environ.

Gavriel, toujours à terre, avait cessé de vomir. La douleur était insupportable, comme si on lui avait appliqué un fer chauffé à blanc sur le bras. Mais il eut la présence d'esprit de se rendre compte à quel point la situation était devenue intensément dangereuse. Où était Leo ? Le jeune roi avait-il partagé leur secret avec Lily et son père ?

— J'ai vu des empreintes, hier, annonça-t-il.

— Relève-toi ! ordonna le chef des guerriers.

Lily aida Gavriel à se remettre debout.

— Les traces partaient dans la direction opposée. On était venus relever nos pièges – on attrape des lièvres – et j'ai constaté que quelqu'un était passé là avant nous – une de mes bêtes manquait à l'appel. Je parie que ce sont ceux que vous cherchez qui l'ont prise.

— Qu'est-ce que vous leur voulez ? demanda Lily.

— Ils sont en fuite, gronda l'homme. Allez vérifier à l'intérieur, ordonna-t-il à ses deux soldats.

— Vous traquez un enfant ?

— Oui, mais pas n'importe quel enfant, lépreuse. L'héritier Valisar !

Incapable de dissimuler le choc qu'elle venait de recevoir, Lily regarda Gavriel. Ce dernier lui prit la main et la serra très fort pour rassurer la jeune fille.

— Et l'autre ? demanda Greven sans regarder Gavriel.

— Le fils de votre ancien légat – l'un des deux, en tout cas.

Les guerriers ressortirent de la cabane.

— Il n'y a rien là-dedans, annonça l'un d'eux. Juste la puanteur de la mort. Est-ce qu'on doit les tuer ?

Le cœur de Gavriel fit un bond dans sa poitrine.

— Je ne veux pas les approcher d'aussi près. Laissons-les pourrir ici tout seuls, répliqua le chef avec un rictus cruel.

— Merci, dit Greven de façon si polie que Gavriel s'enflamma de colère – cependant, il eut la sagesse de tenir sa langue et la satisfaction de voir les barbares frémir lorsque le vieil homme s'avança pour leur offrir sa gratitude.

— Recule, lépreux, prévint l'un des guerriers.

— Qu'est-ce que votre roi veut faire de notre prince ? insista Lily.

— Ton nouvel empereur, lépreuse, veut sa tête.

— Mais ce royaume est immense. Comment allez-vous le retrouver s'il a fui ?

— On va continuer à le traquer, répondit le chef. Et si on ne lui met pas la main dessus, les gens de l'Ensemble nous le donneront de toute façon, surtout quand les tueries commenceront.

— Comment ça ? fit Gavriel.

— Tous les fils de l'Ensemble ayant entre onze et treize étés vont être décapités à partir d'aujourd'hui. Vous autres, gens de l'Ensemble, vous n'auriez pas dû tenir des registres aussi précis ; vous nous avez facilité la tâche.

Ils laissèrent le trio debout dans un lourd silence qui perdura bien après qu'ils eurent disparu dans la forêt.

Finalement, ce fut Lily qui les sortit de cette impasse où la gêne les avait acculés.

— Vous êtes le fils du légat ?

Gavriel acquiesça.

— Gavriel De Vis pour vous servir, mademoiselle, répondit-il en esquissant une brève et maladroite révérence.

— Et c'est le prince héritier que nous cachons sous notre cabane ? ajouta-t-elle d'un ton incrédule.

— Non, pas le prince héritier. (Il vit une lueur de soulagement fugace s'allumer dans ses yeux.) C'est le roi Leonel de Penraven, désormais.

Suffoquée, Lily porta les mains à sa gorge. Gavriel se frotta le visage en arrachant la fausse barbe par poignées.

— Merci pour ça et pour nous avoir aidés.

— Il va falloir de nouveau vous recoudre le bras, déclara Greven en s'approchant.

Gavriel ne l'avait pas encore bien vu jusqu'à présent et il ne voulait pas le fixer ouvertement. Bien qu'il fût horriblement défiguré d'un côté du visage, son profil droit apparaissait parfaitement normal.

— Je vais aller chercher Leo pour nous en aller très loin d'ici. Nous vous avons fait courir assez de dangers.

— J'ai mis le roi de Penraven dans un trou sous ma cabane ? répéta Lily, consternée.

— Et vous lui avez sauvé la vie, rappela Gavriel en continuant à enlever sa barbe. La vache, c'est quoi, ça ?

— De la fourrure de loutre, répondit-elle en lui lançant un regard furieux. Il a bien fallu faire avec ce qu'on avait.

— Fais sortir le petit, ordonna Greven.

Lily retourna dans la cabane, et les deux hommes la suivirent.

— Racontez-moi ce qui s'est passé, demanda Greven. Comment vous êtes-vous retrouvés ici ?

Gavriel donna à Greven une version abrégée de ce qui s'était passé depuis le moment où il avait vu son père se faire couper la tête en deux.

Leo sortit de sa cachette d'un air méfiant.

— Tu leur as dit ?

— Il le fallait.

Leo parut surpris et embarrassé lorsque Greven et Lily le saluèrent de concert.

— Votre Majesté, dirent-ils en s'inclinant.

Leo s'éclaircit la voix, gêné.

— Merci.

— Qu'est-ce qu'on peut faire pour vous aider ? demanda Lily en cherchant à déchiffrer l'expression de Gavriel. Ils vont le tuer.

— Vous en avez assez fait. Vous avez déjà risqué vos vies. Nous devons partir.

— Mais…

— Il n'y a pas de mais, coupa Gavriel. Je vous serais reconnaissant si vous pouviez recoudre mon bras et nous mettre quelques provisions de côté. Mais nous devons partir le plus tôt possible. Ils pourraient revenir.

Greven secoua la tête.

— Ils ne le feront pas. Les gens ont peur des lépreux.

— Je suis désolé de vous avoir menti, intervint Leo. Ça ne me plaisait pas, vous avez été si gentils avec nous, mais nous n'avions pas le choix.

— Nous comprenons, assura Greven.

— Lily, vos bras ! s'exclama brusquement Leo.

Elle les frotta d'un air gêné.

— Des orties. Ça fonctionne à merveille, les gens s'y laissent généralement prendre – encore une idée brillante de mon père. Mais je ferais bien de trouver quelques feuilles d'oseille, parce que ça ne va pas être facile de résister aux démangeaisons.

— Mon roi, dites-nous ce qu'on peut faire pour vous, reprit Greven. Je suis sincère. Nous sommes loyaux envers les Valisar. Ces hommes, ils étaient terrifiants.

— Et ce n'est rien comparé au chef des Verts, confia Gavriel en désignant son visage. Chaque tribu barbare porte des tatuas de différentes couleurs. Non, Greven, nous ne sommes pas encore prêts à mener la révolte. Pour l'instant, nous essayons simplement de survivre. J'ai juré au roi Brennus et à mon père de protéger Leo au péril de ma vie. Je dois le garder en vie et continuer à le cacher, pendant des années s'il le faut, jusqu'à ce qu'il soit en âge de rallier ses propres forces.

— C'est encore trop tôt, approuva Greven. Notre Majesté est trop jeune, trop vulnérable, et je présume que le royaume est dévasté.

— En effet, reconnut Gavriel. Mais pas seulement le nôtre. Toutes les familles royales de l'Ensemble ont été massacrées. Leo et son frère adoptif, Piven, sont tout ce qu'il reste de la royauté de l'Ensemble. (Il désigna Leo.) Il est précieux pour tous les royaumes, pas seulement Penraven.

— Où irez-vous ? demanda Lily d'un ton anxieux.

— Nous allons essayer de trouver une bande de hors-la-loi dirigée par un certain Kilt Faris.

Lily hocha la tête.

— J'ai entendu parler de lui. Il paraît que son campement se trouve dans l'extrême Nord.

— C'est également ce qu'on a entendu dire. Mais je n'ai pas été capable de déterminer où il se trouvait exactement.

— J'imagine que, s'il est aussi insaisissable que la rumeur le prétend, il ne se laissera pas facilement trouver, renchérit Greven.

— Cependant, il est notre seul espoir, intervint Leo. Nous pensons qu'en plus de détester l'invasion barbare il a un réel intérêt à préserver l'héritier Valisar.

— Comme ça, il pourra continuer à piller les impôts et exploiter les richesses du roi, ajouta Gavriel. Nous espérons passer un marché avec lui.

Lily secoua la tête d'un air incrédule.

— Bonne chance, rétorqua-t-elle sèchement. Je parie que, si le roi barbare lui en offrait un bon prix, Kilt Faris serait prêt à vendre son âme. Par pitié, dites-moi que vous ne comptez pas sur la loyauté de ce Faris envers le royaume.

— Non, pas la loyauté, protesta Leo. On ne devient pas aussi prospère que Faris sans garder un œil sur le palais et ses allées et venues. Mon père pensait que non seulement Faris avait des espions, mais qu'il n'était jamais trop gourmand dans ce qu'il prenait à la Couronne. Il volait assez pour être agaçant, mais trop peu pour que sa tête soit mise à prix. Père croyait qu'il conservait encore une certaine dose de respect pour la Couronne – plus, j'en suis sûr, qu'il n'en aura pour Loethar, qui ne lui accordera sans doute pas la même clémence que mon père.

Lily s'éloigna en secouant la tête pour empaqueter des provisions.

— Pars avec eux, Lily, suggéra Greven.

— Père, tu es fou ? Tu veux que je me jette tout droit dans le repaire d'un hors-la-loi ? Une femme au milieu de ces désespérés ?

— Déguise-toi en lépreuse. Tu sais comment faire.

Lily fit une moue dégoûtée, tandis que Gavriel secouait la tête.

— Certainement pas. C'est déjà suffisamment difficile de protéger le roi sans m'encombrer d'une autre personne.

— Je ne me souviens pas que vous l'ayez particulièrement protégé, hier soir. J'ai réussi à me faufiler derrière vous très facilement, répliqua sèchement Lily en fourrant le fromage de la veille dans un sac.

— Je ne voulais pas…

— Lily, pars. Tu connais cette partie de la forêt comme ta poche. Et tu sais comment voyager rapidement et en silence dans les bois. Par comparaison, ces deux-là sont comme des blaireaux en vadrouille.

Elle sourit à son père avec une sincère affection.

— Père, je ne peux pas te laisser seul.

— Tu peux, et tu vas le faire. Je ne suis pas invalide, j'ai la lèpre, c'est tout. Je suis tout à fait capable de prendre soin de moi. Tu ne vois donc pas qu'il faut le faire ? On ne peut pas rester là et docilement livrer notre roi aux envahisseurs barbares. On doit le protéger. Chacun d'entre nous, pas seulement Gavriel De Vis.

Elle baissa les yeux.

— Écoutez, intervint Leo en regardant d'abord Greven, puis Lily, j'apprécie…

— Pardonnez-moi, Majesté, l'interrompit Greven. Mais cette décision ne vous regarde pas. Vous avez beau être le roi et appartenir à la dynastie des Valisar, vous êtes encore un enfant. Notre rôle, en tant qu'adultes, est de protéger nos petits. J'ai pris ma décision et, à moins que ma fille soit lâche – et je sais qu'elle ne l'est pas –, ajouta-t-il en la voyant ouvrir la bouche pour protester, elle va ajouter des provisions pour elle dans ce sac et s'en aller ce matin même pour vous conduire dans le Nord.

Le silence s'abattit sur la pièce, un silence que Gavriel fut le premier à rompre.

— C'est à vous de décider, Lily.

— Mon père a raison. Nous devons protéger le roi.

Greven hocha la tête.

— Bien. Faites-moi voir votre bras. Ensuite, on fera un peu de porridge, parce qu'il ne faut pas voyager le ventre vide. Après, vous pourrez partir.

Sergius prit une profonde inspiration.

— *Alors, comme ça, ils sont à la recherche d'une égide ? Tu es sûr qu'ils ne t'ont pas vu et qu'ils ne se doutent de rien ?*

— *Ils ne m'ont pas vu. Tout le monde m'ignore maintenant.*

— *Très astucieux de la part de ce Freath. Je suis impressionné.*

— *Comment trouve-t-on un étranger dont on ignore le nom, quand on ne sait même pas à quoi il ressemble ?*

— *Parfois, c'est lui qui vient à toi. Autrement, il faut savoir ce que tu cherches. L'égide de Leonel doit avoir huit ou dix annis de plus que lui, je suppose. Je n'en suis pas sûr, mais c'est un point de départ.*

— *L'Investi avait-il raison ? Ça doit se faire comme il l'a dit ?*

— *Absolument. Pour lier une égide, le Valisar doit consommer une partie de cette personne. C'est ce qu'on appelle « l'entrave ». Il faut avoir le cœur bien accroché, je le reconnais.*

— *Qu'en est-il de l'égide de Brennus ? Va-t-elle – ou il – simplement mourir ?*

— *Eh bien, l'égide est déjà morte, d'une certaine façon. Son essence appartient au roi, et c'est la vie du roi qui la nourrit. Alors, si le roi meurt, il en va de même pour son essence.*

Ravan réfléchit à cela.

— *Que se passe-t-il si le roi ne découvre jamais son égide et ne l'entrave pas ?*

— *Ah, question intéressante. Alors, l'égide mène une vie normale. Elle n'est pas liée, alors elle ne peut mourir que de causes naturelles.*

— *Quelqu'un d'autre peut-il l'entraver ?*

*— Les gens ont essayé, au fil des siècles, mais non, seul un véritable héritier peut entraver une égide. Oui, Leonel pourrait entraver l'égide de son père, mais il n'existe qu'une seule égide par roi. Alors, si ça arrivait, l'égide de Leonel serait libre.*

*— Et il existe une égide pour chaque héritier.*

*— Bien entendu*, répondit Sergius en se versant une nouvelle tisane. *Si l'un des autres fils d'Iselda avait survécu à sa naissance, il aurait eu sa propre égide.*

*— En parlant des autres fils d'Iselda… il y a quelque chose qui m'intrigue chez Piven.*

*— Quoi donc ?*

*— Je n'en suis pas encore sûr. Je sens quelque chose en lui.*

*— Brennus m'a assuré qu'il est complètement perdu.*

*— Il l'est, mais…*

*— Mais quoi ?* demanda Sergius en se penchant en avant.

*— C'est peut-être un effet de mon imagination mais, quand Brennus est mort, j'ai senti quelque chose s'épanouir chez l'enfant. Pour être franc, je ne faisais pas vraiment attention à lui – il s'est passé beaucoup de choses, cette nuit-là. Mais l'attention de l'enfant était fixée sur moi. Il m'aime bien, il me reconnaît ou, du moins, il est attiré par moi.*

*— Quand tu dis que tu as « senti » quelque chose, tu entends quoi exactement ?*

*— C'est difficile à décrire. C'était comme un éveil. Piven est toujours occupé à me caresser ; quand il ne l'est pas, il reste tout près de moi, au point que nos corps se touchent. C'était le cas quand son père a été tué, et j'ai senti quelque chose traverser le garçon.* (En voyant Sergius tressaillir, Ravan interrompit sa réflexion.) *Ne me demande pas ce que c'était exactement, parce que je n'en sais rien. C'était une impression, une sensation… une… vibration.*

*— As-tu noté une différence en lui depuis ?*

— *Eh bien, j'ai de plus en plus l'impression qu'il essaie de communiquer avec moi.* (Sergius s'écarta de la table et se leva. Les sourcils froncés et les bras croisés, il se mit à faire les cent pas.) *À quoi penses-tu, vieil homme ?* demanda Ravan en venant se poser sur son épaule.

— *Je ne sais pas quoi en penser, mais je crois qu'on ne devrait pas ignorer tes impressions. Retourne là-bas. Garde un œil sur l'enfant. Essaie de communiquer avec lui, peut-être. Si tu remarques un changement substantiel chez lui, préviens-moi. Il faut que je le sache.*

# Chapitre 21

Grâce aux brassards donnés par Freath, Kirin et Clovis purent se déplacer relativement librement au sein du palais. Ils engagèrent la conversation avec un jeune barbare occupé à jouer avec un chaton visiblement trouvé près des cuisines. Le jeune homme s'appelait Barc, et Clovis était convaincu qu'il faisait partie de l'escorte armée qui avait amené les Investis en Penraven.

Kirin ne tarda pas à découvrir que, en raison de sa jeunesse et de son envie de fanfaronner, Barc avait la langue plus déliée que ses compatriotes. L'Investi suggéra alors à Clovis de se rendre en cuisine pour voir s'il n'y aurait pas de quoi grignoter, puisqu'ils n'avaient pas encore mangé. Clovis comprit la manœuvre et s'en alla en quête d'un repas dont ils n'avaient pas besoin.

— Qu'est-ce que ça fait d'être aussi loin de chez soi, Barc ? reprit Kirin.

Le jeune homme continua à agiter un long brin d'herbe devant le chaton, qui trouvait ce jeu irrésistible.

— C'est dur. Les Steppes me manquent. J'aime les chevaux et l'immensité des plaines. Tout ici a une odeur étrange. Tout est si confiné.

— Tu parles un excellent ensemble, comme tous tes compatriotes, d'ailleurs.

Barc hocha la tête.

— C'est notre langue maternelle.

— Je l'ignorais. Comment ça se fait ?

Barc haussa les épaules.

— Peut-être que nous avons eu des professeurs originaires de l'Ensemble, il y a bien longtemps.

— Des prisonniers, tu veux dire, ou des professeurs que vous avez payés ?

— Je ne sais pas.

Kirin songea qu'il s'agissait probablement des deux. L'Ensemble ignorait les tribus des plaines d'un point de vue politique mais, sur le plan économique, le commerce était florissant. Le peuple des plaines élevait de magnifiques chevaux et comptait en son sein d'excellents artisans et de bons fermiers. Tout naturellement, un grand nombre de voyageurs de l'Ensemble se rendaient dans les plaines ; au cours des siècles, certains avaient même dû s'y établir.

— Tu es drôlement jeune pour partir à la guerre, tu ne trouves pas ?

Le jeune homme se frappa la poitrine en souriant d'un air malicieux.

— Les guerriers doivent prouver leur bravoure dès qu'ils dépassent quinze tempêtes de plaine. Alors, ils sont prêts à combattre. J'ai prouvé la mienne, ajouta-t-il en désignant les dessins complexes sur son visage.

— Et tu appartiens aux Rouges, commenta Kirin, qui n'aimait pas souligner l'évidence mais qui essayait d'en apprendre le plus possible.

— Le tatua est très récent. Ça pique encore.

— Est-ce que ta famille va venir te rejoindre, maintenant ?

Barc sourit.

— Oui, maintenant que nous avons triomphé, toutes nos familles, en particulier les femmes, vont pouvoir nous rejoindre. Notre chef veut que les tribus se mélangent avec les gens de l'Ensemble. Il a dit qu'il voulait former une nouvelle race.

— Est-ce que ça t'inquiète ?

— Pourquoi ça devrait ? répliqua le jeune homme, les sourcils froncés, en caressant le chaton. C'était prévu comme ça. Comme je porte le tatua, je vais pouvoir prendre femme et fonder ma propre famille.

— Vas-tu rester un Rouge si tu prends pour épouse une femme de l'Ensemble ?

— Oui.

— Ça dérangerait ton chef s'il nous voyait discuter tous les deux ?

Le jeune homme ne parut pas troublé le moins du monde.

— Non. Tu fais partie des vaincus. Vous n'avez plus d'armée, vos soldats sont morts ou sous notre contrôle. (Il fléchit ses muscles et se frappa le côté gauche de la poitrine en ajoutant :) Et vous n'avez plus de cœur maintenant que vos monarques sont morts. Ton peuple doit accepter les conditions de paix et se soumettre à notre règne. Il s'y habituera.

Kirin hocha la tête en se demandant comment les peuples de l'Ensemble, qui vénéraient Lo, allaient renoncer aussi facilement à leur foi au profit des innombrables dieux de leurs conquérants – depuis celui qui accordait la fertilité jusqu'à celui qui pouvait tout aussi bien répandre le malheur sur autrui.

— Et les Investis que vous avez réunis ?

— Les Investis ? Ah ! Les gens qui possèdent des pouvoirs magiques, tu veux dire ? Je faisais partie des guerriers qui les ont amenés ici.

— J'étais l'un d'entre eux. Où sont les autres ?

— Tu as des pouvoirs magiques ? s'écria le jeune homme d'un air impressionné.

Kirin haussa les épaules.

— Pas vraiment. J'arrive à prédire le climat, pas de façon aussi précise que certains le voudraient mais, la plupart du temps, je ne me trompe pas.

Comme l'espérait Kirin, ce genre de pouvoir ne semblait guère intéresser Barc.

— Nous aussi, on a des magiciens. On les appelle les Masqués. Mais on les utilise pour communiquer avec les dieux. Chaque famille en a un.

Ça n'intéressait pas Kirin, mais il hocha la tête comme s'il écoutait avec attention. Clovis revint avec un bol de porridge.

— J'ai mangé juste en sortant des cuisines, expliqua-t-il. Je ne pouvais pas attendre.

Kirin commença à manger le porridge tout en poursuivant la conversation.

— J'espérais retrouver certaines personnes avec qui j'ai été amené ici. Tu sais où elles sont ?

— J'ai l'impression qu'on les a emmenés dans une importante communauté religieuse, au sud d'ici, mais je n'en suis pas sûr. On m'a donné d'autres ordres dès mon arrivée à Brighthelm.

Une cloche retentit, et Barc se leva d'un bond.

— Il faut que j'y aille. C'est mon tour de garde.

— Merci, Barc. Ça m'a fait plaisir de parler avec toi, dit Kirin.

— Nous sommes ennemis, répondit le jeune homme, mais peut-être qu'avec le temps on apprendra à vivre ensemble dans une bonne entente.

— C'est peu probable, fit remarquer Clovis après son départ.

Kirin murmura son approbation, avant de demander :

— Tu sais ce que c'est, toi, cette communauté religieuse au sud d'ici ?

Clovis secoua la tête.

— Non, mais Freath le saura sûrement.

Ils trouvèrent l'ancien aide de la reine dans un des couloirs, en compagnie de Genrie. Le teint pâle et l'air angoissé, il semblait pressé.

— Nous savons où sont détenus les Investis, annonça Kirin sans entrer dans les détails, car la tension était palpable. Apparemment, on les a emmenés dans un établissement religieux au sud de la ville.

— L'abbaye de Buckden, murmura Genrie.

Freath hocha la tête et regarda autour de lui.

— Nous allons devoir nous y rendre. Mais il faut d'abord que vous sachiez ce que Loethar a ordonné dans notre royaume – et ça pourrait s'étendre aux autres royaumes aussi. Il veut tuer tous les enfants mâles entre onze et treize annis.

— Tous ? répéta Kirin, la bouche soudain sèche.

— Et nous allons leur fournir les registres de recensement afin de pouvoir facilement les trouver. Notre dernier recensement a été effectué lors de la dernière Fête de la Moisson, alors il est parfaitement à jour, déplora Freath. Je ne sais pas quoi faire. Je ne peux pas sauver ces enfants. Je ne peux même pas sauver le garçon qu'on s'efforce tous de protéger. Valya pense avoir vu le roi et De Vis s'enfuir dans les bois.

— Elle en est sûre ? intervint Clovis.

— Non, mais je pense que ce sont bien eux. Ils ont décidé de tenter leur chance et de s'enfuir.

— Alors Loethar va le débusquer en tuant tous les garçons du même âge que le roi à travers tous les royaumes ?

— À commencer par Penraven. Des centaines d'innocents vont être sauvagement massacrés rien que dans notre pays.

— Comment empêcher ça ? demanda Kirin.

— On ne peut pas, gronda Freath. Mais nous allons nous en servir pour trouver et protéger Leo. Il le faut.

— Nous en servir ? répéta Clovis en fronçant les sourcils.

— Je vais accompagner Stracker parce que je peux lire les registres. Lui ne sait pas. Je vais m'assurer que les exécutions soient aussi clémentes que possible. Vous deux, vous allez venir avec moi.

— Quoi ? s'indignèrent Kirin et Clovis d'une même voix.

Genrie conduisit tout le monde dans une petite pièce.

— Chut. Si on nous découvre maintenant, tout est perdu. Parlez, maître Freath. Vous deux, fermez-la et écoutez-le.

Les trois hommes lui obéirent.

— On ne peut pas arrêter ça maintenant, expliqua Freath. Impossible de raisonner Loethar sur ce point. Il veut la mort de Leo. Mais je pense avoir trouvé un moyen de mettre un terme à cette folie avant que le nombre de têtes devienne trop élevé. Entre-temps, avec la liberté dont nous disposerons pour voyager, peut-être qu'il sera plus facile pour vous de chercher l'égide. Quoi qu'il en soit, j'aurai bien besoin de votre aide, de vos yeux et de vos oreilles.

— Qu'est-ce qu'on fait pour l'abbaye et les Investis ?

— Au moins, on sait où ils sont. Ce nouveau problème prend le pas sur le reste. Pour être honnête, je doute que la personne que nous cherchons se trouve parmi les Investis qui ont été rassemblés. Quiconque ayant le potentiel d'une égide aura pris soin de se cacher sous l'un des nombreux déguisements de la vie.

— Ce pourrait être un enfant, lui rappela Clovis.

— Combien y en avait-il dans votre groupe ? demanda Freath.

— Très peu. Je pense que tous les enfants, du moins les très jeunes, ont été tués.

— Vous êtes sûr que l'égide sait ce qu'elle – ou ce qu'il – est ?

— Non, mais les anciens écrits suggèrent que chaque égide naît en sachant parfaitement qui elle est et ce dont elle est capable. Cependant, ces gens tentent d'échapper à leur « vocation ». Ils la combattent tous les jours, car ils savent qu'une fois prisonniers du lien leur vie est finie. Liés à leur roi, ils meurent de vieillesse – à moins que leur liant meure de maladie ou d'accident, auquel cas ils meurent eux aussi.

— Ils ne peuvent être libérés ?

— Je ne crois pas. Mais ce point de détail ne nous intéresse pas pour le moment. Tout ce qui compte, c'est de retrouver cette personne.

Clovis détourna le visage.

— Je ne peux pas. Je n'y arriverai pas. Kirin n'a qu'à vous accompagner tout seul. Plutôt mourir que de voir d'autres enfants se faire massacrer.

— Nous avons besoin de vous, Clovis, insista Freath.

— Qu'est-ce qui te fait croire que, moi, j'en suis capable ? protesta Kirin, indigné.

— Toi, tu n'as pas vu les barbares assassiner ton enfant ! Tu oublies que j'ai vu Stracker décapiter ma fille avec son horrible épée. Non, je refuse.

Les trois autres se regardèrent, puis Freath hocha la tête.

— D'accord, Clovis. Je comprends. Vous resterez ici. Gardez les yeux grands ouverts et tenez Genrie au courant de tout ce que vous apprendrez. Vous avez désormais plus de liberté qu'elle.

Clovis acquiesça d'un air mécontent, mais il ne protesta pas.

— Ils vont commencer à se poser des questions si on reste ici plus longtemps, prévint Genrie. Vous avez entendu, Loethar va engager une nouvelle équipe de domestiques pour le palais ?

Freath secoua la tête d'un air exaspéré.

— Non.

— C'est une idée de la vieille femme, c'est elle qui va superviser le recrutement. Elle prévoit aussi d'organiser une fête barbare. Personne n'aura le droit de célébrer la Fête de la Moisson, cette anni, dans l'Ensemble. Elle sera remplacée par un nouvel événement. Je dois également vous prévenir qu'il y a du mariage dans l'air.

— Oui, je suis au courant, répondit Freath d'un air sombre. Mais nous n'avons aucun contrôle sur ces événements. Nous devons rester fixés sur notre objectif, à savoir protéger notre roi.

— Il faut que j'y aille, dit Genrie. Attendez avant de sortir, vous aussi. Bonne chance, Freath.

Le regard de la servante s'arrêta pendant quelques instants sur l'intéressé. Puis la jeune femme salua les deux autres d'un signe de tête et se glissa hors de la pièce.

Il avait été difficile de dire adieu au brave Greven et plus dur encore de regarder Lily étreindre son père pour lui dire au revoir. Leo se demandait s'ils le reverraient un jour. Il en doutait. Le lépreux avait déjà dit qu'il allait peut-être partir en voyage, puisqu'il n'avait plus à se préoccuper de la sécurité de sa fille. Il avait également reconnu que la cabane et même la forêt allaient lui paraître terriblement vides sans elle. Leo sentait s'accumuler sur ses épaules le poids des sacrifices que faisaient les gens pour lui. Peut-être serait-il plus facile de se rendre à Loethar et d'en finir une bonne fois pour toutes.

Gavriel et Lily s'arrêtèrent tous les deux pour le dévisager avec un mélange d'étonnement et de colère. Leo comprit alors qu'il avait formulé ses pensées à voix haute.

— Je n'avais pas l'intention de dire ça.

— J'espère bien, répliqua Lily. Ce n'est pas exactement le genre d'aventure dont je rêvais.

Gavriel lança au jeune roi un regard compatissant.

— Leo, il ne s'agit pas seulement de toi. Ça concerne également notre royaume et l'Ensemble. Il s'agit de préserver notre mode de vie et de résister à l'oppression du barbare. Nous savons qu'il poursuit ses propres buts et, d'après ce que nous avons vu, qu'il n'a pas lancé cette campagne dans la seule intention de conquérir l'Ensemble.

— Comment ça ? s'étonna Lily, intriguée.

Gavriel lui avait déjà raconté comment ils s'étaient cachés dans le Passage, malgré la mine renfrognée de Leo, qui aurait préféré garder cette partie-là secrète. Mais il comprenait que les explications de Gavriel étaient nécessaires. Lily allait se demander comment ils avaient pu voir ou apprendre autant de choses à propos de Loethar. S'ils ne s'étaient pas montrés honnêtes avec elle dès le départ, elle aurait commencé à se méfier d'eux. Or, pour l'instant, Lily était leur guide, leur seul espoir d'atteindre rapidement le repaire de Kilt Faris.

— Raconte-lui, Gavriel, l'encouragea-t-il.

Le jeune homme fit la grimace, et Leo comprit qu'il n'avait pas eu l'intention de lui demander la permission.

— Loethar est en colère. Il s'est lancé dans une croisade destructrice qui lui est très personnelle. S'il le pouvait, il effacerait le nom des Valisar et leur histoire de toutes les archives et de toutes les mémoires. Je pense que c'est la seule chose qui réussirait peut-être à lui apporter la paix. Mais ce n'est pas possible, alors il s'est mis en tête d'éradiquer tous les Valisar encore en vie. Gouverner l'Ensemble en tant qu'empereur ne lui suffira pas... tant que Leo ne sera pas mort. Or, nous savons qu'un simple adolescent ne représente guère une menace pour lui, pas avec sa horde de barbares. L'origine de sa quête est donc plus profonde, mais je ne la comprends pas.

— Je ne pense pas qu'il y ait grand-chose à comprendre, répondit Lily en gravissant un nouveau talus. Faites attention, c'est très glissant par ici, ajouta-t-elle en attrapant la branche d'un arbre pour se hisser. D'après tout ce que vous m'avez raconté, tous les deux, il est fou, de toute évidence.

— Je ne crois pas, rétorqua Leo en acceptant son aide pour grimper à son tour, avant de se retourner pour tendre la main à Gavriel. Il a l'air terriblement sain d'esprit quand on l'observe de près.

— C'est son demi-frère, la brute, qui fait tout le sale boulot. Loethar est bien plus raffiné dans sa façon de réfléchir et d'agir, renchérit Gavriel.

— Tout cela n'a pas de sens, reprit Lily. Mon père m'a dit que les peuples de l'Ensemble et celui des Steppes ont toujours vécu en bons termes. Nous avons connu des siècles de paix.

— Votre père parlait-il sérieusement quand il a prétendu vouloir quitter la forêt ? demanda Leo. J'aurais cru qu'il la considérait comme son foyer, un endroit familier.

Greven lui rappelait étrangement son père – peut-être parce qu'il était à peu près du même âge que Brennus.

— Oh, celui-là ! répliqua-t-elle, exaspérée. Il va se faire tuer, un jour. Je sais que vous devez avoir l'impression qu'il s'est caché dans la forêt pour son bien mais, en vérité, c'est pour moi qu'il vit dans ce cocon. C'est moi qui avais soif de solitude et de paix. C'est moi qui ai voulu l'éloigner de ceux qui le traitaient si mal. Il a mené cette vie tranquille pour me faire plaisir, mais mon père est, au fond de son cœur, un voyageur. Il n'aime pas rester au même endroit. S'il avait pu me convaincre, nous aurions parcouru les royaumes comme herboristes itinérants, et j'aurais été le visage de notre commerce.

— Ils l'auraient quand même obligé à porter cette robe de bure, rappela Leo.

— Et à faire sonner ses clochettes, oui, je sais, soupira-t-elle. Mais il s'est toujours moqué de cette humiliation. Moi pas.

— Je suis désolée qu'on vous ait séparée de lui, Lily, dit Leo en lui prenant la main.

Rien que de la toucher, il frissonna intérieurement. Il avait déjà compris que cette fille ne pleurait pas facilement, mais elle était visiblement très triste.

— On fait tous des sacrifices, Leo. Le mien, je le fais volontiers, pour vous, parce que je ne veux pas devenir la femme d'un barbare et que c'est ce qui risque de m'arriver si on ne se révolte pas.

— Alors, épousez-moi tout de suite, Lily. Je vous protégerai de ces balourds tatoués, proposa Gavriel d'un ton théâtral.

Leo lui lança un regard noir.

— Vous ne serez jamais l'épouse d'un barbare, Lily. Je ne le permettrai pas.

— Merci, mon roi, dit-elle en lui embrassant la main d'un air taquin.

Elle n'avait pas la moindre idée de ce que ce geste badin fit à Leo. Après ce baiser, pendant quelques instants, il fut incapable de dire quoi que ce soit. Il avait les joues en feu, et ses pensées vagabondaient sur des chemins qu'elles n'auraient pas dû suivre. Brusquement, il en voulut à Gavriel d'être aussi détendu en présence de Lily et de pouvoir discuter aussi facilement avec elle. Il sortit brutalement de ses pensées en entendant son ami déclarer :

— … après tout, nous avons déjà partagé le même lit.

Leo s'arrêta net.

— Quoi ?

— Ne faites pas attention à lui, répondit Lily d'une voix apaisante. Il rêve.

Gavriel avait un grand sourire aux lèvres. Brusquement, Leo se rendit compte, pour la première fois peut-être, à quel point son ami était beau. Les filles le trouvaient irrésistible mais, jusqu'à présent, ça n'avait jamais entaché le plaisir qu'il trouvait dans la compagnie des jumeaux De Vis. À présent, il avait l'impression d'être en compétition avec Gavriel – une compétition qu'il n'avait aucune chance de remporter.

— Je ne rêvais pas, ce matin, quand je me suis réveillé et que je vous ai trouvée nue à côté de moi, Lily, répliqua Gavriel d'un ton taquin.

Leo crut qu'il allait vomir – ou frapper Gavriel. Il partit en avant d'un pas furieux.

— Taisez-vous donc, protesta Lily en souriant au jeune homme, sans se rendre compte à quel point cet échange de plaisanteries blessait Leo. Il plaisante, Leo, ignorez-le. J'ai grimpé dans le lit en entendant les barbares arriver, pour prétendre que nous étions mari et femme.

— Pourquoi ? s'emporta Leo en se retournant brusquement vers eux.

Gavriel dut sentir le malaise de Leo, car il cessa de flirter avec Lily.

— Parce que, de toute évidence, ils recherchaient deux personnes correspondant à notre description. Quelqu'un a dû nous voir, même si j'ignore quand et comment. Toi, ils ne t'ont pas trouvé, mais ils auraient pu m'embarquer simplement parce que je ressemblais au type qu'ils cherchaient, expliqua-t-il en dévisageant Leo, les sourcils froncés. Tu vas bien ?

Leo ne voulait pas se mettre en colère contre Gavriel, surtout après tout ce qu'ils venaient de traverser, mais il n'arrivait pas vraiment à déterminer ce qu'il ressentait.

— Oui, bien sûr, répondit-il pour éviter le conflit. Je n'avais pas idée de ce que tu as vécu pendant que j'étais caché sous terre. (Il soupira et changea de sujet.) Je crois que j'ai faim.

— On n'a pas le temps de s'arrêter, Votre Majesté, intervint Lily. Venez, pressons le pas. Un long voyage nous attend.

— Long à quel point, à votre avis ?

Le visage de Lily refléta son incertitude.

— Je ne sais vraiment pas. Tout ce que je peux faire, c'est continuer à suivre la direction du nord.

Leo se ressaisit. Il ne fallait surtout pas créer une atmosphère tendue entre eux trois.

— Je vous en prie, Lily, ne m'appelez plus « Majesté ». Et ne m'appelez plus Leo non plus, si vous voulez me protéger. On devrait se tutoyer tous les trois. (Ses deux compagnons acquiescèrent, même si Gavriel avait depuis longtemps renoncé à toute formalité.) Sur les cartes de mon père, la distance entre Brighthelm et l'extrémité nord de la forêt était d'environ cent kilomètres.

— Et comment savez-vous… Pardon, comment sais-tu que Faris se trouve dans le Nord ? demanda Lily.

— Une fois, père m'a montré sur une carte l'endroit où, d'après lui, le brigand devait se cacher. C'était presque à l'extrémité nord de la forêt.

— Dans ce cas, à vol d'oiseau, il nous reste au moins trente kilomètres à parcourir, confirma-t-elle. Mais le terrain est accidenté, par ici.

— En parlant d'oiseau, tu n'aurais pas aperçu un énorme raven peu avant de nous rencontrer, par hasard ? s'enquit Gavriel.

Lily s'arrêta net.

— C'est bizarre que tu me demandes ça.

— Oh, on est juste persuadés qu'un raven se déplaçait avec nous entre les arbres quand on a pris la fuite.

— Il est vraiment gros, ajouta Leo.

— Je suis vraiment stupéfaite, dit Lily d'une voix qui le prouvait. J'ai effectivement vu un raven. Il est resté parfaitement immobile, mais je n'ai pas pu ignorer sa présence. C'était un énorme oiseau noir. Je n'ai pas vu de compagne, ni de nid, et il n'agissait pas comme s'il défendait son territoire. Il avait l'air plutôt placide, en fait. En tout cas, il n'avait pas peur de moi. Il est même venu se poser par terre et s'est mis à sautiller autour de moi en faisant plein de petits bruits avec son bec.

— Et ensuite ? demanda Gavriel.

Elle haussa les épaules.

— Ensuite, plus rien. Je l'ai suivi pendant un petit moment et puis je l'ai perdu de vue. Juste après, je suis tombée sur vous deux, pendant que vous étiez en train de libérer mon lièvre pris au piège.

Gavriel et Leo échangèrent un regard.

— Quoi ? Qu'est-ce que ça signifie ? demanda la jeune fille en surprenant cet échange.

— Rien, répondit Gavriel. Aucune importance. (Il haussa les épaules.) On a cru qu'il nous suivait, c'est tout.

— J'en doute. Les ravens sont intelligents, mais pas à ce point-là, déclara Lily avec désinvolture.

Mais Leo savait qu'elle se trompait et il était convaincu que Gavriel partageait cette opinion. Ce dernier serait sûrement d'accord pour dire que non seulement Vyk les avait suivis, mais qu'en plus il avait mené Lily jusqu'à eux. Mais pourquoi ?

# Chapitre 22

Freath hocha la tête en remplissant le verre à vin de Loethar.

— Je pense vraiment que c'est la meilleure solution, sire. Je suis capable de lire les registres et je peux également fournir des informations précieuses à votre frère si besoin est.

— Mon demi-frère, rectifia Loethar, ce à quoi le domestique répondit par un nouveau signe de tête. Cependant, je n'aurais pas cru que vous auriez envie d'assister à ces tueries, Freath. Vous vous rendez compte de ce qu'il va falloir regarder ?

— Mais je n'ai pas besoin de regarder, justement, sire. Mon but est de m'assurer que vos ordres seront appliqués à la lettre et que nous sélectionnerons bel et bien les enfants concernés, en fonction du recensement. Je n'emmènerai qu'un de mes Investis avec moi, afin de ne pas encombrer le guerrier Stracker.

— Il souhaite désormais se faire appeler général.

— Ça vous convient, sire ?

— Chaque empereur a besoin d'un général, Freath. Stracker est le mien.

Loethar goûta son vin et signifia son approbation d'un hochement de tête. Freath nota qu'il n'avait pas vraiment répondu à sa question, mais il s'en moquait. Il espérait qu'un jour les deux frères (peu importait qu'ils n'aient pas le même père) en viendraient aux mains et se disputeraient la suprématie. Pourvu qu'ils s'entre-tuent, il serait content. Pour l'heure, cependant, il veilla à garder une expression neutre.

— Comme vous voulez, sire.

— Je vais devoir envoyer un guerrier de notre tribu avec vous, pour vous protéger. Stracker peut parfois se montrer imprévisible.

— Il est déjà en route pour la première ville – Devden, c'est bien ça ? (Loethar acquiesça.) Je vais donc devoir partir rapidement.

— Je vais détacher une estafette pour vous accompagner.

— Sire, j'espère que vous me pardonnerez cette question, mais croyez-vous vraiment que ces meurtres en masse servent vos intérêts ?

— Je sais où vous voulez en venir, Freath, mais vous semblez croire que je me soucie de diplomatie – de la façon dont vous pourriez peut-être m'aider à m'intégrer dans la vie de l'Ensemble. Il se trouve que je ne partage pas ce point de vue. Je me moque de savoir si les gens m'apprécient au départ. Je tiens seulement à ce qu'on réussisse à s'intégrer à un moment donné. Pour l'instant, une seule chose peut me satisfaire : l'extermination de tous les Valisar.

— Dans ce cas, puis-je vous faire une suggestion toute aussi simple ?

— Allez-y.

Il vida son verre tout en écoutant la proposition de l'aide.

— Donnez l'ordre de cesser le massacre dès qu'on aura retrouvé le garçon. Les gens de l'Ensemble vous haïront pour la mort de leurs fils, mais je pense que vous réussirez à gagner un certain respect – inavoué, bien sûr – si vous arrêtez les tueries dès que vous aurez retrouvé votre proie. Mais j'ai bien peur que le général Stracker n'apprécie pas cette mesure.

Loethar le dévisagea avec attention.

— Vous nous avez parfaitement cernés, Freath. Non, il ne s'arrêtera pas, à moins que j'insiste. Mais votre suggestion est bonne. Quand on aura retrouvé l'enfant – et nous savons qu'il ne peut pas être bien loin, à l'heure qu'il est –, le massacre cessera.

Freath se força à avoir l'air peu impressionné. Il ne voulait pas amener Loethar à penser que la chose lui tenait à cœur.

— Très bien, sire. Que voulez-vous que j'organise pour la princesse héritière Valya ?

— Comment ça ?

— Pour le mariage, sire.

— Dans notre culture, nous laissons ça aux femmes, Freath. Je suis seulement censé me présenter à la cérémonie.

— Nous allons donc avoir une cérémonie en accord avec les traditions des Steppes, sire ?

Loethar parut agacé. Freath voyait bien qu'il n'aimait pas le côté administratif de sa position. Il devait être difficile pour lui de rester enfermé dans le palais.

— Qu'en pensez-vous, Freath ?

— Eh bien, votre fiancée est drostéenne, après tout. Je pense qu'il est important d'ajouter une touche occidentale à la cérémonie, par égard pour la famille de la mariée. Nous pourrions peut-être organiser deux rituels simultanés.

Loethar hocha la tête d'un air las.

— Très bien. Comme elle voudra.

— Parfait. À propos, j'ai entendu dire que vous aviez l'intention d'engager de nouveaux serviteurs pour le palais. Il est vrai que, depuis votre arrivée, le personnel est réduit à son plus strict minimum. Des renforts seraient appréciés, notamment en cuisine. Genrie a également besoin d'aide pour ce qui est des tâches domestiques. Les jardins et les vergers...

— Assez, Freath ! Vous le faites exprès, à la fin !

— Quoi donc, sire ?

— De m'assommer avec toutes ces requêtes ennuyeuses !

— Afin de diriger le palais en votre nom, j'ai besoin de savoir quels sont vos ordres. Pardonnez-moi, sire. Peut-être devrais-je en discuter avec la princesse héritière ?

— Comment faisait Brennus ?

Freath haussa discrètement les épaules.

— La plupart du temps, l'ancien roi nous laissait vaquer à nos occupations. Nous connaissions nos devoirs et nous savions comment gérer le palais, sire. Iselda nous supervisait, pendant que Brennus s'occupait de politique et de gouverner le royaume.

— Dans ce cas, impliquez Valya dans vos décisions. Ça lui donnera quelque chose à faire.

— Ainsi que Dara Negev, peut-être ? Sinon, ça risque de créer des tensions entre elles, n'est-ce pas ?

— Vraiment, rien ne vous échappe, Freath, le complimenta Loethar d'une voix où se mêlaient l'admiration et la lassitude.

— Il fallait que je pose la question, sire. Nous risquons des problèmes si les deux femmes les plus puissantes du palais se battent pour la suprématie, surtout si vos domestiques ne comprennent pas pleinement la hiérarchie établie. Comment cela fonctionnerait-il dans les Steppes ?

— Cette charge reviendrait à ma mère.

— Dans ce cas, nous devrions peut-être observer cette tradition, vous ne croyez pas ?

— Oui, oui, faites pour le mieux.

Loethar tendit son verre pour que Freath le lui remplisse de nouveau.

— Je suis désolé de mettre votre patience à l'épreuve, sire.

— Trouvez-moi le garçon et tout ira bien.

Freath esquissa un sourire forcé.

— Encore une chose, sire. J'aimerais engager un goûteur pour vous. J'aurais pu vous empoisonner, à l'instant.

Freath entendit le verre en métal heurter le sol avec fracas avant même de s'apercevoir que le barbare venait de le saisir à la gorge.

— Qu'est-ce que c'est censé vouloir dire ?

Freath fut incapable de répondre. Il ouvrit la bouche parce qu'il manquait d'air, mais on aurait dit qu'il n'arrivait pas à inspirer. Loethar le poussa, et le domestique trébucha et se cogna la tête contre le mur.

— Vous voyez ce qui arrive quand je suis en colère, Freath ? La prochaine fois, je vous étranglerai de mes mains.

Freath en voyait trente-six chandelles. Il n'arrivait pas à se rappeler la dernière fois qu'on l'avait brutalisé de cette manière. *Ce devait être dans mon enfance*, songea-t-il bêtement. Il avait encore la tête qui tournait quand il sentit brusquement qu'on le hissait en position debout. Loethar tenait le devant de sa chemise dans son poing serré.

— Vous allez bien ? demanda le barbare.

— Je n'en suis pas sûr, sire. Je n'arrive pas à retrouver des idées claires.

— Buvez quelque chose.

— Non, je vais juste m'adosser au mur un petit moment. Pardonnez mes paroles imprudentes. Je voulais juste… (Il fut obligé de réfléchir pendant quelques secondes pour se rappeler ce qu'il avait voulu dire.) Je voulais juste vous prémunir contre d'éventuels assassins. Si vous voulez faire entrer de nouveaux domestiques au palais, il va falloir prendre quelques précautions quant à votre personne, sire.

Loethar avait l'air réellement contrit, mais Freath ne s'attendait pas à des excuses.

— Je vous laisse le soin d'organiser tout ça, puisque vous tenez tant à préserver ma santé.

— Merci, sire. (Freath songea que le bonhomme se méfiait de tout et de tout le monde. Il allait devoir continuer à travailler dur pour gagner sa confiance.) Tiens, je n'avais pas remarqué l'absence de votre raven, ajouta-t-il.

— Vyk, oui. Je ne sais pas où il a bien pu aller. Mais ça lui arrive de temps en temps. Il est d'une nature contrariante.

— Comment l'avez-vous trouvé ? s'enquit Freath en se massant la gorge.

Loethar lui tourna le dos, le temps de se verser un nouveau verre de vin.

— C'est une histoire intéressante. Je l'ai trouvé tout bébé dans les très anciennes forêts, dans l'extrême Nord, là où se terminent les plaines, au pied des montagnes menaçantes. Il était tombé du nid. J'entendais ses parents l'appeler depuis la cime des pins, mais ils refusaient de descendre à terre pour le récupérer. Je l'ai élevé sur les plaines, et il s'est bien adapté, même s'il n'a jamais oublié la forêt. C'est probablement là-bas qu'il se trouve, en ce moment. J'étais un jeune guerrier, à l'époque, alors Vyk doit avoir environ trois cents lunes maintenant.

— Trois décennies ! C'est un vieux corbeau sage que vous avez là, sire.

— En effet. (Chose surprenante, Loethar sourit.) Non. Lui et moi, nous sommes frères, plus que Stracker et moi ne pourrons jamais l'être. Vyk me comprend.

La franchise du barbare surprit Freath. C'était troublant, mais il ne voulait pas mettre un terme à cette conversation.

— Bien sûr, il est d'accord avec tout ce que je fais, poursuivit Loethar, avant de marquer une pause et d'ajouter : parce qu'il ne répond jamais.

Freath ne savait pas s'il était censé pouffer de rire à cause de cette supposée plaisanterie. Il choisit plutôt de sourire avec bienveillance.

— Ce qui est bizarre, c'est que mon peuple a peur de tous les oiseaux apparentés aux corbeaux, continua Loethar. (Tout en sirotant son vin, il se rendit à la fenêtre comme s'il s'attendait à voir apparaître le raven au loin.) Ils considèrent le corbeau comme une créature dangereuse qui vit à cheval entre le monde des vivants et celui des morts. Un jour, un chaman m'a conseillé de me méfier de lui, en disant qu'il était dangereux.

— Pourquoi ? C'est juste un oiseau.

— Eh bien, les chamans voient plus de choses qu'un homme ordinaire, Freath. Nous sommes des hommes ordinaires, vous et moi. Mais le chaman ne m'a jamais expliqué les raisons de cet avertissement, si c'est ce que vous voulez dire.

— Et pourtant, vous avez gardé l'oiseau.

— Si Vyk est mon ennemi – bien que je n'aie aucune raison de douter de lui, après toutes ces années passées ensemble –, alors, tant pis. Dans tous les cas, je suis d'avis qu'il faut garder ses ennemis près de soi.

— Est-ce pour cela que vous permettez à votre demi-frère de rester à vos côtés, sire ?

Loethar se retourna. L'espace d'un instant, Freath crut qu'il était condamné et qu'il avait dépassé les bornes. Mais le barbare se contenta de le dévisager froidement.

— Vous êtes comme mon raven, Freath. Je ne sais si vous êtes un ami ou un ennemi. D'ordinaire, je suis assez doué pour cerner la personnalité des gens, mais, dans votre cas, je n'y arrive pas. Vous faites preuve d'une incroyable perspicacité et tout ce que vous dites semble m'être bénéfique. Pourtant, bizarrement, je n'arrive pas à décider si je dois vous faire confiance ou pas.

— Dans ce cas, je vais devoir continuer à vous prouver mon dévouement jusqu'à ce que je gagne votre confiance, sire. Je vous l'ai dit, je n'ai jamais éprouvé le moindre sentiment de loyauté vis-à-vis des Valisar. En vérité, je n'en ai jamais éprouvé envers quiconque. Mais j'ai décidé de tenter ma chance avec ce nouveau régime. Je suis votre homme, empereur Loethar. Tant que vous continuerez à me récompenser, je travaillerai d'arrache-pied pour votre seul bénéfice.

— Ainsi, vous permettre d'avoir la vie sauve ne suffit plus ?

— À quoi bon vivre si on ne peut pas apprécier cette existence, sire ? Je veux de l'argent, je veux un statut social, je veux du respect. Je suis prêt à tout faire pour les mériter et pour vous prouver ma valeur.

— Vous vous en sortez très bien, pour le moment, Freath. Vous allez devoir oublier mon geste impétueux.

Tous deux jetèrent un coup d'œil en direction du vin renversé sur le sol. On aurait dit du sang. Freath remercia Lo d'avoir épargné sa vie… pour cette fois.

— C'est déjà oublié, sire. Laissez-moi appeler quelqu'un pour nettoyer tout ça. Entre-temps, puis-je vous suggérer de nommer Genrie au poste de goûteur ? Je lui fais confiance et je pense qu'elle fera du bon travail jusqu'à ce que l'on puisse lui trouver un remplaçant plus approprié.

Loethar le congédia d'un geste de la main.

— Agissez au mieux, Freath, tant qu'elle ne recommence pas à me harceler. Vous pouvez préparer votre voyage. Je vous verrai à votre retour, qui sera, je l'espère, triomphal. Ramenez-moi la tête de Leonel des Valisar.

C'était leur troisième matinée de marche. Un silence amical régnait entre eux. Ils n'avaient pas beaucoup à manger, mais aucun d'eux ne possédait un gros appétit. Chaque pas supplémentaire qu'ils faisaient en direction du nord était teinté soit de chagrin à cause de ce qu'ils laissaient derrière eux, soit de tension à cause de ce qui les attendait. Les températures s'étaient considérablement rafraîchies, mais ce n'était pas seulement dû à la fin de la saison des marées et à l'approche de celle des feuilles. Lily expliqua que la disparition de la chaleur était surtout liée à la canopée au-dessus de leurs têtes, qui ne cessait de s'épaissir. L'aubépine avait laissé place aux hêtres, aux bouleaux, aux frênes, puis aux chênes et enfin aux sapins. La lumière mouchetée du soleil n'arrivait plus dans le sous-bois, et l'on n'entendait plus les chants joyeux des oiseaux. Brusquement, leur environnement était devenu beaucoup plus menaçant, même en plein milieu de la journée.

— C'est très silencieux, par ici, fit remarquer Leo.

— On ne doit plus être loin, répondit Lily. Sauf qu'on ne sait pas vraiment ce qu'on cherche, n'est-ce pas ?

— Pourquoi ne pas le héler, tout simplement ? proposa Gavriel. Tu as dit qu'il ne risque pas de se montrer. Pourquoi ne pas l'inciter à sortir ? Qu'est-ce qu'on a à perdre ?

— Oh, rien, à part la vie ! riposta Lily. Qu'est-ce qui te fait croire que Kilt Faris est le seul à habiter la forêt ? Ou même qu'il nous accueillera à bras ouverts ?

— Rien, reconnut Gavriel. J'admets que c'est un gros risque, mais c'est ce que Leo et moi avons décidé de tenter quand nous étions enfermés dans le palais. Tu n'imagines pas ce dont on a été témoins là-bas, Lily. Je n'ai même pas envie de te l'expliquer, je ne voudrais pas t'infliger ça.

— Et moi, je n'ai pas envie de l'entendre, se hâta-t-elle de dire.

— Je baisserais énormément dans l'estime de mon père s'il apprenait qu'il a élevé un fils qui laisse les autres risquer, et même sacrifier, leur vie parce que lui refuse d'aller au-devant du danger, renchérit Leo.

— Bravo, bien dit, approuva Gavriel d'un ton compréhensif.

— Non ! Tu prends les choses à l'envers, Leo. Écoute-moi, ordonna Lily. Tous ceux qui prennent des risques et qui sont prêts à donner leur vie le font pour préserver la tienne. Il est de ta responsabilité de rester en vie, quoi qu'il arrive.

— Lily, je...

Leo ne termina jamais sa phrase, car des flèches sifflèrent et se plantèrent dans le sol autour d'eux.

— Eh bien, au moins, on sait qu'ils n'ont pas l'intention de nous tuer... pour l'instant, murmura Gavriel d'une voix étonnamment calme.

— Gavriel..., souffla Lily.

Leo perçut de la peur dans la voix de la jeune femme, et il lui en voulut de s'être tournée en premier vers leur ami.

— Garde ton calme, Lily. Leo, tu vas bien ?

— Je suis encore en vie, répondit le jeune garçon, les dents serrées.

— Nous sommes à la recherche de Kilt Faris, déclara Gavriel d'une voix forte en se retournant pour s'adresser à la ronde. (Seul le silence accueillit ses paroles. Il n'y avait rien que des ombres parmi les arbres. Il fit une nouvelle tentative.) Nous avons marché trois jours durant depuis Brighthelm. Le barbare s'est proclamé empereur, au cas où vous ne le sauriez pas. Nous nous sommes échappés du palais pour vous apporter la nouvelle. Je suis sûr que Kilt Faris aura envie d'entendre ce qu'on a à lui dire.

— On n'achète pas, répondit une voix retentissante.

— Tant mieux, parce qu'on ne vend pas.

Un homme seul, immense, avec une épaisse crinière de cheveux noirs, descendit le talus à grandes enjambées.

— C'est Algin, souffla Leo.

Algin était le nom d'un géant, héros d'un mythe populaire de l'Ensemble. Gavriel parut trouver ça drôle, mais Leo était persuadé que l'hilarité de son ami était surtout due à la nervosité.

L'énorme individu arriva devant eux et, sans mot dire, donna un coup de poing si violent dans le ventre de Gavriel que ce dernier n'eut même pas le temps de protester.

Il s'effondra en silence, comme l'une de ces lanternes en papier que Leo adorait froisser et que sa mère lui fabriquait.

—Au nom de Lo, pourquoi avez-vous fait ça ? s'écria Lily avant de se baisser auprès de Gavriel. Vous auriez pu le tuer, espèce de gros balourd !

—Vraiment ? fit le géant. Dans ce cas, il ne devrait peut-être pas se moquer des inconnus… surtout quand il s'introduit sans permission chez quelqu'un.

—Ah oui ? s'exclama Lily d'une voix sifflante. Et on est chez qui, là ?

À ses pieds, Gavriel gémit, puis toussa.

—Chez moi ! répliqua l'étranger.

—Ces terres appartiennent à la Couronne ! lui jeta Lily. Elles appartiennent aux Valisar !

—Alors, on dirait qu'elles appartiennent au barbare, maintenant.

Leo s'en offusqua et se servit d'une technique que le légat De Vis avait apprise à tous les garçons de la cohorte : il lança un coup de pied entre les jambes de l'inconnu. Même s'il ne vit pas le coup venir, au moins « Algin » eut le temps de crier sa colère avant de rejoindre Gavriel sur le sol de la forêt.

—Joli coup de pied, Leo, le félicita Gavriel, qui grimaçait encore.

—Ça suffit ! s'exclama une nouvelle voix tandis que des ombres se détachaient des arbres.

La personne qui venait de parler était un homme de taille normale, qui descendit la colline, suivi par un certain nombre d'individus, certainement les archers.

—Lève-toi, Jewd.

Jewd se tordait encore par terre.

—Le petit salopard ! gronda-t-il. Quand j'aurais plus mal, je vais lui arracher les membres, un par un.

Il avait l'air sérieux. Leo jeta un coup d'œil inquiet à Lily, qui l'ignora.

— Vous êtes Kilt Faris ? demanda-t-elle au nouvel inconnu.

— Je vais compter jusqu'à dix. Vous avez juste le temps de faire demi-tour et de prendre vos jambes à votre cou. Après, ces hommes décocheront de nouveau leurs flèches et, cette fois, ils ne vous épargneront pas.

L'inconnu s'exprimait calmement, doucement, mais cela n'en rendait ses paroles que plus menaçantes encore. Il n'était pas encore complètement sorti de la pénombre, si bien qu'il était difficile de distinguer ses traits. Mais il portait une courte barbe et il paraissait, du point de vue de Leo, presque aussi intimidant que son ami le géant. Il était mince, et peut-être aussi grand que Gavriel.

Jewd et Gavriel se relevèrent péniblement tous les deux. Leo lança un regard inquiet à son ami et s'aperçut que celui-ci était de nouveau blessé. Il avait le teint pâle et la peau moite, et son bras saignait.

— Viens, Lily, dit-il en tirant la jeune fille par la manche.

— Six, compta l'inconnu.

— Nous avons fait un long chemin, insista Lily. Nous avons quelque chose d'important à dire à Faris. S'il est parmi vous…

— Sept, continua-t-il sans s'émouvoir.

Les archers reculèrent et encochèrent leurs flèches.

— Quoi, vous avez vraiment besoin de tous ces types pour nous tuer ? s'écria Gavriel d'une voix rageuse. Espèce de salaud ! La jeune fille n'a pas d'armes, et c'est un enfant que vous avez là, au cas où vous ne l'auriez pas remarqué.

— Huit.

— Allons-nous-en, Gav, insista Leo.

Mais Lily refusa de renoncer aussi facilement.

— Vous devez nous écouter. Je vous en supplie. Dites-nous où se trouve Kilt Faris. Nous avons un message pour lui.

— Neuf, annonça l'inconnu.

Sur ce, les archers levèrent leurs arcs et tendirent leurs cordes à l'unisson.

Leo jeta des regards éperdus autour de lui. Cet homme n'éprouvait aucune compassion pour eux et ne paraissait même pas s'intéresser à leur important message. Il était chez lui dans cet environnement, sûr de lui et de sa place. C'était forcément Faris. Le jeune roi décida de courir le risque, tout en sachant que Gavriel allait être furieux.

— À moins que vous soyez prêts à tuer votre roi, je vous suggère de baisser vos armes, ordonna-t-il, surpris par le ton autoritaire qu'il avait réussi à prendre, lui qui venait tout juste de muer.

Le regard de l'inconnu se posa sur lui.

— D'après mes informations, le roi est mort – comme tout le reste de la famille royale, d'ailleurs.

— Le roi Brennus est bien mort, intervint Gavriel. Tout comme la reine Iselda. Et, à moins que vous aimiez l'idée de vivre sous les ordres du barbare, les espoirs de tout l'Ensemble reposent désormais sur les épaules du fils de Brennus, Leonel, le nouveau roi.

De nouveau, l'inconnu se tourna vers Leo. Ce dernier ne distinguait pas bien ses yeux dans la pénombre, mais il sentit tout le poids de ce regard se poser sur lui.

— C'est toi, Leonel ?

— Oui, répondit le jeune garçon d'un air de défi.

L'inconnu le contempla pendant un long moment. Puis il lança brusquement un ordre guttural. Les archers baissèrent leurs arcs.

— Prouve-le, exigea l'homme.

Un peu perdu, Leo regarda autour de lui.

— Comment ?

L'inconnu secoua la tête.

— C'est ton problème.

— Attendez une…

— Tais-toi, femme, ou je demanderai à l'un de mes hommes de te faire taire par la force.

Lily se tut, mais Leo sentit qu'elle fulminait à côté de lui.

— Eh bien ? fit l'homme, toujours aussi calme.

Leo réfléchit à toute vitesse.

— Pouvez-vous au moins lui apporter un peu d'aide, S'il vous plaît ? demanda-t-il pour gagner du temps, en désignant Gavriel.

— Il va s'en sortir. Et, même si ce n'est pas le cas, ce n'est pas notre problème. On ne vous a pas invités à venir ici.

— Je ne pense pas, reconnut Leo. C'est mon père, le roi Brennus, qui m'a demandé de venir ici. Il ne me l'a pas dit directement, mais je crois qu'il espérait que vous deviendriez un allié. Vous êtes Kilt Faris, n'est-ce pas ?

L'homme sortit de la pénombre. Il était plus jeune que Leo s'y attendait, même s'il était difficile de lui donner un âge exact. Peut-être trente annis, mais pas plus – et pourtant, cet individu posait problème à son père depuis de nombreuses annis, au moins une décennie.

— C'est moi, expliqua-t-il. Mais vous ne m'avez toujours pas convaincu.

Faris ne portait aucun ornement, remarqua Leo. Ses vêtements étaient simples et pratiques, alors que l'épée à son côté paraissait d'une facture exceptionnelle. En fait… Leo fronça les sourcils – il était sûr de reconnaître l'arme.

— C'est Faeroe ! balbutia-t-il en tendant le doigt. (Faris le dévisagea en avançant instinctivement la main pour caresser la poignée de l'épée.) Gav, il a Faeroe ! s'exclama de nouveau le jeune roi, avec colère cette fois.

Gavriel contempla l'épée d'un air incrédule.

— Tu es sûr ?

— Et comment ! J'aime cette arme. Je la reconnaîtrais entre toutes. Je crois bien que j'ai pleuré le jour où mon père a dit qu'il l'avait donnée à quelqu'un de spécial. J'avais toujours espéré qu'elle me reviendrait un jour.

Pour la première fois, Faris parut vaguement intrigué.

— On les emmène. Mais bandez-leur les yeux d'abord, ordonna-t-il.

Brusquement, tous les trois se retrouvèrent les yeux bandés avant d'être entraînés en haut de la colline, puis vers les profondeurs de la forêt.

Freath entendait des hurlements dans les rues. Les mères s'évanouissaient tandis qu'on leur arrachait des bras leurs précieux fils. Rongé par la peur, il avait les tempes bourdonnantes, le cœur battant à tout rompre et la gorge desséchée. La bière devant lui ne lui apportait aucun soulagement et avait un goût amer dans sa bouche.

— Ce n'est pas vrai, c'est un cauchemar, dit Kirin, qui avait les lèvres exsangues et le teint blême.

— Non, on ne rêve pas. Nous devons rester stoïques.

— Stoïques ? Il y a neuf noms sur cette liste. Neuf vies. Neuf fils de cette ville.

— Je sais compter, maître Kirin, le réprimanda Freath. Je ne peux pas empêcher ça.

— Mais pourquoi aidez-vous les barbares ? protesta Kirin. Vous les avez amenés ici, vous leur avez donné le nom des enfants condamnés, vous avez participé à la traque de ces innocents. L'enfant recherché n'est même pas parmi eux, n'est-ce pas ?

— Ce n'est pas la question, répondit Freath en secouant la tête. Nous savons tous les deux qu'il s'agit de semer la peur. Ils veulent que la nouvelle de ce massacre se répande comme une traînée de poudre dans les autres villages, les villes et même les royaumes voisins. Ils veulent isoler le roi, en faire un paria. Personne ne lui offrira la moindre protection. Loethar compte sur cette tactique brutale pour qu'on lui livre le garçon le plus rapidement possible.

— Mais, entre-temps, des centaines d'enfants vont mourir… et pour quoi faire ? pour prouver quelque chose ?

— Malheureusement, oui. Pour faire comprendre à l'Ensemble qu'il ne faut pas défier l'empereur Loethar.

— Eh bien, je ne veux plus être mêlé à ça. Je suis d'accord avec Clovis. Plutôt mourir que de souiller mon âme avec cette histoire.

— La guerre, c'est laid, maître Kirin. Faites-moi confiance, nous sommes encore en guerre, même si les cris se sont tus sur les champs de bataille et si les armées ne sont plus en marche. Vous et moi, Clovis, Genrie, le père Briar… nous sommes tout ce qu'a l'Ensemble. Si on ne se bat pas – et, croyez-moi, nous nous battons, à notre infime manière –, nous perdrons tous notre âme, pas seulement la vôtre.

Kirin le regarda avec colère.

— Alors vous allez rester assis là à boire votre bière et laisser ce monstre décapiter neuf enfants dans cette ville. Vous n'allez rien faire ?

— Je n'ai pas dit ça. Par contre, je suis en train de vous dire que ces neuf premières vies sont bel et bien perdues. Vous devez vous ressaisir. Votre colère ne les sauvera pas. (Freath serra la main de Kirin. L'Investi essaya de la lui reprendre, mais Freath l'agrippa fermement.) À présent, calmez-vous. Et écoutez-moi. (Il retira sa main, la reposa sur ses genoux et inspira profondément.) Je veux que vous partiez en éclaireur. Allez dans la ville de Berch. Il y a là-bas vingt-deux enfants condamnés à mort. D'après notre recensement, l'un d'eux,

Tomas Dole, appartient à une grande famille qui compte dix enfants. Le garçon fait partie des condamnés. (Il jeta sur la table une bourse pleine de pièces.) Donnez ceci à ses parents.

Kirin contempla la bourse en cuir d'un air perplexe.

— Pourquoi ?

— Pour compenser le fait de nous donner leur fils.

— Je ne comprends pas.

— Nous allons prétendre que ce garçon est le roi Leonel. Les parents vont le jurer, eux aussi. Vous allez droguer l'enfant avec ceci, ajouta Freath en déposant une fiole remplie d'un liquide bleu iridescent devant Kirin. Ensuite, vous me ferez parvenir un message... pour que je vienne décapiter le garçon.

Freath déglutit péniblement, surpris d'avoir réussi à prononcer ces mots. Restait à savoir s'il serait capable de le faire.

— Quoi ? rugit Kirin.

Freath regarda autour d'eux. On avait pris soin de les laisser seuls. L'aubergiste, sachant qu'ils accompagnaient le groupe de barbares, avait nettoyé son auberge et leur avait versé une bière à chacun avant de s'en aller. Cet isolement convenait parfaitement à Freath, qui avait pleinement anticipé la réaction bruyante de Kirin et qui n'avait pas du tout envie que d'autres y assistent.

— Cessez de beugler. Si Stracker ou un de ses hommes nous entendait, tout serait perdu. Écoutez, Kirin, de cette manière, nous ne sacrifierons que trente-quatre vies tout au plus. Si je ne tente pas le coup, nous en perdrons des centaines rien que dans ce royaume. Si vous m'aidez, je peux essayer d'arrêter le massacre avant que ça aille beaucoup plus loin. La famille Dole vit à la lisière de la forêt. Il paraîtra plausible qu'on y ait trouvé Leonel.

— Mais l'enfant..., protesta Kirin d'une voix chevrotante qui montrait qu'il était déjà vaincu.

— Je sais, je sais, répondit Freath d'une voix apaisante. Mais il est déjà condamné. Sa mort sauvera d'innombrables vies… tout en protégeant notre roi.

— Comment allez-vous réussir à convaincre Loethar qu'il s'agit bien du roi Leonel ?

— Peu de gens connaissent Leonel à l'extérieur du palais et, par précaution, j'ai fait disparaître le seul tableau que nous ayons de lui. Loethar a peut-être vu le portrait au point de croix que la reine a brodé sur le coussin de son lit mais, vraiment, c'est une vague image du prince. La reine possédait un pendentif qui abritait une miniature de Leonel, très ressemblante, mais elle m'a dit l'avoir perdu voilà bien des lunes. (Il fronça les sourcils en se rappelant la tristesse de la souveraine face à cette négligence.) Quoi qu'il en soit, pour peu que Tomas Dole ait les cheveux dorés ou sable… pour peu qu'il soit blond, en d'autres termes, la supercherie fonctionnera. En revanche, s'il a les cheveux noirs, on annule tout et on tente de contacter une nouvelle famille. J'en ai repéré d'autres, au cas où.

— Tout ça est bien mince, Freath. Ça ne fonctionnera pas.

— C'est vous qui me demandez d'arrêter ces tueries. Je fais de mon mieux.

— Et si on échoue ?

— Alors, on mourra en sachant qu'on a fait de notre mieux pour préserver la lignée des Valisar et qu'on a tout risqué pour empêcher la mort de nombreux innocents. N'oubliez pas : Loethar veut uniquement la mort de Leonel. Il se moque de ces garçons. Je suis sûr qu'il préférerait ne pas avoir à entreprendre cette action – non parce qu'il la déplore ou qu'il éprouve quelque chose pour ces gens, mais parce que c'est nuisible pour son image. Il veut commencer à gouverner et, pour ce faire, il a besoin de sujets dociles. Le massacre va repousser l'échéance. Alors, si nous lui donnons ce qu'il croira être la tête du roi, il sera content et les tueries cesseront – ainsi que la traque de Leonel. Il va juste falloir être convaincant.

— Qui est au courant de ce plan ?

— Tous ceux qui ont besoin de l'être. La plupart des domestiques du palais sont morts au cours de l'invasion de Brighthelm. Comme vous le savez, Loethar dirige en ce moment le palais avec très peu de personnel. Ceux qui comptent, qui sont au contact de Loethar, sont de notre côté. Ils connaissent le plan et soutiendront notre stratagème.

Kirin repoussa sa chaise et se leva. Elle tomba bruyamment par terre, mais Freath attendit, laissant à son compagnon, homme de magie, le temps de prendre sa décision. Il l'avait suffisamment poussé dans ses retranchements. C'était à Kirin de voir, maintenant. L'Investi commença à faire les cent pas. Le silence qui s'abattit sur eux ne tarda pas à être déchiré par les hurlements qu'ils avaient réussi à couvrir avec leur conversation.

Freath regarda par la fenêtre et vit la tête d'un jeune garçon se détacher de ses épaules. Le corps tomba en avant, lentement, presque tristement, tandis que Stracker ramassait la tête et la lançait au guerrier vert qui l'accompagnait. Freath sentit de la bile monter dans sa gorge lorsque les hurlements de la famille s'élevèrent à l'unisson. Il ferma les yeux pour chasser cette image, tandis que Kirin fuyait la pièce en courant – il avait certainement été témoin de la scène, lui aussi. Plusieurs minutes s'écoulèrent, tandis que les cris déchirants d'hommes, de femmes et de jeunes garçons résonnaient sur la place du village. Freath garda les yeux clos et ferma également son esprit à ces bruits, même s'il savait que ses oreilles les entendaient encore.

Finalement, il entendit Kirin revenir, puis les pièces s'entrechoquer lorsque l'Investi ramassa la bourse. Ouvrant les yeux, Freath vit son compagnon s'essuyer les joues avec sa manche. Lui aussi avait pleuré. Il paraissait secoué et en sueur.

— Qu'allez-vous dire à Stracker ? demanda froidement Kirin.

Freath haussa les épaules.

— Que je vous utilise comme espion. Il croit que vous possédez un pouvoir magique mineur – je vais lui dire qu'on met votre talent à profit pour débusquer les menteurs.

— Il vous croira ?

— En ce moment, il donne libre cours à sa soif de sang, maître Kirin. Je ne crois pas qu'il se rende compte de grand-chose pour l'instant. Maintenant, partez.

— Et vous ?

— Je dois me rendre là dehors et vérifier que seuls neuf garçons ont été tués. Faites en sorte que notre ruse fonctionne, maître Kirin. Je vous retrouverai à Berch dans deux jours.

Lorsqu'on leur enleva les bandeaux, ils plissèrent les yeux à cause de la lumière vive. Ils se trouvaient dans une petite clairière.

— C'est moi, ou on a du mal à respirer ? demanda Gavriel en serrant son bras blessé.

— Vous allez devoir vous y habituer. Certaines personnes souffrent plus que d'autres à cette altitude, répondit Faris.

Autour d'eux, d'énormes arbres les encerclaient et formaient comme un amphithéâtre naturel. Parmi les branches, Leo aperçut un remarquable ensemble de constructions en bois.

— Vous vivez dans les arbres ? s'exclama-t-il, incapable de dissimuler à quel point il était impressionné.

Faris hocha la tête.

— Comme ça, on peut voir dans toutes les directions. On vous a vu arriver à des kilomètres de distance.

Lily laissa échapper une exclamation agacée.

— Bien joué, dit-elle d'un ton sarcastique.

Cette réplique arracha un sourire fugitif à Faris.

— Mais vous les avez bien guidés, Lily. Vous avez pris un chemin très direct.

Elle croisa les bras et détourna la tête en faisant mine d'examiner leur nouvel environnement. De son côté, Faris aimait visiblement la taquiner.

— Pourquoi ne pas vous occuper des blessures de votre amant pendant que je...

Les trois amis protestèrent d'une seule voix. Faris leva la main, et ils se turent.

— Eh bien, eh bien, on dirait que j'ai touché une corde sensible. Ne m'en voulez pas, ajouta-t-il à l'adresse de Lily, en haussant les épaules. Vous aviez vraiment l'air inquiète.

Leo plissa les yeux en remarquant le sourire suffisant de Gavriel.

— On voyage ensemble, intervint le jeune roi d'un ton aussi ferme que possible. On n'a pas de secrets.

— Vous en êtes sûrs ? demanda Faris en jetant un coup d'œil aux deux autres. Il vaudrait mieux que vous soyez fiancée, Lily, car mes hommes n'ont pas vu de femme depuis plusieurs lunes.

Leo sentit ses joues s'empourprer. Il s'en voulut d'être aussi jeune et, pis encore, de laisser ainsi transparaître ses sentiments devant un étranger.

Lily, de son côté, ignora les piques de Faris.

— Comment osez-vous montrer si peu de respect envers votre roi ?

— Parce que je ne suis pas encore sûr qu'il l'est, répondit doucement Faris.

— Si, vous savez qu'il ne ment pas, insista Gavriel. Je l'ai vu à votre tête quand il a parlé de l'épée. Personne, à part un proche des monarques, ne pouvait connaître son nom royal... le nom que seul les Valisar utilisent.

Faris désigna une énorme souche d'arbre, autour de laquelle étaient disposés des tabourets.

— Bienvenue à ma table, dit-il. Oli, va leur chercher à manger et à boire, tu veux ? (Il se tourna de nouveau vers ses invités.) Vous avez tous l'air affamés, admit-il.

— On n'a pas besoin de votre nourriture, Faris. Le roi veut vous parler, expliqua Lily, la mine renfrognée.

Faris se pencha en dévisageant attentivement Leo.

— Alors, parlez.

— Par quoi tu veux que je commence ? demanda Leo à Gavriel.

— Il faut tout lui raconter. C'est pour ça qu'on est là. Vas-y, l'encouragea Gavriel, reprends tout du début, Leo.

C'est ce qu'il fit. Il n'épargna aucun détail au hors-la-loi. Il ne se soucia pas de faire mal à Gavriel en racontant une nouvelle fois comment son père avait trouvé la mort. Il ne se soucia pas non plus des larmes qui lui montèrent aux yeux quand il décrivit le suicide de Brennus – larmes qui débordèrent lorsqu'il expliqua à Faris comment sa mère était morte. Mais il ne pleura pas. Il refoula ces larmes, comme il se l'était promis. Il continua à parler d'une voix qui ne tremblait pas, mais qui trahissait de plus en plus sa colère au fur et à mesure qu'il avançait dans son récit.

— ... et Lily a accepté de nous conduire dans le Nord, conclut-il.

Le silence s'abattit sur eux. Lily était visiblement sous le choc des détails sinistres qu'ils avaient tenté de lui épargner. Pendant que Leo parlait, les hors-la-loi étaient tous venus s'asseoir en silence pour écouter cette terrifiante histoire de siège et d'emprisonnement qui se terminait par une fuite audacieuse dans la forêt.

Faris était resté parfaitement immobile pendant tout le récit, le menton appuyé sur ses mains jointes, ses coudes reposant sur ses genoux. Leo savait que le hors-la-loi l'avait observé avec beaucoup d'attention, sans doute pour essayer de déterminer s'il tentait de le duper. Maintenant, ça ne dépendait plus que de Faris.

— Qu'est-ce qui vous a fait penser à moi ? finit par demander ce dernier.

Leo secoua la tête.

— Honnêtement, je n'en sais rien. J'ai souvent entendu mon père et le légat parler de vous. Vous étiez un problème pour eux. (Faris acquiesça sans mot dire.) Peu avant l'invasion, ils ont commencé à discuter encore plus à propos de vous. On me laissait assister à ces réunions privées, même si je ne prenais pas part à la conversation, évidemment. Mais je m'aperçois aujourd'hui que j'étais beaucoup plus attentif que je ne l'imaginais. Si je devais expliquer ma présence en ces lieux, c'est sans doute parce que je me suis dit que vous aviez plus à perdre qu'à gagner si mon père ou moi n'étions plus sur le trône.

— Comment ça ?

Leo soupira, légèrement embarrassé. Tout son plan reposait sur une hypothèse audacieuse : le fait que les hors-la-loi préféraient avoir affaire à un ennemi qu'ils connaissaient plutôt qu'à un adversaire inconnu. Mais une nouvelle idée lui traversa l'esprit.

— Je crois que mon père tolérait votre présence. Il me semble me rappeler que Regor De Vis a maintes fois proposé de vous débusquer de votre repaire. Il avait toujours l'air frustré par la réticence de mon père, qui ne voulait apparemment pas vous opposer la pleine puissance de l'armée penravienne.

— Vraiment ?

Gavriel hocha la tête.

— Tu as raison, Leo. Mon père n'arrêtait pas de se plaindre que, pour un homme aussi impitoyable, le roi était étonnamment indulgent avec le célèbre hors-la-loi du Nord.

Leo regarda Faris et soutint son regard noisette.

— Je crois que mon père vous laissait volontairement le champ libre, aussi incroyable que cela puisse paraître.

— Pourtant, nous aurions dû être des ennemis jurés ? rétorqua Faris d'une voix douce.

Leo secoua lentement la tête.

— Seulement en public. En privé, je crois que mon père pensait tout le contraire. Peut-être même qu'il vous admirait.

— Non, Leo, intervint Gavriel. Mon père détestait l'idée que cet homme vole autant d'argent à la Couronne, et même si le roi était généreux envers son peuple, je ne crois pas qu'il aurait admiré un voleur.

Mais la pièce manquante que Leo cherchait trouva finalement sa place au sein du puzzle.

— Vous avez rencontré mon père, n'est-ce pas ? C'est pour ça que vous avez Faeroe. Vous avez échangé quelque chose, conclu un marché. Il fermait les yeux sur vos méfaits, autant que possible, et en échange, vous lui avez donné quelque chose, mais quoi ?

— Je ne lui ai rien donné du tout, répondit Faris.

Leo se balança en arrière.

— Mais vous admettez l'avoir rencontré ?

Faris acquiesça.

— Il y a quatre lunes.

L'homme prénommé Oli arriva en portant un grand torchon par ses quatre coins. Il le déposa sur la souche et le déplia, dévoilant un petit assortiment de nourriture.

— Il n'y a plus de bière, Kilt, annonça-t-il, mais Tern va ramener du vin mélangé avec de l'eau.

Faris hocha la tête et regarda ses invités.

— La cuisine risque de vous paraître bien fruste, à vous qui êtes habitués à des choses plus raffinées.

— Est-ce que c'est cru ? demanda Lily en prenant un morceau de viande séchée.

— C'est conservé dans de la saumure. On allume le moins de feux possible, expliqua Faris. Vous vous y habituerez, ajouta-t-il en lui lançant un bref sourire crispé.

Gavriel choisit plutôt de prendre un biscuit sec.

— Merci, on apprécie votre geste, dit-il.

Leo, pour sa part, avait perdu l'appétit, alors qu'il avait eu si faim peu de temps auparavant.

— Pourquoi vous êtes-vous rencontrés, mon père et vous ?

Faris regarda par-dessus son épaule. Il marmonna quelques mots à l'intention de Jewd, qui s'en alla.

— Je vais vous l'expliquer. Mais parlez-moi d'abord de Faeroe.

Leo aimait l'histoire liée à l'épée et entreprit de la raconter sans hésiter.

— Faeroe appartenait à Cormoron, le premier roi Valisar. Il paraît qu'elle fut forgée par le dernier grand armurier de Tiranamen, dans les îles Canuck, à partir de trois métaux secrets. Les superbes motifs qui recouvrent la poignée ont été gravés dans l'argent par les forgerons de Dornen. J'aimerais vous dire qu'elle possède des pouvoirs magiques, mais ce n'est qu'une très belle épée, qui a sans doute pris de nombreuses vies au fil des siècles.

— Mais un élément spirituel se rapporte à elle, malgré tout, insista Faris.

— Vous faites référence au serpent sur la poignée. Il renvoie à la femme-serpent mythique qui serait apparue à Cormoron lorsqu'il a prêté serment à Lackmarin, devant la Pierre de Vérité.

— Attends un peu ! l'interrompit Gavriel. On en a parlé il n'y a pas si longtemps, tous les deux, et tu as prétendu ne rien connaître ou presque de cette légende.

Leo prit un air contrit.

— Oui, je n'en suis pas fier. J'ai menti par habitude, Gav. (Il haussa les épaules.) Mon père m'a raconté tout ce qu'il savait sur Cormoron, tout ce qu'il avait appris de mon grand-père et de son père avant lui. Ce sont des histoires qui sont censées se transmettre uniquement dans la famille, d'une génération à l'autre. J'ai même été surpris de découvrir que tu en savais autant.

— Mais Corb et moi les avons apprises de notre père, expliqua Gavriel, visiblement blessé.

Leo hocha la tête.

— Je suis désolé, Gav. Je ne savais pas. Je n'ai fait que respecter la promesse faite au roi. Ça ne veut pas dire que je n'ai pas apprécié d'en parler avec toi, malgré tout.

— Mais, maintenant, ça ne te fait rien d'en parler à Faris, à Lily et à tous ces inconnus, je suppose ?

Leo sentait à quel point son ami souffrait. Il devait prendre ça pour une espèce de trahison après toutes les épreuves qu'ils avaient traversées ensemble. Le jeune garçon détestait les secrets, mais il avait grandi dans une famille qui ne jurait que par eux.

— L'heure est venue de partager. De plus, il semblerait que je sois roi, désormais, ajouta-t-il en espérant détendre l'atmosphère, alors je peux choisir avec qui partager.

Faris les regarda tous les deux d'un air amusé.

— Et ? dit-il en essayant visiblement de ramener Leo au motif particulier gravé sur la garde de Faeroe. Le serpent ?

Leo n'eut d'autre choix que d'ignorer le regard furieux de Gavriel et de poursuivre son récit.

— Le serpent est apparu à Cormoron et a accepté son serment de sang. L'histoire prétend que c'est lui qui a accordé au roi la légendaire magie des Valisar, dont je n'ai jamais perçu le moindre signe dans ma famille.

— Mais vous admettez que la magie est rattachée à l'épée ? insista Faris.

— Seulement par association, répondit Leo d'un ton où perçait une certaine lassitude. C'est une épée de guerrier. Elle tue en n'utilisant d'autre pouvoir que le talent de l'homme qui la manie. C'est pourquoi je trouve étrange, voire même offusquant, de la voir à votre hanche. Cette épée m'appartient, maintenant que mon père est mort.

Jewd revint auprès du groupe et déposa quelque chose dans la main de Faris. Lily prit la parole.

— Si c'est juste une épée, ne vous inquiétez pas pour ça, Votre Altesse, dit-elle en utilisant un ton formel à dessein. Vous avez des problèmes autrement plus pressants que de savoir ce que ce hors-la-loi a volé à votre père.

— Je n'ai pas volé cette épée, protesta Faris d'un ton indigné.

— Dans ce cas, que fait-elle à votre ceinture ? renchérit Gavriel. C'est une relique des Valisar. Elle appartient au roi, qui est assis devant vous. Continuez-vous à refuser de le croire ?

— Non, je le crois.

Leo poussa un soupir de soulagement.

— Quoi… ? fit Gavriel, stupéfait.

— Pour commencer, vous ressemblez trait pour trait à Regor De Vis, expliqua-t-il en désignant Gavriel. Impossible de douter que vous êtes son fils – lequel, ça, je n'en suis pas sûr, mais je veux bien croire que vous êtes Gavriel, si vous me donnez votre parole d'honneur.

Gavriel parut chercher ses mots.

— Comme c'est généreux de votre part, finit-il par répliquer d'un ton sarcastique.

Le hors-la-loi se tourna ensuite vers Leo.

— Et je sais que vous êtes le prince héritier, qui doit encore être couronné roi de Penraven. Je le sais grâce à ceci, Votre Majesté.

Il laissa tomber sur la souche une chaîne à laquelle était accroché un médaillon. Leo le contempla avec stupéfaction.

— Ça appartenait à ma mère. Elle l'a perdu. Comment est-il… ? Vous l'avez volé ?

Faris secoua la tête.

— Je n'ai rien volé d'autre à votre père que l'argent des impôts. Le roi Brennus m'a donné ce médaillon.

— Mais pourquoi ? s'écria Leo en se rappelant combien la disparition du bijou avait chagriné sa mère.

— Vous vous rappelez ce qu'il contient ? demanda Faris en le lançant de l'autre côté de la souche, où Lily le ramassa.

— Je peux l'ouvrir ? demanda-t-elle timidement à Leo.

— Tu peux, mais je sais déjà ce qu'il y a à l'intérieur. C'est un portrait miniature de moi.

— C'est exact, reconnut Faris. Peint par le grand Claudio en personne, si je ne m'abuse. Mais je ne sais pas comment il a réussi à faire tenir tranquille un enfant aussi jeune.

— Il m'a acheté avec des bonbons, répondit Leo. Ainsi, mon père a laissé ma mère croire qu'elle avait perdu son précieux médaillon alors qu'en fait il l'avait volé sur sa coiffeuse pour vous le donner ? Pourquoi ?

— N'est-ce pas évident ? rétorqua Faris. Il voulait me donner un portrait de son précieux Leonel, pour le jour où le garçon viendrait me voir.

Ce commentaire créa un nouveau silence tendu, le temps que les trois nouveaux venus digèrent pleinement cette information.

— Il savait que j'allais venir ? finit par dire Leo d'une voix où la colère le disputait à l'étonnement.

Faris hocha la tête.

— Mais seulement si ça devenait trop dangereux au palais, m'a-t-il confié.

Leo se tourna vers Gavriel. Il n'arrivait pas à croire que son père ait pu anticiper à ce point leurs agissements si longtemps avant même le début de cette épreuve traumatisante. Quatre lunes, avait dit Faris. Comment l'ancien roi avait-il bien pu savoir ce qui allait se passer ou comment ils allaient réagir ?

— J'imagine ce à quoi vous pensez, dit Faris. Si ça peut vous consoler, sachez que votre père m'a avoué qu'il espérait seulement qu'après réflexion vous choisiriez de venir ici. Il n'était pas sûr que vous le feriez.

— Alors Faeroe était une monnaie d'échange ? demanda Leo, désemparé, car il ne savait pas s'il devait en vouloir à son père ou lui en être reconnaissant. Il vous a donné mon épée en échange de votre aide ?

— Non. (Faris ouvrit sa ceinture et déposa la lourde arme devant Leo.) Il me l'a confiée pour que je vous la donne le jour où vous viendriez – à condition que vous le fassiez, bien sûr. Il pensait que vous en auriez besoin. (Leo eut l'impression que son monde venait de basculer sous ses pieds. Il regarda Faris, incapable d'énoncer un mot.) Votre père était un homme rusé. Il aimait gagner, il était prêt à prendre des risques. Mais il prenait aussi le temps de réfléchir et de planifier, avec prudence, pour battre ses ennemis à leur propre jeu, Leo – je peux vous appeler comme ça ? (Comme le jeune roi ne répondait pas, il poursuivit :) Quand les gens ont commencé à murmurer qu'une armée se rassemblait sur les plaines, votre père a cru que ce n'étaient que des rumeurs. Et quand le leader de cette armée, un chef de guerre tribal, a envahi l'Ensemble, il a vraiment cru que les royaumes résisteraient à cette déferlante, qu'ils étaient assez forts. Quand le premier royaume est tombé, il a décidé de n'envoyer aucun renfort et de tout miser sur la victoire de Penraven – au travers d'un traité de paix. Il a commis une erreur, Leo, une énorme erreur. Le chef de guerre tribal n'est pas intéressé par une simple victoire. Quelque chose d'obscur le motive, Leo, quelque chose qui dépasse de simples rêves d'empire. Mais votre père a envisagé toutes les éventualités et pris la précaution d'ouvrir, disons, un « chemin »... qui n'était destiné qu'à vous. Son seul désir était de préserver son héritier, de s'assurer que la lignée des Valisar survivrait quoi qu'il arrive. Il espérait que vous partiriez à ma recherche s'il échouait, il vous a conditionné dans ce sens, en fait, en veillant à ce que vous entendiez beaucoup parler du rebelle du Nord qui aimait se moquer de la Couronne. (Faris haussa les sourcils.) Sans doute a-t-il instillé dans votre esprit l'idée que je préférerais violer les lois d'un diable que je connaissais plutôt que celles d'un inconnu ?

— Qui d'autre était au courant pour cette réunion ? demanda Leo, en refusant de croiser le regard de Faris – il gardait les yeux fixés obstinément sur la poignée gravée à l'image d'un serpent.

— Personne. Il est venu en secret. Il a envoyé De Vis remplir une mission apparemment vitale et puis il est venu ici, sous un déguisement, avec ces deux objets que je suis à présent heureux de rendre à leur propriétaire légitime.

Leo secoua la tête d'un air perplexe.

— Que vous a-t-il demandé ?

— De garder précieusement ces objets, et également de vous offrir protection et anonymat jusqu'à ce que vous soyez en âge de prendre une décision concernant votre royaume et l'Ensemble. Il m'a dit que si vous veniez à moi, cela signifierait que les envahisseurs avaient conquis tout l'Ensemble. Ma mission, a-t-il dit, serait de vous cacher.

— Et qu'avez-vous négocié en échange, Faris ? demanda Lily, visiblement incapable de tenir sa langue plus longtemps – elle avait un ton légèrement accusateur.

— J'ai reçu la grâce royale, répondit Faris d'un ton égal. Brennus m'a promis qu'il ne me punirait jamais. Votre père m'a impressionné, Leo. Il a eu le courage de venir jusqu'ici, alors que c'était déjà audacieux de prendre contact avec moi. Il a attisé ma curiosité. Je me demandais ce que le roi de Penraven pouvait bien avoir à faire avec un type comme moi. Quand il me l'a expliqué, j'ai essayé de me convaincre que je ne croyais pas à son histoire. À ce moment-là, on n'entendait que des grondements à l'est, des rumeurs prétendant que les barbares marchaient contre l'Ensemble. Personne ne pensait que Loethar avait des connaissances militaires suffisantes et les moyens de s'emparer d'un royaume, et encore moins de tout l'Ensemble. Quant à conquérir Penraven, c'était impensable. Je me rappelle avoir ri de ces paroles et avoir dit au roi que je trouvais le marché plutôt à sens unique. Votre père s'en fichait. Il a dit que je pouvais garder l'épée et vendre le bijou si vous ne veniez pas me voir dans les trois lunes suivant la chute de Brighthelm… si elle tombait. Et pourtant, vous voilà, guère différent de l'enfant représenté sur la miniature, quelques jours à peine après que le barbare a conquis le royaume. Vous avez suivi le plan plus vite que même le roi l'avait prévu.

— Je reste surpris qu'il ait choisi de pactiser avec l'ennemi, rétorqua Leo.

Du coin de l'œil, il vit un jeune homme arriver hors d'haleine et chuchoter quelques mots à l'oreille de Jewd. Ce dernier demeura impassible, mais il écouta attentivement son compagnon.

— Nous n'étions pas vraiment des ennemis, Majesté, reprit Faris sans le quitter des yeux, même si Leo se rendit compte que lui aussi s'était aperçu de l'arrivée du messager. J'étais simplement quelqu'un qui refusait d'obéir aux lois. Je n'ai jamais tué et j'ai toujours choisi mes cibles avec beaucoup de soin. Si vous me connaissiez mieux, vous sauriez que je ne mène pas une existence d'homme riche.

— Êtes-vous en train de dire que nous devrions avoir du respect pour vos actes, Faris ? intervint Lily d'un air incrédule.

— Non, pas du respect, mais peut-être pourriez-vous faire preuve d'une certaine compréhension, répondit-il doucement. Le roi, en tout cas, a su voir quel bénéfice il y avait à me traiter comme un allié plutôt que comme un adversaire. Je ne suis pas l'ennemi de ce royaume.

Visiblement, Gavriel en avait marre de toute cette sémantique.

— Qu'avait-il prévu d'autre ? Y a-t-il autre chose que nous devrions savoir ?

Faris secoua la tête.

— Il n'a jamais été plus loin que le fait que nous devions vous offrir un refuge. Si, en fait, il y a bien autre chose, ajouta-t-il en se tournant de nouveau vers Leo. Il a expressément demandé que je vous conduise à Lackmarin. Ce n'est pas très loin d'ici. Il voulait que vous prêtiez serment devant la Pierre de Vérité, comme tous les rois Valisar.

— Combien de temps faut-il pour y aller ? demanda Leo.

— C'est à deux, peut-être trois jours de marche. Ça dépend à quelle allure vous êtes prêts à marcher.

Leo acquiesça.

— Très bien. Allons-y.

— Maintenant ? s'étonna Faris.

C'était la deuxième fois que le Leo le voyait pris au dépourvu.

— Je préférerais continuer à bouger. Les barbares nous traquent.

— N'ayez crainte, ils ne vous trouveront pas, ici. Nous sommes des pisteurs hors pair. Jewd, tu as des nouvelles à nous annoncer ?

Le géant hocha la tête.

— Rien de bon, j'en ai peur. Le barbare ne se contente pas simplement de traquer le roi. Il espère également le débusquer avec ses manigances. (Faris fronça les sourcils, et Leo sentit comme un poignard glacé lui traverser les entrailles.) Il vient de publier un édit annonçant que tous les garçons entre onze et treize annis vont être décapités.

— Il est fou ! protesta Lily, suffoquée.

— Ça, on le sait depuis le début, répliqua Gavriel en se levant pour faire les cent pas. Il fait ça pour que le peuple n'ait plus envie de cacher Leo – et se sente même obligé de le lui livrer.

— C'est à peu près ça, approuva Faris. C'est malin de sa part de monter le peuple contre son roi. Peu importe que l'ordre vienne du barbare ; les gens vont, sans le vouloir, blâmer la Couronne pour la mort de leurs enfants.

— Ils vont penser que je suis un lâche si je ne me rends pas, renchérit Leo.

— Mais si tu le fais, il te tuera à la seconde où il posera les yeux sur toi, le prévint Gavriel. Alors n'y pense même pas.

— Mais ce ne sont peut-être que des menaces en l'air ? suggéra Lily avec espoir.

Jewd secoua la tête.

— Notre messager revient juste de la vallée. Le massacre a apparemment commencé ; dix-sept gamins ont déjà été tués. Ils sont en chemin vers Berch, en ce moment.

— Je ne peux pas laisser faire une chose pareille ! s'exclama Leo en se levant et en jetant des regards éperdus autour de lui.

— Vous ne pouvez pas l'empêcher, Majesté, répondit Faris avec un calme agaçant.

— Mais il pourrait en tuer des centaines !

— Il l'a déjà fait. Ces dernières tueries ne diffèrent en rien des massacres que le barbare a commis en traversant l'Ensemble.

— Mais nous parlons d'enfants, ici ! protesta Lily. Comment pouvez-vous rester assis là et rester rationnel ?

— Parce qu'il faut bien que quelqu'un soit rationnel. Il faut bien que quelqu'un empêche notre jeune roi de croire que sa reddition apaisera le barbare. Ce serait une erreur grossière due à l'émotion. Loethar ne tuera pas tous les garçons de l'Ensemble qui font partie de cette tranche d'âge. Croyez-moi. Quelque chose l'arrêtera avant – mais ce ne sera pas vous, ajouta-t-il à l'adresse de Leo. Vous avez un autre chemin à suivre. Si vous vous en écartez, vous bafouerez tous les risques qu'a pris votre père pour en arriver là. (Il haussa les épaules.) Je vous ai vu lutter pour garder le contrôle de vos émotions quand vous m'avez parlé de la mort de votre père, quand vous m'avez raconté comment le barbare l'a fait rôtir avant de le manger sous les yeux de votre mère.

— Fermez-la, Faris ! s'écria Lily.

— Je vous ai vu ravaler de nouveau vos larmes quand vous m'avez raconté comment votre mère a été trahie et jetée dans le vide par son ancien aide. Et comment Loethar a humilié votre famille en paradant votre frère orphelin et simplet au bout d'une laisse. Laissez monter votre colère, Majesté, et laissez-la grandir. C'est l'heure d'avoir la rage au cœur. Vous commettriez une grave erreur en vous rendant docilement à Loethar aujourd'hui. Vivez, Majesté, pour combattre plus tard et affronter Loethar quand vous serez devenu un homme à votre tour... Tel était le plan de votre père.

Leo sentit les paroles du hors-la-loi se graver dans son esprit. « *Vivez pour combattre plus tard, quand vous serez un homme.* » Faris avait raison. Il hocha la tête et desserra les poings.

— Ça va, Lily. Viens, Gav, nous partons pour Lackmarin.

Il prit Faeroe et l'accrocha à sa ceinture, même si l'arme était trop grande pour ses hanches minces et sa petite stature. Ça lui donnait le sentiment d'être vraiment le roi qu'il était devenu. Quand il finit de boucler sa ceinture, il vit que toutes les personnes présentes – Gavriel, Lily, Faris et les autres hors-la-loi – avaient un genou en terre.

— Valisar ! s'exclamèrent-ils en se redressant, le poing sur le cœur.

Gavriel lut dans les pensées de son jeune ami.

— C'est un début, roi Leonel, murmura-t-il d'un air sinistre.

# Chapitre 23

Kirin laissa son cheval aux écuries du village et se rendit, moitié en marchant, moitié en courant, au cottage de la famille Dole. Tout le long du chemin qui l'avait conduit à Berch, il avait essayé d'imaginer comment entamer la conversation qui se terminerait par des parents lui remettant leur fils pour qu'il se fasse décapiter. Chaque fois qu'il essayait de mettre au point une stratégie, il l'abandonnait avec un mélange de peur et de nausées. Malgré tout, il avait continué sa route, parce qu'il avait beau avoir sa mission en horreur, il savait que c'était peut-être le seul moyen de mettre un terme au massacre de centaines d'enfants comme celui-là.

Visiblement, la nouvelle des tueries l'avait précédé. La ville semblait exsuder la peur : un trop grand calme régnait dans ses rues. Il imagina les nombreuses mères qui devaient rassembler leur famille pour essayer de s'enfuir, ou qui empaquetaient des provisions pour envoyer leurs fils tenter leur chance dans la forêt.

Il traversa la ville et suivit le petit sentier solitaire qui menait vers les bois. C'était une belle journée de fin de saison des marées. Des abeilles bourdonnaient près d'une ruche non loin de là, tandis que des oiseaux pépiaient gaiement dans la frondaison des premiers arbres. Des papillons voletaient autour des fleurs sauvages qui poussaient le long du chemin, et il paraissait impossible que tant de beauté soit sur le point de voler en éclats. Une petite maison se dressait à l'orée des bois, comme Freath l'avait prédit, et une femme se tenait devant, comme si elle attendait Kirin.

— Je sais pourquoi vous êtes là, gronda-t-elle. Mais vous ne le trouverez pas.

— Maîtresse Dole, je ne suis pas qui vous croyez. Mais il est vrai que je suis là pour en discuter.

— Je me fiche de savoir qui vous êtes. Mon garçon est parti. Vous pouvez essayer de le pourchasser, mais vous perdez votre temps.

Kirin avait l'impression de porter le désespoir de l'Ensemble tout entier sur ses épaules. Debout face à cette femme qui le regardait d'un air de défi, il pensa à Clovis et à sa fille. Son ami ne serait jamais libéré de l'horreur de ce deuil. Si seulement lui, Kirin, pouvait considérer Leonel de cette façon-là, alors oui, toutes ces souffrances valaient la peine de sauver la vie d'un seul enfant. Or, c'était la seule façon dont il devait envisager la situation, parce que, s'il commençait à penser à Tomas et à toutes les vies qui allaient encore devoir s'éteindre, autant s'allonger sur le bas-côté et se laisser mourir. Freath avait raison ; il fallait bien que quelqu'un se batte pour Leonel. Cet enfant représentait tous les innocents du royaume et l'espoir de se libérer de l'oppression de Loethar. Tomas était leur chance d'arrêter le massacre et de réduire le nombre de morts à un strict minimum.

Il se ressaisit et prit la petite bourse de pièces. Freath s'était montré généreux, peut-être même avait-il puisé dans ses propres ressources, même si Kirin espérait secrètement qu'il avait volé l'argent dans les coffres de la Couronne. Une famille comme celle-là ne verrait jamais ne serait-ce que le quart de ce que contenait le sac, même en toute une vie de dur labeur. Toute cette histoire l'écœurait, mais Kirin pria Lo de lui permettre de trouver les mots pour faire comprendre à cette mère que la mort de son fils – de toute façon condamné – pouvait compter.

Il jeta la bourse, qui atterrit lourdement aux pieds de la femme.

— Je dois discuter d'un sujet très important avec vous, maîtresse Dole. Puis-je entrer ?

On était en début de soirée, mais il faisait encore chaud et la nuit n'était pas encore tombée. Loethar trouva la personne qu'il devait rejoindre à l'endroit où elle avait dit qu'elle serait. Il avait pris la précaution de faire savoir à ses hommes où il allait. Il regarda la femme assise sur un banc. Rien qu'à contempler le pli de sa bouche pincée, il savait que ça n'allait pas être facile.

— Viens, Piven, allons prendre notre médicament, dit-il.

Le garçon le regarda avec son perpétuel sourire aux lèvres. Il n'avait sans doute pas compris les mots qu'on venait de lui adresser, mais il suivit le mouvement en sautillant à ses côtés.

— Je ne savais pas que tu étais du genre à aimer les jardins, mère, déclara Loethar.

— Je ne le suis pas, et tu le sais très bien, Loethar. Je suis une femme née et élevée sur les plaines. Regarde ça et dis-moi un peu à quoi ça sert.

Il savait qu'il s'agissait d'une question rhétorique, mais il choisit d'y répondre, comme s'il prenait sa remarque au sérieux – tout, pourvu que ça repousse l'inévitable confrontation.

— Eh bien, je crois que, si tu prends le temps de contempler leur beauté et de percevoir la paix qu'ils apportent, tu commenceras à comprendre pourquoi les gens de l'Ouest cultivent des jardins. Je…

— Oh, arrête, Loethar ! Je ne suis pas ici pour perdre ma soirée en bavardages creux avec toi.

— Dans ce cas, pourquoi as-tu demandé à me voir, mère ?

— Je suis surprise que tu sois venu, pour être franche. Faut-il vraiment que cet enfant te suive partout comme un animal de compagnie grotesque ?

Il ébouriffa les cheveux de Piven, un geste d'affection qui le surprit lui-même. Il défit alors la laisse en donnant une bourrade au petit garçon. Piven parut comprendre qu'il retrouvait une certaine liberté, et Loethar le regarda s'éloigner pas plus loin que les plantes aromatiques. L'enfant s'assit à même le sol et se mit à fredonner doucement quelques notes au hasard, tout en mâchonnant des feuilles qui embaumaient. Loethar soupira, content d'entendre l'enfant utiliser sa voix, même de façon aussi discordante. Finalement, il délaissa Piven pour s'asseoir en face de sa mère.

— Me voici. De quoi voulais-tu me parler ?

— Tu as demandé Valya en mariage.

— C'est exact.

— Est-ce bien sage ?

— Stratégiquement, oui.

— Je ne crois pas que tu aies besoin de faire une chose pareille, même pour des raisons stratégiques. Si tu menaces ses parents, ils se coucheront comme l'herbe des plaines sous l'effet du vent.

— Ils nous ont donné une voie d'accès à l'Ensemble.

— Peuh ! Et qu'est-ce que ça nous apprend sur eux ? demanda-t-elle en se levant d'un air impérieux. Ils auraient bien eu du mal à te refuser le passage. Ils sont faibles et lâches. Au moins, j'arrive à respecter Barronel et Dregon – ils se sont tous battus avec courage. Tu n'as pas besoin d'épouser leur fille pour rendre Droste docile.

— Je ne veux pas rendre cette nation docile, je veux l'intégrer dans l'Ensemble, et j'ai donné ma parole que j'y arriverais sans faire couler le sang.

Sa mère détourna le visage, visiblement écœurée.

— Pourquoi utilises-tu une canne ? demanda-t-il en remarquant le bel objet noueux sur lequel elle s'appuyait.

— Mes hanches me font mal, si tu tiens à le savoir, répondit-elle en se tournant de nouveau vers lui. Je l'ai trouvée dans le palais. (Elle comprit son silence et ajouta :) On vieillit tous un jour.

— Tu m'as toujours paru plutôt invincible, mère.

— Cette Genrie me l'a donnée après avoir remarqué que je boitais.

— Je reconnais ce bois. C'est très beau.

— Je n'en avais encore jamais vu. Elle a appelé ça du bois tissé.

Il hocha la tête.

— Il n'y en a pas beaucoup dans le palais, mais j'ai dans mes appartements quelques meubles sculptés dans ce bois. C'était très attentionné de sa part.

— Genrie ? Oui, je suppose. Il y a du défi en elle, mais elle sait se montrer efficace.

— Tu l'apprécies ?

— Je me moque complètement d'elle, comme de tous les Penraviens, d'ailleurs.

— Freath dit que je devrais lui confier le poste de goûteur. Il lui fait confiance.

— Mais pour quoi faire ?

La voix de la vieille femme était tellement lourde de dérision que Loethar ne put s'empêcher de sourire.

— Oui, elle pourrait m'empoisonner, mais je ne crois pas qu'elle le fera. Le personnel du palais a trop peur de Stracker et des tribus. Ils savent que je suis tout ce qui se dresse entre l'ordre et des maux bien plus terribles qui pourraient s'abattre sur l'Ensemble. Cela fait de moi leur allié. N'est-ce pas ironique ?

— Je persiste à penser que tu ne devrais pas faire confiance aux gens de l'Ouest. C'est pourquoi Valya me gêne.

— Écoute, mère, Valya a bien plus besoin de moi que je n'ai besoin d'elle.

— Précisément ! Elle est comme un morceau de bois mort autour de ton cou. Épouse une femme des Verts.

Il la regarda d'un air exaspéré.

— On a déjà parlé de tout ça.

— Te marier avec une femme des tribus ne fera que renforcer notre emprise sur l'Ensemble.

— Non, ça l'affaiblira. Je sais que tu n'arrives pas encore à t'en rendre compte, mais il faut que je produise un héritier qui ressemble à un Occidental et qui soit élevé à l'occidentale.

Elle hocha la tête, un sourire sinistre aux lèvres.

— Toi-même, tu leur ressembles, tout à coup.

— Tu as toujours su que ça serait le cas. Pourquoi, sinon, m'as-tu poussé à m'engager dans cette voie ?

— Tu sais pourquoi. C'était pour toi la seule voie. Te garder sur les plaines, ça aurait été le laisser se moquer de moi, de toi, de notre peuple. Nous lui avons fait payer son ignorance et sa cruauté.

Loethar soupira. Il avait déjà entendu tout ça – il l'avait entendu toute sa vie durant, en fait.

— Valya est occidentale. Tous les fils qu'elle pourra me donner auront l'air d'appartenir à cette terre. J'ai l'intention de bien gouverner, afin que les peuples de l'Ensemble m'acceptent, au fil du temps. Qui peut dire que ce n'est pas le début d'une nouvelle ère ? Peu à peu, j'apprendrai à connaître les familles dans les autres royaumes et nous leur laisserons une certaine autonomie dans la gestion de leurs terres – lesquelles seront désormais considérées comme des provinces. Il n'y aura plus de royaumes au sein de l'Ensemble.

— Penraven l'est encore, pour l'heure, rétorqua Negev.

Loethar ignora son ton vindicatif.

— Pas pour longtemps. Les tueries ont commencé. Nous aurons bientôt Leonel.

— Tu en es sûr ?

— Sûr et certain, répondit-il en se levant. Le garçon est à pied, sans provisions, sans argent et sans armes, d'après les dires de Valya – à condition qu'elle l'ait bien vu, ce que nous supposons être vrai. Cela signifie qu'il est toujours en Penraven. Même si je menace volontiers tous les fils de l'Ensemble, je suis convaincu qu'il est tout près. Or, bientôt, plus personne ne voudra l'aider. S'il veut sa couronne, il va devoir revenir la chercher. Jusqu'à ce que je sois satisfait – jusqu'à ce qu'on dépose sa tête à mes pieds –, je continuerai à tuer les garçons de son âge. Chaque anni, j'en tuerai d'autres, avec un écart d'âge de plus en plus important. Crois-moi, les gens ne supporteront pas ça longtemps. Il sera trahi par les siens.

— J'espère que tu as raison.

— Je sais que j'ai raison.

— Quand doit avoir lieu le mariage ?

Loethar se sentit aussitôt mécontent.

— Valya est en train d'organiser la cérémonie. Ça aura bientôt lieu. Peut-être que tu devrais l'aider. Essaie de te montrer amicale. C'est dans ton intérêt, ma chère mère, si tu veux voir régner ton fils et les fils de ton fils.

Negev ouvrit la bouche, mais fut interrompue par le jeune Rouge, Barc, qui arriva dans les jardins en haletant.

— Seigneur, dit-il en s'inclinant.

— Qu'y a-t-il ?

— Nous avons reçu des nouvelles, seigneur, d'une ville appelée Berch. Le messager refuse de parler à quiconque sauf à vous. Les nouvelles proviennent du général Stracker.

— Excuse-moi, mère, c'est important.

— Va… va, l'encouragea-t-elle. Peut-être qu'on a déjà retrouvé l'avorton Valisar.

Loethar s'en alla en courant, le jeune Rouge trottinant sur ses talons. De son côté, la vieille femme les suivit de loin, en boitant.

Personne ne pensa à Piven.

— J'espère que vous êtes sûr de vous, Freath !

— Général Stracker, répondit l'aide en veillant à toujours utiliser le titre du guerrier, je crois pouvoir reconnaître l'héritier Valisar quand je le vois. N'oubliez pas que j'étais au service de ses parents il y a encore quelques jours.

La tête de Tomas Dole se trouvait dans un sac à part dans la charrette, laquelle allait bientôt recevoir la tête des vingt-neuf garçons assassinés par Stracker. En arrivant dans la ville de Berch, Freath avait compris que le plan était en marche en voyant Kirin, la mine grave, hocher subrepticement la tête à son intention. Il était immédiatement allé voir Stracker pour lui expliquer que son Investi avait réussi à retrouver un imposteur potentiel.

Il avait dit à Stracker que le garçon avait essayé de se fondre au sein de la famille Dole. Ces derniers l'avaient recueilli sans savoir qu'il était bien plus qu'un enfant égaré qui était entré dans leur vie, la veille, en surgissant de la forêt. Quelques minutes plus tôt, une maîtresse Dole toute tremblante avait apporté une aide immense à Freath et à Kirin en expliquant elle-même cette histoire à Stracker, entre deux sanglots.

Fort heureusement, le barbare ne s'intéressait pas à elle ou au reste de sa famille. Il l'avait écartée sans ménagements pour se diriger d'un pas lourd vers l'enfant en question. Blond, efflanqué et sale, l'enfant avait le regard vitreux.

— Qu'est-ce qui ne va pas chez lui ? avait demandé Stracker.

Freath avait haussé les épaules.

— Je n'en sais rien. Je suppose qu'il est terrifié. Pensez à ce qu'il vient de traverser depuis que votre frère a conquis Penraven. Ses deux parents sont morts et il a été obligé de survivre dans la forêt sans nourriture.

— Et De Vis ?

De nouveau, Freath avait haussé les épaules. C'était à ce moment précis que tout se jouait et que leur ruse pouvait s'effondrer sur eux. S'il ne réussissait pas à convaincre Stracker, il ne risquait pas de convaincre Loethar, et il ne quitterait sans doute jamais cette ville vivant.

— C'est Leonel, avait-il insisté.

— Pourquoi est-ce qu'il ne vous reconnaît pas ?

— Je ne crois pas qu'il soit en état de reconnaître quiconque. Regardez-le. Il a perdu l'esprit.

Stracker avait donné l'ordre d'envoyer un message au palais.

— Je pense que vous devriez le décapiter maintenant, avait demandé Freath d'un ton pressant.

Il ne voulait certes pas qu'on ramène Tomas Dole vivant au palais.

Stracker avait froncé les sourcils.

— Il faut prévenir Loethar qu'on l'a peut-être retrouvé.

— Peut-être ? avait répété Freath, horrifié. Sauf votre respect, je pense que vous devriez prendre les messagers de vitesse et retourner avant eux à Brighthelm afin de présenter la tête du garçon à votre frère. Vous avez réussi bien plus vite qu'il n'aurait pu l'imaginer. Je m'attends à ce qu'il fête l'événement.

Stracker s'était avancé vers lui.

— Pourquoi êtes-vous si impatient de faire couler le sang ? La plupart du temps, vous n'êtes qu'un lâche qui se terre derrière des portes verrouillées.

Freath avait dû faire un effort pour garder contenance.

— Je n'ai jamais prétendu avoir la constitution de vos guerriers, général. Je reconnais qu'en dehors de mon accès de rage contre la reine je supporte mal ce genre de choses. Ce n'est pas tellement que j'aie envie de faire couler le sang ; au contraire, j'aimerais y mettre un terme. Nous allons pouvoir retourner triomphants à Brighthelm. Grâce à vos efforts, votre frère va pouvoir monter sur son trône impérial sans que pèse sur lui la menace des Valisar, dont la dynastie va s'éteindre avec cet enfant.

Il avait regardé Stracker réfléchir à tout cela. Il avait soigneusement choisi ses mots afin de le flatter davantage que son frère.

— Combien de temps avant que le messager arrive au palais ? avait-il insisté.

— On utilise la chaîne, avait répondu Stracker de manière énigmatique.

— Je ne comprends pas.

— En chemin, j'ai laissé des hommes à des endroits stratégiques, vous vous souvenez ? avait ricané Stracker.

— Oui, je pensais simplement qu'ils étaient là pour monter la garde.

L'énorme guerrier avait ri, ce qui avait tordu les tatuas sur son visage.

— Pour quoi faire ?

— Je n'en ai aucune idée. Je ne comprends rien aux choses militaires. Je suis un domestique du palais.

— Nous postons ces hommes afin de pouvoir délivrer des messages plus rapidement que si un seul cavalier devait couvrir toute la distance. De cette façon, ils se relaient et sont toujours dispos, tout comme leurs montures. Loethar sera prévenu avant la tombée de la nuit si les cavaliers font vite.

— Dans ce cas, faites savoir dans votre prochain message que vous ramenez avec vous la tête de Leonel Valisar.

Freath avait désespérément besoin que l'on tue Tomas en premier, avant que les habitants de la ville en entendent parler et puissent venir dire qu'il était tout sauf un Valisar. Heureusement, la peur des barbares servait sa cause. Les rues étaient désertes lorsque le groupe de Stracker avait traversé la ville au grand galop pour se rendre directement au cottage des Dole, sur les conseils de Freath.

— Peut-être que je ne veux pas m'arrêter, Freath, avait rétorqué Stracker d'une voix sinistre.

— Ça vous regarde, général, avait répondu Freath avec nonchalance, en dépit d'un sursaut d'angoisse. On m'a envoyé en mission pour m'assurer qu'on choisissait bien les bons enfants en fonction du recensement. Quand vous vous serez occupé de ce garçon, mon travail sera terminé et je pourrai rentrer au palais rendre des comptes à mon supérieur.

— J'espère que vous n'êtes pas en train de me menacer, Freath ?

Ce dernier avait volontairement pris un air consterné.

— Je n'oserais pas. Votre frère m'a donné l'ordre de rentrer dès que ma mission prendrait fin. En ce qui me concerne, c'est le cas. Vous me faites peur tous les deux, vous savez, et je n'ai l'intention de faire défaut à aucun de vous. Pouvons-nous en finir avant que les femmes se mettent inévitablement à hurler ?

— Moi, j'aime quand elles crient. Cette ville est un peu trop silencieuse pour moi.

— Ces gens savaient que nous viendrions. Je crois qu'ils sont sous le choc. Quant à cette femme, elle doit aussi penser à sa propre progéniture. (Il avait fait semblant de consulter sa liste.) Elle en a neuf, tous plus jeunes que celui-ci, avait-il menti.

Stracker avait fini par se lasser de cette discussion.

— Amenez-moi le gamin, avait-il demandé à l'un de ses hommes au regard mauvais.

Freath avait parlé trop vite. De bruyantes lamentations s'étaient élevées au sein du cottage, et il avait senti son âme noircir rien que d'entendre ce son.

Valya recula d'un air surpris lorsque la porte à laquelle elle venait de frapper s'ouvrit à la volée.

— Désolée de te décevoir, dit-elle en fronçant les sourcils. Tu attendais quelqu'un d'autre ?

Loethar se mit à faire les cent pas.

— Mon demi-frère, mais c'était idiot de penser qu'il pourrait déjà être de retour. De toute façon, il ne sait pas frapper avant d'entrer, répondit-il d'une voix tendue.

— Pourquoi attends-tu Stracker avec une telle impatience ? demanda la jeune femme en entrant dans le salon.

— Parce qu'il a retrouvé ma proie, Valya.

Elle s'apprêtait à tirer sur la corde en soie pour appeler un domestique, mais elle se retourna en entendant ces mots.

— Vraiment ?

— Ce n'est pas un sujet sur lequel j'ai envie de plaisanter.

— Ce fut rapide.

— Oui, bien plus que je ne l'aurais cru. De toute évidence, Penraven ne supporte ni les combats ni les effusions de sang. Ils s'entraînent et défilent en grande pompe, mais ils s'empressent de se soumettre en tremblant dès qu'une réelle menace se présente.

En son for intérieur, Valya trouvait au contraire que les armées de l'Ensemble avaient résisté vaillamment. Seulement, elles ne faisaient pas le poids face aux barbares assoiffés de sang qui avaient été élevés à la dure dans les Steppes likuriennes. Valya savait qu'elle n'avait survécu aussi longtemps que grâce à la protection de Loethar – ce qui était probablement la raison pour laquelle Negev la détestait autant, maintenant qu'elle y pensait.

— Eh bien, tu as détruit leurs armées et leurs chefs, ainsi que leurs armes. Ils n'ont plus les moyens de combattre et aucune chaîne de commandement pour les diriger.

— Aucun guerrier de la horde barbare ne laisserait pareil détail l'arrêter.

Valya changea brusquement de sujet.

— Quoi qu'il en soit, tu as reçu un message de Stracker ?

— D'après ce que j'ai compris, la magie d'un Investi a permis de repérer un menteur dans une ville voisine. Freath a ensuite remarqué une erreur dans le nombre d'enfants d'une famille. Dès qu'il les a vus, il lui a été très facile de repérer le Valisar.

— Mais si vite ?

— Il ne pouvait aller bien loin sans vivres, sans aide et sans cheval.

— Où l'a-t-on retrouvé ?

— Dans une ville appelée Berch. Il a probablement évité les principaux villages, et puis il a trouvé cet endroit et il est sorti de sa cachette, sans doute pour se nourrir. J'imagine qu'il ne sait pas chasser pour prendre des animaux au collet, ajouta-t-il en ricanant.

— Ils sont sûrs que cet enfant est bien l'héritier Valisar ?

— Je présume que oui, Valya. Tu crois vraiment que Stracker me donnerait un tel espoir s'il n'était pas sûr de lui ?

— Non, mais…

— Freath a tout de suite reconnu l'enfant.

— Et ils l'ont déjà tué ?

— Ah, ça, je ne saurais le dire. Stracker a peut-être décidé de me le ramener vivant pour que je puisse le tuer de mes mains. Mais il avait peut-être déjà été décapité lorsque Freath l'a reconnu.

— Tu accordes une grande confiance à l'aide des Valisar, fit remarquer Valya en écartant ses cheveux blonds.

— Pas vraiment.

Elle choisit de tenir sa langue. Elle ne voulait pas mettre Loethar en colère en le contredisant systématiquement, mais elle ne faisait absolument pas confiance à Freath. En toute honnêteté, elle ne voyait pas ce qu'il avait gagné en tuant la reine, par exemple, surtout d'une façon aussi impitoyable, comme si ça ne le touchait pas.

— J'ai remarqué que Freath et cette servante sont assez entichés l'un de l'autre.

— C'est important ?

— Ce sont tous deux des serviteurs des Valisar.

— D'anciens serviteurs, rectifia-t-il. Ils se sont empressés de changer de camp.

— Tu as dit que la femme t'avait ouvertement défié.

— C'est vrai, mais elle veut vivre, surtout depuis que Freath m'a confié qui est sa famille. On lui a dit qu'ils mourraient si elle nous causait le moindre ennui. Elle ne m'a encore donné aucune raison de m'inquiéter. Aurait-elle fait quelque chose qui t'ennuie ?

— Non, mais…

— Ne t'en fais pas, Valya, je suis assez méfiant pour deux. La servante en question dirige pratiquement ce palais à elle toute seule et elle fait du bon travail. Nous avons besoin d'elle jusqu'à ce que d'autres domestiques arrivent. Maintenant, dis-moi, pourquoi voulais-tu me voir ?

Elle avait été naïve de croire que Loethar cesserait tout à coup d'être brusque avec elle juste parce qu'elle avait accepté de l'épouser.

— Eh bien, je pensais que tu aimerais que je partage ton lit ce soir, mon amour. J'espérais également que tu aies parlé de nos fiançailles à ta mère.

— C'est le cas. Elle va te proposer son aide, j'en suis sûr. Quant à mont lit, bien sûr, je t'en prie. J'ai l'intention de fêter la fin des Valisar ce soir.

Pourquoi donnait-il toujours l'impression qu'il lui accordait une faveur ? Elle dissimula sa colère derrière un gracieux sourire.

— J'attends cette nuit avec impatience, mon amour.

— Laisse-moi, à présent, Valya. J'ai besoin de réfléchir.

— Ça doit faire longtemps que tu ne t'es pas retrouvé seul comme ça, fit-elle remarquer sèchement en se dirigeant vers la porte.

— Vyk va revenir. Il s'habitue simplement à son nouvel environnement. Il trouve la forêt irrésistible.

— Je ne parlais pas de ton oiseau, mais de cet enfant lunatique dont tu es si proche.

Valya ne comprit pas pourquoi cette remarque consterna Loethar à ce point, ni pourquoi, les traits pincés, il la bouscula pour sortir de la pièce et s'éloigner en courant dans le couloir.

Piven avait été attiré par un bruit familier. Il était occupé à mâchonner les douces feuilles de kellet. Leur parfum avait pénétré son étrange univers pour lui rappeler la femme qui le couvrait d'attentions autrefois. Elle mâchait le kellet, elle aussi, alors maintenant il faisait comme elle. Où étaient les autres ? Ils avaient parlé, puis ils étaient partis. Il ne s'en souciait pas. Il faisait chaud ici. Il allait peut-être s'allonger parmi le kellet et les autres plantes pendant quelque temps.

Mais un son l'intriguait. C'était le seul sur lequel il arrivait à se concentrer. La plupart des autres sons n'étaient que des bruits, mais celui-ci avait de la résonance et semblait avoir un sens malgré le chaos de son esprit. Il le calmait instantanément. Or, à présent, ce son l'appelait.

Il ne voyait pas la voix. Il se leva et marcha instinctivement en direction du son. Rapidement, il arriva à l'orée de la forêt.

Piven se réjouit de voir les doux rayons du soleil déclinant passer entre les feuilles des arbres. Le gros oiseau noir était perché sur la branche basse du hêtre sous lequel Piven se tenait. Il sourit à l'oiseau. Le raven arrêta ses curieux croassements et s'envola pour se poser sur l'épaule de l'homme qui attendait également.

— Ah, tu dois être Piven. (L'enfant apprécia la douceur de cette voix. Plus important encore, il faisait confiance à l'oiseau.) Viens, Piven. Tu n'as plus besoin de ça, lui dit l'inconnu en ouvrant la boucle du collier que le petit garçon portait depuis que Loethar le lui avait mis autour du cou.

Piven gratta distraitement la marque rouge laissée par le collier.

— Nous allons devoir te trouver une nouvelle chemise, ajouta l'inconnu en désignant les taches de sang sur la poitrine du petit garçon.

L'homme ouvrit la main et la présenta à Piven avant de lui prendre la sienne. Piven apprécia la façon dont sa petite main venait se loger dans l'énorme patte chaude et sèche de l'inconnu. Son étreinte lui parut rassurante, synonyme de sécurité. Cette sensation fit remonter à la surface le lointain souvenir d'un autre homme, avec lequel il avait passé beaucoup de temps et qui semblait aimer la femme qui mâchait le kellet. Cet homme lui faisait presque autant de câlins qu'elle. Il n'arrivait pas à se souvenir de son visage, mais il se rappelait qu'il était gentil et qu'il portait une barbe. Il entendait encore la voix de cet homme dans son esprit – bourrue avec d'autres, mais tendre avec lui. Où était cet homme, à présent ? où était la femme ? Il y avait quelqu'un d'autre qu'il aimait beaucoup, mais ce souvenir avait disparu, laissant un trou qu'étaient venus remplir les chiffres, les formes et les images qu'il voyait dans son esprit. Tout avait une forme distincte. Il arrivait à se souvenir des formes. Or, voilà qu'il marchait à côté d'une forme nouvelle. Il appréciait le contact rêche de la robe de bure de l'inconnu contre sa joue. Encouragé par les croassements de Vyk, il s'enfonça en sautillant aux côtés de l'homme sous la canopée de hêtres. La chaleureuse et engageante lueur du soleil créait un halo de lumière qui les guida vers les profondeurs obscures de la forêt.

Piven ne vit pas l'oiseau ramasser le collier dans son bec et s'envoler dans la direction opposée.

# Chapitre 24

Le crépuscule avait laissé place à la nuit lorsque les hommes de Stracker s'engouffrèrent au galop entre les portes de Brighthelm. Loethar, la mine sinistre, les attendait sur les marches du palais.

— Avez-vous besoin de moi ? demanda Kirin.

Freath secoua la tête.

— Si vous voyez Genrie ou le père Briar, prévenez-les. Mais faites bien attention à ce qu'on ne vous voie pas leur parler. Un simple signe de tête suffira. Ils savent pourquoi on était partis.

— Pourquoi ai-je le sentiment que le pire est encore à venir ?

— Parce que c'est le cas. Stracker n'est pas stupide, mais il est borné et dominé par des besoins viscéraux. L'esprit de son demi-frère est bien plus fluide et se diffuse jusque dans des crevasses dont le sien ignore l'existence. Soyez prudent, Kirin.

— Vous aussi, répondit l'Investi en se détachant du groupe principal.

Freath attendit en faisant exprès de ne pas se faire remarquer au milieu du chaos des chevaux et de leurs cavaliers qui mettaient pied à terre. Stracker finit cependant par le retrouver. Croisant son regard, le barbare le héla :

— Venez ! Mon frère est en colère, on dirait un chat qui a la queue en feu !

Bizarrement, Freath était persuadé que Stracker savait parfaitement à quoi ressemblait un chat avec la queue en feu. Il suivit l'énorme général.

Loethar les rejoignit au bas des marches et regarda Freath droit dans les yeux.

— Est-ce vrai ?

Le domestique se retint de déglutir pour chasser la peur qui lui nouait la gorge.

— Oui, sire, répondit-il d'un air grave mais non dénué de satisfaction. Nous vous ramenons la tête de Leonel de Penraven.

— Combien de morts a-t-il fallu pour en arriver là ? demanda Loethar à son demi-frère.

— Je n'ai pas compté, avoua Stracker.

— Euh, vingt-neuf, sire, répondit Freath. J'ai tout noté, si vous voulez…

— Non, c'est très bien. Vingt-neuf. Ce n'est pas beaucoup.

Stracker haussa les épaules.

— Ça ne m'aurait pas gêné si ça avait été deux cent quatre-vingt-dix ou deux mille neuf cents.

Loethar esquissa un petit sourire sec et sans joie.

— Apportez-les toutes.

— Toutes, sire ? répéta Freath en retenant son souffle.

— Toutes, confirma Loethar. Mais vous, Freath, porterez celle du Valisar. Suivez-moi.

Il tourna les talons et s'éloigna.

Stracker sourit à Freath.

— Il n'est pas de très bonne humeur.

Freath ne répondit pas, mais se dirigea vers la charrette pour prendre le sac ensanglanté qui contenait la tête de Tomas Dole.

Freath se retrouva réuni avec tous ses ennemis dans le salon du roi. Un goût amer envahit sa bouche lorsqu'il songea que Loethar allait certainement organiser une espèce de cérémonie macabre pour fêter sa glorieuse victoire. L'aide contempla les deux sacs posés à même le sol. Le premier – le plus gros – était encore humide de sang qui suintait. Il avait fallu deux hommes pour apporter celui-ci dans la pièce. L'autre, que Freath avait lui-même posé sur les dalles, n'était maculé à l'extérieur que d'une grosse tache de sang séché, témoin de la fin cruelle de Tomas.

Le domestique resta debout en silence et dans l'ombre tandis que Dara Negev, la princesse Valya et le général Stracker arrivaient à leur tour. Finalement, on fit entrer maîtres Kirin et Clovis. Il avait espéré qu'on leur épargnerait cette sinistre scène, mais il lui fallait à présent espérer qu'ils avaient le cœur bien accroché. Il ignora les regards anxieux qu'ils lui lancèrent en douce.

Freath remarqua que l'empereur était agité. Il devait effectivement être en colère à propos de quelque chose, mais quoi ? Leur supercherie n'avait tout de même pas été découverte ?

Loethar lui proposa un verre de vin.

— Non merci, sire. Pour être franc, c'est une journée qui m'a donné quelques maux d'estomac. Je ne saurais rien avaler.

— Alors, comme ça, on n'est pas prêt à mener la vie d'un guerrier barbare, Freath ? se moqua Valya en rejoignant son futur époux.

— Non, princesse Valya. J'ai bien peur de ne jamais avoir eu envie de devenir un barbare ou un guerrier. Je suis terriblement lâche et horriblement sensible.

— Oh, je n'en suis pas si sûr, intervint Stracker. Vous avez tué une reine et vous avez bien tenu le coup pendant l'exécution de son fils à Berch.

— Ah, mais c'est que le premier assassinat était motivé par des années de rage contenue – j'étais heureux de me salir les mains, ce jour-là. Quant au second, eh bien, c'était une mort à laquelle je voulais vraiment assister, expliqua Freath en faisant semblant de sourire méchamment. Quand la tête du Valisar a roulé par terre, je dois reconnaître que je n'ai ressenti que de la joie.

— Il ne faut pas désespérer, Freath, on arrivera peut-être à faire de vous un barbare, en fin de compte, plaisanta Loethar. Allez, pourquoi ne pas me montrer le jeune Leonel ?

— Bien entendu, sire, répondit Freath en s'approchant une fois de plus du sac en question.

Il espérait que ce serait la dernière fois qu'il aurait à contempler le triste visage de Tomas Dole qui, par bonheur, était mort sans souffrir. La drogue avait fonctionné à merveille en le rendant absent et ignorant de ce qui se passait. Freath n'eut aucun mal à avoir l'air dégoûté en plongeant la main dans le sac pour en sortir la tête de l'enfant. Surpris par son poids, il la souleva par les cheveux pour que Loethar puisse l'admirer.

— Alors, c'est lui. Ma Némésis.

— Voici Leonel, l'ancien héritier de la Couronne de Penraven, oui, sire, répondit Freath d'un ton grave auquel il réussit à mêler un soupçon de triomphe.

— Bien entendu, aucun de nous ne peut savoir si c'est bien lui, reprit Loethar en regardant les autres.

— Je peux vous assurer, sire, que c'est bien Leonel, répliqua Freath tandis que le frisson glacé de la peur remontait le long de son échine.

— Nous n'avons que votre seule parole, Freath, rétorqua Valya.

— J'ai regardé partout dans le palais. Il n'y a aucun portrait de l'enfant, à part ceci, ajouta Dara Negev en allant chercher derrière une chaise le coussin d'Iselda, qu'elle jeta aux pieds de Freath.

Loethar fit mine d'étudier la broderie, avant de regarder attentivement la tête qui pesait tout à coup deux fois plus lourd dans la main de Freath. Finalement, le barbare regarda ses compagnons d'un air légèrement interrogateur, que Freath supposa feint.

— Eh bien, je pense qu'on peut dire que ça lui ressemble.

— Mais ça s'arrête là, répliqua Valya. Il existe une vague ressemblance. Nous ne disposons que de l'ancien aide des Valisar pour établir un lien entre les deux.

Dara Negev regarda autour d'elle d'un air légèrement agacé.

— Mais enfin, il doit bien y avoir d'autres serviteurs qui peuvent confirmer à qui appartient cette tête.

— Bonne idée, mère, approuva Loethar. Bien sûr, les deux Investis appartiennent à maître Freath. D'ailleurs, aucun de vous ne connaît Leonel Valisar, n'est-ce pas ?

Kirin et Clovis parurent tous deux stupéfaits qu'on s'adresse à eux. Ils secouèrent la tête en même temps, puis Kirin prit la parole.

— J'ai seulement réussi à localiser ce que je pensais être un menteur, sire. Et encore, il a failli m'échapper. J'ai peur que mes pouvoirs soient bien minces, ajouta-t-il, au grand soulagement de Freath.

— Je n'ai jamais vu aucun des membres de la famille royale, déclara Clovis en refusant de croiser le regard de quiconque.

— Allez donc vous mettre là-bas, ordonna Loethar en désignant l'autre bout de la pièce.

Tous deux s'exécutèrent. Freath éprouva un nouveau frisson de peur. Loethar manigançait quelque chose.

— Bien. Stracker, prends, disons, trois autres têtes qui ressemblent au Valisar, veux-tu ?

Paralysé par une peur de plus en plus envahissante, Freath regarda le demi-frère s'acquitter de cette macabre tâche en souriant.

— Puis-je vous reprendre cette tête ? demanda Loethar. (Freath la lui céda bien volontiers.) Peut-être que, finalement, vous avez envie de le boire, ce verre de vin, maître Freath ?

— Peut-être bien, sire, reconnut le domestique en comprenant que l'empereur venait de le congédier. Voulez-vous que je reste dans la pièce ?

— Évidemment, répondit Loethar. En fait, je vous l'ordonne. J'ai requis la présence de vos Investis parce que l'un d'eux a contribué à retrouver le Valisar. L'autre est surtout là pour garder votre trio au complet.

Comprenant à demi-mot, Freath s'aperçut que la présence de Kirin et de Clovis en ces lieux servait davantage à les réunir tous trois comme prisonniers qu'à leur accorder le privilège de participer à cette réunion. Freath se dirigea vers l'une des fenêtres et se réjouit de sentir l'air nocturne sur son visage, car la pièce lui paraissait étouffante tout à coup, et il avait les mains terriblement moites. Le test imaginé par Loethar allait bientôt démontrer qu'il n'était qu'un menteur. Il se surprit à imaginer la flaque que formerait son sang sur les dalles, celles-là même sur lesquelles avait coulé le sang de son roi à peine quelques jours plus tôt. En regardant bien, il arrivait encore à distinguer les contours de la tache, qui n'avait pu être entièrement nettoyée.

— Très bien, alignons les têtes, voulez-vous ? dit Loethar, toujours de ce ton enjoué qui donnait à Freath envie de le haïr plus encore.

Il adressa une prière à son dieu. Où que se trouvait Leonel, que Lo lui permette d'échapper à ce barbare et de grandir pour pouvoir un jour le tuer.

— Je pense que nous sommes prêts, annonça Loethar à l'assemblée.

— À quel jeu joues-tu, mon fils ? s'enquit sa mère.

Ainsi, songea Freath, il n'avait parlé de ses plans à personne. Cet homme était décidément une énigme.

— Attendez, mère, vous allez voir. (Il se rendit jusqu'à la porte et parla à quelqu'un qui attendait dans le couloir, de toute évidence.) Juste une minute ou deux, annonça-t-il à tout le monde. Ah, nous y voilà.

L'un des guerriers verts fit entrer Genrie dans la pièce. Elle paraissait effrayée, mais elle ne chercha pas Freath du regard, ce qui était tout à son honneur, songea l'ancien aide.

— Ah, Genrie, nos chemins se croisent de nouveau. Peut-être serez-vous moins insolente, cette fois-ci ?

— Oui, sire.

Elle ne cessait de jeter des coups d'œil nerveux en direction des têtes alignées sur le sol. Incapable de contenir sa nausée plus longtemps, elle fut prise de haut-le-cœur.

— Allons, calmez-vous, Genrie, dit Loethar d'une voix apaisante. J'ai besoin que vous fassiez quelque chose pour moi.

Freath comprit qu'ils étaient perdus. Pauvre Genrie. À voir sa tête, elle aussi savait que la supercherie n'allait pas tarder à être découverte.

Un battement d'ailes rompit brusquement le sortilège de l'instant. Vyk entra par la fenêtre et s'en alla se poser sur son perchoir.

— Enfin ! s'exclama Loethar d'un air de reproche en s'adressant à son oiseau. Vous voyez, je vous avais dit qu'il reviendrait, ajouta-t-il à l'intention de l'assistance, comme si tout le monde s'était fait du souci pour Vyk. Mais revenons un peu à vous, Genrie. Pensez-vous pouvoir contenir votre nausée encore quelques instants ?

Elle hocha la tête d'un air effrayé. Freath remarqua que Valya avait le regard dur et étincelant – de toute évidence, elle savourait la souffrance de la jeune femme et ne semblait nullement incommodée par la vision des têtes décapitées aux traits affaissés. Un cœur extrêmement dur et froid devait battre derrière cette beauté blonde et pâle, songea Freath. Revenant à Genrie, il ne put qu'admirer son courage en la voyant acquiescer.

— Parfait. C'est très simple, Genrie. Je veux que vous me désigniez – non, je veux que vous touchiez, en fait, pour qu'aucun de nous n'ait de doutes – la tête de Leonel, fils de Brennus. Elles se ressemblent toutes beaucoup, alors, pour éviter une méprise, nous vous demandons de l'identifier. Maître Freath a déjà eu l'amabilité de nous dire, avec beaucoup d'assurance, laquelle est la tête de Leonel. Si vous voulez bien faire de même, tous nos doutes seront dissipés. (Il la poussa doucement.) Allez-y.

Freath sentit son admiration grandir encore un peu plus lorsque Genrie refusa de le regarder pour chercher un indice sur son visage. Au contraire, elle leva le menton, s'efforça courageusement de reprendre son sang-froid et s'avança en ravalant son dégoût. Jetant un coup d'œil à Kirin et à Clovis, Freath s'aperçut que ce dernier avec le visage hagard et l'air désespéré, sans doute parce qu'il se rappelait la décapitation de son enfant. Kirin avait simplement le regard vitreux. Freath comprit et baissa les yeux pour contempler le sol. Il ne pouvait plus regarder la scène.

— Suis-je vraiment obligée de la toucher, sire ? demanda Genrie, d'une voix à peine plus forte qu'un murmure.

Elle semblait vaciller légèrement, comme si elle souffrait de vertiges. Freath ne pouvait l'en blâmer. Il ne pouvait pas non plus l'aider. Il s'abîma de nouveau dans la contemplation du sol.

— Faites vite, Genrie, et ce sera terminé pour vous, répondit sèchement Loethar.

Freath ne manqua pas de percevoir la véritable menace qui pointait derrière ces mots. Il comprit que leur vie à tous les deux ne se comptait plus qu'en minutes.

Il la sentit plutôt qu'il ne la vît se rapprocher du macabre alignement. Il retint son souffle et décida, au dernier instant, qu'il se devait d'être pleinement avec elle dans cette terrible épreuve. Il leva le menton et serra les dents et les poings pour se calmer. Il regarda Genrie arriver devant les têtes et la vit trembler de tous ses membres en tendant le bras, apparemment vers la deuxième tête à partir de la gauche. La mauvaise. Mais comment pouvait-il en être autrement ? Aucune d'entre elles n'appartenait à Leonel. Il sentit un gouffre s'ouvrir dans ses entrailles lorsqu'elle pointa son index sur le garçon dont il ne parvenait pas – dont il ne voulait pas – se rappeler le nom.

Genrie tituba et secoua la tête. Lorsqu'elle eut repris ses esprits, elle parut changer d'avis.

— C'est celle-ci, répondit-elle en désignant la quatrième tête.

Freath crut que son cœur allait s'arrêter. Elle avait choisi Tomas Dole.

— Vous en êtes sûre ? insista Loethar.

Genrie acquiesça.

— Je suis désolée, sire, j'avais du mal à me concentrer au début. Ces têtes… elles…

— Nous comprenons, assura Loethar, même si, de toute évidence, aucun des membres de sa cour n'avait l'air ému par la vision pathétique des restes des garçons. Vous pouvez sortir, à présent.

Elle fit une révérence et s'enfuit de la pièce sans même accorder un regard à Freath.

— Eh bien, Freath, on dirait que vous avez bel et bien trouvé la personne que nous cherchions.

Freath dut faire appel à toute sa volonté pour répondre d'une voix égale et d'un air calme :

— Je n'en ai jamais douté, sire. Je connais l'enfant depuis sa naissance.

— Est-ce qu'il aurait pu dire à la fille laquelle choisir, Loethar ? demanda soudain Valya d'un ton sournois.

— Je ne lui ai pas permis de voir ou de parler à quiconque. Dès son arrivée, je lui ai demandé de monter ici avec moi.

Valya haussa les épaules.

— Il faut que tu sois sûr, mon fils, intervint Dara Negev à son tour.

Loethar acquiesça.

— Il ne nous manque plus qu'une seule confirmation, Freath, si vous n'y voyez pas d'inconvénient. (Ces paroles firent au domestique l'effet d'une douche glacée qui étouffa aussitôt son allégresse.) Il nous faut une certitude absolue, vous comprenez ?

— Bien entendu, répondit aimablement Freath, comme si Loethar devrait exiger une dizaine de confirmations supplémentaires si cela suffisait à apaiser ses inquiétudes.

Il recula encore d'un pas, le cœur battant.

— Faites entrer le père Briar mais, d'abord, inversez l'ordre des têtes.

Lorsque ce fut fait, on fit entrer dans le salon un père Briar visiblement secoué. Il tourna immédiatement le dos à ce macabre spectacle.

— Que Lo me pardonne, je ne peux pas. Pourquoi suis-je ici ? demanda-t-il d'un ton suppliant.

— Je comprends combien c'est difficile pour vous, père Briar, mais vous êtes l'une des rares personnes dans ce château qui ont connu l'héritier Valisar. Nous avons besoin de l'identifier.

Briar refusait toujours de se retourner. Freath songea que, si le guerrier qui l'avait amené ne l'avait pas maintenu, l'homme de Lo serait à présent à genoux en train de sangloter. Il avait les joues humides de larmes.

— Ce sont des enfants. Enfin, seigneur, vous ne voyez donc pas ? (Loethar le regarda d'un air interrogateur.) Nous avons été conquis. À travers tout l'Ensemble, nos armées sont en miettes. Ceux d'entre nous qui ont survécu doivent accepter votre règne, seigneur… et c'est ce que nous faisons. La volonté des gens est brisée. Il est temps d'instaurer la paix pour soigner le cœur de l'Ensemble. Je prêcherai dans ce sens quand j'aurai de nouveau une congrégation, seigneur ; je leur dirai de se soumettre à votre souveraineté et de forger un nouvel empire sous votre direction.

— Cela me réchauffe le cœur, père Briar, répondit Loethar.

Freath savait que le prêtre avait trop peur et trop envie de convaincre le barbare pour percevoir l'ironie de Loethar.

— Mais, pour le moment, j'ai besoin de votre aide, reprit ce dernier. Je veux que vous fassiez face aux quatre têtes qui se trouvent derrière vous et que vous me montriez laquelle appartient à Leonel Valisar.

Le père Briar se mit à trembler de plus belle.

— Je vous en prie, seigneur, n'exigez pas une telle chose de moi. C'est au-dessus de mes forces.

— Il le faut, père Briar. Je suis désolé d'insister, mais, sinon, les tueries se poursuivront. Si vous n'identifiez pas Leonel, je tuerai tous les garçons âgés de onze, douze et treize annis à travers tout l'Ensemble et je déposerai leurs têtes à vos pieds. Vous seul avez le pouvoir d'empêcher ce massacre supplémentaire. Freath ici présent affirme que je détiens la tête de Leonel. Je veux que vous me confirmiez la chose en me montrant laquelle vous reconnaissez. Je sais que vous connaissiez bien le garçon.

La tension dans la pièce s'était encore considérablement accrue. Même la fraîcheur de la brise nocturne ne parvenait pas à tempérer la chaleur oppressive dans laquelle ils baignaient tous. Freath voyait bien que la vieille femme et Valya étaient toutes deux transportées par cette histoire, tandis que Stracker paraissait prêt à sortir son épée pour tailler en pièces le prêtre balbutiant.

Heureusement, le père Briar se ressaisit et trouva le courage de se retourner. Il laissa échapper un petit sanglot en posant les yeux sur la triste exhibition. Comme de fait exprès, l'une des têtes bascula sur le côté. Le père Briar frémit et un petit cri lui échappa.

— Nous allons la remettre droite pour que vous la voyiez mieux, intervint Loethar d'un ton désinvolte.

Il attrapa la tête par les cheveux et la redressa pour l'appuyer de nouveau contre la crédence. Le silence s'abattit sur la pièce.

Le père Briar prit une courte inspiration.

— Je me sens mal, j'ai la tête qui tourne… Je suis désolé, je…

— Vite, père Briar. Plus vite vous nous rendrez ce service et plus tôt nous saurons quoi faire ensuite, répliqua vivement Loethar.

De nouveau, Freath perçut la menace implicite que charriaient les mots du barbare. Lui-même commençait à avoir du mal à respirer, et il se demanda si son cœur las n'était pas en train de l'abandonner. On aurait dit qu'il allait éclater dans sa poitrine, tant il battait fort. Freath aurait voulu détourner la tête, mais il se força à garder les yeux fixés sur le prêtre, qui avait une main sur la poitrine et qui levait l'autre dans un arc de cercle tremblant. Il pointa du doigt mais, de l'endroit où il se tenait, Freath ne pouvait dire quelle tête il avait choisi.

— Touchez la tête, père. Il faut que nous soyons sûrs, insista Loethar. Vous êtes trop loin. Dépêchez-vous, je commence à me lasser de vos manières effarouchées.

Le père Briar fit trois pas en titubant et posa la main, comme pour la bénir, sur la troisième tête, celle de Tomas Dole.

— Voici Leonel, dit-il avant de se retourner brusquement pour vomir dans le coin de la pièce.

— C'est bien, mon père. Retirons-nous tous dans une autre pièce, déclara Loethar. Freath, peut-être pourriez-vous faire nettoyer celle-ci. Père Briar, vous êtes libre de partir dès que vous aurez repris vos esprits. Tout comme vous, d'ailleurs, ajouta-t-il à l'adresse des Investis. Freath, je vous prie de venir me voir un peu plus tard. Merci pour votre réussite de ce jour. Je suis impressionné.

Freath hocha gracieusement la tête.

— Je suis content de vous avoir prouvé ma valeur, seigneur, répondit-il en résistant à l'envie de s'éponger le front d'une main tremblante.

Les barbares s'en allèrent précipitamment. Freath lui-même ne sut pas comment il fit pour garder son sang-froid. En tout cas, il réussit à mettre un pied devant l'autre et à guider tout le monde hors du salon qui empestait. Après avoir fermé la porte derrière eux, il s'autorisa à savourer un instant un sentiment d'impossible triomphe mêlé d'incrédulité. Le père Briar essayait de dire une prière pour les enfants, mais les mots avaient du mal à sortir à cause de son chagrin. Freath voulut aller trouver le prêtre pour essayer de le réconforter.

— Freath ! s'exclama alors Clovis à voix basse, mais d'un ton pressant.

Le domestique se retourna et découvrit Kirin évanoui sur le sol.

# Chapitre 25

Tous les six marchaient depuis des heures en silence. Ils suivaient un chemin étroit et bien dissimulé qui ne favorisait guère les discussions. Tout le monde paraissait perdu dans ses pensées, mais personne n'était fatigué. Gavriel s'aperçut au contraire qu'il se sentait revigoré, sans doute parce qu'ils avaient de nouveau un but.

La piste forestière, semblable à un tunnel, s'élargit tout à coup. Comme ils n'avaient qu'une seule lampe pour s'éclairer, ils devaient continuer à marcher avec prudence, mais ils avaient désormais plus d'espace.

Cela encouragea Leo à prendre la parole.

— Parlez-moi encore de votre rencontre avec mon père, demanda-t-il à Faris.

— Qu'est-ce que je pourrais vous dire de plus ? Ce fut un choc. Mais je savais qu'il n'était pas un imposteur, car je l'avais déjà vu à de nombreuses reprises, sans que lui-même sache qu'il était parfois assez proche du plus doué des voleurs pour le toucher. (Faris se mit à rire.) Il était seul, fidèle à sa parole. Nous le suivions depuis des kilomètres, car nous l'avions vu arriver de loin, comme vous.

— Comment savait-il où vous trouver ?

Faris haussa les épaules.

— Je suppose qu'il a suivi son instinct, exactement comme Lily. Je sais que les rumeurs me situent dans le Nord, mais la zone de recherche est vaste. Personne ne sait vraiment où nous sommes, mes gars et moi. En vérité, c'est nous qui l'avons trouvé, comme nous vous avons trouvés, vous.

— Et il a juste déclaré qu'il voulait passer un marché avec vous ?

— C'est ça. Il n'avait pas peur de moi. Mais il faut dire qu'il ne m'effrayait pas non plus, étant donné toutes les flèches pointées sur sa poitrine. Il paraissait extrêmement sûr de lui. Je pensais sincèrement qu'il était venu conclure un accord, du style : j'arrêtais de voler les impôts et il fermait les yeux sur les riches marchands qui se faisaient détrousser à l'occasion sur les grands chemins. Je dois reconnaître que son désintérêt vis-à-vis de son propre argent était rafraîchissant et que la véritable raison de sa venue avait quelque chose d'insolite.

— C'est incroyable qu'il ait prévu cette éventualité si tôt à l'avance, fit remarquer Gavriel. Et c'est encore plus surprenant qu'il l'ait cachée à mon père.

— À propos, Gavriel est désormais le nouveau légat, intervint Leo. Un jour, il commandera l'armée penravienne.

— Pour le moment, mon roi, il n'y a plus d'armée à proprement parler. J'ai vu ce que les barbares ont fait. Toutes les armées de l'Ensemble sont décimées. Votre royaume est jonché de cadavres, et le sang n'est pas encore sec dans les champs et les villages. Les gens vont devoir enterrer des inconnus et des ennemis avant de pouvoir entamer leur propre deuil. Toute la région est sens dessus dessous, à genoux devant Loethar, si vous préférez. J'imagine qu'il s'écoulera des années avant qu'une nouvelle génération d'enfants grandisse sans souvenirs de ce massacre. (Il jeta un coup d'œil à Gavriel.) Je déteste être obligé d'éteindre le feu de votre passion.

— Ne douchez pas leurs espoirs, Faris, protesta Lily. Ces deux jeunes gens sont notre avenir. Nous avons un roi. Vos hommes sont l'armée qui se lèvera sur les cendres de la destruction engendrée par le barbare.

Faris s'arrêta aussitôt.

— Ah, laissez-moi tout de suite mettre les choses au clair. Je n'ai rien à voir avec le moindre soulèvement ou la moindre rébellion, ou l'idée de récréer la splendeur de la dynastie Valisar.

Il les couvrit tous d'un même regard, et Gavriel s'aperçut que le hors-la-loi tenait à ce qu'aucun d'entre eux ne se méprenne sur ses motivations.

— C'est une question d'argent, c'est ça ? dit Gavriel.

— Je ne suis pas Brennus. Il voulait préserver sa lignée. Mes raisons à moi sont tout à fait différentes, mais pas moins égoïstes que les siennes. Laissez-moi vous dire ceci. Le roi Brennus est venu me voir uniquement parce que c'était dans son intérêt. Ça n'avait rien à voir avec vous personnellement, Leo, même si je déteste l'admettre. Peu importe à quel point votre père vous aimait ; pour lui aussi, cette visite était motivée par la cupidité.

— Hé, attendez une…

— Non, laisse-le finir, Gav, ordonna Leo en levant la main. Il vaut mieux que nous nous comprenions parfaitement les uns les autres.

— Merci, Majesté. L'endroit me paraît aussi bien qu'un autre pour nous reposer quelques instants. Jewd, vérifie que les environs sont sûrs, tu veux ? Tern, suis-le. (Tandis que ses hommes s'éloignaient, Faris se tourna de nouveau vers Leo, Gavriel et Lily.) Nous avons déjà bien avancé. Vous marchez vite et vous semblez très impliqués et très déterminés. Je crois qu'il est donc plus sage que nous ayons cette conversation maintenant.

— Allez-y, l'encouragea Leo.

Le jeune garçon dont Gavriel avait accepté la charge à peine quelques jours plutôt semblait déjà avoir vieilli de plusieurs années. *Et ça ne fera que s'accentuer, si on veut survivre*, songea-t-il avec tristesse. Plus important encore, Leo semblait prêt à entendre la vérité… le secret que Brennus avait confié à Gavriel. Il le lui dirait dès qu'ils se retrouveraient seuls.

— Votre père a eu la présence d'esprit d'envisager l'avenir et toutes ses possibilités, expliqua Faris. Il a remarqué le vent de colère qui se levait dans l'Est et il a décidé d'agir pour protéger ce qui lui était le plus cher. Ce n'était pas l'or de son royaume, ce n'était pas sa cité, ce n'était pas son peuple, ce n'était même pas vous, Leo… ni votre famille. (Gavriel regarda le jeune roi pincer les lèvres.) C'était quelque chose de bien moins tangible que ça. L'aspect le plus important de la vie penravienne, pour votre père, c'était le nom Valisar et le fait qu'un Valisar occupait le trône et incarnait la figure de proue de l'Ensemble depuis tant de siècles. Il tenait par-dessus tout à ce que la dynastie ne meure pas avec lui. C'est pourquoi, pour des raisons extrêmement égoïstes qui n'ont rien à voir avec l'instinct de survie, il est venu me voir. Il vous aimait, Leo, cela ne fait aucun doute, mais il aimait plus encore, beaucoup plus, son héritage, son histoire, sa raison d'être et son sens du devoir. Parce qu'il avait engendré un héritier, il n'entendait pas renoncer au droit d'installer le neuvième roi Valisar sur le trône. Brennus voulait vous transmettre sa couronne, son épée et son trône – tout ce qui appartenait à Cormoron voilà des siècles. Vous voyez, il s'est conduit de façon tout aussi égoïste que moi.

Leo dévisagea Faris avec gravité.

— C'est ainsi que vous considérez la démarche de mon père ? Je préfère penser qu'il a fait ça pour le royaume – et pour le bien de son peuple.

La réflexion du jeune garçon ne fit même pas sourciller Faris.

— La vie dépend essentiellement du point de vue avec lequel on la regarde. Cependant, Brennus connaissait la force du désir de conquête du barbare, et il a décidé qu'il avait besoin de temps – pour laisser à son prochain enfant le temps de naître, pour conclure un accord afin de préserver la vie de son héritier, pour mettre au point un plan… C'est le sang des autres royaumes qui lui a donné le délai nécessaire.

Cette fois, Leo se leva, dégoûté.

— Ce sont des sornettes, Faris. Je refuse de continuer à écouter vos calomnies.

— Pourquoi mentirais-je ? rétorqua Faris. Brennus a reconnu que l'Ensemble ne pouvait gagner cette guerre à moins que tous les royaumes s'unissent contre l'envahisseur. Il a dit – et je vous jure que je ne mens pas – qu'il devait faire un choix terrible entre sauver la couronne Valisar et sauver l'Ensemble. D'après lui, les chances de survie de Leonel – à condition de trouver l'aide nécessaire – étaient supérieures à celles de l'Ensemble face aux barbares.

— Croyez-vous sincèrement, Faris, que le roi n'aurait pas confié ce plan, ce « choix terrible » comme vous l'avez dit, à son ami le plus proche, son compagnon d'armes, son conseiller et le commandant de son armée ?

— Oui, je le crois. (Gavriel lui lança un regard noir, mais Faris continua sur sa lancée :) Je suis désolé si je blesse quelqu'un, mais je ne fais que dévoiler la vérité. Le roi est venu ici sous couvert d'un déguisement, après avoir quitté discrètement Brighthelm sans en avertir personne, pas même son légat. Il avait l'intention de garder sa décision secrète. Je suis la seule personne avec laquelle il l'a partagée.

— Vous savez à quel point ça paraît ridicule, n'est-ce pas ? répliqua Gavriel en faisant mine de vouloir partir. (Il en avait assez de cette conversation et n'osait imaginer l'impact qu'elle aurait sur l'état d'esprit fragile de Leo.) Pourquoi le roi irait confier à un célèbre voleur – un hors-la-loi – son secret le plus noir ?

— Parce qu'il savait que je n'en parlerais à personne. Parce que ça ne représentait rien pour moi et qu'il avait besoin d'un allié. Vous ne voyez donc pas ? Je n'avais aucune raison de m'en servir contre lui. Les affaires du royaume n'intéressent pas les gens comme moi. Qui plus est, il pensait que, si son plan devait être mis à exécution, ça voudrait dire que toutes les personnes haut placées seraient déjà mortes, y compris lui-même. Or, comme vous l'avez souligné, je suis la dernière personne qu'on accuserait d'être complice du roi. (Il se tourna pour s'adresser directement à Leo.) Votre Majesté…

— Appelez-moi Leo, intervint le roi.

— Pensez-vous encore que j'ai inventé tout ça ?

— Je sais que non, répondit Leo, ce qui surprit Gavriel. Ça ressemble bien à la façon dont l'esprit de mon père fonctionnait. Je suis sûr qu'il ne vous aurait pas donné Faeroe sans avoir conclu un accord avec vous.

— Merci. (Faris dévisagea Gavriel.) Remettons-nous en route, voulez-vous ?

Il siffla doucement, et ses hommes surgirent des sous-bois obscurs. Jewd lui fit signe de la tête, et Faris annonça :

— Tout va bien, l'endroit est sûr. On peut y aller.

— J'espère que vous ne nous réservez plus d'autres surprises comme celle-là, marmonna Lily en passant devant Faris.

— Qu'est-ce qui vous dit qu'il ne m'a confié qu'un seul secret ? plaisanta Faris.

Mais personne n'apprécia son humour, et tout le monde ignora superbement cette tentative d'alléger l'atmosphère.

Freath prit le temps de remettre de l'ordre dans ses idées et dans ses vêtements. Il se tenait devant la porte en chêne de l'une des petites salles de Brighthelm, où Genrie, sur son ordre et avec l'aide de certains barbares, avait rapidement allumé un feu. Vers la fin de la saison des marées, même si les soirées étaient encore douces, certaines des pièces inutilisées étaient froides et sentaient le moisi.

Bien qu'il ait l'esprit en ébullition, l'aide prit une profonde inspiration et frappa avant d'entrer.

— Sire, dit-il en faisant une petite révérence polie, je suis désolé que cette pièce ne soit pas des plus idéales. Je crains qu'elle n'ait pas été aérée depuis longtemps.

— Cela ne fait rien, Freath. Genrie a mis des glands avant d'allumer le feu et elle a ensuite jeté des herbes aromatiques dans les flammes. Personne ne s'en plaint.

Freath sourit poliment, mais il était tendu.

— Y a-t-il autre chose que je puisse faire pour vous, sire ? demanda-t-il en balayant la pièce du regard. (Les deux femmes étaient confortablement assises près du feu, mais Stracker avait disparu… il se sentait sans doute plus heureux dans la caserne, en compagnie de ses hommes.) Genrie va vous faire préparer un repas. Je présume que vous aimeriez qu'il soit servi dans cette pièce ?

— Vous avez tous deux besoin d'aide pour vous occuper du palais, n'est-ce pas ? demanda Loethar en attirant Freath à l'écart des deux femmes, d'un geste désinvolte que l'aide ne manqua pas de remarquer malgré tout.

— Eh bien, nous gérions Brighthelm à la tête d'une équipe relativement modeste de trente personnes, ce qui comprenait le personnel du château, des cuisines et de l'infirmerie. Il fallait ajouter à cela des jardiniers et toutes sortes d'ouvriers travaillant à l'extérieur, ce qui montait sans doute ce nombre à quatre-vingt-dix personnes environ. Je présume que vous avez l'intention de faire de Penraven le siège du pouvoir impérial, sire. Or, si Brighthelm doit devenir votre palais principal et celui de votre impératrice, ajouta-t-il en désignant Valya d'un signe de tête, alors je pense qu'il serait bon d'augmenter le personnel, afin que nous puissions vous servir d'une façon appropriée pour un empereur. Après tout, Brighthelm sera la vitrine sur laquelle tout le monde vous jugera, sire. (Il baissa d'un ton.) N'y voyez surtout aucune offense, mais je présume que vous allez vouloir vous fondre rapidement dans l'Ensemble.

— Qu'est-ce qui vous fait dire ça ?

Freath avait jugé Loethar sur sa nouvelle apparence, mais il s'empressa de trouver une réponse plus diplomatique.

— Ce sera plus facile pour gouverner l'Ensemble et gagner la complicité de ses peuples – sinon leur entière confiance – si vous changez le moins de choses possible au début. Je pense, sire, que vous voulez en finir avec la guerre et les turbulences pour vous appliquer à instiller rapidement un nouveau mode de vie dans tous les royaumes. Ce sera plus facile si vous-même n'apparaissez pas si éloigné de leur ancien mode de vie. Cela donnera aux peuples encore moins de raisons de se rebeller.

— Il y aura toujours des poches de rébellion, Freath.

— Je suis d'accord. Mais, maintenant que vous avez fait disparaître la seule vraie menace, sire, il serait bon que la vie revienne rapidement à la normale, en établissant par exemple une espèce d'entente avec les nobles familles des autres royaumes. Les peuples suivront cet exemple, et il vous sera plus facile de les convaincre de vos intentions. La guerre, c'est barbare, peu importe qui la mène ou comment. Je suis sûr que le roi Cormoron terroriserait la plupart de vos sujets actuels. Il paraît qu'il se barbouillait le corps avec le sang de chaque personne qu'il tuait.

Loethar se mit à rire de bon cœur, ce qui prit Freath au dépourvu.

— Vous m'impressionnez, Freath.

Ce dernier garda un air neutre.

— Je suis ici pour vous servir, sire. Je vous l'ai promis dès le départ.

— Je ne vous faisais pas confiance, mais je pense que vous avez réussi ce soir à gagner mes faveurs.

Une étincelle de triomphe s'alluma au fond de son être, mais Freath veilla à n'en rien laisser paraître.

— J'en suis heureux, sire.

— Il faudra me confier vos idées sur la façon dont je peux me fondre dans l'Ensemble, comme vous dites. Je ne souhaite pas amener les peuples de l'Ensemble à penser que celui des Steppes likuriennes leur est inférieur à cause de son mode de vie, qui peut paraître plus simple. Et même si, je vous l'accorde, il est important pour moi, d'un point de vue stratégique, de rendre la transition pour l'Ensemble aussi douce que possible, il est tout aussi important de faire apprécier la culture des Steppes.

— Je suis tout à fait d'accord avec vous, sire. Mais je vous conseillerais de laisser les choses se faire au fur et à mesure. Comme on dit, « l'eau qui goutte sur la pierre est aussi puissante qu'un marteau… mais elle creuse un chemin en douceur ».

De nouveau, Loethar sourit.

— Sage conseil. Nous en discuterons plus longuement, Freath. Nous allons organiser ici, en Penraven, une rencontre avec toutes les familles de la noblesse et peut-être organiser des festivités pour apaiser les tensions. Entre-temps, je vous laisse carte blanche pour recruter tout le personnel que vous jugerez nécessaire.

— Très bien, sire.

— Il me paraît approprié d'engager également quelques personnes des Steppes, Freath. Stracker s'occupe de faire venir les épouses et les familles de nos guerriers en Penraven.

Peut-être que vous pourriez en discuter avec lui. Les femmes vont vouloir travailler.

— Vont-elles accepter de recevoir des ordres de la part d'un Penravien ?

— Leur impératrice est une Occidentale. Elles vont devoir s'y habituer, répliqua Loethar.

Mais Freath avait déjà deviné qu'il possédait d'autres raisons, plus subtiles, pour infiltrer le personnel de Brighthelm avec des femmes barbares.

— Il en sera fait selon vos désirs, sire. Si vous voulez bien m'excuser, je vais demander à Genrie de vous servir votre repas, maintenant.

Loethar acquiesça.

— Je n'aurai plus besoin de vous ce soir, Freath. Vous avez bien mérité un peu de repos.

Le domestique s'inclina.

— Votre salon a été nettoyé et rafraîchi, sire. Je me suis dit que vous ne verriez pas d'inconvénient à ce qu'on laisse votre raven seul sur son perchoir. Ce qui me fait penser que je n'ai pas encore vu Piven, ce soir. Est-il…

Loethar plissa le front.

— Oui, c'est vrai, je n'ai pas encore eu l'occasion de vous parler de lui.

Freath remarqua que l'empereur paraissait soucieux tout à coup, et l'inquiétude lui noua le ventre.

— J'espère qu'il n'a ennuyé personne, sire. Piven est incapable de faire attention aux sentiments d'autrui. Nous ne sommes même pas sûrs que lui-même en ait beaucoup, des sentiments. C'est une belle âme qui ne veut de mal à personne et qui donne beaucoup d'affection à tout le monde.

— Vous me paraissez terriblement inquiet pour cet enfant Valisar, Freath.

— J'aime beaucoup Piven simplement parce que lui, un enfant du peuple, infirme à ce point, a réussi à pénétrer le cercle de la famille royale et à gagner son cœur. Mais il est aussi heureux en compagnie d'un roi qu'en compagnie de votre raven, sire. Il ne fait aucune différence et je dois dire que ça me plaît, mentit Freath en se demandant si ses piètres explications avaient le moindre impact, car Loethar paraissait peu impressionné.

— Un peu comme un esprit similaire, vous voulez dire ?

— Pas vraiment, même si le fait qu'il est orphelin en faisait le chouchou du personnel. Je trouvais plus facile d'apprécier Piven simplement parce qu'il n'était pas un Valisar.

— Devrais-je l'envoyer rejoindre son frère dans la mort ?

Freath haussa les épaules en luttant contre la peur qui venait de resurgir.

— Je n'hésiterais pas à le faire si vous me le demandiez, sire, répondit-il en espérant qu'il avait l'air convaincant et qu'il n'aurait surtout pas à en arriver là.

Loethar esquissa un geste d'indifférence.

— C'est une question vide de sens, Freath. Le fait est que j'ai perdu Piven.

Freath se retint à grand-peine de répéter les paroles de Loethar d'un air horrifié. Voilà donc ce qui avait tant mis en colère le barbare ce soir-là.

— Ah, je vois. Est-ce un problème pour vous ? demanda-t-il en prenant délibérément un ton égal, tandis qu'il cherchait fiévreusement dans son esprit où Piven avait bien pu aller.

— Êtes-vous en train de suggérer que je devrais juste le laisser partir ?

— J'essaie simplement de savoir quelle importance il a à vos yeux, sire, voilà tout.

Il fut surpris de voir Loethar tiquer.

— Eh bien, je… je n'en suis pas sûr. Mon raven déteste les gens. Je pense qu'il me tolère uniquement parce que c'est moi qui l'ai élevé. Cependant, il semble avoir développé une espèce d'affinité avec Piven. Je n'y comprends rien. Je ne les comprends pas vraiment, tous les deux, mais, d'une certaine façon, je les trouve réconfortants… j'apprécie leur compagnie silencieuse, sinon le reste.

— Dans ce cas, nous devons le retrouver pour vous. Où l'avez-vous vu la dernière fois ?

— Je l'ai emmené dans le jardin des plantes aromatiques, là où il y a le cadran solaire, expliqua Loethar.

Freath acquiesça.

— Il a dû le reconnaître, dans la limite de ses capacités. Sa mère l'y emmenait souvent.

— Je devais discuter avec Dara Negev, alors j'ai détaché la laisse de Piven. Quelques minutes plus tard, nous avons reçu le message urgent de Stracker et je me suis dépêché de rejoindre le messager, qui ne voulait le délivrer qu'à moi. Ma mère m'a suivi et nous avons tous les deux oublié l'enfant. Bien évidemment, il s'est égaré.

En écoutant les explications de Loethar, Freath essaya de prendre un air compatissant, mais il ne pensait en réalité qu'aux loups et aux créatures sauvages qui rôdaient dans la forêt.

— Il ne tiendra pas longtemps, même dans le sous-bois voisin, sire. Piven n'a pas la faculté de se débrouiller par lui-même.

— Je comprends. Pouvez-vous réunir une équipe de recherche ?

— Tout de suite, sire. Je m'en occupe.

— À quel propos chuchotez-vous dans votre coin, tous les deux ? demanda soudain Dara Negev d'un ton impérieux.

De toute évidence, les deux femmes avaient épuisé les sujets de conversation polie dont elles disposaient.

— Rien, mère. Faites-le, Freath et tenez-moi au courant.

Freath s'enfuit. Kirin allait devoir attendre encore un peu. Il fallait absolument retrouver Piven !

L'équipe de recherche, parmi laquelle figuraient Freath, le père Briar et un certain nombre d'autres personnes, se mit en route avec des torches. Freath prit pour point de départ le jardin des plantes aromatiques et dispersa son petit monde dans diverses directions, toutes situées vers la forêt.

Loethar ne mit pas longtemps avant de se joindre aux recherches, mais la présence du barbare ne fit aucune différence. Après trois longues heures qui les amenèrent au milieu de la nuit, même lui fut bien obligé de reconnaître que le petit garçon était introuvable.

Freath finit alors par dire ce qu'il savait être la vérité.

— De toute façon, il ne répondra pas nécessairement à nos appels. Il connaît peut-être son nom, ajouta-t-il haussant les épaules. (Piven semblait parfois reconnaître la sonorité de son nom, mais il était d'une nature contrariante.) Mais, pour être franc, il est moins obéissant qu'un chien.

— Je n'aurais jamais dû lui enlever sa laisse ! se reprocha Loethar.

— Il est sûrement en train de dormir quelque part, roulé en boule sous un arbre, suggéra le père Briar.

— Nous relancerons les recherches à l'aube, décida Freath. (Puis il ajouta, dans l'espoir de remuer le couteau dans la plaie du barbare :) Il doit avoir froid, faim et probablement…

Un cri retentit, et Loethar fit volte-face. Un guerrier bleu arriva en courant. Il tenait quelque chose dans sa main.

— Le collier, dit Loethar d'un air dégoûté. Où l'as-tu trouvé ?

Le Bleu pointa du doigt.

— Dans le bois, à environ quatre-vingt-dix pas de l'endroit où se dresse cet énorme arbre fourchu, seigneur, répondit-il.

— Piven est-il capable de l'enlever lui-même ? demanda Loethar à Freath. Il n'est pas facile de manipuler la boucle, surtout quand on ne la voit pas.

Freath était stupéfait.

— Surtout que ses petits doigts ne comprennent même pas ce qu'ils sont censés faire. (Il fronça les sourcils.) Non, je ne l'en crois pas capable.

Il regretta aussitôt d'avoir formulé cette idée, car Loethar s'en empara aussitôt.

— Alors, ça signifie qu'il a reçu de l'aide !

— J'en doute…, commença Freath, qui fut interrompu par Loethar.

— Où est Stracker ?

Un Rouge s'avança.

— Je peux aller le chercher. Il était dans la caserne, je crois.

— Allez-y, gronda Loethar avant de se tourner vers Freath. C'est une chose d'exhiber l'enfant infirme des Valisar au bout d'une laisse. Mais c'en est une autre de le laisser vagabonder en liberté. Les gens pourraient se faire des idées.

— Mais, sire, il n'est même pas un Valisar. Je ne crois pas que vous ayez besoin de vous inquiéter…

— C'est un symbole, Freath. Et il arrive que les gens s'accrochent au moindre espoir, aussi ténu soit-il. Quiconque nourrissant des idées de vengeance risque de s'accrocher à ce que représente Piven, maintenant que Leonel est mort. Pour le peuple, il est nimbé de l'aura des Valisar.

— Non, sire, répliqua Freath en s'efforçant de rester calme et de garder un ton aussi indifférent que possible. Je ne crois pas que vous devriez perdre votre temps avec Piven. Laissez-le partir. Il mourra dans les bois plus rapidement que vous ne sauriez l'imaginer. La faim et la déshydratation auront raison de lui, si un animal sauvage ne l'attaque pas avant. Il n'a pas de défenses et ignore comment se nourrir seul. Qui l'aidera ? Les habitants de Penraven ont été submergés par le nombre de réfugiés en provenance des autres royaumes. Tout le monde a perdu des êtres chers, les gens sont à peine capables de fonctionner, le royaume tout entier est plongé dans la confusion. C'est là-dessus que vous devriez concentrer votre attention. Piven a sept annis et il est infirme au point qu'un chien bien dressé comprend plus de choses que lui. Il n'est pas de sang royal. Les gens l'aimaient bien, c'est vrai. Mais voudraient-ils vraiment se rallier derrière un orphelin simple d'esprit ? Non, sire, je vous assure que non.

Son discours parut calmer Loethar.

— Vous avez probablement raison, approuva le barbare avant de congédier ses hommes.

Le soulagement permit à Freath d'apaiser son cœur palpitant. Il regarda les guerriers se disperser et resta seul en compagnie de Loethar, qui tordait dans sa main le collier de Piven.

— Laissez-le mourir, sire, insista-t-il. C'est la meilleure solution. Ça sera un sujet d'inquiétude en moins pour vous.

Loethar acquiesça.

— Le plus triste dans cette histoire, Freath, c'est qu'en vérité j'aimais bien Piven. Contrairement à tous ceux qui m'entourent, il n'avait pas d'opinion à offrir, il ne complotait rien. Il était vide, certes, mais un vide rempli de chaleur et d'affection… Toute son attention dirigée vers moi, il n'attendait rien de moi et ne cherchait pas à m'utiliser. C'est quelque chose qui m'a manqué toute ma vie, murmura-t-il doucement avant de tourner les talons et de s'en aller.

# Chapitre 26

Freath retrouva les deux Investis dans la chambre qu'ils partageaient. Clovis était accroupi au-dessus de Kirin et essuyait son visage blême avec un tissu en flanelle humide.

— Je ne sais pas à quoi ça rimait, tout ça, mais je ne veux plus jamais le revivre ! déclara Clovis sans même se retourner.

— Je sais que c'était dur pour vous, mais nous avons sauvé de nombreuses vies, ce soir.

— Moi, je n'ai vu que les têtes de quatre gamins sacrifiés, et ce n'est probablement qu'une goutte d'eau comparé au véritable nombre de tués.

— Vingt-neuf enfants sont morts pour en sauver des centaines d'autres, répondit Freath. (Il se sentait soudain las qu'on le rende responsable de tous les maux qui assaillaient les personnes qu'il essayait précisément de protéger.) Il faut que je parle à Kirin.

— Vous pouvez essayer, répliqua Clovis d'une voix teintée de dédain. Il n'a pas dit un mot depuis tout à l'heure.

— Il est conscient ? demanda Freath en se rapprochant.

L'homme de magie semblait à l'article de la mort.

— Oui, il est conscient, mais totalement fermé, si je puis dire. Je pensais ce que j'ai dit, maître Freath. Je ne veux plus jamais refaire une chose pareille.

— Nous sommes tous obligés de faire des choses qu'on aimerait mieux éviter. Vous devez reprendre courage.

— Je ne participerai pas à des meurtres d'enfants.

Freath réfléchit à cela. Il savait Clovis particulièrement sensible à la souffrance des enfants, du fait de son histoire personnelle, et il ne pouvait l'en blâmer. Peut-être pouvait-on utiliser cette peur à bon escient.

— Dans ce cas, aidez-moi à sauver un enfant, Clovis.

Le devin se retourna et dévisagea Freath d'un air perplexe.

— Comment ça ?

Freath s'assit sur le petit tabouret à côté du lit en laissant momentanément Kirin de côté. Il détestait ne pas pouvoir réfléchir avant d'agir, mais le temps jouait contre eux et il n'y avait pas une minute à perdre.

— Vous vous rappelez Piven ?

— L'idiot ?

— Le fils adoptif infirme des Valisar, en effet, répliqua Freath d'un ton las.

Clovis haussa les épaules.

— J'ai entendu parler de lui, comme tout le monde ou presque, j'imagine. Mais je ne l'ai aperçu que quelques fois en train de se balader dans les couloirs au bout d'une laisse tenue par le barbare.

— Eh bien, il a échappé à cette laisse. Piven a disparu ce soir, au crépuscule. Il n'est plus sur les terres du palais et nous avons retrouvé son collier à l'orée des bois.

— Quoi ? s'exclama Clovis avec un mouvement de recul.

— Écoutez-moi. Je sais que vous n'êtes pas de nature à supporter les intrigues de cour ou le penchant de Loethar pour le massacre. Et puis, la vie d'un enfant est en jeu.

Clovis plissa le front.

— Que voulez-vous que je fasse ?

— Je veux que vous partiez cette nuit. On doit le retrouver avant les autres.

— Cette nuit ? Vous voulez que j'aille dans les bois tout seul ?

Clovis s'arrêta juste avant d'ajouter « Mais vous êtes fou ! ». Cependant, Freath savait que c'était ce qu'il s'apprêtait à dire.

— Il est seul dans le noir… au milieu des bois, lui rappela-t-il, indigné. (Clovis eut la bonne grâce de rougir.) Écoutez-moi, il a sept annis et il ne possède pas toutes ses facultés mentales. Ce n'est qu'un petit garçon invalide et perdu. Si les créatures sauvages ne lui tombent pas dessus avant, il mourra de faim et peut-être de froid. Par chance, la nuit est relativement douce, mais il fait quand même frais. La saison des feuilles arrive et Piven n'a pratiquement que la peau sur les os. Il ne survivra pas plus de deux jours là dehors.

— Mais il peut être n'importe où, répondit Clovis en se mettant à faire les cent pas.

— Ce serait vrai s'il était sain d'esprit. Je suis convaincu qu'il est encore tout proche. J'ai réussi à arrêter les recherches des barbares. Je suis terrifié à l'idée de savoir Piven seul et en danger, mais ça pourrait se terminer bien pour nous comme pour lui – à condition que vous le retrouviez rapidement.

— Et que suis-je censé faire, au nom de Lo, si je le retrouve ?

Freath secoua la tête.

— Je ne sais pas, Clovis, avoua-t-il, vaincu. Je navigue à vue dans cette histoire, je ne planifie rien. Éloignez-le d'ici. Emmenez-le aussi loin que possible de Loethar et de ce repaire de guerriers.

— Que comptez-vous dire à notre empereur ? demanda l'Investi en prononçant ce dernier mot avec sarcasme.

Freath pinça les lèvres.

— Il faudra que je lui signale votre disparition. Je lui dirai que vous avez été profondément bouleversé par le macabre spectacle avec les têtes des garçons et que ça a certainement réveillé votre propre douleur. (Il haussa les épaules.) Que vous n'en pouviez plus de tout ça, alors vous avez pris la fuite.

— C'est ça. Et ensuite, il mettra ma tête à prix et lancera ses guerriers à ma poursuite.

— J'en doute. En ce qui concerne Loethar, on vous a présenté à moi, Kirin et vous, à cause de votre manque de talent évident. Vous n'êtes pas une menace pour lui. Je suis le seul à savoir ce dont vous êtes vraiment capable. Allez-vous-en, Clovis. Servez-vous de votre pouvoir. Retrouvez Reuth. Je sais que vous l'aimiez bien. Ensemble, vous saurez garder Piven en sécurité, si vous réussissez à le retrouver.

Il savait que le fait de mentionner Reuth ferait certainement pencher la balance en sa faveur. Seule une lampe éclairait la pièce, ce qui n'empêcha pas Freath de voir une lueur d'intérêt s'allumer dans les yeux de Clovis en entendant ce nom.

— Peut-être que le père Briar sait où elle devait se rendre, reprit Freath. Partez maintenant. Avec votre brassard, on ne vous posera pas de questions. En fait, vous n'avez qu'à accompagner le père Briar pour sa prochaine livraison aux réfugiés. Dès que vous aurez quitté l'enceinte du palais, vous n'aurez qu'à revenir vers le sud de la forêt. Tracez une ligne imaginaire à partir du jardin des plantes aromatiques. C'est là qu'on a aperçu Piven pour la dernière fois. Il ne répondra pas à vos appels, mais il courra vers vous s'il vous voit.

— Et si je ne le retrouve pas ?

Freath ne réussit pas à cacher son désespoir.

— Faites de votre mieux. Je ne sais pas quoi suggérer d'autre.

— Et si on m'attrape ?

— Dites que vous agissez sur mon ordre. J'expliquerai que je vous ai envoyé à la recherche de l'enfant parce que je savais l'empereur Loethar inquiet à son sujet.

— Oui, mais si vous leur avez déjà signalé ma disparition ?

—Alors, improvisez, Clovis ! La vie n'est pas bien définie. Suivez mon exemple et inventez quelque chose. Nous luttons tous pour nos vies. Je vous donne jusqu'à la tombée de la nuit, demain soir, avant d'informer Loethar de votre disparition. Je vous jure que vous n'êtes pas assez important à ses yeux pour qu'il vous pourchasse. Si, dans ce laps de temps, vous n'avez pas réussi à retrouver Piven, alors fuyez vers le sud ou vers l'endroit qu'il vous plaira. Je vous absous de toute responsabilité envers moi, les princes ou n'importe qui d'autre.

—Et Kirin ?

—Il reste. Je prendrai soin de lui.

—Qu'est-ce qui lui est arrivé, à votre avis ?

Freath soupira et se leva, en dépit de la fatigue qu'il ressentait.

—Je pense que maître Kirin cache beaucoup plus de choses qu'il ne veut bien le dire.

Dans la forêt, de petits oiseaux commençaient à annoncer la naissance d'un nouveau jour ; ils remplissaient l'air de leurs chants joyeux.

—J'avais oublié combien les bois peuvent être bruyants quand l'aube se lève, fit remarquer Leo à Lily, qui marchait à côté de lui.

Kilt Faris l'entendit et répondit :

—Et ceux qui vivent au sein de la forêt ont tendance à ne plus le remarquer. Nous sommes tous coupables de la même négligence envers l'éclat de mère nature.

—Eh bien, je me lève chaque matin dès les premiers chants des oiseaux, alors j'écoute toujours mère nature, rétorqua Lily.

Faris acquiesça.

—Nous aussi mais, contrairement à Leo, nous oublions de nous émerveiller devant sa beauté, alors que nous devrions nous réjouir d'être en vie pour saluer l'avènement d'un nouveau jour.

— Voilà un discours hautement philosophique pour un hors-la-loi, commenta Gavriel.

Jewd, qui n'avait pas prononcé un mot de presque tout le voyage, lui lança un regard de travers.

— Tu crois que, parce qu'on vit en marge de la loi, nous sommes incapables d'apprécier la beauté créée par Lo ?

— Je n'ai pas dit ça, protesta Gavriel. Je me demande simplement si la philosophie a la moindre place dans votre monde, c'est tout.

— Autant que dans le vôtre, De Vis, répondit gentiment Faris. Nous volons l'argent des autres. C'est tout. On ne tue pas. Et je suis un patriote, jusqu'à un certain point. En ce moment même, j'aide mon roi à rester en vie. Je pense avoir gagné le droit de philosopher avec les meilleurs penseurs.

Lily lança un regard furieux à Gavriel, qui s'abstint de répondre au hors-la-loi.

— Sommes-nous encore loin de la Pierre ? demanda Leo pour briser le silence gêné qui menaçait de s'installer.

— Plus qu'un kilomètre et demi, maintenant. Je suis impressionné que vous ayez marché toute la nuit. Nous allons bientôt pouvoir nous reposer. Jewd va partir en éclaireur et tuer quelques lapins pour le repas. Ceux-là, nous ne les mangerons pas crus. Nous allons pouvoir faire un feu.

Penser à de la viande fraîchement rôtie allégea un peu la mauvaise humeur de Gavriel. Il commença à s'imaginer l'odeur de la viande rôtissant au-dessus des braises et le goût du lapin dans sa bouche. Troublé, il s'aperçut qu'il s'était laissé distancer par le groupe, alors qu'il n'avait rêvassé que quelques minutes. Qui plus est, Faris avait laissé partir leurs compagnons pour se retrouver seul à ses côtés.

Le hors-la-loi se rapprocha encore un peu plus.

— Quel que soit le problème que vous avez avec moi, De Vis, le prévint-il à voix basse, nous devrions essayer d'être poli l'un avec l'autre. Dans quel état d'esprit va se retrouver le jeune roi si son meilleur ami et son nouveau complice se retrouvent constamment à couteaux tirés ?

Pour une fois, Gavriel suivit l'exemple de son frère Corbel et retint sa langue. Mais on aurait dit que Faris pouvait lire dans ses pensées.

— Où est votre frère, au fait ? Je croyais que vous, les jumeaux, vous étiez très proches.

— Qui vous a dit ça ?

— Brennus. Il a dit qu'il plaçait toute sa confiance dans les fidèles fils De Vis.

— Il a dit ça ?

Faris acquiesça.

— Il savait que, dans un futur proche, il allait demander de grands sacrifices à chacun de vous. Je n'ai pas bien compris de quoi il s'agissait précisément, et il ne m'a pas éclairé là-dessus, mais j'imagine, en vous voyant, qu'il vous a confié le soin de protéger son héritier.

— C'est exact. Il m'a personnellement demandé de consacrer ma vie à Leo, de devenir son protecteur.

— Vous êtes effroyablement jeune pour endosser une telle responsabilité. (En voyant Gavriel s'indigner, Faris leva la main.) Pardonnez-moi, j'ai mal formulé ma pensée. Je voulais dire combien c'est impressionnant qu'il ait choisi quelqu'un d'aussi jeune. D'après ce que j'ai vu, Brennus était un homme très sage et très intelligent. Je n'imagine pas une seconde qu'il ait pris cette décision à la légère. S'il ne vous faisait pas implicitement confiance, il ne vous aurait jamais confié Leo. Vous devez être extrêmement doué.

— Dans quel domaine ?

— Celui des armes, j'imagine. Mais vous devez également posséder un esprit fort. N'importe qui peut se battre, De Vis. Il existe un grand nombre de bretteurs et d'archers incroyablement talentueux, mais, pour la plupart, c'est là que s'arrête leur intelligence. Le véritable champion, c'est celui dont le mental est à la mesure de sa rapidité et de son habileté aux armes. (Il marqua une pause et lança un regard désabusé à Gavriel.) C'était un compliment. Vous avez le droit de sourire.

Gavriel regarda Faris, comme s'il pouvait déchiffrer ses intentions sur son visage. S'agissait-il d'un compliment sincère, ou d'une nouvelle remarque sardonique ? Mais le hors-la-loi avait un sourire franc, et l'on ne distinguait pas la moindre malice au fond de ses yeux bruns chaleureux.

— Pas besoin de me passer de la pommade, répliqua Gavriel en utilisant un des vieux dictons préférés de son père.

— Ce n'est pas mon intention, répliqua Faris de façon tout aussi directe. Quel âge avez-vous, De Vis ? Seize, dix-sept annis ?

— Dix-sept.

— Dix-sept. Eh, Jewd, tu faisais quoi à dix-sept annis ?

Le gros homme se gratta la barbe.

— J'essayais de contrôler mon énorme…

— Non, Jewd, coupa Faris. À part les filles, tu pensais à quoi ? Tu faisais quoi ?

— Je travaillais avec mon père. On aidait à construire des bateaux sur les chantiers de Merivale ; j'étais son apprenti. Je pensais surtout à la bière et aux filles ; à part ça, pas grand-chose.

— Et tu faisais ce que ton père te disait de faire ?

— Je faisais ce que tout le monde me disait de faire. J'étais tout en bas de l'échelle.

— Et vous, Lily, vous faisiez quoi, à dix-sept annis ? D'ailleurs, vous avez quel âge, tant qu'on y est ?

— Ce ne sont pas vos affaires, Kilt Faris, répliqua-t-elle. Mais quand j'avais dix-sept annis, je menais pratiquement la même existence que le jour où j'ai rencontré mes nouveaux amis. Je vivais dans la forêt avec mon père, je faisais sécher des plantes, je préparais des pommades et des baumes. C'était une existence paisible.

Faris hocha la tête.

— Moi, à cet âge-là, j'étais à l'académie de Cremond.

— Vous ?

— Ah, De Vis, les jugements hâtifs sont souvent faux. Oui, le misérable hors-la-loi que vous avez devant vous fut autrefois un étudiant.

— En quoi ? demanda Gavriel, incapable de dissimuler son dédain.

— En thaumaturgie.

— Vous n'êtes quand même pas un Investi ? s'exclama Leo en se retournant d'un air visiblement surpris.

— Eh non, je n'ai pas le moindre soupçon de magie en moi. Mais j'ai toujours été fasciné par les Investis. Enfin, c'était il y a longtemps. J'ai étudié à l'académie sous un faux nom – mes parents n'en ont jamais rien su.

— Pourquoi ? demanda Leo sans laisser à Gavriel le temps de poser lui-même la question.

Faris haussa les épaules.

— Je ne crois pas que je voulais vraiment devenir un érudit. J'aimais bien étudier, mais je n'arrivais pas à fournir en permanence la concentration nécessaire. Ma fausse identité me permettait de sortir chaque fois que je le voulais. Je ne me suis jamais habitué aux règles de l'académie et j'ai fini par avoir envie de retrouver ma liberté. Tout ça pour dire qu'à dix-sept annis je n'avais aucune responsabilité et j'étais plongé dans mes études.

— Et alors ? demanda Gavriel.

— Alors, De Vis, je trouve que vous faites quelque chose d'extraordinaire pour un jeune de dix-sept annis. Leo se doit d'être courageux : il est le roi. Mais pas vous. Et pourtant, vous voilà, courant au-devant du danger, en vous souciant comme d'une guigne de votre propre sécurité ou de votre avenir. Oserais-je ajouter que vous êtes en train de fomenter une rébellion contre la horde barbare qui a détruit l'Ensemble tout entier ? Franchement, je vous admire.

Gavriel ne sut pas quoi répondre. Il s'attendait à tout de la part de Faris, sauf à des louanges. Leo sourit et Lily lui lança un bref regard timide avant de tourner la tête et d'accélérer le pas.

— Voilà maintenant que je vous embarrasse, n'est-ce pas ? reprit Faris. Pardonnez-moi, je voulais simplement vous faire comprendre que nous sommes dans le même camp, maintenant. (Il baissa la voix afin que seul Gavriel puisse l'entendre.) Il n'y a pas de querelle entre vous et moi. Alors, n'allez pas en créer une. Tenez, gardez ça sur vous, dit-il en tendant à Gavriel ce qui ressemblait à de petites noix brillantes.

— Qu'est-ce que c'est ?

Faris eut un grand sourire.

— De la vraie magie. Sucez-en une si jamais vous vous retrouvez face à une réelle menace. Je sais mieux que la plupart des gens à quel point il est difficile de cacher sa propre identité.

Gavriel les regarda d'un air sceptique, et le hors-la-loi parut s'en amuser.

— C'est juste une protection pour vous et pour Leo. Chacune d'entre elles dure une journée complète. Faites-en un usage parcimonieux, c'est tout ce que j'ai.

Il accéléra alors le pas pour rejoindre les autres. Gavriel s'aigrit de nouveau en le voyant s'approcher de Lily.

— On est presque arrivés, la Pierre se trouve juste derrière ces arbres, là-bas, qui semblent monter la garde, déclara-t-il à la cantonade.

Ils débouchèrent finalement dans une clairière encerclée par un épais rideau de chênes à la présence imposante. L'air était plus chaud, en ces lieux, et plus dense, puisqu'ils étaient redescendus en altitude depuis un petit moment. Les arbres formaient un amphithéâtre naturel ; au milieu de la « scène » se dressait la pierre sacrée dont Gavriel avait tellement entendu parler. Il retint son souffle en regardant Leo s'avancer vers elle avec déférence.

— Ce n'est pas très spectaculaire, n'est-ce pas ? chuchota Lily à côté de lui.

Gavriel secoua la tête pour être poli, mais, en vérité, il était hypnotisé par la Pierre, dont la simplicité même lui coupait le souffle. Lui aussi s'attendait à une espèce de grand trône sur lequel les rois Valisar s'asseyaient pour accepter la couronne de Penraven. Il n'avait certes pas imaginé qu'il s'agissait en réalité d'un bloc de pierre de bran couleur argent, qui reposait simplement sur deux autres blocs, taillés eux aussi. Lorsque les rayons du soleil caressaient la pierre, ses particules d'argent se mettaient à briller d'un vif éclat.

Gavriel regarda Leo passer la main sur la surface lisse et étincelante. Il était persuadé qu'ils pensaient tous deux à la même chose : chacun des grands rois Valisar s'était agenouillé à cet endroit et avait offert sa vie, son sang et son honneur en Penraven.

Leo se retourna et chercha immédiatement Faris du regard.

— Qu'est-ce que je dois faire ?

—Pour l'instant, rien. D'après mes lectures à l'académie, tous les rois ont prêté serment le soir, au crépuscule. Vous savez qu'on considère le crépuscule comme l'heure la plus magique de la journée.

—Pourquoi ça ? demanda Lily en marchant jusqu'à la Pierre.

Gavriel vit que Faris était dans son élément.

—Parce que, Lily, on considère que c'est une heure qui n'appartient ni au jour ni à la nuit. Il n'y a plus vraiment de lumière, mais il ne fait pas tout à fait nuit non plus. C'est une autre lumière – et même un autre monde. (Il sourit et commença à marcher en direction de la jeune femme ; chacune de ses paroles le rapprochait d'elle.) On prétend que c'est l'heure où les esprits peuvent venir sur nos terres, quand la magie est la plus puissante, quand les mondes s'embrassent.

En prononçant ce dernier mot, il se pencha bien trop près de Lily, de l'avis de Gavriel. Ce dernier glissa les graines dans la poche de sa chemise.

—Donc, Leo doit prononcer son serment, ce soir, au crépuscule ? demanda-t-il afin de briser le charme que Faris exerçait sur Lily.

Il remarqua d'ailleurs que celle-ci souriait doucement, de manière séductrice, au hors-la-loi.

—Oui, répondit Faris en se retournant pour inclure tout le monde dans leur conversation. Mais il doit le faire seul, et nous devons respecter cette condition. Il ne peut y avoir de témoins.

—Pourquoi seul ? s'enquit Leo en continuant à caresser la scintillante pierre de bran.

Faris haussa les épaules.

—C'est un engagement personnel que vous prenez, c'est une communion privée avec votre dieu. Plus important encore, mon jeune roi, il se pourrait que vous ayez une conversation privée avec Cyrena, le célèbre serpent. (Il sourit à Leo.) Mais, pour cela, vous devez attendre que la lune soit levée. Cyrena, si elle décide de faire une apparition, ne se montrera qu'au cœur de la nuit, uniquement éclairée par son astre dans le ciel – et seulement si vous êtes réellement seul.

Gavriel sentit l'exaspération le gagner. Comment cet homme pouvait-il savoir autant de choses et être à la fois si calme et si sûr de lui ? C'était agaçant, voire même rageant, à la fin ! Pourtant, il n'arrivait pas à s'en offusquer, même s'il en avait très envie, et ça ne faisait décidément que l'irriter davantage.

— Est-ce qu'elle apparaît à tous les rois ? demanda Leo, les yeux brillant d'émerveillement.

— En toute franchise, je l'ignore. Mais votre père m'a confié qu'il ne l'avait pas rencontrée, et il n'était pas très sûr que votre grand-père l'ait vue, lui non plus.

— Brennus vous a confié tant de choses, fit remarquer Gavriel en s'efforçant de ne pas trahir au ton de sa voix le sarcasme qu'il ressentait.

— Lui et moi avons fait ensemble ce même voyage jusqu'à la Pierre. Il voulait renouveler son serment envers Penraven. Nous avons eu tout le temps de parler, expliqua prudemment Faris.

— Cyrena n'est sans doute qu'une légende, dit Leo à Faris.

Le hors-la-loi hocha la tête d'un air évasif.

— Certes, mais nous devrions respecter la tradition et faire les choses dans les règles. Personne ne doit vous accuser de n'avoir pas autant pris au sérieux le côté spirituel de votre serment que le côté physique ou émotionnel. Je crois en la magie, vous savez, et s'il existe une possibilité que Cyrena se montre, je tiens à respecter cela. Je ne vous espionnerai pas. Je ne vous protégerai pas. Personne ne le fera. Nous devons veiller à ce que vous prêtiez serment dans les règles. C'est d'ordinaire la dernière étape du rituel du couronnement.

— Je sais ce que vous allez dire, intervint Leo.

— Vraiment ?

— Je le pense. Je crois que vous étiez sur le point de dire que Cormoron, le premier Valisar, a d'abord prêté serment devant la Pierre de Vérité avant qu'il y ait de fête ou de couronnement.

Faris sourit.

— C'est exactement ce que j'allais dire. En vérité, vous allez suivre la tradition à la lettre, bien plus que vos récents ancêtres. Si Cyrena vient à vous rendre visite, ce sera peut-être justement parce que vous aurez observé ce vieux rituel, ajouta-t-il d'un ton un peu plus facétieux, ce qui lui valut un sourire de Leo.

Intérieurement, Gavriel se renfrogna plus encore. Leo et Lily étaient tous deux séduits par le hors-la-loi, mais lui tenait à réserver son jugement.

— On pourrait peut-être se reposer, en attendant ? proposa Lily dans un silence soudain.

— En effet. C'est le bon moment pour ça. Gavriel, je vous confie vos deux amis. Il n'y a aucun danger. Jewd et Tern sont déjà partis en éclaireurs et n'ont vu personne approcher. Les personnes les plus proches sont un trio de barbares sur une piste cavalière qui traverse cette région. Mais nous sommes suffisamment hauts pour ne pas être vus, je peux donc vous laisser en toute sécurité. Je vous demande juste de rester ensemble et de prendre le temps de vous reposer. Jewd, Tern et moi-même allons chasser. Tenez, ajouta-t-il en tendant à Gavriel un tout petit sifflet. Pour des oreilles non averties, cet objet imite seulement le cri d'un oiseau. (Il sourit, dévoilant brièvement deux impeccables rangées de dents blanches, ce qui énerva encore plus Gavriel.) Les nôtres, cependant, reconnaîtront votre signal. Appelez-nous si vous avez peur de quoi que ce soit.

Gavriel se demanda si Faris essayait délibérément de le provoquer.

— Je ne crois pas que grand-chose puisse nous effrayer, après tout ce que nous avons traversé.

Lily prit le sifflet des mains du hors-la-loi.

— Merci, je serai ravie de m'en servir en cas de besoin.

Elle lança un nouveau regard noir à Gavriel ; regard qu'il lui rendit.

— Bon, très bien. Allez dormir, tous les trois, et ne quittez pas la clairière. Vous êtes en sécurité ici, assura Faris avant de disparaître dans l'obscurité qui régnait sous les chênes.

Avec colère, Lily se tourna aussitôt vers Gavriel.

— Tu veux bien arrêter ça ?

— Quoi donc ?

— Tu ne vois pas qu'il est de notre côté ?

— Tu en es sûre ?

Elle le dévisagea d'un air exaspéré.

— Qu'est devenu le Gavriel De Vis affable, courageux et facile à vivre que j'ai rencontré il y a quelques jours à peine ?

— Peut-être qu'il en a eu marre de te voir flirter avec le hors-la-loi.

Elle leva aussitôt la main pour le gifler. Mais Gavriel maîtrisait ses réactions à la perfection. Il était le meilleur de la cohorte ; personne n'avait de réflexes plus rapides que les siens. Instinctivement, il attrapa le poignet de Lily avant que sa main heurte sa joue.

— Lâche-moi, lui cria-t-elle.

Alors, quelque chose se brisa en lui. Quand il reprit la parole, ce fut d'une voix plus profonde, d'un ton creux et glacial.

— Ne t'avise plus jamais de lever la main sur moi. (Il hocha la tête en direction des arbres.) Je ne suis pas un hors-la-loi qui veut prendre du bon temps avec toi et qui te jettera à la première occasion. Rappelle-toi à qui tu t'adresses. De Vis est un nom qui se porte avec fierté. Nous marchons avec les rois.

Même s'il lui avait visiblement fait peur, au début, Gavriel trouva lui-même cette dernière sortie un peu trop pompeuse. Il aurait voulu ne jamais l'avoir prononcée.

— Oublie ça, ricana-t-elle. Grandis un peu, Gavriel. Tu es pathétique.

Cette dernière réflexion le piqua au vif, bien plus que la gifle qu'elle avait voulu lui donner. Il lâcha le poignet de la jeune femme et recula. Puis, jetant un coup d'œil à Leo, il lut une amère déception sur le visage du jeune roi. Alors, il tourna les talons et s'en fut.

— Gavriel ! protesta Leo. Nous sommes censés rester ensemble !

Le jeune homme ne répondit pas et s'éloigna à grandes enjambées, avant que la raideur de la pente l'oblige à ralentir un peu. Il n'avait pas l'intention d'aller bien loin, mais il avait besoin de mettre un peu de distance entre lui, le regret de Leo et le dédain de Lily. Il avait les joues rouges de honte. Il s'était conduit comme un idiot avec Faris, et voilà qu'il s'était montré sous son plus mauvais jour à la femme qu'il désirait impressionner. Mais c'était bien là le cœur du problème, n'est-ce pas ? Il était jaloux. Jaloux de l'aisance de Faris. Il continua à courir, porté par sa colère. Dans quelques instants, il s'arrêterait pour se calmer, puis ferait demi-tour. Il ne devait pas être si loin que ça.

Faris était un rival, pas seulement vis-à-vis de… Lily, mais aussi, et c'était ce qui le perturbait le plus, vis-à-vis de Leo. Il voyait bien que le jeune garçon était séduit par les connaissances du hors-la-loi, sa désinvolture et surtout cette curieuse proximité avec Brennus. Comment en vouloir à Leo ? Faris – que le diable l'emporte – avait tout pour impressionner le jeune roi : le physique, la taille, l'âge et l'attitude. Pis encore, il avait reçu l'approbation de Brennus. Gavriel ralentit, puis s'arrêta enfin. L'air plus dense l'aida à s'éclaircir les idées ; il se rendit compte qu'il s'était vraiment comporté en idiot. Mais à quoi pensait-il ? Pourquoi s'était-il laissé à ce point prendre au piège de ses propres faiblesses ? Si Corb était là, il lui aurait lancé un de ces regards dont lui seul avait le secret. Il devait grandir, en effet. Lily avait raison. Il leur devait à tous des excuses, surtout à Lily. Et il devait absolument retourner auprès de Leo. Avec un peu de chance, ils dormaient, tous les deux. Il n'était pas parti depuis très longtemps.

Il examina son environnement. Les arbres étaient plus clairsemés. S'il ne se trompait pas, il avait devant lui la piste cavalière dont Faris avait parlé. Il se sentit soudain vulnérable et tourna les talons.

Il n'avait fait que deux pas pour retourner auprès de ses amis lorsqu'il entendit des voix et des chevaux. Mais il n'avait nulle part où se cacher sans se faire remarquer. Il se figea. Il n'avait d'autre choix que de rester aussi immobile qu'une statue, en espérant contre toute attente que les cavaliers – au nombre de trois – passeraient à côté de lui sans même voir qu'il se tenait à découvert sous les aubépines. Sa seule chance, c'est qu'il se trouvait toujours sur la butte et que les chevaux ne pouvaient pas sentir son odeur, vu le sens du vent. Peut-être les cavaliers passeraient sans même lever la tête, plongés qu'ils étaient dans leur conversation à voix basse. Gavriel retint son souffle, ferma les yeux et commença à compter. S'il arrivait au nombre vingt, ça signifierait que les cavaliers seraient passés sans le voir.

Il venait d'atteindre le chiffre quatorze lorsqu'une voix s'écria :

— Hé toi, là-bas !

Gavriel De Vis se mit à courir.

# Chapitre 27

Kirin remua. Ses paupières s'ouvrirent et se refermèrent immédiatement. Il gémit. Il dut sentir une présence à ses côtés, car il grogna : « Clovis ? » Sa voix rauque sortait d'une gorge desséchée.

— C'est Freath. Tenez, buvez un peu.

Kirin essaya, mais ne réussit pas à soulever la tasse. Quand Freath la lui présenta, il eut du mal à entrouvrir la bouche. Il ne réussit pas à avaler le peu de liquide qui franchit ses lèvres, car sa gorge refusait de lui obéir. Après quelques efforts, il ne parvint à ingurgiter que quelques gouttes d'eau seulement.

— Comment vous vous sentez ? demanda Freath.

— Étourdi.

— Vous avez mal ?

— Un peu.

— Où ça ?

— Ma tête.

— Prenez ça.

Kirin essaya de regarder l'autre tasse que lui tendait Freath en entrouvrant de nouveau les paupières.

— Qu'est-ce que c'est ?

— Des pivoines écrasées, un remède très utile contre la douleur. Si ça ne s'améliore pas, on essaiera la consoude.

— Quoi, pas de jusquiame ?

— Kirin, il me semble que ces – comment dire ? – crises d'étourdissements risquent de se produire de plus en plus fréquemment. Peut-être devrions-nous garder en réserve un assortiment de remèdes contre la douleur rien que pour vous. Je préfère commencer avec le moins puissant d'entre eux, afin que vous ne développiez pas une immunité contre eux.

— Faut-il ajouter docte à la liste de vos nombreux talents… juste après bourreau ? ricana Kirin.

Freath se mordit les lèvres pour s'empêcher de répondre. Il s'attendait à une telle attaque de la part de Clovis, mais il espérait que Kirin comprendrait. Déçu, il soupira.

— Essayez les pivoines. Voyez si cela fait effet.

Kirin ne bougea pas d'un pouce.

— Je vous en prie, Kirin. Vous avez besoin d'aide.

Avec une réticence évidente et une bonne dose d'inconfort, l'homme de magie se souleva sur un coude et but la tisane de pivoines chaudes.

— Étonnamment, c'est plutôt bon, fit-il remarquer d'une voix amère.

— J'ai ajouté du miel, expliqua Freath. Continuez à boire. Plus vous en avalerez, mieux ce sera, même si je l'ai faite bien forte.

Kirin s'assit pour de bon et gémit de nouveau en se tenant la tête.

— Je crois que je vais vomir.

— Je m'y suis préparé, le réconforta Freath en rapprochant un seau. Tenez, buvez, peu importe ce qui remontera.

Il se leva et se rendit jusqu'à la fenêtre pour laisser à Kirin un peu d'intimité.

— Où est Clovis ?

— Je l'ai envoyé loin d'ici.

— Quoi ? Pourquoi ?

Freath le lui expliqua rapidement, en ajoutant pour finir :

— Il est mon seul espoir, mais il ne supporte pas ce qui se passe ici. Mieux vaut l'éloigner du palais et de toute cette brutalité.

— Qu'est-ce qui vous fait penser que je m'en sortirai mieux que lui ? protesta Kirin d'une voix grondante.

— Parce que c'est déjà le cas et parce que vous croyez en notre cause. Ce n'est pas vrai pour Clovis, ou, du moins, il est si embourbé dans le passé et dans ses souvenirs qu'il n'arrive pas à envisager un avenir. Pas encore. Mais vous si, Kirin. Laissez-moi reformuler tout ça : le présent vous insupporte, alors ça vous donne envie de changer l'avenir. De plus, contrairement à Clovis, vous n'avez pas envie de mourir, vous préférez affronter les épreuves actuelles. Si Clovis a survécu jusqu'ici, c'est en grande partie grâce à vos encouragements et à votre présence. Mais j'ai bien peur que la nuit dernière l'ait renvoyé à ses démons. Il était devenu un danger – pour nous tous.

— Où va-t-il aller ?

— Je lui ai suggéré de retrouver Reuth. Depuis, j'ai appris que le père Briar a réussi à faire sortir tous les Investis de Brighthelm. Je ne sais pas où ils sont partis, mais nous leur avons confié à chacun un pigeon voyageur. J'espère qu'ils s'en serviront pour nous dire où ils sont.

Kirin parut approuver, car il hocha la tête.

— Comment saurez-vous s'il parvient à retrouver l'enfant ?

— Je ne suis pas sûr que je le sache. J'espère simplement qu'il réussira. Dans ma position, je ne peux rien faire de plus pour Piven sans éveiller les soupçons.

— Mais n'êtes-vous pas secrètement soulagé que Piven ne soit plus désormais sous votre responsabilité ?

Pourquoi cette question parfaitement raisonnable et honnête mit Freath en colère, là où des accusations bien plus agressives n'y avaient pas réussi, il ne le savait pas. Mais il lança un regard furieux à Kirin en contenant à grand-peine sa rage.

— Je vais vous pardonner ce que vous venez de dire. Mais je crois qu'il vaudrait mieux que je m'en aille un moment. Reposez-vous. Cette conversation n'est pas terminée, mais nous la reprendrons plus tard.

Il ne laissa pas à Kirin le temps de répondre ou de s'excuser. Il quitta la pièce immédiatement et réussit non sans effort à refermer la porte sans la claquer. Ce faisant, il surprit sur le visage de l'homme de magie une expression de réelle stupeur. Une fois dans le couloir, il s'obligea à inspirer profondément plusieurs fois pour se calmer. Ça n'allait pas du tout. D'ordinaire, il s'enorgueillissait de pouvoir garder son calme en toutes circonstances. Un jour, en sa présence, Iselda avait dit à son époux qu'elle donnerait ses magnifiques boucles d'oreille en perle à la bonne à tout faire si Brennus réussissait à faire perdre son sang-froid à Freath au moins une fois dans l'heure qui suivrait.

Freath se souvenait encore comment le roi avait souri à sa femme en disant :

— Iselda, ma chère, il m'arrive de parier sur certaines choses, mais je ne suis pas naïf au point de relever le défi en ce qui concerne notre Freath. Je ne l'ai jamais vu se départir de son calme depuis toutes ces années qu'il est au service de notre famille. Je n'ose imaginer le prix que tu exigeras de moi si tu gagnes.

La reine avait souri tendrement à son mari, avant de lancer un regard compatissant à Freath.

— Désolé, Freath. Le personnel de cuisine devra attendre encore un peu avant d'avoir de nouveaux uniformes. Mais je pourrais toujours vendre mes boucles d'oreille en perle, je suppose.

Freath sourit tristement à ce souvenir. Les nouveaux uniformes avaient été faits sur mesure au cours de la lune qui avait suivi, pour tout le personnel, jusqu'à la plus jeune des bonnes à tout faire. Iselda avait toujours su comment manipuler Brennus.

Freath leva les yeux et vit arriver Genrie.

— Maître Freath, le salua-t-elle en esquissant une révérence – elle était toujours si à cheval sur l'étiquette.

— Genrie, vous allez bien ?

Elle le regarda froidement, droit dans les yeux.

— Évidemment. J'ai juste mal à la tête. Je suis désolée pour tout à l'heure.

Freath n'avait pas encore eu l'occasion, jusqu'à présent, de discuter avec elle de ce qui venait de se passer. Il n'avait pu que lui demander poliment comment elle se sentait. Genrie, avec sa brusquerie habituelle, avait répondu qu'elle se sentait mieux, en croisant son regard à peine quelques instants. Malgré tout, le fait de la voir ranimait l'espoir en lui. Il avait adoré servir Iselda. Toute autre femme aurait souffert de son dévouement envers la reine, c'est pourquoi il n'avait jamais pris d'épouse et n'avait même pas cherché une partenaire. Mais Genrie l'avait surpris. Ses délicieuses boucles auburn, son teint pâle et ses intenses yeux verts mis à part, il adorait son insolence et surtout son courage. Elle se comportait avec beaucoup de dignité depuis l'invasion. Contrairement à lui, elle avait réussi à convaincre le barbare qu'elle était digne de confiance sans jamais une seule fois renoncer en public à son allégeance envers les Valisar. Le cœur de Freath fondit encore un peu plus devant tant de bravoure.

— Vous n'avez pas à vous excuser, Genrie. Vous avez été incroyablement courageuse. C'est moi qui suis désolé d'avoir laissé l'empereur vous faire subir cette épreuve.

Elle secoua la tête.

— Aucun de nous n'a eu son mot à dire. J'aurais seulement voulu être plus forte.

Il prit le risque de lui prendre la main et jeta des coups d'œil furtifs à la ronde avant d'y apposer ses lèvres.

— Il n'a pas souffert, je vous le promets. J'y ai veillé.

Il ne prit pas la peine de mentionner la bourse pleine d'argent, puisqu'il était convaincu qu'aucune somme ne saurait compenser la perte d'un enfant pour sa famille.

Elle leva vers lui un regard perplexe et voilé.

— Je ne comprends pas ce qui s'est passé. J'ai cru que nous allions tous subir le même sort que ces garçons. Je n'arrive toujours pas à croire…

— Je sais. C'est une heureuse coïncidence, qui s'est produite juste au bon moment, répondit-il d'une voix apaisante en écartant du visage de la jeune femme une douce mèche de cheveux qui avait échappé à son strict chignon.

— Mais le père Briar… c'était une coïncidence, ça aussi ?

— C'était purement dû à la chance. Mais je suis d'accord avec vous, moi aussi, j'ai cru que nous étions perdus.

Elle le fixa du regard, stupéfaite par ses explications.

— Vous feriez mieux d'aller voir le père Briar. Lui aussi a une terrible migraine, dit-elle en plissant les yeux d'un air méfiant.

Il s'éclaircit la voix sous le poids de son regard accusateur. Il n'était pas encore prêt à partager avec elle ses soupçons, même si, visiblement, elle pensait comme lui.

— J'irai tout à l'heure, dit-il, incapable de trouver une réplique plus percutante.

— Mais je dois aussi vous prévenir que la Drostéenne se méfie.

— Comment ça ?

— Elle me surveille constamment, elle me pose tout le temps des questions. Elle veut savoir si on a une relation tous les deux.

— Une relation ? Que diable veut-elle dire par-là ? demanda Freath, horrifié, les entrailles nouées par la peur. Elle pense qu'on est de mèche ?

Genrie lui lança un regard méprisant, qui suggérait qu'il se montrait terriblement vague pour un homme d'ordinaire si vif d'esprit.

— Elle voulait plutôt parler d'une relation de nature romantique.

— Pardon ?

Il n'aima pas du tout la façon dont il glapit ce mot.

— Elle ne sait rien du tout, expliqua Genrie d'un air las. Elle va simplement à la pêche aux informations.

— Cette femme, elle nous cherche des ennuis, dit Freath en vérifiant une fois de plus que personne ne les voyait. J'ai tellement envie de vous embrasser de nouveau, mais je n'ose pas, pas ici.

Elle hocha la tête, sourit tristement et ôta sa main.

— C'est plus sinistre que ça, Freath. Elle est sur la piste de ce qu'elle croit être une conspiration. Nous devons faire très attention.

— En effet. (Déjà, le contact de sa main lui manquait.) On m'a accordé l'autorisation de recruter personnellement le nouveau personnel du palais.

Cela retint l'attention de la jeune femme.

— Qui vous l'a accordé ?

— Le barbare en personne. C'est très malin de sa part. Il veut que la vie à Brighthelm revienne autant que possible à la normale.

— Il n'arrivera jamais à effacer les taches de sang, répliqua-t-elle avec amertume.

— Promettez-moi de ne jamais laisser transparaître votre colère en leur présence, Genrie. Ils doivent croire que vous travaillez désormais pour eux diligemment, même si c'est à contrecœur. Ils doivent continuer à penser qu'ils vous tiennent en menaçant la famille que vous prétendez avoir. Vous devez vous rendre chaque jour un peu plus indispensable et accepter leur présence, leurs besoins et leur culture. Faites semblant, Genrie. Sinon pour vous, faites-le pour moi. Je ne supporterais pas de vous perdre.

Sur ce, il se pencha et lui donna un baiser si fugace que, par la suite, il réussit presque à se convaincre qu'il ne s'était rien passé. Puis il s'éloigna rapidement, sans se retourner.

Ni Freath ni Genrie ne virent Valya qui les espionnait.

Il courait à l'aveuglette à travers le sous-bois de plus en plus clairsemé, avec une seule idée en tête : les éloigner à tout prix de Lackmarin, de la Pierre de Vérité et du roi Leo. Non, mais quel idiot ! Il avait couru droit dans les bras des guerriers qu'avait mentionnés Faris. Il les avait reconnus à leurs chevaux, cette race plus corpulente et plus musclée avec une longue crinière et une longue queue. Gavriel avait désespérément envie de gravir le talus pour ralentir les bêtes, mais il ne voulait pas les mener à Leo et à Lily.

Les guerriers le pourchassaient, visiblement sans se soucier du danger que représentait le terrain accidenté pour leurs chevaux. Malgré tout, Gavriel continuait à courir, les bras le long du corps pour garder l'équilibre et prendre de la vitesse. Il avait du mal à respirer, ses pensées semblaient s'être éparpillées aux quatre vents, et la peur primait sur tout le reste.

En se penchant sur leurs selles, ils le frappèrent aux jambes pour le faire tomber. Sa tête partit violemment en arrière et son menton heurta quelque chose, Gavriel ne sut pas quoi, mais il s'en moquait, de toute façon. Les ténèbres l'engloutirent, et il se laissa volontairement sombrer. Sa dernière pensée fut pour son frère, qui lui manquait terriblement.

Kilt Faris, perché en haut d'un des grands arbres, plissa les yeux. Il sentit son estomac se nouer en voyant les barbares faire tomber le jeune homme. Lo soit loué, il avait décidé de jeter un dernier coup d'œil aux hommes des tribus. Au moins, De Vis avait eu la présence d'esprit de les éloigner de Lackmarin, plutôt que de courir dans cette direction. Faris proféra un juron, puis héla Jewd :

— Est-ce que tu vas encore me laisser tomber, ou est-ce que tu vas me rattraper, cette fois-ci ?

— Je vais te laisser tomber, lui fut-il répondu.

Faris descendit à mi-hauteur de l'arbre, puis sauta. Jewd le rattrapa pour amortir l'atterrissage.

— Ils l'ont eu, expliqua Faris à son compagnon d'un air renfrogné.

— Pourquoi, tu croyais qu'il arriverait à leur échapper ?

Faris secoua la tête, visiblement frustré.

— Il faut reconnaître qu'il a fait tout ce qu'il fallait. Il est resté complètement immobile, il a fait de son mieux pour se fondre dans la forêt, en restant à contresens du vent, avant de les entraîner loin de nous, heureusement.

— Pas mal pour un gars de la ville.

Le chef des hors-la-loi regarda son ami le géant d'un air de regret.

— Ils vont le tuer, Jewd.

L'énorme individu haussa les épaules.

— C'est un idiot. Les idiots ne méritent pas de vivre.

Faris se mit en marche.

— Je parie que j'arriverai facilement à te rappeler une dizaine de bêtises que nous avons faites dans notre jeunesse et que tu préférerais oublier.

— Oui, mais nous y avons survécu.

— C'est exactement ce que je voulais dire. Nous y avons survécu, ensemble, souligna Faris. De Vis n'a personne pour veiller sur lui. Il a parfaitement réussi à protéger le jeune roi jusqu'ici. Il l'a amené ici tout seul, sans rien de plus qu'une épée sur sa hanche et un arc en travers de sa poitrine. Allons, Jewd, admets que De Vis est impressionnant et que le roi Brennus a eu raison de lui confier son héritier.

— Je n'ai pas dit qu'il n'était pas impressionnant. J'ai dit que c'était un idiot.

— Nous l'étions tous, à son âge, insista Faris en jetant un regard de reproche à son ami. Il n'a que dix-sept annis. Son roi en a douze. Par la fureur de Lo, quel duo ! Imagine-les dans dix annis !

— Moi, je pense que le nouveau légat ne vivra pas jusque-là.

Faris s'arrêta et se retourna vers son énorme partenaire.

— Non, à moins qu'on lui vienne en aide.

— Pourquoi je savais que tu allais dire ça ? soupira Jewd.

— Parce que tu sais que j'ai fait une promesse au roi Brennus.

— En ce qui concerne l'héritier, pas De Vis.

— Prononcer le nom De Vis, c'est comme prononcer le nom Valisar. Brennus aurait voulu que nous étendions notre cercle de protection à l'un ou l'autre des jumeaux.

— Pourquoi je savais que tu allais dire ça aussi ? se plaignit Jewd.

— Parce que tu me connais bien.

— Ou parce que je sais que tu veux faire bonne impression à la fille. Elle te tuera si tu refuses de secourir De Vis.

— Ah, tu as donc percé mon piètre stratagème à jour ?

— Sauver le gamin et coucher avec la fille… oui, c'est plutôt évident, tu ne trouves pas, Kilt… même pour un esprit simple comme le tien ?

Faris sourit, même s'il avait réellement peur pour Gavriel. Les piques de Jewd l'aidaient à garder son optimisme quant à la survie du jeune homme.

— Quand je le récupérerai, je crois que je le tuerai de mes propres mains.

— Je te laisserai expliquer ça à la fille, dans ce cas.

Faris soupira de nouveau. Il savait qu'il pouvait compter sur Jewd – le géant était toujours là pour lui, pratiquement depuis le jour où ils avaient commencé à marcher. Imposant et fort, il était toujours prêt à le suivre dans les situations dangereuses dans lesquelles Faris réussissait invariablement à se retrouver.

— Bien. Demande à Tern de pister les barbares. Retourne au campement. Dès que tu pourras, utilise des flèches pour donner le signal à nos hommes – je dirais que nous allons avoir besoin de huit d'entre eux.

— Ouais, parce que, si tu en prends davantage, autant ramener des instruments et jouer un air entraînant pour annoncer ton arrivée, rétorqua sèchement Jewd.

D'ordinaire, Faris appréciait l'humour de son ami, mais cette mission de sauvetage superflue ne lui donnait pas envie de rire.

— Je te retrouverai ici plus tard. Il faut que j'oblige le roi à prêter serment ce soir, quoi qu'il arrive.

Jewd hocha la tête.

— J'y vais. Je serai de retour demain.

— J'espère qu'on arrivera à temps.

— Kilt, tu sais qu'ils vont lui faire du mal.

Le front de Faris se plissa plus encore. Le hors-la-loi hocha la tête.

— Il faut juste espérer qu'il arrive à tenir le coup. Va, Jewd. Dépêche-toi.

Le géant s'en alla en grimpant plus haut dans la forêt, en direction de l'ouest. Faris reprit la direction de Lackmarin avec la désagréable mission d'apprendre à Leo et à Lily ce qui s'était passé.

Il les trouva en train de faire les cent pas, visiblement agités. Dès qu'il sortit de sous les chênes qui encerclaient la clairière, ils coururent lui dire ce qu'il savait déjà : que Gavriel avait disparu.

— Je sais, répondit-il quand ils s'arrêtèrent enfin de parler.

— Où est-il ? demanda Leo, visiblement soulagé, en balayant du regard les arbres derrière Faris.

Lily le regarda en silence, et Faris vit dans ses yeux qu'elle savait déjà qu'il ne leur apportait que des mauvaises nouvelles. Elle attendit qu'il trouve la meilleure façon de les leur annoncer.

Essayer de diminuer le danger que courait Gavriel aurait été sous-estimer le jeune roi – et l'insulter aussi, compte tenu des épreuves traumatisantes auxquelles il avait assisté et survécu et qu'il avait enfouies quelque part en lui.

— Il a croisé le chemin de trois guerriers de Loethar. Il a fait de son mieux pour se cacher et il a bien failli réussir, mais ils l'ont vu et l'ont pourchassé avant de le capturer.

Leo resta bouche bée, tandis que le visage de Lily perdait toutes couleurs. Faris se tourna vers Tern.

— Suis leur piste, ordonna-t-il. Quand tu sauras où ils campent, reviens me le dire. Je vais rester ici pour l'instant. Jewd est retourné à notre camp.

L'autre hors-la-loi acquiesça et disparut, avalé par la forêt comme s'il n'avait jamais été là.

Lily regarda Faris d'un air stupéfait.

— Vous restez ici ? Qu'est-ce que ça veut dire ?

— Il faut bien que quelqu'un veille sur vous deux, répliqua Faris en percevant une accusation derrière les paroles qu'elle ne prononçait pas.

— Il est blessé ? demanda Leo.

— Je ne saurais le dire. Il est tombé lourdement et il n'a pas bougé quand ils l'ont soulevé de terre. Ils l'ont mis sur le dos d'un cheval.

Il regarda Leo inspirer lentement et admira encore plus le jeune garçon pour son calme.

— Il est mort ?

— J'en doute. Ils n'auraient pas pris la peine de ramasser un cadavre.

— Et s'ils savaient qui il est ? Ils veulent peut-être ramener son corps en Penraven.

— C'est une possibilité mais, encore une fois, j'en doute. Ils ne le cherchaient pas. Ce sont des gardes, et rien d'autre. Ça fait déjà un petit moment qu'ils tournent dans le coin. On leur a confié la surveillance d'une partie de la forêt, celle qui se trouve à basse altitude et qui borde les villes et les villages. Ils sont à la recherche de ceux qui essaient de s'enfuir dans la forêt, pas de ceux qui en sortent. Or, Gavriel courait bel et bien vers la sortie.

— Mais quel idiot ! s'exclama Lily.

— C'est précisément ce que je pense, répondit Faris en la dévisageant attentivement.

Leo s'empressa de défendre son ami.

— Il était bouleversé. Vous oubliez que Gavriel a été témoin du meurtre brutal de son père et que son frère jumeau a disparu sans laisser de traces. Ces deux-là étaient inséparables, et pourtant je n'ai jamais entendu Gav se plaindre. Tout ce qu'il a fait depuis quelques jours, c'est prendre soin de moi. Ce n'est pas un idiot, il est juste…

Visiblement, Leo ne savait plus quoi dire.

— Impulsif, suggéra Faris. Le fait est qu'il s'est mis lui-même dans une situation terriblement périlleuse.

Il se gratta la tête sous ses longs cheveux noirs.

— Mais vous allez l'aider, n'est-ce pas, Kilt ? demanda Lily.

L'entendre prononcer son prénom pour la première fois fit naître chez lui une sensation étrange mais agréable.

— Tern est parti pister les barbares. Jewd est retourné au camp pour alerter nos hommes. Il…

— Il est retourné là-bas ? s'exclama-t-elle, inquiète. Mais ça va prendre trop de temps !

— Pas nécessairement. Jewd connaît des raccourcis. (Comme elle ouvrait la bouche pour protester de nouveau, il leva la main pour la faire taire.) Faites-moi confiance. (Il se tourna ensuite vers Leo.) Votre Majesté, je suis là pour tenir ma promesse envers votre père et m'assurer que vous allez prêter serment devant la Pierre comme tous vos prédécesseurs.

Leo parut surpris.

— Je préférerais secourir Gavriel, dit-il en regardant Lily puis Faris. Mon serment peut attendre.

— Non, Altesse, il ne le peut pas, affirma Faris. Je sais que vous préféreriez retrouver votre ami, mais nous sommes déjà en train de le suivre ; mes hommes me préviendront dès qu'ils l'auront retrouvé. Pour l'instant, il est inconscient et sur le dos d'un cheval. Ces guerriers sont vraiment très dangereux, je suppose que vous le savez. (Leo acquiesça.) Il serait imprudent de notre part de les sous-estimer. Pour l'instant, Gavriel est à leurs yeux un inconnu, un homme seul qui voyageait à pied. Ils ne savent pas qu'on les observe et ils ne le sauront pas avant que je bouge. Or, je ne me précipiterai pas pour le sauver sans un plan.

— Mais vous irez le chercher, n'est-ce pas ? insista Lily.

— En effet, je n'ai pas l'intention de le laisser aux mains des barbares, répondit Faris. (Comme ils paraissaient tous les deux soulagés, il ajouta :) Pour ce qui est de la nourriture, vous allez devoir vous contenter du reste de nos provisions. De Vis a fait en sorte qu'il n'y ait pas de chasse au lapin ce matin.

— On n'en mourra pas, répondit Lily en lui offrant un petit sourire timide et en posant la main sur sa poitrine, ce qui réjouit le hors-la-loi. Merci de l'aider, ajouta-t-elle.

Faris voulut plaisanter, mais il avait la gorge trop sèche pour ça. Jewd avait raison. Il voulait Lily. Elle l'intriguait. Mais il savait qu'elle intriguait De Vis également, et son intuition lui disait que le jeune Valisar aussi s'était entiché d'elle. Il soupira. La séduire valait-il vraiment la peine d'aller au-devant d'inévitables problèmes ? Il s'attarda plus longtemps qu'il ne l'aurait voulu au fond de ses grands yeux bleu foncé, avant de s'apercevoir qu'il la fixait ouvertement. Il s'éclaircit la voix et regarda en direction du roi afin de masquer son embarras. Mais Leo n'avait pas manqué de remarquer l'échange et il lui tournait le dos, visiblement en colère.

— Je vais aller ramasser quelques baies-de-nuages, déclara le roi, mais Faris savait qu'il disait cela pour dissimuler son mécontentement.

— Ne vous éloignez pas, répondit-il, juste au moment où Lily disait : « Reste dans les parages. »

Mais Leo les ignora tous les deux et s'enfonça dans les bois d'un air furieux.

# Chapitre 28

Sergius avait écouté avec attention tout ce que l'oiseau avait à lui raconter. Courbé au-dessus de sa vieille table griffée, il avait gardé le silence durant tout le récit de ce qui s'était passé à Brighthelm. Quand Ravan se tut, le vieil homme se laissa aller contre le dossier de sa chaise en poussant un long soupir.

— *Ils ont trouvé le collier, ils ont mordu à l'hameçon ?*

— *Oui, mais nous ne devons pas sous-estimer Loethar.*

Sergius hocha la tête.

— *Ce serait effectivement une grossière erreur*, répondit-il avant d'esquisser un bref sourire sans joie. *Loethar est visiblement un homme aux émotions très fortes.*

— *Il n'en laisse rien paraître*, lui rappela Ravan.

— *Non, mais il les ressent, et sa décision de conquérir l'Ensemble et d'humilier Penraven a été implacable et brutale.*

Le raven tendit ses ailes et frissonna légèrement.

— *Il va remarquer mon absence.*

— *Tu t'en vas déjà ?*

— *Il le faut.*

— *Quelle étrange vie solitaire je mène*, fit remarquer le vieil homme avant de soupirer et de s'étirer comme son ami.

— *Quel âge as-tu, Sergius ?*

— *Je suis trop vieux. J'ai perdu le compte des années.*

— *Non, c'est faux. Je mérite de le savoir. Je fais tout ce que tu me demandes, sans jamais te poser de questions, et pourtant je ne sais presque rien de toi.*

— *Tu sais tout ce qu'il y a à savoir de moi, Ravan. Tu me connais depuis ta plus tendre enfance. Je suis devenu ta mère, ton père, ton ami.*

— *Seulement dans mon esprit, et juste assez longtemps pour me donner à Loethar*, lui rappela l'oiseau. *Quoi qu'il en soit, les amis sont censés se raconter toute leur vie.*

Le raven paraissait vexé.

— *D'accord, je vais te dire mon âge. Voyons voir… je dois avoir plus de cinq mille lunes.*

Raven sautilla, puis tourna la tête pour dévisager son ami.

— *Tu es vieux.*

— *En effet. J'ai connu le premier roi Valisar, Cormoron, j'étais présent quand il a prêté serment devant la Pierre de Vérité, même si personne ne l'a su.*

Ravan médita cette nouvelle surprenante.

— *Sergius, tu es d'accord que notre mission est la plus importante qu'il t'ait jamais été donné de remplir ?*

— *Certainement. C'est la première fois que j'ai un rôle à jouer.*

— *Ce qui veut dire que nous vivons une époque unique et que nous faisons face à une situation unique également.*

— *C'est exact*, confirma Sergius.

— *Alors, avant que je m'en aille, je veux tout savoir.*

— *Je ne suis pas sûr de comprendre.*

— *Je crois que si, au contraire. Je crois que tu en sais beaucoup plus que tu veux bien le dire. Et je pense que, puisque je suis ton espion – tes yeux et tes oreilles, comme tu le décris toi-même –, il serait bon que tu me révèles quel est notre rôle exactement dans tout ça et pourquoi nous devons agir ainsi. J'ai fait tout ce que tu m'as demandé depuis que tu m'as abandonné dans les plaines, voilà trois décennies. Encore une énigme, d'ailleurs. Ceux de ma race ne vivent pas si longtemps, d'habitude. Ceux de ma race ne parlent pas avec les tiens. Qui suis-je ?*

— *Toutes ces questions !* protesta Sergius d'un air dégoûté en agitant la main sous le bec du raven.

— *J'ai besoin de réponses. Je veux savoir qui nous sommes et pourquoi nous sommes sur ce chemin. Alors seulement, je continuerai à t'obéir.*

Sergius leva les yeux, surpris.

— *Alors seulement ? Que feras-tu si je refuse ?* demanda-t-il d'une voix dépourvue de menace ou de défi.

— *Je m'envolerai et je ne reviendrai plus*, répondit Ravan sur le même ton.

— *Dans ce cas, je t'épuiserai en te parlant continuellement dans ta tête.*

— *À ta guise, vieil homme. Je t'ignorerai.*

— *Je t'ai donné la vie, Ravan !* s'exclama Sergius, exaspéré.

— *Une vie que je te consacre en retour. Mais je dois comprendre pourquoi.*

— *D'accord, d'accord. Je vais te l'expliquer. Va te dégourdir un peu les ailes, misérable volatile. Je vais me faire un peu de tisane d'ortie avant de commencer mon récit.*

Ravan obéit, mais revint peu après, ce qui laissa tout de même le temps au vieil homme de se préparer une tasse de tisane fumante qu'il déposa sur la table. Lorsque l'oiseau noir secoua ses plumes et s'installa une fois de plus devant lui, Sergius poussa un petit soupir exaspéré, histoire de faire savoir à Ravan qu'il considérait ça comme une désagréable obligation.

— *Allez, raconte-moi tout*, le pressa Ravan avec autant de mépris. *Le temps presse.*

Sergius commença alors à parler à voix haute, car l'oiseau comprenait les mots aussi distinctement que s'il les prononçait directement dans son esprit. Il entendait si rarement sa propre voix, ces temps-ci, que ça lui faisait du bien de détendre les muscles de sa gorge, inutilisés depuis si longtemps.

— Je ne suis pas sûr que quiconque aujourd'hui sache que Cormoron, le premier des grands rois Valisar, était un puissant magicien – aussi doué avec ses pouvoirs d'Investi qu'avec son épée. (Ravan s'installa confortablement pour écouter la suite.) Quand Cormoron s'empara du pouvoir, l'Ensemble était divisé entre différentes familles dirigées par des seigneurs de guerre, même si quatre d'entre elles seulement avaient réellement de l'importance. Cormoron n'appartenait pas à cette région. Il était originaire du grand continent méridional, d'une région connue sous le nom de Lindaran. Il fit à la voile un voyage extraordinaire dans des eaux encore inexplorées, voyage au cours duquel il ne sacrifia que quelques hommes au mal de mer. Il débarqua tout d'abord en Medhaven. Sur cette île, les chèvres, les moutons et les quelques personnes qui vivaient dans d'étranges cabanes isolées ne lui opposèrent aucune résistance. Il se rendit ensuit en Vorgaven, où ses rudes guerriers rencontrèrent là aussi peu de résistance. Il se retrouva bientôt sur la partie fertile de cette immense plaque terrestre qui forme la majeure partie de l'Ensemble d'aujourd'hui et qui ressemble à une « main ». Cormoron aima ce qu'il découvrit à cet endroit, et il s'y installa. Pour abréger ce long préambule, disons qu'il fit la paix avec les peuples divisés qui habitaient le continent de la Main. Il savait déjà très bien commander et diriger, et il était charismatique – irrésistible, même, pour la plupart des gens. Il était imposant également, aussi grand que large d'épaules, avec une voix de stentor et de longs cheveux noirs. Tout en lui était fort, décidé, irrésistible.

» Cormoron eut l'intelligence de ne pas entrer en conflit avec les seigneurs de guerre. Au contraire, il réunit tout le monde autour d'une table et trouva des solutions pour leur permettre de vivre ensemble les uns à côté des autres. Ce faisant, il créa l'Ensemble : sept royaumes à l'intérieur de la Main, y compris Medhaven. Droste fut la seule nation à s'opposer au plan de Cormoron, mais elle n'avait pas les forces nécessaires pour l'attaquer. Comme il refusait de s'engager dans une autre guerre, il accepta que Droste reste une entité séparée. Quant aux plaines à l'est, des terres infertiles et plates couvertes d'herbe à perte de vue, elles semblaient inhabitées, à l'époque, il y a plusieurs siècles.

—*Ainsi, il est devenu le souverain de cette terre qu'il a appelée Penraven*, intervint Ravan pour encourager le vieil homme à poursuivre.

—En effet, approuva Sergius, nullement troublé de se faire bousculer ainsi. Il prêta serment à Lackmarin devant la Pierre de Vérité. Je t'ai déjà dit que Cormoron était un magicien très puissant. Mais nous ne savons pas grand-chose de ses pouvoirs. En effet, à ma connaissance, il les a rarement utilisés.

—*Et ?* le pressa de nouveau Ravan.

—Eh bien, au moment de prêter serment, ce qu'il considérait comme un événement capital pour la région, il invoqua une très vieille grande puissance de sa région natale du Lindaran. Nous la connaissons sous le nom de Cyrena.

—*Le serpent*, dit Ravan.

—C'est ça.

—*Je connais la suite. Elle a bu son sang et…*

—Tu racontes ça comme si c'était fastidieux, Ravan. Mais Cyrena n'a rien d'un serpent ordinaire, lui confia-t-il d'un air de reproche. Elle est la plus belle de toutes les créatures anciennes, et sans doute la plus importante, car c'est la déesse de la conscience.

—*Pardonne-moi*, demanda humblement l'oiseau.

Sergius continua comme si de rien n'était.

— Cyrena dit à Cormoron que, si elle acceptait de bénir son nouveau royaume et de reconnaître le pouvoir suprême qu'il avait sur lui – et, à long terme, sur l'Ensemble –, il devait en retour lui promettre de ne plus jamais utiliser ses pouvoirs magiques contre les siens.

» Elle ne pouvait pas contrôler le Valisar, mais elle me désigna pour surveiller le moindre abus de pouvoir – et pas seulement magique, ajouterais-je. J'étais alors un simple guérisseur et un homme de foi que Cormoron avait emmené dans sa traversée vers le nord. Mais comment refuser cela à Cyrena ? Elle insista pour que je suive la dynastie des Valisar à compter de ce jour-là. Je ne sais pas toujours tout et je maîtrise bien peu de chose. Mais Cyrena m'accorda également certains pouvoirs. (Il soupira et lança à Ravan un long regard lourd de sens.) Elle te donna à moi.

Le raven se mit à sautiller sur la table, visiblement fasciné par cet aveu.

— *J'appartiens à Cyrena ?*

— Tu es sa créature, tout comme moi, reconnut Sergius en haussant ses maigres épaules.

— *Je vis depuis trois décennies. Qu'as-tu donc fait au cours des siècles qui ont précédé ma venue ?*

— Rien de remarquable. J'ai vécu, tranquillement. J'ai vu de nombreux Valisar naître et mourir. On n'avait pas besoin de moi, à ce moment-là.

— *Mais, maintenant, on a besoin de toi ?* s'enquit Ravan d'un ton visiblement intrigué.

Sergius se leva en soupirant doucement.

— Oui, mon ami, maintenant, on a besoin de moi. Quel dommage que je sois si vieux !

Ravan battit des ailes, visiblement exaspéré.

— *Je ne comprends pas. Le roi Brennus est mort. L'héritier, Leonel, n'est encore qu'un enfant. Il ne peut exploiter son pouvoir, puisqu'il est en fuite. S'il survit, il s'écoulera bien des annis avant qu'il représente une menace pour Loethar.*

— Mais je ne parlais pas de Leonel.

Ravan pencha la tête sur le côté.

— *Piv… ? Non, je sais que ce n'est pas vrai.* (Sergius secoua la tête. Ravan s'installa de nouveau sur la table, perplexe.) *Je suis perdu.*

— Réfléchis bien. Tu es suffisamment intelligent pour trouver la réponse tout seul, répondit Sergius en souriant.

Freath avait insisté pour que Kirin prenne un peu l'air. Entre-temps, tous deux avaient eu le temps de se calmer.

— Est-ce que ça vous fait du bien ? demanda Freath.

— Oui, l'air frais m'apaise. Ma tête me fait mal au point que j'ai perdu une partie de ma vue. De temps en temps, je vois flou sur les bords de mon champ de vision.

— Il va falloir demander à un docte de vous examiner. C'est sûrement quelque chose de passager, lié à votre migraine.

— Je pense que nous savons tous les deux qu'il s'agit là d'un pieux mensonge. Je sais ce que c'est, et je crois que les dégâts sont irréversibles.

Freath ne répondit pas tout de suite, il préféra devancer son compagnon de quelques pas avant de montrer le jardin des plantes aromatiques.

— C'est ici qu'on a perdu Piven, apparemment. (Il se pencha pour cueillir quelques feuilles qu'il broya entre ses doigts avant d'inhaler leur parfum.) C'était le jardin d'Iselda. Elle le cultivait autant pour ses arômes que pour son aspect pratique. Elle adorait mâchonner du kellet ; je me rappelle que son haleine avait le parfum légèrement épicé de la plante.

— Je suis intervenu, Freath. C'était moi, lâcha brusquement Kirin tandis qu'ils longeaient les plants d'herbes aromatiques.

Freath marqua un temps d'arrêt, puis soupira en refusant de regarder l'Investi.

— Je sais. J'avais deviné. (Le silence s'éternisa entre eux.) Avez-vous gardé ce secret pour une raison particulière ? finit-il par demander.

— Je ne savais pas que je pouvais faire ça, répliqua Kirin d'un ton agacé. Je ne sais même pas ce qui m'a pris d'essayer – le désespoir, sans doute. C'était ça, ou les laisser vous tuer, vous ou Genrie, ou les deux, sous nos yeux.

Freath acquiesça.

— Ils nous auraient tués tous les deux, j'imagine. La Drostéenne se méfie énormément de Genrie et Loethar ne me fait pas complètement confiance, pas encore. C'est pour ça qu'il m'a mis à l'épreuve. Je ne sais pas quoi vous dire. Les mots ne paraissent pas suffisants. Franchement, je n'en reviens toujours pas.

Kirin lui lança un regard en coin.

— C'est moi qui ai choisi de tenter l'expérience.

— Est-ce que vous saviez ce que vous étiez en train de faire ? demanda Freath en laissant finalement transparaître à quel point il était impressionné – et intimidé.

— Je ne m'en souviens pas. Je crois que j'ai pris ma décision au moment où je me suis aperçu à quel point tout ça allait mal tourner pour vous. Je me suis dit que si j'arrivais simplement à entrer dans l'esprit de Genrie, peut-être que je réussirais à lui donner la bonne réponse en lui faisant voir dans mon esprit quelle tête choisir. Pour être honnête, quand elle a choisi la bonne, j'ai cru que c'était de la chance, une pure coïncidence.

— Moi aussi.

— Quand Loethar a fait entrer le père Briar, je ne voulais pas recommencer. Je souffrais déjà de vertiges et de nausées et je ne voulais pas attirer l'attention en m'évanouissant. Et puis, j'ai vu votre visage. J'ai vu à quel point le père Briar avait peur et j'ai compris tout ce qui était en jeu… le nombre de vies qui se trouvait dans la balance. Alors, j'ai essayé de nouveau, sans savoir si je faisais ce qu'il fallait. J'ai commencé à perdre conscience avant de voir quelle tête le prêtre avait choisi. Heureusement, Clovis m'a rattrapé et m'a soutenu le temps que l'hystérie collective passe et que Loethar s'en aille.

— Vous rappelez-vous comment vous êtes parvenu à ce résultat ?

— Pas vraiment. Je ne crois pas que j'aurai envie de recommencer un jour, dans tous les cas.

— Kirin, vous vous rendez bien compte que vous ne lisez pas simplement dans l'esprit des gens, vous êtes aussi capable de les influencer. C'est une magie extrêmement puissante.

— Ça s'appelle fouiner. Maintenant que j'ai eu le temps d'y réfléchir, je crois qu'ils savaient tous les deux que j'étais dans leur tête. J'imagine que, pour l'instant, ils ont les idées un peu confuses, mais, au bout du compte, ils risquent de s'apercevoir qu'il leur est arrivé quelque chose d'inhabituel.

— Genrie le soupçonne déjà. Elle attend mes explications, je crois. L'expérience les a tous deux laissé désorientés et étourdis. Elle sait que deux et deux font quatre.

— Qu'allez-vous lui dire ?

— Rien du tout ! Personne à part nous n'en saura jamais rien. Clovis a-t-il dit quelque chose ?

— Si c'est le cas, je n'ai rien entendu.

— Eh bien, nous sommes potentiellement trois au courant de ce secret, et ça en fait déjà deux de trop ! Ça doit rester entre nous.

Kirin hocha la tête d'un air lugubre.

— Je suis désolé pour votre vue, Kirin. Je ne sais pas quoi vous…

— On n'y peut rien. Je pense que c'est peut-être ce que la voyante de Medhaven essayait de me dire à propos de mon pouvoir. Elle avait raison de vouloir me faire peur.

— Si vous utilisez cette magie, celle-ci vous blesse en retour, c'est ce que vous voulez dire ?

Kirin regarda en direction de la forêt.

— Oui, je pense que c'est ça.

— Je suis désolé.

L'homme de magie secoua la tête.

— Sans vous, Freath, je serais déjà mort, ainsi qu'un grand nombre de nos compagnons. Vous n'avez rien à vous reprocher.

— Il y a des moments où j'ai l'impression que je suis la cause de tout ce désespoir.

— J'ai accepté de lutter. J'ai obligé Clovis à enfouir son chagrin comme il pouvait pour lutter aussi. Il le faut, quel qu'en soit le prix.

— Ce sont là de belles paroles, murmura Freath.

— Elles sont tout ce que j'ai, répondit Kirin tout aussi doucement. Qu'est-ce qu'on fait maintenant ?

— Nous allons devoir être très vigilants. Vous voulez bien devenir mon espion ? (Comme Kirin acquiesça, Freath continua :) Nous avons réussi jusqu'ici à nous en sortir relativement indemnes, mais je ne sais pas du tout ce que Loethar mijote. C'est un homme difficile à déchiffrer et il est beaucoup, beaucoup plus incisif qu'on pourrait le croire.

Kirin hocha la tête.

— Vous pensez que le pire est derrière nous ?

— Pour l'instant. Il croit désormais que tous les Valisar ont été éliminés et il doit se sentir relativement en sécurité, à part le regret sincère qu'il éprouve vis-à-vis de Piven. J'imagine qu'il va vouloir s'occuper de ses noces et se consacrer à la gestion de tous les royaumes. Il est suffisamment charismatique pour gagner le soutien des nobles. Ils ont vu couler assez de sang, ils ont subi assez de dégâts et ont connu suffisamment de désespoir. Tout le monde va vouloir restaurer la paix et mettre un terme à cette brutalité, même si ça signifie se soumettre au règne du barbare. Et il le sait.

— Sa métamorphose de seigneur de guerre barbare en empereur occidental est stupéfiante, fit remarquer Kirin.

— Ça fait partie de son plan. Il sait ce qu'il fait. Avec le temps, je suis persuadé qu'il en viendra même à se comporter réellement comme un roi de l'Ensemble. Il est né pour diriger – ça ne fait aucun doute. Dommage qu'il soit né dans une famille des Steppes likuriennes.

Kirin regarda Freath d'un air surpris.

— Vous ne dites pas ça sérieusement ?

— Pourquoi pas ? rétorqua Freath en haussant les épaules. Il n'est pas comme Stracker. Il n'est pas non plus comme leur mère. Maintenant qu'il s'est débarrassé de tous ses ornements barbares et qu'il s'habille avec les vêtements de Regor De Vis, il ne ressemble plus du tout à un homme des Steppes.

— Mais je ne partage pas votre admiration. C'est un boucher !

— Tout comme l'était Cormoron, il y a si longtemps. Nous le considérons comme un héros, ici, en Penraven, parce qu'il s'est battu en notre nom, parce qu'il a fondé cette nation et créé l'Ensemble. De toute évidence, le peuple des Steppes vénère Loethar de la même façon.

— Et Stracker, alors ?

— Stracker a une personnalité complètement différente. Je n'ai jamais connu quelqu'un avec une telle soif de sang. Cet homme adore tuer, il n'y a pas d'autres mots.

Kirin hocha la tête.

— D'accord, je vais ouvrir les yeux et tendre l'oreille. J'espère que Clovis a retrouvé Piven et qu'il a aussi recouvré une certaine paix.

— Pauvre Piven. Qui sait ce qu'il va devenir ? Clovis est notre seul espoir ; de mon côté, j'ai les mains liées.

— Est-ce que ça en vaut la peine ? (Kirin recula en voyant l'expression peinée de Freath.) Je veux dire, il est tellement perdu, pas vrai… alors, est-ce que ça vaut la peine de risquer une vie pour lui ?

Les traits de Freath trahirent une angoisse plus profonde encore.

— J'ai donné ma parole à ma reine qu'il n'arriverait rien à ses fils. Or, je les ai déjà perdus tous les deux en quelques jours à peine. Je ne peux offrir mon aide ni à l'un ni à l'autre. Je ne peux pas non plus leur offrir la moindre protection. Pourquoi donc m'a-t-elle confié une tâche pareille ? demanda-t-il en secouant la tête avant de détourner les yeux.

— Parce qu'elle avait foi en vous. Si vous n'aviez pas eu la présence d'esprit de vous faire passer pour un traître, ses fils seraient sans doute déjà morts. Au moins, vous avez donné une chance au roi Leonel.

— C'est vrai. Et à Piven aussi, peut-être. Merci. Il faut que je voie les choses comme ça, sinon, mon chagrin va finir par me paralyser. Venez, allons voir un docte pour qu'il vous examine.

— Ça ne sert à rien, Freath.

— Pourquoi ?

Kirin le regarda d'un air froid.

— Parce que je sais que vous me demanderez de réutiliser ce pouvoir un jour.

Au sein du palais, cette nuit-là, tout était calme. Loethar était maussade. Même s'il lui avait fait l'amour moins brutalement qu'à l'ordinaire, Valya avait perçu de la distance dans cette lenteur et cette douceur nouvelles. Ce soir-là, elle le trouvait plus inaccessible que jamais, et il était étrange qu'il se soit couché aussi tôt. Mais ça ne la dérangeait pas, tant qu'elle était à ses côtés.

C'était merveilleux de se reposer de nouveau dans un immense lit moelleux, sous un luxueux baldaquin, derrière des rideaux de velours. Une réelle intimité ainsi que le confort de draps de soie et d'oreillers en plumes étaient des plaisirs qu'elle avait oubliés, depuis le temps. Pendant un moment, elle resta étendue, baignant dans la douce torpeur d'après l'orgasme. Puis elle se retourna sous les draps pour contempler le visage solennel de Loethar.

— J'ai pris beaucoup de plaisir, mon amour. Merci, roucoula-t-elle d'une voix langoureuse. (Il ne répondit pas, et elle prit le risque de lui caresser la poitrine, qu'il avait imberbe et dépourvue de tatuas, contrairement à son frère.) Comment se fait-il que tu n'aies pas de tatuas, alors que tu es le souverain du peuple likurien ? lui demanda-t-elle – une question qu'elle n'avait encore jamais osé lui poser.

Il bougea légèrement la tête sur l'oreiller pour s'écarter d'elle, et Valya crut qu'il allait ignorer la question. Pourtant, il lui répondit.

— On te fait tes premiers tatuas quand tu atteins l'âge de cent vingt lunes. C'est un moment spécial pour les pères, qui accueillent officiellement leurs fils dans la tribu en tant que guerriers.

— Pourquoi n'as-tu pas été marqué comme les autres ?

— Je n'avais pas de père pour le faire. Et ma mère a choisi de ne pas me marquer.

— C'était un acte courageux.

Cette fois, il se tourna vers elle et la regarda d'un air qu'elle ne parvint pas à déchiffrer.

— Quel commentaire extraordinaire, dit-il, ses yeux noirs brillants à la lumière de la lampe au-dessus de leurs têtes. Pourquoi dis-tu cela ?

Elle haussa les épaules, ce qui fit trembler ses seins, mais il ne regardait que son visage.

— J'imagine qu'elle devait être impatiente de te marquer le plus tôt possible pour mettre en avant ton statut. (En le voyant hocher la tête, elle continua :) Au lieu de quoi, elle a choisi de ne pas le faire. Je suppose qu'elle a fait ça pour te démarquer des autres, d'une certaine façon. Cela a dû provoquer de nombreuses discussions et soulever la colère des aînés de ton peuple.

— En effet.

— Alors, il lui a fallu du courage pour tenir sa position.

— Exact. C'est très bien vu, Valya. Je suis impressionné. De fait, ma mère a pris ce jour-là une décision incroyablement courageuse.

— Je ne t'apporte pas que la beauté et un royaume, Loethar, rétorqua Valya d'un ton taquin.

Mais il n'était pas d'humeur à badiner. Il se souleva sur un coude pour mieux lui faire face. De son côté, elle regarda les muscles onduler sur son corps mince.

— Qu'est-ce que tu perçois d'autre ? (Elle secoua la tête avec coquetterie.) Non, je suis sérieux. Ne joue pas les timides avec moi, Valya, car il n'y a rien de timide ou de réservé en toi. Si nous sommes ensemble, c'est notamment parce que tu es toujours si directe, si franche quant à tes désirs et aux façons d'obtenir ce que tu veux. Dis-moi ce que tu as remarqué d'autre dans le court laps de temps que tu as passé à nos côtés.

Elle soupira doucement.

— Eh bien, vous m'avez tous tenue à l'écart, alors je ne suis pas sûre de pouvoir te fournir le genre d'observations que tu désires. Mais je me suis demandé pourquoi tu es le souverain alors que tu n'es pas l'aîné de ta famille. Pourquoi Stracker a-t-il permis une chose pareille ?

Loethar approuva cette question d'un hochement de tête.

— Parce que je suis le plus fort. (Surprise, elle ne put s'empêcher de ricaner.) Non, pas ici, rectifia-t-il en désignant son bras tendu. Mais ici, ajouta-t-il en posant le doigt sur sa tempe.

— Alors, dans ta culture, un héritier peut être ignoré ?

Elle vit une lueur d'amusement s'allumer dans les yeux de son amant.

— Dans notre culture, Valya, il n'y a pas d'héritier. Nous nous battons pour avoir le droit de gouverner.

Ça la surprit.

— Comment ? Mais je… je croyais que tu étais un prince ?

— C'est le cas.

— Je veux dire… un prince de sang, un descendant d'une lignée royale, expliqua-t-elle, les sourcils froncés.

— C'est le cas, répéta-t-il.

— Mais tu as dit que n'importe qui pouvait devenir roi.

— C'est vrai. J'ai combattu de nombreux guerriers pour remporter ce titre.

— Attends une minute ! Tu t'es battu contre Stracker ? demanda-t-elle, incrédule.

Il hocha la tête.

— Tu as battu tous les autres guerriers également susceptibles de devenir roi ?

— Tu ne devrais pas être si surprise, lui reprocha gentiment Loethar. Tous les hommes peuvent devenir roi. Si notre souverain était mort quand je n'avais que onze annis, j'aurais pu me battre à ce moment-là pour avoir le droit de gouverner. Il fallait juste que je sois prêt à perdre la vie – c'est tout.

— Je ne savais pas, dit-elle. Combien de guerriers as-tu affronté ?

— Vingt-neuf.

— Combien sont morts ?

— Vingt-huit.

Elle comprit aussitôt.

— Tu as épargné Stracker ?

Il acquiesça.

— Je vois. Tu lui as laissé la vie sauve parce que c'est ton demi-frère ?

Il ne répondit pas et se contenta de la regarder, en attendant qu'elle trouve la réponse par elle-même.

— Non, tu t'en moquais complètement, n'est-ce pas ? Tu l'as épargné parce que c'est le fils de ta mère.

— Ça aurait été gênant, reconnut-il en esquissant un bref sourire.

— C'est pour ça que Stracker t'est si dévoué. Tu as épargné sa vie, et maintenant il t'est redevable.

— Je ne suis pas sûr qu'aucun de nous voie les choses de cette manière, mais il est possible que ma mère le pense. En tout cas, les différentes familles le pensent. Stracker sait que sa vie était en jeu.

— Et tu lui fais confiance ? demanda Valya.

— Je n'ai pas dit ça.

Elle hocha la tête.

— Bon. Mais ça ne répond pas à ma première question. Stracker porte les tatuas et il était, en apparence, tout aussi capable de devenir roi. Pourquoi t'a-t-on épargné les marques de ton peuple ?

— Il va falloir poser la question à ma mère, répondit Loethar en posant de nouveau la tête sur l'oreiller.

Valya savait qu'il était hautement improbable qu'elle aborde un tel sujet avec Dara Negev.

— Est-ce que ça gêne les tribus ? insista-t-elle.

— Non, tout le monde s'en fiche. J'ai gagné dans le sang mon titre et le droit de gouverner. J'ai respecté la tradition. Si je choisis de ne pas m'afficher comme le guerrier que je suis, tant pis pour moi. C'est ce qu'ils doivent se dire.

— Alors, tu pourrais toujours recevoir les tatuas ?

— Oui.

— Mais tu ne le feras pas.

— Plus maintenant. Pas en tant qu'empereur de l'Ensemble et des Steppes.

— Je crois que, même sans ça, tu ne les aurais pas faits, rétorqua-t-elle en le dévisageant.

— Sans doute.

— Pourquoi ? (Il ne lui répondit pas.) Pour changer de sujet, reprit-elle, je suis contente que le garçon Valisar soit mort.

— Tu veux parler de Leonel ?

— Bien entendu.

— Je n'en étais pas sûr. Tu n'as jamais fait preuve de la moindre sympathie envers Piven.

Elle lui lança un regard surpris.

— Tu me le reproches ?

— Je suppose que non.

— Eh bien, je suis désolée pour lui.

— Vraiment ?

Elle s'agita sous son regard perçant.

— Je sais que tu l'aimais bien, même si tu aurais aussi bien pu t'adresser à un mur ou à un meuble, dit-elle en caressant le bois noir et lisse du lit à baldaquin.

— C'est vrai que je l'aimais bien. Il est véritablement devenu un animal de compagnie, alors que, au départ, ce n'était qu'une idée pour le ridiculiser. Je ne m'attendais pas à avoir de l'affection pour lui, mais j'en ai eu, en fin de compte.

— Ne me dis pas qu'il te manque ?

— Non, mais je regrette qu'il doive mourir affamé et perdu.

— Tu n'es pas si sentimental, d'habitude. Si ça peut te rassurer, mon amour, je doute qu'il comprenne ce qui lui arrive. (Elle sourit.) Comme c'est curieux. Tu arrives à tuer des gens sans éprouver la moindre pitié, et voilà que tu pleures la disparition d'un enfant demeuré.

— C'est parce que je voyais un peu de moi en Piven, reconnut-il doucement.

— Ne sois pas ridicule ! le rabroua Valya. (Puis, changeant de nouveau de sujet, elle lui demanda :) Tu crois pouvoir te détendre, maintenant que Leonel est mort ?

— Je peux me concentrer sur ce pour quoi je suis venu, à savoir gouverner. Notre mariage marquera le début de festivités qui réuniront de nouveau l'Ensemble et qui commenceront à rapprocher nos peuples. Je vais faire venir les femmes des guerriers et j'ai aussi demandé à Freath d'engager du nouveau personnel. Tu as peut-être envie de t'en occuper avec lui ?

— Très certainement, répondit-elle en prenant note d'avoir un entretien avec Freath le lendemain matin.

— Il faut avancer les préparatifs du mariage. Je pense que nous devrions nous marier à la saison des feuilles.

C'était une merveilleuse nouvelle, mais ça la rendit également nerveuse.

— Mais, mon amour, c'est dans une lune !

— Dans ce cas, tu vas avoir beaucoup à faire, Valya, répondit-il en lui tournant le dos.

Il s'endormit en quelques minutes. Jamais la jeune femme ne s'était sentie aussi seule. Il était encore assez tôt pour voir quelque chose à travers les fenêtres. Elle avait légèrement faim, elle n'était pas fatiguée et elle se sentait mécontente, tout à coup. Elle avait tiré la sonnette, mais Genrie avait mis une éternité avant d'arriver. Puis elle avait accueilli sa demande d'une mine renfrognée :

— Il faudra sans doute un peu de temps, parce que je suis la seule à travailler ce soir et parce que Dara Negev a demandé qu'on lui apporte de l'eau chaude.

Valya avait ignoré ses gémissements.

— Je vais bientôt devenir impératrice, avait-elle rappelé à Genrie, alors vous feriez bien de mettre de l'ordre dans vos priorités.

Puis elle avait claqué la porte au nez de la fille.

Trop agitée pour dormir, elle décida de ne pas sonner Genrie, mais de descendre elle-même en cuisine. Peut-être y trouverait-elle du lait ou quelque chose à manger. Elle enfila une robe de chambre en soie prise dans les appartements d'Iselda. Le tissu de qualité, lourd et orné de broderies exquises, provenait indéniablement de Percheron. Elle avait également trouvé les pantoufles assorties, qu'elle enfila en s'éloignant du lit sur la pointe des pieds.

Elle se retourna pour regarder Loethar qui, fait rarissime, dormait profondément. Il avait la bouche légèrement entrouverte, et Valya aperçut une rangée de dents blanches et droites entre les lèvres expressives autrefois dissimulées sous une barbe en broussaille. Il était réellement un homme extrêmement attirant. Elle ne pouvait voir ses yeux, mais elle savait que son regard noir saisissant se tapissait derrière ces paupières closes et ces longs cils noirs. Parfois, ce regard l'excitait mais, le plus souvent, il lui faisait peur. Elle aurait aimé savoir quelles pensées rôdaient derrière, mais il ne dévoilait cette partie de son être à personne.

Loethar remua, visiblement conscient qu'elle le regardait et sans doute plus éveillé qu'elle ne l'avait cru.

— Qu'est-ce que tu fais ? murmura-t-il.

— Ton petit jeu de ce soir m'a fait sauter un repas, mon amour. Mais, maintenant, j'ai faim et je n'arrive pas à dormir.

— Réveille Genrie. Elle va te ramener quelque chose.

— Non. Il est trop tôt pour dormir, de toute façon. Je crois que je vais aller me chercher un verre de lait chaud. (Il marmonna quelque chose.) Pardon, mon amour ?

— J'ai dit : mets un peu de liqueur dedans.

Elle sourit, en espérant qu'il s'inquiétait pour son insomnie – même si, sans doute, il voulait simplement qu'elle arrête de le déranger. Malgré tout, elle lui caressa gentiment l'épaule.

— Dors bien, mon amour, dit-elle doucement en déposant un doux baiser dans ses cheveux.

Il se retourna dans le lit, le drap glissa, et Valya aperçut de nouveau sur son corps les cicatrices blanches de blessures guéries depuis longtemps. Elle ne pouvait qu'imaginer le nombre d'épées qui avaient essayé de lui ôter la vie quand il s'était battu pour remporter le titre de souverain des Steppes likuriennes. Eh bien, maintenant, il était l'empereur de l'ensemble Denova. Elle devait lui rappeler de renommer la région tout entière afin d'apposer pleinement sa marque sur ce nouvel empire. Dire qu'elle allait être son impératrice. Elle sourit, car elle était impatiente de voir la tête de ses parents quand ils apprendraient dans quels bras elle s'était réfugiée un an plus tôt et à qui ils devaient désormais jurer allégeance.

Valya referma la porte en silence, la tête remplie de visions au triomphe amer. Au même moment, elle aperçut une silhouette qui descendait en courant l'escalier principal. C'était Genrie. Certes, il était encore tôt, la servante vaquait sans doute encore à ses occupations. Mais elle paraissait bien pressée, et Valya trouva cela curieux. La servante jetait des coups d'œil prudents par-dessus son épaule, comme si elle avait peur qu'on la suive. Pour le moment, Valya gardait pour elle la précieuse information que constituait la relation secrète entre le sinistre Freath et l'insolente Genrie. Elle devait d'abord trouver un moyen de l'utiliser à son avantage. Mais peut-être la fille possédait-elle d'autres secrets que Valya pouvait découvrir. Dissimulée dans les ombres, plusieurs étages au-dessus de la servante, elle décida de la suivre.

# Chapitre 29

Il sentit qu'il reprenait conscience, mais il eut la présence d'esprit de rester immobile et de garder les yeux fermés, le temps d'évaluer la situation. Il avait l'esprit embrumé et il se sentait désorienté. Sa tête et son corps brûlaient de douleur. Même le simple fait de respirer lui faisait mal ; il devait avoir plusieurs côtes cassées.

En se réveillant tout à fait, il s'aperçut qu'il n'y avait pas un centimètre de son corps qui ne le faisait pas souffrir. Étendu sur le sol, il avait les bras liés derrière le dos et les chevilles attachées également. Il sentait l'odeur de la forêt, mais n'entendait aucun chant d'oiseau, juste des hommes qui parlaient à voix basse et des chevaux qui s'ébrouaient de temps à autre. Il ne savait pas du tout ce qu'il faisait là, ni pourquoi.

Il entrouvrit les paupières – de toute façon, il ne pouvait pas faire mieux. Il s'aperçut alors qu'il avait le visage déformé et tout enflé. Sa bouche lui paraissait de travers. Il avait les lèvres sèches. Non, pas sèches, carrément desséchées. Il aurait tué pour une gorgée d'eau.

Il essaya de se concentrer sur ce qu'il voyait. Évidemment, il se trouvait dans un sous-bois… mais pourquoi ? Il tourna tout doucement la tête, pour ne pas attirer l'attention et pour se protéger de la douleur. Trois hommes étaient assis autour d'un petit feu de camp et conversaient à voix basse. Qui étaient-ils ? qu'est-ce qu'ils lui voulaient ? La nuit tombait à peine, c'était tout ce qu'il savait. Avait-il plu récemment ?

Peut-être. Le sol paraissait humide et sentait la terre fraîche. Le jeune homme humait également l'odeur des pins et de la fumée. La seule personne qu'il parvenait à distinguer dans la pénombre avait des dessins à l'encre foncée sur le visage. Comme c'était étrange ! Qui étaient ces gens ? Pourquoi se trouvait-il avec eux ? Pourquoi était-il leur prisonnier ? Pourquoi souffrait-il tant ?

Il était temps de le découvrir.

— Hé !

Il avait eu l'intention de les héler de manière amicale, mais l'exclamation franchit ses lèvres sous la forme d'un grognement sourd.

Les trois individus corpulents se levèrent comme un seul homme et le rejoignirent en silence. Ils étaient visiblement maîtres dans l'art de la furtivité. Celui de droite semblait être le chef, et les deux autres avaient l'air de lui obéir.

— J'ai soif, expliqua le jeune homme.

Le chef baissa son pantalon et libéra un jet chaud et acide sur le visage de son prisonnier.

— Tu te sens mieux ?

La peur s'insinua en lui, tandis qu'il se mettait à tousser et à cracher, horrifié que l'individu ait délibérément visé sa bouche. Il devait savoir que son prisonnier ne pouvait pas beaucoup reculer la tête ni la bouger trop vite. Le jeune homme se mit à vomir, pas à cause de la pisse, mais à cause de l'irrépressible nausée provoquée par la douleur. Sa vision s'obscurcit pendant qu'il rendait le contenu de son estomac ; il devait avoir une blessure à la tête, puisque c'était là qu'il souffrait le plus. De toute évidence, ces hommes s'en étaient déjà pris à son corps. Mais il ne s'en souvenait pas. L'avaient-ils roué de coups pendant qu'il était inconscient ?

— Pourquoi ? réussit-il à demander.

— Parce qu'on a le droit, répondit un autre. T'es qu'une merde penravienne. Tu croyais pouvoir nous échapper, hein ? Eh ben, tu courras plus, maintenant. On t'a entravé. Tu sais peut-être ce que ça veut dire, en ce qui concerne les chevaux ?

Le jeune homme fit de son mieux pour hocher la tête et se montrer coopératif.

— Sauf que, sur la plaine, on utilise des cordes, ajouta l'individu.

— Mais on est pas sur la plaine, là, intervint le troisième.

— Et t'es pas un cheval, ajouta le chef présumé. Alors, il a fallu trouver un moyen un petit plus radical pour t'empêcher d'aller bien loin.

— On t'a cassé les pieds, expliqua le deuxième.

Tous les trois paraissaient trouver cela extrêmement amusant.

*Ils m'ont cassé les pieds ?* répéta le jeune homme dans sa tête. Instinctivement, il remua les chevilles. Aussitôt, il sentit une douleur blanche et brûlante comme un éclair le traverser et il vit des étoiles derrière ses paupières closes. Il commença à respirer plus vite, en espérant que la concentration l'aiderait à lutter contre la souffrance et, avec un peu de chance, à l'atténuer. Quelqu'un lui avait appris cette technique, un jour. Il n'arrivait pas à se souvenir de qui il s'agissait.

Dans l'ombre, une silhouette observait la scène. Cela faisait déjà plusieurs heures maintenant qu'elle espionnait cet étrange quatuor. Le crépuscule tombait. Bientôt, les chouettes des bois lanceraient leurs tristes appels et les animaux qui se nourrissaient la nuit commenceraient à fureter dans les sous-bois. Il y avait des loups dans cette forêt. L'inconnue les avait entendus et en avait même aperçu deux, elle ne tenait donc pas particulièrement à tomber sur la meute qui rôdait dans les parages. L'espionne n'avait pas sa place ici. Elle ne s'était pas attendue à avoir de la compagnie, ni à se retrouver confrontée à un pareil dilemme. Le bon sens lui dictait de laisser le quatuor tranquille. Les trois guerriers avaient si sévèrement battu leur prisonnier qu'elle avait entendu les os se briser depuis sa cachette, pourtant relativement éloignée de leur campement. Ils s'étaient attelés à leur sinistre tâche pendant que le malheureux était inconscient ; étrange, non ? Quelle que soit la rancœur qu'ils avaient contre leur prisonnier, cela ne regardait qu'eux. L'étrangère le savait. Mais aucun homme ne méritait l'horrible traitement infligé à ce garçon, et tout ça pour quoi ? Parce que ces brigands s'ennuyaient. C'était facile à voir. Et le jeune homme qui s'était bêtement mis en travers de leur chemin leur avait procuré un divertissement des plus basiques.

L'inconnue continua à observer la scène. Il y avait une décision à prendre.

Il était de nouveau à moitié conscient. Il savait à présent qu'il n'avait aucun moyen d'échapper à ces brutes. Mais il ne leur donnerait aucune satisfaction. Cependant, il risquait de succomber rapidement s'ils décidaient d'en finir, car ils semblaient se lasser. L'envie de dormir était devenue pour eux plus forte que l'appel du sang. Peut-être qu'ils avaient bu. Il était trop mal en point pour le dire. Il les regarda s'affaler autour du feu. Quelques minutes plus tard, deux d'entre eux se mirent à ronfler. Le troisième ne faisait peut-être que somnoler, ou alors il dormait en silence.

Le jeune homme ferma les yeux dans l'espoir de mourir paisiblement pendant la nuit.

Une flèche surgit en sifflant de l'obscurité du bois et vint se planter si profondément dans la gorge du guerrier que celui-ci n'eut même pas le temps de se voir mourir. Son corps tressaillit violemment en réponse à cette blessure fatale, puis s'immobilisa. Ses deux compagnons se levèrent d'un bond, mais le premier eut à peine le temps de regarder autour de lui avant qu'une autre flèche vienne se planter dans son cœur. Tandis que son acolyte tombait comme une masse, le troisième jeta des regards éperdus à la ronde. Une énorme inconnue sortit alors du sous-bois. Elle était vêtue d'une simple peau brune de bête.

Le guerrier écarta les mains d'un air suppliant – un geste universel. Puis il sortit de son fourreau une énorme épée et l'agita, proposant ainsi un moyen bien plus équitable de régler le différend qui l'opposait à l'intruse.

Mais celle-ci n'hésita pas une seconde. Elle banda son arc et décocha un dernier trait qui, vu la faible distance, s'enfonça aisément dans la poitrine du guerrier, pratiquement jusqu'à l'empenne. En poussant un grognement de surprise, le chef tomba à genoux et lança une espèce d'insulte à l'inconnue avant de basculer sur le flanc.

Gavriel observa tout le déroulement de la scène en osant à peine y croire. Puis il éprouva un regain de peur lorsque la nouvelle venue s'approcha de lui à grands pas. Était-ce son tour, maintenant ? Peut-être allait-il recevoir une flèche dans la gorge ? Au moins, ce serait rapide.

L'immense femme se pencha sur lui, prit un couteau et coupa les liens qui entravaient ses chevilles et ses poignets. Puis elle souleva de terre son pauvre corps brisé et pathétique. Le jeune homme gémit. Il n'avait pas la force de faire grand-chose d'autre, car de nouvelles vagues de douleur balayaient son corps.

— Tiens bon, lui dit l'inconnue tandis qu'il perdait de nouveau connaissance.

# Chapitre 30

Tern vint mettre Faris au courant de ce qui se passait.

— Il est inconscient.

— Tu en es sûr ?

Le hors-la-loi hocha la tête.

— Je les ai quittés après qu'ils ont arrêté de lui pisser dessus. Ils se sont lassés et se sont couchés pour la nuit.

Faris leva les yeux.

— Il est un peu tôt pour dormir.

— Oui, mais ils ont bu beaucoup de kern.

Faris hocha la tête. Le kern était une célèbre liqueur du nord de Penraven. Les guerriers avaient beau être grands et costauds, ils ne faisaient pas le poids face au pouvoir d'intoxication du kern. Lui-même n'en avait bu que deux fois dans sa vie ; chaque fois, il s'était réveillé le lendemain en ayant l'impression d'avoir reçu plusieurs coups de sabot de mule. Depuis, il refusait de boire le breuvage rouge vif, distillé à partir des baies-de-tremble toxiques qui poussaient à foison sur des buissons aux abords de la forêt.

— Alors, il est en sécurité, pour le moment ?

— Si on veut. Tu n'as pas vu ce qu'ils lui ont fait, Kilt. Il est à moitié mort. Je ne crois pas qu'on devrait le laisser trop longtemps.

— Il faut attendre Jewd et les autres. On ne devrait pas y aller seuls.

— À nous deux, on peut facilement maîtriser ces trois guerriers.

— Je sais, mais je dois d'abord m'assurer que le roi prêtera bien serment ce soir. C'est une pleine lune de saison des marées, ce qui rend cette nuit plus importante encore. Le crépuscule ne nous attendra pas. Et puis, ces hommes sont sûrement déjà endormis.

— Alors, on attend jusqu'à demain ?

— Dès que Jewd arrivera, on leur tombera dessus.

— Espérons qu'il tiendra jusque-là. Qu'est-ce que tu veux que je fasse, en attendant ?

— Va chercher à manger pour le roi et pour Lily. Ensuite, tu retourneras surveiller De Vis jusqu'au matin.

Tern s'en alla chercher des vivres tandis que Faris rejoignait Lily, qui paraissait plongée dans ses pensées.

— Il y a encore quelques heures, nous avions l'impression de tout maîtriser. Maintenant, la situation paraît hors de contrôle, lui fit-elle remarquer lorsqu'il s'assit à côté d'elle.

— Tout ira bien. Pour l'instant, nous devons convaincre Leo de prêter serment.

— Pourquoi est-ce si important ? rétorqua sèchement la jeune femme.

— Je croyais vous l'avoir déjà expliqué. C'est ce que Brennus m'a demandé. Cela faisait partie de notre marché, et j'ai bien l'intention de le respecter.

— Eh bien, vous allez devoir vous en charger vous-même. Il ne fait pas du tout attention à moi.

— C'est parce qu'il s'est entiché de vous.

— Ne soyez pas ridicule.

— Je suis sérieux. Je ne suis pas vieux au point de ne pas me rappeler comment c'était d'avoir son âge et d'avoir le béguin pour une femme bien plus âgée.

Il sourit, mais elle ne releva pas la provocation.

— Je m'inquiète pour Gavriel.

— Je comprends. Mais je ne risquerai pas ma vie pour lui. Pour le roi, oui, mais pas pour De Vis.

— Vous n'avez pas de cœur.

— Pas du tout. S'il avait suivi mes instructions, il serait encore parmi nous, parfaitement en sécurité. On ne peut pas me tenir responsable de toutes les décisions impulsives que prennent vos irascibles compagnons de voyage ! Il faudra bien qu'ils se fassent à l'idée que vous me trouvez bien plus attirant qu'eux !

Encore une fois, il avait espéré détendre l'atmosphère en se moquant gentiment d'elle. Mais cette approche sardonique échoua complètement et provoqua même le résultat inverse.

Lily se leva. Visiblement, elle avait un caractère difficile, prêt à s'enflammer à la moindre étincelle, songea Faris. Il soupira discrètement et se prépara en vue de sa riposte.

— Comment osez-vous, Faris ? Comment osez-vous présumer que…

Il haussa les épaules, ce qui mit un terme à sa tirade.

— Désolé. Quand vous avez posé la main sur ma poitrine, j'ai trouvé qu'il s'agissait d'un geste plutôt intime, étant donné qu'on se connaît à peine.

Elle le gifla. Il ne vit pas le coup venir, même s'il se rendit compte qu'il aurait dû. Il refusa de porter la main à sa joue, en dépit des picotements qu'il éprouvait. Il se contenta de dévisager la jeune femme.

— Si Gavriel meurt, je ne vous le pardonnerai jamais, lança-t-elle.

Il tira sur les pans de sa chemise.

— Si De Vis meurt, ce sera votre faute. Vous n'avez pas été assez honnête avec lui et vous l'avez conduit ici, au milieu du danger. Je lui ai offert ma protection et il l'a refusée, par jalousie, même après que j'ai essayé de faire la paix avec lui.

C'est vous qui vous êtes disputée avec lui. Mais ce n'est pas mon problème, Lily. J'ai fait une promesse de sang au roi Brennus et j'ai bien l'intention de la tenir. (Il haussa les épaules.) Ce que vous faites, vous et De Vis, ça ne regarde que vous.

Elle le regarda, les yeux brillant de colère. Il sentit ses entrailles se nouer en voyant de la haine sur son visage, mais il ne laissa rien paraître de son malaise.

— Où est Tern ?

— Il est parti chercher de quoi manger avant de retourner surveiller De Vis.

— Je veux l'accompagner.

— Si vous voulez. Ce sera à vos risques et périls, bien entendu. Ces hommes sont dangereux.

Elle renifla d'un air méprisant, mais s'abstint de répondre. Faris soupira et regarda le ciel au centre de la clairière, entre la cime des arbres. Le crépuscule laissait place à la nuit. Il fallait y aller, maintenant. Il partit à la recherche du roi et le trouva assis en silence, les bras autour des genoux, non loin de l'endroit où il s'était disputé avec Lily.

— Je suppose que vous avez tout entendu ?

Leo le dévisagea sans répondre. Faris se retrouva brusquement sur la défensive. Il détestait l'idée qu'un garçon qui n'était même pas encore en âge de se raser réussisse à lui donner un sentiment de culpabilité… alors qu'il n'y était pour rien.

— Mais pourquoi est-ce que tout le monde m'en veut ?

— Je ne crois pas que ce soit le cas, répondit calmement Leo.

— Lily m'en veut.

— Lily est en colère à cause de votre remarque. Elle ne vous rend pas responsable de la perte de Gavriel. Elle a seulement dit qu'elle ne vous le pardonnera pas s'il meure.

— Oui, c'est juste une autre façon de dire qu'elle m'en veut ! répliqua Faris, exaspéré.

— Pas de mon point de vue. C'est l'heure ?

— Oui.

— Qu'est-ce que je dois faire ?

— Le serment est gravé dans la pierre. Il suffit de le lire à voix haute, en pensant réellement chaque mot. Ce qui se passera ensuite, seuls les dieux le savent.

Leo acquiesça.

— Vous serez dans les parages ?

— Je dois vous laisser seul avec Faeroe, sur laquelle vous devez également jurer.

— Merci. Faites la paix avec Lily… pour moi. C'est déjà assez dur de perdre Gavriel. J'ai si peu de gens sur lesquels je peux compter. Je vous en prie, Kilt.

Faris acquiesça.

— Je le ferai à la première occasion. Mais je ne peux pas bouger d'ici jusqu'à votre retour. Si vous avez un problème, criez. Bonne chance.

Leo s'approcha de la Pierre de Vérité avec une certaine excitation. Il ne savait pas à quoi s'attendre, car ce n'était pas une chose à laquelle son père l'avait préparé. Cette lune de saison des marées paraissait énorme, dorée et si proche qu'il avait l'impression qu'en tendant la main il pourrait la toucher. Il y avait comme un bourdonnement dans l'air, ce soir-là, quelque chose qu'il n'arrivait pas à déchiffrer, comme si Faris avait raison au sujet de la magie qui pouvait potentiellement se déclencher.

Il déposa avec précaution Faeroe sur la surface inégale mais scintillante de la pierre de bran, dont le crépuscule faisait ressortir l'aspect chatoyant. Les veines d'argent en son sein brillaient de mille feux, comme s'ils reflétaient la lueur de la lune. Leo se retrouva brusquement à genoux devant la Pierre de Vérité, un hommage qui lui paraissait approprié. Une fois de plus, il fit courir ses doigts sur les mots gravés dans la roche scintillante, les mots qu'il devait à présent réciter.

Il posa ses deux mains sur Faeroe puis, avec beaucoup de respect, commença à prononcer l'antique serment sacré que huit rois Valisar avaient déjà prêté avant lui.

Il n'avait aucune idée de la distance qu'ils avaient parcourue. La démarche chaloupée de la femme, qui courait avec une légèreté surprenante à travers la forêt, lui paraissait étrangement réconfortante. Elle le portait sur son dos, ses bras à lui autour de son cou à elle, en soutenant ses pieds cassés à l'aide de ses avant-bras. Il s'était évanoui à plusieurs reprises à cause des vagues de douleur qui l'assaillaient, même si elle faisait de son mieux pour minimiser les impacts. *Le fait est,* se dit-il dans un moment de lucidité, *que cette douleur signifie que je suis en vie, grâce à cette curieuse personne.*

Finalement, elle marqua une pause.

— Où sommes-nous ? grogna-t-il.

— Suffisamment loin de l'endroit où nous étions, répondit-elle de façon énigmatique.

Elle ne donnait aucun signe de fatigue, à part les longues et profondes inspirations qu'elle prenait.

— Vous connaissez cet endroit ?

— Non. Mais je ne sens aucun danger. Il y a une ancienne cavité là-haut, j'ai l'impression. (Elle fit un signe du menton, et il aperçut distinctement, au clair de lune, l'endroit qu'elle désignait.) C'est là que nous nous reposerons cette nuit.

Il avait dû s'évanouir de nouveau car, lorsqu'il revint à lui, elle était en train de l'allonger dans la fraîcheur de la cavité.

— Vous êtes dans un sale état, commenta-t-elle.

— Comment vous vous appelez ?

— Elka. Et vous ?

Il fronça les sourcils.

— Je ne sais pas. (Elle le regarda d'un air sceptique.) Je vous le jure. Je ne me rappelle pas qui je suis ni ce que je faisais avec ces hommes, ni même pourquoi je me trouvais dans la forêt.

— Vous avez oublié ?

Il haussa les épaules, ce qui lui arracha une grimace.

— Je ne sais pas. Ma tête me fait mal, c'est sans doute lié.

— La douleur est forte à quel point ?

— Oh, c'est trois fois rien, répliqua-t-il d'un ton sarcastique, en esquissant une nouvelle grimace.

De près, il se rendit compte qu'elle n'était pas simplement une espèce de monstruosité avec une voix de femme. Quand elle souriait, elle était plutôt belle.

— Il va falloir que j'examine vos chevilles, annonça-t-elle.

Ils savaient tous les deux ce que ça signifiait.

— Qu'est-ce que vous transportez dans votre sac ? Vous n'auriez pas un peu de jusquiame, par hasard ?

Elle secoua la tête.

— Non, mais je vais vous concocter quelque chose avant que nous fassions cet examen. Qu'en est-il du reste de votre personne ?

Cette fois, ce fut lui qui sourit sans joie.

— Quelle partie n'est pas vermoulue ou cassée ?

— Je les ai vus vous rouer de coups.

— Vous étiez vraiment obligée d'attendre aussi longtemps avant d'intervenir ?

Elka sourit d'un air gêné.

— Je n'arrivais pas à me décider à votre sujet. Je sais au moins une chose, c'est que vous n'êtes pas l'un des leurs. (Elle hocha la tête en le voyant ouvrir la bouche et l'empêcha de parler en ajoutant :) Je le sais parce que vous ne leur ressemblez pas et que vous ne vous habillez pas comme eux. Je les ai vus vous amener sur le dos d'un cheval. Vous étiez inconscient, ils ont dû vous capturer à un autre endroit.

— Mais pourquoi ?

Elle haussa les épaules.

— Je l'ignore. Ils ont parlé de vous donner une leçon, que ça vous apprendrait à vouloir leur échapper.

— Je venais d'où, à votre avis ?

— Et où alliez-vous ?

— Moi, je ne sais pas, mais vous, vous venez d'où ?

— Je suis l'une des Davarigon.

Il battit des paupières.

— Est-ce que le nom Davarigon devrait signifier quelque chose pour moi ?

Elle parut s'en amuser.

— Vous connaissez les Dents de Lo, les montagnes qui bordent Droste et font office de barrière naturelle avec les Grandes Plaines ?

Il haussa les épaules.

— Je ne sais pas ce qu'est Droste, ni où ça se trouve, ni même ce que sont les Grandes Plaines.

Elle fronça les sourcils.

— Eh bien, vous êtes vraiment perdu, n'est-ce pas ? Pourtant, vous vous rappelez la jusquiame ?

Il fit une grimace pour montrer qu'il était aussi perplexe qu'elle.

— Moi non plus, je ne comprends pas.

— Mon peuple vit dans ces montagnes depuis des siècles.

— Sont-ils aussi… aussi…

— Quoi ? aussi beaux que moi ?

Il sourit, stupéfait d'en être encore capable, même si sa bouche ravagée le lui fit immédiatement payer.

— C'est vrai que je suis grande, comparée aux habitants de ces royaumes, reconnut Elka presque timidement.

— Et vous êtes forte aussi, ajouta-t-il. Vous m'avez soulevé comme un sac de pommes de terre.

— La force, nous avons ça dans le sang, c'est comme la taille. (Elle examina les chevilles du jeune homme avec un luxe de précautions.) Les miens sont des solitaires. Nous vivons tranquillement dans les montagnes, sans nous mélanger aux gens des Steppes ou de l'Ensemble. Nous sommes des partisans de la paix.

— Oui, j'ai remarqué ça quand vous avez tué ces trois hommes sans sourciller.

Elle se mit à rire doucement, ce qui illumina magnifiquement son visage et lui fit plisser les yeux.

— Je suis très précise au tir à l'arc, mais j'appartiens à un peuple qui n'aime pas tuer. C'est pour ça que j'ai mis si longtemps avant de prendre ma décision.

— Pourquoi avez-vous décidé d'intervenir ? lui demanda-t-il sérieusement.

Elle soupira.

— Vous êtes jeune. Ils ont agi en lâches et ils avaient tort. Si vous avez fait quelque chose de mal, vous devriez avoir affaire à vos Aînés, ou aux personnes qui détiennent l'autorité chez vous. J'ai eu l'impression que ces trois-là rendaient leur propre jugement. Ils n'ont pas parlé de vos torts, à part le fait que vous avez essayé de leur échapper. Alors, j'ai décidé de sauver votre pathétique carcasse.

— Je suis sûr que je le sentirais si j'avais fait quelque chose de mal.

Elka secoua la tête.

— Je crois que nous aimerions tous penser ça.

— Je vous dois la vie, soupira-t-il. D'une façon ou d'une autre, je vous rembourserai ma dette.

— Vous parlez d'une façon élégante. Je suppose que vous venez de la cité, vous êtes peut-être même un noble.

— Quelle cité ?

— Brighthelm, le palais des rois de Penraven. Vous savez de quoi je parle ?

Il secoua la tête d'un air lugubre. Elka poussa un bruyant soupir.

— Eh bien, je vois que j'ai du travail. Vous allez devoir réapprendre beaucoup de choses en attendant que la mémoire vous revienne.

— Vous croyez qu'elle reviendra ?

— Vous avez une énorme entaille sur le côté de la tête, ainsi que… (Elle palpa l'arrière de son crâne, et le jeune homme poussa un cri de douleur.) Ainsi que la plus grosse bosse que j'aie jamais vue. Je suppose que c'est ce qui a provoqué votre perte de mémoire.

Il se rallongea en fermant les yeux.

— Je crois que je vais vomir.

— Restez tranquille, ne bougez plus. J'ai besoin de rassembler quelques petites choses pour voir si on ne peut pas atténuer la douleur avant de remettre ces chevilles en place.

— À vous entendre, ça a l'air si facile et si doux.

— Vous me haïrez avant la fin de l'opération, le prévint-elle.

— Merci, Elka, répondit-il en prenant sa grosse main dans la sienne.

— Je vous en prie… comment puis-je vous appeler ?

Il haussa les épaules.

— Pourquoi pas Regor ? Je crois que j'ai toujours aimé ce nom-là.

— Regor, très bien. C'est un beau nom, un nom fort. Demain, nous continuerons à avancer en direction des montagnes du Dos du Dragon, qui séparent Penraven de Barronel. Je me sentirai plus à l'aise sur ce terrain-là, et vous y serez en lieu sûr. Vous aurez alors tout le temps de vous rétablir et d'attendre que la mémoire vous revienne. Mais, pour le moment, restez tranquille.

Elka s'éloigna, et Gavriel De Vis s'allongea de nouveau en s'autorisant enfin à verser quelques larmes sur son sort. Quelque part au fin fond de son esprit embrumé rôdaient des bribes de pensées – quelque chose au sujet d'un serpent, et puis de l'inquiétude… mais pas pour lui-même. Il s'inquiétait au sujet d'une personne importante. Mais, quand il essaya d'en apprendre davantage, cela ne fit qu'intensifier ses nausées, si bien qu'il renonça. Elka avait raison ; il devait se donner du temps… Si seulement il n'avait pas eu le sentiment que le temps était son ennemi.

Valya suivit furtivement Genrie jusqu'à la chapelle, ce qui la surprit. Elle commençait à croire qu'elle avait fait une erreur ; la servante se rendait simplement dans le lieu sacré pour demander la bénédiction de Lo ou lui offrir ses prières. Mais Genrie passa devant la porte sans s'arrêter et poursuivit son chemin en direction du jardin clos de la chapelle.

Valya recula rapidement lorsque Genrie jeta un regard inquiet derrière elle. Puis elle entendit une voix d'homme. Lorsqu'elle la reconnut, cela lui fit un choc, mais elle se ressaisit aussitôt. Franchement, cela n'aurait même pas dû pas la surprendre. En osant à peine respirer, elle tendit l'oreille pour espionner la conversation.

— Vous l'avez ? demanda Genrie.

— Tenez, répondit-il. (Valya risqua un coup d'œil au détour du mur et eut du mal à en croire ses yeux.) Il n'en faut que deux, ajouta-t-il. Si vous en mettez davantage, ils réussiront à l'identifier. Mais ça suffira, faites-moi confiance. Vous êtes sûre de votre plan ?

— C'était votre idée, protesta Genrie d'un ton accusateur. (Puis elle haussa les épaules.) L'occasion est trop belle pour la laisser passer.

— Si vous lui faites du mal à lui, je vous dénoncerai. Je suis loyal envers lui. Si on le laissait faire, Stracker réduirait ce royaume en cendres. Vous avez besoin de Loethar.

Valya frissonna de peur. Sans attendre qu'ils terminent leur conversation, elle saisit l'occasion de s'enfuir en courant silencieusement. Lorsqu'elle arriva dans la chambre de Loethar, il ronflait toujours, doucement, dans la position dans laquelle elle l'avait laissé. Par comparaison, elle avait le cœur battant et respirait comme un soufflet de forge. Bien qu'un peu effrayée à l'idée de faire une chose pareille, elle réveilla son empereur. Mais il fallut ignorer ses grognements furieux et le calmer avant de pouvoir lui expliquer la situation.

Freath frappa à la porte des appartements de Loethar. Il ne savait pas du tout pourquoi on le convoquait à une heure aussi tardive. Il lissa le devant de sa chemise, gêné par son apparence échevelée, même si Loethar s'en ficherait certainement.

— Entrez, dit le barbare d'un ton qui ne présageait rien de bon.

Freath inspira à fond pour se calmer, puis il entra. Même dans ses pensées les plus noires, il n'aurait pu imaginer qu'il trouverait à l'intérieur de la pièce les cinq personnes qui lui faisaient face. Son regard fut irrésistiblement attiré par Genrie, qui se tenait debout, les yeux fixés sur ses chaussures, et qui serrait et desserrait nerveusement les poings le long de sa jupe. À côté d'elle se tenaient un guerrier appartenant aux Verts – un certain Belush, si Freath s'en souvenait bien – ainsi que Stracker, bien entendu.

— Vous m'avez fait demander, sire ? demanda-t-il, le souffle court.

C'était l'instinct qui lui dicta ces mots, le même instinct qui lui disait qu'il se tramait de nouveau quelque chose d'extrêmement dangereux. Le cœur de l'aide se mit à battre plus vitre.

— Quelque chose ne va pas ? ajouta-t-il.

— En effet, Freath, il se passe quelque chose de très grave. C'est pourquoi j'ai jugé votre présence nécessaire.

Freath sentit un nœud se former dans sa gorge. Il répondit à la remarque de Loethar par une courte révérence, et profita d'un instant de silence fugace pour regarder Genrie plus attentivement. Il nota ses cheveux défaits, sans doute pour la nuit, qui bouclaient négligemment au-dessus de ses épaules, ainsi que la plénitude de ses seins ronds qui se dressaient fièrement sous son uniforme déboutonné à la gorge. Juste au-dessus des boutons, il vit battre son pouls, fort et trop rapide, et aperçut une petite tache de naissance couleur d'abricot, juste à l'endroit où son cou rejoignait son épaule… *La clavicule, c'est comme ça que ça s'appelle*, se dit-il, une réflexion ridicule, reflet de la peur qui l'assaillait. Genrie était la première femme dont il soit tombé amoureux depuis… si longtemps qu'il ne voulait même pas y penser. Mais elle refusa de le regarder.

— Quel est le problème, sire ? se força-t-il à dire après s'être éclairci la voix.

— Il semblerait que votre servante, Genrie, complote un assassinat.

Freath rejeta brusquement la tête en arrière.

— Comment ? Non, sire, je n'en crois rien.

Il se sentait sûr de lui, car Genrie n'aurait jamais essayé de tuer Loethar toute seule sans lui en parler au préalable.

— Moi aussi, j'ai eu du mal à y croire, Freath, mais la princesse Valya insiste que c'est le cas.

— Sire, je connais Genrie depuis plusieurs années, maintenant. Elle a travaillé dur pour les souverains, mais sa loyauté, tout comme la mienne, va aux siens. Elle a de la famille, comme vous le savez. (Il haussa les épaules.) Genrie ne vous ferait aucun mal, sire. En fait…

— Ah, mais il ne s'agit pas de moi, Freath, l'interrompit Loethar. Valya pense que Genrie complote sa mort à elle.

— Elle voudrait tuer la princesse ? répéta bêtement Freath.

Loethar acquiesça en bâillant. Cette insouciance et cette nonchalance glacèrent encore plus le sang de Freath. L'empereur était capable d'ordonner l'exécution de Genrie aussi facilement qu'il aurait écrasé une mouche. De toute évidence, le monarque était fatigué. On avait dû le réveiller et il ne voulait visiblement qu'une chose : retrouver son lit.

— Bon, réglons ça une fois pour toutes, d'accord ?

Freath eut l'impression qu'un gouffre s'ouvrait à l'intérieur de son estomac. Ce genre d'introduction ne pouvait être qu'un préambule à du sang versé.

— Euh, sire, peut-être désirez-vous que je m'en occupe à votre place ?

— Considérez-vous l'affaire insignifiante au point que l'empereur n'ait pas besoin de s'y impliquer ? protesta Valya, comme un serpent surgissant d'un buisson pour frapper sa proie. Ça ne m'étonne pas, puisque je vous ai vu embrasser très tendrement cette femme, il n'y a pas si longtemps.

Freath faillit reculer et se retint juste à temps. Il remarqua alors le sourire triste sur le visage de Loethar. Tout le monde s'en moquait. Personne ne se sentait concerné. Ils ne se prêtaient à cette comédie que pour apaiser Valya. Stracker avait l'air de s'ennuyer. L'autre Vert semblait totalement indifférent – d'ailleurs, qu'est-ce qu'il faisait là ?

— Finissons-en, Loethar, grommela Stracker.

L'empereur acquiesça.

— Freath, je crois que nous allons pouvoir gérer ça de façon très simple. Genrie, maître Freath vous a nommé au poste de goûteur. En plus de l'affection qu'il éprouve à votre égard, il a de toute évidence une grande confiance en vous, ce qui semble plutôt ironique, étant donné le crime dont on vous accuse. Prouvez donc à la princesse Valya qu'elle a tort et à Freath qu'il a raison. Buvez le lait, brave petite.

Cette fois, Genrie leva les yeux. Elle ignora Loethar et Valya qui ricanait. Quant aux deux Verts, on aurait dit qu'ils n'étaient même pas là, au vu de son attitude. Elle riva son regard sur Freath.

— Je vous ai bien eu, Freath, espèce de vieillard cupide et pathétique ! Vous pensiez pouvoir me faire confiance ? Je ne suis pas près de partager le lit de ces porcs, et encore moins le vôtre ! Au moins, ce sera plus propre qu'avec une lame. (Elle prit le lait et l'avala en quatre grandes gorgées. Puis elle laissa tomber la tasse par terre et se tourna brièvement vers Loethar.) Ne venez pas dire que je n'ai pas essayé de vous aider. Tuez-la vous-même, sire, avant qu'elle vous détruise, ricana-t-elle.

Le cœur de Freath fit un bond dans sa poitrine. C'était donc vrai ! Sa belle Genrie avait tenté d'empoisonner la sorcière de Droste, mais Valya l'avait battue à son propre jeu. Et voilà que, face à la mort, une autre femme courageuse, exactement comme la reine, faisait tout pour protéger sa couverture. Son cœur se brisa en mille morceaux en voyant Genrie commencer à suffoquer.

Elle fut courageuse jusqu'au bout, en refusant de paniquer tandis que son corps essayait désespérément d'aspirer de l'air. Freath contempla avec hébétude la femme qu'il aimait et qui se comporta de manière héroïque. En tremblant tellement elle faisait d'efforts pour dissimuler son évidente souffrance, elle s'allongea maladroitement sur le sol et posa la tête contre la cheminée. Sous l'effet du poison, de l'écume sortit de sa bouche, ses lèvres noircirent et ses yeux devinrent vitreux.

Jusqu'au bout, elle tint sa langue et protégea le secret de Freath. Ce dernier devait à présent s'assurer qu'elle n'était pas morte en vain.

— Sire, je ne sais absolument pas ce qui s'est passé, déclara-t-il en toute sincérité, incapable de masquer le choc qu'il avait reçu.

— Je sais que vous ignoriez toute l'affaire, Freath, puisque Belush ici présent nous a tout expliqué, en particulier le fait que c'était son idée et qu'il s'est allié avec la servante pour tuer la princesse.

— Pourquoi ? demanda Freath.

Pourquoi avaient-ils été naïfs au point de tenter une chose pareille ? En tout cas, il ne se faisait aucune illusion quant aux raisons de leur geste.

Loethar agita distraitement la main.

— Je ne veux plus qu'on m'ennuie avec toute cette histoire. Stracker, tu sais ce que tu as à faire ? (Son demi-frère acquiesça et lança un regard furieux au guerrier vert, qui paraissait toujours aussi peu soucieux de ce qui se passait autour de lui.) Belush, tu es un idiot. Mourir pour elle ? ajouta-t-il en désignant le visage désormais terriblement enflé de Genrie.

— Non, seigneur Loethar, je meurs à cause d'elle, répondit le Vert en crachant sauvagement en direction de Valya. (Visiblement, cet éclat ne surprit que Freath.) Cette *saran*, poursuivit Belush en chargeant ce mot de mépris, traite votre peuple avec condescendance. Pardonnez-moi, seigneur, mais je crains que la femme qui a bu le poison n'ait été plus loyale envers vous que ne le sera jamais celle que vous voulez prendre pour épouse. N'oubliez pas l'avertissement de la servante. Je vais au-devant de la mort la tête haute, comme un Drevin. Aucun Vert ne s'inclinera devant une putain de Droste.

Il cracha de nouveau, et un jet de salive atterrit sur le tapis, devant leurs pieds à tous.

Loethar adressa un signe de tête à Stracker, mais ne répondit pas. Son demi-frère emmena le guerrier, qui allait sans doute mourir suivant une coutume ou un rituel tribal. Pour Freath, ça ferait toujours un barbare de moins à chasser de l'Ensemble.

Valya avait l'air dégoûtée. Elle se tourna pour dire quelque chose à Loethar, mais il lui lança un tel regard qu'elle se tut aussitôt.

— Je te suggère de méditer ce qui vient de se passer cette nuit, Valya, déclara froidement Loethar. Je ne pourrai pas te protéger pendant le restant de tes jours. Maintenant, va-t'en.

Elle eut le bon sens de tourner les talons et de s'en aller sans mot dire, même s'il dut lui en coûter. Comme le visage déformé de Genrie le fixait, Freath fut incapable de se réjouir que Valya, qui se voyait clairement comme la victime dans cette histoire, s'en sorte aussi mal.

La porte se referma sur les deux hommes et le cadavre avec lequel ils partageaient la pièce.

— Je crois que vous aimiez beaucoup cette femme, Freath, fit remarquer Loethar.

Freath s'éclaircit la voix et s'obligea à regarder l'homme qui avait ordonné à Genrie de se tuer. Il hocha la tête.

— Elle était courageuse, fut tout ce qu'il parvint à dire.

— Je m'en suis rendu compte. Elle a utilisé un poison qu'on appelle strenic. On le distille à partir d'une plante qui pousse à l'état sauvage sur les Steppes. Il est inoffensif pour les chevaux, mais mortel pour nous. (Comme Freath ne répondait pas, Loethar poursuivit :) Il délivre une mort incroyablement douloureuse. J'ai admiré son stoïcisme à la fin. Visiblement, elle méprisait Valya plus qu'elle ne tenait à la vie.

Freath dut faire appel à tout son courage pour lui répondre comme il le fit :

— Eh bien, sire, au risque de vous paraître à la fois ironique et comique, puis-je vous apporter une boisson chaude pour vous aider à vous rendormir ? Je peux vous assurer que vous n'y trouverez aucun poison.

Il essaya de prendre un ton léger, mais il avait l'impression d'avoir une voix de plomb. Loethar esquissa un lent sourire.

— Maintenant que j'ai perdu mon goûteur royal, Freath, je suppose que je vais devoir vous faire confiance. Peut-être que vous pourriez également faire enlever le corps ?

Freath acquiesça.

— Retournez dans votre chambre, sire. Je vais m'en occuper.

Ce ne fut que bien plus tard, après qu'il eut demandé de l'aide pour transporter le corps à la chapelle, après que le père Briar eut récité des prières pour l'âme de Genrie, lorsqu'on le laissa enfin seul avec elle, que Freath s'effondra en sanglots. Il se sentait vieux, très seul et brisé, et il pleura pour Genrie et tout ce qu'il avait perdu avec elle. Mais ces larmes étaient aussi un hommage à toutes les âmes courageuses qui avaient donné leur vie aux Valisar.

# Chapitre 31

Le roi Leonel sentit un pouvoir primaire s'éveiller autour de lui, une sensation semblable à celle qu'on éprouve juste avant qu'un orage secoue les cieux. Ses cheveux se dressèrent sur sa nuque, ses poils se hérissèrent sur ses bras et il commença à avoir des picotements sous la peau, comme si l'atmosphère s'épaississait et se mettait à crépiter. Le silence s'abattit sur la forêt. Tous les bruits des oiseaux s'installant dans leur nid pour la nuit et des insectes communiquant entre eux s'éteignirent. Les arbres, l'herbe, la nuit… tout se mua en un néant obscur.

Leo s'aperçut qu'il ne distinguait plus qu'une seule chose : la Pierre de Vérité. Il aurait juré qu'elle vibrait à son propre rythme, comme si elle écoutait, voire comme si elle répondait aux paroles qu'il récitait.

Il continua à prononcer son serment d'une voix aussi forte que possible, en pensant chaque mot et en y mettant toutes les émotions accumulées au cours des derniers jours. Il voulait que les âmes de sa mère, de son père, de Darros et peut-être même de Cormoron entendent ses premières paroles de nouveau roi de Penraven, le neuvième Valisar. Il avait besoin qu'on lui dise que Gavriel allait s'en sortir, que Corbel était en sécurité, qu'il avait choisi la bonne voie et qu'un jour il défierait Loethar pour récupérer la couronne qui lui revenait de droit.

— Est-ce que quelqu'un m'écoute ? lança-t-il à la face du ciel qui paraissait se fendiller autour de lui.

Brusquement, un grondement sourd résonna et gagna en volume jusqu'à devenir un rugissement assourdissant. Le jeune garçon n'entendait plus sa propre voix au sein de ce vacarme et il se réjouit d'avoir terminé son serment.

— Je suis le roi Leonel de Penraven, cria-t-il à l'adresse de la lune, qui avait perdu sa couleur dorée. (Ce n'était plus qu'un orbe d'argent miroitant qui remplissait l'espace d'étincelles et de points lumineux éclatants.) Je suis le roi Leonel, le neuvième Valisar, essaya-t-il encore, réaffirmant son titre autant pour lui-même que pour quiconque l'écouterait.

Et quelqu'un l'écoutait bel et bien.

Leonel retint son souffle en voyant une fissure apparaître dans l'air qui ondulait devant lui. On aurait dit qu'il était à cheval entre deux mondes et que, dans le monde où il se trouvait agenouillé, une nouvelle silhouette émergeait.

La Pierre de Vérité flamboyait de façon aveuglante, comme secouée par des explosions de lumière argentée. Incapable de la regarder directement, Leo fut obligé de plisser les yeux, mais il vit quand même une forme sinueuse se déployer et sortir de la Pierre elle-même. Il recula tandis que la silhouette commençait à se solidifier. Les explosions lumineuses se dissipèrent peu à peu jusqu'à ce que la nouvelle venue se retrouve nimbée d'une aura chatoyante constamment en mouvement.

— N'aie pas peur, dit-elle en prenant finalement la curieuse apparence d'une créature mi-femme, mi-serpent.

— Cyrena ?

Son visage pâle et douloureusement beau s'illumina d'un doux sourire, et tous les bruits se turent.

— Bienvenue, Leonel, à la Pierre de Vérité, dit-elle en lui tendant les mains.

— Vous êtes magnifique, souffla-t-il, stupéfait par sa splendeur.

La moitié de son corps avait l'apparence d'une femme aux formes parfaites, avec de longs cheveux soyeux et bouclés qui tombaient jusqu'à ses coudes. Mais, à partir de la taille, elle n'était plus qu'une masse d'anneaux étincelants et éblouissants. Ses bras longs et sinueux bougeaient avec la grâce d'une danseuse.

Agissant purement à l'instinct, Leo prit l'une de ces élégantes mains et l'embrassa doucement, respectueusement. Cyrena posa son autre main sur la tête du jeune roi.

— Relève-toi, ordonna-t-elle.

Muet de stupeur, il vit Faeroe se soulever au-dessus de la Pierre, sortir toute seule de son fourreau et atterrir sans effort dans la main tendue de Cyrena. Celle-ci toucha la tête de Leo avec la lame, qui flamboyait brusquement d'un éclat argenté.

— Roi Leonel, j'accepte ton serment et je te proclame souverain de Penraven, neuvième roi des Valisar et protecteur de l'ensemble Denova.

Elle lui rendit l'épée, qu'il remit dans son fourreau.

— Porte-la avec fierté, recommanda-t-elle en l'encourageant à ceindre l'épée, ce qu'il fit. Tu ne ressembles pas à un Valisar, mais tu as désormais l'air d'un roi. (Il trouva ces mots blessants, même s'ils avaient été dits avec gentillesse.) Ah, mais je dis la vérité et ne fais que répondre à ta demande. Ta mère était une femme extrêmement belle et tu lui ressembles beaucoup.

Il hocha la tête.

— Tous les autres membres de notre famille ont les cheveux noirs, reconnut-il.

Cyrena ne répondit pas, mais son aura se mit à chatoyer de plus belle, ce qui fit trembler ses seins nus.

— Je suis désolée pour tes parents. J'imagine que tu viens à moi en brûlant de les venger ?

— C'est exact, Cyrena. J'en fais la promesse devant vous.

— Il faut être parfaitement sûr de toi, répliqua-t-elle de façon énigmatique. Un ancien proverbe dit : « Ne tue pas le serpent en oubliant le scorpion. » (Son rire ressemblait à un carillon de verre.) Je ne fais pas référence à ma personne, bien sûr.

Leo était complètement subjugué par elle. Même s'il ne comprenait pas ce conseil, il savait qu'il y réfléchirait plus tard.

— Mon seul désir est de restaurer la paix dans mon pays et de récupérer ma couronne, répondit-il en essayant d'être le plus clair possible.

— Je sais que tu dis vrai. Et la couronne te revient de droit, même si la situation est compliquée.

— Je ne vois pas pourquoi. Le barbare a libéré une rivière de sang et de désespoir afin de voler le trône de mon père, un trône qui ne lui appartient pas.

— Loethar convoite la magie qu'il croit pouvoir conquérir.

— Mon père ne possédait aucune magie. Moi non plus. (De nouveau, l'aura de la femme-serpent miroita en silence.) Il a mangé mon père pour prendre quelque chose que le roi ne pouvait même pas lui donner !

— Loethar suit une quête qui le brûle si profondément et le rend si furieux qu'il ne se laissera pas détourner de sa voie.

— Dans ce cas, il aura affaire à moi quand je serai devenu un homme ; je le tuerai sur cette voie qui est la mienne, jura Leo, dont la colère se réveillait.

Encore une fois, la passion que contenait sa voix fit miroiter l'aura de Cyrena.

— Les Valisar n'ont jamais manqué de courage.

Il baissa la tête.

— Je dois rassembler mon courage au nom de tous les Valisar qui sont morts à cause de Loethar. Je suis le seul qui reste.

— En es-tu sûr ?

Il regarda la femme-serpent aux cheveux d'argent d'un air stupéfait.

— Ma sœur est morte à sa naissance et…

— Non, ta sœur n'est pas morte, l'interrompit-elle avant de déplier plusieurs anneaux afin de se dresser encore plus haut.

Leo, bouche bée, ouvrit les bras d'un air perplexe. Il se sentait momentanément perdu, il ne comprenait plus, il ne trouvait plus ses mots. Un nœud se forma dans sa poitrine.

— Elle est morte peu après sa naissance, répéta-t-il. J'ai vu son corps. Ma mère a serré son cadavre dans ses bras. Elle a été incinérée, et ses cendres ont été dispersées depuis les toits de Brighthelm, sur l'ordre de Loethar.

— Tu as effectivement vu le cadavre d'une petite fille. Ta mère a bel et bien tenu le corps d'un bébé dans ses bras, et un nouveau-né a bel et bien été incinéré, et ses cendres dispersées, comme tu l'as dit. Mais, Leo, ce n'était pas ta sœur.

— Ma mère…

— Elle n'en a jamais rien su, mon enfant. Elle est morte en croyant son mari et sa fille décédés et son fils perdu pour elle.

— Qui connaissait la vérité ? demanda-t-il d'une voix brisée.

Il ne se rappelait que trop bien à quel point sa mère avait souffert en serrant contre elle cette petite fille, cette enfant à qui elle avait si désespérément essayé de donner la vie.

— Brennus.

— Mon père était au courant ?

— C'est lui qui a mis au point cette ruse.

— Qu'a-t-il fait ? demanda Leo, stupéfait.

— Il a pris une décision difficile. Il a fait assassiner un bébé à la place de sa fille, qu'il a envoyée au loin afin qu'elle puisse grandir en lieu sûr.

— Elle est vivante ? s'écria Leo, oppressé, l'esprit en ébullition.

Cyrena acquiesça.

— Et elle rentrera en Penraven quand elle sera en âge de le faire.

— Où est-elle ?

— Dans un endroit que tu ne connais pas.

— Pourquoi ça ?

Il n'avait pas l'intention de se montrer impoli. Heureusement, elle ne s'en offusqua pas.

— On ne peut l'atteindre que par magie.

Ce fut tout ce qu'elle voulut bien dire.

— Mais je dois la retrouver ! protesta Leo.

— C'est vrai, il le faut. Elle est importante. Ah, les nuages arrivent. Le temps que nous avons passé ensemble touche à sa fin.

Il sentit qu'elle se retirait.

— Comment faire pour la retrouver ?

— Corbel De Vis sait où elle est. C'est tout ce que je peux te dire.

— Pourquoi tous ces secrets ?

— Il y en a toujours eu avec les Valisar. Gavriel De Vis en détient un autre. (Les nuages s'assombrirent au-dessus de la lune.) Notre rencontre touche à sa fin. La fissure se referme. Je dois retourner dans le monde des dieux, Leonel. Sois courageux, sois fort. Surtout, fais attention. Rien n'est jamais vraiment comme on le croit – parfois, nos amis sont nos ennemis, et nos ennemis sont nos amis.

Elle lui offrit un sourire doux et triste. Ses anneaux s'enroulèrent les uns autour des autres tandis que la pierre avalait son corps qui perdait de sa substance.

— Cyrena, attendez ! Je vous en prie, j'ai tellement de questions à vous poser !

Mais elle était partie. La lumière qui avait baigné Leonel dans une telle brillance disparut également. La lune reprit sa couleur d'origine, légèrement dorée. Les oiseaux continuaient à se taire, mais les insectes se mirent à chanter et les feuilles à bruisser.

Leo, penché sur la Pierre de Vérité, laissa échapper un rugissement de désespoir. Kilt Faris sortit de l'ombre.

— Que s'est-il passé ? J'ai à peine eu le temps de m'asseoir.

Le roi releva la tête.

— Le serpent est venu.

Il vit une lueur d'intérêt s'allumer dans les yeux de Faris.

— Et ?

— Elle a partagé un secret avec moi.

— Pourquoi est-ce que ça ne me surprend pas ? dit Faris en hochant la tête. (Puis il leva la main en voyant Leo ouvrir la bouche.) Non, mon roi. Elle l'a partagé avec vous. Je n'ai pas à l'entendre.

Mais Leo s'en fichait. Il en avait assez des secrets de son père.

— Si, je dois vous mettre au courant, au cas où il m'arriverait quelque chose. Ma sœur n'est pas poussière dans le vent, comme je le croyais. Sa mort était une ruse orchestrée par mon père, tout comme il a orchestré mon évasion. Il n'a laissé que son fils adoptif et infirme seul face à Loethar – et je sais maintenant qu'il avait raison en pensant que le barbare ne verrait pas de menace en Piven. (Tout en parlant, Leo sentit toutes les pièces du puzzle se mettre en place dans son esprit.) Il a tout prévu. Il a confié un secret différent à chacun des jumeaux De Vis, mais je ne sais absolument pas où se trouve Corbel, et Gav non plus, d'ailleurs. Nous allons devoir les retrouver tous les deux.

— Au risque de vous paraître sans cœur, vous croyez vraiment que votre sœur est si importante que ça, pour l'instant ? Elle vient à peine de naître.

— Faris, la lignée Valisar n'a jamais produit de fille qui ait survécu à sa naissance. L'arrivée de ma sœur a dû terrifier mon père. Je croyais qu'il avait simplement peur à l'idée de devoir protéger un autre enfant. Ce que j'ai pu être naïf !

Il secoua la tête, perdu dans ses pensées.

— Qu'essayez-vous de me dire ? l'encouragea Faris.

Leo le regarda, visiblement choqué.

— Aucune femme de la lignée n'a survécu, répéta-t-il. Il paraît qu'une descendante de la famille Valisar portera l'héritage en elle si elle survit.

— Quel héritage ?

— L'enchantement Valisar. (Leo porta les mains à son visage, puis les laissa retomber le long de son corps en secouant la tête avec étonnement.) Mes précepteurs étaient obligés de m'enseigner cela, mais mon professeur d'histoire n'a jamais cru à cette histoire d'enchantement. Il disait que la souche féminine de notre lignée n'était tout simplement pas assez résistante. Mais mon père m'a confié un jour qu'engendrer une princesse serait pour un roi Valisar la plus grande des réussites. Il a dit qu'elles étaient très peu nombreuses parce qu'elles portaient en elles un enchantement si puissant que, d'habitude, il les tuait avant qu'elles puissent grandir et devenir assez fortes pour le supporter.

Faris paraissait ébahi.

— Quel est cet enchantement ?

— Le pouvoir de coercition, répondit Leo. Si elle est en vie, comme le serpent le prétend, alors ma sœur pourrait bien avoir la faculté de contraindre les gens à faire des choses.

— Vous voulez dire qu'elle pourrait les obliger à lui obéir ? résuma Faris.

Leo acquiesça.

— C'est la magie que convoite Loethar, c'est pour ça qu'il a mangé mon père et qu'il ferait probablement pareil avec moi. De toute évidence, il ignore que le pouvoir de coercition ne se transmet qu'aux femmes.

— Chut ! Pour l'instant, il vaut mieux garder ça pour nous, lui recommanda Faris. Il va falloir y réfléchir.

Leo n'eut pas le temps de répondre car, sur ces entrefaites, Tern et Lily arrivèrent, essoufflés et visiblement angoissés.

— Qu'est-ce qui s'est passé ? leur demanda Faris en les voyant débouler dans la clairière.

— C'est De Vis, répondit Tern. Les trois guerriers qui l'ont capturé sont morts, abattus par des flèches.

— Quoi ? s'exclama le hors-la-loi.

— Et Gavriel a disparu, ajouta Lily d'un ton glacial – elle avait visiblement du mal à contenir sa colère.

— Qui a fait ça ? demanda Faris, les yeux étrécis.

Tern haussa les épaules.

— On n'a rien vu. Ça a dû arriver pendant le court laps de temps où je suis venu te faire mon rapport – ça n'a pris que quelques minutes à peine ! Je n'ai trouvé aucune trace. C'était un acte délibéré. La précision de ces flèches n'avait rien d'accidentel, crois-moi.

— Je vous hais, Faris. Je vous avais dit que je ne vous le pardonnerais pas, lui rappela Lily avant de s'en aller, visiblement bouleversée.

— C'est vrai, répliqua-t-il, les sourcils froncés. Mais ne vous éloignez pas trop.

Malgré tout, elle partit à grandes enjambées furieuses. D'un signe de tête, Faris ordonna à Tern de la suivre. L'homme disparut derrière elle.

Leo avait l'impression que son esprit s'embrouillait. Il se passait trop de choses, trop vite. Mais il avait au moins une certitude.

— Kilt, il faut secourir Gavriel.

Faris hésita, mais Leo ne voulut rien entendre.

— Il faut le retrouver maintenant ! Il détient la clé qui nous aidera à déverrouiller le secret de mon père.

— Pourquoi De Vis ne vous en a-t-il rien dit plus tôt ?

— Je l'ignore, mais on ne le saura jamais si on n'essaie pas de le retrouver. Celui qui l'a emmené avait une raison de le faire. Il faut aller le chercher, Faris. Il est tout ce qui me relie à ma sœur.

Lily revint à contrecœur en compagnie de Tern.

— Rappelez votre cerbère ! s'exclama-t-elle, la mine renfrognée.

Faris hocha la tête.

— Tern, tu vas attendre Jewd. Raconte-lui ce qui s'est passé, mais il faut que ça reste entre vous deux. Moins de personnes seront au courant et mieux ce sera. Lily, vous restez avec Tern.

— Vous n'avez pas le droit de me dire ce que…

— Lily, intervint alors Leo d'une voix sévère et brusquement autoritaire. Fais ce qu'il te dit.

Faris hocha de nouveau la tête en regardant le roi.

— Je ne sais pas du tout vers quoi on va, mais je veux bien vous suivre. Allons-y, Votre Majesté.

# Épilogue

Sergius portait son raven, en s'émerveillant comme toujours devant cette fragile charpente osseuse et ce corps léger comme une plume en dépit de sa taille. Il se pencha pour l'embrasser sur le front.

— *Tu vas me manquer.*

— *Toi aussi*, répondit Ravan.

— *Merci de m'avoir fait part de l'apparition de Cyrena. Continue à voir, à chercher et à entendre pour moi.*

— *Toujours.*

— *Fais attention, Ravan. Nous devons nous montrer très prudents. L'héritage Valisar est une force dangereuse.*

— *Il n'est même plus en ce monde. Ne te fais donc pas tant de souci.*

— *Il reviendra. Quand il sera prêt, il sera attiré vers ce monde comme un bout de fer vers un aimant. Entre de mauvaises mains, il pourrait détruire le pays.*

— *Alors, nous devons veiller à ce qu'il ne tombe pas entre de mauvaises mains, Sergius. Tu le sauras, quand il reviendra, n'est-ce pas ?*

Le vieil homme acquiesça.

— *Je le sentirai, même si je ne peux pas le voir ou l'entendre.*

— *Dans ce cas, nous serons prévenus. Au revoir*, dit l'oiseau dans l'esprit du vieillard avant de s'envoler sans effort lorsque Sergius le lança vers les cieux.

*Mais prévenus contre quoi ?* se demanda Sergius, les sourcils froncés, en regardant son raven battre des ailes et prendre la vitesse.

La peur qu'il éprouvait se transforma en un noyau noir et dur au fond de ses entrailles.

# Glossaire

## PERSONNAGES
## LE ROYAUME VALISAR

### La royauté

Roi Cormoron : premier roi Valisar.

Roi Brennus le 8$^{e}$ : 8$^{e}$ roi des Valisar.

Roi Darros le 7$^{e}$ : 7$^{e}$ roi Valisar. Père de Brennus.

Reine Iselda : épouse de Brennus. Fille d'un prince roméen, de Romée, en Galinsée. Descend de la lignée du roi Falza.

Prince Leonel (Leo) : premier-né de Brennus et d'Iselda.

Prince Piven : fils adoptif de Brennus et d'Iselda.

### La famille De Vis

Légat Regor De Vis : bras droit du roi. Père de Gavriel et de Corbel.

Eril De Vis : défunte épouse du légat De Vis.

Gavriel (Gav) De Vis : frère jumeau de Corbel. Champion de la cohorte.

Corbel (Corb) De Vis : frère jumeau de Gavriel.

### Autres

Chef Faisal : chef cuisinier du château.

Docte Maser : le docteur de la reine.
Freath : bras droit et aide de la reine Iselda.
Genrie : servante du château.
Greven : père de Lily. C'est un lépreux.
Hana : femme de chambre de la reine Iselda.
Jynes : bibliothécaire du château (intendant).
Lilyan (Lily) : fille de Greven.
Morkom : domestique du prince Leo.
Père Briar : le prêtre de Brighthelm.
Sarah Flarty : une petite amie de Gavriel.
Sesaro : célèbre sculpteur en Penraven.
Tashi : fille de Sesaro.
Tatie : fille de cuisine.
Tilly : servante du château.

**L'armée de Penraven**

Brek : un soldat.
Commandant Jobe : commandant dans l'armée de Penraven.
Capitaine Drate : capitaine dans l'armée de Penraven.
Del Faren : un archer et un traître.

**En dehors de Penraven, mais toujours dans l'Ensemble**

Alys Kenric : habitante de Vorgaven.
Claudeo : célèbre peintre de l'Ensemble.
Corin : fille de Clovis.
Danre : deuxième fils de la famille royale de Vorgaven.
Delly Bartel : habitante de Vorgaven.
Elka : géante de la tribu des Davarigons.

Jok : braconnier.
Jed Roxburgh : riche propriétaire terrien de Vorgaven.
Leah : épouse de Clovis.
Princesse Arrania : une princesse de Dregon.
Tomas Dole : un garçon de Berch.

**Les Investis**

Clovis : un maître devin de Vorgaven.
Elya : une guérisseuse.
Hedray : parle aux animaux.
Jervyn de Medhaven : Investi.
Kes : un contorsionniste.
Kirin Felt : possède le pouvoir de fouiner.
Perl : lit les Runes.
Reuth Maegren : a des visions.
Tolt : rêve d'événements futurs.
Torren : fait pousser des choses.

**Les Surnaturels**

Algin : mythique géant de l'Ensemble.
Cyrena : déesse. Le serpent inscrit sur le blason de la famille Penraven.
Sergius : dévoué serviteur de Cyrena.

**Les bandits de grand chemin**

Jewd : ami de Kilt Faris.
Kilt Faris : bandit de grand chemin, renégat.
Tern : l'un des hommes de Kilt.

**En dehors de l'Ensemble**

Empereur Luc : empereur de Galinsée.

Roi Falza : ancien roi de Galinsée.

Zar Azal : souverain de Percheron.

**Loethar et ses partisans**

Barc : un jeune soldat.

Belush : soldat drevin.

Dara Negev : mère de Loethar.

Farn : soldat mear.

Loethar : seigneur de guerre tribal.

(Dame) Valya de Droste : maîtresse de Loethar.

Peuple des Steppes (ou des Plaines) : originaire des Steppes likuriennes. Connu sous le nom de barbares.

Stracker : bras droit et demi-frère de Loethar.

Vash : un soldat.

Vyk : raven de Loethar.

## LA MAGIE

Devin : donne des impressions et prédit l'avenir.

Devin du sang : lit l'avenir dans le sang.

Égide : possède la capacité de défendre quelqu'un grâce à la magie. Est lié à une personne par le pouvoir d'entrave.

Enchantement Valisar : puissante magie de coercition propre à la lignée des Valisar.

Entraver : éveiller le pouvoir d'une égide.

Fouiner : entrer dans l'esprit de quelqu'un d'autre.

Goutte : une petite dose de magie fouineuse.

Lieur ou Liant : personne qui se lie à une égide.
Lire les Runes : capacité de prédire l'avenir grâce aux pierres.
Ruissellement : magie de bas niveau.

## PLANTES MÉDICINALES

Feuilles de clirren (puissant remède contre les infections)
Feuilles d'oseille (soulage les démangeaisons)
Jusquiame (contre la douleur)
Lichen blanc (pour panser les blessures)
Pivoines écrasées (contre la douleur)
Sève de saule et baume de consoude (contre la douleur)

**L'ENSEMBLE DENOVA :** les sept royaumes sont des États souverains qui se gouvernent eux-mêmes, avec un roi à leur tête.

Barronel
Cremond
Dregon
Gormand
Medhaven
Penraven
Vorgaven
La Main : le continent sur lequel se situe l'ensemble Denova.

## Villes et cités au sein de l'Ensemble

Abbaye de Buckden : communauté religieuse au sud de Brighthelm.

Berch : proche de Brighthelm. Foyer de la famille Dole.

Brighthelm : le château et la capitale de Penraven.

Dents de Lo (les) : chaîne de montagnes en Droste.

Droste : un royaume qui ne fait pas politiquement partie de l'Ensemble.

Falaises de Garun : carrières de craie.

Forêt de Deloran : la grande forêt.

Grottes Rhum : on les trouve dans les collines autour de Brighthelm.

Montagnes du Dos du Dragon : elles séparent Penraven de Barronel.

Monts Vegero : dans le royaume de Barronel. Réputés pour leurs carrières de marbre.

Merivale : réputé pour ses chantiers navals.

Skardlag : pays d'où provient le célèbre bois tissé.

## Endroits en dehors de l'Ensemble

Galinsée : un pays voisin.

Lindaran : le grand continent méridional.

Percheron : un lointain pays.

Romée : capitale de la Galinsée.

Steppes likuriennes (ou Steppes) : plaines dépourvues d'arbres. Foyer de Loethar et de ses tribus.

## MONNAIE

À travers l'Ensemble : les trents.

## UNITÉS DE MESURE

Espan : mille foulées ou deux mille double pas.

Demi-espan : cinq cents foulées ou mille double pas.

## LEXIQUE

Académie du Savoir : située à Cremond. C'est le siège des hautes études pour tout l'ensemble Denova.

Anni : une année.

Asprey : espèce de roseau utilisée comme armature à l'intérieur d'un ballon-vessie.

Baies-de-chevreuil : baies sauvages qui poussent dans la forêt. Elles sont d'une couleur rouge sang.

Baies-de-nuages : baies de la forêt.

Baies-de-tremble : baies utilisées dans la distillation de la liqueur de kern.

Bois tissé : on l'utilise pour faire des meubles.

Bourgeons (saison des) : fin du printemps.

Bourrasques (saison des) : début de l'hiver.

Chaman : guérisseur spirituel.

Coffre : cercueil.

Cohorte : un groupe de jeunes gens entraînés pour devenir des combattants d'élite.

Dara : signifie « mère du roi » dans la langue des Steppes.

Darrasha : buissons plantés autour du château de Brighthelm.

Dégel (saison du) : début du printemps.

Faeroe : épée légendaire qui appartenait au roi Cormoron.

Farla : oiseau aux couleurs vives, avec une queue en éventail.

Feuilles (saison des) : début de l'automne.

Feuilles de cherrel : on les mâche pour se rafraîchir l'haleine.

Gel (saison du) : fin de l'hiver.

Investis (les) : magiciens de l'Ensemble.

Kellet : une herbe aromatique piquante qui se mâche.

Kern : la célèbre liqueur ardente du nord de Penraven.

Lackmarin : l'endroit où se trouve la Pierre de Vérité.

Lo : dieu de l'Ensemble.

Marées (saison des) : été.

Masqués (les) : magiciens de la horde barbare.

Miramel (huile de) : essence exotique.

Noix sauvages : noix sucrées, de couleur violine, qui poussent dans la forêt.

Passage (le) : réseau de passages secrets au sein du château de Brighthelm.

Pierre de bran : une pierre très spéciale de couleur argentée, incrustée d'éclats d'argent scintillants.

Pierre de Vérité : se situe à Lackmarin. Tous les rois Valisar doivent prêter serment devant cette pierre.

Raven : grand oiseau noir, semblable à un corbeau, mais plus gros.

Récolte (saison de la) : fin de l'automne.

Sheeca (coquille de) : on en trouve sur les plages de Penraven.
Shubo : signifie second dans la langue des Steppes.
Strenic : Herbe empoisonnée qui pousse sur les Steppes.
Tatuas : tatouages sur le visage, les épaules et les bras.
Thaumaturges : faiseurs de miracles.
Thaumaturgie : étude de l'art de faire des miracles.

Achevé d'imprimer en septembre 2015
Par CPI Brodard & Taupin - La Flèche (France)
N° d'impression : 3013091
Dépôt légal : octobre 2015
Imprimé en France
81121574-1